U0902208

读客外国小说文库

熊猫君激发个人成长

花园中的处子

[英] A. S. 拜厄特　著　　杨向荣　译

A. S. BYATT

THE VIRGIN IN THE GARDEN

上海文艺出版社

献给我的儿子查尔斯·拜厄特

（1961.7.19—1972.7.22）

目录

第二部　有关花的故事

第三部 处女座回归

译者序

波澜不惊的繁密

杨向荣

我曾妄想《花园中的处子》是本优美轻快的小说。不料，还没上手译完第一页，就发觉不妙，自己不得不在英式花园的屋檐下低头行走了。我继续妄想这样的低头行走不会持续很长时间，没准很快就能大踏步傲然前进了，然而，接下的几乎每个句子泼出的冷水都浇灭了我的妄想，迫使我的头低得更不堪了。它的难度超过了我的妄想。难度在于，随处可见这样的句子：稠密地聚集了各种生僻知识和作者细腻、严谨主观感受的交织；古典学、神话和艺术领域的专门术语随手拈来，若不逐个查清楚，就破译不出任何有效信息。它的句子则随处可见如下要素的随机组合：长句中包含着长短相间的分句，这些分句有的长到两行，有的短到只有一个单词；熟悉的词语用了早已弃用的含义或者僻义；不时出现非常规拼写的单词，像我们汉语中的异体字，似乎在故意制造阅读的障碍；对细部描写精准度的追求有时达到变态的程度。最令人抓狂的是形容词和名词之间的修饰组合，想要勘探出合理的意义需要反复斟酌，副词灵活、创造性的运用也令人难以捕捉其妙义。作家还经常选择某个形容词中最不常用或者作为某种古义已经绝版的义项。有时经过汉语百般组合都难以组合出看得懂意义的表达。

最初，我觉得这部长篇小说怎么节奏如此之缓慢，怎么很长时间过去了，仍然没有具体的事情发生。第二遍再读的时候，我就渐渐喜欢上了，喜欢那种复杂又规整理性的语言风格，喜欢对微妙的不懈捕捉，喜欢作家绝不制造简单句子的那种几近写作贵族的克制，逐渐忽略我所认为的不足或者遗憾，其实任何遗憾都跟自己的偏好设定或许有千丝万缕的联系，要宽容别人留下的遗憾。读者可以喜欢口语，可以喜欢短句，可以喜欢简单明了，但如果文本风格仅此一格，岂不又很枯燥？无论哪种风格，做到别致，做到认真，或许就总能让部分读者心生愉悦，只是有的愉悦感上来得很慢而已。

无论从哪个方面来说，《花园中的处子》都并不好读，甚至连英美的读者都说自己得不断地查字典才能完成阅读。但奇怪的是，在欧美知识分子特别是女性中，这本书却大有市场。我记得几年前见到过一个夏威夷大学年轻的华裔历史学教授或者副教授，她就在北京的地铁上告诉我，她自己喜欢拜厄特的小说，她的很多女同学、女同事也喜欢。这部小说出版于1978年，从那时到现在世界文化市场经历了不知道多大的天翻地覆的变化，且不说流行文化对严肃文学的冲击以及读者趣味的变化，连阅读的媒介都发生了革命性变革。即便在这样的文化环境中，《花园中的处子》仍然在卖，仍然有人在阅读。《巴黎评论》发表的菲利普·亨舍尔对拜厄特的访谈中，访谈者问作家："你认为为什么《花园中的处子》在这样的文化环境中如此流行，还在卖，还在读，仍然大受欢迎？"拜厄特说："我以前的大学同事约翰·萨瑟兰最近在《书商》上写了篇文章，说这本小说完全是不可读的，他说，他和他以及我的大学学院的一个同事打赌，看他们中是否有人能读完那本书，结果没有一个能读完！他还真发表了那篇文章。所以当某人说某人在读这本书的时候，我常常深感惊讶。我想它可能在很多年轻女子中比较流行。我想比较流行在某种程度上是因为它塑造了一个不讨人喜欢、野心勃勃、非常决绝的女人形象。但是我倾向于认为，它的流行与其作家气质，以及囊括了很多东西有关。最近，我收到一封英格兰北部某个人寄来的非常客气的信，说她很喜欢书里那种声调不断保持变化的风格，很喜欢那种我事实上在英国的阶级结构中写了如此范围广阔的人物的感觉，我对其中出现的任何人都没有表现出特别的喜欢和不喜欢，但是所有的人我都能写出点什么。我想如果你不要过于讨厌任何人或者去刺戳他们的话，很多书会具有持久生命力。”拜厄特自己解释了《花园中的处子》持久流行的奥秘，当然其奥秘还有很多其他要素。

这本小说长达四十万字，就其句子构成的意蕴而言可谓繁复浓密，但同时它的大情节又简单得与这种繁密不相称，结构也明了得可以一目了然，当然得看完才能了然。时间在1953年，伊丽莎白二世女王登基的那年，为了庆祝女王登基，英国约克郡一个小镇的地方资本家出资举办一场民间文化节庆活动，意在振兴地方民间文艺，筹备排演一场有关伊丽莎白一世女王的大型露天历史诗剧，剧本由本地中学教师亚历山大·韦德伯恩执笔，围绕这场露天诗剧的排练和演出展开了中学教师波特先生家三个孩子的故事，而波特家的两个姑娘斯蒂芬妮和弗雷德丽卡同时都喜欢上了这位剧作家，这家最小的男孩马库斯还在父亲和剧作家执教的中学就读。这是明面上的主情节，另外一条主线索是中学即将毕业、未满18岁的弗雷德丽卡如何处理自己少女纯真的失去。这条线权当是暗线，但也暗不到哪里去。失去纯真是一个少女必然经历的人生环节，弗雷德丽卡的失去过程却格外一波三折，所以便有资格构成小说的线索。这样的情节设置本来有可能让这部小说略带通俗色彩，可以发展出惊心动魄，缠缠绵绵的情爱故事，但拜厄特却表现出极大的克制，绝不走常人想象的路数，在别样的路径上披荆斩棘，走出别致的风格流派。她志在研究传统文化、资本、宗教、世俗、神话、家庭、文艺互相交织中的人性复杂局面以及少女少男在这种交织中的挣扎和成长中面临的另类凶险，不屑于咬啃诱人的噱头。独具特色的是，拜厄特在某个方面克制了，在别的方面却极尽奢靡，不复杂毋宁死。她不像海明威，后者极力砍削附着在人物和情节上的各种乱麻，前者却好像唯恐局部的事件、氛围、人物不够复杂，所以她使出自己全部的学识来增加这些复杂性，所以，事件在这些复杂性的阻力中进展得极为缓慢，人物在这种复杂性的围裹中其完整个性的呈现可谓缓缓而至，氛围在这种复杂性的笼罩中营造得古今接连、人神融通。作家一笔一笔地绣出这幅复杂的巨图，针针清晰，一丝不苟。这是拜厄特在这部小说里刻意营造的繁密。小说总共44章，每章写一个主题事件，这个主题事件单纯清楚，但作家在这种单纯事件上可谓大施工力，甚至铺张浪费，完全不顾忌传统读者的感受或者读者的传统感受。这就是我感觉所谓繁密与单纯的结合，简言之就是大线索单纯明了，小局部繁密无度。

拜厄特处理成人的情感问题和少女少年的成长困境这样感性的题材，写来如学者般镇定客观，鲜有起伏，波澜不惊，尽可能祛除个人主观感情色彩，几乎不褒贬任何角色，不特意对任何角色流露自己的好恶，更不讽刺任何角色，显得只让人物和事物由着他们的本来面目呈现和运行，她不妄加干涉，虽然处处干涉了。她对亚历山大渴望偷情却间歇性无能，对少女弗雷德丽卡如何处理自己的纯真，对小镇资本家以金钱为要挟最后被少女临时起意晾在床上，这些情节都没有辛辣地讽刺或者批判，而是保持了温和中性的幽默态度，对一个女作家而言，这可殊为难得，难得的超然和理性。

小说叙述用了全知全能的手法，叙述者显得博古通今无所不知。这样的全能叙述手法在小说经过现代派洗礼后，使用的作家越来越少。不过拜厄特在19世纪式全知叙述的基础上做了探索。根据我的理解，她不是用上帝式的独立叙述者统领全书的叙述，而是把全知的叙述任务做了切割，分配给不同的有限的全知叙述者。比如某个章节主要是叙述斯蒂芬妮的话，作为叙述斯蒂芬妮故事的叙述者其实隐含着斯蒂芬妮的主观取舍，而总体上却貌似全知叙述者。我不知道这样说是不是准确：这部小说的全知叙述者是由多个有限的全知叙述者构成的。

作家对波特家的三个孩子开出三条叙述线索，貌似在几个主要角色的描写分量上平均用力，最初我们很容易误以为跟这三个孩子都有关系的亚历山大是主要角色，但读到最后才发现主角应该是少女弗雷德丽卡。但小说并没有开始就把弗雷德丽卡作为主人公来写，她的主人公地位是逐渐完成的。波特家的三个孩子在各自的线索上，在很短的时间范围内发生了根本性的变化，有时在人生的成长中突飞猛进的变化就是如此，它往往发生在很短的时间范围。作家选取的时间范围大致就是一部历史剧的排练到上演和结束这样一个时间跨度。在这个时空跨度中，作家装进非常多的东西。这个东西不仅仅是情节。波特家的三个孩子的走向带出三条小线，这些小线又连接上亚历山大的线，如经纬般互相交织，构成小说的情节和叙述的复杂网络，在所有的网络空格中，作者不失时机地往里布满了神话和学问。三条线的气质走向各不相同，大女儿斯蒂芬妮主要走爱情和宗教方向，弗雷德丽卡主要走与成人纠缠和成长烦恼的方向，马库斯则走神秘主义和精神疯狂方向，随后三线各自暂时到了端点：斯蒂芬妮结婚生子不见得幸福，弗雷德丽卡失去纯真如愿以偿却怅然若失，马库斯平静地接受了理科老师的恶趣味诱骗，在探索天人感应的神秘主义以及与自己年龄不符的慈悲中精神失常，形同废人。如果说这就是成长的烦恼，那这个烦恼稍微有点险恶。拜厄特就这样写了，不悲不喜，不知不觉，自然而然逻辑就走到这里了。

虽然拜厄特在某些方面对亨利·詹姆斯有所借鉴，比如句子的晦涩，叙述去感情化，事少而思多等特点，但可以说她另外开创出长篇小说的新写法，这个新方向应该以《花园中的处子》为起始，这个系列的长篇她写了四部，每部都保持了理性晦涩的研究风格。菲利普·亨舍尔在总结拜厄特的贡献时这样说：也许，没有哪位小说家对扩张英语小说的疆域做过像她这样重要的贡献。当代英文写作中流行的几近迷狂的研究风尚，很大程度上要归功于包括《占有》在内的一系列长篇巨制，对年轻作家具有巨大的导向意义。如果说英文创作已经不再停留在表现琐碎的关系和微妙的社交错误之类的题材上，已经将注意力集中到历史、艺术的宏大问题以及理念生活上，在很大程度上也要归功于拜厄特以其视野广阔的雄心做出的慷慨示范。但是，鲜有小说作家步其后尘能把精神广度与个体动机成功结合起来；鲜有人在理论学问、神话和古老的取之不竭的性爱激情主题两个方面都写得如此之好。

在翻译《花园中的处子》之前，我虽然也勉为其难翻译过几本拜厄特的小说，貌似对拜厄特的风格有所熟悉，但这本小说的翻译过程仍然让我感到痛苦不堪，所以断断续续前后拖了很长时间。每翻译完一个句子，都希望下一句不要太难，但总有某个大小不等的难题挡住去路，鲜有例外，很难顺顺当当长驱推进。所以砖块般大厚书拿在手中的时间虽然长，最后却仓促而成。在这场艰难的长途跋涉中，幸有读客诸编辑支持，此行才得以走完其历程。感谢朱亦红最初的信任，把这本怪诞杰作交由我来翻译，虽然此后我就没有安生过，依然非常感激！感谢任任、叶子的尽责督促和再三宽以期限，没有她们的督促，我估计难以一鼓作气。感谢责编小张，她费心尽力，发现并解决了文本中诸多错误。译事之难甚矣，拜厄特之难尤其令人生畏，失误之处在所难免，愿方家不吝赐教。

序幕

国家肖像馆：1968年

她邀请亚历山大去国家肖像馆听弗洛拉·罗布森朗读伊丽莎白女王的作品，亚历山大不知道这是一时冲动还是恶毒的蓄谋。他本来想说不去，最后却答应了，于是此刻就站在这幢大厦外面，开始琢磨起它炭黑色的名字来。另外，她还在一场鱼龙混杂的晚宴上邀请所有在座者参加，但除了他，只有丹尼尔接受了邀请。现场有个青年画家宣称，“国家”和“肖像”这两个词本身就足以把他拒之门外了，谢谢。这位有主见的年轻人声称，那不是他喜欢的场合。弗雷德丽卡言之凿凿地说，那是亚历山大喜欢的场合。亚历山大表示抗议，尽管他对那地方向来青睐有加。无论如何，他还是来了。

他琢磨着那几个字，曾经气势如虹，现在却沉寂了，国家和肖像。它们都跟身份有关：某种文化的身份（地方、语言和历史）和作为模仿对象的人类独立个体的身份。对亚历山大来说，二者都很重要，或者曾经很重要。不过，他感觉周围的物体有种审美上的愉悦感。黑色环形栏杆上系着达恩利画的伊丽莎白·都铎肖像系列的浅色复制品，上面布满褪色的珊瑚红、金色、白色，神态傲慢、警觉，在宣告着“人民，过去，现在”。

路上，他经过几幅第一次世界大战征兵用的招贴画，画里的士兵冲着他伸出控诉的手指。还有家名叫“我是基奇纳老爷的仆从”的古董店，里面摆满了大不列颠帝国小古董的复制品，播放的背景音乐不是军号而是普通扩音电吉他的铿锵声和悲叹声。在沙夫茨伯里大街的一块广告牌上，他看到一个非常不顺眼的画面，那是一个肌肉发达的工人的后背图，裸露到腰部，穿了条纽扣紧扣的红白蓝三色相间的马裤。横过此人胀鼓鼓的臀部，如涂鸦般写着“我支持英国”几个字。

他上方国家肖像馆的台阶上行走着徒步旅游的人们，他们长着崭新的古人脸。有人脚蹬耶稣靴，身穿土耳其长袍，断断续续传来的歌声或叮当声，打破某种和谐的宁静。

亚历山大走了进去。她不在那里，他早料到会这样。从他上次——不是最近——参观过后，肖像馆变了很多。失去了维多利亚时代流行的米黄色和桃红色的刚硬，却带上了某种造作的华丽，楼梯过道排列着黑亮的壁龛，摆放着都铎王朝时期的圣像，看上去还不至于让人不舒服，他想。他走上去寻找达恩利画的肖像，但肖像因为展览已经被移走，所以他只好坐在一把条椅上欣赏起一幅作为替代品的格洛丽娅娜[1]的肖像，用的是红赭色、铅白色颜料，仿佛在提示英国在暴风雨和太阳的炙烤中经过了好几个世纪，一团马毛般的棕色头发足有一英寸厚，覆盖在脑袋上，加了棉絮的丝绸显得很沉重，被鲸骨撑着。

人群从他和画作之间如潮水般涌过去。光是国家肖像馆的台阶上就已经挤满了参观者，满眼各种各样的制服，而制服又千变万化。下

1 格洛丽娅娜，英国女王伊丽莎白一世的昵称。——译注（本书中注释如无特殊说明，均为译注。）

面是各种穿着平底拖鞋的脏兮兮的脚，上面是各种丝绸般光滑、毛蓬蓬像垫子般厚实的胡子和藏红色纱丽长袍。有的士兵穿着来自越南和克里米亚的部队夹克服，士兵们的胡茬儿刚刚发芽，家禽般细瘦的脖颈从褪色的肩章上方的金领中伸出来。有的女孩穿着银色紧身衣和银色靴子，橡胶般坚硬，银色的裙子在紧致的屁股上弹动着；还有的女孩身穿黑丝绒衣服，上面挂着金属网眼钱包，走路有气无力，假发卷和假刘海上贴着纸花。有几幅乔治·桑[1]、赛克里本特小姐的肖像，穿着长裤和荷叶边衬衫，头戴丝绒贝雷帽。看不出性别的人们穿着用印花拙劣的印度床单裁剪而成的宽松、耷拉的外衣，慢腾腾地挪动着脚步，亚历山大童年时代生活的海边阁楼上，那种床单长年累月积淀了大量的灰尘。有人带着崭新的贝拿勒斯乞讨钵，环绕他们脖颈的簇新又闪亮的铃铛像系在奶牛脖子上的小铃般叮当作响。这东西亚历山大在街边十多家摊铺上都曾看到过。小贩们手头还握有小卡片，说这些铃铛象征着灵性。

美国游客们穿着英国的橡胶防水衣、英国的花呢衣服、英国的开司米，顽强地缓缓向前移动，耳朵里的有线耳机传来语音导览盒中虔诚的喃喃声。毫无疑问，这些声音在轻声诉说着英国文艺复兴时期那些肖像虽然貌似圣像却很写实的特质，以及文艺复兴全盛期坚实又缥缈的辉煌结束后野蛮又粗鄙的两个世纪，仍然堪称一种风格，人们开始逐渐了解它的本来面目。这种风格偏重描绘世俗，是年轻的爱德华四世统治下毫无节制的偶像破坏运动过后出现的新风格。那个年代，天使、圣母、圣子们在大街上熊熊燃烧，噼里啪啦地爆裂，当作祭物被供奉给一个符合逻辑的绝对上帝，这位上帝却并不喜欢肖像。

1 乔治·桑（Georges Sand，1804—1876），法国女作家。早期受卢梭影响，倾向浪漫主义，一生著述颇丰，主要有情感小说《印第安娜》《莱莉亚》等。她的爱情生活、男性着装和男性化的笔名在当时引起很多争议。

亚历山大看着托马斯·克伦威尔[1]和戏仿士兵的画像，思考着现代滑稽模仿的本质。对这种东西，他好像不理解也不喜欢，因为它不够直接又没有针对性目标：随便模仿一切以及任何东西，出于某种审美猎奇、嘲弄毁灭和造作怀旧的生硬组合，渴望无所不是，无处不在，却就不想在当下和此刻。这些士兵厌恶还是暗暗迷恋战争呢？或者他们压根就不知道？像这位画家可能会说的那样，这完全是对有关被接纳和不被接纳的人的一种深思熟虑的“陈述”吗？或者那只是童年时代穿着玩的歇斯底里的延续？亚历山大本人就有丰富的服装史方面的知识，可以把线缝的一种变动或者款式的改变放在跟传统以及个人才能有关的范畴中思考，简直堪比能将某种诗歌形式或者某个语汇的变化放在同样的范畴中思考。他会根据这些不易察觉的创新上的细微变化来观察自己的衣服和自己的诗歌。但是，他担心这个时代在这两个方面都已失去真正的生命力了。

亚历山大已经五十岁了，穿着剪裁考究的橄榄色华达呢外衣、奶油色丝绸衬衣，系着金菊色领带，仍然显得清秀帅气。

他又走了出来，凭借自己良好的判断力，去寻找弗雷德丽卡。他从楼梯天井上方的阳台上探出身子。他正下方是一幅已故国王和他的王后的肖像，连同两个涂着朱红色唇膏、身穿拖地裙和露跟女鞋的公主，所有这一切都被另一幅格调高雅的淡绿色温莎客厅里闪闪发光的枝形吊灯和银色茶杯比得相形见绌，而在这幅画前弗雷德丽卡正跟一个不认识的男人绕着一个三角高脚凳，佯装进攻、有来有往地舞蹈。这个陌生人身形巨大，从上面看显得很矮短，整个人仿佛就是好大一片光滑的黑色塑料雨衣勾勒出的一个庞大浑圆的躯体轮廓。他还长着

1 托马斯·克伦威尔（Thomas Cromwell，1485—1540），英国国王亨利八世的首席国务大臣。

一头厚实浓密、挺直顺溜的金发，光泽闪闪，像冷冰冰的黄油。

这个男人将手横过凳子抓着弗雷德丽卡的手腕，她伸过脖子在他耳边窃窃私语，又在耳朵下面吻了吻，然后扭身离开。她就要走远时，这个男子从后面追上她，把一只大手顺着她的脊梁摸下去，越过屁股、扣住，然后停住不动了。这是绝对而又公然的亲密动作。接着，男子侧着肩膀往前开路，穿过人群走出去，并不往后看。弗雷德丽卡大笑着往楼上走来。亚历山大赶紧缩回身去。

“哦，你在这儿啊，看到丹尼尔了吗？我很惊讶，他居然愿意来。”

亚历山大没有回答，因为他看到丹尼尔沿着楼梯平台走过来，一个身穿黑色灯芯绒衣服和圆领衫的男子。他沉重地向他们走来，并点头示意。

“挺好啊，”弗雷德丽卡说，“我们三个相见。你进来时拿到免费礼品了吗？”

“没有。”丹尼尔说。

弗雷德丽卡伸出双手。一只手里拿着一面绿色方形玻璃镜，可能有小小的浴室瓷砖那么大。另一只手捏着揉碎了的草莓色的衣帽间票券，一面印着69两个数字，一面盖着大写的“爱”字的淡紫色印戳。

“一个金发的宝嘉康蒂公主[1]和一个画着绿色眼影的牛仔硬塞给我的。这是个玩笑呢，还是真诚的告白？”

“二者都有吧，”亚历山大说，“我们所有的真诚告白都被伪装成玩笑，而我们对待玩笑的态度却认真得要死。我们把那些玩笑镶上边框，我们把那些玩笑挂在我们的美术馆墙上。这可真是了不起的大不列颠的幽默感，混杂着美国人的自信，拉丁民族的荒诞，东方人的

---

1 迪士尼动画电影《风中奇缘》的女主角。

揪耳朵和指教式扇耳光。你收到的信息已经说了它们要说的话，它们也已暗示，它们说的话全都荒诞不经，甚至还进一步表示，这种荒诞不经源于某种更为深奥的东西，而且可以这样永无止境地追溯下去。”

“天哪，”弗雷德丽卡说，“这倒提醒我想起一件事。你知道你写的东西现在已经是普通教育证书考试的指定教材了吗？他们得征得你的许可吗？”

“不需要。”亚历山大说，有些皱眉。

她拿出那面镜子。“我该拿它怎么办呢？”

“拿着。权当是某种虚荣的标本，或者索性换种思路——拿来自我肯定。”

她把镜子举到一只眼睛跟前，说：“你用它看不了多少东西啊。”

“放进你的衣兜吧，”丹尼尔说，“因为你是从他们那里接过来的。”

“这是个不错的态度，英国人的良好风度。”

“良好风度意味着你要优雅地收在衣兜里。”

“好吧。”弗雷德丽卡说。

长长的走廊里挤满了形形色色的人，他们坐了下来准备听朗诵会。亚历山大数着那些有权有势的女人来自娱自乐：西比尔·桑代克夫人，优雅地从罗伊·斯特朗博士那里领受了一把宝座般的椅子，时任美术馆馆长，同时也是童贞女王[1]的肖像画家，甚至可能是她的虔

1 即伊丽莎白一世（Elizabeth I，1533—1603），英国都铎王朝女王。在位时依靠新贵族和资产阶级，厉行专制统治。击溃西班牙“无敌舰队”，初步奠定英国海上霸权。晚年敌视清教徒，引起新贵族及资产阶级的不满。她的统治时期在英国历史上被称为“黄金时代”。她终身未嫁，因此被称为“童贞女王”。

诚崇拜者。海伦·加德纳夫人，昂着头，面带和蔼的神色，牛津大学文艺复兴文学专业的学院讲座教授。朗福特女士，维多利亚女王的传记作者，他想，他希望，他能认出背后弗兰西斯·耶茨博士巨大的沉思的模糊身影，博士有关作为处女座阿斯翠亚女神[1]的伊丽莎白·都铎形象的论文，最后看来，明显地影响了他的整个人生。还有安东尼娅·弗雷泽女士，由一个身披雨衣的矮胖女人陪同，她本人穿着短上衣和圣·劳伦特牌裙子，脚蹬高筒软皮靴，头上戴顶帽子，这身打扮可以追溯到很远，而且经过无数次城市式优雅的转换，主要来自于牛仔、印第安人和捕兽者的鹿皮。她正研究着被悬挂在平台上方的达恩利画的肖像，带着坚定、彬彬有礼而又挑剔的凝视的眼神。她的心头好可能在别处，尽管她穿着那身服装，加上亮闪闪的头发和女猎人的行头。他异想天开地想，如果她是贝尔菲比[2]，穿着带有装饰性亮片的灰黑色羊毛衫、蹬着闪耀金属光泽的靴子的弗雷德丽卡就是布丽托玛[3]了，将她的头发剪成青铜头盔模样，可能要比文艺复兴更具复古色彩。他把注意力转移到自己喜欢的达恩利画的肖像上。

她站在那里，完全是一副干净有力的模样，穿着轻薄而挺括的奶油色丝绸连衣裙，上面绣着金色叶子，镶着珊瑚石流苏，轻盈地以珍珠环绕。她站着，凝视着，带着年轻姑娘的那种安静和生气勃勃。白皙修长的双手透出凝固的慵懒，展现出那双手的优雅：双手或悬垂，或紧握，很难说是哪种，一把圆形羽毛扇上更加幽深的颜色刺目地旋

1 希腊神话中主管正义的女神，也是群星女神、纯洁女神。她在地上主持正义，又升上天空为处女星座的主星。

2 长诗《仙后》中的主要人物，暗指伊丽莎白一世。作者是英国诗人埃德蒙·斯宾塞（Edmund Spenser，1552—1599）。《仙后》通过宫廷骑士的冒险故事和对女王的歌颂，宣扬新兴资产阶级的道德观念。诗体完美，富于音乐性，后被称为斯宾塞体，对英国诗歌格律的形成影响很大。

3 长诗《仙后》中的女英雄，象征贞洁，经常改换男装帮助其他骑士。

转，暗示着这个人物身上的某种激情，以及某种被压抑的怒火。这幅肖像中还有其他晦涩难解之处，你凝视的时间越长，越发现里面蕴含着超越单纯作为女人或者统治者的双重性。白亮的脸庞年轻又傲慢，或者说它像粉笔般发白、阴冷、瘦削，说多大年龄都可以，那浓重的眼睑下面黝黑的眼睛仿佛洞悉一切又疏离漠然。

她的很多肖像都被当作崇拜的偶像和巫婆的玩偶：人们会因为干涉这些东西而死掉，干涉的方式形形色色，比如刺戳、焚烧、用猪鬃扎、投进毒药中。

她自己也曾害怕，但还不至于失去头脑。

亚历山大想，很显然，肯定有过真人才画出这样的肖像。但是，她就像莎士比亚，一个精力旺盛的人物，吸引各种各样不可思议的情感，偶像崇拜和反偶像崇拜，爱和恐惧，以及随之而产生的通过简略的神话和没有意义的“解释”来减轻和减少这些情感的陌生感和庸常性的需要。莎士比亚不会写莎士比亚，莎士比亚不是莎士比亚：他就是马洛威或者培根或者德·维尔或者伊丽莎白女王本人。伊丽莎白不是童贞女王伊丽莎白：她是巴比伦或者伦敦的一个妓女，一个秘而不宣的母亲，一个男人，莎士比亚。他曾经读过一本书，满怀欢喜，上面有篇厄尔·斯坦利·加德纳做的充满溢美之词的序言，他在序中“证明”莎士比亚的戏剧是女王嫁给英格兰的秘密成果，是当初许诺的双重誓言的成果，既对独身（15岁时）又对文学（45岁时）的承诺。很多论证倾向于认为她是莎士比亚的作者身份，那就意味着有这种可能性，她可能受过良好教育，掌握着必要的巨大的词汇量（不同估计为15 000词或者21 000词）和必要的消极感受能力。这种消极感受能力很好地体现在她处理无穷无尽且悬而未决的军事、婚姻和经济问题时的决断力上。当然，她隐瞒自己的作者身份是想确保自己的作品能收到公正的评论，因为她担心自己可能会被指责荒疏了作为君王的职责。

亚历山大暗自偷笑。如果像荷马那样，非要证明莎士比亚是个女人，很多人，包括他同时代的人，肯定觉得有必要证明伊丽莎白女王其实是个男人。还是小孩的时候，他就为这个想法激动不已，而且越来越激动，比想到把莱塞斯特那个假定存在的私生子偷偷带走还要激动。鲸骨下被捆住的肌肉和筋腱、雄性的肌肉，以及其他东西，被埋藏在沙沙作响的丝绸中。后来，他开始把这个隐秘的快感跟斯宾塞诗歌中的自然女神联系起来，她“合二为一”“彼此需要”，想来这是一种令人满意的恋爱状态。

演员们开始入场，朗诵，掌声响起。弗洛拉夫人全身素黑，朗诵起女王的抒情诗：

> 我心所系犹如我在太阳下的影子，
> 紧跟某个奇思异想，当我追逐它时却又飞舞而去……

诗中充满了有关女王加冕礼和女王对人民如何慷慨的华丽描写。她还朗诵了蒂尔伯里的演讲。亚历山大被默默地感动到了。

弗雷德丽卡没有感动。她觉得弗洛拉夫人的表演软绵绵的，女性气太重：她可能天生喜欢挑剔。女王诗句中特拉克式僵硬的对偶传递的是一种多变的维多利亚人的痛苦，那深沉、悲伤、坚贞的声音，磕磕绊绊地诉说着最激烈又最著名的豪言壮语：我知道我有一具女人的虚弱、单薄的身体，可我却拥有一个国王的心脏和胆魄。这位朗读者却是纯粹的女人，弗雷德丽卡恼怒地想，普普通通的寻常女人，好像偷偷瞄了眼白金汉宫的皇家小厨房，然后放心地认为那些长袍和皮裙里面不过藏着个妻子和家庭主妇而已。如果把女王从她的王国里放出来，让她穿普通的裙子，试猜，哪个是女演员，哪个又是女王呢？

这篇伟大散文里大气庄重、激烈奔放的节奏释放出人类讲话时固有的停顿和“自然的”流畅。“我从中体会不到这种快感，而我原本抱着更大的期望，我也感觉不到死亡的恐惧，而我本应该非常害怕；我仍然要说并不害怕，但是如果这场打击果真到来，血肉将会随之而行动起来，本能地寻求躲避……”弗雷德丽卡在想，那些演讲词本来听着是什么样子，是如她想象的那样洪亮得完美无瑕，还是更加破碎、犹豫、紧张？可能曾全文写出，为了给子孙后代看而经过反复打磨润色，而她就是后代的组成部分。

男女演员们还朗诵了她不熟悉的诗，名叫《女王的威仪和英格兰之歌》。

过来，降临人间的贝西[1]，
过来，降临人间的贝西，
可爱的贝西来到我身边；
我会带走你，
我亲爱的夫人当着
我曾见过的所有人的面赋诗，
委任我做你美丽的情人，
选择你做我的继承者，
我的名字叫欢乐的英格兰……

记忆突然翻涌。过来，降临人间的贝西。弗雷德丽卡兴奋起来。表演结束时，她拉了拉亚历山大的衣袖。

“那首诗，是《李尔王》里的。瞧，他始终站在那里怒目而视。

1 伊丽莎白的昵称。

你想亲眼验证吗，夫人？过来，降临人间的贝西。那是埃德加。还有那个傻瓜：她的船漏了。她绝对不能说，这就是她胆敢不到你身边的原因。我读的注释总说，那是暗指梅毒。那真的很危险，真的是渎神之类的行为吗？”

“《李尔王》，那写的是她的统治即将结束，那时他们担心王国要被瓜分。权力的衰落，以及欢乐的英格兰的没落。”

“她说，当她在那座塔里对档案管理员说话的时候，她说，我是理查二世，你不知道这个吗？”

“我知道，”亚历山大说，“我知道。”

“你当然知道，这个情节就在你的戏剧里，我可能就是从那里知道的。”

“也许吧。”亚历山大说，突然感觉整个身心悲哀至极。他想，自己要没写出那部戏该多好。此时此刻，在这里，当着达恩利画的肖像的面，就像跟一个曾经诱使你袭击却没有成功的女人同处一室，现在跟她不可能再有别的关系了。

“如果我现在有机会重写的话，我会写得非常不同，非常。”

“你随时可以重写。”

“哦，不可能了。”亚历山大对时间有种强烈的线性感。机会不可能再次掉头回来，它们来了，停住，然后走掉。他有时会想到用更加现代、更加造作的方式处理那个题材，比如处子和花园，此刻和英格兰，去掉过度的柔情或者浓重的讽刺意味。可是他不想尝试。

“不过，最初的那个就好。”弗雷德丽卡说，“首先，所有的歌舞都好。多有意思，五十年代。大家都觉得那部戏属于没有时间概念的作品，至少是一种不真实的时间，就是当下。可是我们曾经经历过，相当美，那部戏、那场加冕礼和那一切。”

“开头很假。”亚历山大说。

“所有的开头都这样，”她说，“反正我的开头就这样。事情就是那样发生的。”

“我得走了，”丹尼尔说，“我得走了。”

他们难为情地转过来望着他。丹尼尔一直什么都没说，他喜欢这样的表演吗？他怎么想呢？

“其实，没什么。”丹尼尔说。说真的，他实在太累了，他几乎陷入某种安静的昏沉状态，几乎什么都没听见，感觉很不好意思。他现在必须要走了。他还得见个人。

那人是个女人，儿子在一场撞击中受伤。他曾经是个漂亮的男孩，现在依然是，一个漂亮男孩走动在人间的不真实的影子，像个蜡制玩偶，以惊声尖叫的半人半鬼的精灵和原始有机物两种方式交替存在，就会吃，肚皮吃得胀鼓鼓，然后睡觉，像条阿米巴虫。他父亲实在难以忍受就离家出走了。那个女人以前是个挺好的教师，现在不是了，以前有很多朋友，现在没有了，以前有个讨人喜欢的身体，现在没有了。她担惊受怕，生气，精疲力竭，片刻都放不下，老想着哪部分是她的孩子哪部分不是。她想让丹尼尔陪她去法院处理伤害事宜：她给出的理由是有人可能嘲笑了她的儿子，她需要去反击。丹尼尔说过，他愿意去，尽管在法院的走廊里等着案件被受理非常之累。他今天来想听听别的声音，不想再听那女人反反复复的绝望尖叫，以及那男孩时不时发出的呼哧声。可是他没有心思听。他摇摇头，又说了一遍，他必须得走了。

他们三个人一起相伴走了出去。丹尼尔刻意说：“我更喜欢你的戏剧。”亚历山大说“别，别”，仍然在沉思着艺术和时代的不可逆性。他们抄近路向皮卡迪里环形广场走去，爱洛斯稳稳地站在那堆高高隆起、懒洋洋又胡乱交织的垃圾堆上。丹尼尔忽然宣布说他要去坐地铁，必须得去某个地方。弗雷德丽卡说：“坐会儿喝点茶吧。”丹尼尔已经迈着沉重的步子慢慢降下去，进入那片燥热又充满异味的黑暗中。

“我们去喝茶吧，就到福南店，会很有意思。”弗雷德丽卡对亚历山大说。他本来想说不去，最后却回答说好的。

第一部

逃亡者的美德

1

遥远边地

1953年，历史紧紧抓住了亚历山大·韦德伯恩的想象世界。国王死的时候[1]，其实他那部戏很大程度上已经完成，尽管，后来，在别人的心目中，他在确立自己的主题选择和这次死亡事件的真实时间顺序方面曾出现过无休止的困难。他的戏剧经常被误读为某种应景之作，属于为祝贺朗·罗伊斯顿堂移交到还没有实体的新北约克郡大学而举办的庆祝活动所创作的剧本。庆祝活动本身显然在时间安排上跟举国庆祝加冕礼引起的对公园和花园的全民文化热的爆发相重合。即便亚历山大的戏剧不存在，恐怕也有必要被创造出来。幸运的是，这部戏就在手边。

开始，他天真地痴迷于语言的革新，特别是诗剧的创新。这无

1 英国国王乔治六世于1952年2月6日去世，同年伊丽莎白二世即位，并于1953年举办加冕礼。

异于建造空中楼阁。已经有艾略特[1]和弗莱做过了。作为牛津大学的本科毕业生，亚历山大认为问题出在莎士比亚，某种意义上，他写了很多，同时又写得太多了，让后来者几乎再写不出优秀的诗剧。剧作家要么心慌意乱地痴迷于为创新而创新，要么不自觉地写些模仿莎士比亚的注水作品。亚历山大曾经想到，需要做的事情恐怕是迎头赶上莎士比亚。写一部像莎士比亚本人那样的历史剧，不过用现代的诗歌形式，直接用莎剧中的时间、地点和人物。后来，出于某些私人原因和美学考虑，他开始收起莎士比亚，专攻那位女王。他把目标瞄准生机勃勃的现实主义，但是当作品本身倾向于拼贴和滑稽模仿风格时却自然地发生了扭曲，这是个很大的麻烦。写作断断续续花了他好几年时间，多年细心周到的研究，各种形式的试验，那些年有绝望有憧憬。那时他是北雷丁的里思布莱斯福德学校的高年级英语教师，在监考一堂生物考试，用自己的诗歌偷偷消磨时间的时候，他几乎无意识地想到，这件东西已经完成，该结束了。他再也无能为力。他不知道，在自己徜徉的文本中，如果没有希望，没有迷恋，没有歌咏般的韵律和不断变化的形式那样限制他的玻璃笼子，他不知道该怎么办。他把那部戏的稿子放在抽屉里，搁了一个月，其间国王死了，然后他又把它拿给马修·克罗。

部分原因大概是已经写完这部剧，国王死了后，他有种巨大的失落和茫然无措的感觉。他带了群中学男生到卡尔弗利·敏斯特的台阶上聆听口头传达的登基告示。“国王已逝，女王万岁。”喇叭声听上

1 托马斯·斯特恩斯·艾略特（Thomas Stearns Eliot，1888—1965），英国诗人、文学家、评论家、剧作家，生于美国，哈佛大学毕业。强调作品所引起的美感与作品所表达的哲学思想无关，被视作“新批评”派先驱。代表作有长诗《荒原》，表达了西方一代人的精神幻灭，被认为是西方现代文学的划时代之作。1948年，60岁的艾略特被授予诺贝尔文学奖。

去尖细而清楚。男孩们走路时庄重地拖着步子，希望能体会到某种东西。国王之死，给他们人生第一个短暂的时期画上了句号，那些曾以为是永恒的东西：配给供应、一场战争的结束、公用事业。亚历山大回想起在新闻短片中国王触碰着炮弹碎片的样子，收音机里宣战时缥缈的声音，紧张又带着田园牧歌般的感觉。他想象整个民族，试图想象这位著名人物，孤零零地躺在他的床上死了，但是失败了。那是国王们该做的事。他个人的悲伤显得既可笑又自然。

正是马修·克罗让亚历山大的戏剧从严格意义上扎根本地，并被赋予文化和财政方面的真实性。克罗是朗·罗伊斯顿堂的拥有者，同时也住在里面，这地方从建筑的角度而言跟远在北方的哈德维克楼颇有渊源，尽管没有大面积的玻璃墙和沉重的塔楼。这是一座居住观赏两用的巨大建筑，但稍微偏重强调住的功能。亚历山大已经受惠于克罗，他是个天生的企业家和艺术赞助者。是克罗策划了在艺术剧院短期上演亚历山大的第一部戏《街头艺人》。对那部戏，亚历山大现在略微有些汗颜，因为他对激烈现实主义的新期望强化了自己的信仰，即有关其他戏剧的戏和有关演员的戏是戏剧总体上无能的标志。是克罗给亚历山大提供了里思布莱斯福德之外社交生活中最重要和最鲜活的部分。他是地方文化、地方忠诚和地方人才的坚定推崇者，虽然他年轻时有过在伦敦西区[1]做主管的短暂职业经历，但现在他的大部分时间都用来在教堂、音乐厅、乡村谷仓举办各种节庆和巡演活动。他是，或者说他更喜欢做一条相对小的池塘里的大鱼。他很有钱。他很少去南方。

克罗读了这部戏后就邀请亚历山大来共进晚餐，宣称对这部作品喜欢备至。在自己书房的火炉边，他喝着咖啡和白兰地，跟亚历山

1 英国的戏剧中心，类似美国的百老汇。

大谈着政治秘闻，透露了各种八卦。克罗很喜欢政治、秘闻和八卦。他从高高的折叠皮椅上朝火光的方向探出身子，快速又开心地向亚历山大描述着正在辛苦设计那所新大学的强权部门的种种诡计和内幕运作。这些部门包括非常强势的“成人教育运动”，正是这个组织首次建议创办大学，还有圣·希尔达的女子教师培训学院、圣·查德的神学院，这两所学院即将并入大学，另外还有剑桥大学，它是新学校成人拓展讲座的最初赞助机构。克罗还很内行地跟亚历山大谈起大主教、内阁大臣、来自财政部的人，种种权斗以及妥协，亚历山大却没有多少政治思维，做不到频频地对那些让步、妙计或者调遣之举的高明表示钦佩。克罗还谈到教学大纲计划这样的长远事业，谈到种种打算，如何让大学独具地方特色，独具针对成人学生的特色，或者，像当时唯一现存的范本、早几年建立的克勒大学那样，让学生在专业化学习之前广猎各种知识，让他们像文艺复兴时期的典范那样，成为完人。克罗还谈到自己在其中发挥的作用：在出现僵局的恰当时刻，策略性地透露出自己转让朗·罗伊斯顿的意图，包括房子和土地，条件是自己有权长久住在其中属于自己的一角。

关键在于，亚历山大肯定看到了，所有这一切都恰逢其时，一项申请的开始，那个赠予的宣告，皇家特许状，又适逢加冕登基年，所有这些都可能将同时发生，而且，可能就在仲夏之夜，在朗·罗伊斯顿的露台上，用亚历山大最应景的戏剧演出来庆贺。这是一部最理想的有助于振兴乡村的戏剧——为当地群众团体提供作品和文化从业机会。肯定得有个数千人的演职人员团队——包括小部分打杂的以及音乐师、布景搭建者、服装设计师、缝纫女工——全都要本地人。这不是一场露天表演，亚历山大说。不，克罗说，这是一部艺术作品，将幸运地获得公正的待遇。他本人着手做起来后将如鱼得水。亚历山大应该会明白的。

着手开始的速度给亚历山大留下一点小小的迷惑。他很快被召集去会见庆祝活动组委会，这次又在朗·罗伊斯顿，包括大主教的专职牧师、来自财政部的人、负责拓展课程的莫特小姐、卡尔弗利政务委员会的贝克委员，当然还有克罗，以及本杰明·洛奇，来自伦敦的导演。亚历山大的剧本已经做了进一步的充实和扩展，在场的每个人都拿到了各自的复印稿。在场的每个人都赞扬亚历山大才华横溢，称赞这部作品很贴题。克罗和蔼地主持着会议。委员会讨论了日期、费用、宣传、辅助活动、可能启用的演职员、卫生管理，等等。亚历山大始终没有弄明白，他的戏剧在什么时候，或者由什么人，正式决定上演。他被洛奇搞得隐隐约约有些恼火，洛奇有那么一两次提到“这个露天表演”，还说本子需要删减。克罗足够聪明，注意到这些疑虑，他同时拉住洛奇和亚历山大，请他们喝一杯，从洛奇那里引出对亚历山大诗歌的恭维，又从亚历山大这里套出对洛奇担纲的维克菲尔德戏剧杰出制作的赞美，这些他都看过，而且真的非常欣赏。洛奇是个魁梧又沉默寡言的人，穿件尺寸大得古怪的芥末色汗衫，黑色的头发已经很稀疏，但又被那柔软浓密的小胡子补救了。克罗本人，六十多岁，长着副鲜红、微胖的脸，仍然带点没有长大的男孩的神态。他的大眼睛呈淡蓝色，小嘴巴略微有点扭曲，又很性感，薄薄的一层银发精致地浮在头顶。他因为上年纪有些发福，还是略微偏胖。当洛奇和亚历山大仍然神采奕奕谈兴正浓的时候，大概是优质麦芽威士忌和成就感所致，克罗叫走亚历山大，声称要送他回里思布莱斯福德的家。

克罗开一辆老气横秋的宾利，速度非常快。他载着亚历山大穿过乡野，掠过干石墙和崎岖不平的田野，驶过那片高地边缘，开进里思布莱斯福德，来到长长的校园车道，上面画着石灰线。他在学校的哥特式红色拱门外停车。

“今天的活动你应该很满意吧，对自己也很满意吧。”

“满意。满意。希望你也满意。我不会感谢……”

“本让你有些不快，我看出来了。别记在心上。他不会把这个剧本拍成露天表演的。首先，我不会让他这样做。其次，他不傻。他只是想确保拍出属于自己的创意作品，想反复锤炼下你的本子，直到他感觉带上自己的印记为止。当然，你已经注意到这点了。不过，你相信我，我会留心盯着的。你放心。而且你也要盯着。他们会允许你请假离开这个可怕的地方吗？”

他直起脑袋望着简陋、阴沉的拱廊。

“我的先辈真是可恶的笨蛋。你打算在这里待多久？”

“哦，我不知道。我喜欢教书。但我想我还是倾向于考虑全职写作。”

“嗯，去给自己找个一流的学校吧，找个一流的系主任。那人可能很出色，不过同时也是个可怕的家伙。”

“哦，我过得挺舒服的。说来他也是个一流人物。我们相处得很好。”

“你真让我感到惊讶，”克罗说，“他对这项活动会有何说法呢？”

“我不愿去多想。他对诗剧不够热情。”

“或许对我会有热情。”克罗说，“或许对我会有热情，我向你保证。或者，可以说，对这所大学会有热情，至少就学校现在所做的规划而言。”

“我会跟他谈谈的。”

“勇敢些，伙计。”

“好的，我一定会，我不够勇敢吗？”

“我不会那样说的，”克罗说，“我可能会放弃。可是我知道，你不会。好好谈谈。”

宾利掉过头，一个冲刺离开石子路扬长而去。亚历山大漫步进学校，还没有回过神来。

拱门下的草坪对面，学校的回廊显得厚重鲜红，垂直式拱门不知怎么做成了矮墩的模样。上面立满了粗糙的新哥特风格的人物石像，是从世界各地的万神殿公平地挑选出来的。有阿波罗、狄奥尼索斯、帕拉斯·雅典娜、伊西斯、奥西里斯、博德、托尔、长角的摩西、不列颠的阿瑟、圣·卡斯伯特、释迦牟尼、威廉·莎士比亚。

里思布莱斯福德学校是个进步的、无歧视公立学校。该校由马修·克罗建于1880年，他是如今克罗的曾祖父，在棉毛制品上赚了大钱，还是个著名的业余比较神话学家。他建立这所学校很大程度上是要确保自己六个儿子的教育既不要在家里，又不要跟基督教信仰有任何接触。不可知论被放进建校规章中，明确禁止建立任何“小教堂、闭关室、自修室，或者其他用于忏悔的教会机构”。回廊和万神殿不算在内，因为它们属于艺术。在那位克罗的有生之年，学校因其纯粹的怪异而短暂地红火闪耀过，这也许能够解释为什么三个儿子中有两个成了巡回传道的牧师，一个成了典狱长。另外三个，一个继承了羊毛生意；一个在学校教古典文学，后来成为档案保管员，里思布莱斯福德历史与地形学协会的主席；一个年纪轻轻就死了。马修·克罗曾被送到伊顿公学和牛津读书，是那位档案保管员的后代，他最年长的哥哥死后没有子嗣。

里思布莱斯福德连最基本的成功都算不上。地理上它孤单荒凉，在约克郡的荒原区，距离哪里都有好几英里，除了卡尔弗利名不见经传的敏斯特小镇，它既没有约克市那样文明开化，又没有达勒姆市那样大气自足，便被这两个地方衬托得黯然失色。历史上，它曾经非常失策。当传统势力强大的时候，它却特立独行，后由于财政困难和领导阶层柔弱，学校渐渐变得更加规矩和谨慎，而有一度，最初的怪异曾赋予它某种品质。现在，如果父母不想让自己的孩子加入某个军官训练团，或排斥劳动，或在自己敏感的少年时代被《汤姆·布朗的学生时代》里的那种人取笑过肉体而受到惊吓，或其温柔的嘲讽不外乎国旗与帝国，或生活在本地，那么人们就会推荐他们为孩子考虑这所学校。另外，这所学校还会被推荐给这样的父母：厌恶肮脏、拖鞋、香烟、酒精、性放纵或者过度的性教育、随心所欲地做事、随心所欲地学习以及智性主义的父母。在学校占主流的很大程度上是中产阶级家庭的孩子，他们勤俭又勤奋的父母希望并且相信他们能通过二级考试，顺理成章地也不希望他们接触当地普通中学那些成天吼来叫去的游手好闲之徒。学校还设有好几种“创立者奖学金”，给那些非基督教背景的少数族群：犹太人、癫痫患者、孤儿、纺织工的孩子、来自畸形家庭的聪明孩子。负责管理学校运作的议会理论上由现任校长建议各级代表比例，并由通过复杂的制度挑选出的男孩和教师共同组成。员工有三类人：第一种聪明的年轻人，进来是想寻求学术和道德自由，待很短时间后就离开，前往达廷顿、查尔特豪斯或者从事新闻工作；第二种聪明的年轻人，来了就不走，然后不知不觉间老了；还有比尔·波特，在那里待了将近二十年。这所学校有种分寸拿捏得当的自由与宽容：一视同仁，走中立道路，不忽视少数弱势。

比尔·波特是亚历山大的部门领导。大家普遍认同他是个一流的教师，灵感四射，执拗又厉害。他很受大学招生处的尊重，却令校长生畏。尽管给了他一栋“寄宿楼”，可除了教学，别的他一概不管，而且至今还住在一排孤零零的小楼中的一幢半独立式红砖房里。当初他是带着妻子住进来的，那排房子位于最远端的橄榄球场，即“边地”的边沿，是给已婚教师盖的住宅。这里被称为“教师路”。亚历山大此刻正要出发去拜访比尔·波特，心里不无忐忑。

在很多方面比尔都可谓里思布莱斯福德原始精神的化身。他公开赞扬西奇威克、乔治·艾略特和最早的那位马修·克罗主张的严肃的不可知论道德观。怀着对真正的工人以及对他们的生活和利益死心塌地的尊敬，他精力充沛地创作着自己版本的罗斯金[1]、莫里斯[2]的大众文化作品，其风格更贴近陶瓷之都的托尼。1953年存在于地方文化生活背后的那股勃勃生气很大程度上是他的生气。他经常给那些风雨无阻地坐着大篷车、乡村巴士从数英里之外的荒原区小村、海边度假胜地、毛纺小镇和钢铁厂赶来的人们举办大学拓展讲座。他在里思布莱斯福德教会礼堂管着一个街坊文教馆，还是延续卡尔弗利文学与哲学学会香火背后的主导力量。他能发动人们亲自参与做事，做那些持续耐久而且值得做的事。街坊文教馆经常排练戏剧，上演劳伦斯的系列作品，带着很容易辨认出属于他的那种几近残忍的偏执疯狂的完美主义。文学与哲学协会已经积累了不少关于地方文学和文化方面的“论文”，并且都做了编目，从一个音乐老师做的韵律游戏研究，到一个处于更年期的业余画家做的关于普莱森特芒特精神病院病人的画作的象征主义研究（那位画家曾在那里待过一段时间），再到探讨盖斯凯尔[3]夫人的小说《西尔维娅的情人》灵感来源的学者随笔，各种风格的研究都有。还有对方言模式见多识广的业余研究，与在北方居住并工作的作家进行的研究访谈，都由店主、教师、生意人的妻子来实

1 罗斯金（John Ruskin，1819—1900），英国政论家、艺术评论家。推崇意大利文艺复兴时期的画家，认为资本主义制度有害于艺术的发展，主张用道德和审美教育建立理想的社会制度。

2 威廉·莫里斯（William Morris，1834—1896），英国作家、画家、空想社会主义者，深受罗斯金影响。19世纪80年代，积极参加英国工人运动。

3 盖斯凯尔（Elizabeth Gaskell，1810—1865），英国女作家。长期在英国工业中心曼彻斯特居住，接触工人生活。作者同情劳动人民，但希望以和平方法消除阶级矛盾。主要作品有《玛丽·巴登》《妻子与女儿》等。

施。比尔的独特之处在于不想让这样的工作带上学徒作业的色彩，而想要让人们觉得这种工作值得去做，同时，他还想给文本汇集以及从事收集工作的社区一种身份认同感。他是个苛刻的上司，同时也善于倾听：他可能会给一个不善辞令的女人提供正确的指点，如何沿着某个方向，使她那笨拙的句子稍加变形，制造出某种令人愉悦的独特风格。所有这些都不会冷落里思布莱斯福德的男孩们，他可以通过各种考试测验来驱使、骚扰、嘲讽他们，拓展他们的才能。

亚历山大刚来的时候，比尔并没有特别强烈的欲望想让他参与这类地方工作。虽然亚历山大跟那些男孩子们相处得不错，但是他跟成人接触不多。而且，即便那时，他都自认为是个尚处于萌芽阶段的大都市专业作家，被当成傲慢与谦卑的混合体，不会给这种社区级别的、地方的、业余的努力添砖加瓦。只要他想参与，就会碰到麻烦，因为他在文学上优先考虑的东西跟比尔在同样问题上的理念关系甚微。他明显缺乏热情，比尔居然接受了，这同样令人意外。比尔在施展权力或者树立权威方面并不擅长，而亚历山大首先自视为诗人，其次才觉得自己是教师，他也无意染指权力。比尔在大多数好学生和少部分坏学生中激起了癫狂的献身热情。亚历山大尽管形象引人注目，对课程热情洋溢，却没有那个效果。他是真的非常羞怯，低调谦逊，也许最终因为这个原因，比尔才喜欢他。

然而，他对比尔关于这部戏和庆祝活动可能会有的反应并不乐观。比尔肯定会被克罗在这件事上的各种创意闹得格外不快。克罗是个潇洒自如的万人迷，曾试图把比尔拉进自己的圈子，他也承认比尔的能量——不能说没有一次令人震惊的成功。他们曾在文学与哲学协会1951年推出的《乞丐的歌剧》上合作过，那次他们两人都认识到双方的才华具有互补性，而且克罗在比尔的社交狂热、文本的准确性和跟演员打交道的技巧之上，又增添了光彩、节奏、颜色和丰富的音乐等要素。与此同时，亚历山大已经感觉到，在里思布莱斯福德教会礼堂，比尔依然宁肯在某些方面做出一个更加微小、更加笨拙、更具个人色彩的版本。无论从好的还是坏的方面而言，他都是个纯粹主义者，此外，他还对马修本人有种骨子里几近动物本能般的厌恶，只是亚历山大后来才渐渐意识到这点。克罗的教养、克罗的金钱、威士忌和皮货对亚历山大本人虽然颇有吸引力，但在比尔的世界中，正是这些东西又把克罗从严肃的考量中自动排斥出来，就像黑皮肤或者某种浓厚的口音会把别的人从别的世界排斥出来一样。比尔对克罗的文化振兴事业并不看好。

但是，当亚历山大在暮色中穿过校园时，等待了一天的孤独的愉悦感开始向他袭来。学校前的那些花园对面，长长的玻璃房后面，以后将遍布经济实惠又新鲜的西红柿，现在有一道沉重、布满装饰钉的大门，通向一条高墙相夹的长长的青苔路。这条路一直延伸到跨越铁路主干线的一座人行桥。路那边就是“边地”。左侧那道墙的后面就是“大师园”，用一圈镶嵌在水泥中熠熠发光的三角玻璃围护起来，玻璃看上去水淋淋、绿莹莹、冷冰冰。玻璃墙里面，这块禁地干净整洁，四四方方，单调沉闷，里面长了棵小小的杉树，一头还有块硬化的隆起物，支撑着一枚日晷。这让人想起给长者们建造的阳光灿烂的战争纪念馆。去年夏天，亚历山大曾在这里，在员工创作的《这位女士不是用来焚烧的》一剧中领衔主演，那是一个略微有些狂饮欢闹的场合。那似乎已是很早以前了。

他从巷口出来，走上那座铁铸桥。下面，高高的路堤后面，铁道沿着那片运动场的边缘切过，同时，用一道长长的圆环让地平线呈现出弧形曲线。沿着路堤边缘，拦了一道厚重的钢丝网护栏，就在护栏后面，南来北往的火车呼啸而过，把巨浪般的水蒸气喷洒到那片场地。路堤上还栽种着零星的杜鹃花。细小、发烫、刺人的沙粒细雾笼罩在小路边上跳远坑里的男孩身上，在树叶和皮肤上留下黑色的污迹。

亚历山大站住，把手放在桥的护栏上，他感到满心欢喜。他感到非常完满。他有种奇怪的念头，自己急需变得足够理智聪明，使他能够承受即将到来的一切。这与此事有关，目前这部戏是一回事，他自己又是另一回事，虽然被剥削，却出于自愿。他习惯性地把这些栅栏围起来的场地和学校本身都视为囚禁。他最初来的时候，曾写信给牛津的老朋友们嘲笑它的丑陋模样、北方气和狭隘劲儿。后来他就不再嘲笑，担心谈论这些等于承认这地方同样也限制住他了。有时他会对里思布莱斯福德内部的人说，我在写个剧本，他们会说，哦，是吗？或者说，关于什么的？但是在这样的时刻，他往往感觉难以令人信服又为此脸红，感觉是头脑在发烧。现在这个剧本被带到各处，复印，阅读。现在他已经从工作中脱身，同时也从里思布莱斯福德脱身。而且，只有脱身，才会对它产生温和又好奇的兴趣。他俯视着这片肮脏的场地，心怀傲慢的快感，事实上，它就是这么回事，他看清了。

昏黄微弱的夜灯让阴影和轮廓显得更加浓厚，让栅栏显得更黑了，同时让泥泞的草地上剩余的颜色完全绝迹。他感觉身下的桥在颤抖和低声嗡鸣，这是火车即将通过的前兆。他盯着前方，满怀愉悦的好奇。火车来了，身形黝黑而且蜿蜒曲折，接着在他下面咆哮着向前冲去，活塞奋力运转，轮子拼命击打，他被裹在飞溅的火花和刺鼻的蒸汽中，火车毅然决然奔向真正的远方。他走下桥来，大地还在震颤，好像轮船在水里那样在土壤中留下一道尾波。长长的蒸汽条块毫无规则地蔓延开来，消失在逐渐来临的灰暗的暮色中。有人站在比尔吉池塘边上。

这个生物池一直被人们称为比尔吉池塘。学校初创时就挖了这个池塘，现在因为无人管理，已经荒废颓败。这是个环形池塘，边缘嵌着石头，深埋在路堤下的草地中。池塘里面有些许睡莲和浮萍，还有条石板路，供刚刚成形的青蛙蹲坐在上面。池塘表面黑若绸缎，深度很难估量，因为池底积淀着细软的黑泥。男孩们早年曾经在这里培植水生物，但现在使用学校在荒原区天赐的田野调查站的频率更高。有个未经证实的传言声称，比尔吉池塘里充满了水蛭，从一开始它们就在这里繁殖了。谁也不曾涉足其中，担心这些也许很神秘的生物缠到他们的脚踝上。

那个人影在池塘边笨拙地弯腰俯视，拿着根长长的棍子搅动。亚历山大走近时，发现那个人影是马库斯·波特。

马库斯是比尔最小的孩子，他的独子。他在学校享有自由的地位，并且官方正式许可他在两年内即可参加高级证书考试。人们不太了解他。大家普遍想“正常地”对待他，那就意味着在现实中从不另眼相待，尽可能远离他，让他由着自己的才干来。亚历山大偶尔会用那种很不自然的苍白的腔调跟这男孩讲点什么，也知道自己不是唯一这样做的人。不过，这可能是因为马库斯，不像比尔，这个人已经到了苍白得不自然的地步。

可以看得出，比尔相信马库斯天赋异常。这点却并没有太多的常规证据。他在地理、历史和经济学方面很用功，而他的用功经常被描述为令人满意又毫无想象力。“令人满意”覆盖的表现范围很广，介于优秀和勉强合格之间。例如，在亚历山大的课上，马库斯习惯性地把句子讲得残缺不全，如果把这个毛病给他指出来，他居然还会很惊讶。上课时，他沉默不语，十分压抑。亚历山大开玩笑地想，他属于那号人，最初投入巨大的心血想集中注意力，实际上却什么都没听到，最后只凝固成某种全神贯注的姿态。

不过，还是个小男孩的时候，马库斯有过擅长速算的怪诞天赋。人们还发现他的音高几近完美。他十四岁的时候，数学天赋神秘地消失。

完美的音高还在，可这孩子并没有在音乐方面显示出多大的兴趣。他在唱诗班唱歌，还拉中提琴，曲调准确却没有感情色彩。比尔的同事们意识到，他本人几乎完全没有乐感，却令人感动地对儿子的天赋颇为自豪，他执意认为这就是有能力的证据，有朝一日，他甚至会取得比自己的两个姐姐已经取得的更巨大的学术成就，而且更加理所当然。

亚历山大曾对马库斯产生过强烈的兴趣，只是短暂的昙花一现。一年前，亚历山大排练过一场在校生演的《哈姆雷特》，马库斯在其中扮演了冷冰冰而且特立独行的奥菲莉娅，这孩子的表演特点跟他在数学、音乐上的表现差不多——只是简单的传递，像个媒介。他扮演的奥菲莉娅乖巧、冷淡，几乎有点无意识地优雅：咏唱和疯狂的陈说变成犹豫不决和破碎不堪的戏仿。他没有演出一个具有性感魅力的女孩，却演出一个脆弱敏感，而且形体上可信的女孩。他让轻佻、粗俗带上了某种极端不确定的笨拙色彩——因为不知道这些说话的方式应该如何用行为呈现出来，而这正是亚历山大认为角色应该表演出，或者无论如何能够表演出来的东西。他已经从亚历山大细小的暗示中领会了这些情绪和态度，但是他总是在等待某种直接的指导，从不添加自己的任何发挥，除了明显没有瑕疵的语言韵律，以及对台词音调的本能把握。还没到自我意识觉醒的年龄的男孩们，指导起来最可爱，而且亚历山大很清楚，他们能够演出他们并不理解的台词中自己都没有意识到的深度。但是马库斯已经取得了某种非凡的成就，即他居然感动了亚历山大，事实上也吓着了他，尽管显然别人都无动于衷。奥菲莉娅的其他表演从来没有显得如此清楚，这部戏完全敲开而且粉碎了纯真的意识。

比尔坐着看完了排练，总共三个晚上，由于得意又加上某种成就感，在那里不停地咧嘴而笑。亚历山大希望在这部新剧中能够启用马库斯——他已经为这孩子构想好了——进而希望如果这次大获成功，他能够吸引比尔对这部戏产生兴趣。

亚历山大穿过草地时，马库斯四肢着地，脸贴在比尔吉池塘加固过的边沿。亚历山大掉转方向，故意弄出声音，通过咳嗽、踩踏来表明自己的存在。那男孩迅速弹跳起来，站在那里浑身直打战。他脸上沾着泥土。

他调整了下眼镜，满月形的民康牌眼镜，经过自己的过度摆弄，已经被推到一侧。这孩子还没发育成熟，仍然身形瘦削，苍白的脸很长，浓密漂亮的金发飘垂下来，在暗淡的黄昏显得失去了颜色。他穿着法兰绒裤子，身着浅蓝色花呢夹克，对他来说这衣服显得太窄小。

“你没事吧？”亚历山大问道。

马库斯盯着。

“我打算去找你父亲。你要回家吗？你没事吧？”

“没事。”

亚历山大想不出还能提什么问题。

“一切都在摇晃。整个大地。”

“那是火车开过去了。经常这样。”

“不像。不要紧。我现在挺好。”

马库斯·波特身上有种让人不快的东西。亚历山大知道自己应该深入刺探，但又没那个意愿。

“我挺好。”这男孩又重复了一遍，用那种更加恭敬和无动于衷的声调说。亚历山大很聪明，知道这孩子口是心非。但是，他只说：“我可以跟你一起走回家吗？”

马库斯点点头。他们默默地出发，朝场地边沿那些房子中亮着的几盏零星的灯光走去。

马库斯是在这些场地上长大的。每逢假期，他往往就成了这些地方唯一活动的居民。幼年的时候，这些场地在他身边四面八方地铺展开来，他躺在这些场地的泥土和草丛中，让它们成为帕斯尚尔、伊珀尔、索姆河[1]，变成战壕、防空洞和无人区。

他玩过一个名叫自我舒展的游戏。开始时刻意扩展自己的视野，直到通过某种熟练的感知技巧，视野完全覆盖场地的四个角落、目标桩高高的端点、栅栏延伸的铁丝顶端。他要看的不是蕴含在这些东西中的什么意义。相反，他不是从某个有利位置的角度来观看这些东西，也不是顷刻间看到全局。他不可思议地能同时准确定位左下方一个小檗属柳叶蝇子草、场地泥泞的中心，以及右边远远的比尔吉池塘。

马库斯开始能熟练玩这个游戏的时候年纪还很小，当这个游戏开始失控的时候，同样年纪还很小。有时，在短得不可度量的瞬间，他完全丧失了自己身处何地的感觉，完全感觉不到这种舒展意识活动的源头在哪里。他得通过自己的努力把意识固定在某些具体的东西上，通过缩小注意力直到它刹那间定位在某个固体上，比如紧紧贴在漂白过的草地上的半月形白色涂料，柔和明亮、被链条围起的四方形板球场，以及柔软黝黑的池塘里的水，来教自己寻找自己的身体。他利用这些角度，以某种内镜般的观察方式，搜索出自己蜷缩着的冰凉的身体，然后意识幸运地一跃掠过身体。

他很早就学会对几何学心存感激，几何学能够提供草皮丛和泥块提供不了的握力和方便。破碎的粉笔线条，冬天的游戏向夏天的游戏过渡的分界线，包括圆圈，平行的夹道线，固定点，绘制出那片汹涌、游动的泥泞，缓慢编织而成的救援大网压抑其下。有那么几年，马库斯既不玩这个游戏，也想不起它。后来他又开始玩了，带着刚刚

1 以上三个地方均是著名战场。

萌发的冲动，尽管他并不喜欢，那感觉就像手淫，好像某种东西突然袭来，而且来得更加凶猛迫切，就因为他刚决定不再做这种事，于是就松懈了。然后他会想，既然他还会去做，那就快点做吧，然后抓紧重新启动后面的生活。

这次，他以为自己不用玩那个游戏就能穿过场地。他将沿着那些线行走，就那样从线上穿过去。突如其来的火车把他彻底震蒙，连最基本的视觉和身体活动都没了，而这对平抚惊吓必不可少，而且他还可能得靠这来活命。

现在他冷得要命。他丝毫想不起刚才发生了什么。最后留给他的总是冷得要命。

他拖着双脚沿草地行走，仍然想追随那些白色安全线。

他们从橄榄球场高高的白色桩杆下走过去，他还是个小男孩时，觉得那些桩杆对超人来说不过是高高一跃。他们打开小边门，走进花园小路。

2

在狮子窝里

亚历山大被频频告知，他享有长期邀请，随时可以走进波特家。他们说，如果不是真心喜欢他，他们会毫无顾忌地取消他的资格。他们始终没有取消过这个资格，他也从来没有觉得特别想去，总觉得他会打扰人家私密又急迫的家庭活动。他对家、家庭之类的东西有些害怕，总是以过于夸张的敬意对待。他的父母在韦茅斯开了家小旅馆，作为家中的独子，自己有空的时候，他经常进进出出旅馆，至少从来没有抱怨自己的家就像旅馆，因为事实上情况就是那样。

后门通向厨房，温妮弗雷德站在洗涤槽边。她向马库斯伸出双臂，马库斯躲开了。她邀请亚历山大吃晚饭，她说，他们正要吃晚饭呢，多加一个人很方便的，大家都在客厅。

温妮弗雷德僵硬地站着——从层层莱尔线袜、灰色的裙子、毫无生气的花外套，到沉甸甸的梳成辫子的浅灰色金发冠盖——毫无曲线可言；因为一团飘起、分开的绒毛发梢，而且周围聚了层薄薄的光，那种朴素庄严有所缓和。她看着就像维多利亚时代一个精疲力竭的斯堪的纳维亚女神的画像，有着丹麦人般笔直的鼻子，以及许多土生土长的北约克郡人都有的挨得很近的眼睛。同时，她一脸总在做判断的表情，但是亚历山大想不起来她说过任何非安慰性的话。其实，她很少说话。她说话时还带着约克郡口音。直到已经认识了她一年的时候，亚历山大才发现她有个利兹大学的英文学位。

比尔和她的女儿们坐在那里沉默不语。他们的客厅是亚历山大想象大多数英国人都用的那种房间，尽管这样的房间他很少进去过。空间很小，盛放了太多家具：三件套组合家具，铺着整块铁锈色的厚地毯，一个巨大的弧形收音机，一个用蜡黄色砖块砌成、周边带着四方形棱角的壁炉，一张胡桃木桌子，带着紧握的兽爪，隐隐约约颇具督政府时代的风格，两把软躺椅，两个普普通通的灯，两套小桌。法式窗户对着一小块后花园开着，亚麻窗帘上印着詹姆士一世时期的图案，铁锈色、灰绿色、血红色，各种色调都有。地毯多少有些磨损，上面有棵东方情调的树，隐隐约约的鸟状物栖息在弯曲的树枝上，因年代久远而模糊不清。

收音机上的银边相框里贴着孩子的照片，年龄在五岁左右[1]。两个女孩手牵着手，身穿镶着边领的天鹅绒连衣裙，眉头紧皱。马库斯一个人，被一只硕大、突兀、眼睛像珠子般的泰迪熊衬托得又小又矮。

“亚历山大，”比尔说，“真是意外啊。找个椅子坐吧。”

“坐沙发这半边吧。”弗雷德丽卡说，她占了好大片沙发。她穿着皱皱巴巴、栗色和白色相间的校服，在里思布莱斯福德女子文法学校读书。她手指上的蓝墨水都染到了关节上。那双齐踝袜子也不干净。

亚历山大拉了把椅子坐下。

比尔问儿子：“你的历史考试成绩怎么样？”

1 原文并未标注哪个孩子是五岁左右。

“52分。”

“排名第几？”

“我不知道。第八或者第九吧。”

“当然了，这不是你的主课。”

“不是。”

“给亚历山大看看那几只猫。”弗雷德丽卡对斯蒂芬妮说，来得很突兀。

斯蒂芬妮蜷在一张小桌旁边，桌上堆了好多练习册。她舒展身子，坐直了。她是个文静、柔和的金发女孩，胸部饱满，腿形优雅，留着卷得有些太紧的内卷发型。她刚刚拿了个剑桥双优，目前在她原来的学校里思布莱斯福德文法学校教书。

“我女儿斯蒂芬妮，”比尔说，“患有撒玛利亚人[1]强迫症。可以说我们全家都有这个毛病。她喜欢救助各种各样的东西。活的，半死不活的，宁肯克服各种困难。要我说，这种情况，需要克服的困难更大。它们还没死吗，斯蒂芬妮？”

“没有。如果能熬过今晚，还是有生存机会的。”

“你打算熬一整夜？”

“我想是吧。”

“我可以看看吗？”亚历山大说，非常彬彬有礼。他其实并不特别想看。斯蒂芬妮把自己椅子旁边那个巨大的货箱朝他的方向推过几英寸。亚历山大迅速倾过身子，他的头发刷着了斯蒂芬妮的头发，她的头发闻起来既干净又鲜活。她好像始终都这样，十分得体，动作和言谈简练节制，总是制造出某种身体和精神略微慵懒的氛围，在别人看来令人舒服和恼火兼而有之。

1 撒玛利亚，巴勒斯坦中部古城，以色列王国首都。传闻那里的人乐善好施。

箱子里有三只没有成熟的小猫，胀鼓鼓的脑袋互相虚弱地碰撞着，彼此用鼻子依偎着对方。它们的眼睛像深黄色的硬壳裂开的细缝。某一只会不时张开粉红色的嘴巴，露出鱼骨般精致的牙齿——这些牙齿滑溜、潮湿、阴险，不时嗅嗅纤细无毛的脚。

斯蒂芬妮捞起一只猫，这只猫像胎儿般蜷缩着躺在她手中。

“我常用法兰绒摩挲，给它们取暖，”斯蒂芬妮柔声柔气地说，“经常给它们喂吃的，用点滴器。”

她伸手从灶台上的托盘里取过点滴器，用一根看上去有些残忍的小小手指从猫咪无助的下颌那里往后推开柔软的皮肤，然后把点滴器插进去，开始挤捏。

“这样很容易让它们窒息，这是个麻烦。”小家伙唾沫四射，微微地抬了下身子，不由自主地动了几下后就不动了。“不过，这样食物肯定会下去。”

“你从哪儿捡来的？”

“从牧师宅邸。那只猫就死在那里。实在太恐怖了。”她的声音没有改变，而是继续柔和地讲述着，“我跟威尔斯小姐在喝茶，助理牧师敲了敲门说，女佣的小姑娘一直在厨房里尖叫个不停。所以我就走下楼去，看到那只猫……完全束手无策，那只母猫一个劲儿地喘气，扭曲，喘气，扭曲，然后就死了。”

“必须你捡回来养？”比尔说。

马库斯尽量离几只小猫远远的，手放在膝盖间，开始用指关节和指尖解决什么算式之类。

“这几只猫就生在那里，有三只生下来就死了。那个小姑娘情况很不好。我猜她已经动过手了——错误地捡起了那只小动物。她歇斯底里。于是我就说，我会救它们的，如果我能救的话。彻夜不睡觉是件很累人的事。”

小家伙在她手中发出一声尖尖的口哨般的声音，它还没有足够的力气发出刺耳的尖叫。

弗雷德丽卡声音沙哑地说：“我不知道猫会在分娩的时候死掉。我以为它们嘭的一下就出来。我以为只有小说里的主人公才会难产。”

“那只猫的肚子里有什么东西扭个不停。”

“可怜的老家伙。你怎么处理这些猫啊？”

“给它们找个家，我想。如果它们能活下来的话。”

“家，”弗雷德丽卡说，把这个词讲得充满浓厚的讽刺意味，“家。如果它们能活下来的话。”

“如果它们能活下来的话。”斯蒂芬妮镇定地附和说。

亚历山大站起来，被这种孵化和生育的味道弄得稍微有点恶心。他张开嘴想解释为什么过来。比尔刚才积攒了半天劲儿想说话，几乎同一时间张口讲起来。这是他的习惯。不过，亚历山大像平常那样，赶紧打住，闭上嘴，仔细研究着比尔。他矮小瘦削，长长的脸庞和手脚像是给某个高个子的人设计的。他穿着法兰绒裤子和蓝白相间的格子衬衫，领口敞开，外面套件姜黄色哈里斯花呢夹克，肘部带着皮补丁。他稀疏的头发估计曾经跟弗雷德丽卡的头发一样都是马栗色，现在已经褪色，染上银色的雪花，像即将熄灭的火上的灰烬。光秃的头顶上飘着几绺长长的头发。他鼻子尖削，眼睛里透着明显的淡蓝色：孩提时代，波特家的两个姑娘都曾把怒气冲冲的穿花衣的吹笛手代入父亲的脸，那双眼睛“像撒了食盐的蜡烛的火焰”般闪烁。比尔身上总带着刚刚熄灭的大火的气质——看不见火焰，却感到一堆稻草在内部不安地焖烧着，又像一堆篝火，底部噼噼啪啪地爆裂着，而这堆篝火可能会忽然闪耀，闪着闪着就熄灭了。

“你可以告诉我，”他说，完全不顾亚历山大准备要说话的样子，抽搐般把生硬的脑袋朝儿子的方向转过去，“你认为他表现得怎么样？”

“非常好。”亚历山大很尴尬，“以我的了解而言是这样。他学习很努力，你知道。”

“我知道。我知道。不，我不知道。谁都不跟我讲。谁都不对我说。丝毫不讲有关他的情况。”

亚历山大偷偷地看着马库斯，他好像根本就不想听。他认为，这样的表情是真实的，无论多么令人不快。

“如果我要问了，”比尔说，“如果我要问了，作为他的父亲，我这样做是很恰当的，我得到的回答却基本上都是闪烁其词。没有人赌咒发誓说他像应该做的那样表现不错。没有人提供有用的批评意见。没有。你都会觉得这孩子像不存在。你都会觉得他像个隐身人。”

“我只教他的副课英语，我非常满意……”亚历山大讲这话的时候，开始琢磨“非常满意”在这样的语境中是什么意思。可怕的是，这孩子在某种程度上——亚历山大相信他是出于故意——真像个隐身人。

“满意。非常满意。那你告诉我，作为一个教师，作为一个英语专家，作为一个文人，你用‘非常满意’这个说法究竟是什么意思？”

“吃晚饭了。”温妮弗雷德在过道上威武地说，好像过电般迅速号召他们参加共同的营救活动。两个姑娘站起来。马库斯溜了出去。

餐厅既窄小又要模仿贵族气派——几乎塞满了橡木和皮革制品。折叠桌的腿笨重粗壮，皮背椅上钉满铜把手。墙壁上贴的护纸模仿生石灰涂料。桌上方挂着加框的乌切洛的画作《猎夜》的印刷品。这幅画的尺寸让弗雷德丽卡直到中年都以为原物本来就很大，横跨整整一面墙。它那真实适中的大小不知怎么反而让她有点恼火，可又很着迷。

桌上铺着一张塑料布，半边仿白玫瑰色锦缎，半边仿粉点条纹，手法很不自然。温妮弗雷德属于战争时期成长起来的那一代家庭主妇，对她们来说，塑料，任何塑料，都是节省劳力的奇迹，而颜色，任何颜色，无可争辩都是自由和欢乐的象征。如今，锦缎的那半面放着波特夫妇沉甸甸的华丽的银制婚戒，放着仿编织灯芯草的塑料垫子，铺着软塌塌的泡泡纱餐巾，暗淡的格子呢布料从银戒中间穿过去，对戒指来说，实在太宽了。那是过上稳定的生活后举办典礼的遗迹，比如婚礼、洗礼，这些波特夫妇多半已经抛弃，因为不再渴望任何优雅的东西了。桌子正中摆着各种瓶瓶罐罐：有辣泡菜、棕酱、芥末泡菜、酸辣酱、番茄酱，等等。

弗雷德丽卡和斯蒂芬妮都爱着亚历山大，有点担心他可能会对这一切形成什么不好的印象。他穿着随便，有点与众不同，双斜纹粗呢骑装夹克，山羊皮靴子，金黄色维耶勒牌衬衫。他的美显得很随意——长长的柔软的褐发微微垂下来，越过一条沉思的眉毛，一切都很长，很精致，刮得干干净净，修饰得利利落落，但又如此纤弱，看不出任何健壮或者圆润的痕迹。两个姑娘担心他会认定她们很粗俗。她们本来想要在他面前显得有所不同呢。然而，她们的尴尬被某种道德追求搞得更加复杂了，即对亚历山大来说，对波特家的外在环境持任何看法，都是粗俗和错误的。对波特家的人来说，去在乎他可能会有什么看法同样是粗俗和错误的。最终，内心的生活和正直的态度才是最重要的，不知道这点才是最粗俗的——她们认为——正是这种畸形的观点，贯穿整个波特家人的性格，把他们全家联系起来。

比尔把衬衣袖子卷到青筋暴露的胳膊上，切开冷羊排，分了热花菜和煮熟的土豆，然后继续对亚历山大就儿子的智力状况提问、威吓、欺凌。波特家人的性格中还有个遗传特点，那就是誓不罢休的一根筋。在比尔看来，马库斯除了“比格勒斯”别的书一概不读。他想知道这种情况有多不正常。比尔在马库斯这个年纪时无所不读：吉卜林、狄更斯、斯科特、莫里斯、麦考利、卡莱尔，太多了。事实上，公理教会的牧师从比尔手中收走《无名的裘德》，还邀请比尔的家人和朋友观看他在祭坛上焚烧这本书。

“就在教堂的锅炉里。打开那个燃烧着烈焰的熔炉的小圆门，用火钳把可怜的裘德戳进去。火钳有胳膊那么长。然后开始批判邪恶思想，讲起半瓶水何等傲慢自负的大道理。当然是在说我。”

“那你是怎么办的？”

“进行了某种反击。大屠杀。扫荡掉所有传教士的手册，以及约翰尼的几便士的小册子，它们曾给那些饥寒交迫的异教徒带来过无穷的快乐，给麻风病人带来对上帝福音以及所有那些腐烂的感恩，那时真正的腐烂才是他们的问题，而不是对裤子、一夫一妻制的需求，被幸运关照的都是温顺之人，可他们并没有受到幸运的惠顾。我没有那个胆量讲出一番布道词来，可我写了篇东西，上帝保佑我，用我最好的手书，然后贴在告示栏，还说auto da fe[1]是信仰之举的意思，我知道这尽管有半瓶水卖弄的嫌疑，但这是我自己写的，在我看的书里，他们因为谬误的逻辑和虚伪的价值观以及愚蠢可笑的文风遭到咒骂。甚至在我玩完前，他们因为烧了裘德就遭到了咒骂。”

亚历山大不尴不尬地笑了。“我很惊讶你父母没有跟你断绝关系。”

“哦，断绝了，他们断绝了。他们当然干出这事了。第二天，我就带了只黑色锡皮书箱和几件衣服，离开了那里。从那以后我再没见过他们。温妮曾经带着两个女孩回去过，但是即便我去了，他们也不许我玷污门阶，何况我还不想去。不，我开始走街串巷地推销，卖男士外科治疗和辅助内衣。从工人学院和夜校进入剑桥。玩完的裘德。学学我的教训。你为之受过伤和奋斗过的东西，你往往会很珍惜。”

亚历山大对这点深有感触，正要附和，这时弗雷德丽卡说话了：

1 指宗教法庭的宣判及执行，对异教徒所处的火刑。

“那就太有趣了，你还烧了我们的书呢。”

“我从不烧书。”

“你不喜欢的文学书，你烧过。你审查我们读的东西。”

比尔发出咯咯的笑声。

“审查。当你愚蠢到让学校把《查泰莱夫人的情人》没收时，谁给那个干瘪的老处女写信的？还告诉她你们学校图书馆不收藏《虹》和《恋爱中的女人》[1]是件邪恶的事？”

“我没要求你这样。其实我希望你不要这样。”

“我相信，那个傻女人会回答说，她买了六套《辉煌时刻：孩子是如何出生的》。她好像把这视为思想解放的某种补充性证据。”

“她就是害羞，”斯蒂芬妮说，“她本意是好的。”

弗雷德丽卡好像被激怒了。她怒气冲冲地扫视左右，明显有点拿不准该攻击比尔还是《孩子是如何出生的》。

“行了，这本书简直太没有价值了，充满了从任何卫生巾包装盒上都能看到的图画，还有大量关于极度幸福和深深地被至爱信任的内容，以及如何打开处女宝藏——说实话，这比喻多笨啊，里面什么都没有。我也不喜欢她谈论这个问题时带点宗教意味的腔调。我不想让我的生物学被她的宗教狂想玷污了，别，谢谢你。她什么都不知道。”

“可是我抱怨说，她认为剥夺你接触货真价实的书和经验是合适的时候，你却反对说她没问题。”

弗雷德丽卡转向比尔。

“你把我们送进可怕的文法学校，然后你又不想放手让我们用

1 长篇小说。英国劳伦斯作。小说围绕女主角厄休拉和妹妹葛珍的爱情纠葛展开。两人都是当地学校的教师，爱上了不同的男人。下文弗雷德丽卡自比葛珍。

自己的方式来应对。你总是给威尔斯写信，谈论性、自由和文学等，让我们没法生活，如果你想知道的话。如果你想知道我真正怎么想的话，我真的认为《恋爱中的女人》跟《辉煌时刻：孩子是如何出生的》一样，对我们这些稚嫩年轻的花季少女具有腐蚀和伤害。一想到我真的会过那本书里主张的生活，我现在就想跳进比尔吉池塘淹死自己。我不想要神秘、可触摸的、真实的彼岸所具有的那种遥远得无法追忆的宏伟辉煌。你可以留着它。如果你得到了它的话。我希望大神劳伦斯在撒谎，我不知道你期望我说他些什么，你还让我读他的东西。你确实烧了很多书。”

“我没烧过书。”

“你烧过。你烧了我所有的《女孩的水晶石》，烧了所有我从那位不算朋友的朋友手里借的乔吉特·海尔的书，那些书甚至都不是我的。”

“哦，是的，”比尔说，带着兴致勃勃、追忆往事的愉悦感，“我是烧过。那些根本就谈不上是书。”

“那些书没什么不好，我很喜欢。”

“全是些淫乱不堪的奇思异想。还很粗鄙，又不真实，如果这个词还有什么意义的话。”

“我想你应该相信，我能辨认清楚什么叫奇思异想，如果我遇到它的话。些微奇思异想不会伤害任何人。它还会让我跟别的女孩聊天的时候有话可说。”

比尔开始谈起文学的真实性来。亚历山大偷偷看了看手表。温妮弗雷德感到纳闷，像她经常纳闷的那样：为什么比尔总欲罢不能地非要跟那个遗传了他对印刷文字不加区别、饶有兴致的分析癖好的孩子如此严厉地争吵、争辩，对他来说自己的态度已经够粗鲁了。

弗雷德丽卡想起关于《女孩的水晶石》的插曲。比尔——谁也不知道他在什么灵感的指引下窥探到的——发现那套书藏在弗雷德丽卡床下的一只箱子里。他把书搬出来，满脸闪烁着愤怒和愉快的红光，然后把那些书全放在一个破烂垃圾箱里烧了，那东西是他原来用来焚烧花园垃圾的。一本接一本的《女孩的水晶石》被粉碎，变得焦黑，脆薄的黑色纸灰碎片和暗淡的火苗飘起来，在夏天的天空中飞舞。比尔用一根铁棍搅着，好像在主持某种仪式。弗雷德丽卡在草坪上绕着他手舞足蹈，挥舞着手臂，大声尖叫，表达的愤怒再清楚不过。

温妮弗雷德经常被自己的这个孩子惊吓到。弗雷德丽卡有时好像被魔鬼迷惑住了。她的学期报告的结尾总是总结说她的风格甚至笔迹都具有“攻击性”。温妮弗雷德认同这样的评语。斯蒂芬妮要更加温柔，更加懒散，也被认为更加聪明。温妮弗雷德相信，马库斯平和内敛。她喜欢这两个孩子，因为他们总是像自己那样以坚韧的耐心应对愤怒。弗雷德丽卡却总是那么严阵以待。

喝咖啡的时候，亚历山大终于可以介绍自己这部戏的主题了。他曲里拐弯地讲起来，先引出克罗和自己关于那所新大学的计划，对这份计划比尔立刻表示反对。比尔对商谈进展情况了如指掌，他告诉亚历山大，刚开始他曾对这些新生事物充满希望，因为它们就脱胎于刚起步的草根成人教育。但是，现在他已经失去耐心，厌倦了那些副校长把他的教学大纲搅得一塌糊涂，最后跟其他大学的课程没有区别，厌倦了克罗把鼻子伸进自己不想做的领域，厌倦了主教增添华而不实的摆设以及新设了神学院。他们所有的期望就是办个粉饰得漂漂亮亮的模仿版牛津，建满了东拼西凑、宏大又老气的本地楼宇，上面装满铜把手，涂满可怕的天蓝色，以庆祝大不列颠节日，让大学老师显得神气十足。不用，谢谢你，他说。他的作品没有了那些小题大做，大惊小怪，还会一如既往上演。至于克罗，他像只老蜘蛛，他会坐在塔里，抛出蛛网，捕捉文化苍蝇，然后弄成副校长，让亚历山大记录他的话。这位新的文艺复兴人物没有必要感谢你——认字，识数，一手经验和口齿清楚就够了。

亚历山大说是要搞个庆祝活动，他本人已经写了部戏，而且很乐意比尔对剧本提意见。这部戏将在节庆期间上演。他很幸运。他提到了克罗纯地方性的文化启蒙计划。他有些犹豫地说，他知道这需要比尔的支持。他说希望夏季学期能拥有些时间，来排练这部戏，但这得看比尔的。这时，他跟克罗在一起时，以及在天桥上感觉到的那种愉悦和独立感，已经离他而去。他说话严肃庄重，甚至带着歉疚。比尔听得出神了，在一个塑料和金属混合的机器里卷着手卷香烟，舔着嘴唇，漫不经心地捻弄着黏糊发黑的生烟草卷，以及烟纸的细边，动作极为精准。

“那是个什么东西？类似文化露天盛会？”

“不，不是。”

“新文艺复兴运动的行动计划？”

“不，是一部戏剧，一部历史剧，一部诗剧。关于那位女王的。”他犹豫了下，“我想取名叫《一位女士的惊人时代》，借用那幅画像的名字。但是最后我们决定叫《阿斯翠亚》，因为朗朗上口。我从弗兰西斯·耶茨‘关于伊丽莎白女王，作为处女座的阿斯翠亚’中借鉴了大量技巧。”

他看得出，比尔认为所有这些都是狂妄自负的想法，走的是错误的学术路子。

“哦，你最好让我看看这部作品。有多余的副本吗？”

亚历山大拿出克罗的油印稿。他略微吃惊地意识到，比尔的头脑中根本就没有掠过这样的念头：他可能写了部不错的戏。比尔的口气还是那种校长式的，鼓励勤奋工作，但体面地抑制住他最终提供不了的热情。

弗雷德丽卡说："我们能参加表演吗？我们自己算本地文化吗？我想当演员。"

"哦，"亚历山大说，"肯定会有面试，很多面试。面向每个人，包括学生。不过我本人很想建议马库斯——如果他愿意的话——考虑出演一个角色。我想知道他，嗯，你怎么想？"

"我觉得他在《哈姆雷特》中展现了真正的才华。"比尔说。

"我也这样觉得。"亚历山大说，"我也这样觉得。有个挺理想的角色非常适合他。"

"爱德华四世，我敢说，"抑制不住自己的弗雷德丽卡说，"他能演。简直太幸运了。"

"不想演，"马库斯说，"谢谢你。"

"我真的觉得，"比尔说，"你能驾驭，甚至用你的努力……"

"不想。"

"至少给我们个理由。"

"如果没有详细指导，我不可能贸然涉足。"

"你的奥菲莉娅演得很好。"

"我不会演。我不愿演，我不想演。我不会演。"

"这事儿我们可以再商量。"亚历山大说，话里有话，从比尔那里转开。

"不想。"马库斯坚定地说，但是音调开始高起来。

门铃响了。弗雷德丽卡跳起来去开门，回来时惊讶地说：

"有个助理牧师来拜访。他想见斯蒂芬妮。"

她的语调让这件事变得似乎荒唐而不合时宜，像从喜欢冷嘲热讽的夏洛蒂·勃朗特、伊丽莎白·盖斯凯尔或者汉弗莱·沃德女士的作品里跑出来的小插曲。助理牧师从来不曾拜访过波特家。准确地说，没有任何人来拜访过。助理牧师可能拜访过别的所有人家，但肯定没有来过这里。

“别让人家站着，这样不礼貌。”温妮弗雷德说，“让他进来。”

助理牧师进来了，站在过道里。他身材庞大，又高又胖，毛发粗重，黑色的头发粗糙又桀骜不驯，眉毛很浓，下巴厚实，被生机勃勃的胡茬儿遮盖住了。黑色长袍从强壮有力的肩膀上松弛地垂下来。脖套上方露出的脖颈粗壮又结实。

斯蒂芬妮紧张地介绍了他。丹尼尔·奥顿，埃勒比先生的助理牧师，来自里思布莱斯福德的圣·巴多罗马教堂。丹尼尔·奥顿看着这个混搭的聚会，声音洪亮地问他是否可以坐下，这种音调可能是牧师最常见的策略，目的是不让他们太尴尬。他的声音带着浓重的约克郡口音——约克郡南方工业区的腔调，跟温妮弗雷德的北方口音相比少了些曲折变化和音乐性。

“如果这是一次牧师拜访，”比尔说，“我应该立刻说，你走错人家了。这里没有经常去教堂做礼拜的人。”

助理牧师对这话未做回应。他只说耽搁几分钟来跟斯蒂芬妮——跟波特小姐谈谈，如果可以的话。他答应牧师宅里的小朱丽叶过来看看那些小猫怎么样了。他在弗雷德丽卡坐的那张沙发另外半边坐下，似乎凭借本能已经认定那只箱子里是什么。他朝里望去。

“情况还不赖，”斯蒂芬妮说，“不过现在这么说还为时尚早。”

“那孩子显然心里很自责。”丹尼尔·奥顿说，“我希望你能饲养它们。”

“请不要拔高她的期望——请不要对我期待过高。这些小猫不仅没有了妈妈，还没长大呢。其实，这真是件不理智又轻率的差事。”

“确实，您说得没错，这是实话。我上这儿来——因为某些个人原因，我没有时间提前和你打声招呼——是想告诉你，你真是为那孩子干了件挺棒的事情。”

单调的约克郡口音中微微洋溢着一丝牧师特有的虚情假意。比尔迅速又克制地说："我们已经听了很多关于这只猫的故事了。谢谢你。"

丹尼尔听了这句话，那颗黝黑的大脑袋微微转过来，明显评估了一番这句话的分量。他又转向斯蒂芬妮。

"我不知道我能不能让你有兴趣参与点我的工作。你很善良，而且已经明显表现出对我的工作的某种兴趣。我得在工作上努力进取，否则会一无所获，某种东西，让我有种感觉，好像你是最合适帮忙的人选。只是个想法。我不知道……"

"以后吧，说不定可以。"斯蒂芬妮说，满面潮红，盯着自己的膝盖，几乎听不见声音。

"也许我打扰到你们了，"丹尼尔说，"如果这样的话，很抱歉。"

亚历山大看看手表，又看看波特夫妇，再看看助理牧师。

"你们教堂上有些壁画精美极了，奥顿先生。依我看英国没有可以与其相媲美的。教堂中殿上方的那幅《地狱之嘴》——还有那非常英国特色的讨厌的蠕虫——尤其精美。即便褪色了，烈火燃烧的熔炉仍然栩栩如生，非常好看。可惜你没有看过一本内容更加翔实的指南书，不是那么狂热。作者是一位前教堂牧师的妻子，我想。"

"我不知道。我没有读过那本指南书。而且我也缺乏对所谓精美的判断能力。你说得肯定没错。"

"你来错地方了，"比尔说，"如果你想让这屋里什么人协助你工作的话。据我所知，你代表的这个机构传播的是谎言和错误的价值观，我倒希望跟它毫无关系才好呢。"

"嗯，这点显而易见。"丹尼尔说。

"我生活的文化环境，它的各种风俗习惯和未经深思熟虑的道德反应是根据某个意识形态术语构筑起来的，而这个意识形态又建立在一个其准确性缺乏可靠证据支撑的历史传说，以及一个否定生活的偏执之徒圣·保罗的说教的基础之上。我们全都忍受着它。我们都对教会彬彬有礼。我们从来没有质问过，如果我们立刻把它扫荡掉，我们会发现什么真相。”比尔怒目而视。这些是他经常说的话，但往往没有机会当着神职人员讲。

“我没有请你去教堂，我来是想让波特小姐参与我目前实施的一个项目。”

“你应该请我去教堂，这才是重点。如果你有什么信仰的话。这种东西根本没有死，只是软弱无力。”

“我有自己的信仰。”丹尼尔·奥顿说，用厚实的双手紧紧抓住自己巨大的膝盖。

“哦，我知道。一个上帝，天堂和人间的创始人，等等。还有圣徒们的团结默契，罪恶的宽恕，死而复生，生命的永恒。这些你真的信吗？你相信天堂和地狱吗？我们相信的东西都很重要。”

“我相信天堂和地狱。”

“黄金城，小天使，六翼天使，会发声的喇叭，珍珠河，火坑，爪子和皮翅膀，通往那堆永不熄灭的篝火的淡黄色的路，这一切，你都相信吗？或者信别的什么？还是信某种现代版的说法，说什么你自己的性格就是你的永恒地狱？我对现代牧师很感兴趣。”

“好像不仅仅是我，”丹尼尔说，“为什么？”

“因为我们的公共生活就是个谎言，因为它闹鬼般反复无常。绝大多数人对这样的反复无常浑然不觉，就因为你传播这些病态和腐朽的画面。两块厚板上的一具尸体。还有大火啊苹果树之类刺激人心的不实画面。”

“你为什么要攻击我？”

“在我看来，《李尔王》中的真理要比所有福音教义加起来的总和还要多。我希望人们有自己的生活可过，而且还过得丰富多彩，奥顿先生。你是障碍。”

“我明白，”丹尼尔说，“我没读过《李尔王》。我做这些的时候，不是为了更高级的人。我会修正这个疏漏。我得马上回家了，如果你不介意的话。我不是那种能说善辩的牧师，也不是布道者。你让我有点不知所措。”

“你不能那样说话，爸爸。”斯蒂芬妮突然说，“他在实践你的教诲。我亲眼见过他做的事情——在医院和各种地方，全都是你谈起实践经验时经常提及的地方，而那些地方你从不去。他知道《李尔王》，即便没有读过。”

“我敢说我更熟悉我的《圣经》。”

“我相信你。”斯蒂芬妮说，“但这一点有利于你的观点还是他的观点，我会让他自己判断。请原谅我们，奥顿先生。”

“那么你会在某个更合适的时间和我谈了？”丹尼尔对斯蒂芬妮说。他像波特夫妇一样，思想单纯得有些过分。

“我什么都没承诺。”

“可你会谈的。”

“我很钦佩你的工作，奥顿先生。”斯蒂芬妮说，态度很僵硬。

“好吧。我这就走了。”

亚历山大又看了看手表，然后说他也要走了。他们一起出去，来到没有人影的大街上，在多少有些友善的沉默中站了片刻。

“那人一定是疯了，”丹尼尔·奥顿说，“我什么都没做。”

“具有讽刺意味的是他是个有信仰的人，还是他那个时代成长起来的颇受欢迎的说教者，完全叛逆于自己的成长环境。”

“哎呀，太像我了，只不过道路不同。我们应该彼此惺惺相惜才对。我不敢说能做得到。这不太重要。我自己也说不上是什么传教士。无非是些词语说来说去。”

“说来说去就是他的工作。”

“那就让他坚守去吧。他缺乏优雅。”他的语气中没有丝毫迹象表明他的这句批评是否跟神学[1]、审美有关，或者说的压根是完全不同的领域。他向亚历山大伸出一只大手握了握就走了，壮硕的身影摇摇晃晃地朝城里走去，丝毫谈不上优雅。亚历山大赶紧匆匆忙忙朝相反的方向出发，像所有特别着急按时赴约而不害怕早到的人那样，他已经把自己搞得迟到了。他开始跑起来。

1 优雅的英文原意还有慈悲、恩惠的意思，所以这里说到神学。

3

城堡岗

里思布莱斯福德的郊外，各种临时搭建的房屋和凹凸不平的小块园地挤进真正的田野，还在其间奔跑的亚历山大来到城堡岗。战败的理查二世曾经短暂地把这座城堡当过家，现在只剩个石头壳，周围环绕着干草堆和小土丘，矛盾地呈现出坟堆破裂的外表：铁标签标示着枯井的位置、消失了的防御设施、寝宫的地基。

在这个干净整洁的无名之地外面有片荒原，曾是一个军官训练营，那里有几座半圆形的破破烂烂的尼生式[1]小屋，竖立在开裂的沥青路上。透过路面长长的裂缝，柳兰和千里光属植物伸出柔弱、紧致的茎秆。水泥缝里没有旗杆，指定的停车场没有车辆，这地方，好像经历过一次成功的洗劫，但不是最近。小屋暴露在外。透过摇摇晃晃的门，能闻到一股刺鼻的尿骚味儿。一个小屋里，一长排洗脸盆和尿壶

1 英国采矿工程师尼生设计的瓦楞铁皮半圆顶和水泥地面的活动房屋，用作士兵宿舍。

被故意砸碎，恶臭难当。亚历山大注意到，里面还有人常住。他经过时，围成一圈的男孩们从拳头捂着的火光上抬起头。在某个门口，一群女孩轻声细语，又不时尖声大叫，挽着胳膊，互相靠在一起。最大的那位大概只有13岁，瘦骨嶙峋，显得桀骜不驯，大胆地盯着亚历山大。她穿了件松松垮垮的印花人工丝绸裙，戴了顶鲜艳的红色网格束发帽。噘起的嘴上一根烟头闪烁着光，逐渐暗淡。亚历山大做了个匆忙又无力的招呼动作。他想，她们非常清楚，他以及不管谁，为什么要来这里。

越过一道金属栅栏，亚历山大看见了她，欢快地离他而去，穿过那片唯一的田地，越过蓟草丛和牛粪堆，她的蓝色裙子非常显眼，纤细的脚踝和双脚上方，裙边拢成僵硬的圆锥形。她头上裹着一块红棉方巾，显得很勇敢，这时头低垂着。亚历山大激动得要命。他紧跟在她身后。在那片小林里的树下，在阶梯那边，他追上了，开始亲吻她。

“我亲爱的，”亚历山大说，“我亲爱的。”

“你瞧，”她急匆匆地说，“我真的不能久留，我离开还在睡觉的托马斯，我不该冒这样的风险。我必须回家去……”

“亲爱的，”亚历山大说，“我来晚了。我很怕来早了，丧失那个勇气，弄得自己反而迟了……”

“哦，好的，我们谁都不，我是说，不害怕。”

但是，她却抓住他的手。两个人都浑身战栗起来。黄昏时分的那种愉悦心情又回来了。

“今天还好吗？”她问道，声音干巴又紧张。

“今天太美妙了。珍妮[1]，听我说，珍妮……”亚历山大跟她说起那部戏的事来。

---

1 珍妮弗的昵称。

她默默地听着。亚历山大听到自己的声音慢慢变小。“珍妮？”

“我太高兴了。嗯，我当然高兴了。”

她试图慢慢移开那只手。这个小小的抵抗动作让亚历山大更加着迷。问题在于，或者令人高兴的是，他完全被她迷住了。如果她生气了，而她经常生气，她愤怒地中途打住的动作都让他心中充满强烈的快感。如果她生气地张望别处，他就迷恋地凝视她的耳朵和脖颈上的肌肤。他的感情单纯和持久得荒唐。有一次，他试图解释这种感情的时候，她还真的很生气。

此刻，他看到自己必须做点什么了。他开始拽她的手腕——她已经把手放回衣兜。

“你不高兴了吧。实在抱歉，我来晚了。”

“这不重要，我早料到你会迟到。我想我太自私了。如果这部戏剧成功了——会成功的——我以后见到你的机会会越来越少。如果非常成功的话，你就会彻底消失。我会，如果我是你的话，我……”

“别说傻话了。我可能会赚点钱。如果我赚点钱的话，我会买辆轿车。”

“听你说话的口气，好像轿车会改变一切。”

“会不一样。”

“不会有多大不同。”

“我们可以出去——”

“去哪里？去多久？这一切都毫无意义。”

“珍妮，你可以在这个，在我的戏里，演个角色。”有关轿车的谈话，他们已经说过好几次了，“那样我们每天都能见面，那样又跟开始时一样了。”

“会吗？”她说，然后打住话头，向他靠过来，他都感觉头晕目眩了。“可我们永远生活在开始当中。我们最好了断了。”

“我们彼此相爱。我们都说好了，我们必须接受我们能承受的小小……”

最后话总是说到这上头来。

还是她丈夫杰弗里·帕里，那个德语老师，曾经不好意思地问亚历山大，能否在《这位女士不是用来焚烧的》中给她找个角色演演。他说，他曾希望这部戏最终能治愈战后出生的那代人的消沉。亚历山大只是隐隐约约注意到帕里女士，常常看见她迈着沉重的脚步毫不优雅地穿过学校的草坪，像缓缓移动的球茎，在他的经验中，小巧的女人往往会这样。他在自己的房间，端着一杯雪利酒，彬彬有礼地听过她的朗读，像旋风般的克娄巴特拉，又像吟诵和抒情的珍妮特，在如此小的空间里几乎有种压倒一切的气势。亚历山大自然让她扮演珍妮特。在里思布莱斯福德，才华横溢的人是稀罕的。杰弗里很感激他。

排练的时候，亚历山大开始不喜欢她了。最初的两天过后，她知道了自己要扮演的角色，知道了排练计划，以及其他所有人要扮演的角色。她提了不少建议，包括删减、动作的改进、可能还包括有用的背景音乐。她经常不经询问就给人提白，还建议别的演员如何讲台词。她搞得亚历山大很紧张，让别的演员步调错乱又犹豫不决。有一天，她跟亚历山大在音乐室排练，那地方位于舞台下面，既逼仄又不通风，她纠正了他的语法问题，质疑他的角色分派，还纠正了他那句话中的引语失误。亚历山大和气地告诉她，别把一切都看得像生死大事。

珍妮往后一站，身子摆了摆，朝亚历山大冲过去，对准他的脸，疯了般狠狠打了一巴掌。他往后一个趔趄，倒在镀金的乐谱架上，头碰在钢琴上，身子朝地板撞去。鲜血从亚历山大的头盖骨和被珍妮的手指甲抓烂的脸上滴下来。她冲过去的气势如此凶猛，直接扑到亚历山大的身上，嘴里含含糊糊地说着那就是生死大事，对她来说就是她的生死大事，还说那孩子的味道很难闻，枯燥乏味，那些男孩子的味道更加难闻，更加枯燥乏味，在这个枯燥乏味的地方人人都被这些糟糕透顶的男孩子们迷住了。在灰尘中，她挣扎着跪立在亚历山大张开的长腿中，同时焦躁地拉扯掉下来的绺绺黑色长发。

“在我看来人生简直是一种退化。在这地方，最接近我曾以为的真实生活的片刻，是我们扮演学生，扮演演员，扮演中世纪的女巫和士兵的时候。经不起推敲的奇思异想。所以，我变得专横和令人无法忍受，你变得屈尊俯就，指出这点时也极尽温柔。”

她又对准亚历山大的脸打了一拳，亚历山大挡开，只好用胳膊遮住自己的脸，对着她微笑。

“我当学生的时候真傻，以为你出了大学，生活就会向你敞开大门。可我收获的却是彻底的封闭。没有谈话，没有思考，没有希望。你没法想象那是什么状态。”

亚历山大已经成为——也许这是不可避免的——一群精力充沛的已婚年轻女人重要的倾诉知己，她们生活在一个以男性为主的小社区，整天感到乏味、孤独，又没工作。亚历山大认为自己非常了解那种状态，却无意跟她这样说。相反，亚历山大把她拉下来贴在自己的身体上方，圈起胳膊紧紧搂住，然后开始亲吻。

教职员工的戏剧表演每两三年才举办一次。这是因为欢饮、戏剧和脱衣这些非常规性事件的集合总能毫无例外地导致浩劫，要从中恢复过来得花些时间。亚历山大平常总是开心的旁观者，随着光临女士换衣间，加上那种胆怯、模仿滑稽剧的放荡不羁的氛围的出现，最初随之而来的例行发展的调情活动被玷污了。他不想扫兴。他会给自己的女主角的长裙挂挂钩，整理下低颈露肩装，趁明显没人看着的时候，挨着浑圆的小乳房把脸和嘴唇贴上去。但是，面对她欢快明媚的不介意，他的尴尬也只好不了了之。他的反应就像一个出色的演员对另外一场伟大而坦诚的表演的反应。在首演之夜，他们站在那里，等着下面的节目时，他说：“你知道，我爱你。”然后观察着她不知所措的样子。激情和希望提高了她的演技水平，正如他早就预料的那样。他有意，他很想，等演出结束后带她上床。

那差不多是一年前的事了。那一年发生了很多抽空奔赴的短暂约会，打了很多提前安排的电话，做了很多躲猫猫的游戏，写了很多信，撒了很多谎。那些书信跟这部戏同步竞走，信里的话又跑进了戏里。这些信或机智，或高雅，或猥亵，或不耐烦，或旁征博引，或以下流话和越来越繁复的细节探讨那个如果有张床，他们将躺于其中的美妙时刻。他想，现在，那些信仿佛已经成了真相。如此多连带的想象被延伸到戏剧中，乃至他们好像真的很熟悉，既天真无邪又从肉体意义上互相熟悉。

城堡林位于城堡岗底部，已经遭到新建楼房的围困，被挤压得很逼仄。他们很快就找到了合适的地方可以坐下又不会暴露。他们找到的藏身之地，几乎总是有迹象表明刚刚被别人占用过。很多次，最初的那种粗心大意始终改不了，好多次，他们觉得这些事很好玩，很多次，他们的爱情把被压扁的树叶和涂满口红的绵纸变成新的趣事。有一次，珍妮挖出一个用过的避孕套，装在一个盛放过烤豆子的空罐子里。“人造的家用天赐之物啊。”她一本正经地说。这时亚历山大在附近的草丛边窃笑着，他说：“这是个不会有产出结果的仪式，把煮熟的豆子和被截留的种子放在一起。”两人都同时大笑不已。

亚历山大迅速拿掉一张破报纸，把珍妮放在一个凹陷处，背靠一棵树。他用左手搂住珍妮，开始用右手脱她的衣服。珍妮把手放在他的大腿上。

“我经常想象，成群的露着牙齿嘻嘻笑的男孩子会突然从荆棘丛中跳出来。总觉得这片林子里充满了男孩子，在嗅探着什么……”

“你已经被男孩子们蛊惑住了。”

“我知道。这太可怕了。我从来没想到过，我会讨厌他们。可怜的小托马斯会长大成为一个男孩。我不想让他在这所学校拿个奖学金，然后变成呆若木鸡的小波特……”

“他呆吗？”亚历山大已经解开了雨衣和羊毛衫。他翻起这些衣服，开始对付裙子。

“是的，他呆。他从不合群。我觉得他哪儿有毛病。前天我看到他像只兔子般四处乱跑，也没个缘由，整个‘边地’自始至终都只有他一个人。后来他又躺在地上。”

亚历山大把她的脖子和胸部都脱得赤裸裸的了。他把珍妮的衣服折叠成一块。她坐在那里，安静得像座雕塑。她叹了口气，亚历山大把自己的脸贴到她的脸上。珍妮哆嗦了下。

“亚历山大，你喜欢男孩吗？”

“嘘。”

“别这样，到底喜欢不喜欢？”

“你怀疑我是同性恋吗？所有的妻子都怀疑所有没结婚的老师是同性恋。”他把脸在自己刚刚脱光的皮肤上舒坦地蹭着，“不喜欢。我喜欢教他们，可不喜欢碰他们。我从来没想过要逮住他们中的一个，或者什么的。”

亚历山大想，他的脑袋靠在珍妮的胸上很舒服，他从来没有产生过势不可挡的欲望想抚摸任何人，也从来不曾没有摸到过。他想要的，他真正想要的……说不出口。他转而说：“我为什么这样开心？在我应该感觉沮丧得无法忍受的时候。”

“没错。你应该这样。那你为什么不呢？”

“如果我有个地方——一张床——你就不认为我会犹豫……”

“我不知道你会不会。看起来我好像永远找不到原因了。”

这种带有攻击和不满色彩的措辞也是他们对话中的一种仪式性嗜好。珍妮纹丝不动地坐着。亚历山大开始把心思转向她的大腿。他抚摸着滑溜、紧致的长筒袜和扣人心弦的搭扣间冰凉、结实的肌肉。他柔细的指尖摩挲过吊带裤的隆起部位和松紧带的边沿。他把伸开的手指插进内裤的沿口，直抵热乎乎的褶缝和细丝般的阴毛，那个柔软的部位。珍妮叹息着往后靠过去，把手搭在他身上。别动，一块肌肉都别动，他在脑子里求着珍妮，默无声息的手指继续忙乱地活动着。穿着衣服的身体让他心荡神迷，那层层叠叠交织的衣物，那光滑、坚硬、紧致和流动的千变万化……有多少人就有多少种做爱的方式，他喜欢的是慢慢的激烈，尽可能不要活动。本来带她到那片树林中最有可能做到这样，身上盖件外套或者毯子，被发现的风险并不会比他们此刻的行为更大。他坚信自己不情愿是出于美学考虑。强迫她，穿着歪歪扭扭的衣服，撞碎的细枝，黏糊糊的山毛榉坚果，有各种扫兴的制约因素。强迫一个人太粗鲁了。奇怪的是，他却怀疑如果他固执地想要强迫的话，这位女士会心甘情愿。毫无疑问他有点奇怪。他大概太有自尊心了。他继续用手轻拍和撩拨着她，让她安静，让她张开，同时想到T. S. 艾略特，在这样的情景下，他经常想到艾略特。那凛然不可侵犯的声音。被这位野蛮的国王如此粗鲁强迫过的夜莺。她仍然在哭泣，这个世界仍然在继续。那种紧张。跟莎士比亚搏斗非常好，但是另外这个声音更加贴近，而且更加诡异。他一度感到恐慌。他会没有自己的声音。有个句子，他曾以为是自己的，或者至少是自己的，但却带着一丝奥维德式的机灵的现代文艺复兴回音，这个他必须要改，他必须要记着改，那可恶的节奏肯定是艾略特的……

珍妮弗讲了一连串话，钻进他的思绪。

“亲爱的亚历山大，我得走了，我必须要走了，回到托马斯身边，再说，我的屁股也开始麻木了——”

亚历山大说自己的臀部也僵了或者快僵死了，他撑着的手腕非常疼痛。他看着珍妮。她的眼睛里含着大颗的泪珠。他默默地掏出自己的手绢，轻轻地擦掉眼泪。

“有什么事情不对劲吗？”

“没有。只有一件事。我爱你。”

“我也爱你。”

亚历山大开始整理她的衣服，把她雪白的乳房掩藏起来，一本正经地系上衬衣、羊毛衫和雨衣的纽扣。他捋了下长筒袜的裤缝，拍了拍裙子上的土。他们取出日记本，约定再会的时间，答应要写信。然后，像以往那样，她几乎跑着出发了，并不回头。他总是给她15分钟的提前出发量。

他又坐回枯叶中，构思起一封还没动笔的信中的句子来，那个句子将把麻木和蜷缩的身体的各种脆弱编织成他对无限的美好时空产生的感觉。她离去后留下的气息如此温暖。他感觉完全被她迷住了。他微笑起来。

他还是个小男孩的时候，独自一人在韦茅斯的沙滩上，他总是或者也许总是，有种强烈的感觉，好像看到了她泡沫般的身影，一个想象中的女朋友从海里浮现出来，白皙、金光灿灿、干净、耀眼得像《水孩子》中的艾丽。对这个身影的某种记忆就藏在他笔下的伊丽莎白后面。也许他曾想成为一个女人。这种感觉就像对别人的某种远距离观察。如果这样说是对的，那就应该会在他的剧本中增加某种能量或者力量。这才是重点所在。他得检查下那个假艾略特兼假奥维德式的台词了。

适当地过了些时候，他站起身，刻意漫步回到城堡岗。那些成群结伴的男男女女这时已经聚集在一起，围着一堆柴火煮罐头。那个戴着鲜红色发网的女孩张开腿向后仰着，坐在那个块头最大最肮脏的女孩的膝盖上，她的裙子被揭到大腿上方。另外三个小点儿的女孩盘腿坐着，专注地盯着，不管正在发生什么，她们的观察显然都是其中最基本的事件。亚历山大从黑暗中出现时，她们盯视的目光迅速切换到他身上。那个戴发网的女孩，拧了下身子，蓄意而为，那动作就像个三岁孩子无意中暴露出圆圆的肚皮，拉下短裤给任何男性看，同时又对着他弓起小小的胯部，微微抖动着，挥了下有气无力的手，弄出一声响亮粗俗的声音。亚历山大感觉血冲到了脸上，在头发下面涌动。在厚颜无耻的粗鲁打量下，情况变得更严重，他移开目光，匆匆往前走去。

4

恋爱中的女人

姐妹俩穿着睡衣坐在斯蒂芬妮的电暖器旁边。斯蒂芬妮在一点一滴给那几只越来越皱巴巴、水淋淋但还活着的小猫们灌牛奶。她穿了件条纹的马克斯—斯宾塞牌男式睡衣，非常宽大，睡衣里面，她浑圆的身体好像没有形状，令人不解地显得肥大笨拙。弗雷德丽卡穿一件带长袖的白色睡裙，搭配一条英式黑色蝴蝶结刺绣的束带。她喜欢想象这件衣服从身上飘落下来，被折叠成精美的白色细麻布。其实那件睡衣的料子是尼龙，在里思布莱斯福德或者卡尔弗利，除了粗俗、油光闪亮的人造纤维，那是唯一可选的睡衣类型。它不会飘落，它会紧紧贴在弗雷德丽卡柴棍般嶙峋的四肢上，她不喜欢那种滑溜的感觉。买衣服的时候，尽管没有必要，但她很容易就受到某些柏拉图式理想服装的诱惑，同时这也是她能买得起的廉价仿品制造商的刻意设计。如果有足够的钱，在衣服方面她本该有约克郡人的品质感。但没有钱的话，她拒绝在二流的东西上要精明。

她们聊着亚历山大，聊着自己的生活。在对他的爱上，不存在竞争，只有奇怪的同谋，也许两个人都以不同的方式深信这样的爱是无望的。就弗雷德丽卡而言，相信这种无望绝对是暂时的，她不指望亚历山大注意到自己在精神和肉体方面的光彩，因为这两个方面都被里思布莱斯福德女子文法学校令人厌恶的紧巴巴的校服、规章制度和智力水平所遮蔽。为什么斯蒂芬妮如此确定她的爱同样也无望？这就更难理解了。五年来亚历山大看着她从小女孩长大成女人却从来没有真正看过她，所以没有理由假设他突然会这样做。她对亚历山大抱有想象——而且她还很享受这种想象——认为他是个从未被碰过的男人，超然又孤高，新鲜又纯净。这是姐妹俩对亚历山大共同拥有的某种象征性看法，在聊天中又被丰富和复杂化，而聊天本身又成为她们为何如此平等地分享各自激情的又一理由。亚历山大代表着她们得不到的很多东西，渴望得到，同时又害怕自己将来没有，如与批评相反的艺术，如与女性扎根一隅相反的男性流动的灵活性，还有才干、未来可能成为大都市人的魅力。他经常在海外度假，而且是长假；和别的老师不同，他有很多朋友，都是伦敦和牛津的演员、教师；跟别的老师不同，每个学期末，他都乘飞机去更舒适的地方。那些老师看上去婚姻都不好，老师们的妻子看上去更糟糕。如果她们爱他，她们也害怕他因为爱上她们或任何人，而被可怕地影响。今晚的聊天可以说是之前聊天的加强版。

“今天晚上他显得很可爱。”

“他应对大喊大叫那么优雅得体。他总是这样。”

“他不会待多久了。他很快会走的。他很快会走的，斯蒂芬[1]，然后把我们扔在恐怖的黑暗中。”

---

1 斯蒂芬妮的昵称。

“我也是这样想的。我以为他会待很长时间，安安静静的，把那部作品写完。”

“他跟你聊过写作的事。他都不跟我说。我招他烦了。我不是故意的。我多希望没有那样啊。”

“他的那部戏说不定真的好呢。”

“你能想象作品真的好，而且自己知道这点，会是什么感觉？”

“不能。不能，我想象不来。太可怕了。”

“我是说，斯蒂芬，莎士比亚一定知道自己跟别的人不同……”

“他不是莎士比亚。”

“你又不知道。”

“我只提供一个意见。也许莎士比亚也不知道。”

“他肯定知道。”弗雷德丽卡私下认为，当你明知自己被弗雷德丽卡·波特的力量和眼界困住，特别是你还没决定好究竟把这份力量用在哪里的时候，这样的紧张简直太可怕了。亚历山大那种无可置疑的超凡脱俗似乎并不是这份力量中最根本的部分。另一方面……

“你的那位助理牧师非常凶，斯蒂芬。”

“不是我的助理牧师。不过的确凶得吓人，没错。你应该看看他工作的状态。”

“我不明白为什么大多数人就那么坐着没事干。我不会。”

“不，你不会。”

“你为什么不离开这里，斯蒂芬？你可以的啊。”

“我想我会的。我只是需要花点儿时间想想。”她再次低头俯看那些小猫，不想思考这个问题。

“上床睡觉吧，弗雷德丽卡。我要熬通宵了，我需要打会儿盹，睡觉吧，赶紧。”

5

丹尼尔

丹尼尔独自走进牧师宅邸时，外面的天已经漆黑，主楼没有了灯光。时间并不太晚，但牧师的妻子舍不得用热气和电灯，维多利亚时代风格的正方形梯井像道向上攀升的冷飕飕的柱状阴影。丹尼尔知道自己到了哪里，在衣架和黑色橡木衣柜的障碍间放轻脚步行走着，极力避开土耳其长条地毯磨损的边边角角可能导致的各种意外，向牧师的书房走去。

这里处处带着富丽堂皇的影子。一张非常沉重的皮面写字桌，一对玻璃银盖墨水瓶，一把黑色皮质高背椅，四壁的玻璃书柜中放满了精装书。阿富汗地毯好几块地方都磨坏了，人们经常踩的地方的黑色和金色光点已磨损殆尽，变成一张不再反光的麻袋布。房间干净得让人激动，但却透露着一股无处不在的水仙花的味道，以及微微浓郁的小苍兰的香气。一个浅浅的黑色瓷碟中，釉面上隐隐约约闪着银光，暗淡地漂着一组剪下来的精美别致的花苞组合：几朵猩红色和紫色的银莲花、绿尖头的雪花莲，以及细若薄纸的水仙和淡金色的小苍兰，彩色影子映照在水面上。

这些是威尔斯小姐每天摆上去的，她是牧师忠诚的房客，斯蒂芬妮的资深同事。丹尼尔搅动着她的贡品，伸手去开台灯。他记得母亲说过，晚上在房间里摆花会有危险。他父亲奄奄一息之际，母亲连夜把所有的花瓶都转移到碗碟存放间，收拾起来放进坑坑洼洼的血红色陶瓷洗涤槽里。它们会释放出某种有毒气体，她说，医院护士曾告诉过她的。丹尼尔不去想这些往事了。他拿来牧师书房的梯子，开始在书架上搜索。

封面被装裱成黑色和金色的莎士比亚全集放在书架顶端。玻璃门上了锁。丹尼尔查看了下别的门。没有钥匙。他沉重地走下梯子，开始在微弱的光圈中搜索桌面，然后打开一只银盒，银盒里面散发着烟草味儿，一个木制保险箱中装满了纸夹和节约标签。他开始像个夜晚的窃贼般劫掠起桌子的抽屉，翻转着小小的硬币储蓄罐、松紧带、老旧的手编圣枝主日十字架。在一个抽屉套嵌的抽屉中，他启用装在上端小格子里的秘密弹簧，发现了自己要找的东西：一串套在镀银钥匙环上的钥匙，这些钥匙可以打开家里的各种隐秘之所，从保险箱到缝纫机。他再次登上那把小梯子，喘着粗重的气，推开柜门，在暗淡的光影中辨认了半天那些镀金的字母，然后伸手取下《李尔王》。书页的凹槽中积满了深厚的灰尘，丹尼尔从中拍出一股细微的尘云，看着它消散、落地，弄脏了一只手绢，在上面留下黑乎乎的污迹。他关上箱子、抽屉、书桌，轻轻走出书房，继续上楼去。

他的房间在二楼。宽敞巨大，又深似洞穴，有着高高的传统天花板，上面鼓出被灰尘熏黑的玫瑰花垂饰和被慢慢渗透的湿气染成葱皮色的白色石膏苹果。两扇高高的窗户还挂着埃勒比夫妇战时灯火管制期间用的窗帘，黑色和金色相间的棉纤编织品，画着巨大的金色链环凸起图案。这个房间住着埃勒比先生所有的助理牧师，是卧室兼起居室的那种房间。每个角落放着一张小小的硬沙发椅，有个用帘布围起来的小凹室，里面有个洗脸盆和宝宝铃牌炉子，丹尼尔可以在上面自己做雀巢咖啡，烧自己的晚饭（早餐和午饭他可以跟埃勒比夫妇一起吃）。那地方的家具布置既太多又匮乏，既拥挤又荒凉，像个家具贮藏室。这还真是个家具贮藏室，埃勒比太太自然地把这间卧室和会客室混用的房间贬为放家具的地方——目前没有用但又好得还不想扔掉的家具。丹尼尔被两个衣橱、三个带抽屉的柜子、一个垫脚软凳、一个洗手脸盆架、两张咖啡桌、三把扶手椅、一张写字桌、一张圆顶办公桌、三个普通灯具、一张带玻璃门的书柜、一张软躺椅、三个小古董架包围着。还有一大堆层层叠叠用钢铁管和仿真皮做的椅子。这些家具有的是橡木，有的是胡桃木，有的是桃花心红木，还有些是白木。装饰材料都是深深的血红色或者模糊的暗褐色。墙上挂着杜雷尔的《祈祷的手》、凡·高的《向日葵》，还有一幅巨大的照片，上面有两个脂粉气十足的祭坛童子和一只插着百合的铜花瓶，沐浴在一道长长的光线中。地板上铺着斑驳的烟色油布，上面像岛屿般分布着大小不等的地毯块：一块猩红色詹姆士一世时代风格的布片，一块带夹子的小地毯，上面有一艘白色轮船在深蓝色的海浪上行驶，还有一块绚丽的威尔顿机织绒头地毯，上面是散开的雏菊和歪歪斜斜的玉米穗子的印象派图案。

丹尼尔往煤气表里塞进一先令，打起火，这是只有些年头的光线牌煤气炉，点着火后发出让人不舒服的咆哮和吞吞吐吐的爆裂声；两个散热器已经损坏。他挤进自己的小窗帘后面，冲洗着，匆匆忙忙，洗到齐腰，愁眉紧锁。他叠好黑衣服，穿上睡衣，身上还留着没有形状、像污迹般的汗珠，然后上床睡觉。

床头灯的灯罩用鲜红的塑料编织带做成，灯泡也节约地昏昏暗暗。氛围既阴森又红火。丹尼尔斜出身子，让灯光照在书页上，开始艰难地读起《李尔王》来。

他读得很慢很仔细，专心致志。他不喜欢自己的房间，但又没打算改变或者舒缓下它的阴暗。那必然浪费精力，他现在越来越善于掌控能量的调遣，不管是自己的还是别人的能量，而且有种本能的微妙的洞察。如果他没有好眼力和能力去忽略肉体的不适，他应该会改变灯盏或者它的位置。因此他不假思索就认定，这事不需要他给予任何关注。

他算不上是特别好的读者。他反应慢，而且向来就慢。他小时候苍白又肥胖，感觉自己的脂肪在上面压着自己。就在15岁改宗前，他从书上看到，脂肪其实是燃料，燃烧后会化作能量。这让他很感动；这改变了他内在的那个丹尼尔和外在的丹尼尔之间的关系，而且这还真的好像几乎是第一次让这二者可能具有内在的亲密关系。现在他经常从幽默的意义上使用燃料这个概念，在布道的讲坛上调侃自己。如果你想要展示肥胖，在某种程度上，变得肥胖就成为必要。同时向孩子和成人展示肥胖，是个风度问题。你可以举手投足都假定自己脾气和蔼可亲。这位比利·巴特[1]的化身，经常扮演傻瓜，偶尔出于被迫，如今已经成为职业危害。

父亲活着的时候，丹尼尔就知道肥胖背后潜藏着力量。他父亲是个火车司机。丹尼尔在谢菲尔德长大，生活在几排被烟熏得黑乎乎的房子里，这些房子都带着封闭的小院和板岩屋顶的厕所。火车司机受人尊重，地位迥然高于街上其他工人。奥顿家的窗帘更加崭新，门槛更白，铜锁比别人家的更亮。特德·奥顿身材魁梧高大，喜欢吵吵闹闹。他穿过大门走进去时，身上会带着火车的哗啦声、热气和冲刺

1 比利·巴特是作家查尔斯·汉密尔顿创造的文学人物，一个以贪婪和过分肥胖为特征的小男孩。

劲儿。他经常胡乱扔东西，错放装饰物，吃东西时声音响亮，惹得唠唠叨叨、大惊小怪的老婆很不高兴。他喜欢开些残忍的玩笑——会突然从滚烫的茶杯中取出灼热的茶匙，然后烫一下丹尼尔的手，会从自己那份葡萄干布丁里粗鄙地找出半克朗和弗罗林之类的硬币，然后表演一番冗长又折磨人的牙齿被磕碎的哑剧，最后把那枚硬币送给丹尼尔。在家，他经常怒目而视，高声喊叫，吩咐丹尼尔赶紧行动，赶快，亲自动起来。丹尼尔会故意不自然地大模大样地起身活动来对抗他那飘忽不定的愤怒。他觉得自己害怕父亲，他低垂着目光，肥胖的脸庞严肃凝重，看不出任何表情活动。可是，暗地里，那种旋涡般激荡的暴力和没完没了的各种要求，却让他很兴奋。

出了家门，特德那种笨拙的生命力会变成某种更平和的力量，像离站的火车，最初憋着劲喷气行驶是为了换取长途奔跑里如饥似渴的平顺畅快。他喜欢带着丹尼尔在车库周围转悠，爬到车厢上，坐进驾驶室。他经常检查丹尼尔的作业，会忽然提问他一连串的单词拼写或者一道长长的心算问题。他答应送丹尼尔一本集邮册，并且带丹尼尔去海边旅行，前提是他考过了二级考试。

丹尼尔还真过了，虽然成绩不那么优异。他仍然保存着那本集邮册，去海边旅行却永远没法兑现了。就在一星期后，在一个斜坡上，特德被一辆改道的运输粗矿石的敞篷货车撞倒。然后他在医院又躺了一星期，身体受到严重损坏，不久便死了。丹尼尔没有被带去见他。起先，别人告诉他，等爸爸意识恢复后就可以去看他，后来就彻底完了。奇怪的是他还在生爸爸的气，以为他在用这种含混和躲躲闪闪的方式，貌似答应下某件他办不到的事，父亲以前可从不这样做，他现在才明白了。丹尼尔没有被带去参加葬礼，而是留下来跟街上另一个小男孩“玩”。母亲也没对他讲出什么事了。

后来，丹尼尔经常跟人说，自己记不得父亲去世的时间。他故意只说一半真话。他那张大脸不露声色，他按照自己对“正常”的理解，行事中规中矩，生存了下来。有那么些日子，他一动不动地坐在椅子里酣睡，某种机缘将他带回到第一个电话打来的那个时刻，自己似乎长久地深陷在那个时刻中，仿佛他被反复带回到那个时间点。他感觉自己在被要求知道——以某种无法想象的方式——当时真正发生了什么，同时，又感觉其实自己无法知道，于是就永远这样悬而未决，注定想要再试一次。他从来没有讲起过这件事。

他还保存着那本集邮册，小小的四方形册空空荡荡，纸质透明，没有被打开的粘着透明胶水纸的信封。他既没有扔掉也没有再看过。

丹尼尔满以为自己和母亲肯定会被拉得更近，从感情意义上，他把自己当成这个家的小男人，当成一个孤儿，既提供安慰又需要安慰。事实上，母亲很快就开始变得令人讨厌，而且很不优雅，经常长时间靠着后门抱怨自己的退休金不够用，这里刮蹭点皮，那里骨头疼都要讲半天。每每提起丹尼尔，都把他当成负担。奥顿太太是个小个子女人，以前瘦削又脆弱，现在身上塞满了多余的脂肪，肩膀上、肋骨上、屁股上、脸颊上，处处都是脂肪。在脂肪的围裹中，她的鼻子和下颏，以及纤细的手指和小眼睛，大致还能让人想起早年相对娇小的身材。以前她生活中最强烈的乐趣就是调情，最愉快的时光就是风情摇曳的日子，婚前她在那些挑逗、浪荡和充满活力的日子中一天天成熟起来。特德征服了她。她滋生出很多安抚人心的东西，像小面包、小桌布、椅子罩、镀银的汤勺、铜铃，等等，特德说话的时候，她会拿着这些东西玩弄，不是调整就是擦拭，目光小心地躲开他望着别处。在她寡居期间，很多这样的物件都消失了。虽然窗帘仍然一尘不染，但丹尼尔在不知不觉中开始觉得自己的家暗淡又肮脏。奥顿太太把调情的乐趣换成了说长道短的乐趣，像她过去跟别的女孩一起咯咯地笑话求婚者和对手的狼狈，现在她又没完没了地忙着编织一张对邻居们的所作所为的推测、批评、造谣之网。她把鞋子换成拖鞋，拿罐头盒里的食品喂给丹尼尔吃。

丹尼尔太孤单寂寞了，孤单得他都不敢去想这事。在学校，他变得沉默寡言，很不起眼。他努力完成家庭作业，对自己做的东西从来没有透彻的理解，也不去深究几何或者语法后面基本的理性结构。因为他只是为了通过考试，没有人问他是否知道自己这是在做什么。他不想知道。如果他表现好些，个别老师会想着鼓励他。如果他表现差，可能会引起某些试图矫正的关注。事实上，他依然如故。他的表现已经足够好，继续那么过着，不曾被人说三道四。

十五岁的时候，被囚禁在层叠、滚圆的肉体轮胎中的丹尼尔跟一群杂七杂八的学生代表被派去参加谢菲尔德市民周活动，那是个风雨无阻的演讲和表演活动，话题内容从岩层到牛奶瓶的蒸汽消毒，从世界末日书记载的伊尔·瓦尔塞奥夫殿堂到钢铁熔化，从公司的流程形式到来自“纽约神秘圈”的剥皮工剧团的韵律节目，应有尽有。

不知道出于什么原因，演讲人当中有个来自当地圣公会社团“圣·迈克尔和全天使”组织的神父。这个社团很高尚，严守贫穷、纯洁、顺从的誓言。它们曾和工人牧师做过实验，派人去工厂工作，还跟被释放的犯人群体同住旅馆生活。这位神父在为那些“有志者”举办的演讲活动开场仪式上发表演讲。

不久前，一个阴沉的下午，在宽敞又深邃、支柱林立、暗淡阴郁的谢菲尔德市政厅礼堂，他对一大群有气无力、懒散迟钝、无缘无故焦躁易怒的听众发表演讲。他利索地站起来，好像从地下世界出现，然后稳稳地站住，在黑色衣服下摆组成的柱体中显得骨瘦如柴，讲台两侧蹲伏着外观看上去死气沉沉的青铜色法西斯主义者的狮身人面像。

当时他讲的东西成为丹尼尔唯一的集体激情体验，而且现在依然是。

神父是个演说家，想交流某个迫在眉睫的生物学危机，根本不用显而易见的小技巧或者手势。他一动不动站了片刻，探测着观众游移不定的倦怠，然后，开始用不动声色、犀利的演说，摧毁礼堂里层层缠绕的懒散和冷漠的阴沉。开始，他只是告诉大家自己在做什么，他在这个世上的工作，他不动声色地为他们制造出卑鄙、狭隘、痛苦、精神混乱和恐惧的体验。他端庄稳重，并不令人痛苦，他犀利，并不借助恳求。他从不盯着某个人的眼睛，不强加要有所反应的义务，但又用某种控制得游刃有余的权威掌握着注意力。他好像独自一人，用显然属于自己的声音在自言自语，从不迁就观众想象中的年轻、幼稚或者愚蠢。而且，他具有某种很特别的多重气度。他演讲的时候，好像寄居在别人的身体中。他用不动声色的声音演说时，身体从这个瞬间到那个瞬间，随着沉思内容的变化不断地轻轻移动。一只嘴唇瘫痪般耷拉着，因为害怕和恐惧，僵硬得像石头，刹那间双手疼起来，盯着一个无形无状的世界的眼睛里犹豫不决地透出失神的空虚，而沙哑的声音始终不曾支支吾吾。

他说似乎很奇怪，很多东西如此清楚，而且大家都承认，却很少获得响应。还说，虽然基督说过人们应该如何生活，但连考虑这样生活的人都很少。他讲得黯然神伤，好像脸被剥光了，他说重要的是人们应该学会使用自己的生命。他说，很少有人知道自己真正能干什么。大多数人害怕知道，害怕环境会逼迫他们去知道。最好——神父张开手，挥舞着紧绷的手指——最好，有目标地走出去，为了某个美好的理由，去面对它。对一个人来说，知道自己只有一次生命，只能做这么多事情，不可能再多，这太残酷了。但是这样的觉悟，就像别的所有觉悟那样，具有真正的力量。知道一个人的局限，然后去行动，然后再行动，这就是力量，而且会生发出更多的力量。一个人必须使用自己的生命，必须思考如何使用它。那双高举起来、张开的手，好像正在吸取，并且用指尖接受着一场充满能量的聆听中过电般的沉默。他上下翻转着手，那是一种祭司用的动作，告诉大家，这个房间也许有两三个人，他们不会满足于什么都做，会把自己全部的力量转到一个方向上，为上帝工作，跟上帝在一起。他不想要半克朗的硬币，他想要的是生命。基督说，他们可能会让生命过得更加丰富。不要追求幸福，要追求生命。

尽管他现在口若悬河，但并不是他说的内容把大家围裹在纯粹理性和常识的令人心醉神迷的魔法中。他当然生气勃勃，不仅仅是丹尼尔，所有人都兴奋起来，伸手去接他树枝般的手指指尖上献出的觉知。他越过大家的头顶望着昏暗中青铜链上悬挂的苍白的灯泡，这时大家就像一个整体，全都追随着他明亮的眼睛，同时又被他明亮的眼睛掌握着——如果他走下来，他们就会向他伸出紧绷的手，去握他的手。

抓住，他告诉大家，抓住现有的东西，真实的东西，抓住做好一件事情的机会。只有一条道路，只有一个真理，只有一次生命。其余都是一场梦。

他引述道：

> “丧失全部信念最佳，最糟糕的则是
> 满怀强烈的激情。”

他说：“我们可以改变这点。我们中的任何人都可以改变这点。”

丹尼尔对短语警句没有欣赏力。后来，很多他都回想不起了，回想起的好像又失去了它们的魅力、冲击力，甚至显得陈腐或者华而不实。可是当此人用一个表示威胁、激励或者拥抱的最后的动作结束演讲后，他却永远记住了那极富表现力的胳膊和环绕的能量——他记住了礼堂沸腾的激情，记住了不可言说的一切是有可能言说的那种感觉，记住了被释放的力量。男孩们三三两两地站着，在焦躁地辩论。到处洋溢着某种欢乐的氛围，好像大家都被感动了，好像这种陌生感可以分享而且令人难忘。丹尼尔也站在那里，兴奋地说着什么，已经从自己因肥胖和沉默寡言而导致的孤独中解放出来。第二天他去看自己本地的牧师以及校长，想看看加入教会需要些什么条件。当他发现需要在学校多待一年拿到中等拉丁文证书时，居然还很开心——阻力和困难让他的力量感更加锋利。他有了目标，他的眼睛因为有了这个目标而闪闪发光。

神学院让他学到更多他在那个暗淡的下午就已经明白的道理。他一直固执地信仰着当初为自己定下的要求。而随着自己接受的训练不断深入，他心目中对这点的定义更清楚了。他开始明白，最需要的是做个现实的人，完全依赖现实解决方法的人。他经常把这个词用在自己身上，也许有自己独特的意义。当他逐渐明白，自己既不是那种善于沉思反省的人，也非学者型的人时，明白自己既对本人也对别的任何人的动机不感兴趣时，既对早期的异教思想也对礼拜的形式不感兴趣时，他在心里对自己说，总有人要完全忠于现实。务实就要直接处理痛苦、贫穷、灾难，绝对直接面对。要回到人性被考验的现场，那些从人体、理解力、社会关系中被邪恶逼迫出来的人性部分。想要从事这行，他需要很多资格。其余的完全是需要处理的累赘。

他有足够务实的聪明手段对那些权威机构的人掩饰自己对祈祷会或者集体的自我省察缺乏兴趣。他相信，但又不屑说，自己的，以及同学的灵魂的状态，相对他们要从事的工作，应该适当地少关注些。他既天真无邪又具有颠覆性，可是看上去胖胖的，值得敬重，同时被那些在他之上的人贬为积极肯干却又迟钝。等到里思布莱斯福德的助理牧师职位出现时，对任何一个处于学徒期的务实男子来说，它都跟别的任何职位一样不错。他寻找的不是一项事业，而是一份工作，因此没有人注意到他是个狂热的幻想家。如果埃勒比先生开始就认识到这点，而丹尼尔本人现在都还没有意识到，他就会继续试图弄明白他的工作是什么，如何才能做得最好。

丹尼尔经常花上好几个孤单的夜晚草拟工作计划，在彩色文件夹上，用规规矩矩的黑色的手绘表格，把要做的工作、要在教区会见的人的信息串起来。他相信记录，以防遗漏或者忘记重要事项。他主张做个帮扶工作网——让孤单寂寞的人去拜访离不开家的人们，让居丧的人拜访病重患者。奇妙的是，大家都很感动。根据他自己充分的假设，这对他们来说是能够办到的，而且让他们感到被需要，这样做切实可行。他只要够聪明，知道应该求谁去办什么事就可以了。他犯过一两次错误。奥克肖特太太曾经提出照顾海多克太太患自闭症的儿子，然后又惊恐地从家里跑出去，向埃勒比先生控诉精神敲诈。丹尼尔被要求道歉。他道歉了。现在，他忽然想到，斯蒂芬妮·波特显示出与马尔科姆·海多克打交道所需要的诸多品质。在对待那只猫的死亡问题上，她表现出令人钦佩的镇定、务实、冷静和理智。如果她不是基督徒，也肯定是个良善之人。他完全可以问问，而且应该问问。

他躺在坚硬的小床上不断地翻身，小声读着《李尔王》，好像读这本书是件多么重要的事。他不知道为什么会有这种感觉。他这样做是受某种愤怒情绪以及想跟波特家人，特别是斯蒂芬妮来往的隐秘欲望所驱使。他这样读的时候，不知道自己究竟为什么而读，于是就为了看个故事，看看埃德加和考狄利亚会发生什么，他以为这两个人是男主角和女主角，很佩服，却不敬畏。莎士比亚非常聪明，塑造出这样伟大而真实的老人，如此疯狂，如此深受伤害，如此必然要被打破和摔碎。他看不到这部戏剧中黑色和激烈的反神学色彩——比尔·波特这个自由主义者下意识就能看得出来——并非因为他认为这部戏剧是关于救赎的，而是因为他知道，这个世界就是这样，在这点上他从不质疑。《李尔王》很真实。他记下很多段落，可以在布道上用。年龄不见得有多重要。这些都是毫无洞见的小把戏。让你回到我的姐妹身边。这个读起来更加清晰明了，要比他记得的从学校莎士比亚证书考试里学到的更加清晰、有力。他想自己能有这种清晰的睿智就好了。他说起话来有种神职人员的吞吞吐吐，他并不喜欢这点，心里知道这是个错误，但不知道如何对付。

读到结尾时，他感觉自己学到了某种有关痛苦的东西。他身体紧张僵硬，感觉既兴奋又害怕——跟这次阅读有关，更多却跟斯蒂芬妮·波特有关。他想起那只猫死后，她如何处理得干净利落，沾满鲜血的双手那么小心又那么老练，记得她如何把那些小猫擦洗干净后裹起来，让那个哭泣的孩子轻轻贴着自己的身子，安慰她。那个星期，一个感情极其脆弱的老太太跟他说起自己女儿的新生儿：“哦，我想捏他，我就想捏捏他。”他从自己的身上体会到那种想捏捏斯蒂芬妮的欲望。斯蒂芬妮的父亲在跟他发表长篇大论的时候，他却异常清晰地想象着，他也许可以靠过去，握住斯蒂芬妮圆圆的慵懒的脚踝，然后使劲捏住，捏啊捏，直到骨头都错位。

6

画宫

周末的时候，马库斯总感觉空虚难耐。他有个不可侵犯的地方，那里谁都不会来——里思布莱斯福德·高蒙电影院的咖啡馆。在学校看电影是被禁止的，而且比尔会阻挠打击，除非在某些精心挑选的场合。看《白雪公主》被认为是一次具有启发意义的体验，那时他还小，曾陷入恐怖中，那些巨大的幻象不断变化形状，像围攻那个刚刚分离的灵魂的幽灵，按照《西藏亡灵书》的说法，有不断膨胀、吞没一切的怪兽，深深的充满浪漫色彩的洞穴，白色瀑布，咆哮的岩石板，旋转的刀锋般的光影，折磨人的滚落碎石的悬崖，还有各种动物，有的血红色，有的油绿色，有的黑色。弗雷德丽卡说，它正在摧毁一切。马库斯已经被摧毁了。即便那么小，他还是努力扭过脑袋，盯着那架高高的放映机里流转而来的光锥体，借此来消除幻觉。但是，对这个小男孩来说，因为被喧嚣所包围和淹没，理智已经失去保护。晚上，他闭上眼睛时，各种奇异的幻觉就会涌进脑壳。

比尔不许他看《小鹿斑比》或者《笨伯》，这些东西被认为太多愁善感了。

现在诱惑马库斯的不是那些被违禁的快感。他会匆匆走过外面那些镀铬框里骗人的静物画，有的画着温柔的情人，他们以某种不可思议的角度倚靠在彼此的身上，有的画着某个少年英雄，白皙的皮肤上细腻地涂抹着鲜红的血，乘一艘海盗船穿过凝固、冰冷、象牙般洁白的汹涌的浪尖，有的画着几只闪亮得不自然的狗和鹿，慢条斯理地缓缓穿过青葱得不自然的森林，走进生机盎然、逐渐上升的地平线。马库斯从不去看电影。他喜欢的是这座封闭电影院的内部，外墙上空空荡荡，没有门窗，而大门都从内部被门闩挡着。

想要去那里你得爬上楼梯，即便中午的时候，里面也昏暗阴沉，风从上面灌下来再钻进去，你的脚悄无声息，不留下任何印记，悄然地走过裹着厚厚的猩红色地毯的梯面，楼梯边上绕着一道弯弯曲曲的镀金象牙栏杆，顶上配着粗壮的黑玫瑰长毛绒把手。楼梯上柔光映照，桃红色的光来自镀金杯盏中暗淡的鲜粉色的小花。灯光朝墙壁上亮荧荧的脸庞投去温暖的生命活力，身穿黑色花边衣服的黝黑的妖女，留着猩红色的指甲，拿着长长的珠宝做的烟嘴儿，面色苍白柔和的明星，膨胀的乳房支撑在白色天鹅绒中，噘着嘴唇，银色的波浪卷发均匀地铺在涟漪般起伏的发脊，小姑娘戴着明媚活泼的金色绒毛紧箍巾，顶上装饰着花冠。

猩红色的楼梯平台正中间有个水花轻溅的喷泉，喷泉里是一条极具上世纪三十年代风格的绿色透明玻璃美人鱼，她的手托举起一只平底杯，流水从中落下。她的脸上没有五官特征，身穿普通皱褶长袍，脚趾和手指摆出某种姿态，凸起的小奶头高高耸立，细细的水流经过上方明镜似的池塘，飞溅在水淋淋的青铜叶子上，下面有灯光照明，放出玫瑰色和鲜绿色的光。你继续往上爬，进入更加幽深的地带，那个咖啡馆的大门在楼梯第二层平台的对面。

那扇门用青铜和平板玻璃做成，里面挂着厚厚的窗帘。你推开走进去，里面像个灯光暗淡的地下世界，微弱的自然光透过厚重、带褶饰的奶油色窗帘，成串的暗红色灯泡强化了自然光，那些灯泡就像黄铜色的弯曲的根茎上长长的花蕾，而这些根茎则从镶嵌着古铜色玻璃镜的梁柱上窜出来。地毯上玫瑰密布，有粉红色和奶油色，有白菜那么大。小小的椅子都是镀金的。在梁柱之间你能看到那个冷饮柜台，以铜镜为背衬，配着隐隐约约嗞嗞作响的茶水杯和好几排高脚酒杯。两个戴着白色帽子、系着围裙的女孩坐在高高的凳子上，胳膊肘撑着头，轻声聊着什么。她们的顾客时断时续。马库斯经常在那里独自坐上好几个小时。

他经常给自己买份奶昔，有深红色，鲑鱼肉般的粉红色，黄褐色，亮黄色，顶端覆盖上慢慢绽开的泡沫。

如果你比较节省的话，一杯奶昔可以喝很长时间，而且在你吸啜的时候，或者貌似在吸啜的时候，没有人会打搅你，坐在那里既安静又安全。从下面看不见的深处，各种声音时断时续地传上来。有紧张的音乐声，有炮火的爆炸声，有遥远的喧嚣声。每到交响乐的高潮，这里整个开始轻微地震颤起来，然后又摇回深厚的沉默中。马库斯尽量保持安静不动，避免各种思维活动。

他有各种办法可以避免思维活动。其中一个办法就是不出声的嗡鸣，那是一组大量被刻意限制在中阶音域的可变化音调。另外一个办法就是通过指关节和拇指指甲的轻敲和紧握模拟制造出富有韵律的节拍。还有个方法有点像对咖啡和冷饮柜台做数学绘图。他会设想出柱子的高度以及它们之间的距离，粉红色灯泡、奶油色地毯上玫瑰的数量，光线的直径，光在桌子和桌子之间飞掠，从带镜面的制品和镀金物上释放出闪闪光辉，逐渐把整片空间匀质化成一个由柔软、交错的光条和缎带构成的有序的立方体，这个立方体充满了古铜、奶油、深红、淡红各种颜色，仿佛阿拉伯瓷砖般的波状图案。这个方法虽然比别的方法更加令人满意，但却很脆弱，因为这个慢慢结成的茧可能会突然被女服务员某个出其不意的动作撕裂，在立方体中她们往往由黑色的卵形空间来表示。

因此，当马库斯吸着甜甜的玫瑰色饮料，听到头顶有声音问是否介意自己坐在旁边时，他非常不乐意。

他吃了一惊，然后大喝一口。这人拉出一把椅子。

“我看我们的想法一样，喜欢和平安静。真巧。我喜欢巧合，你不喜欢吗？”

马库斯用脑袋做了个不确定的动作。他努力想辨认这位闯入者是谁，是卢卡斯·西蒙兹，学校低年级的科学老师。西蒙兹大概快30岁的样子，不过看上去要年轻几岁，干净、清新、面色红润，留着褐色卷发，长着双非常大的褐色眼睛。石南色粗花呢衣服下面，肩膀方方正正，身躯干净利落，相较之下他的屁股略微显得有点笨重。他的衬衣确实很干净，他的法兰绒长裤略微有些逊色。他朝望着别处的马库斯真诚地微笑了一下。

马库斯上过西蒙兹开的一门通识科学课。这门课想扩展高级水平会考学生的知识范围，充其量是杂乱无章的拼凑，很容易被那些比较聪明的孩子岔开话题，他们喜欢拿些尴尬的问题把西蒙兹弄得不知所措，这又轻而易举能够得逞，因为西蒙兹好像是个思维迟钝的人，如果他计划好的进程被打断，他仿佛随时准备全部放弃。但是，他对调侃好像有种奇怪的免疫力，轻易便放弃教导，试图兴高采烈却又有点勉强地回复提问，无论这提问多么荒唐。格外聪明的男孩认为他们只是在讥讽他。很聪明的男孩认为他只是不够聪明，看不懂他们想要达到的目的。马库斯认为，真正的解释，对这些男孩来说，既简单得难以理解，又因为太侮辱人而不屑理解。西蒙兹根本不关心他们是否学到了什么。大家应该能看出这种不在乎，马库斯想。他自己倒挺尊重这门课。通识科学课上，在喧嚣声中，他从头到尾都安静地坐着，画自己的东西。在好几张图纸上，他都画着一条螺旋线运动着穿过钻石的图案。这个练习的要点在于避免，但又要暗示那个中心点，所有的线条都在朝它无限集中。要做到这点，一个办法就是把那些线条画得淡得几乎看不见，以便尚未成形的图纸网格撑住并抑制它们的消失。有一次，西蒙兹走到他身后，俯视了一阵他正在画的图案，点点头，笑而不语。马库斯还记得这件事。他不喜欢被人从上往下俯视。

“你真觉得我没有打扰你吗？你有什么饮料可推荐？我看你在喝奶昔。我自己也偏爱这些东西。服务员，再来杯奶昔，来杯我朋友喝的就行，粉红色的那种。再来个炸面圈。两个可以吗？没有？那就来一个，不过，可能需要再来两杯奶昔，是的，谢谢。”

马库斯面前摆了一杯半还冒着泡沫的粉红色奶昔。这两杯你可没办法匆匆吞掉。

“真有意思，我们居然会碰见。我来这里纯属一时冲动，在此之前，我这辈子可从没来过这里，不过，我心里还有些惦记着你，可以这么说，所以我认为这也是刻意，算是那种带有刻意色彩的诸多巧合之一。你相信这些东西吗？不要担心。我记着你是因为职工会上你经常被提到。他们不解，你的作业中透着股闷闷不乐。你本人也显得不高兴。他们好像搞不明白。韦德伯恩说，你不想出演他的戏。别这么忧愁。没有人真正看出你为什么会这样。”

马库斯弄出某种窒息的声音。

“没有必要这样压抑，我以为自己强行撞进不受欢迎的地方了。说不定我能帮上忙呢。”

“谢谢。”

“完全不用。”

“我挺好。谢谢。我就是演不了，如果这就是他们关心的事。”

“哦，可是你能演啊。我看过《哈姆雷特》，你知道。”

“我不想演。我不喜欢那个。”

“我看得出你喜欢。很感人，很抑郁。哦，真的。”

西蒙兹长长地吸了口自己的奶昔，他这样吸的时候还往空中吹了一两个细微的紫红色泡沫。马库斯很挑剔，他擦掉落在左手背上的一个泡沫。他想起奥菲莉娅。

所有那些夜晚，从自己的身体上，从那并不适合的身体上，摘掉备受蹂躏的花环，脱掉皱巴巴的白色裙子，他都陷入极大的苦恼中，他的手已经不是他的手，头脑中唯一的话语就是她冰冷的悲叹，头发不是他的头发，自己的头发从他每天晚上揭掉的金色长发下像撞了鬼般直竖起来。他经常从自己身上某个迷失的器官听到她沙哑的歌声，哭喊着要出去，要回来，哪个器官呢？那感觉就像被“展开”，只是没有稀薄的空气和延展的空间的感觉——在自己之外，但又被拘束和限制在陌生的衣服和不透气的画满油彩的皮肤中，橡皮乳房和她的裹尸布紧紧地勒在身上，打了结般缠绕住四肢。他明明听到歌唱声和尖叫声，事后，却不知道自己是否唱过或者尖叫过。

“表演，太可怕了，”西蒙兹说，“以现代的眼光看，文化能够为一切开脱，但是早期的人们更明白这个道理。那些年纪大的清教徒非常清楚你可能会被附体。苏摩，即那个物理化学合成的躯体，他们知道那可能是恶魔的杰作。笨手笨脚地处理意识活动是很危险的，除非你对自己做的事情很有把握。当然，有些人开始把意识活动封闭起来，不再遭受伤害。有些人陶醉于控制别人，比如有表现癖的人和催眠师，等等。你不是这样的人。”

这些话马库斯大部分都不太懂，不过西蒙兹说的那个短语“附体”却不可思议地表达了他演奥菲莉娅的感觉，他坚决不想再重复那样的体验。

“你的表演，深深地触动了我。”西蒙兹说，“更像灵媒而不是演员，是另一种意识活动的沟通媒介。我快要成为研究自己的意识的学者了——在科学的意义上。我想我们还不够冒险。我不是指所有那些耍小聪明的唯灵论，你肯定知道，什么水晶球之类的东西，还有从古老的仪式垃圾堆里丢下的降神会、咒语，等等。同样，我不是指纯实验室的结论，只会计算令人不解的纸牌上的彩色点数，或者通过多来几次歪曲平均律。不，我们应该从那些被认为有特殊意识天赋的人开始——那可能会扩展人类能力的极限。这就是我对你感兴趣的原因，年轻的波特，真的非常感兴趣。”

“我不想，”马库斯说，“能表演奥菲莉娅的人多了。”

“我知道。但是你有别的天赋，难道没有吗？包括完美的声调？不用寻常的复杂的推导过程就能解决数学问题的能力？”

马库斯无言地看着他。他从来没有跟人说过这些东西。

“我胡说八道了吗？你对这些天赋的使用务必要非常谨慎。在错误的人手中，这些天赋最后会显得非常可怕，犹如让其他力量占据你身体的能力。这些力量可以为善，也可以作恶。也许我该解释下我的立场。”

这场对话有个令人不舒服的特点，事实上它严重地偏向一边，似乎在西蒙兹心中挑起好几种互相矛盾的感情。一方面他非常高兴，体现在男孩式微笑和善意的挤眉弄眼中；另一方面，他又显然过于激动，大汗淋漓，不停地用皱巴巴的餐巾纸擦着额头，那里肤色绯红，像山莓色的奶昔。马库斯既不鼓励也不阻止他“解释自己的立场”。事实上，他两者都办不到。于是西蒙兹继续说。

“我是个有宗教情怀的人，我想你可能会说，那是在科学意义上而言。我对宇宙中有机体的定律法则充满兴趣。大有机体，大有机物，如植物和银河系，小有机体，小有机物，如卢卡斯·西蒙兹、马库斯·波特、老鼠和微生物。没错。我们并非始于肉体，灭于肉体。整个历史上，人类发明了众多方法来超越这个物理化学意义上的肉体，有好有坏。有祈祷和舞蹈，有科学和性爱，应有尽有。使用效果有好有坏。有些人觉得此易彼难。瞧，最初，是上帝赋形，或者尚未完全赋形，你明白了吗——成形和尚未成形，给尚处于惰性状态的事物赋予或者部分赋予某种形式。如果你没有被上帝赋形，你就可能被更加低级或者糟糕的东西，或者同时被二者，废形。”

“我不明白。”

“我知道。我会告诉你。”

“我不信上帝。”

“我知道。这无关紧要，老伙计，只要上帝相信你就好。我已经观察你好久了，我已经有了深思熟虑之见，他真的相信你。他视你为能量或者形式的入口。”

“不会。”

“能告诉我你是怎么做这些数学题的吗？”

“我再也做不出来了。”

“从什么时候开始的？”

“从我告诉某人如何做到开始的。”

“啊哈。你背叛了你看见的幽灵。昔日的先知就是因此而受到惩罚的。”

“得了。那不是什么幽灵，也不是宗教之类的东西。不过是某种小把戏而已。”

“你可能对什么是宗教之类的东西没有概念。不过，那也没关系。为什么你现在不能做了？”

“我不想说。”

“你什么都不想。我一直在观察你，我知道。你想过没有，可能会与此有关？跟某种魔力，某种天赋，这种你不以为然的东西有关。”

马库斯没有想过这个。正如以前就说过的，他辛辛苦苦竭力避免思考。事实很可能是，他觉得在这个世上没有地位，没有希望，没有拿得出手的东西，这种整体上的感觉，以及心理上反复出现的怪事和令人困惑的幻觉，比如“延伸”，也许可以追溯到他数学天赋的丧失。西蒙兹换上了读心术士和爱管闲事的疯子兼有的双重表情。

“请权当是一次科学实验，努力回想下。”

“瞧，那太可怕了。我在努力忘记。”

“我不想伤害你。我只是想知道原因。我不想对你有任何影响。”

他父亲曾经带来一个数学教授。马库斯通过了他的全部游戏关卡。他们——他父亲和教授——非常激动。马库斯开始说了。

“好多年来我以为谁都可以办得到。我想那就是正常的观看方式。看一个问题的正常方式，就是这样。我不知道一个人怎么能看得见别人脑子里的东西。我不知道如何或者为什么他们应该试着——”

“别激动。告诉我好了。如果我不能完全理解，那也没关系。”

“这可能有点用。”

马库斯开始同意西蒙兹说的，他自己就是急需帮助的人。

“嗯，我通常会看到——会想象——一个地方，一个类似花园的地方。还有各种形式，好多数学的形式，会出现在这片风景中，你要让这个问题随意出现在这片风景中，它会在各种形式中游走，留下发光的尾巴。然后我就会看到答案。”

“能告诉我这片风景画般的花园是什么样子吗？”

“不，不能。”

上次，他就在这个地方出现了故障，在他们贪婪又自豪的目光的注视下。这是一切都消失的起点，一个黑色的圆锥体或者三角形的东西逐渐降落，一个黑色的圆锥体或者三角形的东西逐渐升起，这些含糊的立体或者平面交汇时，他的思想压力达到顶点。他曾当场死一般地昏过去，把脸撞在桌子上。他让父亲很尴尬。人们把他放在床上，告诉他不要紧张。从那以后他就再没做过那个游戏，而且非常明确地知道自己再也不会做了。

“每次我要脱口而出的时候，头就会晕。从那以后我再也不能，再也不能……”

“那是。这是这种天赋经常碰到的情况。现在就告诉我吧。这会儿不会有伤害。”

“你会看到——关键在于只可斜视，即用眼睛的边角——在头脑中有某种东西，会看到这个东西所在的区域，但绝对不能直视，而是要故意转开视线，然后静静等待它逐渐现形、成形。当你等待的时候，当那个东西还以它的理念状态存在的时候，你可以把那个形状画出来，甚至对着它说句话。但是千万不要把它固定住，或者压住，或者……关键是等待，他们，那些老问我的人们，会对我构成压力，我怎么能有耐心，我怎么能够做到这点，所以我就试图去固定，去固定，去固定——这样并没有好处。”

“我理解，能够部分理解。这些东西像什么形状？”

“形状，”马库斯说，不完全理解，好像这个问题该是不言自明的，“它们的形状不断改变。不完全是立体或者压根不是，是平面几何。表面好像漂浮着某种东西，像树或者花，可也不全像。或者有点像你走在一块没有厚度的场地上，处在一个又一个平面中——全维度——这些平面不断转换。没有真正的风景，都在头脑中，但又不像头脑中别的东西，比如我能努力回想起拉姆斯盖特或者鲁滨孙的海湾。但关于它，有点像风景——普通的田地或者树木——又好像完全不是……哦，我描述不出来。”

西蒙兹皱着眉头，困惑不解，伸出权威的手紧紧抓住马库斯的手腕，又突然抽回去。他嘴里喃喃自语道：“太令人着迷，太令人着迷了。”

马库斯这时已经回想起那些消失了的闪闪发光的场地，他并没有为之感到悲伤，因为他太害怕详细地去想象它们，乃至不曾去想有消失这回事。他回想着，不是用语言，而是想象自己是一道漂泊的影子，这地方曾经让人感到何等愉悦、清澈、干净，何等明亮、清新、空旷。

“我想，”卢卡斯·西蒙兹继续说，“我想我扎进这个黑暗领域是对的。你确实有直通各种思想形式、各种模式的路径，是那些东西在引导和控制着我们。其实，你所需要的，而我能提供的，因为巧合的天意都正好来这里献出，来这里提供，是心灵的训导，以确保这一切安全并且逐步展开。最近这些年来，我们把太多的注意力放在肉体上，以牺牲精神为代价。对我们自己，对我们的世界，对我们的宇宙，在肉体上的控制和物理上的控制，我们正取得巨大成就。想想显微镜、望远镜、射电望远镜、核磁共振、高功率质子回旋加速器、间距和频率、颜色和光，就知道了。想想那些人类可以设计出来却没法与之竞争的机器。而我们，我们处于什么境地呢？我们丧失了跟引导我们的意识交流的最原始的方法。你特别有天赋。你可以通过一系列支持、通过智力实验计划开发出新的技术。这个主意怎么样？”

马库斯特别讨厌高声喧哗，不喜欢明亮的光线。当时，还没有人跟他说，气喘患者会比普通人接收到更高的声音频率，但是他即将被告知，也即将相信这点。现在，刹那间他感觉自己的脑袋被挂在了金属线上，细细的精致的金属条痛苦地刺穿大脑，在脑壳里面用冷酷的音乐来回交错研磨，而且无限地延伸开来。他摇晃了下脑袋，想把这个幻觉晃掉，长长的金属条却随之动起来，尖锐地压迫着他头脑中柔软的东西和洞腔。

他不喜欢西蒙兹。西蒙兹不会唤醒那些美好的场地。

“当然你会认为，不提到那些冗长而费解的话——比如星体、灵光、灵的外质[1]——简直不可能。我不是指所有这些东西，我是说你进入宇宙的方式，波特。”

“先生，我不行。我想自己待会儿。”

“可是你告诉过我你可以，而且你现在还没有晕过去。”

“不行。”

“你感觉不错。”

“不，不，不。”

“我认为你会觉得这个很有意义的。我想巧合会再次让我们相聚。在此期间，我说了我该说的。我会替你买单的，别动。”西蒙兹站起来，他愉快地笑着，“在上帝的宇宙中，不会有真正的偶然事件，记住。”

“我不信上帝。所有这些东西对我来说没有任何意义。”

西蒙兹粉红色的脸蛋痛苦得都发皱了，然后又突然绽开，像拉长的松紧带，换上空洞的微笑。

“如果发生了什么事让你觉得我刚才说的那些有道理——对此我毫不怀疑，不怀疑它会发生——就来找我。这是我全部的恳求。记住有我在。一切自有安排。”

---

1 据说灵媒在降神的恍惚状态中会释放出黏性的体外物质。

7

普洛斯佩罗[1]

三月，天色阴暗，大风阵阵，马修·克罗动身去指导和激励当地社区团体。这次庆祝活动要成为他的代表作。他想着要制造出音乐和鲜花，午夜的喊叫和狂欢，醉意摇晃和庄严肃穆兼而有之的舞蹈，还原一场皇家大巡游，装点以貌似不经意的仿武士马上比武活动和鹅市，另外还想把亚历山大的《阿斯翠亚》搬上舞台。他以令人难以置信的精力，辗转活动在整个北约克郡的上上下下。从隐蔽的教堂到渔民小村，从军官的食堂到挖煤小村的工人俱乐部，收获了几近泛滥的想法、承诺和现金。亚历山大只要有工夫就跟他一起出去，被这个堪称天才的人物的组织能力迷得神魂颠倒。他本人站在台面上，看上去英俊秀气，腼腆保守，而克罗则对着当地大大小小的团体，包括母亲联合会、小镇妇女行业协会、缝纫圈、花园帮，滔滔不绝地演讲。他

1 莎士比亚所作的戏剧《暴风雨》中被篡位的米兰大公，他跟女儿一同被流放到一个荒岛，后用魔法取胜，复得地位和财产。

的态度中有毅然决然的口气，有点像比佛利勋爵在战时要求妇女们把铝锌洗脸盆和铁栏杆拖到堆积如山的废品站给国家的兵工厂用，又有点像萨沃纳罗拉[1]要求佛罗伦萨的小姐们去忏悔，来拯救自己的灵魂，把她们的假发和珠宝扔进他的火堆中。克罗发动他在约克郡的很多团体投入了惊人的劳力，要求那些人同样具有令人生畏的能量，他们把这样的能量用在将劣质羊毛编织成围巾或者为了荣耀而拼命苦干诸如此类的活动中，这已经成为用以怀旧的素材。他还需要衣服和珠宝——任何发光的人造宝石以及闪亮有光泽的衣服上的尖头，都如池水般汇聚起来，然后重新改造，重新擦亮后用来装点皇后和美人们。他还需要各种技艺——中世纪女子长袍、裙环裙[2]上真实的刺绣，这些东西，他声称，将成为他们那个时代的艺术品和博物馆的藏品。他要在整个地区搜罗真正的英国老食谱，如香甜牛奶麦粥、果酸汁、野猪头、大杂烩等等。他要每个人今年春天都回想起大地昔日的香甜滋味和美丽可爱，让备受宠爱的大地因为有了真正古老的花朵，那些香气芬芳的花朵，像熏衣草、桂竹香、丁香、紫罗兰、成团的石竹等而更加美丽可爱。

他还努力说服男人们，去寻找本地防卫义勇军、年轻的农民、建筑工人、面包师傅、童子军，去找马匹、糖果摊、四轮运货马车、轿子、凉亭。他怂恿重新修缮教堂纪念碑，给敏斯特教堂里成排的死去的伊丽莎白一世时代的婴儿们重新镀金，购买防弹玻璃柜展览被藏起来的古代高脚杯。他穿越那些海滨小城，那里的人们被一月和二月发生的可怕的暴风雨、肆虐的大风以及汹涌的潮汐逼出各自的小房舍和别墅。他同情地戳戳黏滑的地毯和腐烂的墙纸，然后出钱来维修这些

1 吉罗拉莫·萨沃纳罗拉（Girolamo Savonarola，1452—1498），意大利道明会修士，从1494年到1498年担任佛罗伦萨的精神和世俗领袖。

2 16世纪至17世纪时，用裙环撑开的女裙。

东西。不列颠艺术节的颜色胡乱生发，毫不协调。在一片古老的天青色、灰色和白色中，房舍的墙壁、车库门、模仿美国农场的篱笆在天蓝色中呈淡淡的亮色、刺目的淡黄色，偶尔有粗糙的紫红色。那年晚些时候，克罗告诉亚历山大，他想务必确保卡尔弗利和里思布莱斯福德郊区那些仿都铎王朝时期的房子装饰上仿都铎王朝时期散发着香气的篱笆，并且搭配仿都铎王朝时期的玫瑰和各种小零碎。

“颜色、光线、运动、声音和香甜的空气，他妈的有什么理由不用这些呢，大地渴望这个，我想在一声烟火的轰隆声和一片欢乐的泡沫中离场，在我身后留下一两个不朽的纪念碑，以及若干小东西，不完全是我自己的，但经我亲手触摸过，一所大学，天哪，还有你那可爱的戏剧，以及一座灯火通明的花园，或者到处都是的集市广场。然后我会折断手杖，如果不是散尽我的藏书的话，令自己从小角楼的各种劳作中解脱出来，打量那些身穿小小黑袍、以优雅的姿态在我的紫杉木篱笆间漫步的刚入学的学生们。我担心那些长袍会引起争议——对一个新地方，一个民主的地方而言，这样的长袍也显得太不合时宜了——但我相信，优雅，再加上我最后突发奇想的一点小幽默，会使之占据上风流行起来的。”

他还说：“我们需要的是一项大师计划。这牵涉到大量的时间，大量的场地，大量的人员。我既要诉诸崇高的理想，又要诉诸卑下的激情。在真正的文化中，不管是缝纫还是胶水，乃至糖果还是棉花糖，老词新词，都要优雅地并行不悖。还有平民竞赛活动，亲爱的小伙——最佳维多利亚时代宴会，最佳维多利亚时代老花园，最佳维多利亚时代新花园，最佳乡村露天表演。我们针对所有的音乐活动和舞蹈表演，特别是你的戏剧，慎重地举办多场全面、彻底、长时间的面试。像最厉害的电影大亨一样，我们将搜罗全国，寻找尚未被发现的天才，暗访每个中学女生无袖校服下的才能，找到那些说要环绕地球旅行的男孩[1]，以及扮演卡利班[2]的大男孩，我们要把每个人拉进……”

他坐在那里，个头矮小，微胖，面色红润，神采奕奕，银色的头发精致地漂浮在突出的耳朵上方，粗壮的胳膊不断地画着圆圈，模仿着要把每个人拉进来的动作。他又给亚历山大斟了些苏格兰威士忌——亚历山大这几天连续喝酒，有点多了，乃至感觉有些不舒服，斟完酒又建议他吃块烤面包。

“这是个黄金时代啊，亚历山大。萨图的王朝即将复兴[3]。一切都在沸腾、激荡。我憧憬，我信任，我相信。”

各地的庆祝活动组委会在各个村镇纷纷成立起来。亚历山大投入了大量令人鄙视的魅力，用来说服比尔·波特担任里思布莱斯福德的组委会主席，组委会还包括来自文法学校的费利西蒂·威尔斯、教区牧师埃勒比先生。比尔对这两人鄙视至极，可他又怒又怕，担心克罗会以承诺提供金光灿灿的物质享受来接管他那些苦巴巴的文化团体，这让他左右为难。最后他同意加入，怀着某种托洛茨基式的想法，试图用克罗的钱，从克罗的组织内部，颠覆克罗轻佻的价值观。他倒是要看看有关都铎王朝时期的警察状况和野蛮的司法，以及军队吃不上饭又瘟疫肆虐的史实得到传播的结果：他本来想在里思布莱斯福德举办酷刑和死刑展，那会大受欢迎，还想举办一个高度严肃的讲座，由一位政治历史学家主持，不见得很通俗，但出席率应该会很不错，因为克罗兴致高昂以及男孩们恶趣味满满。

1 莎士比亚所作的戏剧中，有个叫帕克的人物曾吹嘘，他可以在40分钟内绕地球环行一圈。

2 莎士比亚所作的戏剧《暴风雨》中，一个半人半兽的怪物，意指丑恶而凶残的人。

3 萨图指统治着黄金时代的人类。萨图的归来，则指像黄金时代一样美好的年代就要重新到来了。

庆祝活动组委会四处拜访中学和大学，招来不少实实在在的支持。就这样，亚历山大发现自己跟在那位牧师后面，排队登上了里思布莱斯福德女子文法学校的演讲台，队列里的人可谓五花八门，包括一个咧嘴而笑的克罗家族的人、一位非常和蔼可亲的女校长，还有痛苦不堪的威尔斯小姐，只因为感觉到比尔就挨着她，而且时刻警惕他人任何道德上怯懦的流露。费利西蒂·威尔斯按计划要讲话。她老是跟自己的椅子腿和盆栽的绣球花过不去。她在开场白里描述这场新文艺复兴时出了错，却对老文艺复兴做了一篇冗长又复杂的分析，特别是它如何影响了卡尔弗利。她又鬼使神差地离题，花了一定的篇幅谈起新模范军造成的破坏，该军驻扎在卡尔弗利敏斯特教堂的中殿，为了取暖烧毁了圣坛屏。她是个身材娇小的女人，一头稀薄的青灰色头发往后束成一个圆形发髻，罩着一个马毛做的网状发圈，用一根巨大的黑色饰针固定住，仿佛一根钩针模型。头发下面，她那自然的橄榄色皮肤看上去像被抛光的旧木头，大大的鼻子和嘴巴上方，她的眼睛神色惊慌而黝黑。她双手细小，频频举起来，手掌向外，放在耳朵旁边，做出令人惊异的热情的动作，这个姿态让她显得有点像只维多利亚时代复杂的机器狗或者猴子。

她感觉到比尔在旁边活动着肌肉，面部肌肉变成幸灾乐祸的讥讽，身体肌肉很可能已经做出要发表一场事先没有安排的演讲的前导动作。她的两个女儿都在场，因为害怕他会干出这种事而紧张得僵硬了。斯蒂芬妮在一列稳重端庄、不太重要的教职工队伍中，纯属命运的意外安排，正好坐在亚历山大的后面，她的膝盖被挤得快要顶着亚历山大的屁股了。她知道，威尔斯小姐还要讲很长时间，感到很受保护。斯蒂芬妮相信，威尔斯小姐没有恶意，从不流露出愤怒或者不耐烦来。在斯蒂芬妮看来，这让她有资格互相宽容。现在，威尔斯小姐正在勇敢地突显自己何等的不圆通，因为她开始提到克洛威尔在卡尔弗利建立一所新大学的计划始终没有变成现实，而这是件多么好的事情，因为她本人像T. S. 艾略特一样，作为保皇党、国教主义者、保守派，更乐见古老的真理和形式在眼下崭新的氛围中重新焕发生机，在多方的赞助下……比尔发出一声响亮的哼哼声。克罗笑了又笑，出于老练，讨好着比尔，享受着权力的快感。斯蒂芬妮看着亚历山大，而亚历山大却艰难地扭头看着远处的礼堂。

几排小姑娘，有中等个头的，有个头稍大些的，盘腿坐在地板上，面对着他们。在这些女孩的头顶上方、画廊栏杆的下方，一群人在审视着平台上的聚会，好几排各种各样穿着莱尔线长筒袜的大腿时而焦躁不安地盘起来，时而又放开，全都笨拙地或者暗示性地抱着胳膊，挨在小小的坚挺的乳房以及丰满成熟的乳房上面，后者的乳房轮廓已经撑开束腰运动衣的复褶了。亚历山大看到她们如此大规模地集中在这里，感到很惊愕。以前他走进礼堂时，总能听到嘘声和沙沙声，好像有一张窗帘落在所有这些女性小动物发出的尖叫和叽叽喳喳。这些噪声让他惊惧，那些男生发出的敲打声和哄笑声反而令人心安。他反复叠起又放下大腿，感觉那一排排蛇线般的小小的女性的眼睛落在他暴露的脚踝和穿着裤子的膝盖上。当他看到弗雷德丽卡笔直地站在阳台下方的一根柱子的阴影里时，感觉虚弱得脸都红了，就像拉黛贡德家里的阿提加尔和被翁法勒盯得不敢正视的赫拉克勒斯。

斯蒂芬妮坐在他后面，双手放松地置于端庄的膝盖上，尽量压抑着对鲁莽的费利西蒂徒劳的担忧，避免在这个有父亲和妹妹坐着的地方流露一丝暴烈的感情漩涡中的感情涟漪，她想着亚历山大，同时想通过他的眼睛打量礼堂。这里跟别的学校的礼堂没有多大不同。窗户高得没法直接望出去，上面落满灰尘，还有长长的绳环和棘轮，看上去胡乱拼凑出来的画廊，还有好几块列着镀金姓名的短短的获得牛津剑桥奖学金的荣誉榜，她自己的名字列在最后，属于最近的得主了。

一尊《米罗的维纳斯》的石膏复制品被摆在礼堂过道的中段。

她人生的大部分时间都在这里度过。想象下，你小的时候，坐在维纳斯的前面，她那黑洞洞的看不见东西的眼睛从后面盯着你，当你多少到了青春期的时候，你差不多坐在她的旁边、她的下面，可以向上仰视到她丰满的腰肢，宽阔而雕刻有致的臀部，就在自己的头顶，还可以看到被砍掉的胳膊茬儿。当你来到学校的最高处，你可以看到她在向外凝视，离你很远，而你在她后面，那沉重有力的屁股后面。她的质地像被抛光的成熟奶酪，像上了层厚厚的清漆外衣的切达干酪，长年累月下来，已经多少有点像它模仿的大理石，现在，如果仔细看，似乎有种尸体的颜色，模糊不清又肿胀虚浮。从11岁到18岁，每天早上，她朦朦胧胧的感觉都集中在那个看不见东西的物体上。现在，她从这里俯视着这件雕塑，它依然显得体积很庞大。

她看着亚历山大梳得整整齐齐的头发，还是那么生机勃勃，她隐隐约约觉得，她非要从剑桥重返这里，是因为她爱着他，要跟他在一起。她爱他身上某种隐秘的优雅，某种羞怯，这让她想象，如果有朝一日他真的注意到她，他们很有可能会过某种私密、互相理解、寡言少语的生活。她不知道他想要什么，有时怀疑他是不是同性恋。你通常会知道谁是同性恋，或者谁的身体是可疑的。她怀疑亚历山大到底想过她没有。别的男人肯定想过。如果没有想过，那他为什么没有想过呢？为什么在亚历山大那里她被视而不见呢？也许她因为不了解才爱他。

亚历山大同样纳闷，为什么就从不想她？无论何时看到她，他都会想到这个问题，但从不深究。无论什么时候，只要跟她讨论自己的戏剧，哪怕很简短，他都想着以后再讨论，可是却从不主动创造机会。她正当黄金年华，为人可靠，反应快，善解人意；也许他就害怕这些东西，因为这些东西会引向他肯定害怕的东西；虽然，他想，她没有像弗雷德丽卡那样具有威胁性。这时弗雷德丽卡突然出现在他的视野中，她正把所有的注意力都对准他，毫不掩饰，也不微笑。那女孩，他想，小时候屁股应该挨过不少狠揍。比尔站起来讲话的时候，不清楚是自发起来，还是按照事先安排好的顺序，他想到，弗雷德丽卡肯定挨过不少揍。在她不依不饶专注的紧盯下，亚历山大垂下了眼睛。

比尔在辩论中正占据上风。他提到现在是展览卡尔弗利及其周边地区真实历史的良机：强制征兵、焚烧草堆、珍妮纺纱机、反饥饿大游行，等等。他觉得自己应该顺带指出，对卡尔弗利敏斯特教堂的破坏不是新模范军干的，这支队伍其实行为规范，彬彬有礼，而是由那位世俗的处女和她年轻的清教徒弟弟的支持者中的反偶像崇拜的极端分子所为。斯蒂芬妮尽量不去听。听比尔的这些东西并不好，完全不好。他的声音滔滔不绝得刺耳，她想到她和亚历山大在幻想中的沉默友好，跟亚历山大没有关系，而是跟比尔有关，而她决定返回这个乏味沉闷的地方教书也跟比尔有关，她叮叮当当地敲击自己身后剑桥花园的各个大门，就是要让这样的声音在比尔的耳朵里回荡。

斯蒂芬妮来到这里完全是种消极反抗的极端行为，因为比尔最不想看到的就是她自暴自弃地回到里思布莱斯福德女子文法学校。所以她偏来了。在他的家里，她以拒绝离开家，拒绝满足他对她的期许的方式，来宣示自己的独立，那样的期许将是比他的家还要糟糕的监狱。他曾经是个认真负责的家庭教师，斯蒂芬妮有过好几种他渴望她具有的才华，有的是天生的，有的是后天人为训练的，然而这份期许是他的，不是她的，所以她并不想使用这些才华。她现在正按照他的教诲和实践，在一个诚实地工作很难得到奖赏的地方，做一份诚实的工作。她正在气疯他。比尔希望她成为萨默维尔的研究员，某个重要周刊的文学编辑，外省学校的教授。如果他没有这样的想法，她应该会有。现在，她都不愿意。她想，她是替弗雷德丽卡感到难过的，这些关于道德和理想的相反的热风冷风吹得她无所适从。当威尔斯小姐开始念那些被提前选中参加里思布莱斯福德的《阿斯翠亚》演员面试的女孩名字时，她感觉更难过了。弗雷德丽卡的怒目而视变成绝望焦虑的愁容。她从来没有如此渴望能上那个榜单。

榜单是魅力的某种形式。弗雷德丽卡花了很多在校学习的时间，研究各种魅力的训练方式。控制步态，控制并排行走的女孩的数量，控制短袜、短裤、长筒袜，以及条纹布图案的大小、颜色。上榜，落榜，杰出，不及格，在各种公开的榜单中不断调整和表现出来。仪态奖、行为规范标兵、网球队、辩论队、学校证书，各种各样主题的榜单，应有尽有。弗雷德丽卡讨厌这些榜单，这种厌恶创造出种种桀骜不驯的能量，但是，她必须要在各个方面争当第一，只要不是完全没可能被认可的领域。她知道老师都不喜欢她，但是规则的公正性让她在任何学业榜单上都名列前茅，而且这是制作这些榜单试图代表抽象的公正的人们的职责，而这样的公正具有人格化的色彩并且不得被玷污。

弗雷德丽卡认为她也应该在所有戏剧榜单上名列前茅，但同时意识到，想要根据清晰、抽象的正直原则来建构这样的名单，要更困难。可她不知道，不管上什么戏剧课或者剧本阅读课，她的神情有多可怕。对老师来说，在分配角色的时候，想要忽视弗雷德丽卡不可思议的专注是不可能的，她渴望得连手指、脚趾、嘴巴都绷得紧紧的。如果能参演，她就大声地朗读剧本，活力沸腾，弄得别的女孩很尴尬，这些女孩觉得教室环境要求默读，即便从礼貌的角度考虑也该当如此。如果不能参演，她就会怒目而视，就会全神贯注地待着，面对桌子不吭一声，只是在头脑中显而易见地修正着一切阅读。

这种迷狂的奇怪之处在于，她顽固地想得到的角色主要是用性别，而不是用台词的数量来确定的：宁肯演贡纳莉而不演李尔王，宁肯演米兰达而不演普洛斯佩罗。她表演女子的台词时声音震颤，回荡着充沛的感情。她演的男性角色，在那些心不在焉的观众听来却出人意料地并不可怕，虽然在莎士比亚的戏剧中男性角色更多且更加充满激情。

最糟糕的是《圣女贞德》。威尔斯小姐曾告诉斯蒂芬妮说，她不知道自己是如何从排练《圣女贞德》中活下来的。她说，有好几次，她真真切切地害怕弗雷德丽卡会站起来打她，因为她把贞德受审的那场戏——还是结局部分？——安排给别的女孩了。有好几次，给弗雷德丽卡分派完角色后，她宁肯离开教室也不愿忍受弗雷德丽卡在表演中投入的激情带来的压力和尴尬。

这时威尔斯小姐开始站起来朗诵那份最重要的名单，有20多个名字那么长。弗雷德丽卡在椅子里痛苦地扭着身子，朝亚历山大投去绝望的一瞥，而亚历山大明显地假装没有看到。斯蒂芬妮对威尔斯小姐和弗雷德丽卡两个人都略微有点气恼。校方曾有种决心已定的企图，想把弗雷德丽卡从这个名单中排除出去，威尔斯小姐提出的理由是，弗雷德丽卡在学业上飞得很高了，承受不起从学习中抽这么多时间，那位女校长提出的理由则是，弗雷德丽卡太向前冲了，别的女孩也该有闪光发亮的机会。而斯蒂芬妮知道，弗雷德丽卡的名字能上这个名单，是她以非同寻常的坚决态度据理力争的结果，她认为这样不公平，不该如此，在争辩的过程中，她也知道，她的要求如此之低，如此之有效果，别人会照她的要求去做。当弗雷德丽卡的名字被读出来后，她长长地舒了口气，紧紧抓住座椅的手松开了，朝亚历山大那边投去得意和隐秘的一瞥，明显看得出，她对接下来的流程已经不感兴趣，好像自己的名字是名单上唯一的名字。斯蒂芬妮刹那间觉得愤怒至极，接着又有了某种歉疚的担忧：这场小小的成功后，她还可能有何憧憬？因为自大和愚蠢的希望在作祟，弗雷德丽卡的脸上红光闪耀。

里思布莱斯福德的姑娘们乘一辆租来的大巴来到男生学校。她们戴着缀有金色玫瑰和吊闸图案的贝雷帽，全都扎着竖条领带。大家看上去非常相似。别的大巴开进来，放下另外一小群乱哄哄的女孩子时，她们站在车道上密密匝匝地挤成一团。很多人穿着齐踝短袜，但是袜子之上的制服让她们显得很肥胖，且像个主妇。那个时代的女孩，即便不穿制服，也倾向于这种状态，至少部分原因在于，在那些光面纸上和电影中，提供给她们模仿的美女总体上都是成年妇女不是女孩子，都戴着帽子手套，神秘地披着面纱，或者涂抹得世故成熟。世故，油彩，面纱，她们拿不出这些东西，最后就只剩下主妇的气质了。她们互相怀疑地看着对方。男孩子们跑过去，在班级间乱窜，有些人还吹着口哨。威尔斯小姐好几次朝某些男孩子徒劳地冲过去，被弗雷德丽卡劝住，她说她想把这些孩子带到礼堂去，舞台在那里，而且面试肯定在那里举行。当她开始大步穿过回廊时，别的学校的女孩，别的学校的学生，在她后面排成两人一排的纵队，她就这样大踏步地走进礼堂，猛然推开活动门，像个部队的指挥官。他们像一群慢腾腾胡乱行进的部队，有的人在后面迟滞不前，有的挤在道路外面。

里面的氛围则完全不同，几乎能闻到自由的气息。洛奇四肢摊开坐在一把扶手椅里，一条腿钩在扶手上，穿着件宽大又脏兮兮的汗衫。他正抽着烟。亚历山大古典味十足地靠在舞台前部的拱门上，一条腿横交在另一条腿上，保持着某个优雅的角度，她后来发现西利亚德笔下精致的淡色玫瑰后面那个端庄高雅的情人就是那个姿态。克罗走来走去，赶着那些女孩坐进椅子，同时对快要泛滥得看不清的人流喊着什么命令，于是舞台以及亚历山大逐渐被温暖地映照上玫瑰金的光芒。

她们准备好面试，主要试演珀迪塔[1]、海伦娜、伊莫金和马尔菲的公爵夫人。弗雷德丽卡在镜子前练了好几个小时，在海伦娜和公爵

1 莎士比亚所作的戏剧《冬天的故事》中的人物。《冬天的故事》中，西西里国王莱昂特斯陷入嫉妒的幻想，认为波西米亚国王波利克塞尼斯和他的妻子赫米奥娜有外遇。王后为此伤心而亡，他们刚出生的公主珀迪塔也被抛弃。最终，流落在外的公主珀迪塔回到皇宫与父亲相认，王后赫米奥娜也死而复生。

夫人之间难以确定。斯蒂芬妮偷听过这些激情汹涌的表演，曾经勇敢地提出充当观众的角色，然后又更加大胆地恳求弗雷德丽卡少些表演的味道，让台词的韵味自然而然地流露。弗雷德丽卡曾经咒骂斯蒂芬妮——冲她叫骂说她不会说话，说她不懂，她不仅自我贬低，而且其他方面也事事如此。

洛奇把这些女孩子分成好几个小组，出乎意料地告诉她们，现在必须要跑，要跳舞。她们得摘掉帽子，脱掉外套，从大厅里席卷而过，跑到舞台上，排成圈，然后蹦蹦跳跳。亚历山大径直来到钢琴旁，开始弹奏托马斯·布尔的曲子。女孩们开始奔跑，洛奇大喊着“再快点”。长长的辫子在“班长”的胸章上跳跃，柔软的发梢刷着红扑扑的脸蛋。“开始跳跃。”洛奇大喊道，大笑着。他和克罗继续谱写着丰富多彩的音符。“高跳，弹跳起来，向右伸展。”

弗雷德丽卡的肢体动作很不优雅。面对镜子的整个排练期间，无论她的声音多么猛烈和如泣如诉，她的胳膊却跟躯体一道僵硬。她不知道该如何是好。表演伯爵夫人恳求那位怯懦的追求者时，她伸出一只手，这让她想起自己和斯蒂芬妮小时候玩的那个带发条装置的锡鼓。现在，她呆呆地在木地板上重重地蹬踏，呈一条直线剧烈地腾空而起，在摇摆的胳膊和灵巧的脚趾构成的错综丛林中飞翔，再沉沉地落在地上。亚历山大在钢琴旁边，动作像大海的波浪，肩膀的肌肉如涟漪般起伏，头发和手指灵动地飘逸着。弗雷德丽卡的脸因为白辛苦一场并且感到屈辱而变得暗淡阴沉。在尽可能保持体面的情况下，尽快磕磕绊绊地走下舞台，愁眉紧锁，在阴影中坐着。

这时姑娘们的身段已经变得柔软，洛奇宣布，他想听听大家的演讲。他大声点着名字，吉莉安，苏珊，朱迪斯，帕特里卡，这几个人因为刚才的舞蹈而从训练有素的千篇一律中反常地解脱出来，然后一个接一个走过来，从粉红色的灯光中瞬间消失在黑暗中，分别开始朗诵珀迪塔的鲜花演说，海伦娜对那颗特别的、明亮的星星的挚爱，伊莫金对米尔福德·海文的困惑，伯爵夫人对她的管家的建议。朗读珀迪塔的女孩取得优势地位。哦，普洛斯皮纳！既然这些鲜花让你感到恐惧，那么就让它们从迪斯的马车上跌落下来。在约克郡，从那个奢华的修道院里传出的叮叮当当瓷器的碰撞声中，不管吞吞吐吐还是滔滔不绝，无论多么频繁地重新开始，传唱那句咒语时永远充满了无尽的欢乐。轮到弗雷德丽卡的时候，是克罗亲自问她愿意读什么，也是克罗让亚历山大和她对下安东尼奥那个角色的几句必读台词，就像他和别的女孩对台词那样。当她报上自己的姓名时，声音有点颤抖。亚历山大站在她对面，以不同寻常的温柔朝她走来。

“沉住气，弗雷德丽卡，慢慢来。这又不是世界末日。”

“不是？”她说，心中闪过一丝过去熟悉的矛盾激情的暗淡火花。

“不是。”亚历山大说。他微笑着。这是她第一次从亚历山大那里得到真正微暖的微笑，既像个师长，又充满关切。她被这个念头搞得既恼火又兴奋。

亚历山大开始说他的台词了。

> 我自以为没有那么愚蠢，其实却不然。
> 你的钟情要投向哪里——他可是个傻瓜啊，
> 那个冻僵的家伙，会把自己的手伸向火堆
> 来取暖。

弗雷德丽卡开始盲目地发出应答宣告。她原本打算显得很可爱，但又不乏高贵和试探色彩，可是亚历山大的存在和她对刚才舞蹈惨败的愤怒，令她在已有的风格中又加入了她自己都不能完全控制的特质——几许不耐烦的挑衅、一点想得到自己所要之物的决绝意志。这

一切带她走得如此之远，同时又支撑着她。弗雷德丽卡没有动，但是，因为亚历山大毕竟是亚历山大，她已经僵硬得颤抖起来。

我们的痛苦生来就巨大！
我们要被迫去追求，因为没有人敢主动追求我们；
作为一个暴君，出口两面三刀
模棱两可得令人生畏，所以我们
要被迫表达我们狂暴的激情
用无数的哑谜和梦呓，撇开
质朴美德之路，而质朴从来不会
让此事显得似是而非。去吧，去吹嘘
你无情地离开了我；我的心在你胸中，
我希望在那里爱情成倍地繁衍。你要学会颤抖，
不要让你的心像一块如此死气沉沉的腐肉。
去害怕吧，而不仅仅是爱我。先生，自信些吧，
什么让你心事重重？这是血肉之躯，先生，
不是石膏切成的人像
跪在我丈夫的坟前……

台词快结束的时候，她下意识地朝亚历山大走近几步，但她意识到自己做错了，吼叫声太大，太想寻求支持，于是尴尬地站住。当她完成动作后，克罗说："谢谢你。"她面无表情，有点沮丧。亚历山大往后捋了把头发，用一块雪白的手帕擦了擦额头。

休息的片刻，传来三个男人你来我往选择比较的声音，然后克罗宣布，他们想再听十个女孩读一首诗。他点了这几个人的名字，毫无疑问这是复试轮的名单了。弗雷德丽卡没有被列在这个名单里。刹

那间她有种完全不相信的感觉。他们大概忘记了。这十个女孩紧张不安又光彩照人，重新回到舞台上，洛奇从椅子上舒展开身子，站起来向其中一位高个子、清俊干净、梳着小发辫、来自修道会学校的女孩走去，她叫安西娅·沃伯顿。洛奇问女孩，是否介意由他来解开她的头发。那别的女孩，她们也愿意……？修道会的监护修女吵吵嚷嚷了几句，但没有抗议。洛奇灵巧的手指拉起她光泽闪亮、像蛇般的浅色发辫。沃伯顿小姐总体上更加活泼些，她的双眼温顺地朝下看着，自己开始解另外那条。洛奇抖了抖安西娅的头发，让头发在她脸边散开。她透过云雾般的头发盯着洛奇，冷静地表示质疑。弗雷德丽卡痛苦地意识到，这次挑选有个共同之处：她们都很漂亮，非常漂亮。弗雷德丽卡以前从来没有如此清楚地意识到自己的局限，也不知道这个世界的资格条件竟然如此繁多。她已经看到，在里思布莱斯福德的花园的树下将有欢歌和舞蹈，欢笑和诗歌朗诵。但是，她将不在其中。而且，她也无意做任何人表演的观众了。她想起身离开。于是她站起来，然后走了。

马修·克罗在万神殿抓住她的胳膊。

“你要去哪里？”

“回家。”

“为什么？”

“待着没意义了。”

“怎么没有了？”

“这很显然，”弗雷德丽卡恶毒地说，“是一场选美竞赛。”她眼前突然冒出一片令人感到宽慰的幻觉，几件暴露的浴衣，几只高高的尖高跟鞋，缎子饰带托着突起的乳房。

“一部戏就是一个壮观的场面。”马修·克罗说。

“我知道。”

“我们主要寻找的是随从小仙女、鬼魅女孩，在女王面前表演的假面舞会上用。我不想把你放在那个范畴里。”

“得啦。”弗雷德丽卡接着又说，“我不明白你为什么竟然不说，那个才是你的本意，才是你真正想要的。”

“根本不是这样。那都是乡下女仆，好大一群人。”

“我知道了。可是，我现在想回家去。”

弗雷德丽卡想从他面前走过去。他们站在《美丽的巴尔德尔》雕塑和帕拉斯·雅典娜的雕像之间。巴尔德尔的四肢是花岗岩，处于死寂的放松状态，有意无意地模仿了米开朗琪罗的《垂死的奴隶》，一条严谨细腻的哥特式风格的槲寄生小枝[1]从他的左乳位置突出来。后者身穿花岗岩长袍，紧紧抓着令人毛骨悚然的戈尔戈的脑袋。

“我不该离开。你的表演让我有个很有意思的想法。其实，它本身是非常不错的。你怎么会想到把她演得这么具有挑衅色彩呢？”

“哦，她必须得这样演。她是那个邪恶哥哥的妹妹。她又是了不起的皇亲国戚。她贪得无厌。她企图抢夺杏子。她习惯了自行其是。事实上，告诉你实话吧，我本想表演得更——嗯，或多或少——更恳切一点。我对跳舞感到很恼火。我不会跳。我觉得太可怕了。我慌里慌张。我本能跳得更好。不过，我跳舞的时候发现，你可以在激烈得无法忍受的边缘表演，这样才会显得合理。”

“的确如此。非常聪明。”

“谢谢你。”她在赞扬声中如痴如醉，像一株复活了的植物。

克罗斜靠在戈尔戈扭动的石蛇上说：“我来看看你的脸。”他的手指顺着她尖削的鼻梁刮下来。“我真觉得也许你应该回去再待会儿。”

1 常做圣诞节悬挂饰物，站在此小枝下面的女子，男子皆可与之接吻。

“为什么？”

“哦，说到演职员的类型……事实上我们……我们也许可以设法创造一个第一场的预备演员……”

这是一次比各种名单更加恶劣的权力游戏。这是童话般的命运改变，诺埃尔·斯特雷特菲尔德的儿童故事中，像她那样粗暴无礼、自命不凡的女孩子们都萎靡消沉，但后来竟然都被允许通过。她摸了摸自己浅棕色的头发，盯着这位瘦小的监制人。这之所以像个童话，是因为他喜欢制造童话。他生活在一个这样的世界里，而这样的制造就是艺术、生活和权力，或被模仿的艺术。

“啊，”她说，“谢谢你。我对什么都不会贪求，从来不会。只要你能——我就——”

“记住，我可没做任何承诺，”他说，然后又来了句，“关于女伯爵的事，你不会跟你爸爸说吧？”

“那完全是我自己的事。我发誓。”

克罗放声大笑。“那回去吧，回去吧。”

弗雷德丽卡急切地紧跟在他后面。

8

希腊古瓮颂[1]

斯蒂芬妮坐在一间冷飕飕的棕褐色教室里，全身披满粉笔的灰尘，她在给那些没有去里思布莱斯福德的女生教《希腊古瓮颂》。出色的教学工作是件不可思议的事，可以采用多种形式。斯蒂芬妮心目中出色的教学工作简单而有限，乃是对一篇作品、一个对象、一件人工制品的诱导性介绍、分享和沉思。它不是去鼓励自我表达、自我分析，或者陈述所谓人与人之间的关系。事实上，她把认真阅读《希腊古瓮颂》视为避免这些行为的难得机会。

她在纪律训导方面从来没有碰上过麻烦，尽管她从不抬高音量。她要求平静，不管生物意义上还是道德意义上。女孩们从外面进来，东奔西跑、胡碰乱撞、笑声不断。芭芭拉、吉莉安、泽尔达、瓦莱丽、苏珊、朱丽叶、格蕾丝。瓦莱丽长了个令她破相的肿疖，芭芭拉

1 英国浪漫诗人约翰·济慈的诗作。济慈十分喜爱古希腊艺术作品，他对古希腊艺术的理想主义信仰以及对希腊古风的刻画，构成了此诗的基础。

患有急性痛经。泽尔达的父亲快要死了，不是这个月就是下个月。朱丽叶被一个男孩的行为搞蒙了，那个男孩在里思布莱斯福德的一条小巷里强行把手伸进她的裙子，用肘子卡住她的脖子。吉莉安很聪明，总是想求助于某个诀窍，记忆术或者对《希腊古瓮颂》的分析蓝图来对付考试。苏珊爱上了斯蒂芬妮，试图耗尽她的关注来取悦她。格蕾丝只想开个花店，就开在学校附近，来取代父母的理想，她正坐等机会。

斯蒂芬妮头脑中对所有这些情况了如指掌，她要求她们的头脑也应该如此清醒。她通过让自己不自然地保持安静来让她们安静，她就像野鸟和动物的驯服师，她在童年时代曾读到过这样的描写，于是，那些小动物要么像被催眠了般迷住，要么毫不畏惧，要么二者兼有，她忘记究竟是哪种情况了。

她还要求自己的头脑至少，在平常时间，当注意力不能集中在这首诗歌上的时候，远离能够回想起这首诗歌的千奇百怪、乱七八糟的记忆术。以她而论，这首诗在书页上呈现的局部视觉记忆，事实上涵盖了好几个来自不同版本的叠加起来的形态，整体上清楚，但大小不断变化——有种作为生物意义上而非词语或者视觉意义上的语言律动的感觉。而且如果不让整串的词语再度诉诸眼睛和耳朵就没法重新激活，因为有些是非常抽象的词语，如形式、思想、永恒、美、真理，有些是非常具体的词语，如没听见、更甜、绿色、大理石、热、冷、荒凉。还有一系列语法和断句的提示，第一节中被搁置起来没有回答的问题被拎起，第三节中那些重复的词语毫无章法地喷涌。还有没有被肉眼看到的视觉图像，都被头脑的内眼看到。黑暗的有形树枝下面被抑制的运动的白色形式。问题在于如何“看到”被踩踏的杂草。约翰·济慈躺在他的灵床上，要求把那些书挪开，甚至莎士比亚的书。她自己在剑桥的时候，透过图书馆的玻璃墙，看到那些绿色的树枝，然后熟记，那是什么？总是问那是什么，为什么？

她平静地把这首诗读出来，尽量不带任何感情色彩，像读一首没有调门的歌曲。然后她又读了一遍。随着刹那间某种思绪的打开和空灵，那个想象中的东西肯定会出现，恍如初现。她们必须一视同仁地听着这些词语，不能突袭，不能撕扯，或者操纵。她冷冷地问大家："怎么样？"延长那个她们必然会那么凝视着的艰难时刻——发言很难，却躲不过去。

她坐在那里，凝视着内在的虚无，等待着这个东西浮现出某种形式，却什么都没看到，什么都没有，接着不由自主看到在汹涌的灰色大海上飞出很多斑点、轻快的成团的飞沫或者泡沫。泡沫还不是纯白色，而是这里一团褐色，那里一团污黄色，扭打在一起，向内卷着，形状像某种黏性物质的外壳和条块裹成的茧团。这和当下的诗歌毫无关系，她如此判断，是另外一首诗，真该死，这凶险大海上的泡沫。这团东西外观让人难忘，令人不舒服，她看到这东西时，愁眉苦脸。米罗的维纳斯。爱与美的女神维纳斯。泡沫的来源地，出自克罗诺斯[1]被阉割的生殖器。这是个不错的意象，如果你想要一个意象的话，从无形无状到逐渐成形的意象，但这不是她想召唤的东西。

"好了，"她对女孩子们说，"嗯，你们看到了什么？"

她们开始议论，什么时候济慈要求他的读者要看到一只古瓮，什么时候，他要人们想起一片风景是什么颜色，以及他会留下什么样的选择，然后，从这个话题转到看清单凭用语言形成了"看得见"的东西的困难的本质，如大理石做的男人和少女，那个漂亮娘儿们和圣坛，一颗烧焦的额头和烤干的舌头，冰冷的田园。

1 希腊神话中的大力士。

听到的旋律固然甜美，可是那些没有听到的更加甜美。

斯蒂芬妮说。聪明的吉莉安评论道，这首诗的核心是凄凉这个词，几乎会让人失魂落魄，就像《夜莺》中的孤苦这个词。她们探讨着说美就是真，真就是美。正如斯蒂芬妮早就料到她们会做的那样，她们讨论说，一件语词上的东西，会让词语的构成如此感性，也可以让词语毫无感性，像美和真。她谈论着古瓮“应该把我们从思想中引诱出来，就像永恒那样”这句话可能的含义。那是件葬礼用的瓮，泽尔达说。这样说还不够，苏珊说，紧盯着斯蒂芬妮。

各种东西在教室里活动着，在八个女孩封闭的头脑中，有一个古瓮，八个古瓮，九个古瓮，半真不真，还有白色人影，能感觉到他们的脸和四肢，却无法精确描述，那亮白色，那黑暗，那些词语，在活动着，有的零零散散，有的成群结队，从保持着单独的和集体的视觉、感官或者知性记忆的细胞里进进出出。斯蒂芬妮暗暗地带领学生们跳脱出本应被教授的词汇，剩下一片空白。吉莉安很享受这个过程，沉思默想着，觉得那些词语很快可以被抢回去，等时机需要如此的时候。斯蒂芬妮深知，这首诗是她最在意的诗，却又矛盾地告诉学生，你们可以不做，也不用去想那些它要求你们做的事情，即看到看不见的东西，让不真实的东西变成真实，讲说并不存在的东西，但是它之所以这样做，目的是为了让听不见的旋律似乎永远比任何可能希望被听到的旋律更令人喜爱。她曾经以为，甚至还是个很小的孩子面对《夏洛特夫人》时就想，人类恐怕不会轻易想到要创造出那些不真实的文字形式，他们完全可以那么活着，梦想着，努力讲述真实的东西。她曾不断地问比尔，为什么他要写出它，而答案总是那么多，而且滔滔不绝，可是跟这个最核心的问题却没有关系，她都懒得用心去听了，可同时又毫不费力地把它们存放在记忆中以备将来使用，像现在吉莉安肯定在做而且乐意做的那样。

铃声响了。大家眨巴着眼睛走出教室，好像猫头鹰走进明亮的日光中。斯蒂芬妮收拾着书，同时又想着自己看到的那个毫无关联的飞沫，到底是来自《夜莺》呢，还是出自自己的思维——在那些大理石雕刻的少女、维纳斯和她对那个泡沫的性质所具有的潜意识知识之间所做的弗洛伊德式的过于工整的联想？那个泡沫并不美妙。

后来，斯蒂芬妮想快点离开学校。她想好好想想。她穿过教师办公室，想着教学的事。你可以说，我是个老师——散发着气味的墨水，湿漉漉的毛哔叽，擦得干干净净的地板。在教师办公室，有很多脏脏的俗气的多用途椅子、孔雀、柠檬、西红柿，以及浓浓的茶水的味道。窗框，很高，打开着，前方没有风景。你可以说，我是个老师——听着听不见的旋律，看着白色身影在黑黑的树枝下面飞奔。威尔斯小姐从里思布莱斯福德回来了，她从椅子里站起来，拿出一束报春花。一束同样的报春花吊在自己紫色的针织羊毛衫上。斯蒂芬妮把鼻子凑过去闻了闻淡淡的蜜色和深红色，别在自己的外套上，然后穿上外套，这是感激的装饰性姿态，也是要离开的前奏。

“太漂亮了，”她说，“我必须马上走了。面试进行得怎么样？”她并不想听，也不想被纠缠住。

“他让她们全都跳舞了，还解开了她们的头发。”

“弗雷德丽卡可别这样！”

“她的舞蹈跳得不是很好。他们喜欢我那甜美的玛丽和一两个演珀迪塔的漂亮姑娘。弗雷德丽卡的面试极具挑衅性，天哪。我担心他们只要仙女和少女。但他们留下她了。我离开的时候，他们还让她在舞台上待着，在朗读伊丽莎白本人的抒情诗什么的。他们笑个不停呢，还在争论什么。我听到克罗先生在说‘一头肌肉僵硬的狮子幼崽’，她看上去焦躁不安。”

“哦，亲爱的，”斯蒂芬妮已经无法忍受了，“我真的得马上走了。我要骑自行车。很感谢你送的花，你做的花太好看了。”

高度紧张的苏珊躲在换衣间的柜子之间，等着波特小姐向自行车棚走去。她准备了个非常机智的有关古瓮的问题，在她看来，需要花很长时间和心思才能回答。等波特小姐一骑上自行车，苏珊就冲出去，然后非常自然地骑上自己的自行车，然后快到那个坑口的时候，再赶上去，她们将会有——而且必然会有——大约十到十五分钟的时间，肩并肩一起骑行，然后说会儿话，只有她们两个。以前可从未有过这样的机会。

那个坑是个废弃的凹陷地，已经蚕食到网球场和学校车道了。里思布莱斯福德唯一的炸弹——局部爆炸过——曾经被扔在那里，把地面上的土高高炸起，倒没造成多么严重的危害，只是炸破了几个窗户，留下一片山脊般隆起的旋涡和乱糟糟的泥地，现在已经长出杂草和柳兰，从来没有被填平过。现在已经成为类似战争纪念碑般的东西，小女孩们经常把那里当作表演幻想剧的场所。

斯蒂芬妮·波特知道，费利西蒂·威尔斯还惦记着喝茶的事，虽然内疚但还是很坚决地大步从她身边走过。那头顺滑的银色头发扎在一块草绿色领巾下面。这时候，那朵报春花已经别在一件非常时髦的宽大外衣上了，同样是绿色的，样子有点像艺术家的工作服，袖子宽松，袖口那里又收紧了。

苏珊迅速冲到车棚，把自己的车从水泥槽口里挪出来。

波特小姐欢快地骑着车飞驰而过，使劲踩着脚踏，金黄色和绿色飘过去。

苏珊骑上自己的车，使劲推了几步，摇摇摆摆了几下，然后出发了。

斯蒂芬妮骑进了穿过那个坑口的下坡路段，开始颠簸，慢慢刹住车。

从坑口另外那侧冲进来一个巨大的黑色身影，骑着一辆体形庞大的黑色自行车，费劲地操控着。苏珊想，那个也开始刹车的人好像是突然从坑口对面黑不溜秋的月桂树上冒出来一样。他还真有月桂树枝。他沉重地继续骑过来，沿着一条车辙，气势汹汹地向波特小姐冲来，他们的把手撞在一起，像长着犄角的野兽相遇了。真笨，苏珊想，以前可绝对没发生过这种事。

斯蒂芬妮蹦跳了几步，凌乱地纠缠其中，她的小腿肚子狠狠地碰在一只脚踏的边沿，她停下来摩挲。苏珊看到那条光滑的长筒袜上留下一道油乎乎的长条印记。她开始犹豫自己是毫无顾忌地骑过去，然后再假装回头，还是明目张胆地停在那里磨蹭。

丹尼尔低着脑袋，操弄着车把，粗暴地关上刹车片。他曾经计算自己也许可以争取到十分钟，如果运气好的话。不得不这样。他以自己惯常的周密策划了这次邂逅，算计出她大致在那个时间出现在那个地方。在这里相撞要比在里思布莱斯福德明显不成功的巧遇要好得多。但是，这会儿他却不会说话了。所以他只好蹭着金属和胶皮。

斯蒂芬妮盯着他，已经不再跟绿色衣服、油污和链条较劲了。满头黑发，黑雨衣，黑裤子，黑鞋子。巨大的肩膀，大肚子。后开口立领，自行车裤脚夹。他身上的东西可真不少。斯蒂芬妮没有说什么。

丹尼尔使了很大的劲把自己的坐骑扭到一边，然后大胆地说："我在等你。"

"我看见了。"

"我有话要跟你说。"

她摩挲着自己的腿。他毫不理睬。

"我有点忙，也许别的时间可以吧。"

“这事很重要。”

“没出什么事儿吧？”她温和又漂亮的眉头不安地蹙起来。

“没有，没有。只是，我，我本人，我想跟你谈谈。”丹尼尔又非常纠结地重复了一遍，好像她本来就应该知道。“这事很重要。”

他只能不停地说自己提前想好要说的意思。生活中他的欲求是那么少。他想要的东西已经得到。如果他能让斯蒂芬妮跟自己只待十分钟，他知道，她就会开始看到他的急迫。他已经知道，无须仔细琢磨，她不会拒绝。

“你只要抽出几分钟就可以。”他对斯蒂芬妮说。

“哦，几分钟。”感觉他好像在恳求要几个钟头。“几分钟，我想应该可以。你想去那间新开的咖啡店喝杯咖啡吗？就在附近。”

这不是他愿意做的选择，但他不妨优雅得体点。

“谢谢你，那好吧。真不好意思，蹭掉你的漆了。”

“那还不至于糟糕到可以当回事的地步。链罩问题要更严重。我们应该顺道去那家咖啡店。”

那位专注凝视的文学少女看着他们犹豫地一起颠簸着离去，穿过幽暗的灌木，那个黑乎乎的肥硕的后背和沉重的活塞般的大腿模糊了她看清绿色和金黄色的视线。失望和愤怒让她身体摇摇晃晃，好像夜色已经降临。她生气地想，哦，就这样吧，不就是个里思布莱斯福德文法学校嘛，不就是对一个老师的冲撞嘛，那不过是个弹坑而已，而我还很年轻。好像她知道在未来的某个时候，年龄可能会使别的草地、别的人显得更加真实、更加耐久，好像别的看不见的颜色必然比那消失了的金黄色和绿色更加鲜艳。

里思布莱斯福德新开的咖啡店，典型的北方早期的风格，位于地下室，是轮转茶吧地下室的实验风格。里面有台煮浓咖啡的新机器，有几个带挂钩木板屏风的小隔间，桌上的瓶子里插着蜡烛，几张描绘着意大利风景区的张贴画：西西里、庞贝古城、西班牙台阶。照明灯的色彩像龙胆根，让卡普奇诺咖啡的泡沫看着像闪着磷光的墨水。

丹尼尔弓起肩膀，缓缓移动着自己黑洞洞的躯体从那个木梯上下去，这样子让斯蒂芬妮刹那间想起比特丽克斯·波特书里的市议员托米勒·乌龟先生。他们坐在一个角落隔间的小方凳上，丹尼尔坐的那张小凳子在他的重压下不祥地吱吱嘎嘎地响着。两人嘴唇发蓝，面对面相视而坐，牙齿闪烁着苯乙醛的光泽，嘴巴像两个紫葡萄色的大洞。斯蒂芬妮的头发和报春花已经失去原来的颜色，闪烁着金属的光泽。暗淡的灯光流进丹尼尔影影绰绰的衣服皱褶里，沉入他的头发和浓重的眉毛，使他的下巴变得暗淡无光，弄得他好像更燥热，可怕的是不太像个实体，反而如同流体。他自己没有意识到这个，还说这光线在他看来有点沉闷，然后点了杯咖啡。

他不知道自己是否应该直接讲出来：我认为你应该嫁给我，或者讲得更准确和更谦虚些：我认为我应该娶你。斯蒂芬妮渐渐变得闪闪烁烁，浑身蓝幽幽的，这样子让他心神不定，这种情况他很少碰到。他平常的直言不讳在这儿可就是个劣势了，在这个场合，他想说的话显得非常极端，而且毫无准备，并不适合，甚至可能听上去很傻。他试着说：

“我觉得我们应该谈谈。”

“谈什么？”

“嗯，有好多东西可以谈。可我想到要谈的不是‘谈什么’。只是觉得，我们——你和我——应该彼此谈谈。这好像很重要。”

斯蒂芬妮继续保持着某种彬彬有礼的沉默，似乎在等着他说点什么，说出他心里已经有的答案。他继续跌跌撞撞鲁莽地说：

“我想了解你。我平常没有这样过——我的意思是，平常只为工作——这次是为自己。”

斯蒂芬妮说："我不想。"

"不想？"

"我不喜欢别人跟我说这种事。"

"为什么不喜欢？"

"哦，天哪，因为很多人都这样啊。这种事你应该明白。"

他不明白。以前他从来没有出于个人需要跟一个女孩交谈过，但他迅速地思考着。他突然沮丧地意识到，她是一个对家庭、工作、偶尔认识的人，以及毫无疑问还有其他男人，要求很高的女人。对他来说稀罕的东西，对她来说却不见得。该轮到他沉默了。

"我不了解你。"斯蒂芬妮说。

"这正是我想要你做的。"

"我知道。可你闹得如此郑重其事。而我感觉，这跟我毫无关系。敬请理解。"

斯蒂芬妮的彬彬有礼中有种不对劲和高人一等的紧张，那是一种经常使用、已经变得机械化的反应。丹尼尔被这副样子激怒了，他怒目而视。斯蒂芬妮紧张地看着他，她已经看出这点了。她说："哦，天哪。"

"好吧，"他说，"那就这样。我们走吧？"

"哦，天哪。"她又说。

"哦，天哪。"他令人生畏地附和道，朝那位女侍者招了招手。他有种窒息感。

"别走。我会感觉很抱歉。我只是想——"

斯蒂芬妮说不出口她只是想什么，丹尼尔同样没法说出口，他不在乎斯蒂芬妮感觉好不好。于是他们又坐了下来。终于，借助某种不成熟的社交尝试，斯蒂芬妮问起他的工作情况。费利西蒂·威尔斯就住在教区牧师的宅邸里，她对丹尼尔横扫一切的牧师工作方式以及时间的利用，有种惺惺相惜的赞赏，不过对他的神学理论却忧心忡忡。斯蒂芬妮曾听威尔斯小姐说起过，丹尼尔的道德行为中有某种完全合情合理却又总是不切实际的东西。

“如果大家不这样互相害怕，工作会容易好多。”丹尼尔阴郁地说，“人们在各种规章制度中变得像网格般交错难分，可又互相碾压。如果你自己不想被人那样说，你就不要那样说别人，慈善变成了脏词，不要强加于人，也不要强加于己。人们可以因为孤独和无所事事而失魂落魄，却不敢穿过马路去跟处境同样不堪的随便什么人说一句话。大多数时候，我的工作只是请求，如果条件允许就礼貌些，如果不允许就稍微粗鲁点，尽量显得很正式，像个委员那样，要求这样要求那样。我需要做的就是发明出一种尚未实施的规章制度的替代体系。那些规定要求你说出来它是怎么回事，发现它是怎么回事。”

“规章制度，”斯蒂芬妮说，“自有它们的作用。它们会保障人们的安全，免遭伤害，免遭他们忍受不了的东西。或者，它们可以采取某种缓慢而且能够承受的方式融入生活的点滴中。你不能总是把人们推到极端，以免大家受不了。”

“那些极端情况是存在的。”丹尼尔气愤地说，“拿菲尔普斯小姐来说，骨盆粉碎，以后她可能再也没有机会走路了，日复一日地躺在医院的病床上，痛苦不堪，望着可能到来的终点，却又不甘心。再比如惠彻小姐，住的地方离菲小姐只隔两道门，但并不认识她，或者不认识别的任何人，用玫瑰花蕾模样的杯子给我沏茶，一杯接一杯，味道简直太美了。哦，奥顿先生，我感觉我的生命在毫无目标地悄悄溜走，没有人真正需要我，于是，我就说，去看看菲尔普斯小姐。我的工作就是这样循环往复。”

丹尼尔给斯蒂芬妮模仿了很多惠彻小姐讲的五花八门的告诫。你可能被认为富有进取心，或者喜欢做好事，或者最后发现对普通的事物不感兴趣，或者觉得这一切太令人痛苦，然后把事情搞得更糟糕，或者说了错话，他们因为太过清醒刻意，而没有真正的朋友，至少并不自然……斯蒂芬妮对他的模仿能力感到很惊讶，那张蓝蓝的黑洞洞的嘴巴说得随心所欲，又愤愤不平。她曾以为丹尼尔是个始终如一而且基本上不会有变化的人，始终一个腔调，一条路走到底。

“牧师，”丹尼尔说，他这个人从不抱怨，“对打扰很不耐烦。他总是笑着说，有人给你买了束漂亮的玫瑰，菲尔普斯小姐。天气在好转，菲尔普斯小姐。不行，不能多走路，菲尔普斯小姐。你怎么能应付得了，还不行，肚子里还有人呢，菲尔普斯小姐。你可以说话，我们都在这里，还没结束呢。他不会那样说。”

“你得那样说，这样听上去正确，如果你必须要说的话。你没法激发任何人的能量，只能靠自己。”

“我看不出我还能尝试做什么。”他阴森地咧嘴一笑，“牧师不喜欢我。我惹事。”

“你喜欢惹事。当然，你这样是对的。”这句肯定的话导致斯蒂芬妮不由自主又生硬礼貌地问道，“我能帮点什么吗？”

“我不知道。”他冒险开了个玩笑，“除了跟我说话。还有海多克太太。”

“海多克太太？”

“住在布兰维奇园的勃朗特楼。大概三十岁的样子。丈夫出走了，就这样走了。两个孩子，一个担惊受怕的女孩，一个得了自闭症的男孩，一个六岁，一个九岁。男孩是个很英俊的小家伙。很安静，很安静，一句话都没有，从不说一句话，不管什么东西都会有条不紊地撕开——有的压碎，有的砸碎，有的磨碎，有的撕碎。从不针对人。只针对东西。有时他会哼哼几声。大家说，他会哼哼很复杂的东西。我不知道，我没有乐感，我可以唱出那些反应。他经常长时间地盯视。人并不呆傻，不会盯着你看，也不会把目光从你身上移开。他盯的是另外一个维度。海多克太太不想放弃他。她爱这孩子。我想说，这可能是个艰难的决定，如果你好好看看另外那个孩子，那个女孩，就知道了，她生活的地方连藏身的老鼠窝都算不上。不存在做不做决定。她爱这男孩，把自己的生命都交给他了。”

“你没有试图劝她放弃那孩子吧？”

“想过。是的，我真想过。出于对那个小女孩的考虑，小帕特。可是我觉得如果海多克太太失去了那个男孩，她会彻底崩溃。孩子已经跟她的生命息息相关。真有意思，人生形形色色，你不知道，在人生剩余的里程中，什么样的偶然事件会把你的人生固定在某条非常简单、可怕和深邃的通道中。要么留下这样一个孩子，否则就当个疯疯傻傻的家长。爱啊，上帝。总之，我决定——”

“你决定——”

“如果海多克太太有一天，甚至一个下午的时间，每隔一周，能带小帕特而不用带那个男孩出去，如果她有可靠的人照管男孩，这个人能定期过来，这样她就可以指望这件事能成。对他们所有的人来说，情况会有很大的改观。她从来没有主动提过，但她会听劝告的，如果能提供这样一个人。你能想象自己成为她那样吗？”

“我会很害怕。”斯蒂芬妮·波特说。

“你觉得海多克太太不会害怕吗？还有帕特不怕吗？”

“再说这份责任……”

“我们大家必须承担起一部分。”

“丹尼尔，奥顿先生，为什么非得是我？”

“我就是觉得你是最合适的人选。你能替她扛下这事。你干得了。我想，你要是去的话，会发现我说得没错。”

斯蒂芬妮突然怕起他来。在那种人们既不正常思考也不正常生活的领域，他应对起来毅然决然。人们希望尽量躲着不要在那种地方生活。他眼中看到的这个世界处于濒死状态，倒没错。斯蒂芬妮试着去想象他为自己创造了什么样的生活，却想象不出来。她不见得非去不可。事实上他对付的是连济慈都感到气馁的东西，济慈为了诗歌放弃了外科手术，但又知道诗歌解决不了疼痛的问题。

“你这是从石头里取血，”斯蒂芬妮说，“如果你和我说好，我只去一两次，直到我看看自己能不能做好，我会试试。我只能先试试。”

斯蒂芬妮粲然一笑，比他迄今见过的任何时候都生气勃勃。她又自豪地补充了一句：“不过，假如我真的同意了，我会很可靠，这点我可以保证。”

“你不见得非这样不可。有些人的情况我了解些，有些不了解。那种事情，我还是了解的。”

9
肉

马库斯在卫生间花的时间毫无节制。温妮弗雷德心想，每隔一个星期，他在里面的时间就会增加半个小时或者更多。在长久而悄无声息的间歇，他总是打开水龙头，莫名其妙地任其匆匆流淌。有时她看见比尔悄悄溜过楼梯底部过道，穿着短袜，露着褐色脚指头，弯着膝盖，侧面看上去怒气冲冲，显然是已经注意到这个情况，想偷看和听听动静。他挥舞着气急败坏的拳头朝门上的玻璃板敲打了几下，要求回答，出来，解释，对此马库斯根本不配合。温妮弗雷德尽量不动声色，对他们两个都不动声色。就比尔方面而言，这样做是因为，对正如火如荼的愤怒来说，任何行为都完全可能成为刺激因素。至于马库斯，她有些迷信地觉得，如果自己能避开，不要让他注意到她的关注，她的目光、她的焦虑、她的疼爱，他就可能有机会应付过去，就可能不被关注地应付过去，不管是命运还是他父亲的关注。所以，温妮弗雷德观察着他，在自己梳妆台上的那面镜子里，看见他乘着比尔某次打盹的时候溜出卫生间，而且没有表现出任何被看到的迹象。平和、安静向来是她的优选。为了平和安静，不惜一切代价。尤其是为了这孩子。

温妮弗雷德不仅清楚地记得他出生时的情景，而且还相信记得怀上他的刹那。他出生在慕尼黑事件发生的那段时间，在不可想象的暴风雨来临之前那段并不真实的短暂的平静时刻。马库斯大概就是在那个房子里，在那张床上被怀上的。某天晚上，比尔在工人教育协会讲座上讲完莎士比亚回家，啤酒喝得醉醺醺的，很爱争论，跟她大讲那几部晚期戏剧中可以接受和无法接受的折中。他不喜欢《冬天的故事》。部分原因是据说这部作品弥漫着基督教的弦外之音，主要原因是，他曾说，这样的情节是绝不可能成立的。他在卧室里四处沉重地踩来踏去，奋力使劲的样子从穿着松弛的长筒袜的双脚直往上冒。一个男人时隔二十年没有失去妻子，拿回一尊栩栩如生的雕像，在某种幻觉中倾诉着欢乐，好像那是个奇迹，并不那么容易。这是莎士比亚情节合理性在最基本水平上的真正失败，比尔说。那赫米奥娜呢？温妮弗雷德温和地问。她就那么失去了自己全部的女性岁月，她的两个孩子，一个死了，一个失踪了，除了感激和欢喜，她没有别的感情诉求。比尔说，他有个同学曾经说，这尊雕像象征着艺术中人生痛苦的开解。他还说，有些事情没那么容易化解。普洛斯佩罗是个更加复杂而且更好的解决方式。与其说是漫不经心地滑进折中的循环，更有可能同时带着几许刻意的成分。大概在写最后那几部戏的时候，他忙着抽出更多时间来关爱自己的女儿们了，温妮弗雷德说，很多内容都千篇一律。这时，比尔穿着内裤，咧开嘴笑了笑，说没有什么关于女儿们的证据。

并不是因为他或者她想要个儿子——尽管他们煞费苦心想出的女儿们的名字都是男孩名的女版而已，也都是他取的。原因在于他们的两个女儿曾经出奇地安静，同时工人教育协会的啤酒也起了作用，加上他想跟她说说话，平常总是太疲惫，或者太忙碌，或者被票子和孩子折磨得像狗似的，或者总是太气愤，很少这样说话。

温妮弗雷德嫁给他，因为他是她最欣赏的男人。公正，充满激情，努力得惊人，有鉴别力。她最害怕像母亲那样生活，孩子那么多，钱那么少，被一个家和丈夫制约着，这些都是迫切需要履行的道德责任和身体的持续的破坏者。温妮弗雷德是母亲倾诉血汗、米糠和愤慨等各种琐事的亲密倾听者——她是长女。她懂得了生孩子的事，以及生完孩子后男人的“自私”，知道了石墨、门口台阶上的白石、洗涤蓝、浆洗和搓揉。尽管很矛盾，母亲还是做了很多努力，想让她走出去，不要停留在语法学校的学历，这让温妮弗雷德懂得，一个人是能够，而且事实上也应该，为了激情和谈得来而结婚，不该为了流血流汗或者石墨而结婚。比尔给她借了本《查泰莱夫人的情人》，而且不忘宣扬自由的理念。他正逃离一个更难定义的家庭、男人和女人的版本，这些正是她自己想要跨越过去的。

从1938年她就知道，想要创造跟人们久已熟悉的东西对立的事物是不可能的，只因为这个对立的东西一早被认定是可望而不可即。人类需要的是他们已知，甚至邪恶的东西。未知的东西很难得到，因为那是未知的。自相矛盾的是，温妮弗雷德认定，两个人在一起生活，甚至一起睡觉，乃至经过很长时间相谈——他们更多是自说自话，不大愿意为了彼此而通融，向习惯、怪癖或者原先的缺点妥协让步——之后，关系反而不见得更加亲密。那些日子，她经常跟比尔交谈，按照自己的想象去塑造比尔，这虽是事实，但她说话时要更加真诚，而且如果她说了，可能这就是他在反向塑造她。现在，他经常被做饭、清洁、哭叫的女儿弄得火冒三丈。可是，温妮弗雷德知道，他工作的时候不是这样：他耐心备至，坚韧不拔，任劳任怨。她发现自己身上有种对苦差事和责骂致命又持久的渴求。也许剩下的就只有怒火和耐心了。

开始，她在床上很激烈。既不贪婪苛求，不，也不急不可耐，但却狂野和坚韧，准备好了要咬，要舔，要闻，要摸，要尝，要斗。各种陈规不知不觉一个接一个被温妮弗雷德抛在脑后，她都不耐烦脱掉睡裙，或者把身子从横着换成竖着，或者亲吻他的嘴。比尔的脚经常弄得她很恼火。有一次，她在黑暗中睁开眼睛，意识到有人，但绝不是自己，在她身体里面嘲笑比尔动手动脚时对她的疼痛和疲惫感到麻木不仁，而一年前比尔做这些事时她本该感到欢愉快乐的。她以为这很正常，但又没有朋友可以咨询。她发誓，绝不像母亲跟她说的那样跟自己的女儿们说这些，绝不。她要沉默不语。沉默蔓延的范围越来越广，到了原本尚存希望的地方。

所以，在1938年的那个晚上，当比尔因为喝了啤酒，跟她谈论了莎士比亚，当弗雷德丽卡一次都没有醒来哭喊的时候，温妮弗雷德心里疲惫地对这样的谈话心存感激，但也顶多如此，她安静地躺着喃喃地说着赫米奥娜。比尔支起身子，有目的地上下运动着，她的感觉顶多跟现在习以为常的感觉差不多，有种微微的幽闭恐惧和淡淡的无关紧要、似有如无的快感，不值得为此而紧张。当比尔叹了口气，自个儿抖动几下，然后翻身睡到床上自己那侧时，她突然感觉里面变得幽暗起来，像洞穴般深邃，而且浑身冷得发抖，还有点晕眩。她倾听着，好像正在发生什么变化，如同电流经过，这种感觉细微到足以引起关注。后来，她坚信自己真的注意到怀孕的刹那。那不温不火、很大程度上出其不意的起始，马库斯，她儿子的初来乍到。

孩子和战争同时不可避免地膨胀着。比尔预言将出现哈米吉多顿之战[1]、文化虚无主义、在英国的街巷昂首阔步地穿着长筒靴的恶魔，

1 《圣经》中提到的世界末日善恶大决战。

他情愿把温妮弗雷德这样那样的疏忽归咎到这个来得不合时宜的孩子身上。年轻些的老师都离开学校去当志愿兵了。比尔忙得纷纷扰扰，怒气冲冲，在外面度过的时间越来越多。温妮弗雷德，身子很沉又担惊受怕，推着辆婴儿车在里思布莱斯福德到处晃悠，弗雷德丽卡桀骜不驯，喜欢吵吵闹闹，在车罩底下飞扬跋扈，斯蒂芬妮胖胖的腿挂在车把手上晃荡，眼睛从遮阳宽边帽底下特别严肃地盯着前方。恐惧是有传染性的。斯蒂芬妮开始学会恐惧了。温妮弗雷德还算不上够格的演员，而且体力也不支，传达不了信心和踏实感。她经常从女儿们的脑袋上望过去，不管什么事儿都把自己弄得很紧张，要推婴儿车，要看比尔的脸色，要担忧婴儿分娩、炸弹、毒气和日常事务。她常常出现这样那样的幻想：小小的躯体被挑在刺刀上，在雷鸣般的声音中被碾压成碎片。真不该怀上这孩子，但既然怀上了，现在就得好好保护，如果能保护得了的话。这是最重要的。

七月一个阳光明媚的下午，孩子出生了，生得很快，而且完全没有痛苦，迅速得温妮弗雷德好几天都觉得不真实，好像还会出现什么严酷的考验。“是个男孩。”他们说，她礼貌地回答了句“这也正是我想要的”，尽管她从来没有严肃地考虑过这孩子不是女孩的可能性。她用尚未消耗完的力气支起身子，看了看孩子，孩子还用绳索系着，整个身子呈青灰色和暗蓝色，一起一伏。他黝黑的眼睛对着泛滥的阳光眨巴着，并没有真正在看。他还是个小不点，柔嫩娇贵，怒气冲冲，完全就是处于愤怒得要抽搐的比尔的精确复制品，在皱巴巴的光头上方挥舞着无力的深红的拳头，脑袋上还留着一道道湿湿的姜黄色细痕。丝毫不像她。她端着护着的东西，曾经在她肚子里生活、躁动、翻转，原来不过是比尔的怒火。一个男孩。她镇定地躺在枕头上，等着他们带走孩子。

比尔风风火火地从医院进进出出，毛毛躁躁，洋溢着出乎意料的惊喜。他让护士解开裹着的孩子，在白色平纹细布上亮出相对巨大、深红色的生殖器。他毫不犹豫就给孩子取了名字。他说，孩童时期他曾经希望自己就叫马库斯。温妮弗雷德安静地躺着，看着他把手指戳进儿子小小的冰冷的拳头里。她几乎感觉已经失去了某个人。

三个晚上后，黑暗中，可怕的事情发生了。他们要带孩子去喂吃的，在暗绿色的灯光下，她抱着那块还没有重量的小不点，拖着棉料法兰绒被单，潮湿的布片和医院僵硬的睡裙。她在臂弯里把孩子懒洋洋的脑袋、那张瘦削又失望的脸转来转去，心里知道他很脆弱，知道自己很爱他。温妮弗雷德知道需要把孩子抱得更紧，紧到着急，紧到害怕会压碎他。在不热的地方，婴儿们的肌肤都是冷冰冰的，而且挣扎得汗津津的。这孩子很安静，全身都冷冰冰的。她坐在塑料单子上，被那种可怕的爱占据了心神，尽管孩子才刚刚出生，在他们要带走他的瞬间，她却感到害怕。正如孩子初来乍到时她就知道——她现在也知道——自己整个未来生活的方式已经变了。他将是最好的、最重要的、最糟糕的，她已经在做各种安排了。孩子干净利落又安安静静地吃完东西，然后瘫倒睡着了。她已经知道这些新涌现的种种感情的暴烈对孩子很危险，或者至少会成为负担——必须掩饰起来。他们过来，然后带走孩子。她在僵硬的忧虑和他们把孩子带回后的瞬间产生的毫不动摇的愉悦中过了整整一夜，被消耗得萎靡不振。事情就这样开始了。

比尔在厨房里咆哮“快从卫生间里滚出来，小子，这屋里还有别人有生理需求呢”。墙壁很薄，尖厉的声音刺进来谁都听得见。比尔犯过好多这种经典的错误。每个玩具，提前半年就买来，那时候这孩子还根本对付不了。每个老师都说——出于对这种数学异禀令人遗憾的支持——每个老师都告诫说，这孩子是个天才。尤其是比尔想跟人分享马库斯早年读的东西。他自己曾在福音派传教士那些小册子薄薄的灰尘中抓刨过。马库斯应该有很多想象的世界，比尔愿意跟他一起进去。你感觉到了什么？你的内心之眼看到了什么画面，什么让你感动了？这个迟钝的男孩凝视着虚空，同时在做着加法。那些不是他继承下来的东西，在那个不懂数学的家庭不会被理解，也不会得到赞美。

面对比尔这种疾风暴雨般的爱，她只能保持沉默。能量化成惰性。无所作为。消灭棱角。也许她这样做不对。这样做让人很不甘心。

她听到卫生间的门传来一声小心翼翼的咔嗒。她跟在后面走进孩子的房间，战争武器的模型整整齐齐地在里面那把条椅上被摆成一线。他正望着窗外。从他最初来到尘世不久，他就很不像自己的父亲。他看着更像她，比两个女儿还像她。不轻易动感情，温和，宽宏大量，单纯。她很想触摸下孩子，却没有。

“你在忙什么事吗，马库斯？”

他摇摇头。

“我要去里思布莱斯福德买东西。你想一起去帮忙提提东西吗？”

“好的，我去穿夹克。”

她没有说的是，等我们回来后，有关卫生间的事，他可能会缓和很多。马库斯没有流露出任何迹象表明知道出去买东西竟跟这事有关联。他们的交流不用语言，如果他们要交流的话。有时她在琢磨，自己是不是应该大声喊道：马库斯，你太奇怪了，真的有点不对劲，马库斯，跟我说说吧。但她从未说过这样的话。他信赖她，不用说这种话。或许她自以为如此。

教师路，背朝“边地”，位于一排坐落在一条乡村公路上的几幢孤零零的郊区房子前面，那条公路至少从1953年起，就改道拐过由山楂树篱笆和干砌石墙围起来的田地。那时候教师路同样有自己的巴士车站，是个锌皮候车棚，地面用柏油碎石铺过，还有块铸铁标牌。1970年，这条路全线做了整修，加宽了路面，变得更直，沿着光滑和斑驳的黑色路基装上了橘黄色的玻璃和水泥做的灯。连根拔掉的篱笆和平整过的田地上密密麻麻地矗立起小小的牧场式住宅，布满微型车道和低矮的白色塑料围栏。这时，教师路上的房子好像遭到了围攻，显得破败不堪。1953年，波特家的人仍然可能把自己视为类似乡下居民。他们经常沿着乡村马车道散步，走到离开学校很远的地方，穿过草地、燕麦和大麦田，走到一个污水处理厂。在这样散步的时候，温妮弗雷德会告诉孩子们各种植物的名字：风信子、繁缕、柳穿鱼、圣约翰草、牛角花、野豌豆、三叶草。女孩们跟着她吟唱着这些名字。马库斯因为得过枯草热，不断地打喷嚏，浑身颤抖，他的眼皮光滑发亮，睫毛周围浮肿，鼻窦疼得像被钻开了的风箱，腭床因为发炎而生疼，已经肿起来。

污水处理厂像座封闭的堡垒，装着铁栏杆，有几个不带窗户的盒子般的水泥房和人工制造的草墩。这里散发着某种有人气的寂静。所有的声响都是谨慎地嗡嗡作响的金属丝以及废弃的圆形沙斗的转臂刮擦发出的。女孩子们到了这里后就想转身离开，好像那地方有害健康，或者说肯定有害。在某种程度上，马库斯很喜欢这里。这儿没有羽毛般的草丝，有的是悉心照料的公墓般的井然有序，割过草后的干干净净，还有小山岗和寂静无声。他觉得大家应该停下来看看，因为这里毕竟是他们声称要抵达的目的地。可他们从不停留。卢卡斯·西蒙兹曾经在一堂课上说，循环水、循环液体废物，要比春天的水还纯净，还要无菌。这个时刻，马库斯想起他们自己家污水处理厂沉寂的业务。

乘坐巴士进入里思布莱斯福德，就像步行去那个污水处理厂，对马库斯来说就像一道反复重复的信息和痛苦的指令。他曾经选择别的路线去上学，去那个卡尔弗利的敏斯特唱诗班学校附属的幼儿园，要多出好几英里。里思布莱斯福德无非就是各种商店和那家医院。他们到那里后，温妮弗雷德就会给他讲那里贫乏的历史，就像去污水厂的散步途中告诉他植物学知识那样。那里曾经是个中世纪的商业小镇，至今还有这方面的遗迹，到处是千篇一律的方形玻璃和鹅卵石小道。那个古老城堡的壳体仍然矗立在一个长满草的小土丘上，借助一段阶梯和一根铁扶手就可抵达。那里有个商场，带着若干画着条纹的小货摊，在铁道下方不远处，每星期三都有个骡马集市，那地方，在用水管冲洗干净之前，有好几个小时里，石头都还散发着稻草、畜生的粪便、尿骚、小米的味道。那里还保留着好多老名字：骡马市、芬克尔街、浪女井胡同、磨匠门。巴士在那些狭窄的道路边缘兜圈子，经过那些还在使用、带铺过柏油的小院的红砖墙楼房——里思布莱斯福德邮政总局、里思布莱斯福德医院、里思布莱斯福德公交站。

马库斯在这家医院住过好几个星期，不是因为得了最严重的哮喘就是因为要进行那些没有结论的对哮喘原因的检查。他们认为他体内可能有“感染病灶”，哮喘可能是它的继发症状。给他照过X光，做过皮试，量过体重，测过身高。他的扁桃腺和增殖腺被满怀希望地摘除了。他学到很多东西，大多跟视觉的特性有关。

他曾听到亚历山大和父亲谈论消费对艺术的影响——刺激活跃的才华和创作速度，亚历山大曾说过这样的话。多年后，他自己开始思索氧气和洞察力之间的关系。那时他已经清醒到足以对自己说，哮喘不像那样。它并不让人生机勃勃。它的作用就是拉长时间和感受，这样事事都会慢下来，变得棱角分明和清晰明亮。

他不生病的时候，医院就像个中性的休养之地，如洞穴般深邃，呈暗红色，散发着石炭酸和花朵的味道，护士来来往往，刻板僵硬，有点像被煮过的金属。

在他生病的时候，空间和时间都充满了生物和抽象的意义。每根肋骨都根据疼痛来确定和定位。每次冰凉的呼吸，吃力响亮地吸进去，又吃力响亮地呼出去，都把它持续的长度铭刻到他的意识上。他已经得了典型的哮喘佝偻症，脊椎弯曲，脊背驼了，胸腔倾斜，身体的重量都转移到了僵硬的胳膊和紧张的指关节上。整个人变成盛放疼痛和挣扎的类人笼。这种佝偻的不动状态反而让他更加锐利和精确地去感知那些有限的事物。颜色、轮廓、人、担架车和花瓶。内部盘旋的摩擦，呼哨般响亮的气流经过敏感得无法忍受的器官阻塞物，这些都会被注意到。每样东西，不管内在还是外在，都在某种逐渐侵蚀一切的迷雾中，被准确勾勒出黑色的轮廓。

在极端时刻，疼痛会把视觉的东西提纯成数学的形式。他会看到一张二维的线性关系图，呈灰黑白三色：窗帘、床罩的角落、床铺、椅子、扯起床毯三角的手指。这幅图跟被堵塞、狭窄的、想象中的内在气流通道有关。他曾经两度在快要丧失意识的时候，看到同一种最不想看到的东西。有次是因为扁桃腺的缘故，他跟乙醚药棉做搏斗，一次是遭到突然袭击，严重得他都昏迷过去了（相对而言他经常昏迷，很讨厌）。

他看到的是旋转的几何图形，旋转的绘图纸，上面的方块几乎在按照某种明确的几何原理缩小尺寸，同时还在自转，就这样，在这个中心的某个地方，在视野的边缘，成为那个正在消失的原点所在，在无限远的地方。

于是，那个几何图形既接近这个备受痛苦折磨的生灵，又朝与之相反的方向远去。因为疼痛它显得更加鲜明，然而，注意力因为使劲反而偏离疼痛转向几何图形。几何图形始终不变，井然有序，跟末端相连。他在头脑中并不抗拒疼痛和几何图形，跟这二者相抗拒的是“正常生活”。在常态生活中，当各种事物，那些闪闪发光、充满光泽、柔软、坚硬、不断变化、可以触摸的形形色色的事物出现时，你会自如地对待它们，用不着绘图或者整理。当里思布莱斯福德的巴士绕着转过那家医院时，他留意着上下窗户的数量，它们的几何比例，然后交叉起自己的手指。母亲坐在他旁边，紧紧抓着她的手提包，心里藏着自己的记忆。他们互不说话。

屠宰店不在骡马市，骡马市场又进驻了新开的玛莎百货店、蒂莫西·怀特店、艾格和几家小羊毛制品店。那是家有年头而且生意兴旺的“高档屠宰店”，绿色和白色相间的瓷砖墙，地板上沾满锯末和鲜血。店主W·艾伦伯里面色红润，精力充沛，人很活泛，像屠夫看上去应该有的样子，还经常负责任地参与当地政治事务，随时准备——其实是迫不及待——跟那些家庭主妇们探讨国家的现状和宇宙的本质。在实行配给制的那些日子，他对她们实行不知怎么始终没有消失的温和的专制统治。有三个年轻人帮他干活，他们系着长长的染着血污的白色围裙，三个人全都很活跃，过分活跃，有时甚至下流。马库斯有时会把他们的这种活力跟波特家星期日聚会吃大块肉相联系。有段时间，他们定期坐下来吃一顿烤牛排，最先上来的是几大块约克郡风味的布丁，松脆，金黄色，冒着热气，上面撒着盐，带着热乎乎的肉卤。比尔和温妮弗雷德经常恳求面色苍白的马库斯从大块烤肉下面弄些好看、鲜红的汁液，给自己注入些许生命活力与血色。

艾伦伯里的屠宰店窗户从某个角度来看，算得上一件艺术品。它不可能用肉创作出某种对称，以及颜色、形式的细腻变化，不像鱼贩子那样可以在大理石或者珠宝上用自己出售的产品，做个轮盘或者一朵抽象的玫瑰。但是，艾伦伯里的店铺窗户却自有一种补偿性的变化。它用一种令人愉悦的折中的方式把天然和人工，拟人化和抽象的要素统一起来。它自有其富丽。

几只优雅地弯曲的挂钩上有根亮闪闪的钢条，上面挂着几只鸡，露着肥硕、赤裸的胸脯和四肢，伸着覆盖着羽毛的柔软脖颈。鸭子排成一线，网格状的冰凉的脚被干净利落地塞到身体的侧面，长着金黄色的尖嘴，黑黑的眼睛，脖颈上的羽毛白中带着鲜红色。在这些东西的下面，展柜用翠绿色的人工草做了衬里，加了边饰。在这个微型草地上，活蹦乱跳着各种民间传说里的人物和神秘的动物。有一头龇牙咧嘴的纸牌做的猪，稳稳地用一只猪爪站住，前腿上钩着一盘热气腾腾的香肠。大概是为了雅观起见，身上盖了条蓝白相间的条纹围裙，戴了顶高高的白色立体厨师帽，扣在头上的角度很潇洒。一颗温顺宽厚又面善快乐的公猪脑袋，整体上洋溢着卷毛竖起的力量和笨重的生命力，在后颈位置被砍断，然后被放在抛光薄纸板做的三联板上，跟各种明亮的厨具和注满滚烫的褐色高能液体的大口杯相伴。在一片明媚的阳光和湛蓝的天空下，一个被剪裁得颇具童谣风格的黑白小牛崽在缀着闪亮的金属片雏菊的草地上嬉耍玩闹。在一个用小馅饼做成、玻璃纸裹着的小丘顶上，一只小鸡、一头小牛和小猪围成一圈自娱自乐地跳着舞，象征着英国牛肉、火腿和鸡蛋的和谐与融洽。

在相邻的那层，在鲜艳的绿色下面，白色大理石上，摆着好多搪瓷碟子，里面盛放着更为鲜见的货品，根据颜色和质地间隔交错。一大块蜡一般的板油、一只白色大浅盘里扭曲的像蜂巢般轻薄的肠肚，还有若干要害器官——几颗僵硬又松软无力的肾脏，有几个还裹在脂肪的胎膜中，滑溜、微微发蓝的肉皮在覆盖物里透过狭长的口子闪着光泽，索带还在晃荡，还有彩虹色的肝脏，一颗巨大的公牛的心，里面的软管直竖起来，一侧有条深长的切口，暗黄色的脂肪逐渐干枯。已经煮熟的半个猪头，惨白中还有隐约的血迹，一只金属标签夹在一只耳朵上，口鼻周围还留着一圈漂得发白的鬃毛，还能看到硬挺、盐白色的睫毛，底部平整。

在这些东西前面，摆着切下来的肉块和关节。一块巴思猪头肉的颌颊部分被切成薄片，压成一个规则的圆锥体，包着金黄色面包屑的外衣，在透明包装纸里闪着光泽，这是件干干净净、没有感情色彩的东西。羊肉片利落地排成好几行，摆成不断重复的模式，肉是粉红色，脂肪是白色，骨头透明，平行排了好几列，码成好多统一又参差不齐的方块，试图通过不断重复来取得某种抽象的规律性效果。一个皇冠形的烘烤品，在每根突出的肋骨上，都用剪下的白色纸片做成卷曲的冠状头饰盘绕、打结、缠圈。牛臀肉、肋腹肉和肩膀、手、牛肚、猪肉、羊肉、小牛肉，收拾好弄成或长或短、或肥或细的肉卷，用打结的绳网捆起来，中间用细木杆和串肉扦隔开。

如果所有的肉都是草的话，在某些极端情况下，所有的肉其实都是几何体。大快朵颐的人类，长着一副两用牙齿，一张罕见的嘴，既吃草，又食肉，堪称用刺戳、撬动、清洁、解析以及广受欢迎的重组等手段，进行肉体毁灭和重建的艺术家。作为艺术家的人类，能够在金黄色的天空下，把欢快的猪和胖乎乎、像管子般的香肠协调起来，或者说他能够用汗水浸透的板油、反复碾压过的牛胸脯、剁烂的西芹、面包和敲碎的鸡蛋，创造出精致的粉红色、白色、绿色和金黄色的雕塑般的内旋的东西。

店门的两侧各挂着半个牛躯体，一个穿过腱子的铁钩上紧紧地拉扯着。马库斯跟母亲走进去时，仿佛从这头牛的身体中穿过去，那家伙今天早上肯定还四仰八叉地横在门道上。没有了脑袋的脖颈朝下，然后用一把小斧头反复敲打，慢慢地顺着脊椎骨切下肉片。他曾经看到有人这样干。此刻，他看到被裹在脏乎乎、紧紧覆盖着的细布中那胀鼓鼓的肉，也看见了那具冰冷的骨架结构：脊椎链、扇形的肋骨、被蒙住的骨头和骨头之间的隔膜紧绷的光泽。这件东西的旁边是一排淡白色的猪的尸体，以及若干僵硬地摆开来的羊羔。

在这儿，这场几何防守非常严苛，快接近细致入微了。切口越小，几何的精确性越大。凭借这种精确，才有可能仔细研究这件东西。如果一个人可以用类似分子这样的单位来观察或者想象、思考，那么类似砍刀肉这样的单位，也许反而能够让人忍受，它们是其他花样繁多并且有趣的有机物的构成部分。像半个猪头这样的单位是不可行的。但是大地和空中充满了曾经可能是半个猪头的组成部分的物质。他做不到事事关注，也做不到什么都不在乎。以他自己的眼睛看来，半个猪头是一个有意义且能够忍受的单位。

从那个被斧头、劈刀、钢锯刻画、砍削、挖凿得坑坑洼洼的木砧板后面，黑脸庞的笑面虎热情地和他们打了声招呼。斯蒂芬妮和弗雷德丽卡给他取了这个绰号，因为他的表情只在更加欢乐和比较欢乐之间变化。他曾邀请弗雷德丽卡骑他的轻便摩托车出去兜风，当时他隔着柜台斜靠着，在一张湿漉漉、血淋淋的洗碟布上擦着手。弗雷德丽卡本来想去，却被比尔制止住，理由是轻便摩托肯定很危险，笑面虎则可能很危险。“有什么需要我效劳的吗？”他问温妮弗雷德。他的手深埋在一个胀鼓鼓的家禽躯体里面，在一条长流水中，连吸带敲，从中掏取全部的东西：柔软、淡白色的内脏，油亮的脂肪包裹中坚硬的杂碎，成串布满红色脉络、外皮呈金黄色的蛋卵。他的这番操作把这只家禽上升为对生活的一种拙劣戏仿。

“要一磅羊肝，再加一块带肩肉的牛前腿肉。”温妮弗雷德说。笑面虎点点头，甩出一个像小孩在海边用的水桶，然后又从中砰的一声倒出一团来自澳大利亚和新西兰的亮闪闪的凝固了的肝脏，又脆又黑。他用自己的大刀轻轻敲打着这团东西。

“太硬了。里面还有些刚从屠宰房里拉过来的，波特太太。我知道你喜欢新鲜的杂碎。稍等片刻，我找找看。”

在马库斯病恹恹的眼睛看来，这块新鲜的肝脏外表看上去滚烫，好像快要爆炸了。笑面虎用左手拍结实，然后开始用右手切片，薄如刀片。接着他又剔起骨头上的牛肉来，用那把长长的切刀的三英寸刀尖快速又精确地削着，刀锋锐利得几乎像空气般单薄。他小心地剃着毛，收拾得干干净净，柔软的肉从闪亮的骨节上掉下来，有的如珍珠般雪白，有的泛着淡紫色，有的透着玫瑰的粉红色，越来越不真实。马库斯定睛看着。他开始整理，然后又重新整理。他左右看着。肉片如波涛般汹涌。他想：人们整天在这里进进出出，非常有道理，人们干得对。

“好了，”温妮弗雷德说，“这些够我们做顿美味大餐了，马库斯。”她把肉交给他，想着烹调，想着转化成美食的过程。也许他会很乐意。这时她看到了他的脸。“马库斯！”

“妈咪，”他说，“哦，妈咪——”

这个称呼他现在已经不用了。

这个称呼她向来不喜欢，说真的。这个称呼让她想起不好的东西，保存在落满灰尘的裹尸布里的死人[1]，而且那黏黏糊糊的发音也令人不舒服。她从来没有告诉孩子们不要用这个称呼，也从来没有让孩子们直接叫她的名字。那不是她的做派。他们从别的孩子，从别的女人那里学来这个称呼，试探性地用过几次，然后又抛弃了，不可避免要直接称呼时，就换成妈妈，绝大多数时候则什么都不叫。

她抓住他的手，领着他出去来到人行道上。

“马库斯，告诉我。马库斯，事情有点……”

他们的耳朵里响起一声喇叭，盖过说话声，急迫又尖锐，很不自然地拖得很长。两人都吃了一惊，那辆车紧挨着人行道，看不出任何迹象表明是开过来的还是之前就在那里，是卢卡斯·西蒙兹那辆闪闪发光的黑色跑车，很流行的凯旋牌，经常可以看到他开着这辆车出现在学校的四方形场院里，奢靡的保养显得有些过度。他摇下车窗眯起眼睛仰望着他们，表情天真烂漫，面色白里透红。

1 Mummy妈咪，也指木乃伊。

“波特夫人，马库斯，你们是否要回学校？我可以捎你们一程吗？如果马库斯不介意在车的后排窝一会儿的话，这辆车其实完全是设计给两个人坐的。”

马库斯躲开两步，犹豫不决。温妮弗雷德心想，他的状态看着比平时差多了，差不多要病了的样子，很可能会像以往那样犯晕。所以，她感激地跟卢卡斯·西蒙兹打了个招呼，说他出现得好及时。卢卡斯·西蒙兹听了，只说，他经常努力用这种方式帮别人的忙，发出一声尴尬的窃笑来掩饰这句话的怪异。卢卡斯·西蒙兹的轿车声音很大，飞扑般绕过几个拐角，弄得坐在车里的温妮弗雷德不得不撑住自己，她感觉不到蜷缩在她后面的马库斯有任何反应，无论友好的还是敌意的。卢卡斯说着里思布莱斯福德的交通状况，完全是陈词滥调，大多数时候也听不清他在说什么。回到家后，马库斯说他晕车，然后就上床了。

10
在塔里

弗雷德丽卡收到一封信。

亲爱的弗雷德丽卡：

我们还没有完全确定好《阿斯翠亚》的演职人员。委员会想再听你朗读一次。因此，我想，不知你周三能否来一趟我学校的房间，你到家后就尽快过来。

你的亚历山大·韦德伯恩

弗雷德丽卡写了好几封表示感激、热情洋溢又机智的回信。最后寄走的是这个版本：

亲爱的亚历山大：

我很乐意。

弗雷德丽卡

她希望，但又怀疑，亚历山大会注意到这种遣词造句上的微妙区别。

亚历山大住在学校西边那幢红色塔楼里，从一个哥特式拱门下面走过去，爬上一段螺旋形石梯就到了。他给自己的房间装了个橡木门，里面又有个绿色厚毛呢门帘，仿效牛津剑桥的风格。他还装了垂直式窗户，面对两个方向。南边，可以俯看带围墙的花园和“边地”的草坪与花圃，西边，面向那个城堡岗及其零星的周边乡村景色（包括那个污水处理厂）。他的家门上方装了个做工精细的雕刻装饰品，带块可以滑动的百叶板，这东西既消除了“亚历山大. M. M. 韦德伯恩，艺术硕士、文学学士”在家里的可能，又消除了他外出的可能。楼梯为红色石头，散发着杰伊斯消毒液的味道。

星期三，他忧郁地望着南面那扇窗户的外面，看到弗雷德丽卡正大步朝他走来，钉子般尖削的高跟鞋走过禁止通行的草地，在上面留下坑坑洼洼的凹点。他以为弗雷德丽卡会穿着校服出来，没想到她却打扮得像个穿着便服的芭蕾舞演员，纽扣严肃地扣住黑色和灰色衣装，头发盘成一个小旋纽，尖尖的鼻子向上昂起，像在嗅着空气。她来得有些早，至少比洛奇和克罗来得更早。亚历山大感觉很纠结。她面试结束后的讨论已经清楚地表明，自己对弗雷德丽卡·波特有明确不喜欢的成分，不光是因为她让人觉得尴尬，甚至不是因为他怀疑她对自己有那么点迷恋——这种事情很自然，而且最好用善意的忽略来处理即可。可是克罗对她表演的欣赏，以及对她作为一个女演员的魅力的明确肯定，加上她上次出现时的好斗姿态，已经给了亚历山大一种不相称又没道理的确定信念：她充其量是个讨厌鬼，最坏也就是危险而已。那感觉就像试图用对你的迷恋来忽略一条大蟒蛇。当然，如果现在不是，将来会是。

他听到了弗雷德丽卡的脚步发出的急促、响亮的咔嗒声。她的敲门声像撞击般响起。他诅咒着克罗，然后打开里面的门。

“牌子上写着你‘外出’了。”她责怪亚历山大说。

“我经常忘记换过来。”

亚历山大想接过她的外套，但她却在屋里徜徉起来，又是浏览书架，又是慢条斯理地踱步，又是根据两个窗口的视野来确定方位。只要不跟自己的职责发生冲突，他总是想方设法把人们拒之门外。她显然从来没来过这里，他想。

“坐吧，把你的外套给我。”

弗雷德丽卡照办了。她穿了条灰色和黑色相间的羊绒裙子，还穿了件黑色蝙蝠衫，脖子上挂一串乱糟糟的不锈钢项链，用一根皮绳系着，属于亚历山大特别不喜欢的那种东西。她两膝相交而坐，好像好莱坞电影里的秘书，然后如同审讯员般逼视着他。亚历山大走到书桌后面。

“其他几位还没到。我们来得有点早。”

“是我来早了。你就住这儿啊。”

“嗯。”

“请问，亚历山大，你能告诉我这是为了什么事吗？”

亚历山大没有理睬这声音中透出的焦急和心烦意乱。他说：“也许最好由我来告诉你。问题是，选演员——主角的挑选上——出现了个麻烦。洛奇想——马修也想——选玛丽娜·叶奥演皇后。”他说，掩饰了他也不无苦涩地希望如此，“他们已经找过她了，她是马修夫妇的一个老朋友，而且她也很愿意。”

她盯着亚历山大，什么都没说。

“她太老了，”亚历山大说，“相对这个角色，相对我的戏剧而言，现在情况就是如此，真是个麻烦。

“我在纽卡斯尔看过她演的《海达·加布勒》。她也曾演过克娄巴特拉。你可以演老年克娄巴特拉。我还看过那部可怕的电影——《致命的月亮》，她在里面演伊丽莎白。她在那部作品中演得不错。

“这些作品都拍得有些时候了。她是个了不起的女演员。克罗有个聪明的主意，他想把这个角色拆开，想让一个年轻女孩在第一场戏中来演伊丽莎白，即登基前的她，然后让玛丽娜从这里接过来演她优雅地老去。我本人不想这样。老实说，我是把她作为一个整体来写的。”

“如果是我写的本子，”弗雷德丽卡说，“如果他们想拆分开来，我会疯掉的。这种做事方式是不对的……”

“那不是一出露天历史剧。”亚历山大脱口而出。

“不是。”

“总之，克罗因为你长得像那位原型而被打动了，认为完全可以让你出演前几场戏。”

“我不想那样，”她说，“就算他们想让我演，我也不想，如果你不……我是说，我在乎你的想法，那是你的戏。你写的。”

“目前，那已经不是我的了，”他谨慎地说，“目前在洛奇手中。他喜欢你。”

洛奇认为弗雷德丽卡属于那种“有点特别的干脆利落的性感”的人，这个说法在亚历山大心中扎下根来，因为他根本就没有觉得她性感。莽撞慌乱，而且只要他在场，弗雷德丽卡总是显得莽撞慌乱，这副样子已经把性感从他眼中排除了。

“克罗说，我可能有望当个预备演员。”她说，“我一直都期盼着。可是我仍然觉得你不该让他们把任何拆分的想法强加到你的戏剧里，如果你不喜欢的话。那是你的东西。”

“我不想挡住你期盼……”

“我想在里面演个角色，再也不会有这样的机会。”她想起自己先后轮流珍惜和放弃的各种憧憬：隆重的欢迎，环裙，英国语言的光彩和闪耀，男人，少女，谈话以及知道别的东西的人，还有亚历山大，亚历山大，当然有亚历山大。“这样说可能显得很不成熟，”她说，“如果把这个角色拆开的话，我就不演了，他们可能会不喜欢我。可我就是不想演，我是当真的。”

她闹不清自己这是在说什么。她是指自己刚才说的话。她看得出亚历山大的心思。设身处地，她也会那样想。那是他的作品。但是，最重要的是，她，弗雷德丽卡·波特，应该得到个角色，应该得到那个角色。所以，她为什么要说这一切呢？不完全像他现在说的那样。“不，不，你必须尽最大努力，决定是洛奇的……”就这一句话，她便知道了他感兴趣的是什么，而且他很在乎，她也知道自己感兴趣的是什么，而且更在乎，虽然他并不在乎她在乎的，但他必须迁就她了。

弗雷德丽卡打量了下整个房间。她以前常想，总有一天要深入到这个地方。这里只有部分跟她想象的内容相似。冰凉，朴素，而且力图在维多利亚哥特式的外壳里面尽可能显得时尚些。墙壁被涂成好几种不同的柔和的色彩：鸭蛋蓝、水草绿、温和的肉桂色、淡淡的沙金色，在某种程度上这是后节庆年代流行过的风格。扶手椅是淡淡的山毛榉材料，装着橄榄色的灯芯绒垫。窗台上，在黑色的玄武岩制品般的韦奇伍德碗里，放着白色的风信子和黑色的番红花。

亚历山大身后那面蓝色的墙上，挂着一幅毕加索的《流浪艺人》，边缘用薄薄的浅色橡木条装裱。对面的粉红色墙上挂着同样是毕加索作品的《拿烟斗的男孩》，弗雷德丽卡不认识。绿色墙上，壁炉上方，是一幅巨大的光泽闪烁的照片，是个黑底白色的裸体女人，用大理石雕刻而成，侧身躺着，视角是从后背观察的角度。她同样没有认出这幅作品。照片下面的架子上，有个不规则的石头组成的小墩或者锥形堆。其中有一两只抛光的蛋状物，玛瑙和雪花石膏做的，别的全是石头。那些没有堆起来的石头摆成逐渐变细的一排，平放在堆起来的石头的旁边。

金色的那面墙上，颜色稍微有些淡，贴着张裱好的海报，宣传的是亚历山大·韦德伯恩创作的《街头艺人》。标题字母用正在发芽的细枝和树枝勾勒而成，用意大利庸俗喜剧里蹦蹦跳跳和搔首弄姿的人物托着。字母的颜色是褐色和绿色，人物的颜色用黑色和白色交错绘成。

弗雷德丽卡读了两遍海报上的信息，透着20世纪50年代在艺术剧院已经逝去的岁月和时光。然后，她又看看离自己最近的书架上的几本书的名字。她被印刷的字和烫印的字深深地吸引住了。她读什么都能从中获得某种肉欲的快感，包括清洁剂、火警说明书、名单，或者此刻读的书名——《文化定义札记》《追忆似水年华》《拉辛戏剧全集》。

门上挂着一件睡袍和一件粗花呢夹克。

她想象中房间应该有而没有的是什么东西呢？某种更加戏剧化、更加华贵、更加深沉的东西。如果说它愉悦怡人有余的话，庄重气派是没有的。

“我喜欢你的那些石头。”

亚历山大紧张地站起来，拿起石头在手上转着，互相碰撞，冰冷发凉，嚓嚓作响。

“都是我从切西尔班克带来的。那儿是我的家乡，我的出生地，多塞特。”

又一条信息碎片来了，她贪婪地存起来，却不知道该说什么，关于石头，或者关于多塞特。她是个天生特别不擅长聊天的女孩。长久的沉默被克罗和洛奇打破了，他们急匆匆地大步冲进房间，这几乎让弗雷德丽卡舒了口气。

他们准备好对自己的意图讳莫如深，这让亚历山大和弗雷德丽卡都很尴尬，两人谁都不打算提起其实他们已经讨论过了。克罗意味深长地微微眨巴着眼睛，谈论着一个可能录用的预备演员，洛奇则说，他们对她上次的出场印象深刻，正考虑让她担任有较多台词的角色。她能为他们背诵下珀迪塔的演讲吗，权且当作预试。

弗雷德丽卡说她更喜欢做点别的事。她果断无情地告诉他们，她发现自己演不好女孩。她能不演贡纳莉吗？洛奇听了放声大笑，说女孩们可不是指贡纳莉，而是那些很不幸讨人喜欢的人物，而且，看看她作为少女能走多远，这是件好事，如果她不介意这样说的话。这句精心编织的客套话里的某种味道让弗雷德丽卡感觉自己被特别对待，被喜欢，被需要。他们早就准备好了你来我往地说嘴。所以她咧开嘴笑了，说好吧，反正他们已经知道她并非美丽的少女，于是顺从地开口念道，哦，普洛斯皮纳！既然这些鲜花让你感到恐惧，那么就让它们从迪斯的马车上跌落下来。

这首诗毫无灵感，亚历山大想，却有点超越匠气的感觉，换气和停顿都恰到好处，这首诗至少在流畅性上不会有障碍，它几乎像在咏唱，即便弗雷德丽卡没有这样处理。

“现在呢，”洛奇说，“不知你是否愿意背诵一小段亚历山大戏剧中的台词……亚历山大，你心中有什么特别合适的片段吗？”

亚历山大说，也许那段塔中陈说的台词就可以。他把剧本递过来时，弗雷德丽卡试图估摸他的表情。令人沮丧地充满了耐心。这段台词是年轻公主的独白，她被玛丽·都铎[1]投进那座塔里，那是历史性的时刻，也是小说最常描写的时刻，自从在玛格丽特·欧文的《年轻的贝丝》激烈的浪漫主义感情感染下成长以来，那是弗雷德丽卡经常经

1 英国都铎王朝女王，亨利八世之女。即位后，1554年与腓力二世结婚，恢复天主教在英国的正统地位，残酷迫害新教徒，有“血腥玛丽”之称。其内外政策招致新贵族与资产阶级的不满。

历的时刻。她想象亚历山大没有这样的经历，尽管这里有浪漫主义的情感，毫无疑问。

亚历山大观察着她。刻意、迅速地观察别人重温自己曾经写下的东西总有点让人不知所措。他开始思绪飘荡，而且几乎下意识地提供了几个有用的、减轻压力的，乃至分散注意力的信息片段。她把表情固定成遭受苦难和退隐独处的模样，准备朗读。亚历山大并不认可这样，但他害怕她的判断。

“我想她肯定知道自己在说什么。我永远不会结婚。这部戏假定那些历史学家是正确的，认为她真的想保持单身……”

“是的，我明白……”

“那个‘她’，她始终是指安妮·博林[1]。当然没有任何她提到安妮·博林的记录。”

“我知道这个。”

“哦，好的。我想指出，这段台词是想用一种感情歇斯底里般奔流的方式开始，就像对在塔里的安妮·博林的描述，又是大笑，又是哭泣，然后它又控制住语调……”

“好的，好的，”她几乎不耐烦了，“这些句子都很长。不好说。”

“并不轻松。”亚历山大说。马修·克罗说：“让这可怜的孩子集中起精力，开始吧。”亚历山大走到窗前，望着外面。

这段诗文紧张不安，同时又光彩夺目，以形容词为主，而且具有高度的隐喻色彩。公主描述了塔里冰冷潮湿的石头，黑色的泰晤士河，狭窄的花园地块，只有寥寥几朵不曾剪掉的花朵。接着她用红玫

1 英王亨利八世的第二任王后，伊丽莎白一世的母亲，1536年被关进伦敦塔，后以通奸罪被斩首。

瑰、白玫瑰、都铎王朝的玫瑰、鲜血、肉体、大理石、一眼被堵住的泉水、一个被封住的喷泉，还有尚未被屠夫砍掉的沙伦的玫瑰[1]，编织了一段长长的曲折繁复的华丽文辞。一条主题旁逸的曲线，辞藻华丽，巧妙地异想天开，想象那位公主，在喷泉中丢失了一个金球，驱散了一片黏湿的雾气。还有描述了王公贵族的大理石镀金纪念碑。这些段落最后又过渡到单调、四平八稳的宣言。伊丽莎白不愿流血。她既不想被斩首，也不想结婚。她想像石头那样，不流血，做一个公主，永远一致如初且保持单身。这些自白呈现了她的美德，她的坚韧不拔。

弗雷德丽卡站在一扇窗户前，向下望着花园，安顿好自己的想象力，然后读起来。正如她曾经暗示的，最难的部分在语法上，而她最擅长的就是语法。亚历山大已经听过好几个演伊丽莎白的潜在人选的朗读了，不过他没有告诉弗雷德丽卡，所有这些人在应对他的语言方面都出现了麻烦。弗雷德丽卡却跟他预期的相反，具有强大的消极优势。她没有屠害他的句子。幸运的是，她得出了那个聪慧的结论，认为这段语言如此华丽，甚至艳丽，讲出它的最好的方式是平淡而又安静，任由它按照自己本来的面目发挥呈现。亚历山大对这样的处理手法印象格外深刻。他最担心生气勃勃的女演员“自说自话”，在他的语句上横冲直撞。他本以为弗雷德丽卡会比大多数人还要糟糕。可她没有。其实，也许对洛奇来说，活力还不够强烈，不足以打动他。亚历山大发觉自己希望洛奇不要认为她太干巴和单调。

洛奇的想法还不清楚。他倒是再次把弗雷德丽卡引导到结束语上，请她把自己理解的一切都讲出来，同时从她那里榨取出某种粗鄙

1 在希伯来语的《圣经》中，沙伦专门指撒玛利亚丘陵和海岸之间肥沃的平原。“沙伦的玫瑰”首次出现在《所罗门之歌》的译本中：“我是沙伦的玫瑰，山谷中的百合花。”

的凶猛，他好像乐此不疲。他说，你认为你能学会更自然地感动吗？弗雷德丽卡说，当然可以。克罗说，他的意见是，他们的小计划显然大有前途。弗雷德丽卡克制着自己不要问他们的小计划是什么。克罗后来提出顺便开车载她回家。对她来说，这点已经很清楚，他会以他向来喜欢的暗示、不慎重、操控等方式，告诉她“小计划”是怎么回事，而且不用怀疑还会告诉她亚历山大反对这个计划。三个男人中，克罗肯定是最喜欢她的，是站在她这边的。他也是最没有魅力的，他只有金钱和权力，而洛奇，甚至加上亚历山大，都是艺术家，这显然给人深刻印象。事实上，她天真到以为在这件事情中，她的审美道德与她含糊定义的自身实际利益是相符合的：必须让留下深刻印象的人是亚历山大。戏剧是亚历山大的，她的朗读需要得到亚历山大的首肯。她错误地以为，另外两位已经支持她和玛丽娜·叶奥合体成为一个王后，以为他们举办这次朗读是想说服亚历山大转变态度。所以她告诉克罗不用搭便车，她马上到家了，只要沿着这条小巷走过去，穿过“边地”就到了。然后，她公然没有穿过某个为她打开的门离开，而是设法单独跟亚历山大留在一起。

亚历山大宽宏大量地说，他很喜欢她的朗读。她说，真是很愉快，尽管是那种特质，因为这段诗文如此兴奋激昂，因为它的意象非同一般。亚历山大说这段台词是整部戏隐喻的核心。她说她喜欢那种缤纷的色彩，那红色和白色。亚历山大说他总是看到红色、白色和灰色的场面，弗雷德丽卡说，他愿不愿意把绿色从门上拿掉，亚历山大说不用，如果太晚了就不用拿掉了，你可以用人工照明辨认石头，他希望。经过这番严酷考验后想来杯雪利酒吗？他边倒雪利酒，边告诉弗雷德丽卡他已经把红色和白色从那首他放进剧本中的有关处女伊丽莎白的小诗中拿掉了。

我看到一个少女坐在一棵树下，

那朵红白相间的玫瑰在她的脸上纵横交错。

纵横交错曾经让他联想到那里已经满是挂饰、图画以及纹章，同样已经覆满红色和白色，鲜血和石头。愿意坐在沙发上吗？对伊丽莎白的个人崇拜的肖像研究感兴趣吗？还是很有意思的。伊丽莎白拥有很多天后的传统品质。玫瑰，象牙塔，沙伦的玫瑰，弗雷德丽卡说，还提到那个被封喷泉的有关细节。她说，那个喷泉就印在他们学校的运动服上。“现在知识已经不再限于一个被封的喷泉了。”那么，那个是从哪里来的呢？

亚历山大惊讶得发出一声粗俗的大笑。那个，他告诉弗雷德丽卡，是从丁尼生写的有关女权文学的叙事诗《公主》中来的。诗人多少嘲弄了他诗中艾达公主的纯真理想以及蓝袜子[1]们，等等。当然，在此之前，在很久之前，那个被封的喷泉来自《歌谣集》，而且意味非常情色。一座幽闭的花园就是我的姐妹，我的配偶。一眼泉水被堵住了，一座喷泉被封住了。如果那样的话，机智的弗雷德丽卡说，她正喝着第二杯雪利酒，丁尼生正在被解放出来，或者被低俗化，因为他在暗示，常识远非原罪，反而是个好东西。亚历山大说，他担心那是对这位桂冠诗人开的一个玩笑，以纯真的理想主义者为代价，他们宣称拥有通往知识源泉的门径，但事实是，他们可爱的抒情诗朝他们赞美的寓意的反方向奔去，要么非常情色，要么极力赞美婴儿。比如说，猩红色的花瓣睡着了，然后是白色的。那是用这种语言写成的最具暗示性的诗歌。弗雷德丽卡说，很高兴，里思布莱斯福德女子语法

1 女学者、卖弄学问的女子，得名于18世纪起源于英国伦敦的一个文学团体蓝袜社。

学校的运动衣不仅邪恶而且还有很隐秘的猥亵色彩，它似乎让这一切更能忍受，她很感谢亚历山大告诉她这个。两个人都很清楚，他们并排坐在一张沙发上谈论着跟性有关的话题。

他们挪开了些，但没有挪开太远。亚历山大很不理智地又倒了杯雪利。他已经忘记——很奇怪，怎么会忘记——他如何研究伊丽莎白的隐喻，循着她的诗歌，探索到她的画像崇拜研究、凤凰、玫瑰、貂、黄金时代、丰收女王、处女座阿斯翠亚、正义和丰收的纯真的女赞助人这些概念。自己独自在这个房间不停工作，自从完成那部作品以来，没有人评论过那些东西。克罗和洛奇谈论的是戏剧指向、时代相关性、如何删减以便提高进行速度、整体节奏和人物。没有人如此谈论过他喜欢的这些意象，用如此难以描述的自觉的匠心和不自觉的幻觉混合建构。这个女孩捡起这些碎片，像个好到极点的参加高中水平考试的考生，而她当然是到了这个程度的学生。然而，接着，他却变成一个老师。他解释了，一方面，伊丽莎白的座右铭“永远一致如初”[1]在他心中如何开始跟石头的同质性相联系；另一方面，又跟黄金时代的各种永恒事物产生关联。以相似的话语“纵使改变，依然故我”[2]为座右铭的玛丽皇后，让他感觉更像个基督徒，而远没有伊丽莎白对自己永恒的身份有着坚如岩石的异教徒般的信赖。这个似乎有点遗憾，弗雷德丽卡真诚地说，一部跟坚如岩石的身份认同如此有关的戏剧如果由两个女主角扮演会有很大的风险。亚历山大脱口而出，他在这方面远没自己想象的介意。他的语言至少有一半的机会，不会被糟蹋。弗雷德丽卡被希望之火点起来，神采焕发。她说这样的语言太奇妙了，多么生机勃勃的语言，人们会理解的……

1 拉丁原文为Semper Eadem。

2 拉丁原文为Eadem Mutata Resurgam。

漂亮迷人的语言，蔗糖，玫瑰蜜，汝将飞向何方？

上世纪五十年代，人们写文章评论“韦德伯恩《阿斯翠亚》中鲜血和石头的意象”。

上世纪六十年代早期，有人把这些意象整理成颇有用处的列表发表在《教学辅导》上，帮助那些水平不济的高中水平考试的考生。

上世纪七十年代，整件事被斥为堕落的个人现代主义令人目瞪口呆的最后的突然发作，充满了毫不相干、颇具破坏性的文化怀旧病，杂乱无章，陈腐不堪。诗剧的复兴在一开始就该被看清是一条死胡同。

那天，因为从亚历山大那里得到的回应是保留、曲解和部分赞同，弗雷德丽卡决定改变话题。她指着那个女人的照片，过渡得很轻松，问他那是什么。

亚历山大说，是罗丹的《达奈德》。他走过去站在照片下面，开始仔细研究她心不在焉的眼神上滑过的光彩。

“瞧这线条多好，快看。”

他的食指顺着大理石般光滑的皮肤下那条伏卧着的大理石脊梁滑过去，从凹陷的颈背到浑圆的屁股，半月形逐渐消失，闪亮逐渐变成黑色，这是个暧昧的姿势，既具有纯粹的教学意义，又有纯粹的肉欲味道。弗雷德丽卡望着移动的手指，看着这件雕塑。

弗雷德丽卡强烈地意识到，她的兴奋超过了亚历山大本人，自己从来没有被指教过欣赏一件视觉艺术品。这种无言的感官沉思对亚历山大来说很平常，她看得出来，对她而言却是全新的。她意识到，自己从来不曾在没有语言相辅助或者转译的状态下凝视过一幅画或者一件雕塑，甚至一片风景。语言深深地植根于她的内心。那是比尔的功劳。比尔把她自己最初讲的那些话描述给她听，回唱给她听，当着她的面津津乐道地对别人重复那些话，无意识中提高了她的语言能力。

他过去总是读啊读，不停地读。

但是，比尔对非语言创作的形式毫无兴趣。每当开始接触色彩、光影或者不是用语言创作出的声音这类东西时，他的表现就跟自己宗教背景相同的任何其他道德化十足的市侩没什么两样。他不肯承认这点，但是他用每个动作、每个判断，传达一种感觉，认为这些都是可有可无的奢侈品，是不道德的，相对建立在其他基础之上的基本文明而言顶多是些附属品。

所以，弗雷德丽卡很早就根深蒂固地认为，《李尔王》比别的任何东西都要更真实、更智慧，她从来没有惊讶到足以自问，为什么，为什么一个人要写出一部戏剧，却不直面种种冷酷的真相，有关老迈、颤抖、桀骜不驯的女儿们，以及愚蠢、怨恨和死亡的真实现状？或者质问为什么一个人要去写《西风颂》而不是与情人共度良宵或品味相思的甜蜜与苦涩？由于一无所知，她想象诗歌和戏剧在某种程度上要比事物的意象更加真实。但是看着亚历山大对《达奈德》脊梁娴熟的描述，她受到这种陌生性的强烈触动乃至惊奇地认为，一个男人可能会选择创作一个大理石女人，另一个男人或者女人可能更喜欢站着欣赏那块石头，而不去……做别的任何事。回到家后，她会想象坐在那张沙发上的其他场景，想象那只手指在她自己的脊梁上滑过去，但她甚至足够清醒地知道，那个时候这种想象的滋味就已经足够，很足够了。于是等亚历山大有时间为自己的任何举动感到后悔之前她就脱身而去，对她来说，那可谓难得的优雅时刻。

亚历山大很快就被自己的举动搞得痛苦不已。他非常清楚，向别人展示某些东西，特别是自己的东西，意味着什么。这仅次于赠送礼物。他曾向珍妮弗展示过《达奈德》，曾对珍妮弗谈起过石头的神秘性，当时他们就在一起细赏他的锥形石堆。珍妮弗不像弗雷德丽卡，她能够口若悬河地赞美，对他的东西已经达到了几近私密的熟悉，能够区分出石头之间细微的差别，找到形容词去描述女人炽烈的绝望：她知道那是绝望。珍妮弗还给他的那些东西增添了些额外的物件，韦奇伍德碗里的球茎就是她送的礼物。她打开花店白色外包装时都哭了，因为这些东西得用杰弗里的钱买，没有什么是她真正给予的。亚历山大的一根手指从这些大理石男人和少女们的上方滑过去，在《拿烟斗的男孩》下面停住，那个男孩是他最私密、最不可告人的笑料。

那个男孩头上戴着模糊又颓废的橘色玫瑰帽冠。他挨着一堵土烧墙坐着，那堵墙上画着淡淡的白色条带扎起来的盛放的花束。他的脸看起来粗糙、严峻、堕落、干净，像在评判着什么。他穿着紧身蓝色夹克和裤子，膝盖分开坐在那里。大腿间，衣服的褶子显示出绝对的性征模糊，褶皱很深，硬硬地鼓起：他可能是任何东西，或者更有可能什么都可以是。一只手放在双腿之间，一只手握着干净、短而粗硬的烟斗，令人尴尬的是，朝里冲着他的身体。不曾有客人对亚历山大评论过男孩这些非常明显的特征，他们也没有提过什么建议，也不曾像对待某幅高更的裸体或者罗特列克的妓女那样的名作一般，提出把它拿掉。也许他被同化到江湖艺人的那种氛围里，天地之间充满彩色条块，两者都沾染些许，显得虚无缥缈。

亚历山大想，他知道这个男孩是什么人。他同样永远都知道，他自己是什么人：一个向狂热的女孩们展示罗丹的《达奈德》的男人，却始终在他的墙上挂着这个男孩的画像，以之作为博学的典范。不是因为这个男孩有多么讨人喜爱——他并不可爱——而是亚历山大对他的感觉最接近某种邪恶的嫉妒。

11
游戏室

这部戏装饰着珠子、羽毛和金箔，披着碎片和补丁，温柔地、亮灿灿地涌进教区牧师的住宅。

去年，里思布莱斯福德的女子们给圣·巴多罗马教堂里的条椅制作过小小的花边跪垫，在一块朴素的卡其布料上绣上米色和赭色的百合花以及鱼儿。这样就免得显出脏东西和灰尘来。

十年前，她们曾为疏散人员募集过旧衣物，为士兵募集过平装书，为炸弹牺牲者募集过制作毛毯用的针织羊绒方块。

今年她们又开始制作鲸骨圆环。

在伦敦，数以千计的小小的珍珠和水晶正被缝进滑溜的白色缎料做的女王加冕礼裙子上，一件璀璨闪耀的活计。联邦和帝国的各种象征物，如玫瑰和蓟草，枫树和橡子，都用彩色丝绸绣在这件服装的褶边上。

费利西蒂·威尔斯负责协调里思布莱斯福德的艺术事宜，发现自己身处无穷无尽的文化流派交汇旋转的中心，千头万绪要重新编织，重新打结。在牧师宅邸的大厅和教堂的门廊里竖立着很多桶，用来盛放任何零碎物件，不管富裕的还是罕见的，只要暂时不用的都放在里面。刺绣班的学员们把小小的塑料珍珠缝进瓦尔特·罗利爵士的黑色丝绒斗篷中，短外衣、宽松的长袍、裙裾上缀着银色的月亮、金色的鸟、鲜红和白色的玫瑰，绣袜带的束条上缀着稻草结和康乃馨。

我们急需颜色，威尔斯小姐说，然后把一个装着崭新的彩线卷筒的提袋全都清空倒在自己的地毯上，这些卷筒滚动着、碰撞着、闪耀着、闪烁着，各种色差和颜色的过渡，应有尽有。美轮美奂的家用物品，她大声对斯蒂芬妮坦白说，她一直渴望拥有一整抽屉，没有任何理由地渴望。

斯蒂芬妮刻意不想跟这部戏剧有任何关系。有弗雷德丽卡参与已经够她受的了。尽管这是亚历山大的戏，她心中还是被激发起一种懒洋洋或者有所保留的不乐意，不愿自告奋勇。如果她坐着，像今天这样，在牧师宅邸编织金线，或者骑着自行车跨越高地，带去关于鲸骨和用于制作环领的材料的信息，那是因为她不能拒绝费利西蒂。

斯蒂芬妮现在已经能够逐渐接受丹尼尔不工作的时候，也坐在这里。女士们做缝制的活儿，循规蹈矩的丹尼尔负责倒茶和洗茶杯。丹尼尔的状态很不好。没错，他对斯蒂芬妮·波特和马尔科姆·海多克的看法是对的。斯蒂芬妮提供过一两次服务，然后就答应定期轮流在星期六和星期天去。海多克太太有时在丹尼尔的房间哭泣，以舒缓压力，同时担心这事不会持久，并且对马尔科姆，对斯蒂芬妮，都感到很内疚。虽然这两人好像已找到一个一起度过那段时间的办法，但丹尼尔和海多克太太都没在现场亲眼见证过。海多克太太说，考虑到马尔科姆所做的破坏，这简直是个奇迹，当她进家门后，波特小姐总是把家收拾得干干净净，一尘不染，她实在感到惭愧，因为她在照顾马尔科姆时，家里总有面粉、泥巴的痕迹和被打碎的瓷器，整个屋子被搞得乱糟糟的，不管什么时候叫什么人来拜访都是这样。没错，波特小姐可能得把成堆的碎杯子或者牛奶瓶收拾到垃圾箱里，但那里总是安安静静和干干净净，奥顿先生，所以，你可以进门来，不用对要做的工作感到害怕，甚至不用害怕再次碰到那种吵嚷声。这真让她惭愧，波特小姐居然对很多事情如此了解，如此有自己的办法，这让她纳闷，是不是自己正在做的事情要比需要自己做的事情还糟。丹尼尔说，没有，她是马尔科姆的母亲，他熟悉她，因为这个原因，他跟她在一起的时候举止就不同，而波特小姐只要设法度过一天就可以了。与此同时，她又是个宝藏，这点让他很高兴。

有那么一两次，他去勃朗特楼拜访，简直或多或少像尽义务，看看斯蒂芬妮怎么样了。他总是看到她和那个男孩处于某种疏离的安静和沉默中，她抱起双手坐在椅子里，那个男孩像他不歇斯底里的时候习惯性做的那样，坐在地板角落，脑袋很有节奏地对着交汇的墙壁轮番触碰。令丹尼尔惊讶的是，自己被这种沉默的状态弄得胆怯了，感觉有种东西抑制住自己不要打扰这种状态。有一次，他用一种欢快的牧师的声音问她是如何做到的，是如何让这小男孩保持安静，她说她通过让自己保持绝对的安静，并且把注意力从孩子身上移开做到的。她说，你这样做的时候，他会倾向于模仿你，这样，两个人都会变得心不在焉，度过那段指派的时间。斯蒂芬妮想，她应该接触或者跟孩子玩耍，可是她没有技巧没有知识，不知道如何开始。至少他没有做有害的事情。

没有，丹尼尔说，没有做有害的事情。他开始感觉，不管在这里还是在费利西蒂那个小房间里，斯蒂芬妮都有意或者无意地用对待马尔科姆·海多克的方式对待他——通过放空自己和心不在焉，对他施以沉默。她人在那里，可是并不对他开放和她说话的机会，好像建起一道光滑的玻璃墙那样的消音屏障。丹尼尔自忖，不知道自己为什么还要继续坐在那里。

他当然知道。斯蒂芬妮让他迷恋不已，而且对这种毫无道理的心神状态，他完全没有准备好。这些年来，他几乎认为自己就是实现自己目标的工具。现在，他一个劲儿地思念她，而且，如果，通过某种激烈的意志行为，成功地将她的形象从教堂或者自己的卧室里赶出，那么他又开始可怕地意识到自己的存在。他试图像她看待他那样看待自己，但是做不到。各种确定性分崩离析。他经常反思自己的经历，纳闷自己是不是在某种程度上太不正常了，以前这样的事情从来不会困扰他。他的问题从来都不在于“污秽的想法”。手淫只是一种放松，对此，他向来觉得自己有这个权利，因为这是对某些急迫的生理需求快捷又实用的解决之道。在斯蒂芬妮之前，手淫的时候没有伴随视觉形象的出现，真的没有。他偶尔会听到自己粗糙的声音发出如泣如诉的回音，表达着对她的渴望。这让他感到恶心。

跟上帝相处也出现了麻烦。他从来不曾有过，也没有请求过，跟上帝保持某种私人关系。当他祈祷的时候，他从来没有用自己的语言对上帝说过话。教会的语言就像教堂的石头。祈祷者要知道，想要感知到自己的感觉或者领悟后面多股力量的拉扯和冲击，需要有比他自己更多更强烈的东西。

他热爱的基督就是那个能够意识到、能托起麻雀和关爱百合的力量的基督。同时也是破坏常识感的基督，他既模棱两可，又不支持任何胡说八道，而且用机智的寓言呈现出灵魂和神圣正义的机制。他从不跟这位基督说话，那是因为，尽管他清楚地知道这是怎么回事，他相信事实，即这位基督已经死了。

跟他感觉到的力量和坚定的种种确定表现相比，他的信仰无关紧要，更不要说跟上帝的关系了。现在，斯蒂芬妮介于他和上帝之间，于是上帝变成了问题，而他自己开始意识到，就像在少年时代那样，被困顿在肥胖中。

他可能会压得她喘不过气来，可能会毁了她。

他来斟茶倒水是因为，如果他跟她同处一个房间，她至少身材规模会缩小，会被限制在她坐的那把椅子里。当然，这不是他来的唯一原因——如果他肯定对她的肉体有欲望，他宁肯这肉体就在跟前。他不是那种逃避现实的人。所以，他要穿着燥热的黑裤子跟她坐在一起，而且要忍受痛苦的折磨。

有他们的陪伴，费利西蒂·威尔斯可以从中获得自己的乐趣。她娇惯他们，教训他们，用黑黑的模糊的忧伤的眼睛观察他们。事实上，可以说，正是她自己的房间，才让她掌控“舞台”，令三个人都相处融洽。

一天，斯蒂芬妮走进来，发现她的朋友单脚独立，在她的采光窗透进来的最后一丝日光的衬托下，站在一个并不平坦的楼梯的顶端，那里放了一本字典、一个脚凳、一张咖啡桌、一张床、一张高桌。她穿了条宽大的裙子和光滑闪耀的青绿色帘布做的罩裙。两只小拳头在自己面前高高举起，挽了两个巨大的结扣住。她头上戴着顶丝绸帽子，用珍珠围了一圈，还扎了条斜斜的薄纱头箍。

她要扮演伊丽莎白一世加冕礼上的一位皇家成员，以及她死后前来哀悼的群众中的一员。“如何优雅地迈步是最实际的考验。”她说，微笑地俯视着斯蒂芬妮。斯蒂芬妮后面，森然立着丹尼尔。威尔斯小姐挥挥手，摇摆了几下，扑倒在床上，在波涛汹涌的衣服中咯咯地笑个不停，同时用一只胡乱瞎摸的手寻找着错位的假发。丹尼尔发出雷鸣般的笑声。

“你简直就是个调皮的男孩子。你真吓着我了。我希望没有什么别针扎进我的身体。我知道用一种臀部摇摆的姿势上楼梯是需要练习的。拉我一把，姑娘。”

斯蒂芬妮用力拉了下。威尔斯小姐的身躯在她的裙子中笔直地竖起来。她抬起双手把头发、金属丝、发网和假发全都盘扭在一起。

“一件骗人的衣服。”她观察着说，幸灾乐祸地咬着牙，表示不喜欢，蹲在一个用金属丝加固的臀垫上。斯蒂芬妮看着她很痛苦，一个气喘吁吁的无胸小女人，开口很低的紧身胸衣附近已经有了不易察觉的松弛的纹络，预示着即将出现的皱纹。丹尼尔伸出巨大的双臂，把她轻而易举地拎起来。大家都开始大笑。斯蒂芬妮拿起她的褶边缝起来。

威尔斯小姐的房间很狭小，做过装饰，好像临时居住。黑色的维多利亚时代风格的书柜，上面带着让年轻的阿尔弗雷德·丁尼生堕落的那种机切的哥特式风格小珠饰，书柜上承载着各种支离破碎的物件。有几个经过雕琢的玻璃烛台，有画着第戎的荣耀玫瑰的锡制茶叶罐，有日本丝绸针垫，有插着两根孔雀羽毛的圆锥形贝那拉斯产铜花瓶，有三个饼干桶（圆滚的玻璃器皿，装在柳条编织物里绘有花饰的瓷器，带铜把手的小木桶），有佛罗伦萨式皮革缝纫包，有带搪瓷把手的剪刀，代表着一只昂首行走的鹤，有一个微型斯波德陶瓷杯，有六个红色中点缀着灰色的沃尔沃兹牌茶盏，有一堆使徒勺[1]，有半条面包、半壶柠檬乳，一叠用巴黎石膏手压住的钞票，一个乌木和银子做的十字架，一顶针织贝雷帽，一捆莱尔线长筒袜，一瓶墨水，一果酱盒红色铅笔，有褪色柳，还有一个来自圣地的棕枝主日用的十字架……

这些东西斯蒂芬妮全都很熟悉。她有着漫不经心、无选择地长久保持的记忆力。孩提时候，玩一种游戏，把好几样东西放在一个茶巾盖着的盘子里，揭开又迅速盖上，她总能记住盘子里东西的摆法，以

1 一种印着使徒或者其他圣徒图案的勺子。

及勺子、剪刀、钟表、鞋带、金盏花、玻璃动物，这些经常放在上面的东西，即便跟弗雷德丽卡对战，在这种游戏上她都从来没有输过。晚上，她很难让自己从白天积累的各种无关紧要的知识中脱身而出。各种记住的东西塞满她的脑子，如生动鲜活的光谱，在她闭着的眼睛前面漂浮着。有时她会刻意逐个把它们召唤出来，从思想中将其抹去，在睡觉前让自己的眼睛能够有个暂时的虚幻的空白状态。即便那样，第二天醒来，她都会觉得好像有条无尽的传输带用毫不相关的东西打扰着她，恳求着精确记忆。

直到开始教书，斯蒂芬妮都没觉得这有什么不正常。她认为，每个人都被这样密集丰富、有用而毫不相干的记忆和信息军团折磨过。那么，教育，就是记忆力训练，那些她发现没有记忆力的学生总是处于劣势。后来，当思维习惯、时间和历史被构建起来，不用“通过死记硬背学习”，不用绘制语法的、世俗的或者审美的序列、图表，当艺术和政治跟现在和未来被关联上的时候，像她这样的技巧就被看轻，甚至遭到嘲笑和打击。思维习惯有时尚风潮，就像服装习惯有时尚风潮，记忆银行不再流行，就是在讲故事的时代过去后一点，伊丽莎白二世加冕礼过去后一点，就像记忆戏剧已经随着文艺复兴时代的结束而成为过去，随着记忆银行走向描绘自己的艺术作品，走向传统和个人才能，走向圣经、万神殿以及其他不同的语言体系，记忆银行不再流行。在大型古董市场或者家具店的摊位，你可能看到过，在日式或者漆器或者铜制或者镶嵌的盘子里，大堆从海边来的碎片，像费利西蒂·威尔斯家台面上杂乱堆放的那些东西，但是你既看不到又记不住它们的秩序或者无序，不像斯蒂芬妮在1953年做的那样。

平时，威尔斯小姐的屋里总是挂满各种衣料。花边挂在桌子上方，麻纱织品挂在床铺上方，红的黄的丝绸，因为缀着小金珠沉甸甸的，那小金珠像被裹起来的奶瓶盖，偶尔，出于加热和神秘的原因，被挂在台灯上方。但是现在，房间被那些成卷成捆的明亮闪光的布料以及用它们做成的悬挂的半成品衣服塞得满满当当，重重叠叠，成行成排地堆着。

斯蒂芬妮看这一切都带有双重性，既有宏观的清晰，又有微观的犀利。她既看清了各种东西的本意，又不错过它们自身究竟如何呈现的细节。她能够想象得来那些在一间狭小的休息室里（这个小房间的墙壁用起泡的石灰粉做成，像撒在奶油面包上的一层糖霜）摆布一班马普尔家路易十六随从的人们想象中的豪华阵容。她能够看得出，那些无视现存几何学，要把维多利亚时代的厨房改造成当代风格的人们所想象和渴望的干净和简洁，他们试图通过在坚硬的资产阶级品位的嵌板上方钉上脆薄的胶合板，以及在原本是雅致的白色瓷料或者坚硬的铜制品的地方加上涂着“明亮”时髦颜色的小小的六角形塑料门把手，来完成改造。然后，她看到了那件层层压制出来、熠熠发光的神秘之物，那件费利西蒂·威尔斯小姐看到的美轮美奂的东西，而且她看得更深远，看到了想要在这里，在此刻，在目前这个时刻和这个地方，把那种勃勃生机，把那种形式感，把那种随着英国黄金时代结束而丧失的连贯传统具体呈现出来的雄心。她看到挂在威尔斯小姐衣橱横杆上的舞台用的斗篷长袍，以及一件查尔斯二世就职典礼上穿过的斗篷长袍，里面还有一张威斯敏斯特大寺教长登在《伦敦新闻画报》上的照片，长袍被拿出来在伊丽莎白二世的就职典礼上使用，看到丹尼尔的珠饰项圈，这一切给费利西蒂·威尔斯带来一种昔日的豪华和如今的商业活动同时共存，甚至互相重叠所产生的愉悦感。

她看到了，但并不分享交流。她同样看到了那件斗篷长袍上被敲打上去的奶瓶盖，看到了丹尼尔对典礼，对莎士比亚的东西，对叶芝或者英国圣公会的东西毫无兴趣，她看到了茶壶上的缺口和长筒袜上的破洞。这跟她毫无关系，她绝不会掺和到这些新的领域中去。她只看。

丹尼尔拿着茶壶下去放到半层休息台的炉子上煮茶。回来后，他又小心地把茶壶放在壁炉里，跪在斯蒂芬妮的脚边，威尔斯小姐现在披挂着她的艺术丝绸长袍，正给斯蒂芬妮讲解伊丽莎白时代服装中颜色的象征意义。她宣称，那个时代，一切都有其精确的含义，颜色是可以解读的。黄色意味着欢乐，而柠檬黄则意味着嫉妒。白色代表死亡。奶白色意味着纯真。黑色象征哀悼，橘黄色象征怨恨，肉色意味着放荡。红色是蔑视，金黄色象征着贪婪，浅黄色代表丰裕。绿色代表希望，但海绿色是反复无常。紫罗兰色象征着宗教，柳色代表着被遗弃。她担心自己的衣服表示反复无常，肯定不可靠。

丹尼尔对这些神秘的东西持怀疑态度。他表示质疑，一个维多利亚时代的人怎么区分白色和奶白色，或者怎么区分浅黄色、黄色、柠檬黄色和金黄色？斯蒂芬妮则说，如果海绿色意味着反复无常，为什么卡莱尔却说海绿色不会腐烂。费利西蒂·威尔斯告诉他们，那个时代，真正被视为有价值的是真实的颜色，不是有色差的颜色。黄色，蓝色，鲜红色，绿色。混合的颜色几乎总是被说成易变或者败坏。那是给更光明的世界制造的颜色。卡莱尔是浪漫主义者，视大海为某种自然的力量。在维多利亚人心中，大自然不是最重要的东西，最重要的东西是心灵的真理。对他们来说，颜色更难获得。斯蒂芬妮说，这种确定性和复杂性非常美。丹尼尔说这个有点傻气。威尔斯小姐冲他开玩笑地嘲笑了一番，然后说妓女穿绿裙子有个非常漂亮的理由。这个漂亮的理由就是，当女孩们摔倒后她们的裙袍上会粘上青草色污点，这同时也是新郎着装的颜色，象征着春意荡漾的春季。她轻轻叹了口气，看了眼丹尼尔又看了眼斯蒂芬妮。描写绿色有很多美好的词。鹦鹉绿，鹅粪绿，柳绿。那个时代，甚至连衣服的形状，都充满了特别的含义。都铎王朝早期的男人和女人都男人味女人味十足。肩膀身躯巨大，臀部饱满，适合生育。胸脯你可以看得见，也可以评判，巴不得发育过度。巨大的豌豆荚般的紧身上衣、男裤前面的皱褶、鲸骨圆环、环状领，你都可以看得见，既不是圆的，也不在上面，这样衣服事实上成为一座给身体建造的监狱。或者，就女人而言，衣服表明她们是某人的财产。像跛足的马被自己的装饰固化了。性的象征符号接管了性展示。塞满了东西，用金属丝连接起来。那位年迈的皇后被渲染、描画得浓妆重彩。她的鲸骨圆环下面放着便桶。她被这种适度的卖弄学问的粗俗搞得有点难为情。丹尼尔怂恿她，向她打听了很多有关威斯敏斯特特别给垫臀会员们准备脚手架的情况。这惹恼了斯蒂芬妮。牧师们总想证明他们和身边人并无差别。她不明白为什么。

黑暗渐渐围拢过来。煤气的火咆哮着，呼呼号叫，慢慢热起来。丹尼尔看着斯蒂芬妮，看着她的衬衣领子在胸脯上方相遇的地方，看着她亮闪闪的穿着尼龙袜的小腿肚，就在她自己缝制的丝绸飘垂下面。他的脸烧得发烫。威尔斯小姐注意到他的脸烧得发烫。

“衣服，”他说，怒气冲冲地看着，“是让你取暖的，不是让你妩媚动人的。《李尔王》上说。”

威尔斯小姐告诉斯蒂芬妮，她应该听过丹尼尔在上个星期天做的关于老年的布道中引用过《李尔王》里的话，斯蒂芬妮眼皮都没抬，说，她认为他没有读过《李尔王》。丹尼尔说，早就有人向他指出过，应该读读。（他本想跟她讲讲《李尔王》，但现在已经不能了。那篇布道还算精彩，他坦率地说出这点。）

“你是个不太圆滑的人，”威尔斯小姐说，打破了沉默，“但是作为一个神职人员，你应该知道装饰品是有意味的……”

衣服，丹尼尔说，很多时候就像某种令人尴尬的气味或者皮疹，人们钻进火车车厢后，就想从里面出来。他穿着衣服，那是因为，他承认，如果有规矩存在，你就要遵守。可是他从中得不到任何乐趣。

这样的说法把她们的女性注意力吸引到他那胀鼓鼓和亮闪闪的西服里面的身体上。他感觉胳膊底下已经汗水淋漓，眉毛亮晶晶的，裤裆也是。

他感觉自己遭到了嘲笑。他说：“我得走了，这就走。”

威尔斯小姐举起一根手指。“别，别。斯蒂芬妮，亲爱的，你可以动动身。劳驾给丹尼尔上块佳发蛋糕。”

斯蒂芬妮站起来，拿起饼干盒，带花饰的那盒，走过来，站在丹尼尔跟前，臀部挨着他的肩膀，她的乳房离他的脸很近，在他上方热情地俯着身子。她的裙子，她穿着僵硬的网格衬裙的夹层，发出沙沙的声音。她的裙装颜色为深色玫瑰红。她垂落的头发贴在金黄色的面颊上，弯曲又丰盛。丹尼尔被某种窒息的愤怒抓住了。

“不，我不想要，谢谢你。”

“拿一块吧，快点。”费利西蒂·威尔斯说。

“那就继续，”斯蒂芬妮说，很不寻常地磨蹭着，“做个恶魔吧。”

“我是想让自己变得更瘦些来着。”

“就来一块，”她说，带着毫无道理的急迫感，“不会有任何关系的。”

“对我的肥胖？哦，当然会有。我快要从自己唯一的这身西服里爆出来了。走吧。把它拿走吧。”

斯蒂芬妮仍然站着，大笑着，递着蛋糕。

“真的，”他吼叫道，“真的，我说了不要。真的不要。看在上帝的分上，拜托了。”

斯蒂芬妮耷拉着脑袋，毅然迈出一步走开了。威尔斯小姐忽然活动起来，快得惊人，即便带着臀垫。她嘴里喃喃地说着“对不起”和“洗手间”，离开了现场。丹尼尔双手抱住脑袋。他抓住自己的头发。他感觉她走路摇摇摆摆很不顺当。他听到她说："我不明白人们为什么如此看重别人的瘦削。大家简直就像被逼着要介入此事。真有意思。"

他听到了自己说话的声音。"不光是瘦削的问题。人们好像被逼着介入别人抵制任何诱惑的企图。"

斯蒂芬妮拖着步子回到壁炉台前，一条圆滚滚的胳膊搭在旁边，偷偷看了他一眼。"哦？"

煤气吐出吱吱嘎嘎闪耀的红色火苗。这样的谈话让丹尼尔感到不舒服，而且让他心烦意乱。斯蒂芬妮整个浑圆、褶缝和沟槽之处都透着温暖干净的粉红和金色。他第一次明白了，把一个女人比成花朵或者水果不仅仅是华丽的辞藻。

"人们喜欢给予饼干这类东西，是把它当作一种权力来行使。这个女人诱惑了我，我就吃了。"

"其实，不是这样。"她的脸红得像她裙子上的玫瑰，"那其实不管用。你不能对着佳发蛋糕来布道。要摆脱可疑的神学。"

"很抱歉我的方式不适合你。"他感到受伤，但没有表现出来。丹尼尔并不看她。斯蒂芬妮很快就会感到歉疚。她是个那么善良的女孩。丹尼尔不知道她对正在发生的事情知道多少。他没有再多说什么，只是呆呆地盯着地毯，让自己的愤怒使她感到难为情。如果他什么都不说，不微笑，不平复，也不缓和……

她穿过地毯翩然回来，直截了当站在他身边。

"丹尼尔，对不起。我不是有意这样无礼的。我不知道为什么会对你这样失礼……"

你不知道，丹尼尔心里嘀咕着，你就是不知道。或者说你真不知道？他继续盯着地板。他脸上烧得发烫。过了会儿，简直不可思议，斯蒂芬妮伸出一只手，从丹尼尔的头发上掠过去。

这个动作让冷酷强硬的丹尼尔开始颤抖起来。他盲目地往前倾靠过去，抓住斯蒂芬妮，把她拉到自己跟前，把滚烫又怒气冲冲的脸埋在她粉红色裙子的膝腿中间。她的身体都僵硬了，自己反倒开始颤抖起来，然后稳稳地迈出一步靠得更近些，她双臂轻轻地保护性地搂住丹尼尔的脑袋。丹尼尔使劲在她的大腿上蹭着自己的脸，弄得两个人都摇晃起来。丹尼尔听到她在说："没关系，没关系……"他想，你不知道，你不知道那是什么意思。他冲着衣服喃喃细语，我想要，我想要。当威尔斯小姐——作为又一个通过掌控"舞台"和时间行使权力的范例——重新进入房间时，丹尼尔猛然退后。威尔斯看到他们时两眼闪烁放光，喋喋不休地对着他们说了整整十分钟令人宽慰、甚至愉悦但又冗长的话，最后才宽宏地放了他们。

丹尼尔飞逃一般下了一层楼，在楼梯口暂时停住。"我就住在这里。"斯蒂芬妮点点头，并不看着丹尼尔。"进去坐会儿吧。"丹尼尔说。直到这样问的时候，丹尼尔都不知道自己是否愿意。她走了进去。丹尼尔注意到她悄无声息地关上身后的门，慢慢取下槽口里的门闩。她站在门口稍微里面些。丹尼尔挨个打开所有暗淡的灯。然后，他在床边坐下。

"我现在还能说什么呢？"他还没消气。

"你什么都不用说。"

"哦，好吧，我不说了。"他握紧拳头击打了下手心，"你不能再那样对待我了。"

"我说过抱歉了。我不是有意要激恼你的。"

"哦，没有，你挺好。你太好了。你是刻意要与人为善的。"

"不要因为这个讨厌我。"

"我不会讨厌你。"他重重地叹了口气，"我只是——不说了，有什么用。这件事就说到这里吧。你赶紧系起围巾回家吧。你不傻，你看得出你最好回家。至于我，我会尽量小心些不要再发生类似的事。”

“听上去有点严重，好像我刻意惹你不高兴。饶了我吧。”

“你知道不是这么回事。你瞧。事情不是你引起的，对吗？是我引起的。你只是想显得对人好些。因为你很同情我，由于我的工作的缘故，还因为别的事，比如说肥胖，所以你人很好。你必须很好。嗯，我可能会利用这点，结果将会很可怕。在这种混乱的事情上，我不会消耗自己的时间和精力。所以，我想你应该回家。在这里待会儿就可以了，请吧。”

“你对自己的正确如此坚信不疑。你制造出这样沉重的氛围……”

“不，我这是务实。”他一鼓作气鲁莽地宣告，“我爱你。我要跟你结婚。我想，我想。不，这不是沉重的氛围，而是我必须处理它。它影响到了我的工作。”

“你不会想着跟我结婚。你……”

“我就是这样想的。”丹尼尔斩钉截铁地说，好像对面不可能有回答或者他不期望会有回答。他以为，斯蒂芬妮面对这样赤裸的表白会起身就走。他真的有点希望她这样。她却令人意外地说：“人们总想这样。”

“总想什么？”

“想跟我结婚。太可怕了。剑桥的那帮人，有的人我只见过两次面，甚至只一次。一家酒店的侍者，我们曾在那里度过一次假。还有爸爸的一个矿工。我们存钱的那家银行的那个男孩。我想我大概没有性吸引力，都只是为了结婚。我想我大概只是看上去显得舒服。感觉这其实跟我没有任何关系。他们谁都不了解我。我大概长了张脸，就像他们为香烟广告而选择的脸，一张典型的妻子脸。这简直是侮辱。”

丹尼尔愤怒地说：“我明白，我明白了。这个问题你反复碰到。一大堆被误导的男人。还是让我回归本位吧。好了，很抱歉，对不起，你得回家了。”

斯蒂芬妮开始默默地哭起来，用手背抹着眼泪，站在门口一动不动。她激动地诉说起来。

“他们不说我们去跳舞，我们去度假，我们去上床或者什么，却只说我想跟你结婚，带着某种庄严的敬意。我不知道怎么应对。我不明白这是为什么。”

丹尼尔站起来，带她到床边，让她坐下，然后自己又坐在她身边。

“我能让你明白，但这没什么意义。这并不是什么庄严的敬意。我只想要你。结婚要比欲望好。欲望是对时间的一种可怕浪费，我可以告诉你，因为我想跟你结婚，只是我看得出那不管用。但是别认为我不了解你就走开。我想要你，以你会喜欢的方式，要你嫁给我。”

“别自以为是了。”

“你已经看到了，我已经得到了我真正想得到的绝大多数东西。但是，这个，还没有得到。我经常为此祈祷，以求遂愿。”

“你有多大胆量？”

“什么？”

“这是个很可怕的想法。跟我讨论……”

“我没有讨论……”

“我不想被人祈祷这种事。我不相信你的上帝。我不想跟这个有任何关系。”

她不明白为什么被祈祷这样的想法会让自己如此满怀愤怒。

“这是这件事为什么会没有希望的又一个原因。”丹尼尔同样恼怒地说。

“你们基督教里太多的东西都跟性有关。”

“如果你的意思是指他们花太多时间宣讲这个话题，而且像弗洛伊德那样谈论，好像一切都是性，别的一切都不重要，如果是指这个意思，没错，我同意。”他说，“可我无意去评判。以前，我个人根本没有为此感到烦恼过，完全没有。”

她转过那张充满怀疑和泪水的脸望着丹尼尔。

“我不觉得自己是同性恋或者什么的，就是很忙。如果你相信的话，直到今……”

狂暴的能量从他身上移走了些许，他垂下硕大的脑袋，开始再次颤抖起来。她胆怯地慢慢靠近了点。

“我不明白。”

“我不该冲着你吼叫。”

“很多事情你不该看得这么重。”

“这个说起来容易。”

“我知道。”

她把一只手放在丹尼尔的膝盖上。

“哦，丹尼尔——”

“让我清静会儿。”

“丹尼尔——”

这时丹尼尔又转过来，双臂重重地搂住斯蒂芬妮，把她压到那张表示抗议的床上，他们在那张床上躺下，她越过丹尼尔的肩膀望着天花板。丹尼尔整个身体的重量压在她身上，脸贴在她湿漉漉的脸上，她枕着他的枕头。他死气沉沉地躺着不动。她感觉到，她的身体感觉到，彻底的放松。丹尼尔稍微动了动，她衬衣开口的地方映入他的视线。丹尼尔慢慢地、吃力地解开衬衣的纽扣，同时用惊恐、惊奇和痛苦的眼神盯着那淡黄色的胸脯和喉咙。他用那只看不见的胡乱摸索的手掀起她的裙子，抚摸着她的大腿，光滑又温暖。他浑身战栗起来。

“没关系。”斯蒂芬妮说，仍然望着天花板，就像那天傍晚她安抚性地说了好多次那样，“不要紧。一切都会好起来。”

丹尼尔挪开他那大山般的肚子，又把脸直接压在摊开的胸口上。斯蒂芬妮用犹豫或者无力的手指——他怎么能判断得出来呢——触摸着他的头发。丹尼尔听到她迅速蹬掉自己的鞋，一只，两只。他解开斯蒂芬妮的另外几颗纽扣和腰带。狂野的刹那，丹尼尔一只手从胸脯下面绕过去，伸进裙子，抓住她咚咚跳的肋骨和纤细的脊椎。那地方，在他下面，在他的掌握中。他抬起头，将嘴巴贴到斯蒂芬妮的嘴巴上，她的嘴巴热热的，柔软又温柔地张着，在他面前躲避着。丹尼尔把自己身体的重量笨拙地换到自己的一只膝盖上，往下俯视着，皱起眉毛，看着她的表情。她仍然盯着天花板。丹尼尔想，他搞明白了，她能接受的姿态是某种绝望的姿态。她本想取悦他，本想给他点什么，她感觉他应该有点什么，对他来说，好像她自己从不期望得到任何东西，她内心没有相应的需要或者愤怒。丹尼尔想，也许她向来就这样，这种姿态是习惯性的。

丹尼尔抽身而起。“不，你不知道自己需要什么。”

“不，丹尼尔，我知道，我知道。没关系。”她说，几乎像在吵架了。

“没关系，没关系。你老说没关系。我要的可不仅仅是没关系。总之太不真实了。”

“我应该想到这点的。你肯定不能，你会犯错。”

事实上她想到过这点。打破真正的禁忌会有某种快感，即便对波特家人这些道德家来说也如此。

“如果我犯了错误，那是我的事。你现在必须坐起来，你得回家了。”

“可这是为什么？”斯蒂芬妮没有动。

“我不会要施舍的东西。快点，起来，起来。”

“别这么强硬。”

“你大概知道自己要什么。”

“如果太冷血，人们是没法下决心的，亲爱的。”

“哦，是的，是不能，在很多真正要紧的事情上都不能痛下决心。别叫我亲爱的。我不是。”

“你对我太严厉了。”斯蒂芬妮说，然后又开始哭起来，这时她弯着腰坐在床上，拉着凌乱的衣服。

“现在就回家吧。”丹尼尔说，声音粗哑，望着别处，一动不动。此刻，骄傲，渴望，策略，各种思绪纠缠在一起。丹尼尔不知道自己是不是因为斯蒂芬妮以居高临下的态度对待他而在赶她走，或者因为如果现在完成了这件事就意味着一切彻底结束了，而未竟的事业自有其力量，未完成的事情会折磨想象力，有时会带来某种快感。但还有一个原因是，他只是再也没法忍受了。

斯蒂芬妮穿着鞋子。丹尼尔一动不动，压根就不想起来的时候，她已经戴上帽子，也穿好外套了。

“好了，”她说，“再见。”

丹尼尔的身子动了动。“别，等等。我陪你走回家。我们一起安安静静地走回家吧。”

她看着好像要反对，然后又说：“好吧。”

12
苗圃园

马库斯认为，一个人如果适度地疯狂些，他可能就不畏惧疯狂了。电影和书本里的疯狂人物好像有个共同的死不悔改的坚定信念：他们总是对的。他本人日益强烈的对疯狂的焦虑也许可以视为自己心智健全的某种标志。在这个充满文学气息的家庭，疯狂具有狂喜、幻想和诗歌等多重寓意，这些跟正在让他心烦意乱的东西毫无关系。

让他烦恼的是不断蔓延的恐惧。越来越多的东西在刺激着这种感觉——那些他再也不能做的东西，以及再也无法忍受看到的东西。这些东西很好辨认，因为总有小小的晕眩与之相伴，瞬间意识短路的那种晕眩，就像身体只允许迈出一步的时候却迈出了两步。这跟几何有关，小心测量和注意尺度可以防止，同时也跟某种不能迅速做出反应的动物本能的恐惧有关。有点像烧伤自己，那是因为你的皮肤或者对气味的感觉不能发挥它应有的功能了。他已经完全失去了各种感觉，无论动物本能还是几何尺度感。

每天，新出现的东西对他来说都成问题，而且变得很困难。最早成问题的东西是书本，向来就不妙，现在几乎没法阅读了。印刷文字站立起来，越出页面，像袭击的蛇。他的眼睛经常被某些不规则的东西——比如 g 这个字母，和它的手写和印刷体之间特殊的差别——弄得纠缠不清。阅读变得难以顺利进行，因为他总是计算 g 出现的频率，要不就坐在那里盯着，被其中一个搞得如催眠般迷茫。任何单词，只要这样被盯着的时候，都会看上去显得奇奇怪怪，好像不正确或者不真实，甚至不是一个单词。现在，所有的单词好像都变成了这样。

下楼是另一个问题。他从来不喜欢下楼。现在他经常站在楼梯顶犹豫很长时间，然后才一级一级地滑溜下去，每下一级都是双脚同时行动，臀部和腰侧刮擦着同时测量着栏杆之间的间距。

还有卫生间。当水冲进大便器的时候，先从前面突然流出，然后从两侧完全流下，最后就完全是从后面慢慢地滴了，所有这些水被别的方向的水互相冲撞乱成一团，被吸下去，他害怕，却又得看着这些拉扯的线条。他也不喜欢出水孔，一枚大硬币盖着一个被设计成圆形的空的管道。

他迟迟不肯进盥洗室，同时又迟迟不肯出来洗手，迟迟不肯离开脸盆让手干燥，又因为楼梯的缘故迟迟不肯离开卫生间。

但他并没有疯，更不是被自己的恐惧强迫这样做。如果在学校，在那片沼泽地里，如果有别的男孩跟他一起，他会走得轻快活泼。在私下，他令人觉得相处起来很愉快。他模模糊糊地意识到，他那各种难以捉摸的规矩自有其诱惑。水、晕眩、数字、节奏、字母 g，让他从更严重的要紧事中解脱出来。这些东西会给予某种安全的舒服感。同时，他还设法停止吃肉，但也并不特别青睐蔬菜。这是他对迫近的辟谷的逃避。最终击倒他的是那道交替变换的光。

某个星期一的早上，他正穿过那些运动场地，向学校走去。他与由逐渐褪色的白色投掷线产生的具有约束力的白线等距。那是一个春天的早晨，寒冷的阳光照在新鲜的草地和常绿植物上。被擦得锃亮的铁道的曲线在阳光下闪闪发光，环绕网球场的金属丝同样熠熠生辉，随着亮光的放射断断续续地闪烁着。天空洁净无云，呈蓝色和淡白色。遥远的太阳，像个边沿清晰、令人不快的水淋淋的圆盘，悬挂在某个地方。面对那样的太阳，透视的法则已经帮不上忙，不管它是什么或者在什么地方；只能通过观察它不在什么地方，以及它侧面在什么地方，通过偷偷冲着它投出闪烁不定的一瞥，来定位。它的颜色并非金黄色，白色的成分更多些，而且非常耀眼。它重重叠叠的余影点缀在绿色的田野上，形成靛蓝色的圆圈。

那些田野延伸到很远的地方，平坦而又青绿，地被踩过，草被割过。

比尔吉池塘就在他的左边，狭小，黝黑，普通。突然那道光变了，他站住不动。

这个时刻出现的最重要的情况是他自己不肯相信这事就要发生了。当他回想这事的时候，他的身体记得的是巨大的紧张和压抑，主要由两个互相对立却共同作用的恐惧构成：怕被彻底改变的完全无助的恐惧，怕这一切不过是自己漫无边际的意识固执地强加到真实世界上的一种幻觉。即便在这个可能改变自己整个一生的时刻，他都能听到体内有个欢快的声音告诉他，还是有可能不必搞清楚的，就像在书本、楼梯和卫生间发生的那样。后来他认为这个声音在撒谎而且躲躲闪闪。再后来，他回想起来觉得这声音才真正令人安慰，它欢快、空洞、微弱，保证他继续拥有自己的身份，保持自我的存在……

这时那道光变了。他站住不动，因为很难再往前走了，前面的东西太多，都环绕在自己周围，光线稠密得几乎可以触摸得到，明亮得令人意乱神迷。他分几步停顿下来，先是身体凝固住，然后注意力又打住，因此，当头脑中的那个内核，那个巨大的洞穴，不理睬惊恐、柔和的眼睛和抽搐的皮肤大踏步继续向前横跨过去时，他感到短暂的恶心。

那道光很忙碌。可以看到它在那些它最初显露的线条附近聚集、飞驰并且越来越耀眼。在铁轨上狂放地呈线性移动，在网球场的网布上又是闪耀，又是联结，又是穿越，从光泽闪耀的月桂树的叶子以及被剪下来的草丛的叶片上像时断时续的火花流光般升起。可以看到在没有物体反射、折射和直射时，它会迅速流动，呈圆环状、旋涡状、激烈直奔的溪流状、湍流和长线状，不断向前运动，无须让步石头、树木、大地和他自己，原本是一种可视条件，现在却变成一种视觉的对象。

各种东西都被这道光重新定义了轮廓。它遇到的物体，岩石、石头、树木、标桩，全都露出深色的轮廓，然后被光描画出来。它穿过这些东西时的痕迹更增加了它们的模糊性。

除了线性运动，这道光还感觉像床单或者耸立而起不断前进的门面，像数米高的海浪，好像有无限多，或者至少多得无法测量，又像高墙，而且像越来越多的冰冷的白色火焰构成的高墙。它还有别的运动方式，根本无法用人类现有的测量手段量出来，或者用人类的经验辨别出来，但它的确又在那里，所以，他必须明白他所知道的远没有它呈现的方式多。他被它的封闭性和无所不在拘束住，那种持续不断的活动致使他无法把任何注意力集中在它上面，他被这种压抑、痛苦的感觉拉扯和扭曲着。

于是，他开始视之为某种幽灵，而且这个幽灵还带着明确的目标。这个幽灵完全超出了他理解的范畴，同时用宏观和微观两种方式从事着它的工作，无论宏大还是微妙都远远逾越了各自的常态，让他难以描绘。他感觉它在自己身边拉扯和挤压着，冲刷着，穿过他，在最痛苦的刹那，他几乎把注意力集中到它穿越自己的意识的路径上。

因为某个几何图形（在那样的强光游戏中保持了一种或者多种物影）的缘故，他既获得了拯救（没有亮瞎眼，没有遭到湮灭），同时又被抑制住没有在其中丧失自我。他看到很多互相交叉的圆锥体，无限地延伸出去，包括以倾泻和冲击的方式。他看到自己站在那个或者其中一个交叉点上，看到，如果光线不能穿过去，它就会击碎脆弱的身躯开出一条路来。他必须牢牢收束住不要散掉，但又要让光像聚集的太阳光烧灼玻璃般穿过去。边缘的光芒闪耀着，闪耀着，不断闪耀。他说了句“哦上帝”。他努力想保持神志的清醒又不能，极度危险地想继续往前走。

当他开始行动时，那片光跟他同步随行，有时又在他前面。他想自己可能还没走到学校就会死掉，而且又不能往回走，因为身后这片光在持续不断强化着活力。他一步又一步地迈着，那些充满光的场地摇晃着、咆哮着，走过来又继续走过去，还放声歌唱。

他设法到了学校，最终坐在回廊的矮墙上，面对头上长角的摩西——这个人物对米开朗琪罗有所启发，对罗丹体积庞大的《巴尔扎克》的启迪更大。马库斯盯着那双凸起的石头眼睛沉思着。

光的骚动在不远处继续进行，因为红砖的缘故，光停住了。它那波动的边缘在骚扰着草坪和玻璃房。他不能继续行走也无法回去。他沉思的时候，一个身穿白衣的人影阳光灿烂地穿过光的薄膜，好像他就欢快又轻松地栖居在这些薄膜中。他的头发轻柔地卷曲着，在阳光中熠熠闪亮。现在有点冷，马库斯痛苦地眨巴了几下眼睛。那是卢卡斯·西蒙兹，在朝比尔吉实验室走去。他难以相信那些信号和兆头，他怎么会相信，但这已经是第三次了。在咖啡厅，在屠宰房，西蒙兹都向他伸出了援手。现在他走过来了。马库斯站起来，开始精疲力竭地尾随在他后面。无论如何，那个微弱的声音指出，这里绝对没有任何其他人了。

比尔吉实验室属于几幢旧楼的组成部分。物理和化学实验室扩建了新的部分，呈四边形，带玻璃围墙，铺着抽象的镶嵌地块。比尔吉实验室是哥特风格，大门上方用金色的哥特式字体在夜蓝色的底子上写着“生物、生理和解剖学”几个字。大门用拱形的厚重橡木做成。

他走了进去。里面摆着好几排空旷的条椅以及高凳子，有着蛇一般弯曲的铜条、小小的瓷盆、煤气设备、带绿色灯罩的灯。窗户里面，阳光下，一个身穿白色外套，配着皱巴巴的灰色法兰绒衣服的人影挂在下面。

“先生。”他说。尽管他觉得自己像在咆哮，同时又对这样的咆哮感到畏惧，但事实上他的声音细声细气又隐隐约约，就像他无法驱使向前行走的脚，说得磕磕绊绊很吃力。

西蒙兹转过身来，微笑着。

“你好，老伙计。怎么了？”

“先生……”

他慢慢抓住门把手，朝地板蹲下去，坐下来后依然抓着门。门晃悠不定。对门的晃悠的绝对厌恶从他全身蔓延而过。

卢卡斯·西蒙兹绕过条椅跑过来。

“放松，不要担心。头晕了？躺下，那样可能最好。”

他没有触摸马库斯，而是站在旁边，带着关切的微笑，冲亚麻油地毯打着手势。“赶紧躺下。这样最好。”

马库斯小心地躺下。出于某种神经质的强迫性作用，他把胳膊利落地收在身体两侧。在他上方，西蒙兹弯腰俯视着，闪光的脸熠熠生辉，来回晃悠着。

“头晕了。”他又重复了一遍。马库斯默默地闭着眼睛。“也许喝杯水对你会有好处。”

他拿来一杯水，用实验室带口沿的烧杯盛着，放在马库斯脑袋旁边，马库斯尴尬地翻过身来，用一只胳膊肘撑着，眼睛里满含眼泪，然后啜了口水。有股隐隐约约的化学味道，以及乙醚的气息，这种气息总是悬浮在这种地方。

“看到什么东西了吗？”西蒙兹这时才跪在马库斯身边，仔细看着他的脸。这个漫不经心的问题加剧了马库斯朦朦胧胧的不祥和被天意操纵的感觉，碰上别的任何人，他都会问，你生病了吗？他在亚麻油地毯上来回摇着脑袋。“看见东西了吗？”西蒙兹又重复了遍，看着他，微笑着。

“不是东西。”

“不是东西。我明白。不是东西。那是什么？”

马库斯想起西蒙兹在那片数学的风景中徜徉的情景。除此之外，他那被烦扰得疲惫不堪的头脑在想方设法逃避比尔那些无情的问题。

“是什么？”西蒙兹温和地坚持问道。

他闭上眼睛和嘴巴，接着又偷偷摸摸地张开说：“光，就是那片光。”他又闭上眼睛和嘴巴。闭上他能闭的一切。

“光。我明白了。什么样的光？”

“我说不好。太多的光。那是种非常可怕的光，而且活灵活现，如果你能看到我看到的情景的话……”

“哦，这样，”西蒙兹说，痴迷不已，“哦，这样，我明白。跟我讲讲吧。”

马库斯张开嘴巴，感觉非常恶心。当后来知道点什么的时候，他已经枕在某种类似软垫的东西上，那是西蒙兹的雨衣，被拽过来围住他的身体。某种无能为力的感觉裹着他。西蒙兹的脸再次闪现，离他的脸很近。

“你休克了。你必须保持安静。就在这儿躺着，直到你感觉稍微舒服些了再说。什么都别担忧。我会处理好一切的。”

他别无选择。

“我得先把自己正做的事儿了结了。等你好点后我们继续聊。”

西蒙兹在条椅间跑来跑去忙碌着，把铝制餐盒和用软木塞塞住的瓶瓶罐罐堆起来。他显得非常认真和规范。他在唇齿间欢快地轻声吹着口哨。马库斯想起解剖蚯蚓的事来。西蒙兹把蚯蚓一只接一只地扔进一个盛氯仿的烧杯里，蚯蚓多得全班都用不了。蚯蚓在杯里激起泡沫，然后逐渐变白。随后，马库斯不得不切开蚯蚓，把铅灰色的滑动的皮肤用大头针翻过去别住。

这间屋子已经有些年头了，可以追溯到学校创立者们的人道主义初心。在这里，借助研究物种，包括鱼类、人类、家禽和藻体的发展进化，男孩学会遵守这个最基本的戒条：了解你自己。

若干鸟的标本，一只猫头鹰、几个燕鸥、一组落满灰尘的旅鸫和鹪鹩，栖息在带玻璃门的胡桃木橱柜的顶层架子上。这些东西的下面，有一具用铁丝串起来的骷髅，侧身躺卧，关节悬垂着。还有几盒残断的脊椎、跗骨、跖骨，有粉白色的，有奶油色的，放在桌上被一代又一代男孩们拨弄得咔嚓作响，好像众多的小卵石，四散开来，最后被扫到一起，放回架子以备下次使用。

一只箱子里装着好多瓶装的东西——吉尔纳密封罐，很像妈妈保存剩余的维多利亚洋李或者没有成熟就落下来的苹果或者梨子的瓶瓶罐罐。好多果酱罐、试管，几打胎儿，若干奶红色的耗子，显得呆头呆脑，眼睛已经瞎掉，脚趾和尾巴茬细细的，全都滚成一团，在培植液中肯定会像奶酪般挤得微微有些破碎。略微粗壮、中段圆鼓鼓的绳梯，绳索以及附加其上的胎盘，未曾出生的扁头猫，肉色蜡黄，尚未成形的眼睛冲着玻璃墙和阳光紧闭着。被串起来保存的蛇的胚胎，像链条上的珠子，被盘起来，而且已经永远舒展不开了，鸟儿的胚胎，用蛋壳壁保存起来，从开裂的缝隙可以看到被箍得紧紧的潮湿的羽毛球，细瘦的大腿，软塌塌的嘴鼻。还有个爱德华时代的猴子的胚胎，放在一只用胡桃木做边框的箱子里，一个令人毛骨悚然的侏儒，一个装在瓶子里、已然萎缩的褐色守护神。

动物的身体部件也被保存起来，用来让男孩们传看，有一瓶肺、一瓶心脏、一瓶眼睛。马库斯尤其记得那只被剥皮的猫头，黑色果冻似的幽暗的眼睛泡在云雾般浑浊的液体中，深陷进眼窝，格外恐怖。那只白兔在它的卵形盒子里，小爪子还毛茸茸的，带着指尖，被撑开来，用来衬托它淡白色的内脏，有污红色、鲜绿色、深蓝色，有肠胃、肺、心脏，其上，兔子的牙齿咧开笑着，长耳耷拉着，身体紧贴着罐子。

还有些活物。一只在踏车里跑来跑去的小白鼠，一箱水螺、棘鱼，一个观察箱，通过它的玻璃墙，可以看到蚂蚁行走的黑色路径，同样可以看到，在光明与黑暗的交混中，蚂蚁们拖着淡白色的蛹从这个水平度转到那个水平度，行色匆忙又目标明确。这里经常做种子生长与光合作用的古老实验。脱水的豌豆和菜豆萎缩后会独自附着在棉花上。豌豆和菜豆失去阳光后会朝上突起它们渴求的尖头，就会只长叶子不开花，肢体纤弱，胡乱蔓延，暗淡无色。温暖的豌豆，受冷的豌豆，成群的豌豆，在阳光斜照和半照中的豌豆，这里还是坚硬、生机勃勃的小尖头，在那里已经变成一片向下弯曲、舒展开来的叶子。

马库斯又喝了口温水，然后把注意力转向相对中立的图表上。青蛙和兔子的泌尿生殖系统，由卢卡斯·西蒙兹用印第安墨水绘成，用优雅的二维平面方式展示在黑板附近。马库斯的知识相对粗略，卢卡斯的标记又简略，所以他完全无法确定某种生硬、扭动、手指般的形状是突出物还是凹陷物，因此经常把雄兔当成雌兔，而且看不出青蛙之间的显著差别。

他这会儿躺在教师的讲台上。正对讲台，以冷静、决然和毫不可爱的放纵姿态，并排挂着男人和女人。全都一式四份，穿着老旧、摊展开来的羊皮纸色的油布片。起初，他们显得像骨架，接着又像副被剥了皮、肝黄色的肌肉拉扯和定形的模具，然后又像透过躯体看到的内部器官的图画。最后，看上去就是坚硬结实，质地如干酪，赤裸光秃，臀脂肥厚，不带毛发的肌肉表皮，成了东西本身。

他们矗立在那儿，晃荡的胳膊，叉开的双腿，神秘莫测、似笑非笑的嘴巴，如同平地和山丘中的战场般界限分明的头骨，这些器官各自互相重复。他们像维多利亚时代的塞巴斯蒂安[1]们那样身上扎着长长的黑镖，飞镖末端标注着器官的名字，用色调柔和的斜体字母写就。他们带着某种早已弃用的古旧表情，好像某个或许是爱德华时代的助理教员拿着一根长长的教鞭反复提示并且戳掉了他们部分重要的外部器官，而他们从那时起就开始沦落到无人问津。

卢卡斯·西蒙兹回来在他身边跪下。

“你现在怎么样了？”

马库斯痛苦地摇了摇头。

“跟我说说这片光是怎么回事。”

“先生，我可能生病了。那会不会是某种疾病的光晕？或者是突发昏厥，或者大脑毛病所致，先生。”

卢卡斯的嘴角揶揄地在那张粉红色的圆脸中间翘起来。

“你真这么想吗？你真感觉这样？”

“我怎么知道？我始终感觉不对劲儿，准确地说，好几个星期来老感觉不对劲儿。我感觉……”

描述禁忌时有个禁忌。他蜷缩在雨衣底下。

---

1 罗马军官圣·塞巴斯蒂安，早期基督教徒，引导士兵信奉基督教，事后皇帝命令以乱箭射之，侥幸不死，后被乱棒打死。

“请继续说。说不定我能帮上忙。接着说。”

“嗯，我的精神集中不起来，集中不到正确的事情上，集中不到作业上。太多的精神耗在错误的东西上。我开始对很多东西感到害怕。很多东西没有任何意义……以那样的方式对待的话，全都是些傻里傻气的东西。一个龙头，一扇窗户，一段楼梯。长久以来，对很多东西我都忧虑重重。我肯定得了什么病，肯定。现在就是这样。”

“我们给很多东西贴上疾病的标签。”西蒙兹说，穿着那件白大褂，自相矛盾地带有医院的色彩，“任何不正常的东西，任何改变我们传统习惯的东西，往往对我们真实的健康生活非常有伤害。也许你现在有很多充足的理由心慌意乱。请接着再跟我说说那片光是怎么回事。”

马库斯闭上眼睛。西蒙兹一只手抓住马库斯的肩膀，再次敏捷地跳离开来。

“你知道，这事跟运动场地有关。总发生在那里，我觉得很有意思。在那里，我明白我不知道自己在哪里。我明白我找不到自己的——我开始铺展开来。”他偷偷地说出这个像是密码或者抵押品的重要词语。

“你是说从身体里铺展出来。”

“我不明白你的意思。你可以那样讲。那是个技术花招。我以前能够掌控它出现或者不出现。”

“一个技术花招。一种技术。我喜欢这样的说法，很好。你可以随心所欲地做到这点？

“我不喜欢这样了。一点都不喜欢了。”

西蒙兹的微笑像搪瓷般明亮。

“这样的技术会导致休克？会导致你说的那种光出现？”

“哦，不，不，不。我根本什么都没有做。是它自己做的。我的意思是，只有这点我有把握。它就那么发生了。”

“那更好。现在告诉我，它到底做了什么？”

“我怎么能说得清楚？太可怕了。那东西要把我挤出去。我害怕被——做掉。”

西蒙兹激动地搓着双手。

“那你觉得自己有什么不对劲吗，小伙子？”

“我跟你说过了。我很害怕。我根本就挺不住。”

“或许是你不愿意。或许你处在某种魔力的掌控中。”

马库斯感觉西蒙兹的态度既令人宽慰，又让人有点担忧。宽慰的是有人似乎肯定地认识到并且关注起他曾经害怕好像只有自己才意识到的现象。紧张的是西蒙兹好像有目的、有计划、有远景，毫无疑问希望在这件事中探个究竟。

“这是光幻觉，”西蒙兹说，“这种现象有个专业术语，波特。光幻觉。体验到光和灿烂景观的洪流，这种体验经常伴随瞬间的顿悟。这是一种人早已熟知的现象。”

“光幻觉。”马库斯怀疑地重复了一遍。他决定坐起来。

“对这种现象的解释当然在科学上还有怀疑。但这是一种早就被熟知的体验，已经有记录并且被探讨过。”

“哦。”

“看在上帝的分上，”西蒙兹大声喊道，极度兴奋，“你想过没有，你看到的东西可能多少跟撒乌尔在去大马士革的路上看到的一样？跟那些牧羊人晚上在田里看到的一样？他们非常害怕，非常害怕，所以你也应该很害怕，这不是开玩笑。你应该接受训练，你瞧，来承受，应对这样的东西。你没有接受过这方面的训练。”

“我跟你说过，我不信上帝。”

“我也告诉你这无关紧要，如果上帝相信你的话。你出现光幻觉的时候会大声说出什么吗？”

“我会说，哦，上帝。”

“说得好。”

“瞧这里，每个人，人人，都这样说，随时随地。这没什么特别的含义。”

“绝不是‘没有特别的含义’。所有的话说出来都是有原因的。我知道你在说什么。”

“任何人都可能——”

“你遇到的巧合太多了。其中最重要的是我。我正好有办法引导那些适度惊吓到你的力量。我一直都在研究训练意识的方法。如果你愿意，可以进行冥想，但要科学。你找到了我。你现在可以逃走，但上帝会给你设计另一场凶险的休克，你又得回来。”

“不会。”

“我说会。跟我说说具体情况。”

“它影响到我的比例感。”

“你看到什么东西了吗？”

“一个图表。”

卢卡斯·西蒙兹变得满腔热情。马库斯对他迷惑不解，他拿出铅笔和纸，画了幅图。

纸上看着什么都没有。但是，回想起来仍然隐隐约约很危险。

“这是一种无限的象征符号。”卢卡斯说。马库斯怯生生地说，那好像表示一块燃烧的玻璃。卢卡斯又说，是一种无限的象征，无限的能量穿过某个点的象征。他们应该——同时也会——把这种象征符号当作咒语，当作沉思和冥想共同的对象来用。

马库斯默默地注视着。卢卡斯询问时，这东西看着好像缩小了。

整件东西逐渐缩小，安全可控，裹在卢卡斯·西蒙兹流畅的言语中。尽管西蒙兹又自相矛盾地试图展开它。在讲话声中，这东西完全淡化，当它消失的时候，似乎很明亮，第一次显得那么诱人。

西蒙兹显得爽朗又通情达理，斜靠在老师用的长椅上，给他讲起来。

“文艺复兴时期，他们把人与神灵的关系搞错了。他们复活了古老的异教徒思想，认为人是万物的尺度，这显然是很荒谬的，而且这个思想造成了数不清的损害。如果没有无限的思想，你就得满足于一个圆环，使其中的人在各个点都能够接触到它。”他在马库斯的无限符号旁边画了个达·芬奇被限制在圆圈中的微缩人的简陋复制版，然后温和地笑着说：

“我们曾用了很多错误的概念在猜想。从那时开始，我们就生活在一个人类中心说的宇宙中，我们的耳朵、眼睛和思维就被堵塞。所谓的宗教研究的不是有关非人类的神灵而是人、道德和进步，这些都无关紧要。接着科学来了，这本应给他们某种暗示，某种关于非人的力量存在的暗示，但是他们却把人类中心说发展成为这样一种可怕的思想，人是万物的主宰。波特，这现在已经成为黑色咒语，产生出广岛事件和撒旦般的工厂。当然，科学原本可以用来重建这种古老的认识，即人在万物尺度中是有地位的，不过是作为纯物质和纯精神之间的媒介。但是他们谈论的是不屈的人类精神和空洞的天堂，因此他们失去了机会，包括任何处理或者描述甚至认识你经历过的那种经验的机会。”

他又开始大汗淋漓了。他的面部肌肉抽搐了几下。马库斯拘谨又惊恐地观察着这些迹象。卢卡斯吸引他的不是那些理论，而是那种很有把握的气度，当他有这个气度的时候，他那轻松悠然的正常状态，那种品质对所有年轻的波特家的孩子们来说奇怪地如此迷人。当他兴奋起来的时候，马库斯就会不知所措。但是，今天，他的自信似乎主要还是令人感到鼓舞，如果这个词被认为恰当的话，同时还关住了马库斯情绪的游移不定。

“你怀疑这种语言。科学是没问题，它有各种技术术语。这种语言没有，因为人为了肉体而忽略了精神的形式。你不想让我谈论炼金术、灵光甚至天使，我看得出来。所有这些东西都是我们歪曲了本质的畸形描述。事实上，我相信，我真的相信这个世界是想从物质演进到精神……瞧，我其实已经把它写出来了。方式有些笨拙。我希望你能读读。”

他从自己的公文包里取出一叠复写纸。

“你或许会从中受益……”

这叠纸字迹模糊，经过多次手动处理，软塌塌的。马库斯读道：

模式与设计

理学硕士卢卡斯·西蒙兹 著

献给伟大杰出的造物主

旨在揭示空前而且更加复杂的进化设计和模式

它渴望我们在此模式中同时又根据这个模式发挥好自己的作用

“我认为我们应该合作，那会更有价值。这必须由你自己来决定，当然，只要，没有更高级的力量再插一手。”他放声大笑，“第一阶段是你读我的书——只是想看看你有何评论，把底摸清。然后我想我们可以设计若干实验。”

“要我做什么？”

“做？”

“我觉得很害怕。”

“现在我应该去趟医务室，告诉护士长你在比尔吉实验室病了，让她把你弄到床上。我可以跟你一起去，但最好别惊动舆论，我们必须保守我们的秘密……就说你生病了。”

“我是生病了。”

“完全没错。期待我们下次见面。”

他没说什么时候见面，但直到这时马库斯也顶多怀疑西蒙兹能否处理好这事。

13

在人文主义者之家

弗雷德丽卡第一次走进朗·罗伊斯顿，并不喜欢这地方。她原本以为她会喜欢的。从里思布莱斯福德出来，只有一步，几步之遥。就像那年爬上去过的艾温雷斯特，它始终在那里，但却难得进去。现在，受主人的邀请，她遵照克罗的指点穿过种满绿植的花园，这些花园多少跟弗兰西斯·培根在他的散文《论花园》里定的规矩相符。那年春天灰蒙蒙的格外令人讨厌，但是培根所说的四月的鲜花，在带围墙的花园中，奋力盛开。培根喜欢空气中鲜花的气息。弗雷德丽卡在鲜花的气息中呼吸着：重瓣白色紫罗兰、黄紫罗兰、香紫罗兰、黄花九轮草、蝴蝶花、各种百合花、迷迭香、郁金香、重瓣牡丹、淡色水仙、法国忍冬、樱花、梨花、梅花、抽叶的山琥、丁香。这些在那本指南书里都有，当花园在复活节和六月份被踩开的时候，配送时都带着漂亮的插图。培根说，你可以拥有永久的春天，如果这地方能提供得了的话。甚至在北约克郡，即便荒野的风急速地扰动着大地，都可以这样。弗雷德丽卡顺着石子路咔嚓咔嚓地踏步行走，不久，在这样的石子路上将上演那部戏。空气中鲜花的气息要远比拿在手中更加香甜。黄紫罗兰摆在走廊或者低低的小室窗户下面显得赏心悦目。它们本来就赏心悦目。但是，最让空气芳香四溢令人舒服的，并非经过时感觉到的，而是被踩碎后的香气，是那三种花：小地榆、百里香、水生薄荷。因此，你想走过或者踩过的时候享受到那份欢愉，就得在整条小道全摆上它们。克罗提供了那种欢愉。弗雷德丽卡看到别人在种着这些绿植、编着篱笆栏杆的小径上漫步、踩过，有的面孔熟悉，有的不熟悉，有的在照片和招贴画上见过。欢宴现在开始了，她在心里告诉自己。

弗雷德丽卡进去时有些许不悦。有个穿着白色外套的男管家接过她的雨衣，她报上自己的名字。克罗在那里，他说了声“真漂亮”然后继续往前走去。有个年轻男子穿着孔雀蓝灯芯绒夹克，在研究着一件雕塑，巨大的水绿色镜片遮住了他半个脸。弗雷德丽卡心想，自己感觉到的是社交上的不适——害怕自己不能在这簇说话字正腔圆、高声悠扬、耀眼地走来走去的尤物中留下深刻印象。社交不适常常令她充满攻击性。后来，她琢磨，令她气馁的是否并非朗·罗伊斯顿本身。

他们聚会是为了通报基本情况，商量服装事宜，因为克罗认为那会很有意思。他们在大礼堂坐下来吃午餐，在吟游艺人展厅的下面，十五人一桌，有未来的主演，有三巨头和剧团服装女管理员，卡尔弗利院长的妻子，洛奇从考文特花园[1]骗来的什么人。玛丽娜·叶奥居于主位，坐在克罗和亚历山大之间，在桌子的另一端大谈服装的巨大魔力。弗雷德丽卡坐在那个戴水绿色眼镜的年轻人和珍妮弗·帕里之间，前者已经摘掉护目镜，后者将扮演贝丝·思罗克莫顿，在这个

1 位于伦敦西区，以剧院和商店为特色。

庞大的演出团队中勉强算取得一个主演的资格，正挑剔地看着弗雷德丽卡。

“衣着在舞台上有着巨大的魔力。”叶奥小姐说，“在舞台上，你想显得像什么样子，就会是什么样子，在某种程度上往往是由自己主导的。有些演员会把某种力量传递到自己的服装上。艾伦·特里的女儿老是不能把自己的服装弄得干干净净。受她气质威望的影响，那些衣服她穿着总显得硬巴巴的。西比尔有回跟我说，每当她穿上艾伦·特里扮演麦克白夫人时穿的那些闪光的甲虫翅服装时，她就变得完全无所畏惧了。服装通过角色掌控着她。你知道奥斯卡·王尔德写的有关甲虫翅的故事吗，亚历山大？他怎么说来着——那位苏格兰女王花钱办了场宴会，很节俭的那种，在当地的店里宴请本地织工为她丈夫做了——用褐色布——格子短裙。但是，她自己的服装却是在拜占庭买的。就是这样。”

“我永远不会忘记你扮演的麦克白夫人，”克罗说，“我好像还能看见你的双手，好像你会扭开它们……”

“在那部戏里，我更喜欢那件睡袍。”叶奥小姐说，“相对所有那些我不得不提着四处走动的正方形的长袍……”

“在这部戏里，你会穿着一件漂亮的睡衣死去。”克罗告诉她，“等着吧，你会看到的。这些服装都是根据剧作者自己的设计，新颖别致。”

“还真是的。”叶奥小姐说，把整个注意力转到亚历山大身上，后者感觉被要求要努力取悦她。弗雷德丽卡和珍妮弗都观察着亚历山大，看他如何应对这个要求，珍妮弗偷偷地看，弗雷德丽卡则毫不顾忌地盯着。正如她预料的，亚历山大应对得很糟糕，木讷地吞吞吐吐，显然并不诚心，事实上他压根就不诚心。玛丽娜·叶奥的脸不但很长，而且皮肤黝黑，头发浓密，光滑又发灰，在深深的像雕刻般的眼睑下面，那双眼睛颜色很深。她的那张大嘴巴不可避免地被描述成一个活动之物。她的脖颈很长，像有了细结的木头般开始老化，并没有肿胀粗大。她自始至终不断地把脸扭来扭去。弗雷德丽卡僵硬地调整着自己的脸，她已经拿定主意。伊丽莎白肖像那种僵硬的面具般的气质给她留下很深的印象。

"我没有拿到你的名片。"这位戴着护目镜的家伙说，护目镜转过来对准她，在高高的窗户底下抬起他的脸，于是在彩虹色的透镜中，看上去火花飞舞。"我觉得我认识你。"

"我不觉得。我叫弗雷德丽卡·波特。"

"你瞧，我果然知道。比尔·波特的女儿。老二，很厉害的那位。"

弗雷德丽卡往后靠过去，说："差不多。"同时认出了他的举止。

"你是埃德蒙·威尔基吧。好奇怪。你为什么在这里？"

"我要扮演沃尔特·罗利爵士[1]，亲爱的。那位当地的天才，他回到信徒中，想让先知们惊讶和不知所措。你为什么来这里？"

"我扮演伊丽莎白。玛丽娜演起来显得太老的时候我来演，或者在她足够年轻的时候我来扮演伊丽莎白，充当她。如果你想看的话。"

"我绝对会看。多有趣啊。你得学她的举止风度。不难，这些都一目了然。"他向弗雷德丽卡俯过身来，非常合格地模仿这位女演员婀娜多姿、专注凝神的俯身动作。

"我看不清你的脸，"弗雷德丽卡抗议说，"这副眼镜完全没必要戴。我记得你用不着戴眼镜的。"

1 沃尔特·罗利（Walter Raleigh，1552—1618），英国探险家，作家，女王伊丽莎白一世的宠臣。因被指控阴谋推翻詹姆斯一世，在1603到1616年间被监禁在伦敦塔，后于1618年被处死，著有《世界史》、散文和诗歌等。

“我不戴。这副眼镜是做实验用的，我自己设计的，想解释强烈的色彩对情绪的影响。我其实是在试验这些反光眼镜，它们本来是给小妞戴的，但我只有在自己的地方才敢戴。你摘掉的时候，保证会产生海洋般的整体感。世界之巅和之底都一样。或者说至少在这个楼梯的顶端和底端都一样，因为你的感官迷惑了你的理智，声称彼此相同。在大众生活中，彩色要更舒服些。我有好几副这样的眼镜。褐色、金色、蓝色、烟灰色、烟紫色、布里斯托红色、传统的玫瑰色。我对自己的情绪和反应做了很长又详细的记录。我让我的女朋友做了个管理记录。迄今为止我们唯一坚信不疑的只有一件事，那就是你看到我的机会越少，我越粗鲁。”

“如今，每个人，”弗雷德丽卡说，“似乎都以极度粗鲁为无上光荣。”

“还真是。你说得太对了。这是展示聪明的最轻巧的办法。但是无论如何，我们还是要既反叛又彬彬有礼。请问你对自己那个变了样的自我，另外那个格洛丽娅娜是怎么想的？”

埃德蒙·威尔基是里思布莱斯福德特立独行的成功传奇。在学校的时候，他轻而易举先后通过人文和理科课程的高级水平考试。后来他离开学校去了剑桥的国王学院，成为一个心理学家，据说在那里他表现出无可比拟的天才。同时，作为一个演员，他又像流星般声名鹊起，收获了全国的知名度，他还在一个叫《午夜》的世俗讽刺剧中负责创作、执导和演出，该剧曾在伦敦做过一次短暂的巡演，他出演了马尔罗协会版的哈姆雷特，对此，哈罗德·霍布森曾写道，“在我的记忆中，这位哈姆雷特可谓最聪明、最少夸夸其谈的王子，令舞台顿生优雅之光”。看了他在里思布莱斯福德版的《宽容》中扮演的布索恩——他身穿草绿色和淡黄色的丝绒衣服——弗雷德丽卡立刻就爱上他了。他是那种校长们都暗暗希望他能很惨地摔个大跟头的那种男孩，他把学业搞得如此欢乐，如此自负，如此轻松，如此忘恩负义。他们郑重其事地写了不少有所保留的推荐信，但剑桥却没有当回事。

八卦专栏作家们已经开始推测他是不是要当个伟大的心理学家，一个富有创新精神的大学老师或者医生，一个杰出的专业演员，一个重要的莎士比亚戏剧演员。亚历山大考虑不妨把他叫回来扮演罗利，那个身兼多种角色的人，向上爬的野心家、诗人、江湖骗子、科学家、无神论者、军人、水手、历史学家、囚犯。罗利肩负着这部戏剧中很大的戏份：他既是合唱团成员又是独立的角色。对弗雷德丽卡来说，威尔基是可以从里思布莱斯福德逃离，融入大都市的繁华和魅力的活证据。但是比尔对她未来的想象中却不包括这种东西，他对威尔基的评价非常谨慎，曾经阴郁地声明说，他聪明伶俐，可能会有些出息。

弗雷德丽卡把自己编织进对叶奥小姐大讲客套话的乱麻中，从这套乱麻中，事情逐渐明朗，她感觉叶奥小姐非常优美流畅，无论肢体还是语言上。她的这句话破坏了自己经营的那种彬彬有礼，说玛丽娜·叶奥让她想起泰内尔画的《爱丽丝漫游奇境记》的插图中那条跟鸽子搏斗的毒蛇。威尔基说："跟你一样有头脑的女孩们以为一切都可以在头脑中完成。"

"有头脑没什么错。"

"别太敏感，亲爱的，我从来没有说过会有错。我喜欢有头脑的人。他们就是我的工作对象。"

"他们说你打算做一个脑科精神病医生。"

"不，不，不。我是一个从事学术研究的心理学家。我想研究感觉和思想之间的关系。不是欲望，亲爱的姑娘，是思想。这是最高的孤芳自赏，大脑会测度自己的滴答声和波动。那是知识的根本。"

"它怎么可能做得到？"

"它怎么可能做得到？"

“它怎么会了解自己？它怎么能自己研究自己本来的样子？它不可能置身事外。”

“设备可以做得到，弗雷德丽卡。”

“设备只能想出自己。”

“哦——不是这样。大脑是互不关联的，这样的观点是有根据的。一个封闭的圆环。大脑不能检查大脑有关大脑关于大脑的结论。不过，试试也无妨。”

弗雷德丽卡头晕目眩地跟大脑试图自我思考的情景搏斗着。一道光走近镜子里的另一道光。一股烟，一声爆炸。盘绕的灰色物质在跟同样盘绕的灰色物质的誓死决战中被锁定。大脑很忙碌，但是你仍然想象它们无形无状又死气沉沉。

“它会爆炸的。”弗雷德丽卡充满希望地说。

“现在你想象它处于带电模式。”

“不行。我看见灰色物质的蛇在跟别的灰色物质的蛇缠斗。”

“在互相融合？有意思，这是有关这个概念的不变想象。始终是卷盘绕的东西——不管电子的还是蜷曲的，不管有机的还是装着电池的，就是这样融合或者爆炸。对我而言，此外就没别的了。一个令人心满意足的清澈的光的虚无空间。这个我永远不会达到，我太忙了，而且我生性不够大胆。”

克罗站起来给大家互相介绍。三个专业演员，来自斯特拉津和老维克，曾在奥利维尔的电影中担任过台词演员。马克斯·巴荣，很高、苗条，看着忧心忡忡，演莱塞斯特，克里斯宾·里德和罗格·布莱斯维特，分别演巴莱和沃尔辛甘。很奇怪，这两个人长得很相像，不过毫无疑问化妆后会变形，两人都轮廓鲜明，黑头发，穿着皮鞋，牙齿闪亮，声音圆润，他们用这样的声音交流着剧场发生的各种几近灾难的故事。他们都肥胖魁梧，但说话时却把虚情假意、夸张和兴奋糅合在一起，交替使用着奔腾冲击和低回浅唱两种讲话风格，弗雷德丽卡无法将他们跟要扮演的两位冷静的观察者联系起来，那两个小心谨慎的权势男人。另外一个专业演员，来自约克的鲍勃·格拉迪，预定演埃塞克斯，已经蓄出小胡子了。

业余参与者从托马斯·普尔开始介绍起，他是卡尔弗利教师培训学院英语系的头儿，亚历山大的朋友，长得四四方方，金发，沉默寡言，想演那位睿智又严肃的诗人斯宾塞。斯宾塞和罗利，组建了那个合唱团。亚历山大花了好几个星期的时间，可谓抓狂、尴尬又徒劳，试图扭抱住莎士比亚本人。一天晚上，他梦见自己遵照仪式被迫双膝下跪，被一个身形高大的蒙面首领执行死刑，这个首领嘴里不知所云地喃喃说着什么，在梦中，亚历山大知道这是真正的当代英语黑话。此人澄清，不是莎士比亚，而是他自己，无法容忍这个问题。他醒来时浑身冷汗淋漓，又想到了斯宾塞。

这位诗人，要更加超然，明显更加难以代入，最后证明要好处理得多。亚历山大给他写的台词，是刻意剽窃和煞费苦心地拼贴构成的变化多端的混合体，亚历山大想，他自己清楚这可能是他写得最好的东西。伊丽莎白的诗文跟滑稽戏仿以及源于旧传统的新东西轻松地打成一片。纷纭变化中有恒常，就像斯宾塞在谈到这种语言以及阿多尼斯[1]时可能会说的那样，他本人就是个没落古词的兼并借用者；亚历山大在《阿斯翠亚》中就借用了这句话。从那里开始，顺理成章，它就一路进入普通考试和高级考试的指定课外读物。亚历山大很高兴托马斯·普尔知道《仙后》，而且讲的时候带着客观又极富乐感的明晰性。

除了玛丽娜·叶奥和弗雷德丽卡，她的年轻的影子，如克罗所

1 罗马神话中爱与美的女神阿芙罗狄娜爱恋的美少年。

说，还有个一本正经又充满激情的卡尔弗利的教师，是个类型演员，扮演玛丽·都铎，还有一个来自斯卡伯勒，如大山般臃肿的女士，安妮特·特纳巴尔小姐，她扮演莱诺克斯夫人，还有马丽伦·布莱斯太太，她是里思布莱斯福德的加农·布莱斯的妻子，她曾放弃前途光明的女演员的职业，做了个牧师的妻子，创作了好多年度圣诞题材的激情剧，表现卡尔弗利大教堂的克里斯托弗·弗莱和多罗西.L.塞耶斯。她肤色黝黑，胸脯丰满，长着双水汪汪、总是带着不安的眼睛，那声音令人无法忽略其存在，情绪波动巨大，高度紧张。她扮演的角色虽然很有戏剧色彩，但出场时间却很短暂，因为亚历山大讨厌苏格兰女王，而且把她的出场搞得给人感觉很大程度上像个不存在的威胁。还有珍妮，如果不是亚历山大特别要求，她可能不会出演。

珍妮已经被自己在午餐谈话上想要表现的种种企图搞得苦恼不堪。她和威尔基都适度地惊叹着自己戏剧性的已婚状况。威尔基询问她是不是有大量演出活动。

“哦，没有。我有个小孩。而且，孩子还很小。我没法四处奔波。你呢？”

“我可以把它当专业来做。你在穿衣间都会遇见聪明的探子。这行非常受宠，非常有赚头，但也就做一两年。我想我还是不会放弃那些灰质细胞。”

弗雷德丽卡突然插话了。她本想从事表演，父亲却热衷剑桥，她担心剑桥会让人分心。威尔基眼镜上水绿色的光点引开了她的视线。威尔基在长长的黑色烟嘴里点燃一支烟，像两只闪耀的蛾子眼中间长出一个长鼻子的幽灵。他严肃地说，目前，就人生的开端而言，对她来说没有比上剑桥更好的选择了。她“休演”期间可以教书。这要比在咖啡店打工好很多。她不想教书，弗雷德丽卡咆哮道，干什么都可以就是不想教书。最不能做的就是教书。她想要好过。就算休息时都要过好日子，威尔基干巴巴地说，但又慈祥地补充道，你如果不好好磨砺，就不会好过，这可千真万确。

珍妮被这两个鲁莽又才华横溢的孩子惊到了。才二十四岁她就感觉自己老了，尽管自己可能只比威尔基大两岁左右，而威尔基已经服过兵役了。他们野心勃勃，自以为会不断盘旋而上，然后俯瞰众人，而她的地平线严格地被杰弗里、托马斯、里思布莱斯福德限制住了，除了还算幸运，有那么点可怜的教学工作，此外还有什么？在布里斯托，她在表演方面也曾不错，但是，她从来没想过要靠这个来安身立命。她知道自己在明确任何可行的未来之前，必须先解决婚姻和生育的问题。她想结婚，甚至都没有考虑过不结婚，在她整个学业生涯中，甚至在她上学前就是这样想的。

她完全不知道，如果她换个思路想的话，是否可以用不同的方式来定义自己，认为自己也非常优秀并且可能变得更优秀。她感觉不喜欢，并非因为威尔基，他清清楚楚地坚信自己就是个天才，而是因为弗雷德丽卡，她同样明确坚信自己是个天才，而且以相对粗鄙和刺耳的方式表达了自己的这份自信。她愤恨地意识到，这样的判断都是性在起作用。她试图捕捉亚历山大的目光，至少可以获得性方面的安慰，但是他正忙着往叶奥小姐的肩上披一条长围巾。她想再次吸引威尔基的注意，问他在研究什么，研究大脑的什么过程。

“研究——视觉图像和语言的关系，我们最终形成概念的方式。还有，如某些心理学家所认为的那样，视觉图像是否比言辞更加原始，更为基本，或者说是否缺少某种精确的符号性语言，你就没法思考？我还想研究重现现象[1]——研究那些只通过视觉化处理来思考的

1 指儿童在幻觉中看到的过去事物的清晰形象。

人。某些数学天才——比如弗林德斯·皮特里，用视觉思维看到一把计算尺，然后就能读出上面的数字。你可以研究视觉记忆和概念记忆，以及分析性思想之间的有趣关系……”

弗雷德丽卡的活力被狂热地激发起来，再次插话了。

“我弟弟就能做速算。”

“他现在还能吗？如果还能的话，他是怎么做的，而且是做什么类型的速算，你知道吗……”

“嗯。”弗雷德丽卡说，然后开始讲起马库斯数学崩溃的歪曲版，讲到一半的时候被克罗的起身打断了。一个人二十四岁时，肯定不能当个隐形人，珍妮弗想。

克罗领着他的客人们走进藏书室，那里陈列着各种各样的素描作品和实体模型。一张桌上全是露台和树木的等比例缩小的复制品，有各种可移动的明亮的亭子和高耸的觐见室，可以时断时续地旋转。有个纸板做的白塔，一架用火柴、绳索和薄纱做的加冕礼用的轿子。挺像盒中套盒的微观小世界、模型村或者俄罗斯套娃。在它的内部，模型村里又有模型村，反过来就像最小的没有特色的绿色梨形物，里头带着没有区别的白色果粒，房屋或者皇帝，微小得人类的手雕刻不出来，或者用肉眼难以区分。像阿多尼斯的花园，玉米、生菜、茴香组成的微缩景观，在他的盛宴上发芽，然后开花、枯死，最后被扔掉，也像死神和狂欢之神的肖像，舞蹈结束后被扔掉，用来讨河流的欢心。

那张桌上还放着很多亚历山大的画作。他最初创作这些画的时候，无意向任何人展示。这些画是他的迷恋处于巅峰时期的作品。这次写作引导着他半带学者色彩，半带痴迷，走向维多利亚博物馆和阿尔伯特博物馆中的肖像、微缩模型，以及服装本身。然后，他开始在夜深人静的时候画自己的人物。正是克罗透露了这些画作存在的信息，拿走了几卷这些作品。一个可能会被聘用的设计师已经创作了若干初级的素描，按照主题，根据在亚历山大的文本中追溯到的台词线索，用颜色连起来，有红色、白色、绿色和金色，还设计了都铎王朝的玫瑰，丝带做的玫瑰花饰。巴莱和沃尔辛甘用红色和白色，斯宾塞和罗利用绿色和金色表示，女王则用各种颜色。但是亚历山大却公然反对。在某种程度上，他想让作品有种浑厚而精确的现实主义，一种被这些俗丽的草图稀薄化的深沉。他只让克罗看过这些画，想解释自己想要什么样的效果。不过，他懂的可不止绘画。他知道如何处置挂钩、索眼、褶子、镶边和缝褶。他以前经常给学校的戏剧表演做服装。

几个演员聚集在那里大声嚷嚷着。亚历山大已经给出了部分小人物的脸的原型，和部分演员的形象。穿着黑色天鹅绒衣服，上面的珍珠闪闪发光的就是罗利。莱塞斯特，尽管留着斑驳、苍白的小胡子，在马克斯·巴荣焦虑的表情的衬托下显得旗鼓相当。女王的服装被不断移动的脸和身影占据着。在庄重的领颌上方，闪耀着满身白色和金色的女王粉笔般洁白尖削憔悴的脸，她的这幅雷暴般的肖像曾雄霸英格兰。在到处是皱褶的睡袍上方，在伊丽莎白高挑的精修过的眉毛和盘起的假发下面，出现了一张混血儿的脸，有着玛丽娜·叶奥的大嘴和弯弯曲曲的脖颈。弗雷德丽卡找到了自己的裙子，这让她挺开心。她的角色被囚禁期间穿一条白色和金色相间的裙子，在凯瑟琳·帕尔[1]的果园里奔跑时穿的是一条绿色和金色相间的裙子。令她恼火的是，在这些绘画里，这些裙子的上方的脸是个空空的椭圆。

亚历山大偷偷地拿贝丝·思罗克莫顿来自我放纵。他临摹过希

1 凯瑟琳·帕尔（Catherine Parr，1512—1548），英国国王亨利八世六个妻子中的最后一位，伊丽莎白一世的继母。

利亚德用水彩画的她的肖像，把珍妮那著名的浑圆的乳房上方那张紧张又饥渴的小脸，放在真实的贝丝的带花边的扇形领里。她站在一张精确地绣着白色紫罗兰和杂色雏菊的地毯上，紧挨着希利亚德画的一棵白色独干蔷薇树，使劲往下拽住波浪般起伏的珊瑚色裙子。在这幅田园般的春天的画面中，只有这女人的衣服被反常的阵风吹得纷乱起来。亚历山大自己都对这幅画中惹人注目的情感流露感到害怕，他试图围绕它的边边角角，不厌其烦地画出袖叉、花边、锁边的细节，借此来让这幅画显得更加技术化，但是，在他如此习惯于读出隐晦的别出心裁之意的目光看来，那只会让他的意图变得更加明显。他自我陶醉地观察着珍妮在研究他画的那片泛着淡淡的亮色和井然有序的小树林中的自己。当她说"我认识靠着这枝花树的女人"时，他的目光从她肩膀上方越了过去。

"瑞士拍蝇者。"威尔基在他们身后喊道。

"那是我戏里的东西。"亚历山大说，克罗又站在他们后面，把奥布里[1]的原话讲完了。

"当危险和欢愉同时都变得非常强烈时，她在极度欢乐中喊出声来，不，亲爱的沃尔特先生。这个就变成瑞士拍蝇者了[2]。"

"她用孩子来证明自己，结果他们被投进那座塔里。"威尔基说，"多漂亮的衬裙啊，韦德伯恩先生。我会很喜欢。"

当亚历山大正要跟着珍妮弗过去时，弗雷德丽卡抓住他的胳膊。

"抓住你啦。"她说，尴尬中透着淘气。整个夏天，珍妮弗都在他面前，亚历山大感觉很亲切。

"我给你看样东西，弗雷德丽卡。瞧这个。"

1 约翰·奥布里（John Aubrey，1626—1697），英国文物收藏研究家、作家。
2 这里把"亲爱的沃尔特先生"（Sweet Sir Walter）的不准确发音组合出诙谐的说法——"瑞士拍蝇者"（Swisser Swatter）。

他从一只牛皮纸包中取出一条狭长的深红色天鹅绒布片。

“很早的东西了。马修发现的，他正修复那些椅子，发现这东西卷在填充物里，新得就像当初刚塞进去的样子，至少是詹姆斯一世时的东西。”

他在灯光下把这块天鹅绒搭在手上垂下来。

“要是挂天鹅绒的方式不对，它就会失去光泽。生气就会流失。这条要这样挂，瞧。”他用手指抚摸着亮褐色的毛皮，“瞧瞧光在这件布里是怎么变化的——从银色变成血色，又变成黑色。肉红色，比黄褐色稍微深些的颜色，是一种堕落的拟人化。深暗的肉色，比所有十四行诗作者们说的淡红色玫瑰和樱桃小嘴的颜色都要深些。这东西的本色。”

“你太喜欢各种东西了，亚历山大。”

“你这话听上去带点批评的味道。不是吗？”

“从来没有人以为我会这样想。我对沉甸甸的羊毛和一把上好的锋利刀片都怀有约克郡人式的敬重。这才是我的想法。”

“也许跟你的年纪有关。随着你的年岁慢慢增长，人生会渐渐厚重起来。我怀疑，在你这个年纪，我是否会对这件屋子里的东西如此着迷。”

“这一切对我来说太奢侈了。我看不懂。我是过苦日子长大的一代。对我们来说，黄油、奶油、橘子和柠檬都是神话中的存在，你知道。爸爸喜欢那些实用的面包、椅子、鸡蛋粉和人造奶油。所有这些雕刻和挂件只会让我感到不舒服。”

亚历山大对克罗说：“弗雷德丽卡说她对你的这些东西没感觉，因为战争的缘故。”

克罗竖起银色的眉毛望着她。

“我敢说不是这么回事。”

“真的。这些东西让我不寒而栗。太奢侈了。”

“如果你了解了的话就不会这样想。我会让你看看我那漂亮的屋子，教你如何欣赏细节。我们不妨从大厅里的石膏作品看起。你看到那组石膏了吗？”

她注意到展厅下面的大厅里绕着一圈石膏饰带。她对那些用粉白的浮雕做成的森林树木、赤裸着身体奔跑的人物和动物顶多有个模模糊糊的印象。此刻，她顺从地看着这组作品，发现那些人物既生气勃勃又有点木呆，是一种英国特色和古典气质令人不舒服的结合。她盯住一个变成牝鹿的男人研究起来，那是一种动物，令人难受的变形有点像索思韦尔大教堂中带叶饰的男子：拉开的肌腱，发硬、扭曲的双脚，展开的胸腔，分叉的牛角，长着奶油色毛皮的垂肉，人的额头下面开咧着一张猪的鼻嘴。

“亚克托安[1]。”受过良好教育的弗雷德丽卡说。

“没错，”克罗说，“这堵墙上描绘的是狄安娜[2]和亚克托安的故事。另外那面墙上讲的是维纳斯如何捉拿四处迷途漫游的丘比特。在壁炉的上方，两个女神相遇了。丘比特已经被驯服，遭到痛斥，亚克托安已经被利落地残杀了。整件事，在我看来是种不断重复的讽喻。要比大多数英国石膏像更有生命力。瞧瞧这些漂亮的女神。”

弗雷德丽卡看着这几位漂亮的女神。她们在各种场合反复出现，这些场合彼此交融，让这些重复出现的具体人物具有某种多样性或者普遍性。狄安娜胸脯高挺，又瘦又高，站在一个圆形池塘的宽叶香蒲中，作为人类的亚克托安在一块巨石后面偷看她。这位观察者的目光在这位正在观察的捕猎者的后面，因此能看见他肩上的属于人类的肌

1 希腊神话中的猎人，因偷窥狄安娜洗澡，被她愤而变成牝鹿，最终被自己的狗群撕成碎片。

2 罗马神话中月亮和狩猎女神，即希腊神话中的阿尔忒弥斯。

肉和屁股。在接下来的场景中，愤怒的女神和一群细皮嫩肉的少女们俯视着他从人到兽的变化，然后追踪着这场漫长的捕捉，狗爪、女孩的脚、马蹄，像白色垂直的波浪，穿过白色的花朵和白色的树干，丘比特则拿着他的玩具弓箭时隐时现，女神则飞跃地追赶，瞄准，然后又出现在下一个林间空地。一列少女扛着那具破碎的尸体朝火炉方向，女神坐的地方抬过去，尸体在长长的木杆上晃荡，两个女神表现出凯旋得胜的气度，身穿白色皱褶衣裙，戴着花冠，手拉着手，高坐在炉子上方的王位上。

房间的另一侧，维纳斯以远谈不上自然流畅、更为造作的做派，在一个林中卧室醒来，卧室的墙壁由显得模棱两可的装饰性白色树木或者带叶球的支柱做成。她坐着一辆鸽子拉的双轮战车突然离去，降落在一个小小围城中，那个小城坐落在一个如田园般风光旖旎的小山岗上。那里，农夫和小小的绵羊、奶牛，指着那些白色的伤痕表示她儿子从那里经过，已经消失了。维纳斯显得要比狄安娜更加浑圆，细薄的衣服上方系着编织精致的腰带，穿过被她漂亮的肢体撑起来的精美纤麻。只要她站在哪里，就有洁白的花朵从地上发芽，然后穿过洁白的空气落进细枝和花束中。她的脸上带着一种微笑的镇定感，像狄安娜那样脸上带着冷静的镇定感。最后，她们一起出现在那些哭哭啼啼、满身血淋淋的仙女们处理过的残骸中，那都是丘比特利箭的牺牲品，那个僵硬的鹿人横躺着准备挨刀宰，她们有些心烦意乱。弗雷德丽卡这样解说。克罗说，没错，还说，他个人认为它们是伊丽莎白对约翰娜·西尔——这幢房子主人家女儿——的态度的某种转弯抹角的说明，她的命运很像贝丝·思罗克莫顿。独身和对肉欲的追逐毁了那个女人，年纪轻轻就死掉，被带到次子的床上，被囚禁期间很不理智地怀孕了。在大厅入口上方有个女王本人宣示忠贞的雕像，就在这两个女神的对面，这跟亚历山大的戏剧倒很合拍，弗雷德丽卡可能会感兴趣。

弗雷德丽卡抬头望着这个总体上显得凌乱而不够精致的人物，注意到女王似乎蹲着。

“的确如此。某种程度上，那是透视法缩短的效果。但很大程度上，是因为她的衣服就是张英格兰的地图，这需要她的身体有点矮胖和肥宽。你瞧兰德角飘过了她的左膝，苏格兰则在她的左肩上打了个结。当然，跟德雷顿的《多福之国》卷首插图很像。”

“丰饶角[1]，”弗雷德丽卡开始口无遮拦地讲了，“好像从她的两腿中间长出来，出自她的……”

“我把它当成泰晤士河口，商业中心。这是作为处女座阿斯翠亚的伊丽莎白。阿斯翠亚，最后的不朽人物，正义女神，在铁器时代上升到天堂，与黄道带的处女座合并。她获得了天秤座的阶位，但又有处女座的丰收属性，因为处女座和天秤座都是丰收的象征。”

“我知道。我就是处女座。八月二十四日，圣·巴多罗马日出生。”

“一个意想不到的各种好兆头的结合。”

“我根本不信这套东西。”

“伊丽莎白出生在处女座的月份里。传闻处女座和圣母马利亚跟粗鄙、野蛮的丰收之神如西布莉[2]、以弗所的狄安娜、阿斯塔蒂[3]很有关系，这个尚有争议。”

“还有伯金的月神。”

“可是他的雕像太不自然了，你不觉得吗，就像你眼前看到的这座？”弗雷德丽卡恭敬地望着这座集伊丽莎白、《多福之国》、处女

1 源于希腊神话，象征和平、仁慈和幸运的装饰品。

2 古代小亚细亚人崇拜的自然女神。

3 古闪米特神话中主管生育和爱情的女神。

座的阿斯翠亚于一身的雕像。因为她的蹲姿，整个形象，在某种程度上显得有些荒谬，有种毛躁、黑暗神秘、难以归类的气质，比那几位有着匀称好看的球形乳房的仙女和女神更加原始质朴。在她那简直就像刚刚被美化过的衣纹下面，她的身子粗重宽厚、生气勃勃，像戴着王冠的塔楼。左手握着一把出鞘的剑，正义的程度取决于右手，那个丰饶角强势地升起来，很巨大，那是一只僵硬弯曲的尖角，巨大的膝盖之间一条丰盛的河，向其中的大地喷洒而来，沿着顶柱过梁，是一连串瀑布般的花果、玉米穗子和镀金的苹果。

这不是弗雷德丽卡审美教育的结束。他们所有人都不管情愿与否被带着踏上一场路线已经规划好的“国家卧室”的参观之旅。这些卧室都用宇宙学的名词命名，太阳、月亮、行星，对彼此开放，每个卧室中都有一张巨大的带围帘的床铺，陈设在精心描绘过的天花板下。这些巨大的、刮着穿堂风的房间有好多个出入口，都通向密室、走廊和楼梯平台。克罗忙上忙下，身份介于管家、艺术史家和奴隶监工之间，他的胳膊上搭着护纸，用来遮挡那些床单，使之不要见光。床单上有着那位不幸的约翰娜·西尔绣的花。在月亮室，那些床单连同挂饰的蓝色底子上都带着银色的半月形图案。克罗推开百叶窗，放进一线略微苍白、寒冷、令人生疑的阳光。所有的卧室都有这位富有想象力的英国经典变形大师的石膏作品。月亮室里描绘的是狄安娜的事迹——尼俄伯[1]的孩子们以及希波吕托斯[2]的死亡，伊吉丽亚[3]如何变成一股泉水。如克罗所说，这个天花板不幸对很多东西产生了决定性的

1 希腊神话中的底比斯王后，为自己被杀的子女哭泣化作一块石头，变成石头后继续流泪哭泣。

2 希腊神话中，杀死牛首人身怪物的雅典国王忒修斯之子，因拒绝继母的勾引而遭诬陷，海神波塞冬受命将其杀死。

3 罗马神话传说中的仙女。

影响：一种巴洛克风格的创新。它以奇特的视角描绘了辛西娅[1]从半球形的天堂降下，来到恩底弥翁[2]身边，睡在他的洞穴里。

威尔基说：“我有些好奇，不管是谁，最后一次在这些床上做爱距离现在有多久了？肯定是一种辉煌的体验，我想。”

“晚上，他们会感到很冷。”托马斯·普尔说，“哪怕生着火，哪怕有这些挂饰帷幕。”

“依我看，”弗雷德丽卡说，“如果你在那上面蹦跳，会激起大片灰尘。我想，如果你把自己关在那些帷帐里，说不定会得幽闭恐惧症。照我说，如果这个房间是条大道什么的话，你会心烦意乱，无所适从。”

“这天花板无疑就是专门为了刺激你而设计的。”克罗说。

“对我不管用。”弗雷德丽卡坚决又直截了当地说，她绝对没有被刺激跟任何人做过爱，“瞧那些圆圆的红褐色的肉墩，还有那可怕的单调的不真实的蓝色，以及那些病恹恹的云。肉体都有点像被烘焙过，或者半烘焙过，你碰都不想碰。”

威尔基仔细瞧着具有极强立体感而又逼真的圆屋顶，然后很快摘掉自己的眼镜。他转向弗雷德丽卡时，后者看到他的眼睛时很惊讶，她原以为那双眼睛会是湛蓝色，像他的镜片一样，其实是巧克力般的黄褐色。威尔基眨巴着眼睛，她也眨了几下。威尔基说：

“那是个意大利画家的作品。那不是英国人的肉体，也不是英国的光。阴影太刺眼，光太单薄又强烈，那些褐色和粉红色不是我们的风景画的构成要件。英国的色情作品不用浓郁的蓝色和赤红色，或者肉红色。那是林木郁郁的田园和水乡风光。我们希望透过迷雾看到深

1 希腊神话中月亮和狩猎女神。

2 希腊神话中月神热爱的青年牧羊人。

处。英国的世外桃源是小树林和灌木丛，以及多水的隐蔽之地，我们喜欢的是《恋爱中的女人》里的绿林和午夜的林中空地，或者在森林中冒着瓢泼大雨四处狂奔的查泰莱夫人那位赤身裸体的情人。”

“神秘、真实可感知的他者，”弗雷德丽卡说，非常敏捷地说出了她最具嘲弄意味的引语，“不，谢谢你。”

在太阳屋，布莱斯太太说她的脚疼了，然后坐在一个雕花箱子上，搓着脚背。里德和布莱斯维特在陶醉地欣赏着，从那张华丽红火的床上捡起纸片。克罗指出，在阿波罗的情人中，那尊石膏做的达芙妮[1]，在他看来，是这位雕塑艺术家的杰作，非常具有英国特色，那些疙里疙瘩的关节上描绘着叶子，人类的静脉开始扩张成叶子的脉络，那两条被抑制住的飞跃的腿踏进树根，那张可爱的小脸像个古代英国的小精灵，不像是希腊的仙女。叶奥小姐引述了句马尔维尔的诗。不是以仙女的形象而是以树的方式存在。里德和布莱斯维特吟诵着植物的爱情和它蓬勃的生长，克罗抓住弗雷德丽卡的胳膊，引导她的目光盯着天花板。

“比隔壁那间要好，我怀疑，雅各布并非深受女人的启发，而是受到了这个的影响。”

天花板上的画描绘的是海厄森斯[2]之死。如果用这种方式来描绘，使观看它的大多数人受不了这奇怪的不适感，那么这种品位就令人怀疑。这位淡黄色的赤裸的太阳神，他的金色发缕精致整齐地排列在纤细的肩膀上，双臂大大地平摊开来，充满了恐惧或者情欲的艳羡，在这个了无生气、被理想化、鲜血淋漓的少年褐色的身旁俯身跪着，那更红的鲜血浸透了红色的沙地，呈现出怡人的涡流状，已经在血泊边

1 居于山林水泽的仙女，为逃避阿波罗的袭击变成桂树。

2 希腊神话中阿波罗钟爱的美少年，被谋杀后，阿波罗为纪念他，使血泊中长出风信子花。

缘盛开成风信子，在原来的猩红色和赤红色上变成紫红色。这个神灵的头颅侧向一边，保持镇定不变，还在沉思着他的工作。眼睛低垂，透过眼皮间窄窄的缝隙凝视，宽阔的嘴巴被扯得更长，朝下耷拉着，微微张开，带着那种含糊的表情，既像是单纯的痛苦，又像纯粹的愉悦，像副凝固了的处于极端感情状态的面具。

克罗抓得更紧了。

“瞧这线条——阿波罗大腿内侧的线条，回应着那个少年的线条。瞧那两副面孔都无动于衷的样子，还有那颗被鲜血包围的头颅的线条，那重复的曲线——”

“他是死的。”弗雷德丽卡说，好像确认他是死的有多么重要。

“死亡与性的狂喜是可以互换的意象。”

“至今，”威尔基说，“人们仍然这样看待。死亡或者狂喜。”

他讲话时带着某种权威性。弗雷德丽卡无意问他是怎么知道的。克罗继续说：

“注意不同的视角。隔壁房间的世界被包围在一个定时照明的穹顶中。这里的沙漠的地平线远远地延伸开来，直到合适的视觉边缘——眼睛得漫游，它无法休息，然后将其收摄进去。在这片无形无状的沙漠中，最核心的群体形成了一个整体，构成了一个整体。瞧这些对应他腰上闪耀的血滴的花瓣多么精确——还有血滴在花中倒流的形状。整件作品就是一个由向上或者向下流动的小碎片构成的金字塔，就像那些点点滴滴的液体。瞧阿波罗头发的最顶端，重复的卷发和结头。我的理论是，这完全是一幅太阳下世世代代反复再生的意味深长的意象——鲜血滴进土壤，鲜花绽开……”

“蓝色肉体，”威尔基说，再次摘掉有色眼镜，“那是考虑到这些东西的余影。大量似是而非的冰冷的红色，同样涂在蓝色上面。”

“他的嘴巴看着很冷酷。”弗雷德丽卡说。

“他是个冷酷的神灵，”克罗说，“他的故事也很冷酷。你会看到我的小小的玛息阿[1]，最后一件作品。这位神灵并没有杀这个少年，而是看着北风之神——是他干的——在那边如何重复他的姿势。最后，注意这些次要人物群像。艺术史家给他们贴上仙女和牧羊人的标签，但我认为那绝对不可能。我的看法是，在右边那块地方——形状像在跳舞的——是缪斯们，‘他的唱诗班，缪斯九女神’。你知道，左边那些，在不知所云地四处跳跃，打着手势的，都是些新手，是那些庆祝海厄森斯或者阿多尼斯或者粮食之神或者不管什么神灵的年轻人，他们对自残等怀着种种迷狂。你看这整件作品是一种无限的象征符号，一个被拉长的8字，在它的侧面，如果你仔细看的话——顺着所有的胳膊和躯体——全都交叉着穿过位于中心位置的阿波罗和海厄森斯，在那个位置，他们的身体，哦，几乎挨着了。雅各布完全是一个晦涩的新柏拉图主义神秘学说的学者。我们现在把阿波罗视为秩序和混乱，艺术和毁灭，以及死而复生等的本原，因为他下面有个坚硬的家伙且面色红润。”

“太淫秽了。”威尔基对弗雷德丽卡说，弗雷德丽卡却咯咯地笑起来。

亚历山大和珍妮弗在参观下面的月亮屋时设法落在后面。他们默契地站在这个房间相对的两侧，直到最后那位游荡者托马斯·普尔走进来，张嘴跟亚历山大说，这间更好，然后就匆匆走了。

亚历山大站在窗户里侧，向外望着下面的百草园、厨房园、高高的围墙，一直看到那边的荒原，精疲力竭、双腿尖细的羊群在匆忙杂乱地移动着。

“珍妮，到这边来。”

1 希腊神话中的山林之神。他与阿波罗进行音乐比赛，失败后，被剥皮。

“你到这儿来，看看这张床。”他们并排站着，正经八百地看着凸起的丝绸表面。“你总说，要是我们有张床就好了。这儿就有一张大得吓人的床。”

亚历山大同意这张床的确大得有些吓人。他的手在珍妮弗瘦瘦的后背上拉住她的手。他们站着缠绕在一起。

“我应该推倒你，”亚历山大说，“非常温柔地推到那边，然后抓起你的双脚，就这样，然后脱掉你的鞋，让你的头发倾泻下来……然后脱掉其他一切，轻轻地，然后把你平摊开来……”

“然后站着看我在整片空间的正中位置战栗。”

“不，不，我会……我会……”他应该可以写出这句话。但他说不出口。

“你会这样做的，我知道，我知道。我们本该尝试过那一切。但我们不会了，对吗？”

“会的。再过几个月——”

“不，不，我们必须要么放弃，要么——”

“要么——”亚历山大说。

“要么结婚。然后我们就可以——”

“结婚。”亚历山大凝视着活动的围帘。他意识到自己假设珍妮弗并不擅长婚姻生活。他把珍妮弗拉得更近些。他非常害怕被别人看见。他粗暴地把她拉到床的围帘后面，然后开始亲吻她。

传来脚步的咔嗒声。他们像弹簧般松开。亚历山大抬头望着天花板，说着脑子里闪现的第一句台词。

“尔乘银色轮车归来。”

“哦，没错，丁尼生的诗，”弗雷德丽卡说，发出一声毫不相干的同谋的暗笑，“我常以为那是在写一尊放在小脚轮上的雕像，不是彩车，我可真蠢。他们打发我来找你们俩，克罗先生想把这个厢房锁起来，想带我们去等大学建起后他即将搬去的塔楼，去看看他的玛息阿，他说。亲自去看，而不是出于观光的惯例，我不知道我还能不能忍受得了，总之我就到这儿来了。”

克罗的小厢房，即便没有那些特等客舱那么宏大气派，仍然像宫殿般壮丽。他在书房中用茶招待演职员，那是一间镶着木板的幽暗的房间，里面只有那个玛息阿直接亮着灯，弗雷德丽卡起初以为那是个黑糊糊的十字架。克罗高兴地解释，那是雅各布最微妙、最肮脏的作品，不像拉斐尔的玛息阿，是个动物的造型，使劲想蹦起来，等着神圣的牧师来剥皮，那会创作出更高级的艺术，而是像奥维德的玛息阿，是个正处在分崩离析的痛苦时刻的形象，身体被剥过皮，但在很短的刹那间，仍然保持着它那吓人的形状。剥掉的毛皮被平铺在地上，肉体和穿着绳带串起来的肌肉裸露在那里，大股的鲜血在肌肉下面喷涌而出，所以乍看上去，有着大理石般坚硬的东西正在流动，滑溜溜的，往外鼓着，马上就要变成无形无状的东西。被切下来的角扔在一边，不远处，阿波罗露出可怕空洞的微笑，拨着他的里拉琴。

克罗的手臂搂住弗雷德丽卡的肩膀。

“你觉得怎么样？”

“我不喜欢。”

“它非常痛苦。很漂亮。呈现的是新意识诞生的刹那间的状态。玛息阿对着阿波罗高声尖叫：你为什么要剥我的皮？但丁却祈祷这样被剥皮，也期待阿波罗这样应答他：‘像剥掉玛息阿的皮那样。’又是一次变形。来自身体之蛹的灵魂的蝴蝶闪闪发光。熔岩，蛹，成虫。一种艺术形象。”

“真恶心，”弗雷德丽卡说，“如果艺术非要如此下流的话，我宁肯不要艺术。谢谢你。”

“你还因为我漂亮的房子而感到压抑吗？”

“哦，更加严重了。但也更有兴趣了。”

“怎么讲？”

弗雷德丽卡想了想，然后重新换上冷静的目光看了眼悬挂的半羊半人像。

“嗯，在我看它之前，它好像很奇妙，但并不真实。现在，我看了，它好像既奇妙又真实。但我不想在露天走很长时间。”

克罗大笑起来，放开了她。克罗说：“你必须过来，再看看。你必须让自己熟悉这些东西。”

14

天体起源学

大多数学校会称为医务室的机构，在里思布莱斯福德被称为保育室。负责保育室的是一个强悍的护士长，穿着并不特别干净的浆洗过的白衣服，戴着一顶帽子，像个带翅膀的钢盔，横过高耸饱满的胸脯，插着一排剪刀和钢笔，她还留着一副精神的花白小胡子。对大多数毛病，她的处方都是黑屋子里关禁闭和挨饿。她称之为给大脑和胃以小小的休息。大多数男孩，在被剥夺自由一两个小时后，多少都奇迹般地康复，然后请求释放。马库斯因为哮喘和头疼，经常进去。他并不要求被放出去。

经过那次光幻觉事件和比尔吉实验室一游之后，马库斯徒劳地试图把上帝和卢卡斯·西蒙兹从自己的意识中抹掉。他没有读西蒙兹的小册子。如果在学校的走廊上看到西蒙兹，他就换条路躲开。在穿越运动场之前，他会找个伙伴，或者绕开走。只要光在他脑袋后面闪烁，他就会头疼，那道光既不进去也不出去。他并没有扔掉那本小册子，而是放在自己的书桌里。

一天，上数学课的时候，马库斯朝外望去，看到光从地平线上一排酸橙树顶上赶过来。他又看了一眼，看到光在聚集和舞动。一只鸟在阳光中朝空中飞起，投下灿烂的火花和喷洒物。马库斯面色惨绿，把一只手盲目地戳到桌上，抓起那几页纸，举起手，因为偏头疼发作而请求出去。

在保育室，护士长舔着牙齿，掀开一张高高的铁床上冷冰冰的被子，看着他爬上床，然后拉下绿色窗帘，木质的橡树果在窗台上发出互相碰撞的格格声。房间陷入海底般的阴暗中，马库斯收起膝盖，把下颏搭在上面，也不看百叶窗边缘细碎的白光。护士长急急忙忙走了出去，把他关在里面。

不时有短暂的幻觉来光顾他。光，那个玻璃般透明的东西像大海般升起来，把他淹没。他紧紧抓住西蒙兹灰色的法兰绒衣服裹着的膝盖，像头野兽般吼叫着。他呼唤来的东西似乎没有任何是真实存在的或者可能存在的。

护士长把那几页纸放在他的床头衣物柜里。他翻过身，谨慎地把百叶窗拉起半寸，开始浏览那些文字。像艾略特说詹姆斯那样，马库斯没有一副那么精致完美的头脑，乃至没有什么思绪能够打扰它。但是，在某种意义上，所有的念头对他来说好像彼此的分量都完全一样：他从不对它们可能的真实性或者不真实性做判断，他对它们的反应与其说是智性的，不如说是对其连贯或非连贯近乎感性的设计，就像他在一副棋盘上绘制方块和可能的走法那样。他对语词结构的连贯性也不及他对视觉或者数学形式敏感。他假设——并没有对这种假设进行系统的阐述——无论如何，言辞是相对粗糙的指称物，它们的含义顶多只是近似。所以他对西蒙兹的小册子就像他年幼时能看到重现形象那段日子，浏览一幅呈现给他的田野或者街道或者水路上的暗礁图片那样，匆匆掠过，完全就像某种中性的侦察，以协助记忆。他的阅读能力，即便用这种中性的认识方式，仍然有问题，那是因为他对别的文本不了解，西蒙兹用别的文本拼贴出自己的宇宙理论，这件事抵消了另一个事实的影响：他在读西蒙兹的东西。在某种意义上，他其实是西蒙兹唯一的读者，尽管他不想，不像这个故事中其他每个人那样，证明自己的读人术。

《设计与模式》描述了互相关联的整体，无区别地命名有机物或无机物，于是无限的概念被发明出来。有三种无限：无限大、无限小、无限复杂。对某些东西的价值的衡量似乎与最后这种无限的程度息息相关。例如，我们对物质的层次钻研得越深，从矿物质到植物，从植物到动物，从动物到人类，而动物比人类更复杂，所以情况变得真正明白无误——构成物质的微粒，原子、电子、质子，倾向于以空前复杂的方式自我群集，形成更加复杂的合成体。

就复杂性而论，一个活的机体优于一个无生命机体，因为细胞的某种排列组合要比分子的排列组合更加复杂，所以一个蚂蚁要优于太阳的物理存在。

在这个星球上，没有比人脑更复杂的有机物了。

地球上生命的整个有机组织可以看作一种敏感的胶片，被称之为生物圈，遍布地球僵硬的表面。这个连同岩石圈（坚硬的大地）、水圈（液体球体）、大气圈（气体围裹）构成这个物理球体的四个方面。我还没有提到精神世界。

生物圈应该被视为一种活的实体，有着自身的内在亲密性，这种观点已经被众多生物学家和地质学家提出，后来又经过维尔纳茨基发展。

这种观点是对我们关于存在的简单的等级分层观点的挑

战，因为它不啻于对我们以人类为宇宙中心的信念——即在感知上人处于存在的最高等级的信念——进行了全面颠覆。如果生物圈是一种活的生物，那么我们人类都是它的物理有机体或者组织系统的构成部分，事实上这些构成部分如此之小，所占的比例和大小，就如同单细胞在人的活体中所占的比例和大小。

如果我们视人类为生物圈的脑细胞，数字就巧合得令人震惊。据估计，在人脑中，有30亿个细胞，相当于2000年地球上的人口数。而在人体中有大约10兆个普通细胞，这个数字与地球表面上合理估计的多细胞动物数量差不多……

马库斯对西蒙兹的物质等级假设理论隐隐约约有些怀疑，但却觉得这个想法很有意思：在一个广阔的互相关联的理解力体系中，他的意识只是一个单细胞。这让各种图表、幻觉和那片具有攻击性并且过于泛滥的光都变得更加能忍受些。他跳过了某些比较可疑的相关数据和对人类的细胞以及鸟儿、野兽之间的类比，直接来到卢卡斯·西蒙兹的精神进化理论，他视之为达尔文式理论的后继学说。

物理表面、物质的外表，演化到某个临界点，就会产生人类。自达尔文以来的科学研究者都在寻找可观察的突变，那些可以称之为持续进化过程的证据，他们已经不能提出任何有说服力的东西了。这是因为物种已经获得了它最终的物理形式和身份，为了存在而挣扎以及发展过程中已经超越自身进入到精神领域。因此，反过来，发展成熟的生物圈内部应该包含一种甚至更加紧密的思想层。这个层面就是奴斯圈[1]，即地球–精神域。如果目前存在的目的是超越物质能量进入到精神能量，这样的假设似乎是有道理的。因此，人类，以及稳定地跟随其后的整个低层次的生物，将被改造成纯粹的精神。因此，熵的现象——地球中通过每次新的物质活动释放的热量导致相关物质能量的损耗——可以被看作一个更高级的目标的执行，是实现某种设计必要的作用，而不是对我们生存的威胁。

这样的假设同样也是合理的：其他天体和在我们的知觉中可以触及以及不能触及的组织中，都有奴斯圈或者隐德来希[2]。也许在那场大突变中存活的生物里，或者在天使、大天使等简单代表中，或者如C. S. 刘易斯通过科学幻想小说在给异教徒的神灵命名过程中机智地提出的那样，这假设都隐约可见，无论对我们这个太阳系中其他星球上的灵魂或者奴斯圈的拟人描绘使之被遮蔽得何等严重。

当这部作品开始写到上帝时，马库斯发现，西蒙兹指称的习惯是一个密码，不是如他曾假设的那样使用诙谐语，而是试图把充满空间的普遍精神拟人化，这种精神在文本中是用G来代表的，指所有组织的组织者，一种模式的设计者，而模式是根据某些法则予以“现实化”的。马库斯发现对G的作用的描述要比生物圈学的假设难理解多了。

1 Noussphere，此词中的Nous在希腊哲学中指心灵或者理性。

2 古希腊哲学家亚里士多德的用语，意思是实现了的目的以及将潜能变为现实的能动本原。

我们所有的精神，都可以看作是G的某个方面或者粒子，就像郁金香，或者黎明时的天空那样，上面布满了所有的精神的世界纹络，但是其生存并不依赖这些迹象。没有G，它们就没法存在。这是精神活动的目标，人类、次人类和超人类，目的都是为了更全面地认识G。

设计直接导源于G。设计是那个理念，造物主最完美和周全的理念，对此，整个万物都在力争。模式是设计的部分在时空中的现实化。设计和模式互相依存，就像男性和女性的法则，前者是肯定性的、强势的，后者是否定性的、现实的。不能将太阳看作行星的母亲，从自己的物质中生产出这些来，必须要将它看作父亲，用自己的基因法则的设计，那道闪亮的光，让未成形的行星材料受孕。

后面又有几页非常具体的科学“事实”，马库斯看得很痛苦。主要是对蛋白质作为模式携带者的分析，有几百万种不同的蛋白质结构出现在活体组织中，但是在整个蛋白数量中只有小得“几乎消失的蛋白的比例在化学上有可能”。

甚至由20个氨基酸构成的简单的蛋白质，西蒙兹解释道，每个只出现一次，都会给出大约240万兆个不同的组合，每个组合里包括同样比例的同样的氨基酸，只是空间关系不同。他继续写到，基因编码由精液（只有身体重量的一百万分之一）和卵细胞传递，如复杂的眼睛的发育，来自精液中少量无差别的蛋白质组合。面对这些数字，马库斯被那种微弱的连贯性弄得心烦意乱，他的关注点再次集中到总结演讲上来：生命是宇宙的调和力量。

但很少有人意识到他们真正的本性或者作用！大多数人很少能超越自我的意识，看到其他哺乳动物眼中的本种族。

一头奶牛就像一台机器。它可以只是它本身，这种模型即奶牛的现实化，这毋庸置疑只包括一种基本的自我意识。被奶牛转化成自己身体物质的青草和生菜当然完全没有自我意识。一个人应该努力去实现自己的潜力。一个普通人可以根据慎重的选择行事，在一生中，可能多达1万次选择。如果我们把这个与他的组织在同样的时期可能会实施1千亿次无意识或者反射性活动做比较，我们必然会得出结论，认为自我导向是一种很少在人类身上起作用的力量。

最高级的自我意识当然会超越任何个体或者物种，而且出现在任何实体中，能够意识到生命模式本身，即诸如生物圈之类的实体。

在超越生命的存在中，存在就是模式，与现实并不冲突。在G那里，存在就是设计，并不以物质的任何形式现实化。生命就是对一个已确认的设计的反应。但是，超越生命的存在就是确认本身。地球就是它所确认的，太阳同样如此。一个超生命层次和另一个超生命层次的区别在于数理上的自由度，这种自由存在于想创造自身的模式和确认的力量上，而不在于接受一个更高命令的确认。

这完全是因为太阳的现实化程度比地球小，就是说，就确认性而言更加自由。相反，银河系要比太阳更自由，但它的很大部分存在仍然是纯潜在意义上的。

马库斯读完这些劝诫性的布道以及更多相似的东西后，把百叶窗拉下来，然后蜷起身子，膝盖挨着下巴。他开始进入一种昏沉、刻意不怎么做梦的睡眠状态，像那次延展，是他以前经常能够做到的事情。他醒来时，西蒙兹写的东西已经在他头脑中以某种模式安顿下来，以某种无害的球体模式，提供着源生物和有意味的光的线索。他决定，什么都不做。如果西蒙兹是正确的，就什么都不用做。

这个证明是对的。三天后，他踏进学校回廊，看到了那个熟悉的白色衣边。那条灰色的腿踱进来，然后停住。马库斯抬起头望去。西蒙兹极为尴尬，点了点头，马库斯跟在后面。

“我们又见面了，”西蒙兹郑重地说，“你读过我的文章了吗？”

“读了。”

“那你对我们面临的任务的重要性略知一二了吧。我们必须得很机智聪明。我们的部分任务就是要揭示这项任务的真正本质，以及我们必须探索的意识的模式。我头脑中已经有各种向导带路计划了。我相信要折中。我们将进行各种传统的冥想练习。我们还要进行直接的思想传递实验。也许还要通过我们直接向奴斯圈传递彼此之间的思想。坐吧，小伙子，我来解释。首先要学习——这个很难，非常难——清空你的思维。”

马库斯坐下来。他交叠起细瘦的双手，然后顺从地弯下脑袋。卢卡斯的话、速度和数量都在增加，感激地倾倒出来，扰动着一个平时波澜不惊、太过清澈和空荡的精神池塘。

这里没有人去反思其中涉及的讽刺意味：用西蒙兹主张清除死去言辞和语言的杂乱和瓦砾的无尽的长篇大论，保护自己免受空虚的折磨，用西蒙兹主张他们将共同抵达静默之地的欢快的滔滔不绝的谈话，保护自己免遭静默之苦。

第二部

有关花的故事

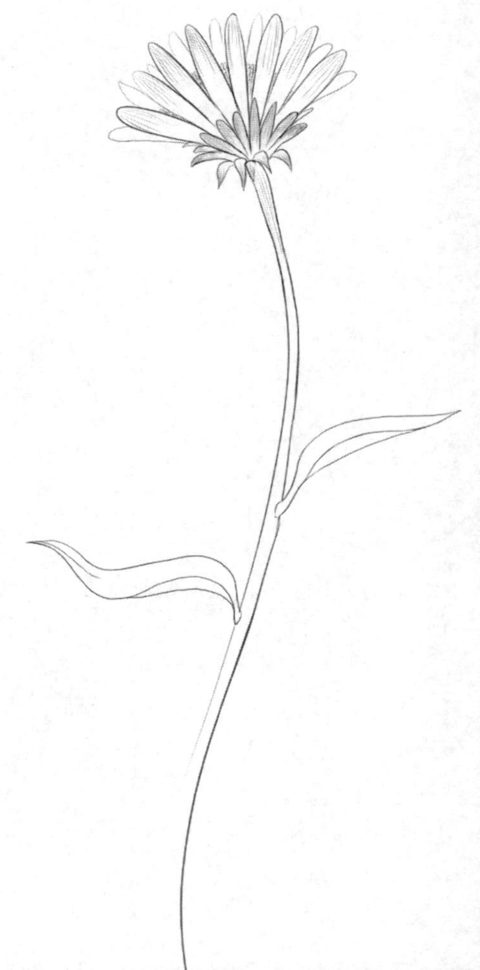

新年伊始

《泰晤士报》，1953年4月6日，星期一

日历复杂的循环，把今年的复活节带到今年它那自然而原始的位置。因为格里高利历法4月5日——没有改革前纪年的3月25日——是旧历新年元旦，现在习惯上只有国内税务局的局长举行盛宴，以示敬意。它强调的是今年第一个银行假日的意义，那就是，尽管天气预报说有冷风、大雪和雷电，它却为这个英国人记录下他不理会那些冷冰冰的思想时的瞬间。在反复出现的年度假日中，只有这个节日与过往做出干净利落的决裂，与圣诞节形成极为鲜明的对比，它的到来意味着几个星期不断加强的准备到了高潮。对城里人而言，无论如何，复活节整体上意味着突如其来的发现，即每年一度的春天的奇迹已经不知不觉地降临到他身上了。他出现在城市的大街上，那里季节好几个月慢腾腾地磨蹭着，乃至于好像没有变化，他发现，在乡下，所有再生的迹象顷刻间全都呈现在他面前——黄水仙在微风中点头，迎春花在路边闪烁，新的花蕾在绽放，鸟儿放开喉咙歌唱。明显在黑暗和停滞中暂停了很久的生命忽然很急迫，高涨起来，再次抽条发芽。信号

已经发出，人类的日常生活会很快改变，并与自然的复苏相协调。

“年老”与“年轻”——这些词是从人类生命的度量中取来的，而且不可避免如此。这里没有什么伤感的谬论，因为我们就是永恒变化秩序的组成部分，这种变化是我们观察到的，我们借此进行道德教化。这里可以没有时间的感觉，因为人在季节的流逝中看不到自身形象时，人类的大脑完全可以获得抽象的理念。

他那如花朵绽放般的自豪，如此败落，如此无常，
短短的时间将随着他
不断磨损的镰刀减少。

毫无疑问，希波洛克斯的儿子格劳克斯在特洛伊的城墙下并没有表达什么新颖的思想，因为秋叶坠落以及它们在春天的复活，那最可爱的微笑，荷马将其赠给维吉尔，但丁又从他那里接过来，传给弥尔顿。我们对史前半破解的如尼字母研究得越深入，越是被迫得出结论认为，当原始人反观自己时发现他不仅仅与落到地上的种子干枯的外壳共命运，而且神秘的是那颗种子也如此，它既必然死亡，又处于能量待发状态，那些在新年伊始再次涌现的绿色嫩枝同样如此。整个社会就是建立在这个概念之上，因为这条平行线总是自我超越，穿过个体的生活到家庭的生活，再到族群的以及国家的生活。

今年春天，尤其是这个原始意象，对我们来说应该具有最丰富的意义，因为加冕礼就是国家神秘再生的盛宴。我们已经度过了一个灰色和忧郁的冬天，因为自然灾害而显得暗淡阴郁，在我们的社会围绕其旋转的具有象征意义的个人轨道上，最近一位可敬的女王的离去，也使之显得更加黑暗阴郁。但是春天带着它每年一度的讯息来了，即所有的灾难和损失都会被新生活不可征服的力量超越。作为一个国

家，作为一个联邦，我们以年轻的女王为我们至高无上的个人代表，在她的加冕礼上，我们用古老的方式向未来献词，我们宣告我们的信仰，即生命本身是从死亡的阴影中诞生的，胜利是从无数次失败中脱颖而出，我们的本性能够做到的改变不是对我们暂时消散的否定，而是对它最深邃的意义的展示。也许：

永恒的万物都憎恨
被改变，但又被理所当然地改变。
它们并非从开始就被改变，
但通过变化，它们的存在开始扩张，
终于再次转向自己，
努力让自己通过命运日臻完美：
然后，变化不再能够统治和管辖它们，
它们却开始管辖变化，以维持它们的状态。

15

复活节

在那个极端天气频仍之年，复活节也显得反复无常，特别是在北方。西北下了场厚厚的大雪，个别地方，在美好礼拜五，在礼拜一复活节，还下了冰雹。在卡尔弗利和里思布莱斯福德，暗无天日的雨夹雹与透亮的阳光交替出现。

玩乐的人们暂时消失了。费利西蒂·威尔斯把注意力从粉红色丝带转向圣·巴多罗马教堂中殿那个可爱的小小的复活节花园的装饰上了。亚历山大买了辆二手的银灰色凯旋牌轿车开走了。他还买了张T. S. 艾略特朗读的《四个四重奏》[1]留声机唱片。弗雷德丽卡设法通过疯狂的集中火力和师生情谊的臆想借到这张唱片，在学校节假日期间播听。后来她以某种近乎驱魔的方式反复播放，直到没有音乐细胞的家人被那种反复重复的节奏逼得恼火得要疯掉。

1 《四个四重奏》是艾略特所作的四首诗集，其共同主题是人与时间、宇宙和神的关系。

复活节那天，斯蒂芬妮决定去教堂。为了遵守礼仪，她给自己找了顶帽子，一顶半瓜形的海军风格的丝绒帽，戴一绺面纱。穿戴着这个行头，拿一把猩红色雨伞在前面摇摇晃晃地画着圆圈开路，她穿过块块墓碑和湿漉漉的草地，奋力向前走去。

即便没有丹尼尔的问题，她也可能去教堂，她的出现可以让费利西蒂开心。她也可能去，因为她喜欢参加今年的各种典礼仪式。在别的复活节上，她曾染过鸡蛋，染成胭脂虫般的鲜红色，洋葱皮般的金黄色。她曾去过采矿小村，在各种酒馆的上层房间去看放在支架上的鸡蛋，那些鸡蛋印着扎染的图案，跟蕨菜和蕾丝花纹布一起煮，跟火红的短袜以及老旧的俱乐部领带、甜菜根、蜡烛和黄龙胆一起煮。比尔喜欢那种鸡蛋，但从不在复活节的时候现身教堂。当复活节来临的时候，斯蒂芬妮会接下这些任务。今年不同。她对丹尼尔很恼火。她想过来，在那里，在教堂，看他一眼。那里是他服务的地方。

丹尼尔曾弄得她很懊恼。他把自己那张神圣化了的大脸挤进她的两只膝盖中间，而且颤抖不已。他曾公然表白激情，又告诉她回家去，不理会那份激情。他曾在他那茶会式彬彬有礼、死亡的故事和礼节的大杂货堆中困住她，他曾弄得她感觉自己像个职业的鸡巴挑逗者。丹尼尔看到她在教堂时，会发现她很歉疚，而且彬彬有礼。当她看到丹尼尔在教堂时，她会确信，这一切太荒唐了，她以后绝不踏进这个教堂的门廊。

她自己的一个高三学生把一本祈祷书递给她。

她在后排坐下，靠着一根柱子，看着威尔斯小姐走进来，印着各种石竹的雪纺绸围巾在飞扬着，从碟形帽子上垂下来，像湿漉漉的蝴蝶突然出现在她的脖颈和鼠皮色华达呢衣服的纽扣之间。接着进来的是她弟弟马库斯和一个她隐隐约约认识的年轻男子，然后她确认，是那位奇怪的教生物的家伙，他曾在一次学校举办的圣诞节联欢会上，反复邀请她跳舞，在一件淡白色的夜礼服的后背上留下巨大的汗渍渍的手印。西蒙兹朝每个人都点头微笑，然后领着马库斯一起走到一排座椅跟前，像只母鸡带着小鸡，像国王的侍从带着一个王子。

斯蒂芬妮看到他们两个都跪下在身上画着十字时感到震惊极了。这是怎么回事？这种情况持续了多久？马库斯似乎不想看她，但后来也确实不再看了。

风琴呼哧呼哧地响着，声音自动升起来，然后发出撞击般的破裂声。唱诗班正步走起，拖着脚步走进来，用一种刺耳的声音唱着，但又被屋顶中纹丝不动的凝重空气抑制得很沉闷。跟他们一道来的是一个肥胖的牧师，丹尼尔穿着一件白色法衣走进来。埃勒比先生跟在这些人群后面，他打算发表复活节奉献讲话。丹尼尔的表情与音乐的欢庆氛围很不协调。他的两道黑色眉毛越过鼻梁相遇：看他那样子好像要做天谴威吓仪式。斯蒂芬妮能分辨出他的声音，一种粗糙的男低音，协调但并不悦耳。他的种种努力似乎偏向于要制造一种沉重的敲击声，与其他歌手保持一致。她并不打算跟着默唱。

他没有显得傻傻的样子，像她假设他可能会的那样，也许是害怕会那样。他同样没有像她想象的那样，似乎想用精神的能量把自己燃烧起来。她过来就是要看看那份能量指向哪里——她过来就是想看他祈祷。但他看着跟平常一样，阴郁，肉乎乎，结实，身穿白色麻纱，一件轻薄得像围兜似的东西。想到这儿，她暗自笑了。她在微笑的时候，丹尼尔看见她了。他盯着她，眉头皱得更深了，带着那种受到打击后又妥协的僵硬，他转过目光。接着，慢慢地，在后开口立领以及雪白的褶间上方，他脸色绯红发烫，血像火焰般透过黝黑的下巴赘肉燃烧到颧骨和眉毛上。斯蒂芬妮因为品味的失误感觉十分难堪。彩色玻璃上，更多的冰雹在噼啪作响。

大家开始唱起来，站起又跪下，诵唱着，轻声自语着，忏悔着。

斯蒂芬妮对基督教的讨厌像冰一般坚硬。她意识到自己曾经有点希望分享那些古代传承下来的传统。圣诞节让她很感动。《啊，来吧，所有虔诚的尔辈》，特别是用拉丁文唱的，曾让她对自己退出信仰和团体留下真正的悔恨。恶劣天气中那艰难的诞生，在雪中吟唱的金色天使们，话中有话却不能讲出一句话，这些她原本都喜欢听，感觉自己被过度的理性主义从有共同目标的人群的光和热中排除出来了。但是那个在清新的早晨的花园里行走的死人，却给她留下冰冷的印象。这样的群聚成就了那种说唱结合的赞美诗，像在发牢骚，而且声音尖锐得像粉笔在黑板上滑过，说唱着哀怨、无调、耐心、阴郁的英语。她被排斥在外。

也许英国的复活节有种令人特别不舒服的地方。本不可能把东方的血祭仪式和被肢解的上帝与英国的春天联系在一起，就像曾经有可能把冬至、移动的星星、冬青树、牛、驴子、闪光信使以及石冻般的大地这些北方的仪式都集中起来。复活节上的告诫有种火辣、野性十足的特质，它与温顺的杨柳以及柠檬色的毛茸茸的小鸡毫无关系，不过它可能跟已经被忘却的德鲁伊特人[1]的野蛮有一定关系。来自《出埃及记》的告诫与帕斯卡尔羊羔以及上帝有关，上帝夜间飞行，杀死了那些第一批出生的人和野兽。他指点人们如何在门柱上涂上污血，指点如何屠杀和蒸煮不干净的供物。第二个告诫出自那场天启，从阿尔法到欧米加，从头到尾，介绍人子，他白得像羊毛，像雪，长着火一般燃烧的眼睛，脚像炉中燃烧的精美的黄铜。那些人穿着在血泊中洗过的猩红和洁白的毛料，曾让几代英国人感到神秘和恐惧。但它来自异域。生命是一场真正的奇迹，斯蒂芬妮冷静的思绪继续驰骋着，死而复生将是更伟大的奇迹，如果相信的话；但是我们喝的血，在那个

1 古代凯尔特人中有学识的人所担任的祭司、巫师等。

被撒过香料的坟墓之外的阴暗、暂时的躯体，既不被相信，又不被需要，而出生时唱的天堂的歌谣，既被相信又被需要。我们的绿骑士们被劈裂的肩膀上长出新的脑袋，他们受惊的静脉流淌着新鲜的血液，郎兰格笔下的基督劫掠了地狱，像任何光临地下世界的英雄那样，回来时毫发无损。但是那些又是圣诞节的故事。英国的复活节试图将喻示清洁作用的仪式性屠宰与焕然一新相关联，象征着元气的复活，华兹华斯笔下的羊羔的跳跃，从光滑的密封的鸡蛋里浮现出毛茸茸的小鸡，从石头里变出活生生的金子。但是英国人的头脑秘密地受到了透明的大海、晶体墙、白色羊毛、铜脚以及耶路撒冷新君王的恐吓，在那个新圣城，春天永远不会再来，因为那里既没有青草，也没有冬天。

埃勒比先生开始宣讲圣保罗。他向自己的信众们保证，如果基督没有复活，教堂将不存在，他们自己将遭到诅咒，万劫不复。“如果模仿人的做法，”埃勒比先生说，调整了下他的眼镜，舔了舔干燥的嘴唇，“我在以弗所跟野兽搏斗，如果死者没有复活，那将对我有什么好处？让我们来吃来喝，因为明天我们将会死去。有个可怕的说法，”埃勒比先生说，拳头击打着讲坛的石头边缘，重重地击打着，“如果我们不相信基督现在还活着，这个自然过程被阻挠和改变，那简直太可怕了，一颗死亡的心脏还会跳，一双坏死的脚还会行走，腐烂会停止，然后会逆转，因此我们虽惧犹喜，我们同样会永生。”人们点着头，微笑着，就像他们每年都点头微笑那样，斯蒂芬妮感觉到了被排斥的每个阶段，从令人尴尬的失礼到冷漠的憎恶。

仪式结束后，埃勒比先生和丹尼尔站在门口，跟每个即将离去的教区居民握手。这时斯蒂芬妮才意识到自己不该来，意识到丹尼尔知道她过来就是想看他祈祷；她试图继续磨蹭。她闲逛到威尔斯小姐的复活节花园，花园附近已经有一小撮人聚集在那里，大声赞美着花园的美丽。

花园在经过精心挑选的本地石灰岩和花岗岩上堆砌起来，并且进行了景观美化设计，空隙用湿土填塞，并且用一块块青苔覆盖住。那座坟墓是一个倾斜的石板做成的四方形棚屋。里面，亚麻手绢被仔细地卷起来，布置得像裹尸布一样。外面，一尊陶制的天使，带一个银色金属丝的晕环，不太确定地略微朝一棵山楂树斜靠过去，它的双手呈祈祷或者狂喜状紧扣着。在那个小圆丘的顶上，同样是陶制品的基督站在淡蓝色又祥和的空气中，双手苍白暗淡。再往下些，圣母马利亚更加深蓝，追随着他向上前进的步伐，沿着一系列用闪闪发光的金属片装饰的迎春花。银镀玻璃做成的小池塘周围，环绕着丛丛春花，有雪莲花、木本银莲花、乌头，石头下面，它们的茎秆被绵羊毛包起来，放在肉浆盆中。在雕塑上面的石头上方，斯库拉[1]跟基督一样高，大张着嘴点头。斯蒂芬妮想起《两只坏老鼠》中的玩偶，斜靠着梳妆台不停地微笑。孩子们已经把供物在周围摆成一圈：鸡蛋壳、歌鸫鸟、黑鸟、行鸟、几只毛茸茸的小鸡，长着尖锐的铁丝般的爪子。威尔斯小姐跟以前一样，请斯蒂芬妮闻闻迎春花酿的蜜和酒。她照做了，又是那味道，纯粹的蜜，纯粹的酒，冰凉的泥土。

一个生疏的声音让她想起好多麻烦问题。卢卡斯·西蒙兹把他的肩膀从她的肩膀旁边插进来，为自己挤出一条路。他感谢着威尔斯小姐，好像她这样做是为了他好，为了那个小小的漂亮的花园，然后又跟斯蒂芬妮打了个招呼，说他认为这场布道活动让人非常开心。

斯蒂芬妮没有什么可说的。卢卡斯·西蒙兹总是笑啊笑，甚至比那尊瓷器基督和天使还爱笑。她无意中跟马库斯的目光相遇。正如丹

1 希腊神话中栖居锡拉岩礁上攫取船上水手的女妖。

尼尔总是脸色赤红，马库斯却很苍白。他的双手沿着大腿给自己的裤腿打着褶。这是她第一次看到他——至少明显是自愿的——跟别人在一起，她意识到，迄今为止，以她记得的而论这是第一次。这可是她所知道的，自从……扮演奥菲莉娅以来，除了日常活动，他做的头件事。

“复活节是胜利时刻，”西蒙兹说，“教会从来没有充分理解复活节的普遍意义。复活节，不像圣诞节，不像我们的实践活动对圣诞节粗鄙地假设的那样，复活节是这部真正的日历的核心盛宴。我们用复活节来庆祝——正如我们在这里，在这个小花园里如此愉悦地看到的象征符号所表示的那样——我们与被创造的植物，被割了后又长起的青草地，以及用收集的种子播种后收获的庄稼和谐共处。我们还用它庆贺精神的永恒、物种的永恒，以及我们不会失败的自信。对每个人来说，这场欢庆都有某种意味，甚至那些不信仰这个的人，那些并不遵照这个仪式崇拜的人。一个人必须在能够发现自己在其中的这个时刻和地点来膜拜。我以前从来没见你来过这里。波特小姐。”

“没有，我没有——来过这里。”

“很高兴在这个场合见到你，”西蒙兹说，好像这个教堂是他的。这种武断自负的口气，跟她记得的在里思布莱斯福德的“联欢会”上闲聊时的痛苦毫不相像。

斯蒂芬妮想，自己应该跟弟弟说点什么，以显得在这里相遇是很自然的——这个只有天知道，在这里，并不是这么回事。西蒙兹说：“我们必须开溜了，马库斯。还有工作要做。”

“这可是复活节啊！”威尔斯小姐抗议道。

“上帝的工作。”西蒙兹说，歪着脑袋，推着前面的马库斯走出教堂，“上帝的工作。”

斯蒂芬妮打量了下教堂，看到她现在几乎孤身一人跟费利西蒂在里面。她决定赶紧离开。

走到走廊上，牧师和助理牧师恭候着，埃勒比先生双手抓住她的手，说很高兴见到她，说他希望……声音逐渐细下去。丹尼尔伸出一只僵硬的手，碰了碰她的手。

“早上好。”他说，满怀希望地朝教堂里面看着，等着下一个客人出来。

“再见。”他说，看到已经没人了。

雨已经停了。斯蒂芬妮斜着穿过位于长着青草的土丘和倾斜的石头之间的教堂墓地，停下来，想看看一大束被扔进大理石碎片中被擦得光亮的骨灰瓮里的黄水仙。青草，黄水仙，紫杉，死人，马库斯。

她不知道自己是不是应该高兴马库斯有了朋友。他从来都没有交过任何朋友，从不带任何人到家里来。他们的家庭生活格外严酷阴郁，让这样的事有可能尚未被注意就过去了，正如她自己和弗雷德丽卡不情愿邀请朋友到家里来，也悄无声息地过去了。她自己是有朋友的。因为她为人温和，所以受欢迎，曾经跟女子协会一起搞过露营。弗雷德丽卡跟比自己年龄大很多或者小很多的女孩有过不少激情关系，这引发了灾难，绝交或者突如其来的厌恶。但是，父亲不可预料的乖张行为杜绝了他们带朋友回家的可能。他是个优秀的教师，可能会苏格拉底式地考问年轻的来客，对客人的观点和信仰予以奉承和控制式的关注。他可能就喜欢透过木板条的隔墙，尖叫着说，他需要在安静的氛围中工作，或者更糟糕的是，如果那个星期那种威胁已经用得太多了，他很有可能把吃的饭扔到她身上。

温妮弗雷德好像认为，他们过的是一种比这种任性的娱乐更加热烈和有意义的“家庭生活”，如果它果真发生过的话，渴望如此。

斯蒂芬妮想：我不知道，马库斯跟别的男孩在一起会是什么样子，因为我从来没见过他跟一个男孩在一起过。她想，那人纵然想跟他暧昧，这事恐怕也值得商榷，总比什么都没有要好些。但她不喜欢西蒙兹“上帝的工作”这个说法，不，有点格言的味道，有点炫耀，带点沾沾自喜的意思。她本来可以请教丹尼尔，而且也愿意去请教，性还不至于扰乱一切。她有种不太典型的自怜的感觉。她没有要求丹尼尔·奥顿变得面红耳赤，手忙脚乱，紧张激烈，吹毛求疵。她本来可以跟他的基督思想相安无事地共处，如果他能和自己保持距离的话。她曾经喜欢他，但现在这种感觉却被破坏了。这个念头以及关于马库斯没有朋友的想法弄得她有点内疚，感觉自己不该来这里。剑桥曾经想留她，她本来可以在新纽纳姆或者格顿学院擦得光亮的走廊上踱步，探讨济慈的诗律，以及如何保护初入社交界的聪明的年轻男女不要受到更加愚蠢的自我的伤害。她本来可以跟五六个或者可能更多的年轻人中的某一个结婚，他们会是未来的大学学监、公务员、教师和城市职员，甚至一个小地主，拥有一辆古色古香的劳斯莱斯汽车和一座古老的历史遗迹，急需一个女主人。她回到这个阴郁严酷的最底层，因为现实才是耐久之物。但是，马库斯在忍耐什么，现实吗？她这完全是在葬送自己的才华吗，在里思布莱斯福德严酷的泥土中？

她承认，她回来，部分原因和那些年轻人有关，因为只要从他们的床上摆脱出来，她就总是那么高兴。她不能再那样狂欢作乐了。另一方面，她也不能拒绝他们貌似想要的或者需要的东西。她感觉自己被利用了，而且如果真的是这样，那是她自己的问题。如果马库斯有一时荒唐的放纵行为，她希望这至少能给他带来些许愉悦，无论那表面上看来多么不可能。

她不知不觉中来到教堂周边的路上，现在就挨着祈祷室的墙站着，跟前是只大水桶和枯死的花环以及一束束枯萎的花朵构成的肥料堆。丹尼尔在坟墓间向她走来，已经脱掉了法衣。他在几英尺之外站住，不容置疑地问道：

“在找什么人吗？”

“没有。只是随便走走。”

“你为什么过来？”

“我不知道。看看怎么回事。”

“那你满足了吗？”

“满足？”

“那么，你看到的究竟是怎么回事？”

“我不知道，我不知道。我不喜欢那样。”

“我认为跟你期望的不同。”

“我的意思是，我坚信那完全不真实。我很痛苦。圣诞节对我来说还有某种意味——即便我不喜欢——可是这个简直……圣诞节至少还有它的真实性。”

“最终说来，事情要么真要么不真，”丹尼尔粗暴地说，“圣诞节和复活节也如此，要么此真，要么彼假。它们要么真的发生过，要么没有。你要么相信，要么不相信。它们可不是什么漂亮的故事或者美好的比喻，也不是民间传说，你是知道这个的。你是连一个字都不会相信的。你不该来这里。”

“你不能对随便什么人都说不要来，只因为有些东西他们不相信。那样的话没几个人会留下来。”

“这个我自有判断。而且我也没有对每个人都这么说。我是在跟你说。你不该来这里。”

他看着脚下的地面，坑坑洼洼，长满草。他的双手交叉着背在后面。

“如果你想——我来是因为你，如果我这样做了，我过来只是——想看看你，你信吗？试着去理解。那样不好吗？”

他弯着肩膀，好像脖颈疼痛。

“我发现不是很好。你能明白吗？”

“不。”她心里的那块冰沉重地垂了下来。她是个女人，出于常见的对别人感觉的敏感和道德上的怯懦，愿意无尽地勉强自己，不冒犯理智或者践踏那些坚定的信仰。对他，她不想那样做了。她尖刻地说：“不。其实，如果我真当回事的话，我会觉得整个过程让人恶心。一件寒酸的血红色法衣，一个童话故事，没有一个历史学家认可的真凭实据，一股令人反感的多愁善感遍布其上，就像涂了层糖。我实在不喜欢。”

“好吧，”丹尼尔缓慢地说，他阴沉地收起脸来，“你早知道你会有那样的感觉。我也可以跟你讲你刚才说的那些话。你应该敬而远之。”

轮到她生气了。

“这就是你想说的一切吗？你一点都不把我当回事，当回事了吗？我想什么对你来说不重要。我们不讨论这个了，哦，不要讨论这个了。你的做法显得好像我有点使性子，好像所有这些——困惑和尴尬——都是我造成的，好像我是你的一个罪孽。行了，我不是。我是——”

“好了。这样就公平了。我收回刚才说的话。全是我的过错。因为我太迟钝了。我不该在事情进展顺利时停下来，可是我太迟钝了。这样的事情以前我从来没遇到过，我已经告诉过你了。我看不懂事情是怎么回事。现在我看清了，我会好好处理，我会好好处理。”

“那我能做点什么呢？”

“忘了这一切。回家。”

他好像在独自仔细斟酌着。他拿出很重的善意说，让他自己和她放心，却不是让他们放心：“我下次会及时注意的。肯定会有个节点，你可以选择不让事情发生。如果你保持警惕的话，肯定会有。”

她同样迟钝。她用了激烈的言辞，释放出激烈的情绪。任何愤怒的表达——她经常小心地避开——都会让她恐惧和得意。她犯了双重罪过，冒犯了他的感情，又打破了自己举止温柔的规矩。而他只是俯就她。她满怀怒火，采取了想接触他让他烦恼的奇怪方式。从道德上讲，他是对的，她站不住脚。不过，她慌忙越过割过草的坟包，焦躁、着急地扯着他紧扣的双手。她忽然清楚地回想起他的脸埋在她双腿间的情景。他紧绞的手骤然松开。

“如果这事继续这样的话，”他告诉她，“我就会彻底离开这个地方。你难道看不出来吗？我不想离开。”

“你对待我就像我不存在。”

“现在我倒希望你不要在这里。”

“你跟你口中的我一样糟糕。你现在没有必要离开这里。你可以听之任之。”

“我想把事情弄清楚了，”他说，带着可疑的权威口吻，“我做了祈祷，我想过了，我慢慢明白，我这是在为曾经幻想那些自己没有的东西而付出代价——那些隐秘的需求，太多的性，等等。

“我很迟钝。我很迟钝，但不该再做任何伤害了。”

“你真是惊人地以自我为中心和自负。”

“你已经跟我说过这个了。也许我们两个都这样。我还有权利再问你一次——你现在想从这件事中得到什么？你为什么还在这里？”

“我告诉过你了。”

“我说过，你不该来。”

听到这话，斯蒂芬妮转过身，开始穿过草地匆匆离去。

丹尼尔其实对自己刚才说的话没有做任何预想，他也没有祈祷，没有思考，并没像他说的那样，他仍然被在这里看到她的那种震惊弄得有点不知所措，差点吼叫着命令她站住，好好想了想，还是让她走吧。他本想把她摇晃到她的牙齿咔嗒打战，然后把她压到条椅上鼓捣。然而他却踢开树叶，踢开那堆肥料上生锈的花环铁丝，以及垃圾堆中被丢弃的枯死的咖啡色黄水仙、腐烂和污秽的玫瑰、鸢尾花。他做宗教活动穿的鞋子已经湿了，沾满泥巴，上面散落着紧贴的枯死的花瓣。斯蒂芬妮回头朝大门望了眼，看到他还在那里，阴沉凄凉，结实庞大，正在把枯死的根茎踩进地里。

16

催眠学

斯蒂芬妮从一场水淋淋的梦中醒来，听到一阵水流淌的声音。梦中，她站在一个光秃秃的房间，只有石灰墙和木地板，挨着一张放在支架上的木工桌，只是出于幻觉，对什么人解释说，这幢房子建造得很好，建造得很结实。窗户框架干净清爽，但没有涂漆。房间充满阳光，但她朝窗外望去时，看到的却是茫茫夜空，激荡，兴奋，她慢慢明白了这不是天空而是大海，时而最大限度地高耸起来，时而阴郁地沉落下去，摇晃起来比她的房屋还高。她走到窗口，向外望着，看见，或者知道——也许从她站的地方，她其实看不见什么——房子矗立在沙丘上，沙丘已经被不断进犯的水侵蚀出一个大大的弯角，窗户下的水被光照亮，所以她可以看见沙地呈湿漉漉的楔子形不停地断裂，不停地消散，流失在旋涡般的沙粒流中，像黄色的迷雾。有稳定的湿沙不断溢出的声音，海水拍打的声音，还有不祥的树木吱吱嘎嘎的声音。在房子开始移动之前她就及时醒来了。她想，这个梦，有点像那个所有人的牙齿都碎了，豁着口的梦。她也反感做梦都像《圣经》中的寓言牵强附会。但是，这声音却很顽固，是一种湿漉漉的声音，一种木头吱吱嘎嘎响的声音。她的房间跟马库斯的房间紧挨着，她的床头隔着墙壁是马库斯的床头。这声音总是不停，她于是起来想看个究竟。马库斯的门下映出一条光带。她敲了敲门。马库斯没有应答。她试着转了转门把，然后走进去。

马库斯在床上躺着，阅读灯还开着。那声音是长长的气泡般的呜咽声，混合着床铺发出的间歇性的吱吱嘎嘎的声音。她轻声叫着他的名字，没有应答，她慢慢地再靠近些。

他来回转动着脑袋。他闭着眼睛，使劲闭着，好像在抵御阳光。他的眉毛皱着，嘴巴被扯得张开。他的整张脸汗涔涔的，半边枕头也湿漉漉的。斯蒂芬妮看着他的时候，他的眼睑下面迸出更多的泪水，溜进张开的嘴巴里。他的头发也湿漉漉的。床边的地板上有好多纸，呈扇形铺开来，上面画着几何图和简陋的火柴棍般的人物、树木、建筑，用不同颜色的箭头或者链条般的线条连起来。还有一本练习册，上面有个标签写着：催眠幻觉。她没有去碰这些纸张，而是把一只手放在他的肩膀上，等他还没醒来又没停止哭泣的时候，她坐下来抚摸着他的头发，卷起围在他下巴上的被单。他闭上嘴巴，不再哭泣。他重重地叹了口气，痉挛般地拉起膝盖，把脸埋在枕头里，好像一心要安安静静地睡觉了。过了会儿，她又回到自己的房间。

一连两三个晚上，斯蒂芬妮都听到同样的声音，又看到他在一间亮着灯的房间里泪水涟涟。第二天晚上，她被不同的声音吵醒了，在胡乱摸寻，一声重击。她以为会听到抽泣声，但什么声音都没有。不过，她听到马库斯的脚走过地板，然后听到窗户被推开。她在黑暗中走到自己的窗户前，看到黑暗的花园中，马库斯房间正方形的光块照在沥青路和黑魆魆的草坪上，接着她看到马库斯的身影在光上移动，很担心他想从窗户跳出去或者掉下去。但是他又轻轻地走回去，然后光也随之消失。她听到马库斯小心翼翼地下了楼。她又走到窗户前，盯着黑暗。过了会儿，她辨认出，在花园门口，有个静止不动的驼背人影，穿着雨衣，等着，月光下面色煞白。斯蒂芬妮静静观察着。马库斯提着自己的鞋，双脚穿着袜子走进去，穿过花圃，从侧面看过去，他的肩膀上有个隆起的包，可能是背着个东西。两个人影没有等待，没有触碰或者说话，迅速转身离去消失在黑暗中。斯蒂芬妮走进弟弟的房间。床铺收拾得干净利落，一本比格勒斯系列书《月光下的比格勒斯》放在床边。没有看到别的东西。没有纸张，打开的衣橱里没有扔在旁边的睡衣。他是在梦游这个担忧的念头在她脑子里奇怪地挥之不去。很明显可以推断出，他没有梦游，也可以推断出这是件预谋好的事，他在为一场相会做准备。

斯蒂芬妮没有听到他回来，但是第二天早晨，有点像鬼魂般，他却来吃早餐了。他只喝了茶，没有吃任何东西。斯蒂芬妮什么都没说。

卢卡斯·西蒙兹的创造能力和领导才能遍地开花，而且非常茂盛。他尽可能地记录下马库斯意识的每时每刻，以及他自己的意识的每时每刻，包括梦、幻觉、冥想的片段、意外出现的东西，任何意想不到的频繁的巧合都可能会被分离出来，加以特别关注。他经常说，他们不知道，实验的领域究竟是什么，所以他们尽可能把网撒得更加宽阔，这样就绝不会有任何信号或者信息从他们的指尖溜走。

对已经被全面的回忆和诡异的闪烁或者具有威胁性的有某种意味的对象联合起来困扰的人来说，这可能是，而且在很大程度上就是，一种隐蔽的折磨方式。那些他能够织进交叉参照的有序的几何网络的日子，那些被线索串起来的思想的黑白网格，它们被视为人行道裂缝，可以安全地行走，现在变成了地毯、自行车、桂树丛、风信鸡、警察、天使、空中飞行者构成的色彩鲜艳的幻影集，所有这些，深蓝色，镀过金，风信子色，带着光洁斑点的绿色，可能都是天堂来的信使，地狱来的异兆，神圣模式的象征，凝视这些东西，它们会向这只裸眼投降，向他的，向马库斯的，具有立体视觉的眼睛屈服，呈现它们必不可少的内部构造或者简单的信息，并以编码的形式，分子的、基因的、热能的形式激增，这就像燃烧灌木和上帝的臀部，会说出永恒真理的关键，借助这个，他，卢卡斯·西蒙兹，里思布莱斯福德，卡尔弗利，英格兰，以及谁知道还有别的什么，可能会、将会，变得崇高，并且受到启迪。

没错，存在某种方式，可以保护那些令人可怕的光彩夺目的事物或者这些东西和人物即将消失的精彩部分，它就存在于这样的事实，得把它们写下来。强迫性的坚持记录是对这些几何性优美的部分替代，保护他不要受到看得见和看不见的东西的影响，在卢卡斯面前。写甚至画出某些东西时，将它们以马库斯怀疑西蒙兹不知道的方式中性化或者藏起来，因为他认为，对西蒙兹来说，在把它们写在纸上之前，这些东西没有生命或者意义。西蒙兹可以用很精准的比例专业地画出对称的细节，这会让马库斯简陋的记忆术，如示意性地标出僵硬的人物，绘出牛排的侧面或者洗脸盆的漩涡，看着像远在拉斯科洞穴之前的某种原始人的涂鸦或者草草画就的咒符。

有那么两三天时间，他们同时看到了成群的椋鸟飞行，它们旋转着，鸣叫着，飞越过多变的复活节时节里蚌壳和珍珠似的天空。马库斯试着用圆点和跳跃的V字来描绘这些鸟儿来去的模式。西蒙兹画了个彼得·斯科特式水彩上色的幻觉画面，在一片鲜红色和婆婆纳属植物般的天空上，一群真实的鸟在一片马尾云前盘旋着。当他们重新调整了马库斯画下的一条飞行路线的比例后，这条线从卢卡斯的画面上方滑过去，完成了马库斯那个内部互相交织的漏斗形图案，他们被这些画搞得非常兴奋。卢卡斯给马库斯借了本有关椋鸟群居习性的书。马库斯开始观察椋鸟，它们在“边地”上闪闪烁烁，腾腾跳跳，长长地扯着、咬着灵活的虫子，他也希望能暂停工作。

与此同时，他又开始着手搞马库斯的幻觉或者精神病或者精神史的细节调查。这回不同以往，没有紧张地询问马库斯，试图参与分享他的幻觉。在做这些研究的探讨期间，他们各自坐在桌子对面。马库斯陈述着涌进记忆的东西。卢卡斯把它们写下来。用这种方式，他又引出延展、数学景观、奥菲莉娅、破碎的花环、管道安装和建筑的某些零件的禁用、乙醚和哮喘封闭的图纸笼。马库斯事后偷偷回想的时候，一点都不喜欢卢卡斯在审问期间的那种态度。完全相信一个人这样的经验对他来说还如此不习惯，他尽量去适应，接受这个权威，同时排斥所有其他的权威。信任有很多其他原因，这个可以以后再说。他接受了卢卡斯性格中显而易见的变化无常，认为可能是新纪律的必须要求，或者是接近他平常回避的人所必须的。如果他这样想，而事实上没有，他应该会得出结论认为，由于跟比尔一起生活，他习惯了性情如水银般的变化无常。他无论如何没有个性上的判断，而且也没有准确的词汇来标示这样的变化无常。

他看待这些差别就像各种不同的脸。那张进行几何沉思的卢卡斯的脸是圆方形，长着蓬乱的灰白色的头发，卷曲，还有一对大眼睛，一张变化多端和活力四溢的嘴，平常总是张着，但是长度或者角度都不固定。那是一张红彤彤的脸，总有汗珠在上面闪耀。那张考问的脸要长很多，要更黝黑，更偏褐色，更加僵固，有个噘起的嘴疙瘩，眼睛细小，黑色头发更加光溜，总体上有种不屑一顾的恼怒的气质。第一个卢卡斯很乐意被告知他看到了什么。第二个卢卡斯总是吼叫着说出急迫又神秘难解的问题，用一根铅笔不停地敲击着牙齿，回答时顶多说些“嗯哼”或者含含糊糊的德语说的“这样”的话语来提供信息。第二个卢卡斯偶尔问问比尔或者温妮弗雷德的情况，或者他是否记得自己的出生，或者自己是否有什么“幻想”或者“针对自己做的实验”。马库斯认为，他从这些问题中不会获得多少快乐，因为，当被问到各种关系时，马库斯选择不去谈论这些关系，摆出一副迷茫不解的表情，因为当提起这个话题的时候，卢卡斯自己都对他想知道的这些幻想或者实验的本质不甚了了，马库斯可以装出一种空洞的天真或者无知。这会加强审问者卢卡斯语气中的讥讽味道，他似乎认为马库斯有种任性淘气的顽皮劲儿。在这个问题上偶尔几次小规模的冲突通常以重启其他更容易让人接受的卢卡斯的脸而结束，这样当开始理解这个游戏的时候，马库斯会用日益炉火纯青的技巧挑起这些问题，然后又拖延它们。

还有第三个卢卡斯——至少是第三——他的存在极大地让另外那两个卢卡斯的行为复杂化了。这位卢卡斯首次出现在他们对一组割草的照片产生分歧的时候。那件事不是偶然发生的，两个人在三月是不会——正如马库斯兴奋地指出的那样——同时都看到干草地出现在那里，而且看到的干草地一模一样，除非是故意的。如果不是偶然，他们就会抗拒去处理，或者洗出来，最终，卢卡斯声称，两个人都累了，不妨喝杯茶。做茶的卢卡斯，以及随后做咖啡和可可的卢卡斯，就换上了第三张脸，愉快、正常，专心地竖起耳朵听着各种八卦传闻，热切又温柔。这位卢卡斯拿出大大的黏糊糊的水果蛋糕、黄瓜、沙丁鱼三明治、烤茶点，而且愿意你来我往地聊天。巴罗·米诺的粉刺，博物馆的景色，埃蒙德·威尔基不良的道德影响，亚历山大·韦德伯恩后期开始有点声名时的懒散。他提供给马库斯的除了悉心照顾、八卦传闻、关爱，还有蜂蜜、牛奶、苹果、干果，有点类似延绵不断的欢笑的雇工宴会，后来这种方式又演变成宿舍的盛宴。

这种演变是因为对时间和空间的掌控。起先，当卢卡斯把马库斯白天的时间抓在手里的时候，他晚上的日子就不好过了。如果说，分享有关无法触摸到的东西的烦恼令他稍感慰藉的话——特别是，当这样的分享又伴之以茶和松脆饼——那么他为此付出的代价是噩梦。他讲的其中有些东西，像那个梦，他被固定起来，在一个空间的中心旋转，从他的手指中流出的是纺织好的线，纺线有时把他变成一个十字记号，然后又变成一个机械化处理过的茧，在一个松散的网络的中心，这个东西既给他提供完全支撑的空间又将其窒息。另外一些梦，像那个梦，在梦里他被痛苦地挂错了，挂在一个高高的铁钉上，而且就要升起来，一次又一次，一次又一次被卢卡斯打得死去活来，这个梦他没有讲。卢卡斯说不利的影响正试图在晚上闯进来，当他们日益强烈地控制那些白天的时间的时候。卢卡斯说，纪律、自我控制，几乎是一切问题的解决之道。马库斯必须学会定期经常性地自我警醒，去阻止任何事情，或者任何人，不经他同意地控制自己有价值的意识。当他自我警醒的时候，必须写下自己梦中的东西。马库斯试了。他醒来时发现自己泪痕未干，更加糟糕的是，生理问题抑制住自己提不起一根手指写下任何东西。他梦到很多容器，曲颈瓶、烧瓶，充满了液体，富含酒精，容易挥发，这些都爆炸了，浓烟弥漫，液体泼溅开来。卢卡斯再次兴奋起来，宣称他也梦到了很多玻璃容器，但是那些东西稳定无恙，而且慢慢地被注满了水。他说，如果他们晚上也像他们白天那样观察自己，他们会再次获得控制力……马库斯梦到一只孔雀，凶恶地尖叫着，碰撞着一块岩石上的玻璃容器，就像一只画眉鸟撞击一只蜗牛。卢卡斯说这真的太有希望了，真的太有希望了，他坚信孔雀是某种炼金术的象征，也许有裂缝的玻璃就是开裂的鸡蛋。马库斯说，画眉鸟杀死了蜗牛，然后吃了它们。卢卡斯说，马库斯就像一只蜗牛，他藏在自己身体中，不肯看外面的世界，只看他能看得见的，真混账。马库斯说往外面看的蜗牛相对蛰伏的蜗牛，会更快地被吃掉。他说完这个笑话后露出苍白的微笑，卢卡斯说：“好伙计，打起精神来，我今天晚上要到你家花园门口，准时得就像鸡蛋就是鸡蛋，曲颈瓶就是曲颈瓶。我们到时一起观察，一起祈祷，然后按照要求去做，你会看到我们能不能做到。”

第一个晚上，卢卡斯在窗户上零散地铺了好多石子，跟马库斯头脑中的一罐黑色毒液爆炸契合了，那东西把一切都像云雾般罩住，放出来时，像章鱼吐出的墨汁。他匆匆忙忙起来，穿着雨衣和睡衣盲目地冲出去，撞上了他的朋友，后者伸出一只手稳住他。马库斯疯了。

“不要那样干。千万不要再弄出那样的声响。千万不要那样冲撞。否则我会……如果你认为我不清醒，或者我认为你不清醒，整件事情就会搞砸。”卢卡斯拍着他的胸脯、他的肩膀、他的上臂，弄出安抚和道歉的声音。他陪马库斯穿过黑洞洞的边地回学校去，稳住他摇摇晃晃的步子，那地方崎岖不平，他引导着他，抓着他的胳膊，走进大师园后面铁道桥那边黑暗的通道。他兴奋地叽叽呱呱地说起马库斯提到的车厢，说边地真是一片力场，他自己有了切身体会，他坚信大地在活动。

他们来到幽静的万神殿，那里还有灯光，他突然让马库斯自己走，好几回把双手插进自己的头发，推进亮色的那面。他用钥匙打开各种各样的玻璃门，然后沿着黑暗的过道小步快跑着，经过熟悉的观察箱和真菌箱，最后打开那扇门，走进自己明亮而燥热的卧室，位于亚历山大的房间对面的塔楼里，装饰没有什么太大的不同，但是布置着西蒙兹自己的照片和东西，包括非常精致的海上船只的照片，船只后面跟着随意的波纹，还有几张犁过的田里的海鸥照片，一张巨大、暗淡的达利的《十字架的圣约翰的基督》的画片，壁炉上方蜷缩着亚历山大的《达奈德》，两玻璃箱蝾螈和加拿大池塘草，一张达拉谟某个博物馆里收藏的西藏曼陀罗的复制品。房间散发着运动员的气息，一种塑料鞋底、汗湿的袜子和衬衫释放出来的体味，潮湿的羊毛和泥土的味道，这对他们两个来说都太熟悉了，谁都不加以评论。但是，马库斯潜意识里却被这种气味消除了疑虑。西蒙兹在壁炉前放了张瑞典产的破织毯，带着欢快的基本色，以大红、柠檬黄和剑桥蓝为主。他的椅子里铺着同样颜色的小小的方形硬垫，但布料却不同。它们很显然是特意被选来要跟地毯搭配的，效果却正相反，这样的搭配非常不成功，足以在马库斯心中激发出某种感觉上的不适，他不停地打量着这件、那件东西，想从中找出它们之间的平衡或者主调关系，尽管对任何和而不同的对立物来说，它们都太相似了，就算尚未相似到令眼睛舒服。这个问题暂时被消除了，因为西蒙兹为了制造出某种居家或者亲密的氛围，关掉了所有的灯，只留一个，一个巨大的台灯，这盏灯用小口大玻璃瓶做成，被藤罩保护，带着一个深暗的蜜色灯罩，上面用黑颜色装饰着成群的小逗号或者有机物，或者曲别针，这些东西在积极向上的泪珠形云雾中旋转着，朝上方的边缘运动，但它们又始终触摸不到上方的边缘。这盏灯在炉边照出一圈暗黄色的光，把垫子简化成颜色的暗影。西蒙兹坐在壁炉的地上，他在那里安了个环形轻便煤气炉，做着可可，从一个陶瓷冷却器中倒出些牛奶，从一把壶里倒出水，然后放上杯子和汤匙。他给了马库斯几片巧克力易消化饼干，鼓励他要保持充沛的精力。他脱掉自己的橡皮布防水衣和法兰绒衣服，最后露出条纹睡衣。他把自己裹在一件男士海蓝色长袍中，然后扔给马库斯一条毛毯绕在肩膀上。他们一边喝着可可，他一边开始讲起有关那些照片、自己在海军的经历，一系列关于机油、战友、纪律、小空间的蜿蜒曲折的回忆，提到对比鲜明、巨大浩瀚的夜空，还有那宏伟的漂浮的冰山、可怕的密闭拖锚、企鹅群、令有机物适应极端严寒和炎热天气的背后的力量、人类发明船壳在冰下航行所用到的技巧。马库斯在火炉边被那条裹在身上的地毯、灼热的可可以及专心致志的聆听弄得昏昏欲睡，他点着头，又忽然惊醒。西蒙兹观察到了，却仍然保持着全副热情。马库斯会在他的卧室里，蜷到他的床上，就那么蜷着睡过去。他，西蒙兹会看着，会看着他，如果他流露出任何可能中断一场梦的兴奋迹象，他会摇醒他，然后替他记录下来，他们可以用这种方式完成工作和任务要求，而马库斯会很安全而且也会得到休息。他自己倒无关紧要。他可以睡得很晚，等看到马库斯回家后，砰的一声倒在床上。那是假期，他无事可做，他能消耗得起。他可以在天明的时候叫起马库斯，看着他穿过边地。他们可以一起看着黎明到来，那会很不错，也许可以领悟，严格地领悟，考虑到太阳在设计中的位置，用松散的隐德来希的语言，领悟对人来说始终是很神秘的瞬间，在这个他每天第一次跟太阳接触，如此陌生又熟悉的时刻，难道马库斯没有想到吗？马库斯没有想到，他点着头，摇晃着身子，卢卡斯抓住他的肩膀，把他推进卧室，专注地看着他爬上那张窄窄的床，把自己的身躯蜷成平常的那种小疙瘩，躺进早些时候卢卡斯身体在床单上留下的那个坑窝里。

在床上，他迅速沉睡了。沉睡是最准确的描述；他感觉自己在愉快地垂直下落，穿过羽毛般飘动的黑暗不断地沉啊沉，处于一种自由落体状态，他知道，在那样的黑暗中是安全的，他知道这是一场梦中坠落，不会有事，不会结束。通常，如果他发现自己在梦中朝错误的路线往上爬，就会被间歇性地对自己处境的理智判断折磨得痛苦不堪，即意识到他没有用来在屋顶行走的吸盘，意识到这里肯定有个坚硬的底，抵达那个井，或者通风井，他降落得如此漫不经心，但是在这里他感觉是安全的。他醒来时发现卢卡斯正在摇晃他，几乎粗鲁地告诉他，虽然他睡得这么香甜，卢卡斯看不出有任何理由打扰他，但他还抱有希望，他们在接下来的机会中可能会表现得更好。

当然，不出所料，他们的确做得很好，好得马库斯开始患上了严重的失眠症。像卢卡斯的其他服侍一样，温暖、可可、床铺，最终看来是加剧了问题的恶化，就像那些他提供的临时庇护所或者救济出现的问题。如果说卢卡斯在他胳膊肘下面坚定抓住的手完好无缺地引导着他穿过边地，既不延绵也不破碎，也不用过于害怕；如果，注意力主要集中在智力上令人倦怠和频繁得没有意义或者令人糊涂的精神练习，他不再被光的大海或者超声喇叭侵犯，那么一系列被有条不紊毁掉的夜晚，无论舒心地伴随着什么样的物质支持和精神愉悦，开始像在一个洗脑单间中度过的夜晚那样影响他了。他的眼球后面有道寒冷粗粝的光，甚至在黑暗中，他看到了星星，不是天上的，而是生理上的。他听到了呼啸的风声，不是风神埃俄罗斯的，而是无线电噪音在他真正的耳鼓中爆裂。你看到了什么，你看到了什么，各种声音在甜言蜜语地诱惑着，吟唱着，威胁着，恳求着，热情地等待着。他希望不要做出任何回应，在他温柔的睡眠中，他也不能体面地回应。但是这些温柔的睡眠如此短暂。

所以这是斯蒂芬妮第三次发现他，凌晨五点钟，像展开的鹰般躺在楼梯上，他的脸像前几次一样湿漉漉的，睡衣的腿下面，沾着露珠和草丝的鞋袜闪闪发光，她的第一个念头就是把他挪开，别挡住比尔的路。她的第二个念头是他现在瘦得像稻草人。她轻轻地摇了摇他的肩膀。他说，别，别，别，别，别，别，发出不断升高的抗议声，并且全身开始颤抖和痉挛，所以她不得不抓住他的两侧腋下，阻止他滚下楼去。他开始轻声咕哝：

“鞭打各种东西，打成非常有序的轮子的形状。变成各种坚硬的形状，可能是石菊。光在旋转，不断地不断地转着圈，然后硬化成石菊。很多小小的……很多小小的……小小的……我能停止吗？”

“马库斯，安静，马库斯。”

“羊毛，哦，白色的羊毛，黄色的羊毛，红色的羊毛……”

斯蒂芬妮摇着他。

“轻点。”他说，然后醒来，盯着斯蒂芬妮，认不出是谁，然后又向下滑了一级台阶。

“起来，马库斯，否则爸爸……”

他像通了电般立马站起来，但又摇摇晃晃，然后走上楼梯。斯蒂芬妮跟在后面走进他的卧室。

“马库斯，出什么严重的事了吗？我能做点什么吗？”他脸蛋上全是泥巴，脏兮兮的，像哭着揉过眼睛的小男孩弄上去的。他盯着斯蒂芬妮不回答。

“看来真出什么事了。”斯蒂芬妮说。他振作起精神，使劲皱了几下眉毛，斜靠在紧握的拳头上，像他以前哮喘发作时做的那样，然后用微带绝望的声音告诉斯蒂芬妮，她既不知道这天，也不知道这个时刻。然后他别过脸，扑倒就睡，斯蒂芬妮看到此情此景判断，最明智的做法是别叫醒他。

17

牧师职责手册

斯蒂芬妮绕道去了趟主教宅邸。她直接爬上楼梯，敲了敲丹尼尔的房门，然后才恍悟，一个如此忙碌的人不大可能在里面。但是，他却出来开门了。他穿了件宽大的白色渔夫羊毛背心，配了条绿色灯芯绒裤子。他看上去蓬头慌乱，无论外形还是表情。

“哦，你啊，有事吗？我能帮你做点什么吗？”

“我想听听你的忠告。一个宗教方面的问题。至少，我觉得是宗教问题。”

“你不会有宗教问题。”他粗鲁地说。

“不是我有宗教问题，但是我觉得我需要应付它，而且我觉得可能会发生可怕的事情。”

“好吧。”丹尼尔说，“进来。”

他的房间在白天的日光下显得比黑暗中更加凄惨，那种荒凉的杂乱更加突出，燥热和暗影神秘消失了。丹尼尔找了把椅子给她，然后在她对面坐下，双手放在膝盖上。

“好了，”丹尼尔说，“告诉我吧。”

“是我弟弟的事。我看见——那次去教堂，我看见——他跟那个男的在一起，西蒙兹，里思布莱斯福德教生物的那个男的。他老说什么上帝的工作。我想你可能知道在发生什么事儿。”

“你认为在发生什么事儿？”

“我不知道。我想也许跟宗教有关……宗教……我不知道。我想说，显然，我不在意那个，就其本身而言……”

“你在意。可是你不想干涉。接着说。”

“总之，不管什么事吧，都已经对马库斯产生了非常可怕的影响。他体重减了，睡觉时不停地哭泣。我进屋里观察过。他经常夜里出去，我相信是跟西蒙兹在一起，我看到他在黑暗中像条狗般等待着，像查泰莱夫人的情人……嗯，我也没有必要在意那个，可是……”

“原则上你什么都不在乎。可是——”

“不是，你要见到了他，你就不会嘲笑我这些没用的放肆观点或者不管什么。他情况很糟糕，而且生病了。如果只是处于暂时的同性恋阶段，我真的不会在乎，我甚至觉得那可能还会对他有好处。”

“或者甚至不是暂时的阶段？”

“别嘲笑我。他从来没有交过一个朋友，丹尼尔，他从来没有交过一个朋友，没有任何朋友。我来找你，是因为我觉得你可能知道点什么。”

“你把我置于一个很为难的境地……”

“求求了，你我的事就暂且不说了。这件事实在太可怕了。”

“我压根儿没想过那事。别往我嘴里硬塞我没说过的话。我处境为难是因为卢卡斯·西蒙兹已经和我讨论过，嗯，这事。我不能泄密。”

丹尼尔看到她脸色绯红，注意到她对自己极其疲倦了，感觉到了这份苍老、坚定、暴烈和徒劳的爱恋。

“你就不能——如果是那样的话——指点我可以做或者说点什么吗？我不能让他继续这样下去。”

“不能。我不知道他怎么样。有关他的情况没有任何可说的。”

他回想起卢卡斯·西蒙兹那次奇怪的忏悔或者陈述或者预言式的吐露，他当时就坐在斯蒂芬妮此刻坐的这个位置，讲得很快，但是没有像她那样，用迷惑的眼神盯着他的眼睛，而是对着天花板和窗户喋喋不休，叽叽喳喳，一只手放在另外一只搁在裤裆位置的颤抖的手中。

丹尼尔说：“另外，当然了，还有很多人来告诉你一些事情，他们想告诉别人某件特定的事情，想来说说这件事，可其实自己却没法讲清楚那件真正的事是什么。有些人拐弯抹角，部分原因是他们不敢说，部分原因是还没准备好相信随便某个猜不出他们究竟想暗示什么的人，部分原因是因为他们不知道自己究竟想说什么，而且希望，如果他们继续说下去，自己会觉得事情变得清楚起来。他们不太关心事情对我来说是否清楚。所以在某种意义上，我不是一个读心者，我可能并不像西蒙兹先生可能想的那样知情。我不知道有什么权利将我猜测的东西转告给你。”

“听上去好邪恶。”

“我不知道。我不认为跟性有关。或者至少，他用他的方式告诉我不是那样的，他告诉我他不赞成性。他似乎主张独身。他谈了很多有关纯洁性的话题。他其实都没提到你弟弟的名字，只谈了些别人的事。我的意思是，他说他确保没有伤害别人。至于什么样的伤害，并不清楚。”

“马库斯讨厌你——讨厌任何人——触摸他。甚至还是婴儿的时候，你都不能搂抱他。他有哮喘病。”

一阵尴尬的沉默。丹尼尔想起西蒙兹那断章取义的大论，那些谈话已经触及到了对他者的种种危险，来自乞求神助或者不纯洁的东西释放的灵力，已经明白无误地声明，教堂有各种方式可以容纳这样的力量，而且闷闷不乐地抱怨教堂已经为了僵死的外壳和空荡的回音建筑，放弃了鲜活的宗教的力量。他们也额外谈论了关于贞洁、科学、意识领域、他者的高超力量、西蒙兹自己已经知道的缺点等问题上。对丹尼尔想质问的企图，他总是抱怨说，丹尼尔已经知道了他需要知道的全部，如果不知道的话，别人会认真告诉他，他必须观察和祈祷。最后，过了四十五分钟这样反反复复又扼要的演讲时间，他突然感谢丹尼尔的智慧和忠告，然后就匆匆离去。很有可能他的感谢是讽刺。同样有可能，他假设他已经成功地把自己的负担卸给丹尼尔了。

要跟斯蒂芬妮说的却是另外一码事。

“我觉得，这事跟宗教实践有关系——祈祷词啊幻觉啊诸如此类的事。但是，好像又跟科学实验有关。他好像担心实验对他者的影响。我真的不知道他是不是指马库斯。我可以问问，如果你想让我去问的话。我不喜欢插足别人的事情。”

“无意识的伤害幅度范围是很宽广的。我理解不了这个，马库斯从来，从来没有显示出任何对宗教以及所有这些东西感兴趣的迹象。我看不出有什么东西能入他的心。”

“也许像你说的，他需要一个朋友。也许他其实一直需要宗教，而自己不知道这点是跟他受的教育有关，直到宗教被带到自己的注意力跟前，像现在这样。有过这样类似的情况。我觉得这事好像有点奇怪，但我自己就不是很有宗教意识的人。”

“什么？”

“我自己不是很——”丹尼尔说，接着他温顺地笑了，“嗯，我不是，在那个意义上，真正的意义上，不是很有宗教意识。我看不到各种征兆，听不到这样那样的声音，或者说体验不到伟大的平静，诸如此类的，我也不应该。”

“我从来没有遇到过比你更有宗教意识的人。”

“不，那是你不知道——如果你不介意我这样讲的话——完全不知道这个词的意义，更不要说这件事本身了。”

斯蒂芬妮很生气：“我受过训练，专门跟词语打交道。”

“词语，”丹尼尔说，然后放声大笑，“我是个美其名曰的社会工作者，可我并不是为社会而工作，我不反对把社会当作一个独立体来对待。我只是想工作而已，竭尽全力。约克郡工作伦理总是将之与宗教信仰混淆，但其实没有，你更清楚，西蒙兹那些胡言乱语同样如此。”

斯蒂芬妮神经质地大笑起来。“所以我带着自己的宗教问题来请教一个无宗教信仰的宗教人士。这简直是个笑话。”

“不见得。那个问题还存在。我能给你做杯咖啡吗？你想待会儿吗？我喜欢跟你说话。”

“我应该还是喜欢咖啡的。我也喜欢跟你说话。如果你不这么凶巴巴的话。”

他在忙着做速溶咖啡。“凶巴巴？”

“你多大了？”

“二十二。”丹尼尔说，一个真理的信仰者。这项具体的真理让他格外处于暴露状态。他已经习惯了被当成一个三十好几的人对待，他也这样对待自己。

“没有人像对待二十二岁的人那样对待你。”

“那是因为我很有分量，不论是体重还是宗教代表的职能意义。”

丹尼尔感觉到斯蒂芬妮在注意他。斯蒂芬妮在想，他很年轻，看到的全是这些东西，痛苦、疾病、死亡的恐怖、丧亲的可怕、精神上的低能、极度的疯狂、孤独、形而上的痛苦，所有这些大多数时候大多数人成功避开的事物，或者由于自己的原因，在没有准备好的情况下，偶尔要忍受一两次的东西。当然了，医生也如此。埃勒比先生也如此。就职业而言，埃勒比先生必须如此。他似乎只关心教区的政治活动，只关心圣坛器物的级别高低和漂亮程度，以及义卖市场。在丹尼尔来之前，海多克太太就在那里，没有人不嫌麻烦地——也不愿麻烦别人——进去陪马尔科姆坐在一起。

“你为什么要来这个教堂，丹尼尔？”

“因为我做事不能用权宜之计。我害怕屁股坐在那里无所事事。我害怕放松。我需要一个很好的推力，我需要它是出于自我要求，那就是我一分钟都不能停下来的原因，我需要无须思考的纪律约束。”

“你是天生的叛逆者——”

“不排除其他可能，对吗？我需要被强推。教堂会强推你。你明白吗？”

“明白一点儿。”斯蒂芬妮说，想象中被对慵懒的恐惧和不竭的强推的能量合力抓住了。她从来都把教堂看作是昏昏欲睡的中枢，一个化石般徒有其表的骷髅，里面的器官已经几乎失去活力，愉快地反复咀嚼着养料，早就嚼干了它充满生机的汁液。“可我感觉教堂不是最好的地方，不是最有生命活力的地方……”

“我们不要再谈论这个了，否则你会把我弄进小房间后面的那个市政厅。”

丹尼尔看不出她反对什么，真的看不出。他知道斯蒂芬妮跟自己一样认为埃勒比先生是个懒惰的势利鬼，他还知道，斯蒂芬妮明白，仁慈是被责令而为的，但他看不出斯蒂芬妮怎么就看不出，教堂的力量不在这里。他想象不出她对基督教徒的故事本身所表现出的简单的怀疑多有力量，尽管他已经被训练过如何应对比尔武断的神学反对。比尔愿意且能够辩论，是谁，以及如何、为什么滚走花园里的石头的问题。斯蒂芬妮完全没有准备好对这个问题感兴趣，对她来说很清楚的是，各种事件的真相不像《新约》里宣称的那样。精神上很敏锐的丹尼尔的信条很简单：他需要那样。对他来说，斯蒂芬妮最明显的美德就是基督徒的美德，她的严格认真，她的温柔文雅，部分就是他珍视的基督的价值，而且源于基督，就是这样。你认为的那些本来就是很好的基督徒，他们却自认为不是，她毋庸置疑令人讨厌地走进那个范畴了。他略微明白，她会讨厌这个概念，但绝不至于厌恶至极。

“你一直在这家教堂待着吗，丹尼尔？”

“哦，没有。最初始于我还是个小男孩的时候，那是我唯一一次成为某个团伙的成员，大家行动如一人。其实，那样太可怕了，不是希特勒就是莫菲尔德神父。”

“跟我讲讲。”

丹尼尔给她讲了。以他的记忆所及，他意识到那个故事不像他生活中的其他故事，她会有同感的。果然如此。她很感动，她这样说。

“这也是我所谓的宗教，”丹尼尔说，“人们通过直觉知道这位西蒙兹是个先知还是怪人，或者某个幻觉是不是错觉，这种事情我不擅长，我自然而然会想到劝告人们不要胡乱介入这种事情，所以马库斯的事我帮不上忙。我顶多会关注他，想方设法打发他到我这里来，如果这样在你看来有好处的话。”

“谢谢你。”斯蒂芬妮说。虽然什么都没改变，但是她感觉，之所以会这样是因为在马库斯极度痛苦的领域中，丹尼尔的能量有些不济。

“下周我有一天可以自己支配的时间，下周三，整整一天。我已经想清楚了，我想从这里脱开。说真的，我想离开去某个地方，想做点什么，我们需要隔绝什么。我想来一次长长的海边散步。如果你跟我一起去我会很高兴。不争论，你知道，就单纯散步。我们今天的表现不赖。”

“是的，不赖。”

“那你会去了。”

“我喜欢大海。”

“那你会去了。”

她永远不会说不，丹尼尔想。那也大概可以推导出她从来也不想说是。她喜欢让人开心。她喜欢他。这太让人恼火了。

“是的，”她说，“我会去。”

18

爱与美的女神

他们去了法利，因为丹尼尔在那里度过好多童年假日。他解释说，自己通常不会重返故地，但是他平常没有私生活，所以才建议去这个地方。去那里花了他们些时间：坐大巴到卡尔弗利，坐火车从卡尔弗利到斯卡博勒，再换乘别的火车从斯卡博勒到法利。他们是没有必要互相说话的人，所以此行大多数时候都遭到机械噪音和车轮咔嗒声的严重袭扰。丹尼尔没有穿制服，而是穿着渔夫的汗衫和一件宽大松垮的黑色粗呢外套，带着兜帽和棒形纽扣，那是他在一家军需品清仓商店里买的，这让他显得像个身形魁梧的男人，有点像勃鲁盖尔笔下的农民，斯蒂芬妮想，他应该再提个灰浆桶或者拿把斧头才算完美。

他们几乎是那站下车的唯一旅客，那里阳光明亮，但又格外寒冷。丹尼尔已经计划好了这天怎么度过。他们将步行走进小镇，然后沿着沙地走到布里奇。他们可以带份猪肉馅饼，一瓶啤酒，然后在露天吃。斯蒂芬妮穿着早就准备好的鞋子，却没有帽子或者手套，直打寒战。丹尼尔注意到了。

“唉，这里还会起大风，”他得意地说，“会把大海掀起来，我希望。你应该戴顶帽子。我去给你买顶帽子。”

斯蒂芬妮表示反对。

“不行，我想送你点什么。我希望你裹得紧紧的，然后我们再行动，这样我就不用担心不能把你平安带回去了。”

他们走进小镇，经过鹅卵石外墙的平房，颜色被冲刷得淡白的假日休闲屋，没有什么活力，处于冬眠状态。他们发现了一个深褐色的维多利亚时代的布商，胸脯丰满的黄褐色和燕麦色的衣服塞到里面，像主妇般的稻草人，被扎在铬做的T形台上，就在毡做的洗脸盆和薄纱做的鼓后面，这些东西有的颜色是皇家蓝，有的是喇叭花般的粉红色，绿色比任何苹果都还绿。

里面，一个身着米黄色针织裙子、带有编织前襟的米黄色女人为他们打开几个闪闪发光、装着手套的有裂痕的白色箱子，手套有羊毛款和针织款。斯蒂芬妮在找又便宜又暖和的，最后选了个淡蓝色的费厄岛牌连指手套，上面印着淡淡的星星，有光在闪烁。这时丹尼尔坚持要买那个相配的贝雷帽，上面有个巨大的淡黄色的羊毛球。她顺从地戴在眉毛和耳朵上方。干净利落的发卷从背后弯曲地露出来，在她的外套领子上闪闪发光。太甜美了，丹尼尔抑制不住柔情地想，然后发现，在这类陈词滥调背后有着某种古老、激烈和绝对的东西，有一种原始的味蕾的激情，对神圣的甜蜜的激情。以西结吃掉了好几卷书，管它们叫甜美[1]。丹尼尔激动地想，在孩子气的羊毛球下面，这张干净的圆脸，那闪闪发光的头发，那柔和而怀疑的目光，同样甜美。

他们走进卡尔盖特山，这里非常陡峭，到处是大卵石，还有扶手

1 先知以西结吃下书卷，觉得甘如甜蜜。上帝便告诉他：“人子，我立你作以色列守望的人。

的栏杆，地面呈现出连续的毫不妥协的崎岖，忽上忽下。前方是灰色的海水，沉重又黑暗，好多闪亮发光的狭长湖泊，呈现在那里，可以看到在那里阳光撞击着穿过飞速行走的云。他父亲每次第一眼看到这片景色的时候总是咆哮着说，就是它，就是它，然后把丹尼尔架在他的肩膀上，大吼着冲过去。他起先跟父亲一起尖声喊叫，后来感觉在当地居民和已经安顿下来的游客面前，这样可能会让大家以为他是初来乍到。其实那又有什么重要呢，他就是初来乍到，现在他明白后有点失落。

“就是它。”他对斯蒂芬妮·波特说，抓住她的胳膊。

穿过人行道下面一个巨大的石拱门，你就会出现在那片沙滩上，那是个洞穴般的通道，风急速地冲进来，然后又随之消失。沙子像干燥的飘游物般堆积起来，靠通道的墙堆着，在大鹅卵石上形成自己不规则的波浪线。他曾经每天跳进去，穿过那寒冷的暗影，踢掉橡胶海滩鞋，一个胖胖的男孩，在那寒冷随之又更加温暖的散落的沙子中，扭着胖胖的脚趾，然后走出来，走进阳光明媚的海滩。

“你可以骑匹小马到这儿来，”他说，“我小时候，你可以骑着自己的马直达镇子，像这样，骑到自己家门口。”他那时是个胖男孩，经常骑一头打摆的驴子，坐在一个篮筐底座上，前鞍桥是皮的。他那时是个胖男孩，穿着长长的灰色短裤，胖胖的小腿被马镫皮子夹住，既害怕又高兴，当瘦瘦的花斑马吃力地慢慢往上爬的时候，坚硬的马鬃在眼睛底下轻轻晃动。他身上的部分肌肉现在还是老样子，有些已经永远无影无踪了。爸爸走在他旁边，拍着他的后背，说直起你的脊背来，儿子，看上去精神点，别无精打采的。出事后的那个夏天，他曾独自爬上来过一两次。妈妈没有上来，只是付钱让他上来，有两次。他经常想，如果爸爸让他继续这样骑，他就会跟那些牵着缰绳的马夫说话。但是到头来，他始终没有这样做过。

斯蒂芬妮纳闷为什么，这个想法让他显得如此严肃。他们从拱门下走过。

“风就像磨过的刀子。每次我们穿过这里的时候，我爸爸经常这样说。毫无例外。我想这是他知道的唯一的诗句。”

“非常好的诗句。”斯蒂芬妮说。

“我不知道。”丹尼尔说，他仍然表现出某种说不清的阴郁。

他们出了那个通道，来到沙地上的时候，海风击打着他们，走进去时像一面湿漉漉的画布墙，一种震耳欲聋、刺痛的击打，打在他们的脸上。

“哦。”斯蒂芬妮说着，张嘴大口吞进咸咸的冷空气。她步履蹒跚，放声大笑，“哦，丹尼尔。”

她的外套下摆持续不断、呼呼作响地飘动。

“转到我这边来，”丹尼尔说，“我是一面坚实的防风墙。”在那堵海湾堤坝下面，他站在斯蒂芬妮和海岸边的气流之间。干燥的沙子被风吹起，蛇一般移过来，形成旋涡，呈半圆形升起，又了无生气地跌落在墙下面。潮水正匆匆退去；在他们身边，潮水已经退回底线，露出闪闪发亮的黑色砂粒、浅褐色贝壳的满地残骸，到处都是成股的泡叶藻。沙地被印上长长的凹形排骨般的形状，与水互为镜像；那里海滩被水浸漫过，一片波光粼粼。丹尼尔怀着傻瓜似的欢乐大笑着。

“沙地有六英里。”他说，伸出厚实的胳膊挥舞着，想拥抱风。他解开衣领的扣子，把后面的兜帽拉过来盖住竖立的头发。风绕着他的头吹过去，小小的沙砾疯狂地击打着他裤腿的翻边。在这里他还能伸出稻草人般的胳膊，几乎要跟这样的大风一道被刮走了，笨重又轻飘。他弯起胳膊，让斯蒂芬妮挽着。

“我们可以走到布里奇，”丹尼尔说，给她指了指岩石和突出来伸进大海的大石头的轮廓线，“你不要担心这风。”

这不是问题。她的嘴唇和面颊刺痛。她的眼睛已经被寒冷的空气和眼泪弄得像贴了层薄膜。她把脑袋藏在丹尼尔的肩膀后面，含含糊糊地点了点头。他们开始出发，靠得很近，走出一条漫无规则、弯弯曲曲、有踪迹的路径，在蜿蜒的迷宫中，偶尔互相碰撞下，步子凌乱，偶尔加快步伐，几乎像跑，当风灌满他们的衣服使其像船帆时，几乎把他们拎得飞起来。一次，她把头从丹尼尔的肩膀上拿开，向后看着海湾安静宽阔的曲线，逐渐退潮的海被抛在海岸线上，好像股股白色的环形绞索，附近被风干了的沙子被抓走，被抛起。这完全是一场骚乱，却有着平静的外表，一种很清晰的形状。当她把耳朵从丹尼尔身边拿开的时候，里面充满了凝固的咆哮。她又靠回去。

就这样，过了一段时间，他们走到海堤的尽头，那里的滑道延伸到海滩，在下面，装了橡皮轮子的平底渔船在滚动着，上面，小马车在夏天的时候小步慢跑，带着上世纪30年代米老鼠和唐老鸭的图案，显得很明亮。滑道那边，海滩被险峻危险的悬崖挡住了，长着草的峭壁和红色的泥土墙稳定地朝沙地和海水方向下降。栖居在这个悬崖中，用几根大梁撑起来的，就是那家海洋咖啡馆。丹尼尔用他闲着的胳膊朝咖啡馆猛然一指。

“如果咖啡馆开的话，”他轰鸣般地说，“我们可以要杯咖啡，一块圆面包，给我们增加点能量，好对付后面的路程。”

有一两个老人带着狗，紧挨着那堵墙的庇护所，还有几个在吃水线附近挖海蚯蚓的。看上去这地方不大可能会开着。斯蒂芬妮有股强烈的想喝咖啡的欲望，又热又甜的咖啡。她克制着。丹尼尔向前跳跃着沿着悬崖的台阶往上爬，木窗台危险地倾斜着，快要消失在泥土面上，他在门口招手示意。咖啡店开着。生活真美好。斯蒂芬妮从容地往上爬着，面颊绯红，突然在燥热的安静中坐下，耳鼓震颤，轰鸣起来。过了会儿他们才能开始讲话。他们点了咖啡和烤面包。烘烤的味道简直散发着令人痛苦的暖香，非常诱人。

这个海洋咖啡馆隐隐约约是个船形结构，装着带铁框的窗户，布置着小小的编织品桌子，台面是冰绿色玻璃。阳光房的窗户被盐水的飞沫腐蚀得黑乎乎、脏兮兮。翡翠色的桌面被毫无区别的擦拭弄得黑乎乎、脏兮兮。外面，云迅速越过太阳，在明亮的天空中如溪流般流过。屋里，玻璃时而被照亮，时而变暗，无声无息，感觉好像在一个海洋馆，在某个更厚密的环境中。咖啡送来时很烫，还不赖。丹尼尔想恭维下斯蒂芬妮明亮的眼睛和红红的面颊，但不敢。

他说："我过去经常跟爸爸和妈妈来这里。他们喝茶，我喝装在银色杯子里的冰激凌。嗯，我想那不是银色，但我称之为银色。"

"家庭生活，"丹尼尔说，"家庭生活。真是个有趣的想法。我们在这里的时候，在这个地方——我们三个——别人以为我们是一起的，我们也是为了这个才来的。我们三个谁都有要说些什么的想法。有时我爸爸装疯卖傻。他没法忍受安安静静地待着。不行，他没法忍受安安静静地待着。他一定得做点什么。假日会逼疯他，我有时想。我妈妈坐在一个折叠躺椅上，对他来说我太没用了。我太胖太迟缓。我不愿攀爬，不喜欢奔跑。我从来没学会游泳。他不管什么天气都想出去，上蹿下跳，我们会从海滩这里观察。其实这是愚蠢的打发时间的办法。我估计等我们回到家里他会发出一声解脱的叹息，然后他会接着干活儿，不再计划各种事，也不用逗我高兴。"

"你现在也受不了安安静静地待着。"

"不能，"丹尼尔说，"我受不了。可那是后来的事，他去世后的事。"

"我不知道他去世了。"

丹尼尔显得很恼火，好像她应该早知道这事。他正使劲告诉她的是，考虑到斯蒂芬妮在他心中的地位，假设她已经知道是更容易更愉快的事。

“我不到十一岁他就死了。”

“真遗憾。为什么死的呢？”

“铁矿石卡车翻了，然后砸着他了。”他沉思着，跟斯蒂芬妮拉开了距离。他好像看到了父亲，魁梧、泛着白色，在这个亮着绿光，散发着海水气味以及帆布味道的海滩帐篷里，到处都流着水，蔓延到他的肩膀和躯干，以及生气勃勃的头发，像丹尼尔的头发。他想到了那一切，开裂，撞击，然后告诉斯蒂芬妮，“我不悲伤。我想不起来悲伤了。我应该更悲伤。”

斯蒂芬妮朝丹尼尔的方向伸出手。他没有握住。

“我相信你当时很悲伤，丹尼尔。也许是太痛苦了，所以事后想不起来了。”

“他是个好人，一个魁梧、和善、普通的好人。他仔细小心，总是想着你，想着我，应该是，想求胜，想把事情做得妥妥帖帖。我并不感激。但现在我很感激。我当时挺恨的，我想。我不知道，我爱他。”

他怎么能让她去想象那个死者呢？为什么她应该去想象？他想让她拥有自己的过去。但那是不可能的。

至于斯蒂芬妮，她知道丹尼尔想要什么，但还是很生气。这是常见的令人啼笑皆非的事，对那些我们感觉需要奉上我们的过去的人，他们却感觉遭到了那个过去的威胁，或者被那个过去孤立，乃至弱化了。更加令人啼笑皆非的是，以他们的情况而言，结果，斯蒂芬妮心中升起一股小小的粗暴感。那个影子般的卡车司机毕竟不在这里。但是她在这里。她在这里。丹尼尔应该看到什么在这里。

他们出来走到滑道上时，天气更冷了。云雾堆积在蒸汽弥漫、咸湿的河岸上，在红色的破碎的悬崖后面凝结和晃动着。还有一个巨大的半月形的沙地横穿而过向布里奇延伸过去。丹尼尔感觉情绪低落，他双手插进衣兜，方方正正地站着，盯着前方。斯蒂芬妮拉了拉他的袖子。

“继续走吧。天要下雨了。风会刮得大到甚至连你都感到满意。”

丹尼尔俯视着她，耸耸肩，然后迈出一步。她说了句什么话丹尼尔没听见。

“什么？”他冲着风咆哮道。

斯蒂芬妮又说了遍，他又没听见。空气把斯蒂芬妮的话卷走又跟自己的噪音混合在一起。丹尼尔把她往自己跟前拉了一把，他们穿过最后一段沙地出发了。

他们穿过一个呼啸着的鲜红的泥土构成的微微倾斜的地脊，然后又踏上坚硬的沙地，这段沙地被血红色的迅疾的水道一次又一次地穿越，水往下奔流，切出自己干净的海滩，朝大海流去。有一次他们非得跳跃不可，从一个泥地升起的铁管里流出的污水冒着泡，流速匆匆，如同泥浆，冒着飞沫，有那么一小段，血红色和乳脂般的泡沫以及海水边的银光搅合在一起，闪着微光，打着转。后来，当他们走出去来到海湾，面前整个变成湿漉漉的沙地边升起的炫目的阳光的平面。没有别的任何脚印，只有黑色的圆锥形的小小的蚯蚓粪的火山偶尔中断闪烁的光。他们小心地往前走着，穿过旋转的空气，透过他们自己的眼泪制造出的蜇人的彩虹，两个人都看到了旋转的大地、空气、海水和阳光的一片交融。他们的耳朵疼起来，像被捶打。唱诗班的声音在丹尼尔的头脑中咆哮，被他浊重的呼吸打断。斯蒂芬妮的肺喘个不停，膨胀着，等着第二阵风，她很惊讶，冰冷的盐会如此灼人皮肤。很难看清楚，他们已经走了多远，或者还要走多远，沙地漫无边际，又明晃晃的，所以他们好像在毫无进展地挣扎搏斗着，在原地奔跑着。她等待的第二阵风来了，她舒服地呼吸了口气，这阵风迅速向他们袭来，他们其实是被风卷着朝布里奇走去。

为了及时进入布里奇，他们必须迅速爬行穿过那些大石头和堆积的石头，上面附着甲壳动物和帽贝，很尖锐，粘着层厚厚的发褐、柔软的垫子般的绿草。他们又是攀爬又是溜滑，及时到达那个人工的加高堤道，这条堤道沿着布里奇的主路延伸了一段后进入大海，被撑起来，用沥青和水泥加固，然后水泥裂开，磨着，溅着，晃荡着。他们手脚并用来到这里，在那个纪念碑下面站着，那是给佩吉特家立的，这家人被一场巨浪卷走了，他们的命运被雕刻在这里，作为对他人的警示。现在盐的味道有了生气，散发出盐水、碘、鲜活、异质的气息。丹尼尔开心地呼吸着这股气息。他说："你还想继续走吗？我们还要继续走到尽头吗？或者绕过去到那些洞穴里看看？"

"再向外海走走。"她说，指着远方。

"好的，"丹尼尔几乎等不及了，"我们还能再走很长一段才会遇到危险。潮水还很低。你知道吗？这个地方是海盗们建造用来诱惑船只走向毁灭的。"

"这个我相信。"

"也许是作为连通北海的第一段。但是他们却失去耐心，这东西塌了，他们也就放弃了，我们看到的就是这个未完成的废墟。"

他们又开始行走了，起初还能直立行走，接着，当道路消失后，又是屈膝，又是蹲伏，又是坐地，又是紧抓，缓缓向大海方向移动，一心一意向前进发。长春花左右摇摆，咔嗒咔嗒响着；斯蒂芬妮的手腕在甲壳动物上蹭破了皮；手指扎进满是洞眼的明亮的大石头上；他们四处绕着避开成片的叶子，如此鲜艳的一片绿色，禁不住想说它太不自然了，除非它成丛成株地长着，繁荣茂盛，然后被海水扫荡和淹没，那才天经地义。貌似第三阵风灌满她全身。她开始享受自己抗议的身体，摆布着手指和脚趾，平衡着脊柱、臀部和肩膀。当他们走出地岬的庇护所，那阵风的击打又不同了：少了些单调，少了些扑打，尖叫、锋利，吟唱着，呼呼响着。他们来到一个高高的平台，然后站住，瞭望四周。

前面的浪涛立刻撞进来，越过被淹没的岩石的突顶，高高地抛起又粉碎，然后又是翻滚，又是旋转，又是汇聚，又是泼洒。已经被那块水中突出的岬地分开的浪涛继续从两侧撞进来，像整块陡峭的绝壁般升起的海水把大块的平板扔到一张沙粒的台面上，然后奔涌着，又慢慢移动着，渐渐离开下面的洞穴和水道，在他们的脚下吸吮着，摇摆着，渐渐消失。出了这里，整个世界有种奇怪的千篇一律。天空布满高高抛起的碎片，极其湛蓝和明亮，云的碎片在飞翔，连带着被掀起和旋转的泡沫、碎片和微粒，有白色、浅白色、奶油色、灰色和褐色，两组鸟儿盘旋着，尖声叫着，有白鸟、黄斑鸟，嘴巴金黄，鲜血淋漓，呈弯钩形，刺目又干净，排成一线。

他们站在水淋淋的石头上，傻乎乎地看得入迷了，当一波迅疾的浪涌卷进来时，他们还满不在乎，这波长浪夹杂着灰绿色和金灰色，掀起来，到了最高点，变得更白，突然耸立在他们旁边，刹那间，矗立着，高度超过了他们，然后又倒塌，消散在他们脚下的岩石上，把两个人都淋得湿透，然后水滴淌着，汩汩响着，流出去，每块石头和草丛都会中断它们的回流，最后它们四处奔流，回到尚未成形的寒冷的主流中。费厄岛牌贝雷帽完全被水浸透。丹尼尔像条狗似的摇晃着黑乎乎的脑袋，水滴从头上飘下来，闪烁着光点，在明亮又冷峭的阳光中熠熠生辉，金光四闪，阳光好像突然想在他们上方稳住不动。丹尼尔看着斯蒂芬妮站着，安静地站着，刚才那股浪涛最后的海水忙碌地流遍她的脚面，正要夺路而去。她慢慢摘掉贝雷帽，黄头发又恢复了活力，被风吹起来，被水弄得出现了一绺绺黑色，她的防水雨衣上沾满了长长的黑色的显眼的污迹。她站在那里，好像被水施以魔法迷住了，嘴唇微微张着，偷偷笑着，而大风在她湿漉漉的头发和衣服上吹起皱纹。这会儿太阳如此明亮，他几乎看不见斯蒂芬妮。一股更小的浪涛未能掀起跟他们一样高的浪头。她又说了句什么话，丹尼尔没有听清。

“什么，”丹尼尔大喊道，“你在说什么？”

斯蒂芬妮把嘴凑到他耳边。他听到“……你的语言，那么……有光，我说。”她好像喝醉了，咯咯地笑着，兴致很高。“继续出发。”斯蒂芬妮说。她开始沿着岩石出发，走得非常快，伸开双臂想让自己保持平衡，半跑着又像大踏步行走。丹尼尔跟在她后面。又一波高高的浪涛拜倒在她脚下，震得格格响着，噼噼啪啪轰鸣着，呼啸着。她转过脸来向着丹尼尔，他从来没见过这副表情，盲目地微笑着，狂野放肆，脸色煞白，湿漉漉的。等她再次出发时，又一波浪涛再次涌起，丹尼尔一把抓住她，淋漓的海水落下来，丹尼尔抓住她的头发和身体。他吻了斯蒂芬妮。有种盐水、寒冷、燥热和错乱混合的感觉。她又回亲了丹尼尔。她亲得如此确定，乃至两个人都摇摇晃晃起来，丹尼尔只有通过拽住她的头发并且用膝盖抵住她来恢复平衡。这让斯蒂芬妮变得更加柔韧和灵活，她一直都紧绷着，飞跑着。

“你不会被水淹了的。”丹尼尔说，同时拉着她。在两块大石头之间，他又很别扭地抱住斯蒂芬妮，又亲了她。斯蒂芬妮的表情几乎变得淫荡放纵起来。丹尼尔处于非常窘迫的状态。他无意中把她撞倒在岩石上，然后让她趴在自己结实的身体上。冷冷的阳光照在身上。

“你将来得嫁给我。”

“不。这是一个浪漫的时刻，是我们刻意制造的。这不会改变任何东西。”

“是的，不会改变。我们制造了这个瞬间。我们可以制造更多。

我们什么都可以做。”

“你推动这件事发生了。”她争辩道。

“我想这样生活。”

“你做不到。我知道。这些事，不会长久。”

“很多事我都能长久做下去。”

眼泪从她的脸颊上滚了下来，在冰冷的海水和肌肤上感觉滚烫。她知道，她知道，这种事情，在你还在试图辨认它们的时候就已经溜走了，当你还在试图设法让它们保持活力的时候，就已经死掉了，当你还在试图把自己的生活推进新的形式，去适应它们的时候，它们就已经完全消失了。

“你有过这样的感觉吗？”丹尼尔说，好像这个问题已经有了结论。

“没有，不过——”

“我也没有。”

“丹尼尔，这几乎不代表任何东西，只代表此时此刻。”

“不，不是这样。我不敢有多大指望，但是我想继续这样下去。我想要你。我想要你。我想拥有你。”

“哦，丹尼尔。”

“所以你也想要它。我知道你想要什么。”

他并不知道。但是斯蒂芬妮说：“好吧。”

两个人都很惊讶。她几乎恼火地重复了刚才说的这句话，好像如果他没有听到的话，这句话就可能被撤回去。“好吧，我说了，好吧。”

她脸上泪水涟涟。丹尼尔抽回一条胳膊。

“别，别。我这是逼迫你。你不用非得——”

“你没有理解。我以为你理解了。问题在于，我这辈子，没有要过任何东西，从来没有为了自己要过任何东西。我不知道如何把这件事跟我知道的别的任何事情协调起来。我没法处理……”

如果说现在丹尼尔失去了目标的确定性，那么他们两个都会失去。但是，丹尼尔说：“那好吧。这不过是件小事，会解决的。”他越过斯蒂芬妮暗淡的脑袋，看着宁静又忙碌，被掀起来又闪闪发光的大海和天空。

过了很久，他们在亨曼比的一家小酒馆吃着三明治，喝着啤酒。两人并排坐在一堆明火旁边一张高背木长椅上，吞着半熟的红色牛排，洋葱和食盐被压进新鲜的褐色面包里。他们几乎没法吃得更快了：味道辛辣刺激，简直太开心了。他们还不习惯这样开心。当幸福将要撞毁的时候，两人无意中都准备要回归本色了。

“接下来怎么办？”丹尼尔说，喝干自己的一杯啤酒。

“接下来？”

“从今天起接下来，接下来一星期，接下来一个月。我们现在该怎么办？”

“我们能怎么办？”

“结婚。尽快。没有比这更重要的事了。”

“多快？”

“嗯，得发布结婚公告。要有个住的地方。这并不容易，我几乎没有收入。你又不想跟那位牧师一起住。我也不想。”

你说，没问题，忽然一切都变得模糊不清了。她无法想象跟丹尼尔一起生活。或者，同样正确的是，没法想象不跟他一起生活。

“我必须得等学期结束。我必须跟爸爸谈谈。他不喜欢这样。”

“现在还是一直不喜欢？”

“也许不是一直。但他可能需要略微适应下。”

“我不会指望这个，我自己来。我不会等，我自己来。但你必须做你认为正确的事情。牧师会跟你谈话的。”

教堂高耸着丑陋、呆滞、坚硬的脑袋。

“他会说什么？他喜欢我。”

“没错，他喜欢你。我想他会认为你会做一个牧师的好妻子。你显然是站在天使这边。你没必要跟他斗。”

“你会的。”

“是的。到时候我会处理这些事情。关键是你不要斗。我想他会认为你将把我驯化得温文尔雅。他认为我粗野不堪。”

“丹尼尔——”

“嗯？”

“在十九世纪，我会的，我会做个牧师的好妻子。但在二十世纪，这真的已经不可能了。”，

面包和肉在他的胃里很惬意，被海水打湿的腿烤得暖暖的，斯蒂芬妮的大腿放在他的腿上。

“你会为了我而做个好妻子。你需要做这些事情。我也需要。我们是很相像的。我们会白头偕老。我又不是那种时刻佩戴铃铛、熏香，强调礼仪的神职人员，是吗？”

丹尼尔把手放在她的腿上，她的手上方。欲望向他们冲来。

“我想要，我想要，我想要。”丹尼尔说，用寻常谈话的声音透过紧闭的牙齿说。

“我也想要。”斯蒂芬妮诚实地说。

“我们没有任何地方可去。”

“没有。我们可以待在这里，我们可以开个房间，编个故事，打电话说些谎话。大家都这样干的。一直都这样。应该很容易。”

丹尼尔的脸带上沉重的思考的表情。“你觉得很容易吗？”

“不。我是个很烂的撒谎者。我会很担心的。”

“好吧。”丹尼尔抓住她的手说，捏得骨头咔嚓响，“肯定会有办法。肯定会有。人们总会找到各种各样的办法。”

“没有你想的那么多人。”

丹尼尔突然大笑起来。“在我的职业中，你慢慢会知道有多少人。我又认识多少种人。对我来说，这好像是个很可观的数量，他们始终觉得自己处于某种情境，在这种情境下绝对很困难，如果不……也许我只是太无能，或者不够努力。我们接下来该怎么办？”

“我不知道。”

结果，他们又走了很长一段路，主意没定，又坐大巴和火车回到里思布莱斯福德。在里思布莱斯福德的巴士车站，丹尼尔说：

“在我房间，我能提供的最好的东西就是速溶咖啡了。”

“好吧，我可什么都提供不了。”

主教宅邸黑洞洞，空荡荡的。

“他们出去了。”

“是的，好像是这样。”

他们在黑暗中爬上丹尼尔的房间。他们关起门来，然后听了半天。斯蒂芬妮说：“费利西蒂在哪里？”

“我不知道。”

“你为什么不把帘子拉下来？”

他拉下来帘子，然后生起火，点亮床头桌上煤红色的灯。他转过身对着斯蒂芬妮。“哦，老天，现在该干什么？”

斯蒂芬妮也不知道。两个人都害怕上床，奇怪的是，不是因为他们害怕在这样的行为中对失败有任何原始的恐惧，而是因为他们更加心平气和地，更加老谋深算地，更加深深地担心尴尬。他们害怕这个房子里的住户或者着急慌忙的教区居民突然闯进来。丹尼尔害怕他床铺上老旧的弹簧，以及隐隐约约发霉的味道，这种味道他一个人的时候倒无妨。斯蒂芬妮害怕自己无力对付丹尼尔的道德问题。罪恶，她认为那就是罪恶，是桩复杂的事情。肯定会有种跟她上床是错误的感觉，而他急切地有意忽略这个错误弄得她很兴奋。这会让整件事变得很严肃很重要，在某种程度上，她在剑桥邂逅的那些年轻人没有一个这样，尽管这时她忽然心想，这很适合她把所有那些年轻人的反应拉平到惯性和日常的层次，在这个层次上她选择表现得中规中矩。但是突然陷入这个罪恶所导致的不可知的后果又令她惊惧。她不想伤害丹尼尔眼中的自己。她不想应对一场悔恨的暴风雨。她双手抓着费厄岛牌贝雷帽，紧张地一遍又一遍地在自己面前拧着，像个松软的贞洁盾牌。

“至少把你的外套脱了吧。”丹尼尔说。她用慢得有些夸张的优雅劲儿把外套叠好放在丹尼尔无数椅子中的某把椅子上。这种毫无意义的慢条斯理激怒了丹尼尔。他来了个吱吱嘎嘎的斜跨步，朝她走过来，双臂搂住她的腰。

斯蒂芬妮及时避开。

“怎么回事？”

“我说不准你会不会后悔。”

“我不会，对你不会的。”

“可是你不应该——”

“这好像不是个事。如果这事没有让我感到烦恼，我看不出它为什么会让你烦恼。”

“我不明白为什么不会。”

“它不会让你烦恼。”丹尼尔指出，“作为一种行为。”

“不会。可是我，不是——”

丹尼尔看得出是什么让她困惑不安，但却想不出解决的办法来，因为这个问题似乎对他来说无关紧要，而且他无意与之纠缠，无论此刻还是不管何时。白天的力量和清澈，大海和天空以及大风，开始毫无必要地消散了。丹尼尔想方设法分散她的注意力，他用不怎么高明的伎俩说：“当然了。我以前从来没有，事实上从来没有……这点让我很担心。”

这点并没有让他担心。他完全错误地假设，激情和照料会弥补技巧的缺失，但是这个并没有收到效果，让斯蒂芬妮的注意力从他受伤的道德转移到他假设的对性没有把握上来。

“这没什么大不了的。”斯蒂芬妮说。

整栋楼很安静。丹尼尔开始转动床铺。她没有试图阻止。丹尼尔完成这个动作后，她说：“你有毛巾吗？”

“毛巾？”

“我们需要条毛巾。”

丹尼尔找了条毛巾，白底带红色条纹，然后放在枕头上。他不知道是不是应该开始脱斯蒂芬妮或者自己的衣服了。斯蒂芬妮说：“如果我们把灯关了，保持安静，即便他们回来，也不会知道我们在这里。”

“没错，”丹尼尔说，“是这样。”

于是他们在黑暗中开始脱衣服，很快脱光，然后钻进被窝，凉凉的肉体，热乎乎的肉体，苍白的肌肤和黝黑的肌肤，紧挨着挤进那张窄小的床。

不是非常成功，一场节奏紊乱的慌里慌张，两个肉体始终处于滑出床铺的危险，几乎自始至终被吱吱叫的弹簧和没有着落、不停滑动的床单抑制住了。丹尼尔极度兴奋和狂野，大半时间，不知道自己进还是出，来还是去。斯蒂芬妮不习惯那种具有穿透力的性快感，没有打算强求来场高潮，所以也就没有完成高潮，慌乱中的丹尼尔似乎没有意识到这点，因为他没有打算诱导出一个高潮，也不曾探查是否已经出现了一个，也不想为明显的缺憾道歉。斯蒂芬妮觉得这样要比没有更让人舒服，因为不尴尬。他们开始燥热起来，浑身湿漉漉的，有点被击垮和无所适从的感觉。丹尼尔呻吟了几声，然后就结束了。

丹尼尔翻下身，她也坐起来，紧张地查看着他的脸，阴重又沉默。她想象不出来，丹尼尔是什么感觉。她搞不清这是个什么样的人。她几乎以为丹尼尔会自己激动起来，吼叫着说出自责或者自以为是的极度快感带来的强烈情感，二者都会让她尴尬之极。

丹尼尔睁开那双精明的眼睛，咧嘴笑了，慵懒、开心、安静。

“哦——”他说，“不管怎么样，这算是个开端。我承认这是件很重要的事。这算是个开端。”

斯蒂芬妮朝下看着。

“我喜欢看到你在这里，”丹尼尔说，“好像很不错。”他举起一条沉甸甸的胳膊，把斯蒂芬妮一头金发的脑袋拉到自己胸口，她跟丹尼尔并排躺着，渐渐习惯了他各种坚硬的突出物和沉重的肉体。丹尼尔的一只大手放在她纤小的脊背上，另一只手放在她的头发里。她感觉他们身体的界限不是很清楚。她听到了丹尼尔强劲又飞快跳动的心脏。

“你舒服了吗？”

“非常。”

“你能想象——”她又忘了句子的末尾。

“什么？我能想象什么？”

“你能想象有人结婚了却并不真正想结吗？肯定很多人这样，看看他们的样子就知道。这样的话似乎婚姻没有意义，不是真正想……”

“人们也许不想孤独。”

“我不在乎。”

丹尼尔的各种确定性既让她害怕又让她开心，二者的比例对等。现在，她叹了口气然后又睡了。

他们醒来时，不时传来的砰砰和梆梆声表明，楼里现在开始有人了。他们轻声讨论着是不是要打开灯，最后决定不开：他们不想听到埃勒比的叽喳声，也不想看到费利西蒂·威尔斯满怀希望和渴望分享的凝视。所以他们又安静地迷迷糊糊地躺了一个多小时。当埃勒比夫妇弄出收拾床铺的声音，放出预防窃贼的声音，发出洗浴室活动的声音，关掉最后的灯后，他们才起来穿衣服。两个人都很饿了，也需要用盥洗室。就是这种最根本的尴尬最终让斯蒂芬妮悄悄地下楼回家了——丹尼尔说她可以用园丁外面的小房间，那样比较安全。说好了他不用出去。所以，他从自己的窗户那里看着斯蒂芬妮踮着脚尖穿过月光照耀下的草坪，低着贝雷帽下的脑袋，只向上看了一次他暗淡的窗户里黑魆魆的大块头。丹尼尔抬起胳膊豪迈地敬了个礼，像个得胜凯旋的将军。他的身体还很舒服地发热，他的想象力舒服地放松着。他希望，他没有低估接下来进展的种种困难。但是，他已经走得如此远，如此远，怀着勇敢和爱恋，想象不出他不会走得更远。

19

玛门[1]

几个星期后，新学期开始，亚历山大坐着自己的轿车回来，拿走了《四个四重奏》，斯蒂芬妮和弗雷德丽卡在卡尔弗利的大百货商店沃利施和琼斯的闲聊吧里喝着咖啡。她们在躲一场倾盆大雨，里外的平板玻璃窗布满水汽。桌上铺着浆洗过的锦缎绸布。一条厚厚的静音的地毯，上面印着茂盛的压缩的平面树叶、丛林藤本植物、睡莲叶子，那东西会不可思议地跟手掌形的马栗树交叉受精，用的是热带的绿色和英国的秋天的褐色和金色，带着明亮的小串浆果，像血滴，以精确的几何对称互相间隔开来。这地毯，不仅吸收细高跟女式皮鞋弄出的所有声音，还吸收能感觉得到的土腔方言，巴儿狗的爪子唰啦啦的声音，伞尖、塑料雨衣、油绸帽子、购物袋上的雨滴。天很热。女士们都大汗淋漓，解开层层衣服。你的声音——如果你说话的话——

1 象征财宝和贪婪的邪神。在旧约中意为钱的化身，勾起人类金钱欲的恶魔，诱惑人们为财富互相杀戮。

不会滞留，都被吸进潮湿的外套和阿艾克斯敏地毯上的小树丛里了。同时，压低声音已经是惯例，不管你是在讨论网格窗帘可怕的价格还是子宫切除手术后可怕的副作用。波特家的两个姑娘很喜欢这里。她们从小到大一直喜欢来这里。

那天是星期六。弗雷德丽卡，为了那地方的那场约会，穿着密不透风的黑色宽松长裤，蝙蝠衫，脖子上围了条小针织围巾。她化了很浓的妆，涂着草绿色的眼影，黑色睫毛，李子似的嘴巴。斯蒂芬妮衣冠不整，热得要命，穿着一件外套和裙子。弗雷德丽卡喝着豪华版冰咖啡，配着两团冰淇淋，一把长长的勺子和稻草吸管。斯蒂芬妮喝着咖啡，配了壶奶油。她说："我想跟你说个事。"

"说吧。"

"嗯。"好像有难言之隐。弗雷德丽卡从被涂成紫色的稻草细管上抬起头看着她。斯蒂芬妮面色绯红，玫瑰般的红色甚至蔓延到了耳尖和头发根。

"快讲呀。"

"我是要讲。那就是，我打算要结婚了。"

"结婚？"

"我打算嫁给丹尼尔·奥顿，而且会很快。"

有那么可怕的一瞬间，弗雷德丽卡愤怒地盯着，她脱口而出脑子里想到的话。

"我不知道。"

"我们还没告诉任何人呢。"

"我不知道。"弗雷德丽卡又重复了一遍，用一种挑衅的语调说。

"我看会有很多困难。"

"我想也会这样。"弗雷德丽卡斩钉截铁地说。

"我得告诉爸爸。"

“他会很反感。这是毫无疑问的。”

弗雷德丽卡偷偷瞄了眼姐姐，斯蒂芬妮现在变成了暗红色，那是一种在暗淡的头发下面显得很荒唐的颜色。一颗大大的圆圆的泪珠悬在眼角。弗雷德丽卡感觉很厌恶。

“做牧师的妻子可是全职工作。圣徒纪念日和母亲联合会以及听别人哭哭啼啼，诸如此类的事都要参与。你愿意做这一切吗？”

“有些愿意吧，我想。我不介意。”

“好吧，我要看看你说的困难是哪些。哦，亲爱的。”

斯蒂芬妮大喊着说：“我希望你说点别的。我很开心。”她用一个游泳的姿势把白色瓷器、镀银的面包叉和纸巾推到一边，把脸埋在双臂中间，开始抽泣，毫不节制。

弗雷德丽卡吓坏了。她叫来女服务员，轻拍着斯蒂芬妮的肩膀说：

“我当然很高兴，请再来两杯咖啡，带奶油的，快点，斯蒂芬妮，我刚才只是很震惊，我没什么想法，没有人会有想法。你爱丹尼尔·奥顿吗？”

“是的，这点毫无疑问。”

“你怎么知道？”结果这话显得像法官在审讯似的，尽管弗雷德丽卡的本意是想引出某种信心来。丹尼尔·奥顿是个胖子而且从事宗教工作。弗雷德丽卡既要想象又不愿想象爱上丹尼尔·奥顿会是什么样子。

“到底怎么才知道？”她站起来，满面通红，流光溢彩，茫然地看着四周，“我跟他上床了。”

“那很刺激吗？”弗雷德丽卡询问道，那声音令人吃惊地混合着好色和醋劲。

“那是一场顿悟。”斯蒂芬妮尊贵地说。她听到自己那寻常的剑桥口音矮矮地落在卡尔弗利传播流言蜚语的人们被缓冲了的沉默上，然后抬起头看了看，遇到的不是某个大学朋友友好好奇的点头，却是弗雷德丽卡那张贪婪、紧张、过度痛苦的狐狸脸，这张脸呈现出一种吓人的快乐，其中又夹杂着强烈得令人无法忍受的怒火。

“你会，”她刺耳地大声喊叫着说，“戴着橘黄色的花环和面纱，你会让我做伴娘，戴着漂亮的帽子，在你们走的路上，撒着一个可爱的小花篮里的碎玫瑰花瓣，你会答应承诺，或者说你会嫁给一个现代的牧师吗……？”

“我不明白你为什么会这样。”

弗雷德丽卡自己都不明白自己。无边无际、毫无道理的恶意让她欲罢不能。

“真希望我别告诉你。”

“我是替你感到高兴。我是真的高兴。”

“好吧，好。”斯蒂芬妮说。她站起来，把两枚半克朗硬币推到桌子对面。弗雷德丽卡还没来得及组织她的下一句话，斯蒂芬妮已经走开了。

弗雷德丽卡坐在那里摆弄着硬币，她举止失措，感到很害怕。

在战争期间，她们还是小女孩的时候，经常玩扮演大人的游戏，那是一种跟过家家不同的游戏，要模仿的东西限制更多，要守的规矩她们从来都不太懂。她们用温妮弗雷德丢弃的衣服装扮起来，一件陈旧的黑色丝绒睡裙，一块缀着荷叶花边的绉绸，鲜红的罂粟花和富丽堂皇的矢车菊散落其上，几双无带丝绸轻便鞋，若干衬裙，几条破烂的带穗边的大围巾，几只帽子，几朵丝绸花，几片野鸡的羽毛。她们带着拴在已经失去光泽的链子上、用闪光装饰片装饰的钱包和一个漆皮手包，用易拉罐做成假的小粉盒，把纸卷起来当香烟，用蜡笔当口红，塞进硬纸盒做的管子里。这个游戏设计的初衷是搞清楚它真正的主要内容是什么，但明显失败了。她们昂首阔步，大摇大摆，没完没了地为她们不可能参与的活动做准备。开始玩游戏的时候，她们必须身处想象中的等候间——门厅、休息室、舞厅或者宾馆里女士的衣帽间，按照她们从电影和小说世界里获得的贫乏的知识，这些地方都是重要的成人活动发生的地方，而成人活动不限于厨房和卧室。她们谁都没有考虑过扮演一个男人，所以她们遇到的事情总是带着某种子虚乌有的气质，弗雷德丽卡会借此做些简要、空洞的舞厅式对话，而斯蒂芬妮玩的时候则会买些用不着的奢侈品，奶油、葡萄、橘子和柠檬、新鲜的黄油和小块的冰冻蛋糕。游戏往往从提供某种可望而不可即，不被允许又神秘难解的好处开始，最后在挫折和厌倦中结束。

这时，弗雷德丽卡把自己的手提包使劲打开又合上了一两次，像她以前经常做的那样，瞥了瞥里面的东西，圆滚滚的深紫色唇膏、马克斯素牌化妆粉，好像是变魔术变出这些东西的，她纳闷自己为什么如此恶毒，为什么依然能感觉如此恶毒。斯蒂芬妮曾经偷偷抢在她之前行动，同时破坏了摆脱这个半孤立的里思布莱斯福德和卡尔弗利，去一个更加真实和有必要去的世界的憧憬。如果斯蒂芬妮已经品尝过自由的滋味，会为了家庭生活的幸福而跟一个肥胖的助理牧师安居下来，失败将是非常有可能的。任何人在任何时候，都可能被一个厨子、一套带雪花水晶的派莱克斯牌碟子（那样的图案在女便服的粉红色衣料上往往被印成黑色）、一把个人用的茶壶所奴役。家庭生活自有其隐秘的吸引力，这样的生活，正如一个人从《好妻子》或者《虹》的阅读中能够辨识得到的那样，是在一个私密的地方由一个被改造过的男人和改造过的财富围起来的生活。但是，那多半会相当可怕，更遑论如果是在里思布莱斯福德。

她想起亚历山大。斯蒂芬妮明显转移了对亚历山大的爱，这弄得他好像更加超凡脱俗，更加遥不可及。他现在会怎么生活？如果他将来富有和出名了，还会像现在这样深深地执着于艺术吗？她的想象开始迟疑和不管用了，就像在那些早年的游戏里那样。他会听《四个四重奏》，然后去观看自己戏剧的排练，这个她能想象得到，然后参加文学鸡尾酒会，这个她想象不来。本质是谈话而不是喝茶，而她想象不来那样的谈话。那不会像波特家的谈话，应该是类似写作的谈话，不是很沉闷的那种关于写作的谈话。

肯定还会有性。斯蒂芬妮已经发现了这个领域的秘密。她们从来没有谈论过斯蒂芬妮的性生活或者她是否有过性生活，弗雷德丽卡无法想像那就是事实，甚至早已既成事实。这让她怒不可遏，至少跟向资产阶级的孤独屈服一样令人愤怒。在这个天平的两端，是风格和事实，她在一个想象中的门廊里徘徊着。斯蒂芬妮已经放弃了对亚历山大单纯肉体的纯洁和异想天开的希望，这让得到亚历山大的希望变得要么不可能，要么更加具体。“我跟他上床了。”“那是一场顿悟。”某个人，在某个时候大概会跟亚历山大上床或者已经上了。所以，在逻辑上，你要么要那个，要么管一场白日梦叫白日梦。“这是血肉之躯啊，先生。”极有可能，他还没有注意到或者永远不会注意到这个。但是他也会像丹尼尔·奥顿，而不像罗彻斯特先生那样，是血肉之躯。所以……

她想自己对斯蒂芬妮表现出的可怕举止肯定会遭到惩罚。她要把自己在艾略特上投入的资金拿出一部分花在买把木匙或者擀面杖上。她收起斯蒂芬妮买咖啡找的零钱，然后出发去地下家居层。

逛沃利施和琼斯店，那个综合大百货商店，成为她生活方式中的一部分历史，久远得跟玩黑绒游戏的年代差不多，甚至更久远。她还是个小孩子的时候，每逢圣诞节都会被带到这里来，在仙女宫，或者在地下洞穴，看圣诞老人。她最早记得的是自己的第一只充满氢气的热气球，系在一条银色的线上，颜色像珍珠，而且充溢饱满，那位留着胡子的老人亲自把气球递到她手里，在洞穴玻璃绿的深处，他的王冠上闪烁着绚丽、犹如仙境般的光彩。气球会在她手里拿十分钟，然后在女士盥洗室那涂得黑光漆亮、带着活塞把手的沉重的大门的夹口中爆掉。她只听到自己哭泣的声音在盥洗室窗户后面那片脏兮兮的铺着瓷砖的空间里回荡，一个备受折磨的囚禁中的灵魂的声音在回响着，反复回响着。人们用粉红色冰淇淋来安抚她，后来他们告诉她——不过她不记得这点了——那是在冰淇淋店重新装饰之前，它铺着绿色和金色的瓷砖，放着带花边的杯垫和弯曲木材料做的椅子，几乎朴素无华。

战争严重损害了仙女宫和地洞的逼真和魅力，一个理应住满了成群结队的星星般的小仙女，另一个住满镶嵌着珠宝，铲着地、推着独轮车的小地精。城垛、石笋和钟乳石上的灯闪烁着。微微发亮的水银色的瀑布变得有点发抖和吱吱嘎嘎作响。混凝纸浆包上了岩石外壳和小尖塔，小小的哥特式窗户在小尖塔上面迷人地闪耀着，这些，像地精的软管和仙女的薄纱，洞穴里的蜘蛛网和城堡里的旗帜，已经变得有点破烂和肮脏。气球消失了。这个仙境真正的美妙之处继之以众人皆知的戏剧幻觉华而不实的迷魅，地洞的后部露出来，作为类似舞台上的背景片，一个人可以在舞台的背景后面显摆地走来走去。那位看上去德高望重、胡子花白的博学者，曾把那只微微闪烁、脆弱透明的气球递给她，现在代之以一个模棱两可，不老不少，胡子如棉花、羊毛般雪白，脸被涂抹得油光发亮的微笑者，在仙女宫里，此人曾把她放在自己的膝盖上，发出阵阵淫荡的咯咯笑声，喜欢拿扎人的鲜红的脸颊蹭她的脸，手在她的小屁股上拍得发热，流连忘返，还给过她一件奇怪的、墨黑的类似粪便或者塑料煤块般的东西，最后她发现是甘草果汁牛奶冻贮存器，你可以从里面吸出大量明亮的闪耀的黄色粉末，把你的舌头和牙齿染成芥末色。

即便如此，那里每年都会举办一场节庆活动，相当于一个年度想象力的自信展示，将其闪耀的影响力纺成的蛛网铺展开来，已经远远超越了自身的界限，遍及整个堆在地板、柜台、货架上的东西。日常用的长筒袜上星星点点布满银线，放在派莱克斯牌碟子间的玻璃球中闪耀着红色、绿色和金色，挂在成行的透明玻璃纸中，黑色棉花上编织着地精和仙女，那台呼呼旋转的设备在头顶附近击中钱罐。

在早年那些日子里，某些机械制造天才已经让你有可能乘着摇摇晃晃的小马车，由地精和仙女们驾驶着升到仙女宫，或者降到地洞，那些马车有天鹅形，有龙形，由绞车拉着，沿着大概是服务用的自动扶梯，然后随着一次猛冲和一声咔嗒，在上面或者下面，消失了。弗雷德丽卡很喜欢那东西，就像她喜欢那些幽灵火车和螺旋滑梯，从一个神秘的拱门下面迅速穿过，进入另一个地方，简直灵巧得闪闪发光。此刻，弗雷德丽卡烦躁地站在主扶梯那银光闪闪的翻转着、滑行着的台阶上，然后慢慢被吞没，直立着进入地下。经过摆着衣服以及浆过后硬挺的网眼织物做的荷边装饰品的架子，然后又经过椅子、收音电唱两用机、三件套家具和桌子，有桃心木的、胡桃木的、橡木的，上面放着瓷器，有韦奇伍德牌、明顿牌、煤港牌，还有雕花玻璃和崭新的达廷顿玻璃，上面带着水晶珍珠，用短促结实的根茎围着。下到床具区，有人已经在那里围绕自动扶梯建了多个辐射状的卧室供选择，像橘子瓣儿，可以根据一把椅子或者一张床的创意提供所谓无穷的花样，低低的长沙发椅上配着随意自然的条纹床单，高高的加过衬垫的光滑扇贝形框架上挂着光滑的印花布短幔，实用的浅色木带着白色的多脂木，组合式梳妆台被涂成白色、镀过金，地毯有的带着花，有的带着粗糙的白色软毛，有的带着无所不在的鲸蜡和火柴棍似的几何图案，有栗色、有玫瑰红色、有刺目的黄色。每个这样的小房间都有用硬木和玻璃纸做的窗户，窗帘下面配着床单，打褶的网子，窗帘外面望出去是一片明亮的深蓝色的纸做的天空，几颗人工制作的星星，就在没有窗户的商店中心的圆屋顶里层。下到底层，是小物件的集散地，别致小东西和必需品的名利场，满是各种各样新奇玩意儿和引人注目的人，朝家居区走去，那里先是隔断的厨房，有仿日光照明，显得很亮，过道上和纸花装饰的隔墙上都涂着小型风景画。接着是隔断的卧室。弗雷德丽卡从自动扶梯上走下来。她严肃地朝那些小厨房打量着，没有受到诱惑跨过门槛，或者试试那些精巧的折叠凳或者蛛网腿般的方条椅。她从各种东西旁边经过，阴郁的猩红色和简朴的白色，冰蓝色和活跃的仿大理石纹路的塑料贴面，那还是塑料颜色没法弄得清澈透明的时代生产的，那时人们不知道塑料都是些什么东西，只不过是让人不舒服的仿品，再者，那时好的品味会觉得，在没有成为一种可以接受的亮色之前，猩红色只令人迷乱和压抑。

她希望能从那些小器具中找到什么便宜货，既实在又精巧，一个外形优美的实用工具，或者一个风格独特的器具——一把压蒜器、一个形状不错的铲刀、一个瓶塞起子，某种不见得非要用却能展示善意的东西，表示承认斯蒂芬妮想过家庭生活的意愿就可以。可是事实上，这些东西她连碰都不想碰，或者说不想拿起其中的任何一件。作为一个不可救药的深奥事物的爱好者，她忽然得了幽闭恐惧症，又急着想呼吸上面的空气。

小饰品店曾是她们最喜欢出没的地方。早年的时候，她们来这里买聚会穿的衣服上用的花边衣领、扎头发的发带、带子、松紧带、纽扣、揿扣之类的东西。1953年，弗雷德丽卡倾向于把这样的拜访看作无聊的仪式，尽管她明白，可以用不同的眼光看待这些拜访，怀着某种类似狄更斯式的对已经消失了的生活细节怀旧式的感情，其实，这就是她在1973年开始看待它们的方式。但是，今天她又因为那些针板和针包感到很压抑。她漫步到这个部门坦率地展示轻佻的区域，那里滑溜的天鹅绒做的无头非洲人半身像上覆盖着镀金的玻璃链子，箍成圈的耳环从没有叶子的乌木色的树上挂下来，怪异可怕的香槟杯子高高地堆起来，带着坚硬的塑料泡沫，酒红色中混合着金色、银色和珍珠色。这里的柜台上装饰着花彩，四处弥漫开彩虹般的雪纺绸围巾的薄雾，其中，盛开的大丽花、玫瑰、紫苑、牡丹、罂粟，有用绸子做的，有用纸做的，有用栩栩如生的塑料做的，带着锡箔和铝片做的金叶子和银叶子。弗雷德丽卡漫步穿过这些小物件，无意中碰到一圈艰难移动的人，再过去就是旋转玻璃门，她发现自己已经来到婚纱展区。她硬着心肠站住想仔细看看。中心区是个圆形小货亭，一个疲惫不堪的胖女孩在里面抽搐般地旋转着。她周围是用脆弱的彩色条棒撑起的好几层玻璃架，上面竖起小小的叉状镀金台，台子上对称地摆着或者垂着花环和小圈环。蜡制的橘子花、纸做的桂树叶子、天鹅绒做的蝴蝶结、镶嵌着玻璃的女士冕状头饰、蜡黄色的球形仿制梨子，小串挂在金属丝做的枝干上，全都带着悬挂的薄纱，有着清晰的几何线条构成的网格和随意的折痕。现在，有些东西明显已经脏了，有些还很新鲜，洁白如雪。

围绕核心人物，一圈乱糟糟的准新娘在缓缓扭着她们的臀部。外面又冷又潮，里面却很热。蒸汽从花呢、斜纹防水布、毛里的女式短靴上冒出来。一个由陪伴而来的母亲、祖母、姑姑、阿姨和姐妹组成的大大的圈子，像环绕着正在忙碌的人群的第二圈，她们站在那里，拿着伞、帽子和潮湿的包裹。女孩们尽可能把脑袋靠近柜台，朝着帷幔环绕的柜台上众多带柄的圆镜子方向伸长脖子。她们几乎没法为身体腾出点空间，让它跟着脑袋过去。她们使劲地向前弯着身躯，屁股也挤了进去，又不自然地、歪斜地拉长身子，朝柜子上的头冠靠近、摆动、抓取。她们够着这些东西后，压低放在湿漉漉的头发上，为了不失去平衡，她们又得保持下半身稳定向前推进和扭动。有些姑娘看完镜子后，扭动着身躯对着陪伴来的亲戚展示出一副定格的表情，倾斜着，紧张地抓着，有时好像在风中。弗雷德丽卡看着，很着迷。在帷幔的框内，在巨大又同样坚硬的身体上方，那些脸在不断变化着。偶尔出现尴尬的傻笑或者讨厌的鬼脸，但大多数脸由一只又热又湿的手托着，带上某种装出来的羞怯的优雅，做出一种超然和可敬的表情，有圆脸、马脸、呆板的脸、萎靡不振的脸、戴着金属边眼镜的脸，这些脸全都半张着嘴唇，眼睛睁得大大的，对某种尚未实现的新的自我，新的世界表现出一种礼节性的惊奇。弗雷德丽卡想，这既感人又荒唐，同时打量着她们的腿在泥地上笨重地活动着，踩踏着，冲撞着。片刻后，她开始大声笑起来，然后又回到小商品区，想给斯蒂芬妮买件傻帽礼物。

最后，她买了两件傻东西，一对天鹅绒白色儿童拖鞋，装在有点透明的盒子里，盒子上面还系了只粉红色的蝴蝶结，一条皮带，那种带网眼链条的皮带，链条在牵绳和纹章之间的某个地方，那东西在当时很时尚，在那个位置你可以把其中一头挂在这个链条的链子上，让另一端像个仿腰链或者脚镣般晃荡。这个礼物花去她为了买《四个四重奏》攒的所有钱，但她很乐意。斯蒂芬妮可以省下蜜月用的拖鞋钱，这件礼物将传递出一种信号，即弗雷德丽卡支持整个这项事业。一场顿悟。至于那条皮带，她选择它是基于一个非常美好的原则，即作为随意送的礼物，那是她自己喜欢的东西。

买完礼物后，弗雷德丽卡让自己侧身挤进那个旋转玻璃门，利索地转了半圈，深深地呼吸了口新鲜的空气，这让她感觉有些晕眩，然后大步走进灰蒙蒙、雨淋淋的大街上。

20
家 长

这是亚历山大的一个规矩，不要去自己所爱的已婚女人的房子或者家里。他认为，那样对他们或者他都没有好处。他们要么可能不喜欢那幢房子或者家，因此怒气冲冲，心烦意乱，要么，偷偷地喜欢，想借着带他进家，神圣化房子或者情人。还有第三种可能性，他从来没有碰到过，却很害怕：某一天，一个女人会要求他加入毁灭这个房子或者家的仪式中，把斧头和喷灯带到家里，在客厅窗帘的废墟中做爱。有一两次情况已经危险到快接近这个地步了。他更喜欢做个逍遥在外的男人。

复活节过得很开心。亚历山大写信给珍妮弗，他如何在各种各样的场合无时无刻不想念她——穿过父母开的酒店，偷窥编号的房门，一张接一张地看不知名的床，孤单地在白垩纪时代的高原草地上大踏步行走，或者沿着韦茅斯沙滩上的潮流线徘徊。他父母有着一系列数不清的爱德华时代的地下厨房和碟碗存放室，都略作装饰，光滑的门装得歪歪扭扭，还有凉冰冰的椰衣垫。他们坐在大得别扭的西红柿汤罐头和脱水洋葱的瓶瓶罐罐中间，翻着《每日电讯报》，听着收音机。店长和韦德伯恩太太既是业主又是员工，要计划来来往往和购物事宜，要整理弄脏了的床单和损坏的瓦罐。亚历山大没有在信里告诉珍妮弗这些事。“我父母很好，很开心，很高兴见到我。”他写道，尽管他们很少有时间跟他聊天说话。他也给克罗写了几封雅致简洁的信，谈到独自散步，没有男孩们干扰的那种强烈的愉悦感，克罗的回信充满了对即将到来的夏天的热情期待。他把珍妮的信都带在口袋里。

他回去后，珍妮的精神似乎很低落，态度简直有点暴躁。他不知道珍妮是因为他的离开而苦恼呢，还是因为要被迫待在原地不动而生气。他们在城堡岗见过一次，发觉他们被那个戴着发套，明显不见其身的女孩咧嘴而笑的脸监视着，她后来化身出现在一片荆棘丛中。“像只柴郡猫。”亚历山大说，但珍妮严肃地说，不是开玩笑，她现在就像那个终身不变的爱丽丝，透过小小的锁孔偷窥着进不去的花园，她想要点世俗的真实。谢谢你。

就这样当亚历山大发现自己要去她家喝茶时，经过精心安排，他渴望晚上踏上波特家附近的那条路。比尔·波特一直不想跟杰弗里·帕里说话，因为他们曾为托马斯·曼争吵过，比尔说，他是个没用的骗子。帕里说他们可以求同存异。比尔说，有自尊的知识分子不会那样做事。帕里说比尔没有读过德语作品。比尔说，就这件事而论，这不重要。帕里说比尔孤陋寡闻。比尔说那是无知的辱骂。帕里告诉珍妮弗，暴躁和放纵不需要传染给别人，可她并没有在意。从那以后他再没跟比尔说过话。

珍妮弗专门给亚历山大烤了个蛋糕，泡了茶。亚历山大进门后，珍妮弗在他的脸上迷恋地蹭着，抱在胳膊上的小托马斯专横地扯了把她脸上的肉。她引着亚历山大参观房子，他并没有做这样的请求。亚历山大焦躁地意识到，珍妮弗以为作为情人的他会有强烈的好奇心，想知道被爱的这个人隐蔽在生活里的各个细节，包括鲜花盛开的粉红色盥洗室，放着比阿特丽克斯·波特牌粗呢地毯和活泼的仿米罗的活动雕塑的婴儿室，带瑞典家具和斜纹窗帘的卧室。在卧室里，他感觉自己像个窥视者，一个下流的闯入者。珍妮弗温柔地呻吟着，抓住他的手。小托马斯撑在她的臀部，也呻吟着。她把孩子放在床上，自己坐在床沿上。亚历山大继续站着。托马斯喊叫着，拽着她的衣服。珍妮弗轻轻推了孩子一把，他忽然哭起来。珍妮弗抱起孩子，熟练地扭来扭去，一点都不温柔，任由他的脑袋从自己的一侧肩膀上垂下去，亚历山大不能看那里，然后突然转身下了楼。

他们喝着茶，两个人都躁动不安，都因为渴望什么东西而感到痛苦，那东西既不是欲望也不是与之相反的什么。托马斯坐在高椅子上，用玻璃般的蓝眼睛盯着亚历山大。亚历山大喝着玫瑰色瓷器里的茶，心想：她会允许我的，即便孩子从床的那头看着。珍妮给托马斯切了几块面包和马麦酱烤面包片，他把这些东西都扔到地板上。她把孩子坐的椅子转过去对着窗户。“看看那些树、蓝天和太阳，托马斯。”托马斯吞咽着，扭过身子继续盯着亚历山大。亚历山大感觉应该跟他说说话，便伸出一只拘谨的手指，被谨慎的油乎乎的手攥住。“他喜欢你，”珍妮说，“哦，亲爱的。”她擦掉几滴泪，抱起托马斯，把他放在亚历山大的膝盖上，好让自己的一只手如电流般在他的裆里流连，像她过去常干的那样。她嗅了嗅，然后站起来背过身想看看。

托马斯小小的，热热的，结结实实。他的小手放在亚历山大的胳膊上。托马斯的味道闻起来既像好好地洗过，又感觉很脏，是肥皂、尿骚、金缕梅酊剂、马麦酱和果酱混合的味道。托马斯已经通人性，将来会成为男子汉，他定定地挑剔地阴郁地盯着。过了会儿，他像折刀般收拢起身子，整个身子如同果冻或者跳跳豆般摇动起来，几乎扑到地板上。珍妮抓起他，捏了几下让他不吭声了。

"他会爱上你的，亚历山大。"

"我得去趟波特家。"他站起来，拍了拍自己的衣服。

"我爱你。"

"我也爱你。我无法忍受这样待在这个房子里。这样不好。你应该腾出一整天的时间来，到我车里去。我弄了辆车。"

"我不能。"

"你一定要来，用你的聪明才智。"

"我那里疼。"她脸色通红。

"会的。我也痛。我实在受不了待在这里。"

亚历山大走出去，上波特家。

弗雷德丽卡让他进去。她打开门的时候，用一个夸张的嘘声警告亚历山大："这个房子里正酝酿着一场恶魔般的大吵大闹。照我说这房子马上就要爆炸了。大家已经恶心了好几天。"

"也许我该回家去。"

"哦，别走。"弗雷德丽卡说，然后把他关在里面。

大家都在里面。照明有点不对劲，异乎寻常地冰冷和昏暗。比尔问亚历山大要不要来点雪利酒，接着给他们两个都斟了点，然后，仿佛事后想起，又给温妮弗雷德倒了一小份。除了弗雷德丽卡没有人表现出想发表任何意见的冲动，她叽叽喳喳地向亚历山大说了半天帕里太太，以及她在《这位女士不是用来焚烧的》中的表演，从看到那场表演开始，到弗雷德丽卡下决心做个职业女演员只有短短的一步，她发誓不想坐在一个房子里，让她的才华，那些所谓的才华，未被使用，在她的心里发霉。自从她收到洛奇给她的信，让她扮演登基之前的伊丽莎白，除了上次的意外窘遇，她都感觉得意自豪，并且开始拿各种誓词和感叹词粉饰自己的谈话，当然不是完全过时，而是伊丽莎白的现代版措辞。这是很不错的尝试。亚历山大试图用未被公司雇用的女演员的数量来挫伤她的热情。比尔说她将来应该上个大学，拿个不错的学位，像斯蒂芬妮那样，然后再接受训练，选择一个职业。

“像斯蒂芬妮那样。”弗雷德丽卡讥讽地说。

“像斯蒂芬妮那样。”比尔说，“不过我必须说，你表现出令人惊讶的些微像斯蒂芬妮的自律意识和对真理的尊重。”

“我想斯蒂芬妮是照你的意愿去做的，那么，照你说，斯蒂芬妮的职业不错了？”

“她可以做得更好。她会做得更好。这个地方只是个过渡阶段。”

“你对斯蒂芬妮一点都不了解，或者对她想做什么一点都不了解。你不了解我们想要什么，或者我们任何人想要什么。你不知道你对我们产生的影响。”

“哦，弗雷德丽卡。”斯蒂芬妮说。她开始脸色绯红。亚历山大兴致勃勃地看着她。他想弗雷德丽卡如此肯定地预测了一场争吵，那是因为她有意挑拨这场争吵。

“我知道斯蒂芬妮想要的东西很少。我经常告诉她，她在那地方是在浪费自己。你肯定也会同意我的说法，亚历山大。”

亚历山大得回答温妮弗雷德的问题，这把他救了出来。温妮弗雷德说，她没有立刻意识到讲这话的后果，因为她被弗雷德丽卡激怒了：“不是这样。出什么问题了吗，斯蒂芬妮？”

“没有什么问题。完全没有。事实上，我打算结婚了。我还不想谈这件事。”

出于某种原因，这是她想对亚历山大说的。她显得很不高兴。比尔说：“那么是跟谁呢，如果我可以问的话？因为我必须问，因为我没有听到过丝毫暗示，你打算跟谁结婚？”

她仍然冲着亚历山大说：“跟丹尼尔·奥顿。”

“丹尼尔·奥顿是谁？”

这不可能，亚历山大寻思，想着这个问题是出于真的无知还是沉重的讽刺。弗雷德丽卡回答了这个问题。

“他是个助理牧师。就是来过家里的那位，你知道，为几只小猫来过的那个人。”

“别。”比尔说。

“我要祝贺，祝贺……”亚历山大放低声音说。

“你肯定昏了头。”

“我想嫁给他。我郑重想过这事。他也想过了。这是自己应该亲自好好想想的事情。”

“废话。”

“爸爸，请别吃惊。请别这样。我对自己的话可是负责的。那是我的人生，请别吃惊。”

“你的人生。你究竟考虑过没有，嫁给那个助理牧师会怎么样？到时全是谈话、跪垫、女童子军、孤儿院女主管、义卖会这些东西。你完全不适合那种非存在的生活，像送奶车上的一匹赛马。不出一个星期你就会疯掉，如果不疯，就像我说的那样，可能已经疯了。他肯定也疯了，或者就是完全没有想象力，居然指望你。看上去好像想象力确实不是他的强项。”

“爸爸——”

“然后还有他的信仰，所谓的信仰，在最近这样的时代。我认为你不会赞同那个信仰，你还没走到那个地步。”

“没有，但是——”

“没有但是什么？”

“他的工作，他的工作很好。我尊重他的工作。”

“那不是你的工作，你这个傻瓜，那并不需要你有多少天赋，但它要求的很多东西你不具备。这人根本没有考虑过。他的牧师不会同意。我的上帝，斯蒂芬妮，你不要告诉我，你会真诚地前去加入一个组织，这个组织简直是在践行圣保罗对女人的观点，毫无疑问，那些有关养育和周期性分娩神圣不可侵犯的观点。你会变成一头奶牛的。一头奶牛，一个奴隶，一个优哉游哉斟茶倒水的闲人。你不能这样。”

“我希望你别说了。你这是拿丹尼尔说事。你没有权利这样做。”

比尔装腔作势地转向亚历山大。

“我有过错。我有过错。我肯定有。我在什么地方有过错。我所有的孩子都缺乏胆魄，他们缺乏真正的胆魄和坚韧不拔。面对真正的挑战，他们总是慢慢地侧身躲开。我儿子是个恍恍惚惚的傻瓜，我女儿想嫁给一个谎言和图腾，葬送她的一份才华——”

“你是有过错，”弗雷德丽卡说，“你的过错恰是你现在正在做的事情。你让我们没法做你想让我们做的事，因为你的行事风格把这事搞得好像令人可憎。

“我想，她嫁给一个牧师助理就是想唾弃你，就是不想再听到你的声音，磨磨叽叽自信地说什么对我们好……”

“弗雷德丽卡，不要说了。”温妮弗雷德说，“还有比尔，也别说了。你们都是在进行无法弥补的伤害。”

“我是想阻止无法弥补的伤害，你这个疯子。你想让这姑娘嫁给一个肥胖的助理牧师？”

“不，我不想。但我觉得这不重要，我们的想法并不重要。那是她的决定。我会支持她。”

“你不会得到感谢。她是故意想嘲弄我们。”

“不是，”斯蒂芬妮冷冷地说，“不管你们——包括弗雷德丽卡——怎么想，这事都与你们无关。我爱丹尼尔。这件事不容易。你们想把这件事搞砸。但你们不会改变任何东西。所以，求求你们了，请不要再说了。”

比尔拾起放在烟灰缸上的高高的一摞书，朝斯蒂芬妮扔过去。她侧身弯腰躲开。这些书落在地上，在她周围跳动撞击着。烟灰缸落在一个小灯盏上，灯盏已经爆碎，玻璃片四散开来，弥漫着一股燃烧的味道。斯蒂芬妮捡起两本书。她的手颤抖着。亚历山大看到比尔的嘴角上粘着一道薄薄的白色泡沫的细线。他尽量回避着不要看，然后说：“我想你不该再说什么了，我觉得我待在这里不合适。斯蒂芬妮非常痛苦。”

“非常痛苦，”比尔说，“非常痛苦。她应该这样，我也这样。非常痛苦。好了。我什么都不想说了。我永远不会再提这个话题了。当然，你可以做你喜欢的事情，但是，不管你做什么，我都不想干涉，所以你也最好永远不要再拿这样的事打扰我。”

他愤怒地扫视着房间，匆促地对亚历山大点点头，摔上门出去了。温妮弗雷德面无表情，跟在他后面走了。

“我告诉过你会很可怕。”弗雷德丽卡说。

“你都没有帮忙。”斯蒂芬妮说。

“我试图帮来着。”弗雷德丽卡说。

“几乎没有。”亚历山大说。

斯蒂芬妮抱起胳膊，战栗不已。亚历山大走到她跟前。

“你没事吧？”

“也许吧。我感觉不舒服。”

“你不该试图如此强硬地明智理性。”

“我们就是在提倡理性的教育中长大的。”

“几乎没有。”亚历山大说。

“哦，真的，我们就是这样，被教导要相信理性和人道主义，以及个人关系和宽容。你可以用任何手段强化任何戒律。从此以后我跟他的感觉再也不会一样了。”

她的声音又细又小。亚历山大刹那间感到不快，不知那是跟比尔还是丹尼尔感觉不同。弗雷德丽卡坚定地宣称：“他会改变主意的，一定会。”

“如果他真的那样，我就应该完全不把这个当回事。我该假装其实那不要紧。他经常对我们这样，总是对我们这样，所以我们去在乎他说的话就错了，因为他总是解释说他根本就是有口无心。然后你就会因为放任那些没有说出口的丑陋言辞在你的头脑中发馊而感到内疚。”

“你承担不起去在乎那种荒唐话。”

“不能。”她冷冷地说。

“斯蒂芬妮，去跟丹尼尔聊聊吧。现在就去。越快越好。”

“丹尼尔？我不能告诉他这个。那会很可怕。我不能……”

“那是他的事。”亚历山大柔和地说。斯蒂芬妮开始惊慌地呜咽起来。

“我记不得他了。我完全不记得他了。好像我自己没有跟自己辩论过，那些事，这个教堂——”

“但是丹尼尔在那里，”亚历山大说，“而且真真切切。”他用胳膊搂住斯蒂芬妮，她闻起来有股好时派沐浴露的芬芳味道。她不能说，他自己的不真实（在那种意义上）以及他此刻的存在，加剧了她的不确定。她依偎着亚历山大，哭泣着，他抚弄着她的头发，一遍又一遍。

弗雷德丽卡一言不发地坐在沙发上。她感觉被摇晃过，神清气爽。他们的生活不时被这些阵阵愤怒的大风打断，这绝不是第一只被打碎的灯。他们靠一个循规蹈矩的神话生活，靠一个封闭家庭的安全和确定的图景生活。但是这里有很多裂口和缝隙，透过它们，冰冷的大风号叫着，一直在号叫，而且还会继续号叫。这倒有它令人激动振奋的方面。号叫，鬼脸，赤裸的非理性，像波特的伦理学和美学所说的那样，不是暂时的脱离正轨。它们都是事情的内容。如果你知道它们存在，你就会行动，真的。弗雷德丽卡直起身子，轻轻拍了拍还在战栗的斯蒂芬妮的肩膀，然后走了出去。

“麻烦在于，”斯蒂芬妮说，“我感觉不适合活着。”

“胡说。”

“不是胡说，真的。他让我有那样的感觉。我知道这样想并不理智，可我忍不住这样想。”

“你像耶和华那样安抚他。这样不好。”

“真的不好？”

“不好，因为这会让情况更糟糕。对他来说同样如此。”

“我应该去死。我不想活了。”

“你想跟丹尼尔·奥顿结婚。”

说完这句话，亚历山大在她嘴上吻了下，既干巴又温柔。她把头埋在亚历山大的肩膀上，然后他们就那样坐下来，坐了会儿。她记不得丹尼尔了，这是真的。

21

玩具娃娃旅行推销员

弗雷德丽卡用一个花里胡哨的动作加上一句道歉，把买的礼物送给斯蒂芬妮。斯蒂芬妮谢过她，然后说她其实用不着麻烦。弗雷德丽卡想，斯蒂芬妮足够聪明，应该知道这种不要麻烦的话会有多伤人。她尽量开脱这是因为压力的缘故，但是想想，斯蒂芬妮应该看得出来，她自己也处于巨大的压力下。

她现在真的承受着一种全身性的愤怒，是被一部有点非法的黄色电影激发的，片子模模糊糊，充满破绽，那东西在她头脑中以及别的地方不断地驰骋。丹尼尔无论多胖，已经变得非常有趣，无论愿不愿意，弗雷德丽卡想象中总是掀起他的牧师衬衣，脱下他的牧师裤子，测量他那像大山般的肚皮的重量或者看看斯蒂芬妮柔和的白肤和丹尼尔疙里疙瘩的毛糙的黑色皮肤愉快地飞跃而过。她喜欢让自己暴露在露天的空气中，那样的空气不是扎进而是把她围裹在幽闭恐惧症般的燥热中。她冲每个人吼叫，装模作样，夸夸其谈，但有反应的只有镜子里那位。温妮弗雷德建议她来次长途旅行，吸收些新鲜空气。这个建议像弹簧般释放了弗雷德丽卡，她搭上去卡尔弗利的巴士，她想从那里搭乘更远的巴士去北约克郡的荒原区，然后徒步漫游。

巴士车站在卡尔弗利大教堂后面，弗雷德丽卡在教堂里面迅速徜徉了15分钟。她上了一辆开往戈斯兰德和惠特比的棕色巴士，挨着窗户坐下，迷迷糊糊地希望一场美好的旅行能给她一种解脱的感觉。一个男子过来坐到她旁边。她礼节性地站起来，然后又坐下，收起裙子，表示让出些空间。她的邻居立刻扩张过来想填充这点空间。巴士开走了，出了卡尔弗利。弗雷德丽卡迅速看了眼这个男子。他穿着件毛糙的红褐色西服，里面的身子硬邦邦的。那只四方形的手放在挨着她的膝盖上，戴了只金黄色的图章戒指。弗雷德丽卡望着窗外。

出了卡尔弗利，巴士开始爬上坡。弗雷德丽卡从抱怨和燥热中解脱出来后，开始思考。她想到了拉辛[1]。他们为了高级考试需要学《费德尔》。普拉斯凯特小姐，那位法语教师，布置他们写无穷无尽的人物分析：他们已经写了费德尔、希波吕忒、阿利希、奥诺妮，但还没有写到瑟泽。高级考试中有这种题型。在某种意义上，她们所做的是把拉辛搞得似乎完全像莎士比亚，把莎士比亚又弄成了萧伯纳——上学期她写贞德、迪努瓦、科雄，写法完全一样。要求你去讨论情节中人物的作用，除此之外，就像甜食上的一层奶油，还要说他们有什么额外的个性，什么内在本性，包括罕见的和独特的。他们把莎士比亚弄成拉辛但又不像萧伯纳（其实他对这位出色、专业的高级考试的考生是非常抗拒的），干的另一件事就是追踪反复出现的意象，如《麦克白》中的鲜血和婴儿，《费德尔》中的鲜血、光和黑暗。这又搞得

1 让·拉辛（Jean Racine，1639—1699），法国剧作家，生于官吏家庭，曾任路易十四的宫廷史官、侍臣。作品多借用古希腊、罗马的历史传说，暴露宫廷贵族的荒淫和残暴。他善于刻画贵族妇女形象，着重心理分析，其悲剧深刻而富有诗意，是法国古典主义代表作家之一。

莎士比亚和拉辛两个都跟亚历山大·韦德伯恩很像。（萧伯纳更难些。如果你不重复他那些能言善辩的观点，你几乎没有什么可说的。而如果你真的还算出色，重复别人的观点，甚至作者的观点，来评论有关剧的内容，很大程度上是不会令你甘心的。他已经做了那种注释性的多余的话。肯定有别的类型，但是如果她知道那是什么的话，她就会遭诅咒。）

因此，面对莎士比亚和拉辛，在整个作品框架中，打动人心的东西是不同。应该有一个描述这种不同的方式。同是对激情女人的刻画，试比较和对比费德尔和克娄巴特拉。不，不。其实真的跟那些统一性没关系，那感觉就像一条红鲱鱼。

跟亚历山大有关系。如果你用完整的对句来思考，再进一步用一个摇摇摆摆的停顿分隔开来，如果你使用有限的词汇，用法语来思考，你就得用不同的思维方式，你的实际的思维方式是不同的。

它不再是我心中隐秘的热情，
正是维纳斯自己紧紧与猎物贴在一起[1]。

一个主题句的四段成分，非常均衡，甚至在这个非常极端的陈述中都非常均衡，想到通过这个韵律来强调cachée和attachée。你看见过维纳斯紧紧不放手吗？她以前经常不用想就能看到一个无形无状、蹲伏着的东西，从一根树枝上掉下来，伸长爪子，裹住挣扎的身体，像狮子和马。外面的撕开了里面的。但是这句韵文形式把抓手从被抓的对象那里分离开来，同时又无情地把它们连在一起。大概是这个意思。弗雷德丽卡想，现在，如果你写了亚历山大的思想过程——你可

1 原文为法语。

以达到某种程度——看到相对争议的意象是怎么回事，不像在莎士比亚中那样流畅。她露齿微笑了，纯粹欢乐的微笑，坐在那里看着外面现在已经独具特色的荒野风景，道路邻接铁丝般的大片大片青草地、颤抖的棉花田、并不平坦的堤垄和地块，大地起伏折叠，在花岗岩、杜鹃花以及蕨菜地中，朝着地平线开裂。

她旁边的那个男子蚕食了很多空间。大概不会有错，自己旁边的这个男子已经占据了一片很不公平的座位面积。这人巨大的屁股挨着她的屁股。他的前臂已经跟她的空间发生重叠。巴士晃荡着拐弯时，他伸出一只手，抓住弗雷德丽卡的膝盖，把自己调整端正，然后说：

“对不起。不太稳。”

“没关系。”

“要去很远吗？”

“戈斯兰德。”

“你住在那里？”

“不不。”

“去游览？”

“出去一天。”

“一样。有了一天的空闲，心想我得看看荒野。你自己一个人？”

“是的。”

“一样。”

简省，弗雷德丽卡想。他再次放松进入沉默状态。他的屁股变得越来越大，靠得越来越近。他的衣服翻领摩挲着她的胸脯。他的呼吸明显听得见。弗雷德丽卡把脸挨在窗户上研究着风景。去年留下的棕褐色，褪色的淡黄色蕨菜，老旧的石南还在今年新鲜的大地上，开始转绿。有些艺术并没有风景，在它之前，也许包括之后。比如拉辛，对蕨菜色彩的细微变化没有兴趣，还有蒙德里安也同样如此，这是她最近刚发现的人物，几乎可以肯定也对此没有兴趣。如果你生活在这里，你会觉得风景就是本质，你用它去思考和感知，会有种勃朗特风格，与此同时，它又是障碍。你可以既不看它，又不借助它，它会随着附着的联想越来越多而变得丰厚。顷刻间她又展望起一套想象中的伦敦公寓，也许是亚历山大的，优雅的淡色木材，偏白，窗帘关着，灯光柔和，里面有很多人工的模型，有方的、圆的、流线型的，带点奶油和金黄色的色彩。她又咧嘴笑了，这一笑又挑起邻居的话语来。

“别人有建议你来这里该看什么吗？”

“没有。他们说这里很漂亮。”

“的确。不妨来一次漫游，舒展舒展老腿，嗯？真有意思，我平日里到处出差，到了休息日还要出门旅行。这个星期，我已经上上下下走遍了这个郡，哈德斯菲尔德、威克菲尔德、布拉德福德、约克、卡尔弗利。我还去了哈洛盖特玩具市场。我是做玩具生意的。本以为在休息日能安静下，可我发现安静不下来。”

弗雷德丽卡谨慎地点着头。这人带着股令人吃惊的怒火说：“你孤单地东奔西走。如果你东奔西走，就很难维护好和家人的关系。我把钱都投注到那个家了，我投给它之多你都难以相信，可是我从中没有得到任何好处，除非你把没有他们在身边比在身边要好这点乐趣算进去。没有丝毫个人隐私。很多事你就别指望参与了，比如，定时回家喝茶。有时我露面了，惹了麻烦，我会感觉自己遭人痛恨，所以，我不会——如果我还能忍受得住——我不会为难自己，出来乱跑，让自己受累，我会寄张漂亮的明信片，在原地待着，像这样就近走走，看一两个地方，跟人聊聊天。我发现，从长远看，这样更快乐，少些幻灭感。”

“是的，”弗雷德丽卡说，她直到现在也闹不清谁住在那个家里，父母、妻子还是孩子，“我姐姐要结婚了。所以我们闹得一团糟。”

“我敢说肯定会这样，肯定会这样。”这个棕褐色的男人说，带着巨大的感同身受。

到戈斯兰德后，大巴在一家酒馆外面停住。天很冷，在那个不规则的乡村绿地上，几只鹅在晃晃悠悠地走着，高沼地的绵羊跟在后面，咔嚓咔嚓地嚼着东西，惊讶地凝视着，然后欢快地走开了。弗雷德丽卡的伙伴说：“请你喝点什么吧。”她想说不用，但又想看看一家酒馆里面是怎么回事，她还从来没去过那种地方。他问她想喝什么，弗雷德丽卡说：“威士忌。”她曾经为御寒喝过，加了蜂蜜，感觉比雪利、杜松子酒或者酸橙更适合他们待的这个地方。这人给她买了两杯威士忌，跟她说起玩具娃娃来。

“现在你可能想不到，德国佬做的玩具娃娃比我们做的实在可爱多了。逼真漂亮的小脸蛋，柔软的头发，简直太自然，太细腻了。我们自己做的普通玩具娃娃是真正的硬脸小玩意儿，脸蛋像红色弹珠，格格响的眼睛像小石子。如果你把它倾斜下，就没法不让它咔嗒咔嗒响。令人惊讶的是，大多数孩子都很喜欢它们，血红色的心上人的嘴唇，带着小俏妞的表情，你真要盯着这些看会让你感到有点不舒服，我当然不存在这种情况了，那属于我要做的事情，我的工作就是卖这种产品。你得知道，孩子们都会喜欢什么，我经常想，他们其实根本不看自己依偎着睡觉的东西，不管什么破旧布，或者衣钩、塑料的新奇玩意儿，都会吸引大多数孩子，如果他们决定亲近它的话。我注意到了这点。但是如果你不得已要做比较，你会感觉那是完美典型。我其实很喜欢看一件自然的玩具娃娃，你知道吗，一个柔软的玩具娃娃，有着跟婴儿一样真实的皱纹，能喝能撒，什么都会，还有着真正的婴儿般不使用的小腿。我可以设计出一个来，可是同行们不会碰的，太丑了，又没头发，肚子胀鼓鼓的，他们不会看的。真遗憾。说到小男孩玩具娃娃也令人遗憾。如果是黑人或者荷兰人，就完全可以，漂亮的光溜溜的身子套上几件衣服就行。我怀疑孩子们会不会问，那小鸡鸡或者小鸡巴或者你不管叫什么的东西，他们在自己身上和兄弟身上看到的，上哪儿去了？我们可不是生来这样羞怯的，可那会持续一辈子。再来点威士忌？准确地说这没什么害处，你说呢？但是如果我真这么尝试了，我就会被举报。”

“我信。我有个漂亮的橡胶玩具娃娃。她叫安吉丽卡。但是她的肚子坏了。背心都融到肚子里。太可怕了。”

“那是因为太热了，我希望你还留着她。要缝补橡胶的话，滑石粉会管用。现在都做上头发了。德国佬在做头发方面也很在行。他们拥有的颜色种类更广泛，而且非常逼真，我们的材料全都是乌黑的或者淡银灰色的，偶尔有点赤褐色，如果你这样叫它的话。我会说是红褐色。但是德国佬做得特别自然，像真头发，而且发丛的间距也挺好，不是看着跟列队般一排排，像你可能以为的那样，而是看着很自然，覆盖整个头皮，有些真的漂亮，我说过了。那会摧毁你对英国制造的信心，真的会，我不想赞美德国佬，我向你保证。我不会。我看得太多了。但是要提醒你，德国佬、英国人，或者别的任何人，都不可能做出像你这样漂亮、柔软、独特的头发来。如此奇妙的颜色的细微变化，真的太罕见了，如果你不介意我这样说的话。”

“谢谢你。”弗雷德丽卡说，带着毫无由头的清高。

“不用客气。瞧，我在德国占领军里待过，我可以告诉你，艺术性玩具娃娃是你认为的德国人最不可能做的东西。他们更像是会做人皮灯罩，还有行走的骷髅，完全就像我们军队开进去解放那些波兰集中营时候看到的情景。我告诉你什么让我想起了他们。我走进那个教堂，有好几具尸体和骷髅，那些老主教习惯放在他们的坟墓的底层架子上，就是为了提醒自己。想想你进去的时候，很多人对着你絮絮叨叨，那个味道难闻死了。会让你的胃口和神经难受一辈子。你不会认为他们是人类，他们是那些你会越来越逼近的东西。再来点威士忌？不。随便走走怎么样？”

桌子底下，这人的脚踝勾着弗雷德丽卡的脚踝，皱巴巴的袜子挨着尼龙长筒袜。弗雷德丽卡感觉她不知道的某些游戏规则正被不折不扣地观察到，同时感觉怪怪的。喝了这么多，说了这么多，每部分都限量供应，然后那人说：

“你叫什么名字？”

“弗雷达。弗雷达·普拉斯凯特。”

“很少见。我叫埃德。其实就是爱德华，当然，我更喜欢叫爱德华，但经常被人叫埃德。”

“埃德。”

“我们要去走走吗？”

他们穿过戈斯兰德的中心区，来到一条路上，那条路已经变成一条小径，然后跨过一道小溪，再走几步便到了真正的乡下。显然，埃德不想再往前走。他问弗雷德丽卡在这里坐会儿是否会感觉太冷。弗雷德丽卡说不冷。他拿出一件雨衣铺在一个像华兹华斯诗歌里经常出现的那种荆棘丛下面。弗雷德丽卡僵硬地坐在雨衣边上，心想，某些事情如果她知道了，这些事情就再也不会以同样的方式烦恼她。她读过《查泰莱夫人的情人》，很真实，还有《虹》，也很真实，包括《恋爱中的女人》，但不能说，她指望从这位玩具娃娃旅行推销员那里获得一场顿悟。她希望自己的无知，至少一部分，能被驱散。她想变得见多识广。她希望自己能够找到不满的源头。

埃德极其笨拙地用一只手肘撑着自己，坐在她旁边，端详着她的脸。弗雷德丽卡不想正视他的眼睛。整个过程，她其实没有真正细看过埃德的脸。这张脸的总体有着很重的垂肉，胡子刮得干干净净。他身材短小，褐色的头发硬生生的。

“舒服吗？”他问道。

“还行。”

“如果你放松点，躺下，或许会更好。”

弗雷德丽卡躺下来。

“好姑娘。”他说，然后躬起身子望着弗雷德丽卡。他把一条腿搭在弗雷德丽卡的腿上，把脸凑到她的脸上，用他那滚烫、坚硬、干燥的嘴唇，亲着，啄着脸蛋上的每块地方，眉毛、脸颊、闭着的眼睑、下颏、嘴唇。他展现出魔鬼般的老练，他已经开始进行常规技术的表演了。在这种干巴巴的亲吻上花了些时间后，他又开始只对付她的嘴唇了，撮着它，用双唇，用牙齿，从侧面蹭着，最后用舌头使劲撑开，那条舌头好像大得可怕，圆滚滚，胀乎乎，呼出尼古丁、啤酒、茶叶的味道。他们的牙齿碰在一起了，咯咯作响。弗雷德丽卡试图扭开，这又增加了他动作的力度，他用一条胳膊把弗雷德丽卡搂得更近，拎起全身的重量压到她身上。弗雷德丽卡感觉他坚硬的前身压着她，不停地蹭着，蹭着，她自己的舌头卷起来往后缩，稍微一松弛，擦着了他的舌头，引起她一阵战栗，感觉焦虑、厌恶，又有种顽固而可怕的莫名的好奇。也许他是个色情狂。她应该早就想到这点。

这时他的手顺着她的腿摸上来，钻进她的裙子，深入到她厚厚的校服短裤里。他开始熟练地像蹭她的脸般蹭起来。因为尴尬和厌恶，弗雷德丽卡想挣脱，我会疯掉的，她想，我已经知道了，我受不了。关键不在你是如何知道的，这不重要。她想夹紧腿，想说不要，可是她的嘴被堵住了，她的骨盆被压着，那只忙碌的手正慢慢地从侧面深入她的短裤，令她更为尴尬的是，里面变得又热又湿。很奇怪，她越是不喜欢整个这件事，体内一种无意识的贪欲越弥漫全身，所以它激起自己的意愿去满足这股贪欲，去邀约那撞进来的手指，所以，最后，当他把两根手指都伸进去时，她开始就着手指痛苦地扭起来，被某种东西刺激得抽搐起来，眼泪开始夺眶而出。她想象那两只蠕动的手指粗笨生硬，并不熟悉，沾满尼古丁，不是很干净，她在相反的激情的促使下狂野起来，回咬着那咬她的嘴唇，躬起身子，扬起一条胳膊敲打或者抚摸那铁丝般的头发，其实，那头发像婴儿般柔软和顺从。她的裙子被撩起来，双腿既冰冷又湿淋淋的。她忽然想到，如果她想要撒尿了会怎么办，这个念头让她镇定下来。然后，埃德抓住她的手，温柔地引导到他的裤子拉链前。弗雷德丽卡任由自己的手停在那里，有那么片刻，不知如何是好，出于礼貌的考虑搁在他的西服上，瞬间有了模模糊糊的压力后又拿掉。她不知道自己想要干什么，也不想那样做。忽然，很大程度上出于无意识，她开始变得绵软无力。当埃德再次抓起她的手，她坚决有力地甩掉，把脸转过去。埃德突然坐起来，看得出在仔细地用手绢擦着手。弗雷德丽卡收起双腿，怀着燥热、被搔挠、怦怦跳的感觉，仔细看了下埃德。她没有办法知道，没有先例告诉她这是否就是期待的结果，是一场狼狈的挫折，还是一场新的攻击开始的信号？其实，盯着无动于衷的荒野地，埃德又开始饶舌起来。

“在部队的时候，在德国人开打之前，有些家伙和我，我们经常逛开罗的妓院。你知道，她们有各种表演，包括正常和不正常的，我想你可能会这样说。有些没有多大价值，同样的东西你看得太多了，我绝不是为了刺激才去做的那种人。但是有些东西你不会天天碰到。比如像那种地方，他们找个女孩，然后把一头驴放在非常结实的网子里，从天花板上挂下来，吊在女孩的上方。她会撩拨那家伙，那头驴，她躺在下面，然后撩拨，让那家伙兴奋起来，用她的双手和嘴巴，以及她能动用的一切，那可真是个活泛的女孩。那家伙的东西硕大，透过网子简直要冲出来，它会被适度地刺激起来，但不可能够着她，因为有网子。他们得把驴捆起来，否则会对那女孩造成很大的伤害，会撕裂她，撕碎她，它蹄子乱戳，女孩扭着，转着。就是这样，就是这样。”

像突然开讲那样，他突然不讲了。弗雷德丽卡不知道要说什么。他们并排坐着，两人都微微不知所措地皱着眉头。他说：

“我们还是回村里吧。我们可以乘下辆巴士去海边。”

“我想——我想待在这里，想随便走走。”

他们又坐了会儿。

“好吧，”埃德说，“我要走了。麻烦你从我的雨衣上起来吧。”

弗雷德丽卡匆忙站起，他边收拢着雨衣，边仔细地轻轻擦着，然后搭在胳膊上，默默地点了点头，又退回到那条小径走了。

她其实没有走很远，只走了一小段路就来到那片荒野，然后又漫无目的地返回那条小径。想迈步远行的欲望已经偃旗息鼓，她的脱衣舞秀也如此。她没有任何办法知道，那一切到底是否必要，但有一点毫无疑问是真的：她已经比出发时知道得多。她沿着那条小路走着，碰到一辆非常干净的银灰色轿车停在路口，看着好像很熟悉，接着很确定地认出那是谁的车了。她走到跟前，把脸贴到前面的车窗上，朝里看着。

前面的座位空着。后座上，亚历山大很不雅观地平摊在一个看不见也不知道是谁的女人身上，一只膝盖偏离座位。他穿着夹克和长裤，在摊开的灯芯绒西式女套装下面，他的腰身显得臃肿又疙里疙瘩。那头漂亮的头发光滑又柔软，从他的脸上垂下来，触到女人的脸上，摩挲着她，同时遮住了她。弗雷德丽卡僵住了，盯着看起来。她继续看着，完全被好奇心迷住，难以自持，往里偷看着。亚历山大警觉到了，抬起脸，面色通红，微微闪烁着柔和的光彩，迎着她的目光。

弗雷德丽卡·波特惊呆的脸，在戈斯兰德的荒野中，要比在城堡岗像柴郡猫般神出鬼没的那个戴发网的女孩还要难看。跟埃德的插曲结束后，她又重新整理了下妆容，亚历山大看到的那张脸带着某种木偶般的俗艳，像当时很流行的那种有着弯弯的金光闪闪的眼影，充满光泽的酒红色的嘴唇，扑着淡白色粉的面具，就在他们附近。巨大的镀金耳环从红头发下面的耳朵上垂下来。照亚历山大的解读，她的表情既充满渴望又很严峻。他们的眼睛仿佛无声地对视了很长时间。接着亚历山大糊里糊涂地想，如果他低下头来，也就是，如果他再次把脸埋到珍妮弗的上方，他倒希望自己的身体能够护住她不要遭到弗雷德丽卡的审视，她可能认不出那就是珍妮弗，然后可能就不当回事走开。她不是幻觉，她呼吸的气息把挡风玻璃呵得雾蒙蒙的。亚历山大蜷起身子，用一个尽可能保持尊严的动作，围住珍妮弗，然后等待着，听着自己的呼吸。他多么希望，出于万千个理由，不管是美学的还是肌肉的，他们要在车外就好了。但是，珍妮弗抱怨说太冷。

再次在那辆巴士上安顿好，弗雷德丽卡惊讶地发现，埃德正登上巴士的踏脚板，令她更加惊讶的是，他走过来坐到她旁边，拿出一本厚厚的黑色笔记本。巴士开动之前，他说，像做生意一样，他喜欢记下她的名字和地址，以备他这样旅行着找上门来，而这是很有可能的。弗雷德丽卡报上普拉斯凯特小姐的假名，又说了虚构的地址，编造了个珍妮弗家的门牌号，用丹尼尔作为街名，电话一半编成学校的，一半加上那个医生的号码。从事实中提取的虚构有种纯虚构所没有的疑似合理性，对此她很自豪，尽管不理解为什么埃德会对掌握这种东西感兴趣。他记了下来，慢慢地，耐心地，喘着粗气，在戈斯兰德和卡尔弗利之间，他没有再对她说什么，不过偶尔，在那个角落，他的屁股还想依法炮制，试图挤压过来。

弗雷德丽卡又开始使劲思考了。她这天过得支离破碎，却充满各种事情：斯蒂芬妮、卡尔弗利大教堂、拉辛、高沼地、埃德和亚历山大。如果把这些事情聚拢到一起——毫无疑问它们本来是可以拢到一起的——它们就会有很多令人惊异之处。比如，如果你抓住丹尼尔不好的画面，把它们跟不放手的维纳斯联系起来，又跟埃德联系起来，把埃德灼热膨胀的舌头跟那头驴灼热膨胀的家伙联系起来，把那些又跟亚历山大联系起来，如果，出于美学上的精致，你生搬硬套，从军事意义上把荒野的诸多方面与卡西·希斯克里夫联系起来，以粗糙的弗洛伊德式观点看待卡尔弗利大教堂尖顶的坚挺，你会获得一个所谓的感官意象，那毫无疑问会令人感到非常沮丧，同时毫无疑问强有力的。

但是，如果把这些东西分开该多好。如果你把它们分开，在很多方面，你会更合理地看待它们。

比如，拉辛很重要，那是因为亚历山大。不放手的维纳斯只是个例子，事实上不是特别好的例子，她偶尔选择这个例子，是因为大家对它可谓烂熟于心，当你乘着巴士在一片荒野上颠簸时很容易想起来。

接着说荒野，跟卡西·希斯克里夫毫无关系，除非她选择要有关系。她看到的去年的欧洲蕨是淡黄色，而且在一定距离之外，弥漫在毫不卷曲的绿色植物上方的这片雾蒙蒙的淡黄色，好像在脱褪。

埃德什么都不是。她把他拉进来，就因为他什么都不是。她没看过他的脸，如果那是碰巧的话，现在就是刻意设计，她不想看他的脸。他有他的功能。此外，她已经让他中途下车了。

那头驴跟什么都没关系，但现在她知道有关它的故事了。它本身很有意思。

再说亚历山大。已经认出珍妮弗伸出来的身体部分的颜色后，她很清楚珍妮弗是什么人了。她应该很生气，却没有。看到亚历山大，她感到的就是一种权力。知识就是权力，只要你别把某个知识片段与另一个知识片段相混淆，并且试图消化它，把它完全转化成气质和情感，从而糟蹋了它。她现在知道了什么是什么，谁对谁做了什么，知道埃德对她做了什么，亚历山大对珍妮弗做了什么，这些都是有用的知识，但是，等那个时刻来临的时候，却与她想对亚历山大或者亚历山大想对她做什么不同。现在看来，好像会有那么一个时刻，那个时刻将要来或者会来。

你可以把所有这些事实和事情像叠片般，而不是像正在生长的细胞那样并排放一起。这样叠加起来的知识，会产生一种强烈的自由感、真实感，甚至无我感，因为最初感官和性通过类比产生的关联毫无疑问是从自我出发的。是她，而不是丹尼尔、亚历山大、拉辛、埃德、那头开罗的驴、艾米丽·勃朗特或卡尔弗利大教堂的建筑师们，出于她自己的需要，把这些东西彼此联系起来的。整个自我和无我的问题，是很怪的，因为看事物不是分开看就是联系起来看，感觉就像一种力量练习，这个问题父亲一直都是非常模棱两可地教导她，要从理论上避开，在实践上追求。

她感觉叠加思想既可以提供一种行为模式，又可以提供一种也许适合她自己的审美模式并且证明其行之有效。她认为，就像在这件事中那样，想要理清这些复杂的含义，需要花好几年的时间。

她又回到亚历山大上，作为最容易集中精神的部分，思索亚历山大不太可能激起其他想法。在某个范围内，她好像轻易能理解，拉辛的戏剧还是不错的——扎实、有力、精致、耐看——但在这个范围内，她对《阿斯翠亚》不太有把握。现在，你如何辨识出那种好，如何检验某个人的判断？可以用诗化的台词结构来衡量吗？

在十七岁，这对她来说也许是件好事，她还没有掌握柯勒律治有关诗律起源的知识。当她掌握这则信息的时候，她也准备好去叠加它了。

22

无事生非

一天晚上，温妮弗雷德走进斯蒂芬妮的房间，对她来说这是她迈出的很不寻常的一步，她以为，斯蒂芬妮像自己一样，更喜欢事情不要明说出来，不要讨论。她说自己已经想好了，必须亲自邀请丹尼尔上家里来，款待一下他，如果斯蒂芬妮愿意的话。至于比尔，看斯蒂芬妮不回答，她接着说，他会回心转意的，斯蒂芬妮知道这点，他总是这样。斯蒂芬妮回答说，她表示怀疑。温妮弗雷德希望，像丹尼尔这样的人，会尊重另一个人满怀激情地坚持的信仰。斯蒂芬妮闷声闷气地说，这点她同样怀疑。丹尼尔不是个宽容的人，脾气很大。温妮弗雷德显得有点激动，问斯蒂芬妮是否可以坐下。她说，她不想斯蒂芬妮嫁给一个脾气暴躁的男人。她努力让他们家成为一个幸福的家庭，努力忍耐、谅解，这让她付出很大的代价。她穿着睡裙，在床头坐下，然后说：

"还在蜜月期，他就离开了我。"

斯蒂芬妮盯着她。

“我从来没有跟任何人说过这件事。我们去埃文郡的斯特拉津，幕间休息的时候，他走出剧院酒吧。我们正在看《无事生非》，我感到那么开心，那些爱情场面多么真实——在这个世界上，我跟你一样其实什么都不爱，这也不奇怪——所以在幕间休息的时候，我告诉他我做了什么。我感觉跟他如此和谐，不过，那是因为那部戏。”

“你做了什么？”

“哦，这个。我写了封信给他的父母，告诉他们，我们结婚了，很幸福。我当时希望他们能跟他接触，或者甚至过来参加婚礼。”

“可是他们不想来？”

“不想。他说得对，我错了。波特家的人死板又顽固。”

“嗯。”斯蒂芬妮说，想了想，妈妈不是波特家的人，可我是，我是。

“总之，我说这个的时候，他开始在酒吧尖声吼叫，像他后来经常干的那样。那是第一次发作。我不了解他……我说，请安静，他说，如果那样的话，我就去你听不到我声音的地方。他冲了出去。他开走我们的那辆轿车。他出走了两天。”

“那你怎么办了？”

“哦，我试着继续在座位上待着，可我办不到。所以，我就回到旅馆，等着。你知道，等待是怎么回事。你给自己设个限制，过了这个限制就开始担忧，一个小时，六个小时，一天，两天。两天两夜，待在一家旅馆，没有钱，一分钱都没有。我不敢走远，只能就近走走，万一他回来，发现我没有在等他，然后又冲出去。有时我坐在新场地酒店的花园里。我现在都讨厌那种气味，那个花园，苦艾、蒿子秆，全都冒着馊味。天气好极了，还有蔷薇，也很漂亮。我想回家，可又羞愧难当。”

“他生病了？”

“我也纳闷。我曾动念想报警，但忧心忡忡，在你的蜜月期，那个时刻真艰难。后来他回来了。他说他去了马尔文，在那里走了走。所以，他又带我去了那里，我们在英国营待下来，很开心，那可能是我这辈子最开心的时光。我为什么告诉你这些？哦，是的，我想说，他真的会回心转意，你走着瞧。”

“你说你不想让我嫁给一个脾气暴躁的人。”

“不，我不想。”

“他回来时说了什么？”

“哦，他突然出现在餐厅，我正在吃煎蛋卷，别的什么都不敢吃，没有钱啊，我担心会欠下很大一笔账单。他开始吼叫说自己的行为如何不堪忍受，他出走在外的时间越长，越不敢回来。于是，我们就上了楼，他说——他一直在喊叫——他想自己可能永远镇定不下来了，真的不会。他不该结婚，他说。所以我就安抚他镇定下来，我说我们会找到一个办法继续过下去。我们也真找到了。”

“我很高兴这件事结局还算愉快。”

“哦，斯蒂芬妮。别用那种口气说。你就是这样来的。我不是要来告诉你这个。我来是想请丹尼尔吃顿午饭。他会来吗？”

丹尼尔还真来了。为了那顿午餐，温妮弗雷德不辞操劳。她做了个奶酪舒芙蕾、一只烤鸡，做了份新鲜的水果沙拉，洒了些小瓶里装的橘味白酒。她很喜欢做奶酪舒芙蕾，带点小小的对战前富裕生活的怀念。她的女儿们，朴素节俭的孩子们，随后会进来品尝加过黄油、葡萄酒以及用香料烘焙过的正宗诱人的美食。温妮弗雷德追求简省方便的食物，正如她相信节省劳力的器具。她记得过去烘焙的日子，发酵面馅饼和揉面，就像她还记得镀锌的洗澡盆，难看的加固手动绞拧机，以及很多你愿意投入的家务琐事。她给丹尼尔买来葡萄酒，拿出锦缎的餐巾和雕花玻璃高脚杯。她决心要让他感到既享受又舒服。

丹尼尔风风火火冲进大厅，使劲摔上门，声音剧烈得客厅的雪利酒杯都在盘子里叮叮当当响起来。他大喊大叫着“哈啰，哈啰”，大声赞美着各种东西，来得太快也太冲。他过分自信，以为他能应对一场午宴社交使其顺利进行，因为他这辈子就没有因为拙劣的聚会而搞砸过自己的风度。他曾反复训练过自己日常的优越感，告诉自己比尔和温妮弗雷德的所思所想或者所感觉到的，不应该，绝不会，因此也将不会，改变他和斯蒂芬妮之间的东西。这个，正如他即将发现的，并没有充分考虑到斯蒂芬妮对他们的所思所感。

他喝了几杯雪利，速度很快。他拒不承认难度。他频繁而且过于迅速地用教区发生的逸闻趣事以及神职人员那种神经质的剧烈大笑来填补沉默。这些逸闻趣事都非常直率，有点低三下四地跟自己作对。他对舒芙蕾赞美有加，而且自己也非常享受，强烈得让温妮弗雷德感觉自己有点像某个难缠的邋遢女人，终于得到一个社会工作者的赞扬，终于会做说得过去的葡萄干布丁了。斯蒂芬妮几乎一句话都不说。

吃过午饭后，他们用莹润的小杯子喝着咖啡。谁都没有提到结婚的事。丹尼尔向温妮弗雷德描述了一番斯蒂芬妮如何跟马尔科姆·海多克相处并取得成功，不出丹尼尔所料，温妮弗雷德很感动。她说她对他的工作了解得很少。丹尼尔说，左手经常不知道右手在干什么最好，然后详细讲了起来，可能还提供了证书，讲得很专业。温妮弗雷德询问他的工作是不是越来越难做了，丹尼尔忽然大谈人们对牧师的各种可笑想法，对他来说很不幸的是，最后却以牧师的性问题结束。斯蒂芬妮已经倍感压抑，当他在费利西蒂的房间告诉她有关铁路客车放逐制的事时，她很感动，却不喜欢他为了妈妈添油加醋的具有喜剧色彩的演说效果。她喜欢他粗糙务实的工作，但讨厌听到他为了讨好妈妈搜寻翻找那些浮夸、抽象的措辞，比如“自发的”“个人的”“关切”“温柔”，搞得意思含糊不清又流里流气。他带着爆炸般的欢快，开始向他们保证，说牧师其实跟别人一样，差不多，说到跟性有关的方面，只有很少一部分人对拒绝节育持很赞同的观点，或者对自我否定持不赞同的观点。甚至对美丽结合持圣礼般的看法，认为大量的卧室祈祷活动是必要的。他开始意识到这两个女人之间有种紧张的压抑，看到咖啡杯上方斯蒂芬妮的脸像个冰冷、厌弃的面具。

“上帝啊，”他对斯蒂芬妮说，“真抱歉，我絮絮叨叨说的这些都是以前讲的，在别的地方，在各种傻乎乎的场合。我没有对你讲过。我不该对你讲这个。”

尽管斯蒂芬妮就是这么想的，但是听到他说出来，她就更加尴尬了。

“别犯傻了。”她说。

温妮弗雷德鼓起勇气。“我觉得你不该批评丹尼尔。麻烦事还很多，关于这桩婚事，这只是其中一个方面。我很高兴你能说出来。”

丹尼尔继续皱着眉头盯着斯蒂芬妮，但斯蒂芬妮并不回应他的目光。

门厅里又传来一连串碰撞声。咖啡杯被震得哐当响。门口露出比尔的脑袋。

“哦，我打扰你们了？如果是的话，请告诉我，我马上就走。”没人吭声。

他没有动。丹尼尔站起来伸出一只手。

“下午好。”

“谢谢你。”比尔说。他没有接丹尼尔的手。两个女人如石头般纹丝不动。“想跟我女儿求婚？”

“我希望能完成求婚的礼节。”

“我想有人告诉过你了，我觉得这太傻了。”

“真抱歉。”

“我不同意。”

丹尼尔刚张开嘴，比尔的话就冲出来了。

“我知道我没有法律的力量。但是从道德上说，我坚守道德。我不能默许某种东西公然遭受灭顶之灾。”

“那不是道德，那是傲慢。”

“至于秘密同居的卑鄙……”

“我马上就走，”丹尼尔说，“这样最好。我不想在一个不受欢迎的地方继续待着。我希望斯蒂芬妮很快能跟我结婚。我很清楚，她会跟我过得很好。”

比尔戏剧性地蹦跳到自己站的位置对面，伸出胳膊，挡住门。

“你什么都给不了她。你对她的发展毫无帮助。”

“这得她说了算。”丹尼尔怒气冲冲，这股怒火因为意识到自己之前的举止是何等不当，加上斯蒂芬妮长时间的沉默而火上浇油。“我不愿看到你折磨她。你把太多东西想当然地寄托在她对你的爱上。你的行为是赤裸裸的残忍，只能用这个词了，对你来说幸运的是，她如此坚强。但我说不上对她来说算不算幸运。你把太多的东西压在她身上。这其实跟她没多少关系。现在你得让我过去。”

“想得美！”比尔虚弱又讥笑地说。但是，他放下了胳膊，逐渐瓦解变成妥协，又玩起了典型的让家人捉摸不定和富有欺骗性的突变伎俩。

“请别走。他们都知道我很多时候口是心非。老天啊，我会——我会杀了自己，如果我以为有人哪怕有片刻工夫相信我说的话。我说话总是大喘气，我不能否认，但既看不到烟又看不到火，你问问他们，这不会烧着任何人。你不能走，我们什么都还没讨论呢。瞧，斯蒂芬妮，你知道，我们会支持你的，你是我们的第一个孩子啊。”

“这不是支持的问题，”斯蒂芬妮说，“我没做丢脸的事，我也没怀孕。”

丹尼尔又坐下来。两个女人还像石头般纹丝不动。比尔扫视了一遍所有在场的人说：“也许我们应该喝一杯。我该喝点什么？我看你们都喝雪利，葡萄酒又容易醉。我喝什么好？你们喝威士忌吗？”

“好吧，请。”

“斯蒂芬妮，请给奥顿先生拿一小壶水跟他的威士忌掺着喝。奥顿先生，我没法让你想象我不爱自己的女儿。每个家庭都有自己的做事方式，你知道，如果我在表达自己的爱上显得反复无常又充满煽动性，那是我的错，但我会被理解的。我们一家人很亲密，而且很相像，就是这样，奥顿先生，顺理成章我还是要问，你是否完全想好了斯蒂芬妮如何处理你的——信仰？”

“我们已经谈过这个了。”

“我想你们很可能谈过了。你的牧师呢？我无法想象他会很热情——”

“他很喜欢斯蒂芬妮，”丹尼尔说，就像对斯蒂芬妮一样，也向比尔隐瞒了埃勒比先生不便明说的担忧以及自己无情的立场，“他想见见斯蒂芬妮。但是他认为——如果斯蒂芬妮同意的话——归根结底那是我们之间的事。”

比尔尖削敏锐的脸上闪过强烈的厌恶。

“我想你几乎没有足够充裕的时间去计划如何办理这件事。”

最好先忍住愤怒结了婚再说。丹尼尔在心里告诫自己，斯蒂芬妮拿着水过来时，他对比尔小心翼翼地说，恰恰相反，他希望尽快结婚，只要教堂可以出结婚预告。还说有人答应给他借一套市政会的房子，位于阿克莱特物业园，他觉得那地方，从工作收入来讲，他应该而且也能负担得起。比尔纤细的白手放在自己的胸口，模仿心悸的样子，夸张地喘着气说：“我看得出你是工作快手。我低估你了。在那片现代荒漠上，你会发现自己格格不入，我曾打算在那里教课。那是一块沥青的荒漠，没有任何社区感，没有文化根基，没有……在约克郡，我们说我们的内莉，我们的恩尼，我们的猫，我们的狗，我们的街道。但是，在那里只说那个物业园。一切都用“那个”指代。

“他们都很讨厌。鬼鬼祟祟的孩子，定期锯掉的樱桃树。我在那里待过。”

“我也待过。跟我老家没多大区别。”

“我知道了。好了，你想去那里，也许有道理。但是，我想你应该再好好等段时间，再带走我女儿。”

“我现在就想带她走。”

比尔灌了口威士忌继续聊起那个物业园的各种不足，显得非常殷勤。两个女人没有参加进来。丹尼尔意识到了她们的克制，不过仍然感觉他在掌控着，在推进着，那个薄薄的楔子头在缝隙中颤动着。他决定在别人还不反感的时候离开。

在门口，比尔说：“我们的讨论令人受教，我学到不少东西。”因为冷漠的愤恨，他的脸抽搐着，“但是不管怎么样，基督教在十九世纪就已经死了，我的朋友。它很久以前开始死的。你现在感觉到的是一段被截断的肢体，没有骨肉地扭动着。”

“你以前就说过。我不会试图改变你的想法。”

“你也不能够。”

“但是我有一个自己的想法。”

“一个不算多。”比尔说，当着他的面关上门。

23

科马斯[1]

几天后，马修·克罗从里思布莱斯福德回廊里的帕拉斯·雅典娜后面出来，在弗雷德丽卡看来，他仿佛从黄昏的薄暮中走出。看到她后，克罗好像很开心，胖乎乎地快步跑过来，紧紧握住她的双手。

“好姑娘，在这样令人沮丧的环境见到你可真是意外之喜啊。我刚去见过亚历山大，他闷闷不乐，令人失望。你也要去那里吗？”

“我去看我父亲了，同样闷闷不乐和令人失望。”

“好个令人厌弃的学校。我那有钱的祖上。这是什么天主教无神论的虔诚信仰啊。说真的，很邪恶。瞧瞧这些人。没一个面带微笑，除了永远无比温柔的耶稣。雅典娜长着煤炭挑夫般的肌肉，利齐·西德尔般的嘴。金鱼眼的莎士比亚没有腿肚，吊袜带垂着。我们还是躲开他们吧。”

“好的，请吧。”弗雷德丽卡说，其实她对这座高大结实的万神

1 希腊罗马神话中司管宴乐的男神，又指英国诗人弥尔顿的假面戏剧。

殿怀着孩提般的感情。他们快步走下台阶。

“排练辛苦吗？”

“我想是吧。这部剧的创意让我心绪难宁。可我无论如何总是能搞定。”

“多了不起的才华。”

“我就是太焦虑不安了。”

“你总是焦虑不安。这是你血液里带的。我能带你到我家里放松地喝一杯吗？怎么样？”

弗雷德丽卡只抵制终极的诱惑。克罗扶她坐进那辆宾利，车子在学校的道路上闪烁着。松弛地坐进几乎舒服得有些邋遢的座位，弗雷德丽卡想象着做一个肆意妄为的财产破坏者，拿一把匕首把这光滑、散发着柔软味道的皮革撕裂成碎片会怎么样，有种短暂又非常清晰的感觉。这个念头让她很惊讶，又很感兴趣。克罗加快速度的时候，她把手放在膝盖上，然后车又加快速度，平稳得可怕地越过田野、一块块沼泽地，以及干石墙，好像它们是飘扬着的灰色、褐色、橄榄色和浅黄色的缎带。

到了朗·罗伊斯顿，克罗陪她穿过黑暗、无声、部分铺着地毯的大厅过道。灯光照在维纳斯和狄安娜苹果般的胸脯和健壮的膝盖上，光影突出亚克托安的白色尸体。处女座（阿斯翠亚女神）的伊丽莎白被一条细细的强光挑出来，这道强光稍微往上蔓延了一段融进黑暗中，最后被淡化掉。这里四处弥漫着石头般的冰冷又阴风阵阵。克罗小跑着，弗雷德丽卡冲着，他们沿着走廊进入那个燥热明亮的小书房。石头做的炉床里，一团木头的火苗在闪烁。克罗让她坐在一个深深的、侧面扶手很高的皮椅里，来了杯大得不可思议的褐色雪利，酒在火光中闪烁着金红色的光泽。克罗又端出一盘加过盐的坚果，她贪婪地抓了一把，这是她向来的做法，免得主人忘记再次给她提供。

克罗看了哈哈大笑。弗雷德丽卡其实用不着担心，克罗是个细心的主人，频繁又殷勤地给她斟酒。

他跟弗雷德丽卡谈论起她本人来。他说话时神采飞扬，充满亲切的爱意，柔软如羽毛的赞美令人有种痒痒的愉快，对她的理想和新想法抱有好奇，温暖、深沉得像雪利酒。克罗说她有种“风度”，那种风度属于天赋，不是学来的，并且还带着“冲劲”，那种冲劲她同样与生俱来，而且对某些男人来说——如果不是所有男人的话——她令人想入非非。在弗雷德丽卡的生活中，1953年的一个典型特征就是碰到了多得出奇的人，这些人随时准备，简直就是渴望给她提供关于自己的各种概括性定义，这些定义几乎全部落在警句般的睿智、陈词滥调的平庸和直率的交流这样的三角之间。克罗的话则落在她焦躁的意识上，就像一把梳子富有韵律地在她的头发上触击着。她坐起来，扬扬得意地显摆着她的头脑和身体，优雅地笑了笑，又灌下一杯雪利酒。

克罗说：“当然，我本人没什么特别的才华。我只关心别人身上的才华。这样说可能会让人有点不舒服，我得坦率地承认，在任何所谓对他们投资的人看来，人们有很多东西需要遵守承诺。这是一种含蓄的警告，我相信你可能不当回事，其实这是你唯一真正能够做到的。权力让我神魂颠倒。”

“你拥有权力。”

“亲爱的，这跟你拥有天赋的方式可不同。这是一笔我替文化托管的传统遗产。你的天赋在血液里。”

他邀请弗雷德丽卡到桌子旁边，给她看了幅约翰娜·西尔的小型画张，一个蹙着眉头、满身珠光宝气的美女，画幅在褐色天鹅绒衣服里那对蓬勃向上的乳房下面戛然而止。他把两只胖乎乎的小手放在弗雷德丽卡的腰上，说权力有时甚至能在某些人身上产生电流。她难以拒绝，又感到棘手，这太有意思了。克罗坐在桌边的椅子里，老练地把她拉到自己的膝盖上。

弗雷德丽卡很吃惊，只因为她以为克罗是个老人。她隐隐约约有个想法，觉得在他这个年纪（她完全不知道克罗的准确年龄），男人们往往不得不以说为主，并不会采取行动。因此她觉得自己这是在实施某种仁慈甚至屈尊的行为，仗着自己绝对的青春和旺盛的活力，对他大多数刺耳的俏皮话报以严肃端庄的暗示性的瞥视。严肃端庄其实跟她骚魅的得意扬扬很不协调，但她还没搞清这点，因此给自己的瞥视笼罩上某种风骚的暗示，而这并不是她故意为之。被抓住后，她意识到，克罗既不老弱也不笨拙。他以那种不假思索的游刃有余，又是轻拍，又是戳点，又是拨弄。她坐在克罗的膝盖上感到非常别扭。他或许老练，但同时也可恶。她的双腿、她的身躯伸出来，样子笨拙，又不美观。她试着想笑笑，但没那么容易，因为想把脑袋保持得让克罗感到方便的水平，她的脖颈正变得越来越僵硬，他的爱抚有别于埃德的缄默不语，饶舌又啰唆。

交谈采取的是一种对她身体各个部位持续点评的方式，好像她是件艺术品，或者一位美丽绝伦的皇后。存货目录上的所有项目全都清点完后，克罗把手指和嘴唇施加到他刚刚指点过的那个部位，轻拢慢捻抹复挑，完全视情况而定。他宣称，她的眼睛应该更大些，颜色更深些，但是他对此无计可施，他反对在眼睛周围描画浓重的眼线，便用濡湿的手绢擦掉了残余的部分。他的双手张开如扇子般插进她的头发，需要好的护发素，好的削发器，总是没有光泽，也许可以用巨人牌染发剂，改一下那种姜黄色，但是头发很有弹性，很有劲道，他说，把头发绕在指头上玩弄着，用短扁上翘的鼻子嗅个不停。他喜欢她的颧骨。他啄着颧骨，像只口渴、柔软、燥热的鸟。她的嘴巴极有特点——她肯定能变化出多种下撇的方式，而且他看得很清楚，涂的口红绝不，绝不，越过真实的唇际线。他又把令人讨厌的残余部分擦掉些，这让她有种被揉擦和容光焕发的感觉。接着，他弯下身子，热烘烘又饥渴难耐地用自己的嘴唇按住弗雷德丽卡的嘴唇。他闻起来有雪利和木烟的味道。她看到了他月圆形的秃顶，在火光中显得很红润。她多么希望自己不要太像稻草人沃尔泽·古米治，长着僵硬、突出、不会弯曲的胳膊和双腿。克罗的一只小手伸进她的衬衣，开始拿食指和拇指捏着转起乳头来。这种感觉显然让人很不舒服，可是她感觉无力阻止。她希望自己的内裤是干净的，而自己的内裤经常不是很干净。克罗说："哦，像只新鲜的硬硬的苹果，太舒服了，跟你别的地方一样硬，我亲爱的姑娘。"弗雷德丽卡望着窗外，窗帘没有拉下来，因为克罗喜欢看他的柏树、紫杉和杜松渐渐融进浓厚的夜色，因为他喜欢紫罗兰的味道，喜欢紫罗兰属植物夜间的香气，喜欢看洁白的月亮飘过他的黄杨木篱笆，飘过在人行道上摆着某种姿态的洁白的阿波罗和狄安娜，那条小路通向那座下陷的花园。正如亚历山大在戈斯兰德高地从自己的挡风玻璃里看到了她凝固的脸，此刻，对着窗户，弗雷德丽卡也看到了一张破碎的脸，苍白，专注地凝视着，头发飘扬，神态吓人。那是亚历山大，他漂亮的手刹那间出现在玻璃上，就在他的脸庞边上，好像在无声地恳请着，在这个幻影被挥掉和消失之前，沙子咔嚓咔嚓响起来，传来敲门声。

克罗喊道："进来。"他没有放开弗雷德丽卡，事实上，他的一条胳膊在弗雷德丽卡的裆部抓得更紧了，只是从她的衬衣里取出另一只手，放在外面相同的位置。弗雷德丽卡像个凶恶放肆的木偶般盯着亚历山大，他说："你可说过要请我喝酒的。你坚持说在露台附近走走，到花园里散散步。"

"没错，可是你那么不情愿放下你那脏兮兮的练习本，我都以为你不会在乎物质世俗。弗雷德丽卡跟我一样想喝杯酒，于是，我们就上这儿来了，嬉要到你过来。”

他干净利落地把弗雷德丽卡从膝盖上歪斜着放出来，拍了拍她的屁股，然后又为亚历山大倒了杯雪利酒。弗雷德丽卡打了好几个嗝儿，递出自己的杯子，他又给满上。亚历山大蹙了下眉头。克罗同时对他们笑着，和蔼亲切，面色红润，头发的银灰色边缘在气流的作用下微微飘向壁炉。他往火里扔了几块小木片，火苗蹿起来，直往上涌，绿色、银色、蓝色互相交融。

栎木的灰烬在空中抛撒了三次，
在这张令人着魔的椅子里你无声地坐了三次，
这个真正的爱的绳结束了三个三次。
她会轻声呢喃，但也可能不会。

“《科马斯》。”弗雷德丽卡说。

“不，不，”亚历山大指教着说，“是坎皮恩[1]。”

“你被那把令人着魔的椅子弄糊涂了。”克罗调皮地说，挥舞着瓶子。

“在《科马斯》里，那把椅子非常令人不舒服。”弗雷德丽卡说。

“非常，”克罗说，“这位大理石般冷酷的毒物即将就座，用黏糊糊灼热的牙龈把它弄得污迹斑斑，我用潮湿的手掌触摸着，圣洁而冰凉。”

“很淫秽。”弗雷德丽卡说，脸色通红，意有所指。亚历山大冷冷地看着她，然后坐下来。他等着有人先开口说话。没有人吭声。过了会儿，弗雷德丽卡声称自己必须走了。克罗很肯定地说不要走，

1 托马斯·坎皮恩（Thomas Campion，1567—1620），英国作曲家、诗人。

亚历山大说他会送她回去。亚历山大心想，她看着肯定喝多了。克罗说，给你妈打个电话，说你会晚点回家，然后你就可以放轻松了。亚历山大说，他真的很乐意送她回家。他也应该回去了。听到此话，克罗放肆地大笑起来，问弗雷德丽卡是不是真的能从这把椅子里起来。

他们沿露台走着，三个人都出来了，然后穿过黑暗的草地小道，能闻到迷迭香和黄杨木的味道。他们简单地看了看紫杉之间的一个喷泉，在月光下冒着水泡。弗雷德丽卡喝了雪利后感觉非常不舒服，高度亢奋，有种审美上的厌腻和金钱上的贪婪感。

“太开心了，”克罗说着把她关进那辆银色轿车，“下次再来。”

“很乐意。”

亚历山大说完谢谢你，然后猛然间开走车。他说：“你这是在做什么？”

“没关系的。”

“家里人知道你在这儿吗？”

“我怀疑不知道。这难道对你很重要吗？”

“作为一个家庭朋友关心下。”

“哦，作为这样的身份啊。”弗雷德丽卡打着嗝儿，“这是我的生活。我看不出你为什么应该干预。”她又打了个嗝儿，加了句，“特别是，尤其是，我没有干预过你的生活。”她朝后躺过去，闭上眼睛。

“那不一样。”

“也许吧。不管怎么样，我没有干涉过，对吗？”

“没有。据我所知，你没有。”

每当他转过拐角的时候，弗雷德丽卡懒洋洋地躺着，无拘无束地滚动着身子。他被弗雷德丽卡弄得心烦气躁。他看到弗雷德丽卡坐在克罗小巧的膝盖上时非常震惊。她碍事打扰了他和克罗晚上的聚会；想到他还不知道克罗和她的种种亲密关系，他觉得很尴尬。看到她衬衣里被克罗手指触摸过的浑圆乳房，他觉得拘谨，感觉别扭。

“弗雷德丽卡——”

“嗯。”

“你还很年轻。”

“我知道。我正在尽自己所能快点成熟起来。如果我能保持这个速度，我很快就会值得考虑。”

“你要当心，你会失去很多。”

“什么？我失去的东西，同样是我不想分开的部分。”

她开始疲惫地大笑起来，脑袋在肩膀上摆来摆去。

“顺便再说句，你喝多了。”

“也许吧。我根本不知道我有多大价值。他太老练了。”

“你是个叛逆的孩子。”

“不是孩子了。”弗雷德丽卡说，斜眼向上望着亚历山大，犯了同样的跟严肃端庄有关的错误。

“让你喝点咖啡是我的责任，但我不会带你去我房间。”

“不用。这样做很不明智。咖啡店是开着的。”

“我的天。”

“喝不喝咖啡我无所谓。”

“你最好喝点。”

于是，亚历山大带着她来到那个闪烁着霓虹灯的地下店，他们曾在那里喝过滚烫得冒着泡沫的酸咖啡。

“你算什么？大哥哥，还是幽灵随从？”

“什么？”

“哦，你像他们那样把我从椅子里弄出来。我只不过喝了杯酒，嚼了不少花生。我可再也不信一个人会拒绝他本不可能得到的东西。”

“你还很年轻，不知道别人的意图。你不……”

"我不知道？我姐姐跟那个牧师助理上床了。想想吧。"亚历山大使劲想装得对这个信息不感兴趣，但没有成功。

"我想不会吧。"

"不，你不会。我知道，我知道形形色色的事情……可是我不想当一个女傧相，穿着淡黄色的府绸衣服，像个春天里的花仙子。我想我知道得还不够多。对很多事情还不知道。我只知道点亚历山大格式[1]的诗律。"

亚历山大把这话理解成对他风流韵事的笨拙又含沙射影的暗讽，其实并非如此。弗雷德丽卡从来没有把这种诗歌形式跟自己喜欢的人的名字联系起来。那不过是一种企图，试图把话语从性的问题上转开，回到智性话题上来，这目的没有被看出来，也没获得奖赏。其实，亚历山大把它理解成不惜一切代价带她回家的信号。他突然又很权威地拉起咯咯笑着的弗雷德丽卡，离开她坐的椅子，爬上旋转楼梯，当她走路蹒跚不定的时候，他用两条胳膊撑住，在她的两只乳房下面抓着，令他恐惧的是，这对乳房在他心中激起了性兴奋的火花。他强行把她塞进车里，向教师路驶去，当她下车后，她仍然像个玩木头人游戏的孩子般傻乎乎地不动，然后他又把她朝小路里推了推。亚历山大放下车窗，轻声说："赶紧回家。"

"你真小气。"

"不，我不是那种人。赶紧回家。"

波特家厅堂的灯亮了。亚历山大匆匆忙忙把车开走，相信，并且渴望，最好的情况是弗雷德丽卡不要出卖了他，最糟也不要把并非自己负责的事情指责到他头上来。在这件事情上他没有多大自信，因为谨慎似乎不是她的强项。

---

1 每行含六音步或十二音节抑扬格，三音步后一停顿。

24

马尔科姆·海多克

斯蒂芬妮“值日”的那天，丹尼尔去海多克家找她。现在不大可能在教师路或者牧师宅邸见到斯蒂芬妮了。他大步跨上那条水泥路，听到一片沉闷的喧闹声。

她替丹尼尔打开门，只见她披头散发，眼神狂野。

“快点，把门关上。”

“他怎么了？”丹尼尔放弃了准备好要说的有关他们马上到来的未来的话，“你看着面色灰暗，衣衫不整。”

“我是面色灰暗，衣衫不整。他在洗东西。他把所有的东西都弄到浴盆里了，龙头里还放着热水。我对付不了。我们两个好像谁都没法像平常那样保持镇定。”

“稍等。”丹尼尔登上楼梯，一次跨两个台阶。他堵在卫生间门口，跟马尔科姆·海多克对峙着，如果那还叫对峙的话，因为其中一方对另一方的存在显得浑然不觉。

浴盆里泡着很多东西，冒着热气。有海多克太太的印花鸭绒被、一堆扭结在一起的内衣，有粉红色和黑色的，一团章鱼般的吊袜带和皮带、几双鞋子、一个断裂了的米卡依牌建筑模型、一队漂浮的只有一英寸长的灰色小士兵、一只装着闪亮的粉红色浴用水晶的溶解瓶，还有一只吸尘器。马尔科姆·海多克唱着歌，像个手摇风琴般一遍又一遍地唱着这个调：橱窗里的那只小狗多少钱？

丹尼尔把吸尘器提出来，水淋淋的，冒着热气，立在一个角落。他严肃又礼貌地跟海多克讲起道理来。

“那东西会伤着你，或者伤到其他人，如果就那么湿漉漉地放在里面。我要拿出鸭绒被，我的小伙子。羽绒不能浸太多的水。”

他像熊般拖出被子，堆进洗脸盆里，在处理这个的过程中浸湿了自己衬衣和裤子的正面。马尔科姆·海多克步履蹒跚地走出来，然后坐下，脸颊靠着卫生间柱子。他开始发出一种非常平稳、刺耳的尖叫声，只用一个调子。他的眼睛忽上忽下来回转着。

“我得拿出你妈妈的羊毛内衣，因为会缩水，你知道的。我还得拿出那几只鞋子，因为它们会被泡烂。我不知道你为什么不继续拿这件尼龙的东西玩，瞧它已经湿了，马尔科姆。你也不妨洗洗它，我觉得。”

他拿出一把水淋淋的衬裙和吊袜腰带。马尔科姆一遍又一遍地在脖子上摇晃着脑袋。丹尼尔把那些衣服搭在浴盆的边沿，开始叫斯蒂芬妮。

“你有什么水盆可以让我们把这批东西塞进去？简直乱得一团糟。颜色都掉了。”丹尼尔转过来对马尔科姆说。

“我们是好心好意。我们完全不是跟你过不去。我不明白，你为什么就不洗洗这些东西，如果你愿意的话。不过就是洗的东西不一样。”

马尔科姆·海多克像无线电信号般释放出信息，意思是他不在这里，没有人在这里，什么都没有。斯蒂芬妮上来了，从楼梯口吃力地拖上来一个镀锌的浴盆，他们合力抗拒着马尔科姆刺耳的火车鸣笛般的声音，设法把泡得湿淋淋的鸭绒被连拖带推地弄进去。他们一块儿默默地努力干了好长时间，又是绞，又是拧，又是搓，又是拉，又是挂。丹尼尔把吸尘器拿到下面的厨房，擦掉能擦的东西，竖在报纸上。水从它的文字上流出来。他又悄悄走进卫生间。马尔科姆正站在浴盆里，一只手顺着尼龙内衣摸索着。另一只手——别人可能会以为很痛苦——在反反复复拧着自己粉红色的脸蛋。他穿着鞋袜，半淹在水里。他又发出一种叫声，丹尼尔慢慢意识到，那是对一个真空吸尘器堵在回流的发夹上发出的长久不停的窒息声的惊人的惟妙惟肖的模仿。

他们走进去坐在海多克太太凌乱的床铺的边沿，能听到但看不见卫生间的动静。一条牡蛎色的人工丝材料的床罩滑溜着，丹尼尔愤怒地抽掉扔开了。丹尼尔把一条潮湿的黑乎乎的手臂搭在斯蒂芬妮的肩膀上。她说：

“你过来我很高兴。请别走。除非你必须走。”

“这是你对我说的第一句话，自从……几个星期来——自从那次大发雷霆以来。”

“我知道，对不起。”

“对不起是不够的。我们得摆脱这一切了。我们现在要发布结婚公告，然后就要结婚，不能再做这种傻事了。我知道，他们脑子里有先入之见，我们把订婚的时间拖长些会更明智——牧师对这事嘀嘀咕咕，你爸爸也同样如此。但是，这一切都得停下来了。我们要么结婚，要么不结了。”

“我们可以在学期结束前结婚。”

“可以，我们可以做我们愿意做的事情。不管怎么样，我们没钱度蜜月，这种傻事也没人给钱。你可以继续教书，但是你不能像现在这样继续疏远我，弄得面色灰暗。我会受不了。”

“丹尼尔！”

“怎么了？”

“他拿着吸尘器吗？”

“吸尘器？我放在……不，不，不，那是他，他觉得自己是吸尘器。听着，我会听他的，如果你听我说的话。这样等待我们能得到什么好处？”

“他——爸爸——可能会回心转意。你可能会觉得这样不好。我可能不那么感觉想死。”

“我怀疑这一切。我十分怀疑。我担忧的就是这个。他想让你觉得他可能会回心转意，所以他坚持不宽容的立场，可他不会的。至于你，你这是自己给自己找不自在，如果我任由你这样下去，我会被咒骂的。我想让你像那天那样，活泼、可爱，不要这么灰头土脸。我见过那个样子。我要那个样子再回来。”

“哦，丹尼尔。也许这是你自己的样子，精力充沛。也许你能做到那样。也许在我成熟到足以懂得这些的时候，生活早已把我打趴了。”

“不会的。不会这样。我知道。如果我把你拽进教堂……”

她把脸靠在丹尼尔湿漉漉的肩膀上，好像他从自己体内的发热点往外冒着蒸汽。她靠住不动。丹尼尔告诉她：“我去见牧师了，像你说的那样。他喜欢我。我是个骗子。”

“我和你说过，他会同意的。难道谁都不会犯严重的错误吗，即便像乔治·赫伯特那样举止优雅的人。你并不是那个敌人。真正的敌人是我。”

“这太荒唐了。”

25

好妻子

丹尼尔开始行动起来，想尽快促成自己的婚事。从斯蒂芬妮那里得到的帮助很少，不管丹尼尔提出什么建议，她都耐心地默不作声。丹尼尔对她恼火之极，同时又感觉很歉疚，感觉她怀疑一切，包括他本人和她自己。这只能让他加快操作的速度，因为他只有靠自己的本事了。他和牧师在结婚公告这件事上吵了一场，然后又因为他想住在阿克莱特闹得不愉快。牧师提到教堂需要保持的地位，提到社会工作者对蚕食他们的传统领域的憎恨。丹尼尔大声嚷嚷着基督曾说过什么话，做过什么事，以及基督对追随者的吩咐。他知道牧师被自己的嚷嚷弄得浑身难受，知道如果他再咆哮，牧师会不惜一切让他走开，不要再说话。他咆哮了。他也为结婚公告的事吼叫了，关于这点，他坚信牧师可能有比他公开承认更加高明的方案。但他是个意志坚定的人。在5月的第二个星期，埃勒比先生越过唱诗班，朝自己这位愁眉苦脸的助手紧张地看了一眼，第一次提到了结婚公告的事。斯蒂芬妮·简·波特，未婚女子，也属于这个教区——埃勒比先生注意到——却没有光临现场。聚集的群众乱哄哄地活动着，丹尼尔怒气冲冲地看着他们。

他发现，自己只有一个盟友。温妮弗雷德突然站起来，像个年迈的瓦尔基里[1]，打算去操办一场婚礼。4月底到5月那段时间，比尔的举止惶惶不安，鬼鬼祟祟。他经常在学校待很长时间，而且跟他的工人教育协会的学生在周边矿区农村小酒馆待的时间更长。他带回家很多意外的礼物，大部分是书，主要是给斯蒂芬妮的，然后双唇紧锁，眼睛湿润，等着听一声感谢，而这样的感谢现在已经很难被说出口。5月，他给女儿的书包括《一个罪有应得者的忏悔》，卡雷翻译的《神曲》，维特根斯坦的《逻辑哲学论》，T. S. 艾略特的《文化定义札记》，这本她已经有了，所以就转送给了弗雷德丽卡。斯蒂芬妮告诉丹尼尔，她不确定这是不是爸爸偷偷摸摸送的结婚礼物，或者只是对她灵魂中基督徒与人文主义者交战的支持。丹尼尔说，他不知道这些书大多都讲什么，她是否认为他应该读读这些书。不，不，当然不用，斯蒂芬妮说，然后又故态复萌，回到阴郁的沉默状态。

温妮弗雷德的策略性手段迅速老练起来。一天晚上她平心静气地问比尔，他是不是坚决反对正在操办的各种婚礼安排。比尔大声吼叫着说，他早就告诉过她，任何人做什么他都不关心，只要没有人牵扯到他或者咨询他就行，还说她看不出他正忙着工作吗？他等着她紧张地改变请求的说辞，但并没有等来。

后来温妮弗雷德去拜访了埃勒比太太，接着又去找索恩太太，校长的妻子。埃勒比太太对丹尼尔·奥顿的印象只能说是普普通通。她认为他显得过于热情紧张，是个纯洁的爱管闲事的人，不靠谱的义卖活动参与者。但她喜欢斯蒂芬妮，像所有人那样，不赞成比尔的做

1 北欧神话中奥丁的婢女之一。

法，而且对婚礼仪式有种激昂的兴趣。温妮弗雷德曝光了家里的分歧，她希望自己的口吻听上去圆滑地混合了个人苦恼、对女儿的同情以及对丈夫怪癖的宽容接受。埃勒比太太非常感动，略微有点受宠若惊。她同意承担结婚礼物和信件电文之类的工作，这样，波特家就可以保持安静了。她还推荐了一个女装裁缝、一个面点师、一个印花工。她提出亲自照料教堂的花，并且邀请丹尼尔的母亲住在牧师宅邸。

索恩太太的态度令人生畏。温妮弗雷德早年在学校的时候，索恩太太曾做出好多友好姿态，邀请她去喝咖啡、聚餐，对这些温妮弗雷德都鲜有接受，对此她觉得自己无法做到礼尚往来，因为比尔对校长非常蔑视，温妮弗雷德害怕，甚至在心里都很少对自己坦承，如果她晚上频繁地跟索恩夫妇社交，比尔会策划出某种惊人的粗鲁之举，那将会让她少得可怜的社交生活彻底化为乌有。

莫妮卡·索恩看着比丈夫还像校长。她身穿灰色花呢正装、昂贵的丝质裙子，头发很短，呈椒盐色，她曾就读于牛津古典人文学系。1947年的一天，索恩家唯一的儿子从运动场的一把低矮的条椅上跌下来，头撞在地上，当场死去，年仅十岁。学校的男孩都害怕索恩太太，他们说她看人的目光像巫婆。她在学校的各种场地大步地走来走去，经常替生病的老师代课，在卡尔弗利监狱教一门奇怪的英文喜剧写作课，她在那里显然很受欢迎。

她接待温妮弗雷德的态度冷淡，温妮弗雷德发现两人很难展开一场谈话。她们坐在索恩太太家寒气逼人的客厅，两个僵硬、阴沉高大的英国女人，没法卸下她们审慎沉默的防护盾牌。温妮弗雷德心想，我可以哭泣，我可以完全不顾自己的形象。她是多么讨厌那样啊。她不卑不亢地说：“我需要你的帮助。”

“我该如何帮助你呢？”

“需要帮助的是我丈夫。我需要解释下……我丈夫……”

“你确定……”索恩太太嘀咕着说。

温妮弗雷德更加果断，她说，她确定。她对迄今为止发生的各种事做了番精彩又不动声色的概括，解释说，婚礼肯定要举办，而且要快，还说，比尔坚决不肯被打扰，或者不想被牵扯进去。

“我能做什么呢？”

“我不想说比尔什么。他讨厌这样做。”

“照我丈夫的说法，他是个很难相处的天才。”

“如果你嫁给他，”温妮弗雷德说，“你会注意到不好相处的成分要远甚于天才。”

“我丈夫说他的价值不可估量，但常常令人难以忍受。”

“一点没错。”

她们两个同时迅速笑了笑。

“我不知道你——你丈夫——学校能否帮忙弄个婚礼接待处？说真的，我甚至都不敢肯定比尔会来。我希望女儿的事都能做妥帖了，至少所有该做好的事情。这件事上，他不能……反对……或者乱来……”

“我明白了。请谅解，”索恩太太委婉地说，“在这种情况下，你在钱上方便吗？”

“我们有个共有账户。我会用它的。”

索恩太太开始大笑。

“我得承认，我很乐意安排，不会告诉他，尽管我不应该这样说。我看我们用大师园就很好，如果天气允许的话。我看不出为什么——为了一个历史悠久的学院的女儿——我们就不能用学校的厨师、碗碟和酒杯。我觉得不必非要拿这事打搅巴希尔，他会被你丈夫的暴脾气吓僵，你我之间知道此事就好了。我只告诉他那地方被我用了就好，告诉他完全没必要对比尔说起。当然这事最后肯定会泄露出去。”

“我还要指望比尔假装丝毫没有察觉到。”

“他可能不会。”

“他可能会觉察到……这种事，诸如此类的。不过幸运的是他无法阻拦整场婚礼。”

“你女儿好像是那种善良、安静的女孩。这位年轻人是个稳当可靠的年轻人吗？”

稳当可靠，没错，温妮弗雷德说，像台蒸汽压路机，拒绝妥协诸多为难的事。索恩太太说，温妮弗雷德显得比预料得更像蒸汽压路机，又问，她——以及不管波特家谁有空的话，包括那位凶猛的牧师助理——愿意在加冕日来她家看电视吗？因为那些男孩都会放一天假，但是总有一两个没家可回，她会邀请过来，再加上几个员工。温妮弗雷德感觉既有义务，又很乐意，接受了这个邀请。

丹尼尔和斯蒂芬妮已经定好了婚礼的日期，6月21日，而且接到了参加加冕礼（在电视上）的邀请。温妮弗雷德搬出她的脚踏缝纫机，开始给弗雷德丽卡做一件黄色府绸裙子。埃勒比太太推荐的裁缝给斯蒂芬妮量了尺寸。邀请函都发出去了，甚至给不认识的波特家族的人。斯蒂芬妮给奥顿太太写了封简短又委婉的信，建议她来看看。她收到一封印花的明信片，上面绘着一个巨大的插着大丽花的瓶子，放在一张擦得锃亮的桌子上。奥顿太太在明信片的背面写道，不，她不会过来住，对所有关心婚礼的人来说，准备过程令人操心，而她的健康状况不宜操心太多，但是那天她还会来，不用担心，谢谢来信，顺致衷心的祝福。丹尼尔说，她是个非常非常懒惰的老太太，总是如此。他又阴郁地说，她会惹得埃勒比太太不高兴，但是该怎么办就怎么办吧。对此，斯蒂芬妮也找不出什么话可说。

26
奥格尔家

卢卡斯·西蒙兹说，他们可以绘制一张地球上他们所在的这个地区的精神图。生物圈可以被绘进努斯圈中，在其中，它才得以实现和完成，这样变化和衰退才不会再腐蚀或者妨碍它充分释放光芒。这个还需要他们的仪器的协助。在他们的直觉——当然特别是在马库斯的直觉——引导下，在卡尔弗利周边地区，那些他们肯定能够定位的魔力之地，他们会进行各种实验或者仪式，这些不过是对同一事物所采用的完全不同的名字，他们的操作过程必须既是生物的又是精神性的，因为他们，像两个世界都涉足的两栖类生物，联系着两个世界。夜晚的沉思将启示第二天实验的所在地。

为了协助这项工作，他像挂曼陀罗那样在自己的房间挂上这些地方和东西的照片：北约克郡沼泽区的陆地测量图、怀特比修道院、一个被称之为雅各布天梯的海洋壶穴、卡尔弗利大教堂的玫瑰窗、费林代尔沼泽地上矗立的石头和几何形的陶制品。他把自己不拘一格的阅读扩展到有关仙女神话和德鲁伊教团员的书上。他告诉马库斯，有些地方在传统上有充分的理由被认为曾是人间与非人间的交会地，是地球的肚脐，在山顶和洞穴里，他们要去那里看看。他们将本着某种科学精神去那里，简洁明了地记录下相应的观察和结论。他们将收集物理和精神意义上的标本、护身符、重要的生物体之类的东西。这是一场科学田野调查和心灵朝圣，兼具健康新鲜的空气和精神操练的旅行，这样的模式马库斯还不太理解。梦寐及其对象，行为和幻觉的任何巧合、相似、关联，都会被坚决捕捉到，然后进行研究。任何东西都充满了可能的意义。

马库斯既过度警惕又紧张敏感，但是相对这场考验的其他部分，他更享受这样的忙碌。卢卡斯开始记录和挖掘他清醒状态下的幻想，在他无所事事的时候，或者睡着与醒来之间，他看到的一系列细节清楚、形状不断变化的无尽的景象。各种形状的蜘蛛网、灰色的绳子和透明的纤维，紫蓝色、彩虹色、龙丹根般的蓝色，频繁地反复出现。有时他会看到布料舒展开来，波浪般起伏着，在层层布料上面或者其间，装饰着闪光的饰片、佩斯利涡旋纹图案、脸和手。有一次他看到长长的一列动物，有的像爬虫，有的像犀牛，有的像大象，血淋淋的脚踩在冰雪上行进着，背景是一线矮小的灌木丛，叶子和树枝他都能画得出来，却认不出是什么植物。有一次出现了一张挥之不去的戴着钢盔的脸，即便他睁开又闭上眼睛，即便烟雾从脸上飘过，即便它的轮廓暂时变形了，自动变成康吉鳗或者层层叠压的黑色翅膀羽毛。也许因为卢卡斯说起过这些东西，他开始看到花朵，银莲花升起来，像金蛇烟火般绽放开来，变成深红色、天蓝色、紫色的花萼，花的枝蔓突然间变成光，飞进黑色的天空（只有出现雪中血淋淋的动物幻象时，天空才是淡白色）。他看到树液从透明的芦苇根茎上冒出来，清亮的绿色轻盈地爬到金色的花萼里，洁白的喉部布满深红色的斑点，还看到成串生长、曲折盘绕的婆婆纳属植物般的蓝色小花。卢卡斯说他想看到生物圈的内在形式，花的本来样子，或者会成为的样子，或者内心想成为的样子。卢卡斯告诉他歌德曾经看到过原始植物，即典型植物，它会呈现在现存植物中，虽然它不在大自然中生长。所以，马库斯可能看到了物种的原型、创造物的设计，就像他看到的数学的各种形式。他最近开始琢磨那数不清的有关软膏的童话故事——将软膏涂在你的眼睛上，你会看到各种微小的物种，看到在山岗下面，在溪流中，甚至在集市广场游走、平常看不见的动物，这些都跟幻觉有关，尤其是跟微生物或者还没有被创造出来的物种原型有关。布莱克曾经画过一只跳蚤的鬼魂，宣称，如果直觉的大门被清洗干净了，人就会看到万物的本来面貌，而且无穷无尽。想象下，卢卡斯在马库斯的鼻子底下挥舞着一朵番红花，抒情味十足地尖叫着说，想象下能够感知到这件创造物的无限样式、物质材料、无时无刻不从中流进流出的力，以及正如我们此刻看到的以这种纯粹而复杂的形式供养它的力量……

马库斯还跟不上卢卡斯激动人心的类推的大步跨越。他看到了那朵番红花，看到了光亮的表面上精致的线条和脉络、逐渐加深的金色、几近透明的花肉。他进入一种清晰的幻觉和各种事物——真实的事物——混杂所造成的持久的恍惚状态，带着某种幻觉中产生的相似性继续研究和了解，那感觉很像两者的记忆图像彼此偶遇所产生的幻觉。这还能够忍受，因为它有着卢卡斯直觉确认的坚定目标。

他们坐着卢卡斯低矮、闪光的黑色轿车，经过他们选中的地方。在车里，马库斯又开始备受几何图形的折磨。道路的边沿、那些白线，互相靠拢，被吞没然后消失，这让他全身充满了那种塞孔和图表的恐慌。树木和地平线被速度转换成向某个中心点聚拢的几何图形：高高的树弯着身子，顺着轿车的轮廓，冲着挡风玻璃飞舞过来。卢卡斯开得飞快，当他放纵地斜绕过拐角的时候，牙齿间嗞嗞作响。马库斯说他害怕速度和视差。卢卡斯说这对幻觉有好处。马库斯知道，旧时他们把巫婆用麻袋装着从树枝上吊下来，然后狠狠地推搡。在那里，脱离了时间、空间以及那具尸体，他们开始意识到其他维度的存在，看到很多幻象。完全没有理由证明为什么跑车对现代人不会产生同样的效果——至少对乘坐者来说。他应该清空自己的头脑，不再焦躁不安。马库斯说他害怕那样。卢卡斯说，他，卢卡斯在这里，难道他不在吗，他可以让马库斯从任何暂时的意识错位中恢复过来，回到篱笆墙或者白线上。于是，受到激励的马库斯开始享受速度。在脱离躯壳的状态中，他看到上方拱形的天堂，那片高沼地被绘制成一系列围着同心圆旋转的高脚酒杯。他晕过一次车，而且只晕过一次。卢卡斯说，晕车是意志软弱造成的，无法控制腹腔神经丛所致。他说，他，卢卡斯，不希望马库斯在他的车里晕车。那会让人心烦意乱，那股味道盘桓很久不肯散去。他给了马库斯一颗麦芽糖。马库斯又不恶心了。

春天的一个星期日，他们拜访了纳尔斯伯勒郡的坠井和另一个神魔之地，一条长冈，在一个叫奥格尔家的古墓上。

卢卡斯研读过辛普顿修女[1]的作品，她曾经住在坠井边上的一个洞穴里。他告诉马库斯，这个人肯定具有巨大的精神魔力，因为她预言过泰晤士河的涨潮、伦敦大瘟疫、沃尔西之死、隐修院的解体、无敌舰队的大败、伊丽莎白执政的期限、查尔斯一世的死刑。她还有操纵自然的力量，她曾经把自己的拐杖扔到火里，然后又完好无损地收回来。她还预测过我们这个时代的很多科技进步。

1 辛普顿修女（Mother Shipton，1488—1561），英国的占卜者。她的预言集于1641年首次出版。

各种思想会环绕世界飞翔，
一眨眼的工夫，
人们会跨过高山，
不用骡马陪伴身边，
人们会行走在水下，
会骑乘会睡眠会说话，
会看到人们在空中，
穿着黑衣、白衣、绿衣……

卢卡斯认为这样的人完全有可能跟地球的磁场运动保持着联系。马库斯没有什么看法，只是听着。

他们来到纳尔斯伯勒时天色灰暗。他们继续往前走，一对普普通通的旅行者，一个成年男子和一个男孩，在那道高挂的悬崖峭壁下面，沿着尼德河边的人行道走着。充满微小的氮土颗粒的春天的水，卢卡斯解释说，通过一个管道向悬崖落下去，落在现在已经硬化的由溪流、水滴、蕨类植物、树木和植物的根构成的石化瀑布潭上，那些树木有的凸起，有的塌陷，水流向坠井平浅的石头池里。十九世纪早期，坠井守卫者们的举动激起过喜爱这里的景致的人们在美学意义上的强烈反对。卢卡斯从卡尔弗利图书馆借了本很旧的指南书。“悬崖顶上，”他读给马库斯听，“所有的植物，都自然地被石灰的碳酸盐结上了硬壳，碳酸盐落在连绵不断的石头斗篷上。在它的下面，泉水的守卫者们把死鸟和各种动物、树枝、旧帽子、长筒袜、鞋子，以及各种同样荒诞不经的东西挂起来，后来这些东西在水滴下面变成‘化石’，最后被那些好奇者，主要是来自哈洛盖特的游客当古董带走了。”

马库斯和卢卡斯到那里时，绳索上还真的挂着部分结了硬壳的手套和短袜，还有一只圆顶礼帽，依然没有被吞噬的圆边还是绿色的，石头般的硬壳正慢慢逼近。当马库斯严肃地望着沉重缓慢的水滴下这些参差不齐的石化物时，卢卡斯站在那里热情地望着马库斯。有个完整的鸟巢，层层叠加的稻草和光滑的羽毛，一窝小小的鸟蛋，慢慢变得坚硬如石、持久耐用。马库斯盯着看了很长时间。还有一本书，书页已经被凝结的石灰封住，书名已经永远看不清了。这种清一色永久的变形透着某种不祥的气息。如果你现在敲开一根石化的树枝、一片石化的蕨菜叶，里面甚至会有一条证明曾经有过什么活物的线索吗？

“我不喜欢。我不知道人们为什么要在里面放这些东西。”

“出于对物质变化的好奇吧。出于对古董的好奇。它很像逼真的雕塑，不知道你是否明白我的意思。”

马库斯看着令人讨厌的悬挂着的石化袜子，每条褶缝都被强调、固化了。

“完全是僵死的。我不明白它为什么会这样吸引人。”但是，他已经被吸引住了。

“你得把你的手放进去，然后许个愿，最后让水自然地在你的手上干掉。”

“为什么？”

“这是风俗仪式，也许是种祈灵行为。一种感应。我们应该把手放进去。”

马库斯把手放了进去并没有许愿。

“触摸，嗅闻，品尝，倾听，观看，”卢卡斯说，“这些岩石、石头、树木。这里就是岩石圈跟生物圈接触的地方。我把它视为出入点。我们需要知道。”

他脱掉外衣，非常庄严又煞有介事地卷起衣袖。马库斯也卸掉自己的运动衣，解开袖口，挽起袖子。他们并排站着把胳膊和双手伸进寒冷的瀑布和水池。刺骨，冷得伤手。

“集中注意力。”卢卡斯说，没有明示集中在什么上面。马库斯把目光定在那个石灰鸟巢上。变质的液体封在一个石壳里。他看着别处，被一串扭曲的石头鞋带撞着了。人们出于什么需要想把某些日用品硬化成石头？他取出滴着水的胳膊和手，已经感到刺痛和发红。旁边马库斯的前臂被冻成粉红色，有很多雀斑，轻微颤抖着。

“你许愿了吗？”

“我想不起有什么愿可许。”

“面向未来敞开你的思想。”

“我喜欢不起来这地方。”

“这里有某种光环。”

“又冷又湿。磕磕绊绊的。”他手中的水还冻着。他将永远冻在那里。如果他的手不像石头那样，会随着冰裂开。

“我们得留下点自己的东西。为了保持联系，就当这里是个终端。你带什么了吗？”

马库斯把手伸进他的运动衣口袋。他的右手泛着红色，感到刺痛。他找到一支笔，几枚硬币、一块手绢、一根绳子什么的。卢卡斯把这些东西翻来翻去，决定用手绢，上面清楚地绣着马库斯的名字。马库斯说他可能还会用到手绢，天太冷。卢卡斯说他有好几块，会借给他一块。他把马库斯的手绢和自己的铅笔裹在一起放在水滴下面。

“我们的一部分。井的一部分。一种连接。”

“我饿了。”

“铅笔和手绢会凝固在一起。”卢卡斯幽怨地补充了一句，“我就是用这支铅笔写了你看过的那些东西。这是在更大范围参与这场实验，会创造出强有力的终端。”

马库斯短暂地看到了一根石头电线的幻象，电线附着在一支石头铅笔以及一套分开的水晶设备上，铅笔嗡嗡地发出石头的乐调。卢卡斯像条焦虑的狗，定定地凝视着他的脸。这位总体上印象良好的合作伙伴身上透出的怀疑和倦怠总是让他充满警觉。他又进行了几番鼓吹信仰的努力。

“你知道，辛普顿修女住在一个从岩石上劈出的洞屋里，就像在库梅的西比尔，以及那个皮提亚的女神职人员。惊人的巧合。据说她们都待在通向另一个世界的入口处，脐带点上……据说。你好像很可能知道……某些力量场，或别的什么东西。”

“不知道。一切好像都是固体的，沉甸甸的，让人压抑。我想走了。”

“这种压抑采取什么方式？”

马库斯用脏兮兮的潮湿的手指在静止的空中勾画着不知所云的图形，把一张石头般的脸转向卢卡斯，第一次利用了他自己可疑的权威。

“采取的形式就是告诉我们应该尽快离开这里。这地方不愿意我们停留。它不喜欢我们在这儿活动。”

刹那间他内心的眼睛看到了由锃亮干净、光滑细腻、布满蓝色纹络的石头组成的旋转长廊，很诱人的内心景象。他没有理睬，又重复了遍：“这地方不喜欢我们。”

“可你没有看到更多的东西啊。”

“没有。”

卢卡斯缩了下身子穿上外套。

“那我们走吧。我们该吃点东西了。”

在附近的一个树林里，他们发现了卢卡斯说的所谓非常令人满意的花，晚冬的乌头毒草、山靛和荷叶蕨，唯一真正长着整片叶子的本地蕨类植物。卢卡斯流露出想拿这些去坠井保存的意思：金色中环绕着一圈绿色，匍匐在地、满身带毛、散发着恶臭的大戟，带着小小的绿花。马库斯说他们不能再回那里了。卢卡斯顺从地答应了。马库斯巧妙地说："跟我讲讲奥格尔家的故事吧。"卢卡斯顿时神采飞扬，说那在卡尔弗利南边的一片荒野上，在一个叫阿布川什·耶特或者盖特的地方附近，是个庄严气派的古墓，带着门柱，有一道门槛，有个能抚慰人心的系列仪式和观赏的悠久传统跟它有关，包括每年某些特定时间拿出的专门的泥浆筛余物和几碗牛奶，午夜时分举办的环圈舞和内部的摔跤比赛，一个早就消失、被认为穿过那些石门已经入了仙境，而且再也没有回来的牧羊人和狗会出现。开车可能要花几个小时，但的确会是个好地方。卢卡斯带了份野餐。出发前，他给马库斯读了篇新桥的某个威廉写一个乡下人的文章，他住在戴里行政区（属约克郡），听到过一个古坟上传来"人们唱歌的声音，好像在举行欢宴"。他纳闷可能会是谁闯进那地方，在这死一般寂静的夜晚大声喧哗，他很想对这事探个究竟。看到坟墓侧面的一扇门开着，他走到跟前，朝里探望，在那里他看到一间灯火通明的大房子，里面挤满了人，男女都有，他们在一场庄重的盛宴上斜靠在椅子上，把杯子举向一对美丽绝伦的高个儿夫妇，从女人的花环和迷人的装饰判断，这里似乎在举办婚礼。其中一个出席的嘉宾站在门口，给了他一个杯子。里面盛着一种清澈的红色液体，有点像葡萄酒。他接过后却没有喝，而是偷偷把里面的东西泼在草地上，接着他惊恐地看到地面开始发红，刚才液体滴落的地方隐隐约约烧起火来。看到这情景，他仍然紧紧抓着那件容器，走到马跟前，飞快地策马逃离。那些人发出刺耳的嗡嗡声，全速追赶他，但他已经来到城里安全的地方。他把那只杯子交给那位助理牧师保存。杯子一旦出手，他就看不见追自己的人，也听不到他们刺耳的喊叫声，不过他的马看上去好像给吓疯了，而且再也没法恢复安静。那只杯子是用一种不熟悉的材料做的，颜色很难描述，样式非常特别，在那个教堂保存了好多年。他们没法进去夺取那东西，但是，曾经握过那只杯子的他有时却能听到他们的悲叹声、唱歌声和威胁声，随风传来。

马库斯问奥格尔是什么意思，卢卡斯说有些人认为是奥吉尔的一种讹误，他是一位丹麦游侠，曾在仙境待了好几个世纪，但是答应在最需要的时候释放阿瑟、梅林等其他永恒的沉睡者。他们被压在石头下面和山岗中。另有人坚持认为奥格尔不过是本地的一种小妖精，接受别人给的牛奶，偶尔用各种恶作剧骚扰牛马和羊群。

一条长满草的小道通往奥格尔家，这条小道顺着田间一个山坡陡直而上，田里一堆蕨菜、石南和蓟丛，密集得甚至很难看出这里其实已经被沼泽侵占。那座古坟高耸醒目，矗立在一个耸起的圆形土堆顶上，自身被若干残留的平台或者地壳上的沟壑包围着，卢卡斯开玩笑地安慰马库斯，当他们向上漫游时目光炯炯地看着他，拿着装野餐、动植物标本罐的帆布手提旅行袋，那些一般被认为是已经死亡的花冠的留存标志和令人恶心的虫子或者龙的压缩物，那些虫子或者龙把自己藏在那个古坟中，想最后一搏。马库斯有点气喘吁吁，没有问为什么卢卡斯很肯定，有关虫子的传说是种戏剧虚构，而在坟墓和土墩里面的那些矮小或者善良或者绿色的亲戚或者人，或者城堡里的天使，或者能够提前几个世纪感知到磁场转移的修女，就是真实力量错误的体现。毋庸置疑，一切都会更清楚，只要马库斯决定搞得水落石出。其实，他更喜欢某些晦暗的领域，比如事物的命名和分类。他信奉某些特别的说法已经没有过去那么强大，也许存在设计和模式；生物圈、岩石圈和隐德来希都不过是激发人们感情的名词而已。

卢卡斯用一种怀疑和恐惧兼有的态度在约克郡地表上散布一些东西，是终端和聚焦对象。它们的本义几乎肯定不是卢卡斯所谓的意思。但是它们要做的就是在他心中牵引和激发，刺戳和震鸣，扩张和收缩，各种诸如此类的感觉，这些都跟力场有关联，他深信不疑，这些堪与学校教授的最值得尊敬的电子、X射线和磁场相媲美。一个电荷能够捕捉到一只老鼠或者绵羊，乃至一个人，然后让它摇晃，直到它吱吱叫，最后被烧焦烧糊，变成一个石灰凝块。他看到那片光的时候，某种东西从身体中穿过去，某种类似的东西现在又不断穿过身体，并且让他摇晃颤抖，所以，没有卢卡斯，他想，头脑完全有可能被擦得洁洁净净，像水洗过的石板，或者身体清清明明，像真空中的什么设备。

他们在靠近古坟埋进地面的封闭穴口处扎了个营帐。卢卡斯喜欢把马库斯当作某种活人探寻杆，或者占卜杖，或者，马库斯残忍地想，可能就是要暴露在这个周边黑云围绕的圆丘顶上，充当一个发光的导电体。他这会儿使劲扯着马库斯运动衣的肘部，问马库斯是不是感知到这地方有什么特质，是否意识到这里有什么东西存在。马库斯恼火之极，说："放开我吧，你这样触摸着我根本没法思考。"然后顺着圆丘的侧面慢慢走开了，老老实实地想清空自己的思想。他又满怀希望地说了遍，他饿了。卢卡斯同样恼火地回答说，他们应该空着肚子进行研究，这是谁都明白的道理。瞧瞧这圣餐。等研究完成后，他们就可以吃野餐，分量足得很，而且也很可口。他咯咯地笑起来。马库斯继续走着，听着地面和空中的动静，嗅着盯着。坟墓很老旧，安安静静。里面是泥土、灰尘，以及充满泥土气息和灰尘味道的空气颗粒。各种东西就是靠它生长的。这里的东西都是互相混合的。水出自泥土、草地和蓟丛，出自骨头和躯壳，水从所有这些东西中穿过去，然后又出来，然后哺育万物，然后又蒸发掉。他把一只手放在古坟长满草的侧翼，它自带着温热。他继续前行，发现了一朵蓝花。他朝卢卡斯叫道："这里有朵蓝花。我发现了一朵蓝花。很漂亮的蓝色。"卢卡斯小跑着赶过去，动作很伶俐，变得很兴奋。那些蓝花从带凹槽的高高的花萼中长出来，结在光滑的茎秆上，大约有一英寸高。叶子在茎秆底部的一个小小的座丛中。

“别拔，”卢卡斯大声喊道，“这东西很罕见。长到这里，太稀罕了，实在太稀罕了。这是春季生长的龙胆类植物。人们很少把它们弄到这里来——在布尔伦要常见得多，但是没有人会说它们不罕见。这是一种信号。在这里，就是在这地方，我们必须进行这个实验。等等，我去把乌头毒草拿过来。也许还需要牛奶。我们需要浇点牛奶吗，权当是奠酒祭神的仪式？乡下人都这样做的。”

马库斯坐在草地上，继续思索着这罕见的龙胆植物。卢卡斯走过来，又把几种别的植物，包括乌头毒草、木水银和蕨菜摆在龙胆周围，从热水瓶里往一个小小的玻璃烧瓶中倒了些牛奶，放在蓝花旁边。他想了想，把部分花的部分根茎交错在一起。卢卡斯对马库斯说：“我还需要你出一枚便士，加上我的一枚，我们就可以来个奉献仪式了。你把硬币带到地下世界。我敢肯定我从什么地方读到过，龙胆是死者的火炬。”

那朵蓝花很有一种亭亭玉立的风度。马库斯说：“我想我们不应该试图召唤死者。”卢卡斯说：“不不，不是那个意思。我们需要一条可以进入的路径，一条能穿越的路径，以便抵达另一个维度。我的意思是只要有一道可以用来看的光就可以了。现在，该怎么办？那些智慧老人在这样的地方会怎么办呢？他们会手舞足蹈。他们舞动的速度快到足以让宇宙的舞蹈与之同步，和他们相融相合，直到可以看到粒子的舞动……这就是托钵僧[1]要旋转的原因，目的是为了解放思维，获得驾驭固体要素的力量——”

马库斯垂下稻草色的脑袋。他说：“我可没法像托钵僧那样旋转。”他盯着那一小圈花，看上去很单纯的样子，显得光彩照人又大

1 伊斯兰教神秘主义流派。

气庄重。卢卡斯手腕相交，伸出双手。

“如果我们举起手，像这样交叉着，高举在此地上方。然后，你会看到，我们构造出了属于你的交叉模式。如果这里是魔力之地，我们就处于另一个交叉点之上——两个世界的交叉模式——我们就会让自己跟这个地方的魔力保持同步。”

“奥格尔——”

“这不过是个名字。你也可以说，草地、龙胆、山靛、乌头毒草、大地、空气、水……”

“我感觉像个傻瓜。”

“请试试吧。请至少试试吧，在历经这番辛苦之后。”

马库斯伸出双手，瘦骨嶙峋又纤细修长，被卢卡斯厚厚实实、四四方方的双手抓住。这是自从实验开始以来他们第一次通过触摸刻意延长接触。马库斯无精打采，被紧紧握住，被卢卡斯握住。

“往后仰一点。彻底清空你的思维。现在……”

他握得更紧了，然后用尽全力。他们的脚移动得越来越快。阴沉的天空打着摆子，然后突然猛扑下来。山岗骤然倾斜，旋转起来。他们的脚使劲踏着，跺着，乱动着，旋转着。马库斯听到自己的声音，神经质又狂野的大笑，卢卡斯发出一种奇怪的猫头鹰般的叫声；他们耳朵里的空气变成高八度的刺耳的歌唱声。他们的动作进行得更快了，时不时，在幻觉中看到的那只旋转的茧的中间，在不断缠绕的灰色、褐色、金色、绿色和肉色线条中，马库斯看到了那朵花的蓝色原点。从外面看，如果有人站在那里看的话，他们看上去不太像旋转的托钵僧，更像在操场上旋转的学生孩子——一个紧绷的数字8——就是为了让自己迷失方向，想大笑，大喊，踉踉跄跄，然后站下来又看看学校，铁栏杆、目标桩庄严地旋转而过。

他们让自己从笑声中旋转出来，又进入气喘吁吁的沉默状态。他们的步子节奏变成优美的情不自禁。当时出现的情况具有很多报道中神秘经验都有的那种难以定论的特质。他们谁都记不得旋转是怎么结束的。两个人肯定都清醒过来了，在古坟的不同末端，都记得他们睡得很沉。马库斯睁开眼看到寒冷的山坡上一片漆黑，所以，似乎过了很长时间，他都以为已经到了晚上，想不起自己这是在什么地方。他凝视着黑暗，这片黑暗仿佛有种隧道的模样，这时他看到一只白色的碟盘，渐渐变大，隐隐约约向他靠拢过来，朦朦胧胧，颜色像牛奶。最后，当他再也看不见这个圆盘周围的边缘时，他看到浑然一体的白色，就像他曾经看到浑然一体的黑暗。接着，一点一点，像在上升的雾气中，他看到了自己周围的东西：隆起的小丘、贫瘠的田野、古坟的入口、矗立的石门，他就靠着这个石门。他站起来，茫然地回到他们绕圈的地方。那株龙胆还在原地。烧杯已经空了。有枚半克朗的硬币，也许是从谁的口袋里旋转出来的，落在花上。从古墓对面的末端，可以看到卢卡斯摇摇晃晃地走来。马库斯的耳朵，或者空气，或者可能就是古坟本身，在他头脑中发出刺耳的歌唱的声音。卢卡斯双手搭在马库斯的肩膀上，马库斯也庄重地做出同样的表示，他们站在那里，低着头，喘着粗气。他们弯下腰，捡起烧杯和那枚半克朗的硬币，卢卡斯收在兜里。

他们在几英里外的地方吃了野餐。有咸牛肉三明治、一暖壶西红柿汤、苹果、奶酪和厚重的水果蛋糕。他们打开车门时，马库斯往回望着，看到一条厚厚的扭曲的、颜色各异的光柱，如果跟天空的灰蓝色比较，它可能是琥珀色，就像男孩子看的书里描述的海龙卷或者飓风，也像一棵透明、无法测量的树干。这条光柱不断上升，上升，越过那座古坟，在裂缝和石头之间，山脊之上，岩架之下，散下探询似的缥缈的根索。当时他没有告诉卢卡斯这个。他既不想让卢卡斯有话说，也找不到话说他们做了什么。慌不择食地嚼了会儿后，他注意到，在那个轿车里，除了牛肉，他从卢卡斯身上能闻到恐惧的味道。于是他平心静气地说：“我觉得我们不该谈论这件事，现在，也许永远不该。”卢卡斯圆圆的汗津津的脸从三明治中抬起来。马库斯说：“我知道我们不该谈论。”他希望自己这是为卢卡斯好。如果不这样，他就没事可做了。

他们回家后，开始意识到谁都没有看看手表，记录下黑暗持续了多长时间。

27

加冕礼

那年6月2日之前，聚集在索恩太太的客厅里的很多人之前都没有见过电视报道。这些人包括所有波特家的人、费利西蒂·威尔斯、帕里夫妇，以及卢卡斯·西蒙兹，后者非常兴奋，早已告诉马库斯，加冕礼和电视可能会提供很有价值的魔力传送经验。还来了6个小男生，有几个男生的父母自己有电视，还有埃勒比夫妇，他们成熟老练，已经拜访过教区的各种居民，这些教民边开着电视机，边用茶水或者雪利酒招待牧师。亚历山大也来了，他原本希望接到克罗的邀请前往朗·罗伊斯顿，却没有接到。上午10点左右的时候，索恩太太去应门铃，发现埃德蒙·威尔基站在台阶上，身边还有个陌生的姑娘。威尔基殷勤地说，他听说，她家开门迎客。这位是卡罗琳。他不知道他们是否可以来拜访。卡尔弗利和里思布莱斯福德街上已经空无一人，举目荒凉，仿佛死神横扫或者灾难光临。他们需要人。那天晚上他们要参加克罗的狂欢活动，不过发觉来得有点早了。他越过索恩太太走进厅堂，搂着那女孩的腰，然后把一条长围巾和一顶球形防撞头盔放在索恩太太的橡木柜子上。索恩太太引着他走进里面。他过去可是索恩博士的一根肉中刺。他曾经打破了所有的规矩，创立过好几个情感、学识和道德方面的小宗派，同时除了自己又绝不依附任何人。他明目张胆地宣称，自己最耀眼的成功跟索恩博士和社区的努力无关，不是因为他们的努力而取得。但是巴希尔·索恩却有种不合常情的变态的感动，不是因为威尔基有多聪慧，这方面他并不信赖，而是因为他提出的那个绝对的难题。像很多教师一样，他不得以要喜爱这个最复杂、最难对付的人，而不是其余百分之九十九的普通人。像很多热衷挥霍的浪子一样，威尔基一次又一次地回来，想恢复、炫耀、强索、排斥这种没有道理的喜爱。这点跟比尔·波特的态度不同。比尔很欣赏威尔基的思想，但瞧不起他故作姿态，对他有关教师功过的说教提出异议，并不在乎会对他有什么影响。这在很大程度上是因为他没有多少时间研究作为这个文化传统组成部分的心理学。所以，当威尔基来到索恩太太玫瑰色又银光闪闪的房间时，自己的脸就是玫瑰色，而一头银色波浪卷发的索恩博士——男孩们毫无证据地认为那就是假发——站起来愉快地迎接他。比尔咕哝了句什么，然后更深地安坐在椅子里。威尔基一边搂着自己的女朋友，一边对自己的熟人神采飞扬地点头招呼：比尔、亚历山大、斯蒂芬妮、弗雷德丽卡、杰弗里·帕里。他的声音高得超过了理查德·迪姆贝尔比圆润洪亮的解说声，告诉大家这是卡罗琳。卡罗琳又黑又瘦，留着顽皮的头发，纤细的骨骼很显眼，这在当时很流行，走路蹦蹦跳跳，穿着小小的像跳芭蕾舞的拖鞋，显得她的脚腕纤细，小腿肚玲珑有度。

“快看，”弗雷德丽卡说，“女王出来了。”

“简直像一场闹剧啊。”威尔基的女朋友说。

威尔斯小姐发出一声微带忧虑的声音。

“坐下，”亚历山大强制性地对威尔基说，“赶紧。”

那个时候，跟带有侵略性的摄像机和强加于人的屏幕相配的无论公德还是私德都没有建立起来。BBC对加冕礼的官方新闻报道需要自问：“在这样的场合，观众观看这样庄严重大的活动，手肘旁边放着个茶杯，这样没有什么不雅吧？还是大可怀疑的……”大多数媒体都带着某种民主精神和心满意足，喜气洋洋。“加冕礼把小屏幕变成了自己的，把它变成一个供1.25亿人观看的威斯敏斯特大教堂上的一个窗口……从汉堡到好莱坞所有这几百万人，都会看到她的四轮大马车叮叮当当地穿过喜气洋洋的伦敦，在这个特殊的日子……800个麦克风已经准备就绪，供140个播音员使用，要告诉全世界伊丽莎白要加冕了。但是今天是电视的日子。因为正是电视，播报关于女王的各种话题，是它将在女王加冕的这天对这位君主的亮相给出一个忠实的全新再现。‘女王在爱德华国王的椅子旁边站起来，将转过来向人民展示自己……’”

他们管电视叫小屏幕，反反复复又开开心心地管女王叫小人儿，同时又反反复复地大声夸赞，她是如何挺拔和无所畏惧，如何被漫长的典礼、沉重的长袍和异常沉重的皇冠弄得精疲力竭。当他们盯着闪烁的灰白色的人影时，那些小人儿和高端人士不断激增，从金属和珠宝上射出闪烁的光线，一个暗淡又熠熠生辉的小玩偶，只有半英寸长，顶多一英寸、两英寸，一张脸可能有八英寸宽，庄重或者优雅地放射着光芒，一副黑白的笑盈盈的影像，带褶皱的衬里和金黄色的衣服，上面微微闪烁的刺绣带着珍珠母般的颜色——粉红色、绿色、玫瑰色、紫晶色、黄色、金黄色、银色、白色，还有嵌着金黄色水晶和圆锥形钻石、珍珠的刺绣条带。鲜亮的黑色的波浪式卷发，一张嘴黑洞洞的，原本涂着红色唇膏，因为那个年代，没有打唇膏的嘴是光的。四四方方，像邮票、信封大小，如大头针般行进的队列，小圆点般看不出区别的脸和由帽子组成的花床，像柔软的织锦，一群又一群，既一样又不一样，还有炮架，小小的戴着冠状头饰、穿着马裤的皇亲望族，窗户，唱诗班的少年，徽章，灰暗地凌乱地走过去，配上迪姆贝尔比浑厚圆润、鼓舞人心的声音，伴随着整个人群流动的赞美诗、圣歌响彻四方，这些队列聚起，散开，又聚起。

他们真正想要干什么？新闻媒体在描述一个新的伊丽莎白时代时，用的却是带有谄媚的抒情色彩，不时夹杂着过时古文的辞藻，以及令人很不舒服的激励性文辞。

“明天光明的前景属于第二个伊丽莎白时代，届时科学、工业和艺术不断扩张的资源可能会被调动起来，用来减轻每个人的负担，创造新的生活和休闲的机遇。

“但是，这是最初的原子弹阴云在我们和太阳之间飘散而去的年代。如果有什么事情是显而易见的，那就是很多代人的未来将被剥夺，除非能够建立一种安定的和平……”

温斯顿·丘吉尔的修辞自有某种拟古的铿锵劲气，因为带着经过磨砺和传承的自有韵律，调门深沉庄重。

“不要以为武士的时代已经过去。此刻，在我们全球峰会上，就走来这样一位女性，我们敬重她，因为她是我们的女王，我们热爱她，因为她是个毫不造作的人。优雅和高贵是我们所有人都很熟悉的庄重说法。今天，它们听上去具有崭新的特质，因为我们知道，在描述这位闪光的人物时这样的辞藻非常贴切，就是这位人物，身处现代严峻艰难而未来尚模糊不清的时代，给我们带来恩惠。”

某种疑虑的腔调古怪地闯进对前景和辉煌的肯定中来。《每日快报》由一位皇室领袖字正腔圆又不合时宜地引了这样一句话：

我们的血统和国家的荣耀，

成为某种阴影，而非了不起的实力。

与此同时又用几番解释来粉饰这个阴郁的思想，说它们是阴影，但是如果平民和女王献身于“崇高的目标”，怀着“坚定的目标”追求这一切，那就另当别论。

关于珠穆朗玛峰，《新闻纪实》在令人不适的吹捧和文辞、道德上的尴尬扭曲之间来回摇摆。它也刊登了一首不相干且不知所云的伟大的英国诗歌片段，这次是勃朗宁：

> 哦，如果一个人抵达的范围不应该超过他能掌控的范围，
> 那么，要天堂何为？

这是对“寒冷的、美丽的、残酷的、令人渴望、超越人的掌控——一代又一代——的地球之巅”的抒情。尽管云遮雾罩地调笑了这个概念，但这段文字完全没有准备好赞美这次加冕礼和征服珠穆朗玛所代表的一个新的绝对统治、地球上的天堂、黄金时代、荣耀之城，或者任何这样暂时的缺憾和永久的满意的结合体的到来。

相反，它却沉思道：“这些岛屿上旗帜飘扬；现在又一面旗帜插在半个世界之外的地方，在这个地球的最顶尖上飘扬。这有着同样的象征意义。

“这些新闻中究竟是什么东西必然会激起一个国家深沉的自豪感？那就是这种感觉，一切皆有可能。正是出于这样的认识的得意，伊丽莎白二世时代戏剧性地、气势磅礴地开启了。不妨让他们嘲笑即将开启的那个人，然而这篇报道有种特质，把它拔得比大标题制造的高度还要高。

“更早的时代可能管这个叫某种信号。因为拿不准那会是什么意思，在这个时代我们很可能会被语言的这种滥用搞得不知所措。”

1973年，弗雷德丽卡在一档成人教育电视节目中看到亚历山大发

表有关风格不断变化的大众传播的演讲，他辅以文字和图片说明，包括从1953年6月2日的活动报道中选取的片段。弗雷德丽卡想，亚历山大精明地分析了那些浮夸的词汇，那些捏造出来、刻意打磨得闪闪发光的感情，把那些感情与如今已经不再使用的词语，如烁光、浮漂、幻觉、叮当、耀闪等相提并置；他还分析了丘吉尔高贵气派的措辞手法，这种手法本身已经寡淡无味，这些话语带着对边沁式功利主义簇新而又笨拙的虔诚，提起所谓科学、工业、艺术等“资源”，“调动”这三者可以减轻每个人的负担，创造出新生活的“闲适”与“机遇”。提到负担的减轻，亚历山大说，如果我们沿着不曾中断的修辞线索从英国传教士回溯到基督，感受到因僵死的回响而造成的道德重压，那么“资源”“动员”“闲适”等词有望成为新的晦涩的抽象名词，用自己的术语变幻出旧词新用的有效重组，这些词语原本就有着微小而明确的实用含义。而事实是，亚历山大在1973年的演讲中，引用的是自己说过的话以及那个时代的抽象概念，这种巨大的被误导的怀旧式的复古行为，已经成为民族和国家的真实阴影，是徒有其名的幻觉和假象。真实情况是——过去是，现在仍然是——那场盛会过去了，而且已经结束。他用令人印象深刻的洛的卡通形象、破碎的英国国旗、了无生气的玩偶、放气爆炸的气球、空玻璃杯、空白屏风，充满前瞻性地结束了自己的节目。他说，新旧语言及其别扭的联姻，正如各种活动报道所证明的，全都空洞无聊。

1973年，弗雷德丽卡认为他太简单化了。他说的是媒体普遍存在而且逐渐退潮的自恋的部分现象，不过是镜像上重叠的镜像，以及被评论家无穷无尽地评论过的无关紧要的边缘部分。1953年，亚历山大试图用韵文描写、论说历史和真相。1973年，他用散文批评了传播的几种模式，还有其他的真相。弗雷德丽卡认为，这些评论对那个时代（当时她还是个敏锐但又不善于观察的17岁少女）洋溢的乐观情绪略微有点天真了。这些评论对那些评论家虔诚的热情没有冷嘲暗讽，只有一种真正毫无目的又执拗的怀旧情绪。那些人曾经只是单纯地怀有希望，因为那个时代正值战事结束，厉行节俭，那种希望，尽管各种游乐园和节庆厅堂在突飞猛进地建设，哎，就像哈姆雷特的绝望，并没有看得见的关联物。但是他们天然地喜欢抒情。他们的抒情风格最后看来飘忽不定又乏味老套，但还没有任何东西取代它或者继承它。乏味老套的抒情过后又出现了乏味老套的"讽刺"，那是一种缺乏活力又笨拙迟钝的反修辞，一种试图让一切都泄气的矫揉造作的激情。洛虽然坚韧皮实，但随后创作的东西很大程度上只有尖叫了。

在那个时代，1953年，她是不会想这个的。当时，在很大程度上她同意威尔基女朋友的说法："这完全是一场闹剧！"而且她很快就感觉到这才是"正确的"反应。那是当代人对那些事件和活动会有的评论和感觉。在那个时代，"当代"这个词，不像之前和现在（1977年）那样，跟"现代"是同义词。当代人就是她在那时想要成为的人，而且她足够聪明，看得出这场加冕礼不仅不是一个新时代开启的典礼，甚至都不是一个当代事件。一年后，《幸运的吉姆》出版，弗雷德丽卡看到吉姆·迪克逊对快乐英格兰[1]表现出的激烈的仇恨，感到一阵歇斯底里的快感，简直喜极而泣，尽管她也足够聪敏，看得出艾米斯和迪克逊对马修·克罗那天晚上举办的大众庆祝活动应该跟她一样心里充满矛盾。克罗的富有足以让他出资请来真正的音乐家们表演真正的伊丽莎白时代花园中真正的伊丽莎白时代的音乐，以及为了调剂花样也可以表演真正的爵士乐，同时让人们穿着真正的丝绸衣服放开纵饮真正的好酒、香槟或者纽卡斯尔褐色啤酒。在那些当代的嘲笑者们看来，只有钱是真的，而且当熠熠生辉的马车载着穿着金色礼服

1 早期现代英国的一种乌托邦式的社会构想，崇尚理想的田园生活方式。

的真正的女王驶入白金汉宫时，那个富丽时代，兜里揣着的英镑，闪闪发光的人造纤维做的奇装异服，从艾米斯的陈年葡萄酒或威士忌酒杯的边沿冒上来，被拍摄下来刊登在彩色副刊上。它把自己裹在银色的紧身PVC和塑料的英国国旗中，讲述着“美丽的人民”的创作过程和含义。

普鲁斯特说，真正的天堂往往就是失乐园。只有当弗雷德丽卡年龄大得足以把1953年那单薄纤细的彩色蜡笔般的希望跟自己几近成年的认识划上等号，了解到一切都是一种新的开始，对她来说现实就是未来时，她这才对在那个时候被鲁莽地诊断为朦胧幻觉的东西感到缅怀起来。同样，当她逐渐年长时，又以某种普鲁斯特的方式开始把自己对《四个四重奏》的迷恋与加冕礼联系起来，与加冕礼对英格兰、历史及其延续的态度联系起来。它曾经尝试努力过，表现当下的英格兰，却失败了，还有很多其他更严重的失败。那么，在这个意义上，即所有的意图就其本身而言都不是失败，因为现在就是现在，女王，不管人们怎么评价，戴上了皇冠，那是现在，是在英格兰。

至于别人，他们各有自己的想法。埃勒比夫妇很开心，也很安心，好像全世界都迅速而庄重地具有了某种礼拜天的模样。费利西蒂·威尔斯处于某种文化的狂喜状态，看着威斯敏斯特大教堂模仿天堂超越人类的透视效果的拱门，看着女王小小的洁白的人类的脸，呈现在绣满各种象征符号的裙袍上方，那是一种恢复活力的承诺。她记得艾略特曾经说过：“英国的弃信者，在生死之际，在婚姻生活的第一次冒险中，遵循基督教的各种做法……”现在整个国家在因循一种古老的全民的基督教仪式。这是一场真正的文艺复兴。

丹尼尔和斯蒂芬妮没怎么认真看。斯蒂芬妮在看着比尔，丹尼尔则看着斯蒂芬妮，比尔看着电视，明显从电视的机械结构中获得了意想不到的孩子般的快乐。珍妮弗·帕里看着亚历山大，而杰弗里看着托马斯，后者被束缚在地板上的一把小椅子里。索恩太太很少活动。

她对未来的兴趣已经随着儿子的离去停止了，而她真正的兴趣在外面的世界。一旦她彻底明白，在一顿可口的早餐和一声休息铃声结束的这段时间内，一个男孩可能会奔跑，摔倒，撞击，抽搐，永远停止活动，然后开始腐烂，她同时就明白了，没有什么可烦扰的，没有空袭，没有死亡集中营，没有邪恶，而且也明白了，说到自己，最重要的是，她没有多少时间，她拿那些时间做的事情没什么了不起。作为对关爱的取代，因为她不幸地还有大量充沛的活力，这样的顿悟没有消耗掉多少活力，为了维持某种表象，她逐渐养成一种突兀又没道理的高傲。加冕礼就是一种表象，至少维持得还不错（温妮弗雷德代斯蒂芬妮做的种种努力又是一个例子，因此邀请就是表象）。死去的国王被埋葬了，他的女儿就是他的未来。对她来说，他的离去只不过是又一个里程碑，进一步提示，她自己的真正的生活，包括她可能关心的任何未来，都在过去。她用香肠卷和果汁汽水招待那几个男孩。她喜欢让孩子们上家里来。她觉得他们不能或者不愿凝视她，那是很得体的。如果他们知道她的想法，他们就不会那样做的。

亚历山大对过去的迷恋让他对当下高度挑剔。他被理查德·迪姆贝尔比搞得极为恼火，他通过对伊丽莎白一世的鲜明否定，有意选择强调自己对伊丽莎白二世的赞美。

“英国的命运再次低落起来，但是在女王的品质中，优点是何其多，带着这样的优点，第二个伊丽莎白时代开始了。她的品质大众有目共睹。那是幸福童年的产物，建立在最高的伦理和基督教原则的基础上，而且因为了解家庭、爱、团结而恬静安详。

“相比之下，第一个伊丽莎白，与作为父亲健壮又飞扬跋扈的亨利八世，以及作为母亲诡计多端的安妮·博林相比，也许没有多少资格可以被称为‘恶魔的女儿’，这个称号是西班牙公使赠送给她的。为了开脱，她会拿出童年时代的证据，那能够证明20世纪绝大多数家庭支离破碎，人们经常把青少年犯罪者的过失都归因于此，这样的家庭往往表面上受人高度尊敬。阴郁的童年助长了她邪恶和狡诈的发育……”亚历山大对这位被迪姆贝尔比称颂的“年轻的妻子和母亲”的感觉，顶多是不温不火。而且，这位年轻的妻子和母亲，在记载中是作为不喜欢她的前辈出现的，以对她的先祖苏格兰的玛丽王后冷酷无情出名。亚历山大沉思着迪姆贝尔比的溢美之词中暗示的新弗洛伊德主义者的种种社会虔敬行为，然后当他想到自己的戏剧也表现了新弗洛伊德主义者对驱使这位东方的格洛丽娅娜前进的动力的虔敬，又变得闷闷不乐起来。他其实没有谈及政事，只涉及家庭生活。谈到伊丽莎白一世的加冕礼时，一个同时代的人说：“在各种华而不实的典礼中，必然潜藏着一个政事的秘密。”伊丽莎白在去加冕礼的路上“自然地”跟城里的人民说话聊天，而亚历山大已经把这些话缝进自己剧本的补丁中。

“因此你请求我继续做你的好夫人和女王，尔辈放心，我会对你好，就像任何女王会对她的人民好那样。我的内心从来不缺意志，我也不相信会缺什么力量。我经常劝勉自己，为了你的安全和安宁，我不会吝惜献出自己的鲜血，如果需要的话。上帝感谢诸位。

“如果它激起了一声奇妙的呐喊和欢愉，这没什么可感到奇妙的，既因为其中的诚心如此美妙，又因为这些言辞被编织得如此天衣无缝。”

不，亚历山大心想，很显然，那天我们既缺乏诚心，也缺乏被编织得天衣无缝的言辞。多年以后，在他成功举办那场有关当代人的讲座之前，他写过一个跟这场加冕礼有关的讽刺电视剧，试图捕捉自己的感觉，试图在一部没有风格的时代讲述风格，有种苍白乏力又明亮的怀旧情绪，用婉转曲折、别扭的韵律节奏写就，仍然感人，肯定有种无意中流出的逐渐走向死亡的衰落感。没有制片人会对它感兴趣。

人物语带乏味的笨拙演说缺乏话题度和感染力。

卢卡斯曾对马库斯说，会有数百万的精神能量集中在这一个地方，这一件事上。马库斯一定要抓住机会或者调适好，对准这些力量。真正的电子连接正在让看不见的魔力产生看得见的信号和符号，包括用油涂抹以及阴极射线的作用。他提到流动、合并和波段。马库斯有个不明就里的印象，似乎在王公贵族和主教，以及精神的和世俗的帝君们的帮助下，他们的注意力被导向去编织一种新形式的平稳流动。卢卡斯坐在房间里马库斯的对面，马库斯跟别的几个男孩坐在前排铺着鸽灰色天鹅绒的小凳子上。卢卡斯曾说最好不要让人关注到这项研究工作。马库斯不时感觉到他的朋友断断续续集中到自己身上的灯塔般的强光在不断旋转着。

大多数时候，他尽职尽责地凝视，但什么结果都没有，他只看到玻璃表面上的几何幻觉，大量的圆点、挂钩、蠕虫、药丸、污迹，富有节奏的嘀答声和抽动声。但是，在女王涂油的那个时刻，为此，卢卡斯曾叮嘱他格外留心，他突然设法把这个当影像来聚焦凝视，闪耀的黄金的灰布，令人心慌意乱，看到这个娇小的女人，足有十五码满是皱褶的白色亚麻织品重叠在丰满的胸部上方，坐在那把笨重古老的椅子上，手叠加在一起，像他自己汗渍渍的双手那样。现在，图像开始闪烁了，闪烁，不停地闪烁，他看到的是这样，于是边框从底部开始上升，再次上升，从头到脚，从脚到头，都变成了二维。

也许卢卡斯曾经希望，他会看到下落的鸽子，或者像某个千里眼看到的那样，柱子般的威斯敏斯特大教堂天使的柱子般的脚和膝盖，闪亮地升起来，显得庞大无比，穿过屋顶的构造。

出现的现象更接近这样的蔓延。马库斯的手指扯了扯肩膀和胸脯上冰冷的白色亚麻布衣服。索恩太太平静冰凉的房间让人不舒服，直打战。马库斯站起来，嘴里语无伦次地咕哝着，踉踉跄跄地朝电视走去，电视立刻放弃了人身的图画，代之以电线的波动图像，那波动像经历了一场暴风雨。大家叫他坐下。他迷茫地迈出了一两步，当他走开时，屏幕虽然还响着噼噼啪啪的爆裂声，但已经恢复了图像传输。卢卡斯·西蒙兹站起来。丹尼尔也站了起来。卢卡斯看到丹尼尔后又坐下，看上去既害怕又生气。马库斯慢慢旋转着。丹尼尔抓住他的胳膊，明显可以看得出，一旦丹尼尔的身体处在这男孩和电视之间，噼啪声就会停止，伟大的女王就会稳定下来，再次光芒四射。马库斯痛苦不堪，盯着严厉的丹尼尔，因为模模糊糊，他看不见，但是他感觉丹尼尔像个蟒蛇般裹住他。丹尼尔看了他一眼后，狠狠地在他肘部拧了一把，这是丹尼尔能实施的最小限度的明显打击，他对沙发上的斯蒂芬妮说："让开些，给他在那边留些空间。"马库斯陷在他们两个热乎乎的身体中间，颤抖不已。丹尼尔又掐了他一把，几乎称得上狠毒了，弄得他突然合上耷拉的嘴巴。接着，他又闭上眼睛，靠着那团干燥的黑色热气歇息，那团热气好像从丹尼尔移动到斯蒂芬妮，循环一周，使他不再遭受房间别的力量的打搅。

斯蒂芬妮瞬间从过于宁静的昏睡中清醒过来，那是她为了对付比尔暴躁的声音才那样的，想起正是最初对马库斯的担忧把自己打发到丹尼尔这里来的，想起她，以及他们都忘记马库斯陷入了麻烦。她睡觉时像死人一般，更不要说思考，这是她跟弟弟都有的一份天赋。她不知道现在马库斯晚上还哭不哭。她迅速瞥了眼卢卡斯·西蒙兹，他带着一副愉快又讨好的微笑，还有点男孩子气，卷发下面泛着大红色，眼角还滞留着眼泪。当他看见斯蒂芬妮在看自己时，就僵硬又自以为和蔼地点了好几下头，把双手放在屁股底下，坐在手上，给人一种印象，好像他正在操作某种棘手的自我控制。

各种流程继续缓慢地进行着。迪姆贝尔比评价了好几次英国人举办典礼的高超天赋。这么多人的移动看着却像一个人，这么多人的心脏在跳动，却像一个人在跳动。弗雷德丽卡注意到，自己很讨厌这样在群体大众中被推着活动，她真正害怕的是巨大的人群像一头动物般移动。这好像要激发埃蒙德·威尔基发表讲话了。在这些流程进行到某个时间点时，伦敦的大街开始下起瓢泼大雨，他戴上那对粉红色的护目镜，透过护目镜对着大家露出微笑，说他碰到过一个很有意思的精神分析学家，名叫维尼科特，他对民主背后的无意识驱动有些非常吸引人的见解。威尔基说，所有的人类，按照维尼科特的说法，都被对女人的无意识恐惧所控制，当然，对单个的女人来说，想获得或者操纵社会的、政治的力量，那是很困难的。统治者都是代理父母，男人和女人都不愿接受处在这个位置中的女人，因为在他们的潜意识丛林中，都潜伏着恶魔般强势的幻想中的女人。照维尼科特的说法，这就解释了在大多数文化中对女人的可怕残忍。人们惧怕女人，那是因为曾经，最初，他们完全依赖女人，而且要通过否定这种依赖性来建立自己的独立性。按照维尼科特的说法，独裁者要应对女人的恐怖，通过宣称要困住女人，为女人行动来实现。这就是他们为什么不仅要求温顺，还要求有爱。这也许就是为什么弗雷德丽卡害怕群体的感情，不管爱还是恨。

因为出于对女人的恐惧，人人都偷偷摸摸地研究过自己的无意识，迄今为止都是可以理解的，而且，不得不说，也有责任发现它。比尔·波特告诉威尔基，整件事对他来说听着像胡言乱语，然后滑稽地轻轻拍了拍手。弗雷德丽卡说，那好吧，那女王和我们表现出来的这种感动怎么解释呢?

哦，威尔基说，君主没问题，因为那是传统遗产，位居象征性的父母链条的顶端，正如伊丽莎白一世早就睿智地懂得的那样，众议院的议员们就是人民的父母，众议院中的贵族老爷，以及贵族中的君主就是人民的父母。如果君主能够信仰上帝，那么这根链条会顺当地延伸到无穷长，而且既安全又结实。因此，威尔基说，据维尼科特揭示，在这个关键时刻，垂死的上帝和永生的君主的神话在我们的文化中仍然在起作用。女王保护我们不要恐惧女人，因为她是个善良、遥远、没有威胁的家长，所以我们就保留了我们的民主君主制。

比尔说他感到不舒服，厌倦了把所有的东西都搬到性和家庭上来。威尔基说他赞同，但在我们这个时代，我们得把一切都弗洛伊德化，我们别无选择，普遍的精神分析取向被拖到光天化日下后往往显得错误百出，它们并不想那样，因为人们抵抗和抑制这些东西，或者这些东西不想以自己的本来面目呈现。比尔说，那是精神分析学家们面临的麻烦，那是一个封闭的圆环，任何不同意见都被简单地归结为抵抗，这又强化了最初的那个观点。在信奉者看来就是如此。那是信奉的本质。他不想纠缠其中。如果威尔基想知道他的真实想法，他觉得，对个体的真正威胁不是来自女人，而是来自这个冷漠幼稚的广泛普及的小小的屏幕。这件东西毫无疑问会把阅读、倾谈、集体游戏、手艺和生活扫荡干净。

威尔基说不见得，但是如果他们看过他见过的那些实验就另当别论了，那些研究下意识联想的实验——在播放一部内容和饥渴毫不相关的电影中途，插入一系列快得看不见的冰水的画面，让一个人饥渴得难受——他们就会担心某个希特勒式的人会如何处理蔑视地看着犹太人掐死挨饿孩子的画片。但是这个东西要长久存在，他个人很想涉猎其中，因为在我们的文化中那里是能量的中心所在，你要么使用它，要么就乖乖坐下来看它。这句格言至少让弗雷德丽卡和斯蒂芬妮记在心里了，尽管在这个场合，威尔基可能显得有些浮夸和无足轻重，两只圆圆的眼睛呈粉红色，一撮小胡子正迷人地往外发芽，那是他为扮演罗利蓄起来的。

多年后，当他的戏剧以及戏剧的影响过去后，他流产的电视剧和严肃的讲座过去后，某个晚上，亚历山大应邀写一篇有关一个内容完全不同的电视活动的五百字文章，这时他忽然想起加冕礼那天的情景。这个电视活动是罗宾·戴以及一个妇女团队对简·莫里斯这位女性进行磨人的盘问，这个团队有心理学家、女性主义者，激烈又友好。活动期间，放映了年轻漂亮的詹姆斯·莫里斯从那座被征服的处女峰闪光的白色区域之上探出身子来的电影画面，那不是一个信号，而是愉快地宣告了对它的降伏。这里直接面对才是一种信号，亚历山大想，如果说是一个信号的话，这将是一个很难解释的信号，从性的角度看是女性，从性别的角度讲是男性，为了成为伊丽莎白一世的象征的对等物，进行着一种积极意义上的雅典人式的自残行为，这些象征包括涅槃的凤凰、炼金术中的神秘物质、赫尔墨斯、阿芙洛狄特、母亲和父亲，就像斯宾塞笔下的奥维德式的大自然。他想起那个神秘古怪的神话，说伊丽莎白一世是个男子，或者是个具有男性特征的女子。伊丽莎白二世的统治，最后看来，由在某个山上变成阿芙洛狄特的赫尔墨斯开创，这个阿芙洛狄特很享受自己的屁股被巴思市的出租车司机穿越时代地抽打。罗宾·戴用她或者他意想不到的早年化身的形象，设陷、挑逗这位性向模糊但很自尊的人物。自理查德·迪姆贝尔比对这位年轻女子声音洪亮的致敬以来，已经走过很长的路。

亚历山大花了不该有的漫长时间，试图就莫里斯夫人和戴先生写一篇谜一般充满形而上意味的机智的思考文章，但最终放弃了，出于礼貌、趣味和合法性的考虑。具有讽刺意味的是，他发表出来的东西几乎是一篇对莫里斯夫人的长腿的结实和她端庄形象的迪姆贝尔比式的颂词。

他的抽屉里放了十几首斯宾塞式的有关自然、天才以及这个四方形玻璃世界的诗篇，也许只有弗雷德丽卡才会完全理解。但是，他并不想把这些东西给她看。

28

关于梦的解析

在之前的生活中，斯蒂芬妮做过那么三四次既阴沉又明亮的梦，跟别的梦、幻觉，以及具有警示意味、迷人的哑谜不同。最近的这个梦既令人着迷又冒犯无礼，好像是针对她的。

她沿着一道长长的白色海滩行走。大海在遥远的外面，缓缓的海浪在远远的沙地上默默地翻滚。她感到既不热也不冷，而是寒栗。她意识到自己不想去她待的地方。

她慢慢地走着。她被各种东西的惰性阻挠着，好像这个世界已经被消耗殆尽。各种东西好像都褪色了，尽管有些东西还保留着原有颜色消失后的痕迹，就像一张过度曝光的底片。沙子是透明的银灰色，蒙着一层黄色的污迹薄膜。那些珍珠色的悬崖，好多地方污迹斑斑，带着种幽灵般的肉色。苍白的天空呈现出奶油般的条纹，像厚纸上的折痕。水是牛奶色的，遥远的岩石白白的，像搁浅的干枯了的海的骨架。

那匹沉默的马和骑手从悬崖那边过来，他们带来的气流裹着自己，这气流扰动着裹住自己的重重保护层。这匹马，披着飘扬的扇贝形的马饰，迈着沉重的步子走过来，白色头巾下，长长地伸着柔软的白色嘴鼻。它的耳朵往后贴着，嘴里冒着泡沫，看不见围裹物下面的眼睛。骑手茧一般被紧紧裹在金黄色和白色的面纱中，在她后面拍打着、抽打着，把她的拳头收束在胸前，跟扇贝形的缰绳的圈环和某个看不清楚的裹着的东西放在一起。那张脸仍然裹在飘动的布中，白若骨头。

她看着他们迅速朝海水方向疾驰而去，一直向前奔去，很吃力。海滩现在几乎没有空气，他们开始有些烦躁。她得在岩石里面或者下面寻找什么东西。她很自信一旦到达那里，她会想起那是什么东西。后来自信逐渐消失，她知道自己高估了自己。她的脑袋空空荡荡。

身后，那匹小马沿着海边疲惫地慢腾腾地返回来，大海曾经汹涌而上，迅速又闪闪发亮，现在低落下去，剧烈地摇晃着。小马走到她跟前。

她伸出一只手，抓住缰绳，触摸到热乎乎的肉体，那柔软的长着微微绒毛的马唇、发皱的鼻子，她像被惊了下，放开了。小家伙站住不动，耷拉着脑袋。它毕竟没有那么狂野和欢快——很沉，像枪管，蹄腿上长满毛发。骑手陷在马鞍中。她感觉到了重大的责任，必须不惜一切代价让他们再次动起来。她被那种古老、原始的感觉紧紧抓住，好像置身于一个故事中，既没有欲望分享，也不想看完。

她看着骑手胸脯上那些布做的结头和手指，询问继续走是不是并非最好的选择。骑手躬着身子，不说话，却流露出惊慌。那个主要的讲故事者跟她交流，说骨灰瓮必须埋了，还说世界快要被淹没。听到这里，她朝小马坚硬的屁股打了一巴掌，它开始向前冲去，快跑着蹚进水里。

她往后看了看，看到高昂的闪烁的海水，如此迅速地汇聚在海湾，朝她涌来。

她开始奔跑，不知道去哪里，迅速奔流的海水平稳地在她后面追着。

在那些梦里，如果追的东西赶上了被追的，这个故事绝对会在别的某个地方，以别的方式开始，不会醒来。

她用湿漉漉的双手在那些岩石附近的悬崖下面胡抓乱摸，轻声地哭泣着，现在极度燥热，她弄出一个小洞，底端是滑溜溜的闪闪发亮的液体，里面，它的内壁已经永久地塌陷、脱落。她往里掘了个手臂那么深的隧道，直到触及一个锈迹斑斑的铁管的嘴口，她看到洞中幽暗、光滑的表面冒出一圈白沫。她蹲坐着，研究着自己的作品。这不是骨灰瓮，而是污水管道，应该被掩埋起来。瓮不该藏起来，应该让它繁殖。她在不该挖的地方挖着。一切皆错。她会遭到惩罚。

她在岩石上奔跑起来。不想成为这个故事的组成部分的愿望更加强烈，但她依旧尽责。到处有很多岩石架子，她好像到了一个药店，架上摆着排排粉白色的瓮坛、罐子和花瓶，显然在繁殖什么东西，塞着盖子，封着嘴口，透过囊状海草以及那些滑溜、肿胀，带着尖角的棉蕾不断往上冒，那些尖角被狗鲨和所谓的美人鱼的小钱袋压倒，她接触不到这些容器，全都很相似，但并不完全一样。她在一堆海草上坐下来，海草很像柔韧、陈旧、没有被漂白过的亚麻，它那活生生的质地好像编织过，扇叶形的边缘多少让人想起那匹马的饰件。空气中有种牛奶和雾蒙蒙的白色，而且在逐渐暗淡。她已经忘记那只里面装着所有待挽救的东西的瓮，尽管岩石上放满别的封了口的坛子，里面装着谁知道的什么灰烬和软膏。她本该保持不动。她走时留下某种不曾解开的本质的东西。她没法从大片大片嗞嗞作响的囊状海草上面走回去。洁白的水在往上涌，不断吞吐着，哗啦啦地响着，爬升到骨头般冰冷的岩石上。

她在恐怖中醒过来，眼泪弄得脸上湿漉漉、滑溜溜的，她感觉膀胱憋胀。

她从卫生间回来后，发现没法再安然入睡，这也是她能够如此清晰地定住和回忆起那个梦来的原因之一。无论如何，这个梦在她的个人经验中，继续进入清醒和理智状态。那时刚刚过了黎明，天空带着淡淡的青灰色。她把被子拉过来裹住肩膀，坐起来，开始琢磨这件事。

诗作的结尾在虚空中像绳索般卷曲而且盘绕着，像游弋的蛛丝闪亮的末端。那是试图躲藏的死神。柔软的弯弯曲曲的奶油色飞沫的线条。冰凉的田园牧歌。一个正在沉没的世界充满了疾驰的大水。你那沉默的样子诱惑得我们神魂飘荡……在这些现象后面，潜行着高级语言的高级形式，被遗忘的辞藻、神出鬼没的语法骨架，尚嫌不完善、被记住的韵律以及从未听过的旋律，有着连续不断、歌咏般节奏的语句。她本来会哭泣，因为这些东西褪色了，消失了，成为千篇一律的空荡荡的白色。

这里还牵涉到别的情愫，是对一股脑儿由一个真实、复杂、生气勃勃的记忆构成的东西的十足愤怒。咆哮的风和呼啸的大海，那天在法利镇所遇到的精确的细节和真实的戏剧性场景都出现在这个梦中，她没有刻意用心，这些全被统一、内化、滤干和提纯了。高级艺术，现代主义者拉上岸的引经据典的高级艺术的碎片，那些正在倒塌的文化出产的剩余物、漂流的货品和弃物，就是用它制成的，但她并没有创造它。她曾经呼唤过这位虚弱无力的英语诗歌的幽灵，却不能为它奉献血液让它说出话来。

这同样是个可怕的弗洛伊德式的玩笑，用简洁生动的画面语言、强加的意义打动人。她细心、挑剔地精选出这些隐喻，好像它们是精神分析发展的一部分。

比如，对习惯性性交后膀胱炎患者来说，囊状海草是一种令人极其不悦的双关语。

比如，子宫形墓穴瓮情结简单而言完全是对智力的侮辱，而且被海藻和洞穴这些词予以更严重的强化。在一个真实的梦中，人们可能会暗示、影射、遮掩那些会被理解为某个真实事件、感性对象或者行为动机，迫使人流泪、发狂和恐惧的东西。

比如，为了找出或者掩埋那只珍贵的瓮，她疯狂地掏挖，为此弄出一个深深的血淋淋的湿湿的洞穴，发现里面有个锈迹斑斑、冒着泡沫、类似男性生殖器的东西。由于在真实的海滩上存在真实的生锈的冒着泡沫的污水管道和真实的血红色陶土，由此产生的联想格外令人恶心。

她同时被沙地上的那圈白色泡沫和环绕在父亲紧抿着的怒气冲冲的嘴洞周围的白色痕迹间毫不犹豫的联想吓到了，其实她差点成功地忽略了这个联想。

然后这里还有教诲，好像由某个书卷气十足的精通维吉尔占卜的英国女祭司口述。“那是死神想隐藏”是弥尔顿的句子，谈论的是文学以及文学的失落，谈论的是失明，互相引证自己对那位不忠诚的仆人的可怕故事无动于衷，这个仆人渴望埋葬那份天才而不是发展壮大它。还有希腊古瓮颂里的句子，你仍然是未被蹂躏的贞洁新娘。存在于头脑中没有情感的多情。被埋葬的罐子，宏伟的雪花石膏，光滑的宏伟的雪花石膏。那肯定遥远得难以企及，是从遥远的地方拖出的文字段落。联想把各种不相关的东西收敛成封闭的圆环。白色，苍白，冰冷，瓮坛，马匹，天空，大海。

那匹马也有好几个前身，其中一个是骑在一匹苍白的马上的死神，是个超然又难以琢磨的化身。还有个不怎么用的驯马这个词，她不能确定，本能上感到恐惧，还有别的非常精确的骑手的文学意象：一位骑手正匆匆赶路要去埋藏一件珍宝。她茫然地等着这个意象，使劲祈求它出现，用了“一个正在浸没的世界充满了疾驰的大水”的短语，用了某种跟她自己做的梦的余影相反的意象，一匹驼背黑马，在一片不见丁点儿白色的黑色沙地上不断移动着，那是威廉·华兹华斯梦想中的单峰骆驼。

她想起别的各种书面语中的俏皮，出自《白鲸》《基维斯特的秩序理念》《多佛海滩》，以及那些在薄雾中展开的丁尼生式的最后决斗。但是，她知道，这个说教的核心，跟弥尔顿、华兹华斯以及瓮葬有关。她取下自己那本老旧的剑桥版《序曲》。华兹华斯的梦出现在那本题名为《书卷》的不尽如人意的《卷五》的中间位置。在这个梦中，那位骑士，既不是阿拉伯人也不是堂吉诃德，正在飞越那场大洪水，去埋葬一块石头和一只贝壳，在这场梦中，它们是一首激情四溢的颂歌和欧几里得的原理，即语言和几何。

斯蒂芬妮读着。有些激情是常见的小说主题，有些尽管肯定也属于激情，但要更加深奥和难以描述。阅读的激情在中间位置的某个地方：它只可意会不可言传，因为要描述对《书卷》充满激情的阅读，需要花费比《书卷》本身多得多的篇幅，而且可能是一种虎头蛇尾的行为。它不可能像博尔赫斯笔下的诗人，把各种书卷融进某个文本，尽管它对书籍被大水淹没的恐惧和它要给一个在梦中看到的人物赋予虚构的实质内容的决心可能会给这样的叙述提供某种华兹华斯式的力量。在华兹华斯以及斯蒂芬妮的梦中，那位无明显特征的叙述者理清了这些事件的性质。把一个仔细、认真、有意识的阅读行为作为一场事件来描述并不那么容易。斯蒂芬妮在《书卷》中看到的是一种多余的恐惧，一种对被大水淹没的恐惧，对失去、对黑暗力量的恐惧，至于它究竟是活物还是那位毁灭者的想象，或者在什么地方这两者合而为一，或者如果有可能的话，那位无明显特征的叙述者在什么地方讲了一个可靠的故事，对这些东西的态度模棱两可。她不自然又得体地哭泣了会儿，她觉得自己想到的是，她不该结婚，她因为答应结婚已经失去或者埋葬了一个世界，她应该回剑桥，写一篇论华兹华斯害怕书被淹没的论文。后来她又觉得这太荒唐，然后歇斯底里地大笑起来。后来，她又想，她是害怕自己的注意力、身体和想象同处一隅，害怕丹尼尔要求她这样，那会给瓮——或者用他们的话说——风景没有安身之地。但是，如果是死神要掩藏它们，那就是，那肯定是，死神要用它们来禁闭自己。她没有答案，所以会做眼下最容易的、已经安排就绪的事，那就是结婚。她又翻到这本书的开始，疯狂地读起来，好像她本人的存在完全有赖于这本书。

29

婚礼

有关加冕礼的评论全都浪费在大肆夸赞英国人办典礼的各种天才上了。波特家举办的这场婚礼的典型特征体现在混乱、发火，以及对宗教仪式的各种污蔑上。直到所有的安排都快要就绪时，比尔才宣布——当然这点他们一定都理解——他不会以进入教堂的方式以示同意此事。这完全是为了防止大家认为他会在婚礼上把自己的女儿交给新郎。温妮弗雷德说，不会，亲爱的，当然不会，然后就走了，想去找亚历山大帮忙担任这个角色。她像很多沉默寡言的人一样，急于求成时会显得太过武断。她忽略了就这事问问斯蒂芬妮的意见，斯蒂芬妮觉得很尴尬，这时热衷各式典礼的亚历山大已经非常优雅地接受了。

大家普遍觉得新娘对各种活动的反应冷冷淡淡。她对典礼有些自己酸楚的想法。像大多数小女孩一样，她玩过“我的婚礼”游戏，仪式味道十足，充满了色欲的渴望，带着深深的陶醉感。像大多数市民一样，她经常伸长脖子偷看扎着白色丝带的轿车里面一飘而过的新娘，那可能是某个郁郁不得志的打字员、女公爵、骑术教练和女教师，这些新娘，她不可能再看到，即便见到也不可能认得出。原始社会有很多为割礼、青春期的开始、打猎、射击、渔猎、出生、结婚和死亡举办的各种仪式。身上用结块、疤块、水疱、彩绘、树叶、花朵和羽毛装饰起来。女王守灵期间，人们戴着草帽和头盔，割破脸游行。这已经成为惯例。她对教堂条规的厌恶，就像对家里的条规那样，跟丹尼尔对这种仪式的真实效果自以为是的信仰有关。对斯蒂芬妮来说，没有什么上帝在十字架梁上俯视着，不会用真正的魔法触摸婚戒，也不会编织出握手的动作或者投来一瞥。但是，她还是要去那里，在一片白色面纱的云雾中喃喃地念着克兰麦的祷词。她心里轻佻、顽固地想着各种亵渎上帝的言辞和粗俗的念头。一场从凯斯维克到多佛的轻率的婚礼之旅结束后，残酷的现实已然来临，在旅馆卧室，她的新婚丈夫穿上睡衣，而他的新娘则在卫生间跟滑溜又难缠的子宫帽做斗争，丈夫充满仪式感地再次脱掉裤子，光着屁股，身上一丝不挂，躺在床单上沉进麻木的鼾声中，在这种状态，他是无论如何唤不醒的。人人都一个劲儿地给斯蒂芬妮讲诸如此类的故事。她高兴的是，无论从现实角度还是形而上的意义，这点至少是肯定无疑的：没人会把自己新婚的被单从这个别扭的市政会房子的窗户上挂出去。

离开家后，她经常想象着以后不要沉闷的家庭生活，也不要亲密拥挤的家庭成员。从婚礼那天开始，教师路上自己家的那幢房子就有种被剥光和狂风横扫过的模样，而且家庭成员中出现了一个巨大的空隙。早饭吃得很早，所有的女人穿着裙袍挤成一堆过来，乱糟糟的。他们没在那里见到比尔，后来发现，家里的任何地方都没发现他。斯蒂芬妮的盘子上有个牛皮纸信封。里面有张给她的250英镑的支票。这让所有人感到不舒服。

“等她把钱存进银行的时候，她将不再是波特家的人了。”弗雷德丽卡公然说。

“我想银行已经习以为常了。”斯蒂芬妮说。马库斯穿着法兰绒裤子和埃尔特克斯牌网眼衬衫，悄没声息地溜进自己的椅子里。

“你估计他去哪里了？”弗雷德丽卡说。没人接话。斯蒂芬妮推开一只没有敲开的鸡蛋。温妮弗雷德倒了杯茶。

“你们认为他有什么地方可去吗？”弗雷德丽卡说，这个问题同样没人接话。

沉默了很长时间。弗雷德丽卡说：“那好吧，如果没人想开开心心聊聊天的话，我想我该去好好洗个澡了。”

温妮弗雷德清醒过来了。

“先等会儿，别忙着乱跑，这事得想想再说。要保障斯蒂芬妮优先洗澡，我们必须想到这点，还有那个烧水壶，要排个周全的计划，时间问题……”

“哦，妈妈，别傻了，不管谁只要自己想去洗就可以去，我们大家什么事都没有，从现在到那个时候，中间有段巨大的空白时间，因为你要求昨天把所有的事都做完，所以现在只好整整一天干坐着咬手指头，就防着烧水壶开了，或者订的花束不来，我们得骑车去里思布莱斯福德，然后回来，或者……”

“我努力把各种事情安排得妥妥帖帖，却没人感谢。”温妮弗雷德说，然后紧闭嘴唇，“你们全都好像以为各种安排是自动弄好的。”

“不不，我们可没这么以为。我们有意见的是几个小时的无聊等待和这种压抑的束缚……”

“我不在乎什么时候洗澡。”斯蒂芬妮接过她的话头，焦急地盯着她。她又做了次努力。“那就是说，我出去的时候要面色绯红，满面红光，所以我必须及时把自己的澡洗完，赶在再次开始褪色之前……”

“满面羞红的新娘。”弗雷德丽卡说。

“闭嘴。”马库斯突然意外地说。大家都转过来盯着他。马库斯起身上了楼，走进卫生间。

“好了，”弗雷德丽卡说，“我在斯蒂芬妮后面洗，那样的话我可以好好泡泡，好好唱首歌，把自己搞得神采奕奕。”

“没有人，”温妮弗雷德说，“还有时间来泡澡，亲爱的。”

真实情况不是这样。弗雷德丽卡说得对，还有很多时间可以拿来挥霍。花店的敞篷车带着花来了，索恩太太打来电话，说餐饮服务在进行中，比尔躲得远远的，没有节外生枝的事发生。三个女人穿着礼服绕着屋子没精打采地走来走去，做了好多杯没有必要的雀巢咖啡，不时朝窗外看看。房子里面堆满了包裹，到处是临时腾出的空间，那地方的一把椅子或者一只钟表都被拿去装饰市政会那套公寓。弗雷德丽卡知道他们应该一起大笑或者大哭，但是温妮弗雷德和斯蒂芬妮却默不作声，自个儿待着，她笨拙的玩笑好像恶毒的攻击或者粗鄙的行为，所以，过了会儿，她果真把自己关在卫生间里，在里面用阴郁的轻松腔调唱起《我的灵魂绝不胆怯》《和我在一起》以及费斯特出自《第十二夜》的冷漠小调。温妮弗雷德着急地赶走弗雷德丽卡后，斯蒂芬妮欢欢快快地洗了个澡。她不想看自己的身体，晃晃悠悠，面色绯红，湿漉漉的，带着微卷的头发走进自己的卧室，她坐在床上，等着，直到可以体面地开始穿衣打扮——这时还有几个小时。

这个房间总是光秃秃的，现在更是剥蚀裸露。她的书、她的壁炉台上的东西、小凳子、床头柜都被搬下去，运到阿斯卡公寓楼了。衣柜里只有几件她穿不了，破旧或者不想要的衣服。她焦急地想让自己忙起来，早已弄光了床上的东西，叠起毯子，她现在就安静地坐在上面，已经认不出这地方，而这地方，她离不开，因为它已经远去了。她嫉妒弗雷德丽卡，她老想要点东西——其实已经带走了好几样拉下的东西，一个挂毯垫、一个发夹盘、一张波提切利的《春》的印刷画，墙上留下的空荡荡的空间变成一片淡绿色，比起别的地方，显得灰尘很重。她想起童年时代，那跟自己毫无关系。她想起丹尼尔，决定不去想。她想起华兹华斯，一时有种解脱感。温妮弗雷德敲了敲门，然后就进来了，礼裙里面穿着件闪闪发亮的新内衣。她又端来一杯雀巢咖啡。

“你现在感觉好吗，亲爱的？”

“我没有生病。”

温妮弗雷德打量了一番房间：“这房间好像被剥光了。我想我们可能会把这里改造成书房给他用。他这样做，我真过意不去。”

“这不是你的过错。其实，也不是没有料到。”

“今天是你的重要日子。他却想糟蹋掉这个日子。”

斯蒂芬妮看到她在抽泣。

“我只想事情顺遂，为了你好，办场真正的家庭婚礼，为了你……”

“会成功的。”

两个人互相对望着，带着镜像般绝望的耐心。温妮弗雷德的双手收进礼服袖口里，紧贴着身体，那是为了舒服。斯蒂芬妮想，一个女人，一个房子，“一个真正的家庭……”她想要给丹尼尔创造一个“家”吗？她想要什么？弗雷德丽卡突然闯进来，穿着那件黄色府绸布衣服，用一条长长的巧克力色发带把头发扎起来。她说：

“赶紧。我都看见亚历山大穿过边地走过来了，看上去一身的珍珠灰，戴一顶高帽子，想想那多美，你们居然还在这里穿着内衣。开始动起来了。麻烦借用下你买的新唇膏，斯蒂芬，挺柔软的那支。我的颜色简直太浓了，不适合这种黄色衣服，你需要显得高级，你可不能把自己打扮得像个放荡女佣，行吗？还要借我一点你的绿色眼影，行吗？”

斯蒂芬妮朝她的衣橱默默地示意了下，看着弗雷德丽卡欢喜地把自己还没用过的婚礼化妆品涂到自己的脸上。她有种难为情的感觉，这东西属于自己，应该由她来使用，这想法像个过生日的小孩子，不像一个成熟女人，她心里告诉自己，看着弗雷德丽卡熟练地在自己的睫毛膏上吐着口水，眉笔在自己的沙色睫毛上刷着。绿色眼影在弗雷德丽卡脸上显得非常好看。

“瞧——一会儿全搞定。现在我可以请亚历山大进来，这期间你好好打扮下自己。妈妈已经把你的皱纹都压迫出来了。我要走了，去拿那套服装，可以吗？”

“我想可以吧。”

弗雷德丽卡朝她长久地贪婪地专断地看了半天，然后又风风火火地出去了，网格衬裙和崭新的棉布裙发出哗啦啦的声音。过了会儿，她回来时带了个白色的瘪瘪的塑料包，里面装着那套服装，她把包挂在门上。

“如果你需要个梳妆侍女，喊一声就好了。他已经到花园小路上啦，我要去开门了，希望他不要觉得我这身黄色太稚嫩……”

独自一人时，斯蒂芬妮把床边桌上的台灯赤裸的灯泡移到镜子前——灯罩已经被取下拿到阿斯卡公寓楼了。在灯泡发出的剧院般的强光中，她开始迅速、简单地化了化妆，脱下礼服裙子，盯着赤裸的乳房，冷静、气愤地看了会儿，开始旋风般地挂上扣子，拉起拉链。她又使劲地梳起头发，这样抗议的湿漉漉的头发梢匆匆变成不情愿的紧紧的螺旋形，然后，她又尽可能硬着心肠扎着、别着，把小小的白色金属丝加固的帽子和云雾般的网纱压到头上。这完全是毫无意义的愚蠢举动。她随便地把自己的脚磕进白色的儿童拖鞋里，悄悄走出去，裙子飒飒地响着，来到楼梯的平台上。弗雷德丽卡在厅堂里小步冲来跑去找一只丢失的手套，温妮弗雷德穿着光亮的海军蓝衣服，像个军人，费劲地对付着一个皱巴巴的亚麻布帽子。一个轿车司机站在门口。斯蒂芬妮站在楼梯上。

“哦，你下来了。太好了。你看着真漂亮。亚历山大拿着花在客厅里。如果他——如果你父亲——回来了，就告诉他，哦，我不知道，告诉他，但是无论如何不要等，不管你做什么都行。不要等。我后面的头发没问题吧？我看着是不是很傻气？”

“你看着很漂亮。”

“不过，这无关紧要。如果他不亮相，说不定也挺好。我亲爱的，我们教堂见。”

“我希望如此。”斯蒂芬妮说，仍然站在楼梯上。弗雷德丽卡飞奔而过，拿着一捧矢车菊和白色蔷薇花蕾打着手势。

“告诉你个事儿，亚历山大格外帅……”

“我感觉自己像个傻瓜。”斯蒂芬妮说。

“你会的。”弗雷德丽卡说，用一种完全不用心的松弛的声音说，然后向自己要坐的马车冲出去。斯蒂芬妮僵硬地走进客厅。

亚历山大极其优雅地从沙发上站起来，满身烟灰色、珍珠灰色、牡蛎灰色，向她半鞠了个躬说：“哦，让我来看看你，让我来看看。”她像块石头般站在门口。亚历山大用一只手向她招了招：“请朝我走过来。受到邀请，我深感荣幸。你不妨稍微把头抬高点。多走几步。不好意思。很漂亮。”

斯蒂芬妮紧张慌乱，差点绊倒在熨斗拖曳的电线上。她挽起一缕翘起的面纱，然后尴尬地弯下腰，窸窸窣窣响着，全身洁白，想断开那个插座。

“我来弄。”亚历山大说。

“那样会引起火灾。”

“我们避免了一场火灾。”亚历山大把熨斗放回书架。他把熨斗板放在沙发后面。房间一片混乱，毫不优雅。弗雷德丽卡扔弃的礼裙被丢在地毯上，脏乎乎的咖啡杯放在壁炉架和桌子上，还有好几缕包装填充物。在凌乱的房间中间，亚历山大抓住她的双手。

“衣服很漂亮。”

“我感觉挺傻。”

“为什么？”

“为什么？”亚历山大很兴奋，他对家里这种乱糟糟的状态明显感觉厌恶。他从不主张穿鲜红色的夹克，以及包住屁股的白色紧身裤。但是一个戴着白色面纱，穿着蓬松长裙，系着腰带的女人对他的吸引力是不会跟一个系着围裙的女人——舞台外——一样的。他重复了遍：“为什么？要用你隆重的现场感。放开步子走。”他目光老练地研究着斯蒂芬妮。有几处线缝起皱了，腰部的一副钩眼缝斜了，她严谨的穿着把衣服的腰际线压到束带以下。她的头部也不对劲。亚历山大抓了下她的手，很短暂，然后说：

“请允许我来整理下你的腰带。可以把面纱稍微调整一下吗？我可以帮你做吗？”

斯蒂芬妮点了点头，不说话。

“你看起来这么漂亮。”亚历山大的手在她的腰部周围忙碌着，又是拉扯，又是抚平，又是卷起，“你有什么小金针之类的吗？这里需要缝一下。”她唐突地闪开了，带着几乎立刻被抑制住的不耐烦，那些被要求保持安静不动和被帮手摸来摸去的人经常会做出这样的举动。这双手停顿了片刻，在腰上僵住了。她开始适应这套衣服了。她提起肩膀。“小金针。”亚历山大用那华丽好听的声音说，那声音听上去很愉快，不以为然，很固执。

“哦，小金针。在我卧室的镜子旁边。我去拿。”

“别，别，别动，我去。”

斯蒂芬妮像根白色柱子般站在那里，听着他的动静，亚历山大在她房间的一个空盒子里搜寻着，又摇摇摆摆地下了楼。他再次用双手抓着斯蒂芬妮，又是转动，又是让弯身，细心地在这里插一根针，又在那里撮起一条折皱。他重新系了下那条腰带，然后双手顺着她的肋骨摸下来，一只手搁在她的屁股上，有点像提醒说，这样的站姿会显得裙子更有垂感。他又把斯蒂芬妮转过来对着自己的脸。他心不在焉地拉了下她的衣领，朝纯洁的V形领口里看了看。他把一只手放在她的下巴上，朝上抬起她的脸。

“我们还有时间吗？我想处理下发际线。你这漂亮的小帽子完全不对称。斯蒂芬妮，你这是故意用那些粗暴的发夹和发针虐待自己。你是个漂亮的女孩，全身的曲线这么柔和，线条这样浑圆。你不能耷拉着发际线，亲爱的，不能这样。我来处理下可以吗？”

“我还能有选择吗？”

“你知道我更清楚该怎么办。”

“我知道你更清楚该怎么办。”

亚历山大几秒钟就把发夹取了出来，从胸兜里取出一把亮闪闪的崭新的梳子，然后又把头发梳得光滑，再做出曲线，重新戴上那顶小帽子，用针固定住。斯蒂芬妮在自己的头皮上弄出的一两个疼痛又灼热的地方已经消失了。她深深地吸了口气。亚历山大后退几步，打量着她，然后又靠过来，端详着她的脸。斯蒂芬妮不知道他会不会又提出换上新鲜的妆容，但他只是欣赏地点点头，用一根轻柔的手指触摸了下她的脸蛋，把一绺头发拢到她的耳朵后面。

“我很喜欢这样，”亚历山大说，“很高兴受邀……我去拿给你带来的花。”

他大步走开，回来时拿着那捧用金属丝串起来的瀑布般的白色和金色的玫瑰、千金子藤、小苍兰以及白色香橙花，花苞都被金属茎干串起，表面紧密，鲜活，芳香四溢。

“我不知道怎么拿。”

“我来示范给你看。”

亚历山大把花束递给她。斯蒂芬妮笨拙地拿住，往前突着，晃荡地悬着，沉甸甸的。

“别这样，你得紧紧抱着——别耷拉在这里——跟腰际持平，把肘子收进去，超过你的腰带。”

这捧花束显得那么明亮、轻盈，又被金属丝串得如此僵硬。

“像条贞洁带。”她含含糊糊地说。

“你拿着的样子，可能更容易管它叫个粗俗的名字。”亚历山大说，两人都大笑起来，“现在，你不能站着了，别僵住不动，你得轻盈地迈步走起来。大大地跨上几步，从臀部开始，让裙子动起来。试试。”

斯蒂芬妮大步走起来。他的双手，他的眼睛，规训着斯蒂芬妮的身体。她顷刻间觉得很开心。门铃响了。轿车司机从教堂返回，这是最后一次来载人。他们一起走出房间，走进那个小厅堂。奶油色的涂料，画着花朵的墙壁，放电话的桌子，衣服钩子，硬纸板的栏杆架。她还记得没有建成家时的场地，用拐角的砖、林带和水泥隔开。一幢房子只占很小的地块，这样白衣飘然的大跨步，从这头到那头，走不了几步就全走遍了。一个在家门外面玩儿的小孩，蹦跳一分钟就能越过起居室和厨房，很快就能跨过相当于住宅区的面积。在某种程度上，这种感觉跟有关亚历山大恼人的念头关联了起来，在她被剥光的卧室里，为了找根小金针，劫掠她的梳妆台，就是在那里，她经常幻想他进入一个完工了的房间，拉上窗帘，铺上地毯，抵御那个夜晚和寒冷。房间到处是支杆，地上垫着东西，消音，一幢房子。她一只戴着白色手套的小手紧紧抓住亚历山大的胳膊。他俯身吻了下她的嘴，然后揭起面纱，又用那块面纱盖住她的脸。两个人一起迈步，下楼走进那条花园小路，走进那辆扎着彩带的轿车。

接下来的阶段短暂而又漫长。他们坐在轿车里默默无语，一小撮人从街角盯着，甚至招手，好像某位公主经过。她踏上那条洁白的路，穿过参差不平的教堂庭院的石头，亚历山大的手放在她的一只手肘下面。到了长廊，一个端着相机的男子蹲着咧嘴笑着，打着手势，请她笑笑，再笑笑。她那裹在白色面纱中的头转来转去。一个黑衣教堂执事朝她点点头，示意她走进那片黑暗中，弗雷德丽卡站在那里，满身黄色，用亮闪闪的眼睛偷偷看着。在长廊和教堂之间有一块黑色的天鹅绒窗帘，执事就是以这个为背景，引导着她往前走的，所以，当弗雷德丽卡和亚历山大拉扯面纱，抖开裙子的流摆时，她就朝里盯着这片窗帘。执事说，手风琴响起时，他会迅速把窗帘拉回去，使劲推到那个难对付的门口。她走下古老的台阶时要多加小心，就在一个星期前，一个新娘跌倒，撞碎了眼镜，碰伤了一只美丽的黑眼睛。弗雷德丽卡像只有一个人、备受约束的队列般欢腾起来。亚历山大把她的胳膊放到他的胳膊上方。一阵风箱的喘息和呼啸声传来，然后忽然音乐响起。执事拉开窗帘，亚历山大协调好步子，弗雷德丽卡跟在后面。牧师在预演的时候曾鼓励她对丹尼尔灿烂地笑一笑。他赫然出现在那只明亮的铜质讲经台的雄鹰下面。她迅速、茫然地跟他的目光打了个照面。他专注地皱着眉头。

人群像微风中的花园般摇摆起来，倾斜着戴着帽子和花环的脑袋，想看看新娘。他们对服装评头论足，他们欲言又止，他们想起自己曾经的瞬间，或者展望着自己将来的这个瞬间，他们用自己内心的那只眼剥光这个女人的衣服，他们在揣测这个女人知道什么又不知道什么。她代表他们可疑的天真，他们的经验，已经过去的，正在到来的，或者将要到来的。戴着一顶重叠着淡淡的紫灰色珍珠的彼得潘式的帽子，费利西蒂·威尔斯干枯的脸颊湿湿的。亚历山大纳闷为什么人们参加婚礼时会这样汗淋淋的。他对自己的手工作品很满意。他走上前，把这个即将结婚的女人交给那个男人，称赞他的效率很高。

他们站在埃勒比先生面前，他们的后背对着亚历山大，一个白色，一个黑色，一个轻盈，满身洋溢着飞沫，一个黑色，厚重，微微闪着亮光。两个人都很结实。斯蒂芬妮的衣服朴素无华，没有花边，没有牙线，在低垂的三角形面纱下面像个修女。但是，她的胸衣里却藏着一对巨大浑圆的乳房，臀部丰满，被纤细而得体的腰围突显出来。那是一个适合生孩子的身体，亚历山大想，分享着这种大众的印象。新人互相交换的誓词，那古老、清晰的言辞，那毫不妥协的韵律，这一切让他很感动。丹尼尔说话粗声粗气，斯蒂芬妮清脆低沉。埃勒比先生显得热情关切，而不是像大多数牧师般大喊大叫。在这样的场合，对那几句感到非说不可的话，他已经斟酌再三。他从头到尾读了一遍，放弃了他经常讲的有关真正的基督徒的婚姻需要承担的责任以及欢愉的说辞，换上某些新的说法，微微有种文学色彩，以示对这位新娘的敬意，同时又让他信任的新郎联想到他所信奉的其他誓言。由于他希望的是一种优雅的协议，埃勒比先生从斯宾塞的颂歌和弥尔顿对亚当和夏娃的幸福婚姻的赞美继续过渡到在这场婚姻仪式里提到的神圣的结合，包括那位最原始的第一人。夏娃是亚当的肉体的肉体，骨头的骨头。男人和妻子是同一个肉体。婚姻的宗教仪式显然把这种结合比作在基督和他的配偶，教堂的结合中，上帝和人走到一起。“所以，男人要像爱自己的身体那样爱他们的妻子。”圣保罗说，而且他的说法被写进了祈祷书里。“爱他的妻子就是爱他自己，因为从来没有人讨厌自己的肉体，只会给它营养，只会珍惜它，甚至像上帝和教堂那样，因为我们是他的身体，他的肉体，他的骨头。”

丹尼尔被任命的时候就是应征去服务和保护教堂以及聚会的信众的，信众就是基督的配偶和身体。“他们两个会成为一具肉体。”圣保罗继续说，“这是最伟大的难解之谜，但是我说的是有关上帝和教堂。”没有人会在那样的正式演讲期间，用一种真正的英国的方式看着别人的脸。埃勒比先生再次从他那蜿蜒曲折的楼梯降临到地面，沉思起丹尼尔对他私下有关圣保罗的评论令人费解的反应。按照克兰麦的说法，圣保罗“他自己就是一个已婚男人”，他对有关异教徒配偶被感化转宗的简明扼要的忠告，也被放进这场结婚仪式中了。“即便他们不听从主的话，不说主的话，他们也可能会被妻子感化过来。”或者被丈夫们感化过来，他曾对丹尼尔说过，丹尼尔却粗率地说，是的，然后就没有更多的话了。埃勒比先生有时怀疑丹尼尔本人就是半个异教徒。这女孩，他很喜欢，矛盾的是，她对他或者圣保罗的话中寓言式的类比的理解，要比他那位阴郁的助理牧师更为透彻。她曾坐在他的书房，谈论过赫伯特的《神庙》，颇为睿智。她内心深知这件事的本质，肯定知道。她纯洁的转宗可能真的会以某种更加神圣的矛盾的方式，让她这位笨拙不堪的伙伴基督化。还有太多的东西需要祈祷。他和蔼地看着那颗被面纱围住的洁白的脑袋，那里暂时藏匿着有关类比论证最基本的应变转化的激烈思想。他优雅地祝福了这对夫妇。

马库斯在教堂的后面，脸挨着那根冰冷的柱子，斯蒂芬妮就是在那根柱子后面俯视复活节活动的。仪式进行期间，他看了好几次手表：本质在于同步性。他能看到拱顶上方难得一见的古老绘画。他能看到斯蒂芬妮和丹尼尔的背影。他能闻到那地方散发出的千金子藤、石头和蜡的味道。他也隐隐约约能闻到那位牧师的气息。他悠然地看着木炭画上褪色的污迹，有赭色、黄色、红色、白色以及带条纹的深蓝色。蔓延的毒蛇，抗议的夏娃，躺着的婴儿，悲伤的母亲，树上的基督，处于愤怒和荣耀中的基督，大口张开、獠牙巨齿的地狱之门。

他悄悄打了个哈欠，神经质的紧张总是让他犯困。他又看了看自己的小表盘。最近，由于他们听任这些行动自由随意开展，他和卢卡斯在微妙的精神图像的传输方面取得惊人的成功。在十分钟内，他就肯定能让自己变成一个接收器、一根触须、一根天线，然后又变成一个发射器。这个现在做来非常快速、非常简单。双脚并拢，双手并拢，闭住眼睛，清空思绪，睁开眼睛，无须聚焦。然后形影就会被唤醒并且定住，坚持定住，成几何形或者纯色。过会儿，图像出现，穿过并且突破它的障碍，脑海的眼睛屏幕上就会出现一个余影，一个投射图像。如果可能的话，可以用铅笔和纸记录下来。如果没有条件，就储存在记忆中。

他们在语言文字传输方面还没有取得成功，同样在思想的转移方面也没有成功。卢卡斯觉得这是一个失败。他们应该能够交换思想才对。马库斯本人在对思想的定义上还有困惑，不知道在多大程度上有别于文字。对卢卡斯来说，一个思想可以说是有关生物圈的真理，或者有关良知的本质，或者物种演变的精神设计。马库斯问这样的思想怎么能够被形式化然后传输呢，或者更甚，被理解后传输呢？卢卡斯断言说，他们取得的成就完全没有意义，简直就是存心制造累赘。卡尔弗利地方艺术中心里的一块压花玻璃板的细节有什么用？为了修理温妮弗雷德·波特的面包机，打开它，拆解开皮拉内西式格栅和轱辘，由马库斯传输过去，又被卢卡斯清楚地接收到并且概括地画出来，这又有什么用？自从坠井和奥格尔家的古墓活动以来，马库斯发现，他对卢卡斯已经有了某种权威性，他在这样的操作中获得了某种令人满意的局部的快感。真实情况在于，不管有没有信息，对他来说，接收到的东西，在其限度范围，都是可控和愉快的。它们都是无尽的延伸，在这样的几何中，那些东西是如此令他害怕，同时几何超越人性的清晰性又令他感到宽慰：它们不是结结巴巴、吞吞吐吐、啰里啰唆、乱七八糟的人类理论，卢卡斯有时好像拿这些东西起劲地敲打他的头脑。那些东西既是共享的又是单独的，一个充满细节的成品，但又毫无意义。他喜欢它们呈现的原汁原味的样子。因此他对卢卡斯说，他觉得那些东西是有意义的，只要他们两个谁都不做任何事干扰这个过程，意义就会被呈现出来。毕竟，他们已经发现，他们传输的内容到他们这里时都必须非常随机，为了成功就不能刻意出于说教或者“测试”的原因对内容加以选择，必须，在某种程度上，几乎要悄悄地而又不经意地观察，不能镇定自若地盯着看。这个说得太对了，乃至卢卡斯被迫让步，他们继续照原计划进行。一会儿后，他走过来，怀着这样的假设，即他们在进行训练，一旦时机到来，记住某个精神蓝图，这个蓝图如此精确、新颖和复杂，乃至一个没准备的头脑既不可能会设计，也辨认不出来。在某种程度上马库斯对这个想法比较开心。某些这样的极端情况，要求精确，需要他全神贯注，会让他从当下的诸多焦虑中解放出来。他仍然保留了一个不愿说出的疑虑，这东西真的有可能存在吗？

他非常不喜欢在教堂里传输东西。卢卡斯对魔力之地的鉴定已经很有把握，无论你提出什么样的让他用这种知识评判的条件限制。柱子和石臂有自己的几何吟唱，这些他都能捕捉得到，并且视其为一种有着互相嵌套的线条和比例的坚硬的三维结构，围成一个空间和相交线的结节，但又流散开了，各种门、屋顶、过道、拱形开口的线条，进入无限。一个无限的单间是很可怕的。然后，那个满是花苞的场地，是一个力的场域，可以有力地强化，他猜，或者歪曲，任何信息。他想，谁知道，听到和没有听到埃勒比先生宣扬圣保罗的思想，能够完成什么？“哦，上帝，谁借助你全能的力量创造了一切虚无之物？”牧师说，“谁又（当别的事情依序安排好后）决定，女人应该根据男人（就是依据尔等自己的形象创造出来的相似物）来开展人生……”

分针已经到了指定的敲打时间。马库斯收拢起又放空自己的身体，望向那片黑暗，看到了那个游移的图形，停在它的非空间中。扎得很深。他等待着。

他看到了青草。起初，他刹那间先看到了被认定是斑叶阿若母的花，尖尖的浅绿色的盔状花瓣，在紫褐色的肉穗花序上方点着头。这幅画面被灿烂鲜亮的青草取代了，满满的一捧，叠成大大的绿叶的样子，已经结籽的穗子挂在外面，低垂着。品种各式各样：羊茅、黑麦草、小糠草、银须草、丝绸般弯曲的哆嗦草。它们有的是银绿色，有的是绿黄色，淡白色和透明色，清亮、崭新的榆树叶绿色，以及更深的、令人不愉快的湿软的绿色。根茎下面精致的线条像展开的头发般闪闪发光，微微肿胀的关节光洁又闪亮。如果他步行穿过一片草地，从一片荒野上走过，在河边，他会踩倒数千丛。在这里，它们几乎是不可能的，因为错综复杂，从这个到那个各不相同，而且很漂亮。马库斯不是那种为美而生的人：在他想象的泥地景观中，他早已将美作为某种价值观放弃了。他经常被告知要辨识美，同时眼光要别致。现在他不会把这个词用在自己身上——无论如何他只是迷上了观看——但是伴随着观看带来的快感，是对某些令人满意的东西在颜色、变化和形式方面的强烈赏识。有一两次，卢卡斯传送给他的东西，采取的是这种相关自然物体——鸡蛋、脊椎动物、石头和外壳——某个种类的特殊形式。在任何情况下，它所带来的强烈的审美快感都太过充沛。其实，他并不知道，他也没有问过，这种感觉是否是跟青草一起传送过来的，那是他的还是卢卡斯的感觉？在他观察的时候，这些青草开始褪色，一度它们自身带的一种奇怪的透明的色泽开始盘旋和颤抖，每个茎管现在都被它周缘的光清楚地定型成一种透明无色的柱体，每粒种子，每个轮廓分明的皮壳，或者正在坠落的小穗子，都被呈现出来，能看到它的粒子交缠和细腻的聚合。即便你没有清点过这样的东西，你也会经常——马库斯也会经常这样——想起大量精确的数字，有关青草、穗子，甚至穗花的数字。卢卡斯会把这些青草本身保存下来，以便核查。

当那只内眼被清空后，最初的那个几何图形再次出现，你是感知到的，而不是看见的。那就是说，马库斯感觉到了它的形状，很像听到了它，或者感受到了它，就像你感知到有一把椅子要去占据，或者感知到有一个障碍物，你在黑暗中必须避免。他本来可以把这个图形实体化，变成绳索，或者环形纤维卷、窗花格或者光束，但是他选择不这样，而是试图找到什么东西，通过它的隧道把它发回去。他的目光对准了对面墙上的地狱口。在是否可以优先这个主题的怀疑火花产生之前，他已经开始扫视、绘图和吸收理解它了，那时，它已经做出选择。它大口地打着哈欠，一个宽阔的椭圆形，红红的深深的，在有力地弯曲的铁闸门般的长牙之间裂开口子。在它的上方，龙的鼻孔火光闪耀，冒着烟，圆圆的黑眼睛涨鼓鼓的，盯视着。稍微靠下的下巴周围，一群黑色的火柴棍般的恶魔摇着卷曲的尾巴欢呼雀跃，拿着带钩的干草叉。牙齿之间，在逐渐消失的云雾中间，小人们像谷壳般飞着或者像包裹般躺着，等待推动。马库斯逼真的视觉准备好接纳以前没有觉察到的东西：昆虫般的小动物的云团，真切地聚集在耳朵和鼻孔上方，好像这东西是头奶牛，横躺在夏季的田野里；长着毛的耳朵竖立在门道上方；黑色的鬃毛在赭色的皮肤上，像婴儿式的大雨在泼洒。这景象暗示得有点明显，但即便如此，它还会有用——卢卡斯不知道他可能会选择那些著名绘画中的哪幅，即便总体上他已经把这些绘画存放在头脑中了。确定好了轮廓和细节后，马库斯继续盯着，不再专注，变得越来越虚无茫然，那是他发现的效率特别高的方法，但是却需要恢复过来。这次就这样。突然，当他在自己和淡去的地狱之口之间的拉扯松懈下来时，感觉教堂又冷又沉闷。教堂里举行的仪式在继续，他早已从中脱离出来，现在进行的活动变得非常压抑。

他们唱着歌“教导我，我的上帝和国王”，这是斯蒂芬妮选的，因为是赫伯特写的。马库斯把注意力转到新娘和新郎上，感觉自己的手和脸颊在那块此刻已经热乎乎的石头上又冷又湿。

他试图从那块面纱上精美、轮廓分明的三角形中感知其几何意义——某种鲜明的意图。他的眼睛总是很容易被透明物上面的透明物所吸引，但感觉不出什么意义。这种东西会产生出他讨厌与之同游的某辆车或者巴士的成员的挫折失望，那些几乎是虚弱、茫然的成员，既不生气勃勃更不活泛，但是却有着一个或者顶多两个可能的关系或线索需要绷紧。那是一种毫无意义的茧。回想起来，一种类似的不满让他想起那片虚幻的青草的线条的相交。它们不会走开的。他不会以任何方式在他头脑中让它用这个材料做哪怕一点小小的精神的重新修正，一点自己的小小的设计，使之正确。他现在看到的它，就是它本来的样子。他开始感到不舒服，处在这个模糊的网络和这个教堂设计过度的几何形网络之间，闭塞得想说开放，沉重得想建议轻飘。他闷闷不乐地盯着丹尼尔宽阔的黑色后背，忽然像在加冕礼上那样被感动了。黑色把光吸进去，但不会反射出来。黑色释放出散射性热量，黑色的温暖的热量。

束束能量，团团力量，进入那个结实的肉体，然后停下来，盘踞起来，开始休息，或者看上去似乎如此。他无动于衷地看着丹尼尔既弯曲也不活动的肩胛骨，在衣服下面稍微有些驼。他停止了思索。他感觉很饿。他打着哈欠。他在自己最好的西服和不错的鞋子里挣扎着，站起来跟着家人到了更衣室。

到了更衣室，大家都舒舒服服地坐定，叽叽喳喳地聊着天。亚历山大走到他照管的人跟前说：“吻吻新娘。”丹尼尔说：“我先来。”说着揭开面纱使劲地吻了下斯蒂芬妮。更衣室很小，地面铺着石头，带个小小的高窗，压着很重的铅条花饰。马库斯心想，他可能又得出去了，找个可以呼吸的空间。丹尼尔吻斯蒂芬妮的时候，温妮弗雷德擦了擦眼泪。

他们在登记本上签名，胡乱涂抹着，像蜘蛛的细长腿。丹尼尔·托马斯·奥顿。斯蒂芬妮·简·波特。莫莱·埃文斯·帕克。亚历山大·迈尔斯·迈克尔·韦德伯恩。

斯蒂芬妮发现丹尼尔的妈妈在看着她。奥顿太太的一只手勾在那只白色的胳膊上自信地说，用一种骄傲的轻声细语说："我很喜欢听大家说话。我以为丹尼尔经过很多训练了。可是你讲得同样响亮好听。"

斯蒂芬妮向下俯视着："我也有过大量实践，在我的工作中。"

"是呀，我想你有过。我在自己的婚礼上害羞极了，我都不敢说话，只会小声低语，我口干舌燥，摇摇晃晃的。可是你却冷静得像根黄瓜。"

"其实表面上看到的未必真实。"斯蒂芬妮说，既老套又诚恳。她不想被碰摸，她本来还很高兴能够在握手时弄开奥顿妈妈那几根紧紧抓着胳膊的小小的手指。那几根手指上蒙着带斑点的灰色透明尼龙，隔着尼龙，可以看到皮肤带着奇怪的砖块色以及褐色和青紫色。

"是呀，慢慢你就会明白过来。"丹尼尔的妈妈说，带着某种阴郁的满足感，"你不能指望一下子就明白过来，像这样。"她在斯蒂芬妮的胳膊上唐突地拽了把，开始说起私房话。斯蒂芬妮的脑袋在她上方俯视着。她发现——其实这是她对丹尼尔妈妈唯一的了解——丹尼尔的妈妈把生活看作没完没了的表演、没完没了的自我介绍的故事。

"前天晚上我梦见我又变年轻了，我斯[1]年轻的克拉里·罗林思了，还梦见了巴里·塔马吉——一个年轻人，我以前的相好——我们

---

1 原文用了war代表was，以示丹尼尔母亲用词不雅或发音不准。

在外面散步，他老催我，我总说，嗯，我不知道，而且，可能吧，而且，我们得看看，不是吗，我始终知道，有些原因，我不能那样，你知道，有些事情我经过了，就这样忘了。后来我醒来，我四处观望寻找，整整五分钟，肯定有这么久，然后，才意识到我斯个结过婚的女人，而且是个寡妇，丹尼尔的爸爸死了13年了。

“我斯1922年结的婚，这事已经早就被我忘干净了。真有意思，这事。想要年轻和婚配，这斯多自然的事，好像后来所有那些日子并没有过去，好像我压根没有让自己参加过婚礼，尽管布莱恩已经走了，而且已经过了这么些年。有时，看着自己的手，我就想，这是谁的手啊。哪个老太太的手？可是那就是自己的手。特德会很高兴看到我们的丹结婚，爸爸会喜欢的。我们以前都怀疑，他会不会结婚，他太笃信宗教了，这很容易把人都推得远远的，他又这么胖，不容易谈成，这自然会让他不好意思，貌似是的。不过他是个好小伙，有他的原则，我要为他说好话。他爸爸要看到他这么出息了，肯定会很自豪。”

斯蒂芬妮仍然傻乎乎地斜着脑袋俯视着自己的这位新妈妈，想不出一句话来回答这些私房话。埃勒比先生救了斯蒂芬妮，他正组织新婚队列仪式。他把根本不搭界的一对盘起来：新娘和新郎，莫莱·帕克和弗雷德丽卡，亚历山大和温妮弗雷德，马库斯和丹尼尔的妈妈，围绕更衣室的桌子走了一圈，给风琴打了个手势，然后又把他们再次赶出去。

丹尼尔环视教堂微笑着。相对平日他做替代握手的行进仪式，他感觉作为新郎在这样的巡行中，这个教堂更属于自己。他感觉自己像个征服者。他已经成功了，虽然处境极为不利。他妻子穿着垂坠的长裙走在自己身边。他自己则兴高采烈地大步往外走着，几乎在蹦跳。他的脑袋转这儿转那儿地观察着人群，带着巨大的原始的快感，咧嘴笑着，因为他们都来了，因为他们穿着礼拜日的盛装，全都各不相同，有的肥胖，有的苗条，有的发灰，有的闪亮，有的贪婪，有的忧郁。大家都很好，都待在适当的位置。他亲密地朝他们点点头，开心地表示感谢。他看到了索恩太太，安静地坐着，手放在裹着斜纹丝绸的膝盖上，戴着宽边黑色草帽，下面的脸像石头般没有表情。他意识到了这种安静，收起微笑，朝她迅速又严肃地看了眼，表示看到她了，然后带着丝毫不减的愉快，继续冲着她身后学校的女人们点头、行礼、微笑。

他们出来走到台阶上，在上面站了片刻，三三两两或者成群，让人拍照。其间，丹尼尔对斯蒂芬妮说：

“我听到我妈妈给你讲了些家里的来龙去脉。”

“她好像觉得一个人不相信自己真的结婚了，直到——直到他死了什么的。”

“这取决于你是什么人。我怀疑她真的想知道。我承认，要知道什么会适合我们，会让我们花点时间，但我希望不要那么长。无论如何，迄今为止，我都是很喜欢这样的。”

“真的吗？”

“当然了。我们进行得很顺利啊。太开心了。”

斯蒂芬妮抓住丹尼尔的手，抬头望着他，所有的相机趁机咔嗒咔嗒地响起来。

丹尼尔在高兴中把他妈妈也纳入眼前围绕在自己身边的人群中。奇怪的是，听到她跟斯蒂芬妮谈论自己的肥胖和宗教信仰，他既没有感到惊慌，也没觉得尴尬。相反，开心来得更加剧烈、鲁莽和可笑。他来到这里，然后按照自己的选择结婚了，而她是他的母亲。他的小个子母亲，整个脊背上半部厚厚的肌肉隆起来，小小的身体现在已经变成没有形状的四方形，撑在细细的罗圈腿和厚厚的脚踝上。她脸上的构造让他很开心，很庞大，颜色灰暗，洒满褐色的污点，因为美丽的消失而闹脾气，像个噘嘴生气、眼角满是褶皱的幽灵。她头上戴着一顶闪闪发亮、柔软、用不真实的紫罗兰色稻草做成的碗状的东西，装饰着一束粉白色的冬青浆果枝、布做的矢车菊、有气无力的雏菊以及竖立的绿宝石色的羽毛。在这件东西下面，她稀薄的头发被烫成一个个一丝不苟的小卷儿；他想起妈妈还有着柔软的金色卷发的时候，她备受称赞，因为那样的头发，在那个时代，她被人贴上“大美人”的标签，在她还没有在这样的事情上有任何选择之前。她穿着一件方形的绉纱做的裙子，上面印着巨大的紫色和白色的花，一串端庄的带凹槽的花边前襟，一件锈黑色的冬天的外套。他不喜欢她。但是，他内心深处另一部分又很高兴她出现在这里，就这样以自己本来的样子，也开心他知道这点。他甚至开心，他知道那灰色的发卷曾经是金黄色的，以及如何变成这样的。

30

大师园

亚历山大发现自己孤身一人站在教堂外面，等着扎着白丝绸的轿车回来接他。他感到很愉快，很有英国派。各种钟表打出各自清晰、短暂、重复的行话，音调彼此混杂和交织。坟墓之间的青草因为长着雏菊而丰厚、柔软又无声。他是那种在这样到处是绿色，又安静，遍地石头的地方会刻意绕道行走想独自清静的人，是那种在廊道里感觉虔诚恭敬的人，一个会被各种石头——上面可能落满苔藓，布满雨坑，黑油油，在栏杆和墙壁上错位后倾斜的石头——感动的人。墓园跟亚历山大更加息息相通。他飘然来到正开着花的黑色紫杉树下的小路上。丁尼生曾经写过那几棵紫杉，不过是雄性的，分开矗立着，如果你摇一摇，会冒出烟雾般的花粉。亚历山大漫不经心，好奇地随便给了一拳，只见果然如此，一片活生生的烟雾真的升起来进入还是夏季的天空，微微旋飞片刻，然后落在他光亮的晨衣上。

有人，可能是旁观者，可能是园丁，可能是迟迟不肯走的参加婚礼的客人，在墓园遥远的那头闲逛着，亚历山大优雅地走着，迈着长长的浅灰色的腿，越过黄黄的覆盖着新生草皮的小丘。空气如此厚重和滞缓，他几乎无法喊出声音来。

那个人穿着颜色鲜艳的皱巴巴的夏天的衣服，亚历山大看成了电蓝色，其实自己并不知道真正的蓝色电流是什么样子。他戴了顶老派的帽冠很深的巴拿马草帽。他蹲在一块维多利亚时代的墓碑石板前，用一根尖尖的棍子戳着碑文上被青苔侵蚀的斑块。亚历山大走近时他没有抬头。他的鞋子是泥黄色的生皮短筒靴。

“比尔。”亚历山大说，他不知道自己其实是不是应该悄悄地踮着脚尖返回来时的路。

“我相信那已经结束了，”比尔说，仍然捣着碑石，“花的时间长得不可思议啊。我想应该没有什么波折。”

“没有。”

“我在这里徜徉的时候，欢腾的紧张感越过那些坟墓，一次又一次地爬到我身边。我想这很接近我应该体面地到达的地方。”他用棍子咔嗒咔嗒地在一个仿大理石花台的洞眼里捣着，花台上放着几朵发黄的大丽花和僵硬了的矢车菊。他大声读着自己亲手书写的作品：

> 安息，绝对安息，相爱的人已经远去，
> 在耶稣的怀中，我们是安全的，他们亦复如是。

“含混不清，没感觉出来吗？而且完全不连贯。我以为，我甚至希望，有人会竭尽全力声明某种原因或者哪怕只是阻拦一下也行。但是我想没有这样的运气吧？”

“没有。”亚历山大说。比尔撑住脚后跟蹲着，往回一挪，用他手里的工具朝亚历山大比画着。

“我想你可能觉得我在这件事上做得过分了。我想你认为血亲应该接受召唤。我想你认为我应该放弃自己根深蒂固的信仰，走进那里。我想你看不出来我做不到。我就是做不到。”

“我可没有这样说过。”

“英国式柔弱无力的彬彬有礼比别的什么都重要。绵羊。至少我是看得很严肃的。”

“很感人。”亚历山大说，优雅地俯身对着一块崭新的大理石，尽量不让绿色污迹沾到自己质地如珍珠的袖子上，“我很感动。”

“你会的。什么都让你感动。我看见你了，在拍打着树。‘你的阴郁在尖上被照亮，然后又进入阴郁。’记住这句话，在你富有成果的烟云中，或者不管什么中。阴郁，阴郁。这就是我看到的一切。”

“比尔，他们很开心。”

“像绵羊，绵羊，暂时的绵羊。我要的是给她点真正的东西。”

亚历山大几乎能听见他愤怒的咝咝声和喷薄声。他想起自己心中比尔·波特的永恒形象，像一堆稻草里面的一团焖烧的火。他隐隐约约觉得有责任浇灭这团火，但不知道该怎么办。他说：“我不明白你何必如此在意呢？”

比尔猛然转过来：“你不明白？你认为我过分了？你认为我这是装腔作势吧。”

“没有，没有。”亚历山大平静地说。

“我要的是给她点真正的东西。”

亚历山大受到了刺激，他说：“丹尼尔就是真正的男人。无论从哪个标准说，我想他都是。”

“你觉得是吗？目前我怀疑的正是这点，我是真怀疑，那是否有可能。在那个世界，充满了涂满防腐剂的僵尸。基督。谁都不会对那个方面感兴趣，他们认为我没有风度，按照他的说法，他是个非常好的家伙，很严肃，等等。这不是风度问题。这种英国式的灵丹妙药，好样子。好样子，就是死形式。不，不。这是生活问题。这不在那里面。”他挥出一条发皱的胳膊指着教堂方向，差点失衡跌倒。

“你认为我应该伸出一条充满爱心的胳膊，在婚礼上翩翩起舞吗？”

亚历山大完全拿不准他对这事是怎么想的。但是，他只能说：“是的，当然。”

“我不想。”

亚历山大勇敢地看着他。

“不过，你劝服我了。我要跟你过去。你要去那边，我能搭你的车吗？”

“哦，没问题。”亚历山大说。

他们一起钻进轿车，因为比尔指示司机收起扎在车上的白色缎带，其间又耽误了会儿。“非常不合适。”他对亚历山大说，往后靠在灰色的坐垫上，把那顶草帽几乎拉到鼻梁上，“我们既不是天真汉，也不是蛋糕，更不是来参加欢宴。肯定不是来参加欢宴。是那个屠夫的羔羊，你可能会说，但是我们可以不用点头鞠躬悄悄过去，我想。”

大师园有些《爱丽丝》中那个终极花园的要素，高墙上开着扇紧锁的门。比尔和亚历山大跟别的任何人一样，走上从学校开始的那条陡峭的小路，然后朝里望着。那是一个四方形的带围墙的小地块，亚历山大永远都被这种设计格局中明显缺乏的想象力感到恼火不已。在那面远远的墙上，有个类似被提起来的筑堤，带条硬化过的主路，这头是一个假冒的橘树丛，另外那边是一棵缺水的哭泣的柳树。他曾经在这里排演过《这位女士不是用来焚烧的》。在这些难以胜任的灌木阻挡带后面，他曾经穿着鲜红的紧身裤和黑色的短上衣蹦跳。如今，那些支架台上铺着学校洗过多次的黄色锦缎，被支在铺路石上。

在这些支架上，有冰凉的自助餐，两个老旧的咖啡和茶叶罐，一排两列的多立克式支柱样的蓝白色蛋糕。亚历山大本来想种植些熏衣草、石南、百里香、迷迭香、墙树桃和梨子。这里应该还有铁线莲和刺玫瑰在门上招展。但是围着这片草地的千篇一律的苗床，以表达爱国精神的类似国旗的条纹样式，把干净利落的排排猩红的鼠尾草、蓝色半边莲、白色庭荠排列起来，里面还带着两三簇粗糙而鲜艳的矮牵牛花丛。亚历山大不喜欢深褐色或那些更热闹的紫色。沿着被锄过的地块边沿，学校的女招待拿着冒泡的瓶子和平底杯迅速地走来走去。

比尔偷偷摸摸地在大门周围看了看，然后小跑着冲进去。亚历山大不知所措，他问是不是要找温妮弗雷德或者丹尼尔、斯蒂芬妮。比尔说，不用，不用，他只是露个脸，亮个相，仅此而已，他进来的全部目的就是这个。他想在周围悄悄走走，亚历山大不用担心。亚历山大是不担心，他被一个端盘子的女服务员吸引住了。

“好了，”比尔说，“喝杯我的酒，来。我买单。他们决心要把我的活动限制在那个实用的职责范围。很聪明，不用怀疑。我们谁会以新娘的父亲或者家庭亲密朋友的身份发表讲话呢？你讲几句怎么样？我希望你已经早有准备。我会把这事完全交给你，交到你才华横溢的手中。我对讲话深恶痛绝。我想享受下，听你替我讲。那会让我很开心。你马上去混进里头，我会来回四处走动。请不要担心我。”他灌了杯葡萄酒，又拿起一杯，然后就匆匆走了，现在他的帽子已经扣在后脑勺上了，看起来脚步明显很轻快。

“见鬼。”亚历山大说，他发现弗雷德丽卡站在那个冒牌橘树旁边。见到弗雷德丽卡，他简直有些高兴。

“我发现你父亲在墓园。”

“我也看到了。我以为他在那里就是想躲开，不要出现在附近，他现在又想出现了。你应该把他关在更衣室。”

“我完全不知道他想不想致辞。”

“哦，那些他能应对得了的，他就会做，如果不好办的他就不做。实在没办法。如果我是你的话，我就躲开不见他，好好喝个够。”

亚历山大发现又一个女服务员要给他们两个的杯子里斟酒。他看到斯蒂芬妮，在客人中间坦然地周旋着。

“我希望不要有什么坏了她的兴致。她好像非常开心。”

“你真这么认为？”这话问得很尖锐。

“你不觉得？”

“你是怎么知道的？我觉得他太可怕了，但基本上还算靠谱。她究竟图个什么？”

“我喜欢丹尼尔。”

“哦，我也喜欢丹尼尔，我想。丹尼尔没问题，就某种程度而言。但是我看不出她是如何认为自己了解丹尼尔的。”

“也许知识，诸如此类的东西，对爱情来说不见得必不可少。”

“爱情，”弗雷德丽卡说，“爱情。她直到几个星期前都是爱着你的，就爱情而言的话。然后一切就变成这样了。”

亚历山大不由自主地转过来看着新娘，这会儿斯蒂芬妮正再次俯身望着丹尼尔娇小的妈妈，用那只戴着戒指的忸怩的手撩开脸上的面纱。她看上去突然显得非常低调和兴趣盎然，亚历山大想起早晨用手测量她的腰的情景来。弗雷德丽卡看着他观察斯蒂芬妮。亚历山大说：“那是胡闹，她其实几乎不了解我……”

“你刚才亲口说知识不见得必不可少。总之她可惦记你了。你是谈话中最重要的主题。还有猜想。激情。如果思索对了解有什么帮助的话，你可是被反反复复思虑过很多次了。”

亚历山大感觉很傻，而且，像弗雷德丽卡以前说到他的时候一样，感觉很不自在。弗雷德丽卡说：“你就像一个美丽又无望的热恋对象。她很羞怯。你也没注意到。”

“没有。我还真没有。我必须说。”

“你不会注意的。”弗雷德丽卡斩钉截铁地说。亚历山大被她的态度搞得如芒在背，在这场交谈结束的时候，她的态度又隐隐约约变得居高临下。他头脑中速来速去地闪电般地闪过她们两个人，她们头并头，在某个晚上，真诚地谈论着他，聊天聊得都气呼呼的了。他昂首挺直身子，俯视着弗雷德丽卡。她微微露齿一笑。

“不管怎么样，对我来说这样总算把一件事平息了。”她说。

“什么？”

“这场仪式我可做不了。我自己可绝对撑不下去。没问题，我可以用我的身体崇拜尔等，但是圣保罗我可受不了。我都被自己变得如此疯狂惊到了。我不想被人爱，因为男人都爱自己的身体，这太荒唐了。还有所有这些有关基督和配偶的说法。你能从中看出什么有意义的东西吗？这是个巨大的难解之谜，但我说的是有关基督和教堂。还有这个有关身体服从头脑的说法。太可怕了。这是在降低身份。”

“你大概有些历史的……”

“我有，我有，但我对言辞很敬重，高看那些我不会亲口说出的东西。说出‘服从’是最不可能的。我甚至可能会服从，但是我不会让类似的东西从我嘴里说出，不管我是死是活。”

“你太激动了。”

“我知道，我自己都吃惊。我们还是说点别的事吧。”

斯蒂芬妮在客人中活动着，作着各种感谢。她的回忆天赋开始活跃起来：她可以看到每个沙拉盆、茶匙和毛巾，组织出得体、具体的致谢词。忽然，她远远地看到了父亲，穿着那身可怕的衣服，站在丹尼尔的青年俱乐部男孩中间。斯蒂芬妮招了招手。他顽固地假装没看见。她走上前几步，又招了招手。他开始朝大门口挪动躲避，站在成群成串的人们后面。她未加思索，双手提起白色裙子的衬环，开始跑起来，飞速地穿过草地，匆忙离开，漂浮过去。太阳忽然从一团快速移动的云后面溜出来。她经过时，人们都大声笑起来，好像她在表演某个原始的欢乐的节目。比尔往后躲到那个放着桌子的小丘后面。斯蒂芬妮脸上充满了惊惧，一步越过小丘，冲了下去，面纱飘起来，悬浮了片刻，然后轻飘地落下。

“站住。”她说。比尔站住了，面对着斯蒂芬妮，但什么话都不说。接着他又开始一寸一寸地离开。她不由自主地说：“哦，别走。”

“我不是正式来这里的。我只想打个照面。”

“请别走。”

“我感到自己不太受欢迎。我感到自己不算宾至如归。”

“我们都很高兴你送了那张支票。”

“我做了我力所能及的事。”

“非常慷慨了。”

“我不愿意显得很吝啬。”

“嗯，请多待会儿，过去看看妈妈……丹尼尔……你现在已经……”

“我只想看看你们用我提供的资源都做了些什么事情。”

这时，面对他最后这句话造成的唐突，连他自己看上去都很惊恐。他拿自己的生皮短靴在石子路上刮擦着。他表情木呆，像个被粗暴的力量拉得抽搐的牵线木偶。斯蒂芬妮想，她可以走上前去，亲吻他，却被内心看到的一副清晰图景阻止了，她仿佛看到父亲猛烈地把她推翻在草地上，又抽身走了。

“哦，你为什么喜欢这样？”

“我感觉，”他说，“我感觉……”

丹尼尔越过小丘，笨拙地走下来。比尔痉挛了下好像活过来，游移不定地盯着，好像面对一个要实施抓捕的警察。

“很高兴见到你。”丹尼尔急匆匆地说。

“我也很高兴，”比尔说，“我正要走呢。我就是进来看看。只想……我其实不是来这里的。我得走了。”

“你就是来这里的，”丹尼尔说，“我看到你了。他们要切蛋糕了。你要过来吗？”

“我在里面没担任什么角色。”

丹尼尔感觉想要杀人。他想抓起比尔·波特，把他的脑袋、草帽等等一切的一切，使劲在这石子路上碾压。他从小路上的这个人身上获得了一股苍白无力的激情的热风。如果这事跟他自己无关的话，他会把他仍在那里不管。他说：“请过去吧。我们挺想让你过去。”

比尔的嘴巴像个干果钳子般张开又合上。丹尼尔说：“斯蒂芬妮。”然后开始稳步翻过小丘往回走。他本来想拉住斯蒂芬妮的手，但是感觉这种亲密的姿态会火上浇油。她转过来对着比尔，哭丧着脸。

“毕竟，你是我的第一个孩子。”比尔说，很动情，很激烈，表现出自导的悲伤。

“求求你了，”斯蒂芬妮诚挚地说，“求求你了。”

他们一起下了小丘，三个人一起站在嗞嗞作响的瓮罐之间的蛋糕旁。从那个小小的高地上，比尔看着紧紧挤在一起的呈半月形的客人们，怀着在恼怒和淘气小妖怪的开心之间纠结的情绪。

“不用管我。”他对亚历山大说，后者也在那里，手里拿着酒杯，建议吃点面包，“我其实不是来这里的，我只是进来看看。我希望听你讲几句。别让我耽误了。”

亚历山大简短又优雅地讲了几句。因为受比尔在场的牵制，他结结巴巴地讲了几条自己出席这个仪式的理由。他讲了几句满是钦佩丹尼尔工作的话，又赞美了几句斯蒂芬妮的智慧和美丽。他把新娘比作一朵白玫瑰。他举起杯子，淡淡的金黄色的液体在里面倾斜着，感觉有种愉悦的烦恼，那是由弗雷德丽卡刚才吐露的私情造成的。他引了句斯宾塞的颂歌，清澈又华丽。这句诗反过来又在他心里激发起丁尼生式对往昔的激情，对其他已经消失了的完美瞬间或者转移变化的感觉。他提到这是令人愉悦的泪与笑的结合。他提议大家为这对幸福的夫妇干杯。

对丹尼尔来说，他需要对这个形式做出回应。果然，他从胸兜里取出一张笔记卡片。可就在这时，比尔·波特从两只瓮中间走出来，帽子和肩膀背对着大家，蓝色裤子裹在屁股上斜扭着，他转过身声明了自己的想法，说只想针对同事雄辩的演说补充几句。大家可能也知道，他压根就不是来这里正式出席活动的，但说几句不正式的美好心愿也还是完全可以的。他提到同事说的白玫瑰。他说，自己简直难以置信，这样欢乐的情景竟然属于女儿，在他看来，女儿似乎还没有走出手指黏黏糊糊，系着牢靠的松紧带，穿着脏兮兮的毛哔叽灯笼裤的日子。他等着笑声。他描述了这个小姑娘蹦蹦跳跳去上学，穿着掖起来的宽松运动衣，背着破旧的书包。他引述了她上学时通知书上的评语，并且做了解释。“一个值得珍视的社区成员”意味着一种正统的奴役式的完美——嗯，她需要这个东西，她的前进方向就是这个。“她的兴趣所在无疑是其天赋所在”意思是，猪头猪脑，总是很懒惰，但她肩膀上有颗脑袋。嗯，那颗脑袋让她进了剑桥。后来她顺理成章地换掉了那条毛哔叽灯笼裤、糖色衬裙，以及那帮虔诚的沾满墨水的奴隶，因为成群如痴如醉、严肃得毫无特色的年轻人来找她，他们在从布里斯托去剑桥的路上或者某个同样绕弯的途中过来，声称到里思布莱斯福德“只是顺便拜访”（他以为她至少抽空去图书馆露了一两次脸）。他从来没有认出过某个年轻人，在这个年轻人被下一个年轻人取代之前。如今有了丹尼尔——至少可以说，通过毋庸置疑的若干标志，他是比较好辨认的。他相信丹尼尔会很幸福。他希望几乎无须提醒，这个孩子对这个女人来说就像母亲一般，而且，无论丹尼尔的教堂对有关遵守戒律可能会说什么，他个人觉得自己的女儿在她出色的头脑要专注的事情上会无往而不利。但是，那时会有证据表明，丹尼尔是个不可动摇的对象。他希望他们幸福，他坚信他们会幸福。

大家普遍感觉比尔用非常良好的幽默感给自己开脱了。

丹尼尔取出他的卡片，匆匆忙忙对每个人表示了感谢，温妮弗雷德、埃勒比夫妇、索恩夫妇、亚历山大、弗雷德丽卡，以及比尔，木然地感谢了他的美言，用了比尔自己的话。他设法这样做的时候尽量不要提到自己或者妻子。然后他就退下了。

亚历山大感觉肩胛比较低的部位被狠狠地击打了一拳。是无所不在的弗雷德丽卡干的。她悄悄对亚历山大说："我几乎认为他想说她欺骗了父亲，也许还有你，你不觉得吗？说实话，完全是一场表演。全都是谎言，你知道。她从来就不脏兮兮，斯蒂芬妮不是那样，她的灯笼裤总是很合身。还有那些男朋友，如果有的话，从来没来过这里——原因很明显。那倒省心了。如果我哪天结婚，他指不定又从附近的什么地方出来，那地方会很隐秘，很偏僻，在约克郡数里外的地方。我喜欢你的演讲，甚至喜欢斯宾塞的诗，尽管我更喜欢多恩。去主教所在之处，把你造就成他那样的人，多方潜心研究，必然会受影响。你难道不喜欢他钟爱的那种语法分层的手法吗？我喜欢那样分开的东西。"

亚历山大沉思着，这个可怕的女孩设法要做的事情就是，通过坚韧不拔的努力，给他施加一种亲密由来已久且被接受的调子，这点，以他的良好风度是很难破除的。而且，不得不承认，只有恶化这段关系才能轻而易举地破除它。更有甚者，她说得自有意思。

"真的不是真的？"他问道，往后看去，想看看自己有没有被偷听。

“没有一句是真的。你看得出来，不过是一连串陈词滥调，认识她的人都知道她很不情愿。”

“我要能挡住他不来就好了。”

“你得承认，它自有其可怕的戏剧性。”

支起来的蛋糕已经被肢解，切成好几块。那些鲜花，新娘和新郎破碎的尸骸躺在太阳下。它们现在有些苍白无力，受了伤，铁丝的钳口暴露出来。人们开始推着这对夫妇离开。他们步行离开，穿过边门，来到通向边地和教师路的陡峭小道，他们将在那里换装。因为他们哪里都不去，因为没有钱度蜜月，客人们都在园门口向他们挥手。只有家人，丹尼尔的妈妈，跟他们回去。亚历山大也同去，但他在铁路桥附近站住，决定返回去。他又不是什么人的父亲、新郎或者亲戚，他没有必要去，他已经仁至义尽了。

所以，他站住，看着他们，在太阳下排成行列，闹哄哄的，有的小步慢跑着，有的漫步闲逛着，穿过边地，经过比尔吉池塘，出现在另一边的目标桩下面。黑色的丹尼尔和白色的斯蒂芬妮，瘦瘦的金色的蹦跳的弗雷德丽卡，温妮弗雷德，她戴着帽子的黑色脑袋低垂着，显得疲惫不堪，比尔曲里拐弯地穿过运动场，走着蜿蜒的圆环形，跟大家偏离开来，小个子的奥顿太太使劲摇了摇驼着的肩膀和颤颤巍巍的脑袋。马库斯在最后，个子高高的，穿着深色西服像根棍子，稻草般柔滑的头发梳得整整齐齐。弗雷德丽卡四处寻找亚历山大，他招了招手，往自己身后指了指，毫不含糊地表示了自己的意图。他想起他的戏得到认可的那天，自己如何站在这个地方，他看到，这件事没有任何东西，这些人中没有任何人，这个世界上没有任何事情，现在必然跟自己有关或者对他有制约意义，因此他觉得他们很有意思。今天，他跟他们在一起的时间太长了，太亲近了，他几乎变成他们的一员，几乎失去了兴趣。当他们在运动场对面变得越来越小的时候，在园子门口走进去时快像小人了，他深深地呼吸了下，成熟了些，变得更加现实起来。他想起别的一些地方：牛津的一座花园、格哈斯的一个露台、多塞特的白垩高地、布洛涅森林。不，为了白玫瑰、紫杉花粉以及克兰麦的散文带来的所有那些出其不意的欢乐，一个男人也许可以做更多的事情，远远不是将就在教师路上那些重复的长方形房子里所能比的。他想起，早上在新娘空荡的格子间里那个毫不神秘的女人陷入一团混乱，他想起透过珍妮弗卧室漂亮的印花窗帘看出去，看着一块小小的正方形蓝天的那个时刻。他想出去。他几乎确定了，等自己的这部戏演完后就着手安排离开，看看会出现什么。运动场对面一个黄色小人影在昂首阔步行走，激起某种白色的东西。他摘掉自己的丝绸帽子，彻底地前后扯了扯，又戴回脑袋，然后转身走进小巷。

31
蜜月

丹尼尔曾想象过黑暗降临的情景，不过现在正值盛夏，而且电灯一直开着。莫莱·帕克开车从教师路出发送他们到阿斯卡公寓楼，沿着按比例缩小的新月形街道和手工艺人住的背对背的排房开过去，这些房子紧凑得可怕，都是青石板屋顶，冒着煤烟。公寓楼总共有六栋，排成两列三栋的长方形，围绕那个平面示意图显示的两个绿草场的地方，还配着鲜花盛开的树。其实这里都是些搅拌过的黏土、裂缝的水泥路、沉甸甸的泥块，以及履带压出来的轨迹，到处冒出车前草、柳兰、欧起草、苦苣菜。他们的公寓在背后那栋楼的地面一层，地面的房子都带着后花园，还有小块变了色的凝结的土地，用铁丝网、水泥桩、吱呀作响的小铁门围着。楼上的人家都有水泥阳台，带着铁栏杆和晾衣绳做的织网。从厨房你可以看到一只黑色橡胶轮胎，挂在一个类似脚手架的东西的打结的绳上，还可以看到一棵山楂树，一棵很老的树，歪歪扭扭，上面有很多刻痕，树皮发黑，那个时刻，因为有绿叶，显得既明亮又高耸。它比这些公寓楼还老。当推土机咆哮着开进来准备开工的时候，它就幸免于难。

埃勒比太太已经给他们准备好了冷餐，所以他们不用做什么——一只鸡，一份放在雕花玻璃碗里的沙拉，扣着一只盘子和一块湿漉漉的茶巾，一份水果沙拉放在另一个盖住的碗里，还有一瓶白葡萄酒，还有几块松软的面包卷、一块新鲜的硬皮圆面包、一罐里昂咖啡、一包茶、两瓶牛奶、一包卡门贝干酪、一包荷兰球形干酪，还有一大束火焰色的剑兰，插在一个玻璃管里，放在桌上一块带花边的垫子上，上面有一张字条，写着甜菜根放在橱柜一个单独的浅碟里，它会让煮硬的鸡蛋褪色，埃勒比太太还说希望他们休息好，在新房过得开心。他们一起站着，仔细看着这些，微微眨巴了几下眼睛。边地的那些花园是那么明亮、显眼，而这套小公寓，窗户小小的，带着厚重的纱窗，又暗又挤。斯蒂芬妮不喜欢纱网窗帘，但是连她都承认，这里，这些东西良好的密封性非常有必要。墙壁很薄，她活动时尽量小心翼翼，免得什么人注意到她在这里。

现在大约7点钟。丹尼尔看着自己的家，偷偷瞥着自己的妻子，想着是否应该安排顿晚饭，跟很多人一起出去吃。斯蒂芬妮安静地站着，看着四周，但并不看他。

“我们接下来该做什么呢？”

“我们可以坐下来，把这些食物都吃了。”

“好的。”

“或者打开沙发上的那些包裹。”

“好的。”

“可是我感觉不太饿，吃了那么多烘烤的小零食、蛋糕，喝了那么多酒之后，并不那么饿。”

“不。”

他意识到他满以为他们会径直走进卧室，拉下窗帘，撕掉他们穿的那身干净的衣服，倒在床上就可以了。他看到事情好像不会这样发展。斯蒂芬妮离他远远的，毫无目的地翻着橱柜里的东西，小罐、剪刀、柠檬榨汁机。她摆弄着剪刀，好像是什么不认识的器械，它的性能需要盲目的猜测，她说："我最想做的就是脱掉鞋子，赶紧把我的鞋子脱掉。"

丹尼尔琢磨着"赶紧"这个词的语调。他抓住了把柄。

"你为什么不自己脱？我们需要休息会儿。赶紧休息下。我感觉精疲力竭了。"他没有说真话。她听了这话后弯下腰，脱掉自己的鞋。没有了尖细的高跟鞋后，她显得矮矮胖胖，穿着四方形的亚麻布套装，戴着顶圆帽子，像个中年妇女。

"你也可以摘掉帽子了。"丹尼尔说，饶有兴致地看着她。斯蒂芬妮仍然不看他。她摘掉帽子，露出闪亮、干净、黄色的发卷。丹尼尔觉得这头发比较长，或者曾经比较长。你如果去揪揪，这头发会飘起来或者像金属卷那样弹回去吗，或者就是那么少？一个星期，或者一个月内，他就会熟悉她的头发。这个念头让他有种强烈而简单的快感。她拿着帽子和鞋子走过卧室，丹尼尔跟在后面。油毡上留下她黑色、优雅、潮湿的脚印。这些搅得他的心动起来。到了卧室，她把帽子放在带抽屉的柜子上，把鞋放在床边，然后又很快出去了，丹尼尔仍然轻手轻脚地跟着她。斯蒂芬妮坐在沙发上，把脚举到空中，扭着脚趾头和脚腕子。

在她看来，一切都那么可怕，太可怕了，黑暗而且就这样了。所有这些新的器具，这些不习惯的网眼织物和花边，丹尼尔各种东西的坚硬，这些东西四处都是，包括放在衣橱里巨大的磨破的黑色鞋子、挂在卧室门里宽大的睡袍、箱子上放的祈祷书，紧挨着男性用的毛刷，里面是粗糙的黑发。她抬头看看上面，又看看四周，寻找这个小格间的通气口。上下左右邻居，不同的无线电设备发出各种噪声，低声吟唱着不同的曲调。外面有人跺了下脚，忽然传来尖叫的声音：

我们的格鲁里亚是个傻瓜，
像坐在凳子上的蠢驴，
凳子开始破裂，
所有的跳蚤都从她的脊背上跑下来。

斯蒂芬妮的脸飞快地笑了笑，抽搐了几下。这首歌被反复吟唱。反复吟唱。她希望丹尼尔不要看她了。那样会让她的眼睛无处安放。

“你为什么不躺下呢？”丹尼尔提议，“闭上眼睛，小睡会儿。”他想说，我不会碰你，但是，那会冒犯某种感觉，他对新婚日应该有的行为的感觉。“去吧。”他说，让自己的声音故意显得有气无力。他能看出斯蒂芬妮在想着什么。她说：“好吧。”声音听着沉闷单调。她站起来，走进卧室。这个房间里面只放了张床、一把椅子，还有那个柜子，还有一块小地毯。丹尼尔看着她脱掉裙子、她的衬衫、她的夹克。他绕过斯蒂芬妮，拉上窗帘。她迅速钻进床，摊开身子，穿着长衬裙和长筒袜，偷偷看了眼丹尼尔，然后闭上眼睛。过了会儿，丹尼尔脱掉自己的部分衣服，小心地在她旁边躺下。她蜷成一团，眼睑、嘴巴、放在枕头上脸颊旁边的小小的拳头，甚至穿着长筒袜的脚。丹尼尔故意大声地叹了口气，迅速吻了吻她的眉毛，把手紧扣在脑袋底下，犹豫地盯着朦胧的天花板。随后令斯蒂芬妮吃惊的是，他居然睡着了。

不知过了多久，他们醒来了，外面已经黑了，属于尘土飞扬的夏天的那种黑暗。他们已经一起在那张新床上滚动到丹尼尔沉重的身体留下的一个窝里。他感觉她隐隐约约反抗着想起身，他伸出一条沉重的胳膊把她压定。“来了，”他说，“我来了。”在丹尼尔的枕头和她的枕头之间，她的脑袋朝两侧转来转去，他能看到她亮闪闪的眼睛在黑暗中静静地盯着。“来吧，”他说，“别害怕。”情人间的话语处在一个微妙的边缘，介于含糊不清的蠢话和清清楚楚的直白之间，完全取决于是否按照它说的本来意思去听。他完全不清楚她是否在听着。“我爱你。”他满怀希望地说。她发出一个很小的声音。她的嘴唇，他想，在活动。“嗯？”丹尼尔说。“我爱你。”斯蒂芬妮小声说。他不知道她这样说是什么意思。他拉开她的几个搭扣。她没有抵抗。在头顶钢琴的叮咚声，在床脚那边几英尺远的格伦·米勒[1]的陪伴中，他意识到自己沉重的身体压在斯蒂芬妮小小的——如果还可以说丰满的——身子骨上，压在已经歪歪扭扭的崭新的床单上，就这样丹尼尔笨拙地，不吭不响开始圆房了。其间，有一会儿，他的脸贴在斯蒂芬妮的脸上，脸颊贴着脸颊，眉毛贴着眉毛，沉重的脑门贴着脑门，透过柔软的皮肤，以及更加柔软的肌肤。他想，脑门把人区别开来。在这个意义上，他们会说，我可以说，我在她身上失去了自己。但是在那个骨白色的盒子般的房间，她想啊想，就像我在我的房间想的那样，想着那些另外这个人不愿听到的事情，也不可能听到的事情，即便我们继续这样生活六十年。她在想我是谁吗？他不知道。他也不知道她是谁。一个人在主教宅邸的时候，他有过一个想法，他曾经说出过有关她的非常清晰的形象，她放声大笑，坐在他的床上，或者坐在椅子里摇晃着想象中的双腿，答着话。他睁开眼睛，匆匆看了眼她的脸，不是他头脑中的红色和黑色，他头脑中是黑色，火焰四射。他看着合着的睫毛，潮湿的皱着的眉毛，闭得严丝合缝的嘴唇，一系列迹象都表明是合闭的。与此同时，他想，我来了。我来到她认

1 格伦·米勒（Glenn Miller，1904—1944），美国歌手、爵士乐手、作曲人。

为的不管什么地方。这已经很接近他所希望的凯旋了。

此后，她变得惊人地活跃，好像再次理解了已经获得的那些社会规矩。她欢快地坐起来。

“我们应该吃了埃勒比太太准备的晚饭。”

“不见得非要吃。”

“嗯，那是她的好意，我会一直想着，这样无所事事地躺着。”

“我想你并不饿。”

“我饿了，现在就很饿，简直饿极了。”

“哦，如果那样的话，我们显然就得吃了。”

于是他们洗了洗，穿好衣服，隔着桌子相对而坐，开始吃鸡肉、两份沙拉、绿蔬和水果，还喝了些葡萄酒。吃饭期间，斯蒂芬妮说个不停。他不知道她还这么爱说，可是现在，她口若悬河，拿出一种公众场合社交的亲密劲儿，完全不同于她平常那种懒散或者忧心忡忡的沉默。她对婚礼、帽子、言谈举止、尴尬的瞬间、宽敞的大瓮、他们放在厨房罐头盒里的那卷撒着糖霜的蛋糕、他们的书和照片的放置、厨房窗户看出去的风景、总是卡住的橱柜，都做了活泼的评论，还说需要换掉那个可怕的头顶的照明装置，用某个更柔和、更舒服的东西来代替。她把水果沙拉里酒浸樱桃中的硬果核摆在自己的盘子周围，甚至用婴儿室的儿歌声和古代神秘的押韵词来数这些果核。一个代表银，两个代表金……他说着是的，不是，甚至唐突地想加入其中，因为他有种教区工作的能力，再细碎的家长里短都可以聊下去，但是他暗暗觉得自己这是被当作女人来对待，把厨房的闲聊当精神食粮，被否定和中性化了。

他没有做过某个家庭的成员。他没有那种交流的经验，也没有这方面的才能，那种把不加掩饰和自足的客观事实变成语言事实的谈话式交流，那样的谈话可以持续一天。他听过这样的长谈阔论，但是自己没有时间尝试，他更喜欢极端，而且总是遇到极端的东西。他从来没有真正听过毫无个性、中气十足的声音，边吃着午餐或者晚餐，不断地讲啊讲，说着已经知道的事情，或者将被忘记的东西。比如说，半打鸡蛋，我说得清清楚楚是半打，实在太糟糕了，一种非常漂亮的玫瑰红颜色，非常像你的那件上衣，不是你上星期六穿的那件，而是我已经有六个月没见过的那件，带着绣花的那件，煤气要比电好用，我经常发誓这样说，你可以很节约地开大开小，不过表面要更难清理，我费了很大的劲想弄个最好的牛腿肉，可是他们只有胸脯上的肉，你现在吃的这块其实有点肥，我想你会表示赞同，可是没有选择，所以我多放了些胡椒粒，少放点会让胸脯肉味道更好，即便肥点，或许那是因为……

她说个不停。为什么她要告诉他，真见鬼，剑兰是红的，而红色不是她关心的一种颜色，当他看见它们是红的而且已经知道好几个月她不喜欢红色的时候？一连串的话弄得一连串的事物不真实而且还对这些事物进行强调。他根本就没想清楚那句话：他被弄得晕头转向，他嚼着自己的鸡肉。她仍然欢快地讲着。对她来说，她用词语触摸的是被拆除引信和中性化了的东西，这完全可以接受。她一边啰里啰唆地说着，一边在这个公寓内转着，用这种原始的方式占用着一面她不想要的镜子，声称它的尺寸刚合适，让这小小的厅堂显得更大些，与卫生间的瓷砖相配，在那个没有窗户的小房间里，用的是像黄瓜、鳄梨这样的词语，怀着说出声的希望：如果有相配的洗浴垫和窗帘，用同样颜色的更深版，他们的叫声就会被屏蔽。他想不起卫生间的瓷砖。他说他坚信她说得对。她用一把小勺把樱桃核和葡萄籽神经质地推到果盘四周。水果沙拉加上糖浆里的一点深色烈性葡萄酒，已经令人兴奋。她问他那是雪利还是波尔图葡萄酒，他说他肯定不知道，猜测是母亲联合会的马德拉葡萄酒，绝对不是祭祀用的葡萄酒，那很淡而且有点酸。它非常厉害，她说。这点，他同样无须讲出来。

她洗了家具，带着某种正经的拘谨，他帮着洗了洗。她找出好多布，把过滤板擦干净，其间，他看着斯蒂芬妮。她做了点咖啡，他喝了些。她走进走出卫生间和卧室，做着他弄不清的活儿，他也没兴趣。她触摸那个瘪了的东西时，那家伙变得可以忍受了，紧贴在他身上。他想起外面的街道。过了会儿，他站起来，走进厨房，他在黑暗中站了会儿，往外看着。两处亮光，一个盛夏的月亮，一个装在水泥桩上的镁光灯箱，照亮黏土块光滑、被切划过的表面，让它像深厚、安静的大海上纹丝不动的浪涛般闪烁着光点。山楂树干和黑色的轮胎黑黢黢的，但是山楂树叶子的表面被月白色弄得斑斑点点，被酸橙弄得脏兮兮的。他把手插进口袋，耸起肩膀，陷入沉默。

最后，斯蒂芬妮悄悄来到他后面。

“丹尼尔——”

“嗯。”

“你在黑暗中干什么？”

“我不知道。”他大声说，“我不知道。”这是一句宣言。

“我想你肯定知道。”

她把手搭在丹尼尔的胳膊上，他却一耸肩甩开了。她往后退了一步，然后站定。过了片刻，她说：“你是那位，你是唯一那位，知道自己在做什么的人。”

丹尼尔没有回答。她看不清他，只见一个巨大的黑色团块靠着一片黑色的窗户玻璃。她想起丹尼尔在牧师宅邸那次突如其来的愤怒大爆发。在威尔斯小姐房间的那天。他干过这样的事，这是他最喜欢干的事。她又抓住丹尼尔的胳膊，踮起脚尖竖起身子亲了亲他坚硬的面颊。他突然扭开脸，斯蒂芬妮感觉到了他的愤怒，那股怒气简直充满了皮肤，她试着又亲了一次，弄出轻微的哄骗的响声，她不知道这样做是想要干什么，并不在这样或者那样的火候上，因为现在他已经注意到她在意了，除非这种在意激起他的怒火。他转过身来，抓住斯蒂芬妮，强行把她揽在自己怀中，扭住她的头发，把她的脸往自己的脸上蹭。他们跌跌撞撞地穿过起居室退回到卧室。他现在回想起，第一次看到她时想撕碎她。他像被打了一拳般搂住她的整个肩膀。斯蒂芬妮躺倒了。他又想，我来了。

后来，他说，我伤着你了，斯蒂芬妮狂暴地喊叫道，不不不，你没有。后来，他仍然不知所措，睁开眼睛看着她坐在那里，赤裸着身体，看着他，两人的脸都泪水纵横，汗水淋漓，头发湿津津的。他的脸拉得很长，试图弄出点笑容来。她的脸上带着僵硬的面具般的表情，他想象，这反映的正是自己的表情。他摸着她发烫的乳房，朝她点着头。她把一只手放在他的手上。

后来，他又醒了，然后弄醒她，跟她做了很长时间的爱，一声不响。如果他不知道她是什么样的人，这正是求之不得的，两个人处境相当，这样很好。两个人都是匿名的，都不知道对方底细，他不知道两个人的感觉，但他能感觉到这点。现在听不到外面的音乐了。

至于斯蒂芬妮，她也有这样的想法，用言语说出来就是，这是她平生唯一一次真正把注意力集中到一个地方——身体，精神，以及不管什么梦想或者制造出的意象。后来那些意象开始取得主导地位。她对自己身体的内部空间始终有个朦朦胧胧的想象，内部那幽暗的肌肉，有黑红色的、红黑色的，有灵活柔韧的、不断变化的，那些空间要比外面自我想象得大，没有任何类似可以掌握的视角，没有明显的界限。如果丹尼尔通过在它们形状不断变化的小腔室和看不见的远景中的运动来确定这些空间的话，它们既不会容纳这样的确定，也不会被这样的确定所容纳。这个内在世界自有它清晰的风景。它绝对会成长壮大，迅速脱出黑暗，在黑红色中升起青蓝色，在根深蒂固的洞穴中蜿蜒行走，透亮的蓝色在被切开的玄武岩的通道之间的水上流动，出来后进入鲜花盛开的田野，遍地是闪光的绿色根茎，轻盈的叶子，亮灿灿的花，那些花呈摇曳的线条移动、舞蹈着，移向一道悬崖上开满花的青草，那道悬崖在一片亮白色的海滨上方，海滨那边亮白色的大海在闪耀着。它们自带着光，维吉尔提到他的地下世界时说，这个世界同样如此，而且很明亮，加上这种清澈，比夏季的白日还要清澈，可以根据自己的光看到，知道它是借助黑暗才看到的，已经走出黑暗，就在温暖的黑暗中。它不是用拿来回忆或者辨认回忆的眼睛看到的，而是用那个瞎眼男孩的幻觉看到的，这道光离开了它，在它里面，通过花的根茎和流动的水闪耀着，在那些鲜花和谷物的涟漪般活动的花苞中，那是一片没有阳光的大海，边沿充满了自己闪亮的光，白色的呼呼响的沙地，配着夜晚的天空，完全超出视野范围。她就是这个世界，就在其中行走，在叶子构成的线条、沙地构成的线条，以及精美的水构成的线条之间徜徉，而且速度很快，那线条永远在闪着光，不断地退落，又不断地更新着。

第三部

处女座回归

32

农神节[1]

朗·罗伊斯顿里的花园人声鼎沸，人流如织，镀金轿子和泛光灯随处可见，后者都带着弯弯曲曲的电线。卧室上层的兔子槽曾经是成群的仆人暗藏起来睡觉的地方，现在被演员、技师、临时演员和随从所占据。四轮马车和大旅游车载着群众、管弦乐队、舞蹈演员以及最终的观众，从卡尔弗利、约克、斯卡伯勒和远至海边的东南西北四端，滚滚而来。这些大军都是马修·克劳召集来的，他在大礼堂的日历上和全国地形测量图上，标出他们活动的时间和空间。他是个具有多姿多彩的才华的出色魔法师。他用不同颜色的墨水，翠绿色、天青色、朱红色，在铺开的图纸上做了好多彩排图。他用一根亚历山大从里思布莱斯福德借来的校长用的教鞭给人们指点这些东西复杂难解之处。他还指示人们穿越自己地盘的各种路径：欢乐园、冬园、百草

1 萨图恩节，古罗马十二月的节日，节日里人们传统的庆祝方式是喝得酩酊大醉，赤身裸体地唱歌，食用姜饼人。

园、水园以及古迷宫，后者被称为罗马，但要老旧很多。他曾从一架直升机上探察过，然后用沙子和低矮的围篱翻新了下。

整篮的纸玫瑰和成筐的砍刀、轻剑，用邮递敞篷车运来，存在马圈和不用的碟碗储藏室里。大批的啤酒早早就运来了，香槟也不少。各种响声和奇怪的旋律从隐蔽的地块以及丛林中升起。在玫瑰园，一个高音男歌手反复向大家保证，这里没有栖息着毒蛇，没有吃人熊。在美食园，一个西班牙口音的人在跟咬舌的咒人的嘶嘶之音较劲。水仙女和牧羊人在暗墙那边的草坪上排成圈辛苦地载歌载舞。

克罗来找玛丽娜·叶奥时，她正在辛西娅下凡图下的月牙形的被单里睡着，他说这件事跟童贞女王众多国务巡游中的一次活动同等规模。在那个金色的夜晚，叶奥小姐的目光越过他露台上的香槟，庄重地盯着他，说她本来就以为他是那个意思。克罗承认喜欢盛大仪式。“明天烟火就会过来。我将在学生们狂跳乱撞，踩过我的草坪之前出去，到时会来一声巨响，可不是呜咽声。我喜欢观看很多人在一个地方表演我所谓的艺术，而不是进行他们所谓的生活。”叶奥说，只要过来的人没有人想离开，而且那其实就是狂热但又清醒的七月和八月的一个特征。阳光闪耀，那些正在进行彩排的人，那些不知怎么没有住在这里的人，有的在草地和石头台阶上野餐，有的转换着场景，有的剔着指甲，有的睡着觉，有的在观望，有的在争吵，有的在喝酒，有的在做爱。

一天下午，亚历山大走进冬园，听到里面放肆的大笑声和尖叫声。从篱笆外面什么都看不见，篱笆密密实实，漆得光亮，抵御着冬天的冷风。在那个狭窄的入口，有座裸体石像，放在多立克式的基座上，埃德蒙·威尔基斜靠在这座石像上，一只褐色的胳膊圈住石像结实的灰色的屁股，他穿着天蓝色埃尔特克斯牌衬衣，天蓝色的眼镜在带着褶子的贴身白色短裤上方。他朝亚历山大笑着说：“这个园子门口站了很多天才。”亚历山大一时以为是某种恭维，最后忽然想到威尔基可能是在说自己。

威尔基接着说：“洛奇把那三位组成任何形式都有困难，我可以告诉你。那个女孩想要人打或者拧她的屁股。也许我应该那样做，或者应该由你来。”

“没太多这种戏份。”亚历山大说，在某种程度上，他占据的位置挡住了园门另一侧的窥视者，“我没有任何冲动想拧什么东西。”

“没有？”威尔基说，“为了艺术都不想？”

“不想。”亚历山大说。看着威尔基对胖乎乎的希里亚德式风格的戏仿，他几乎不可能不摆出自己的姿态。这样的意识迫使他弄出个不舒服的警卫般的僵硬姿态来，迫使他不由自主想到威尔基屁股上的脂肪再过十年左右就会堆积如山。他注意到威尔基柔软的手指抚摸着裸像小小的坚硬的石头阴茎和睾丸。他把注意力转向园子里正在发生的事情上。

伊丽莎白的第一场大戏，亚历山大的第一场大戏，弗雷德丽卡的第一场大戏，是那位公主在果园中跑到这儿跑到那儿，被那个淫荡狡猾的好色之徒托马斯·西摩以及她的继母凯瑟琳·帕尔追逐着，他们放肆地大笑，合力把她的衣服剪成几百块碎片。亚历山大曾希望用这场戏微妙地暗示他所看到的女主角性意识的种种矛盾：残忍的调戏、吓僵了的恐惧、对权力的欲望、孤独感。在这场戏中，公主惊恐地叫了出来，在这部戏中，这个惊恐频繁地被回忆到，但从来不是蓄意重复，因为她明智地决定不要再反复提及此事。在这次彩排中，亚历山大的话迄今没有一句是能听得见的。洛奇试图指导他的演员，他们都是迟钝的学习者，去尖叫，去大笑，去奔跑。托马斯·西摩的扮演者是个非常蛮横的本地图书管理员，名叫悉尼·高尔曼，他像弗雷德丽卡一样，跟他的原型人物在形体外表方面有着巨大的相似性。凯瑟琳·帕尔更像那位“洗澡妻子”而不像那位信奉清教、可悲地充满激情的皇后。她是个大律师的妻子，多年来在本地的戏剧活动中扮演过很多母亲的角色。

“跑啊，”洛奇说，“跑啊，看在上帝的分上，就像你很当真的那样。”

冬园的中间有个小小的喷泉，水从一个倒立的海螺壳里流出来，海螺壳由一条盘起来的美人鱼举着，美人鱼面带狡黠的微笑。弗雷德丽卡绕着喷泉跑起来，后面跟着高尔曼，再后面又跟着约娜·普拉默。她试着使劲甩了下脑袋，把一只手笨拙地不自然地放在臀部。她造作地停下来想怒气冲冲地回头看看自己的追逐者，他们已经离得很近，使劲克制住不要撞到她身上。洛奇大喊：“不对！你面试的时候那种滑稽的方式显得很性感啊，现在怎么了？”高尔曼摩挲着他撞到喷泉边缘的那只胫骨，看上去很炫耀，好像他觉得那太难以置信了。威尔基对亚历山大说：“那是她说她性感的时候，我注意到了。”弗雷德丽卡对洛奇说：“我就不能再重复一遍自己的台词吗？”

没法活动让她感到痛苦之极。受制于傲慢和孩子气的顺从这两种反向的拉扯，同时她又认为自己可以走进彩排现场，声称自己作为一个女演员，一个王后具有天生的优越性，还觉得自己被认为是可塑性很强的万能材料，适合即兴表演，能够用他渴望的方式起死回生。她现在不知道，应该去炫耀卖弄还是按照他们指点的像木偶般亦步亦趋。她讨厌洛奇没有告诉她应该怎么跑，感觉委屈，他居然看不出她当然不知道。高尔曼和约娜，她没有当回事。从外形看，她对这两个人都不喜欢，而且在洛奇面前很明显地表现出了这点，而他以前是习惯于处理这种情感活动的。在威尔基看来也很明显，这让他觉得很好玩。他们说话的时候，她的眼睛跟高尔曼和约娜的眼睛并不对视，这在某种程度上与自身性格相符，在某种程度上又具有毁灭性，因为那会让每个人的表演显得更加笨拙，更加不确定。

“如果你愿意的话可以重复一句半句。接住托马斯·西摩说的有关火焰和奶油的话头。努力记住你是在尝试宫廷的调情游戏——如果你害怕的话，不会演好的。记住玛丽娜在那场假面舞会的大戏中对那种挑逗的处理。不妨试着对那段情节做个笨拙的模仿。玛丽娜对那个死者的声调处理是对的。当他向你冲刺过来的时候，跑啊。跑，回头看，再跑。要记住你的部分身体要被抓住。让他把你扑倒。不过，不要自己把自己带倒。我需要的是真实的快跑。这场戏要货真价实。瞧，现在已经被那场假面舞会大戏弄得形式化到成为某种编排的跳舞般的追逐了。但是你们三个得搅成一团，并且嬉闹。明白吗？”

弗雷德丽卡非常聪明，完全明白要求是什么。她只是没有足够的身体上的创造性自如地实现要求。洛奇的声音咕咕哝哝，又语带威胁。很多女演员，包括玛丽娜·叶奥在内，被这种如同刀在鞘、引而不发的威胁搅扰得乳头和阴道都骚动了。弗雷德丽卡有种不寒而栗的理智上的紧张感。高尔曼抓住她的肩膀，又开始演起来。“瞧，小母狮，带刺的小玫瑰……”他的呼吸中带着浓重的啤酒味和呛人的葱头气息。她皱起鹰钩鼻。她瘦小的乳房鼓胀起来，不是因为兴奋，而是因为痛苦和力不从心。

“你不觉得如果我们不再潜伏，直接去把观众的情绪带起来，会更有提高吗？”威尔基说。

“那样的话我们会把情况弄得更糟。”

“瞎说。你这是把那只发育不全的孔雀从那只费力的没有生育过的动物中带出来。”

“我没有要求洛奇选她。”

“先别下结论。你知道她知道你想要什么。你知道她非常想按照你要求的去做。”他朝那尊裸像小小的石头圆顶弹了下，“来吧，先生，现实点。”

他们在一条石椅上坐下，跟洛奇保持在一定距离之外，他看上去很阴郁。弗雷德丽卡更加焦躁，生机勃勃地说了几句台词，有些词语说得磕磕绊绊，带着某种夸张的紧张使劲恢复着自己的尊严，那种紧张可能是因为刻意想表演好，因为意识到亚历山大在那里。洛奇坐直了。高尔曼做了个三心二意的虚假的猛扑动作。洛奇大吼一声从条椅上站起来。威尔基大声窃笑着。弗雷德丽卡尴尬得面红耳赤，脸上布满了红玫瑰白玫瑰，跌倒在喷泉边沿，脚踝开始血流如注。洛奇笼统地向这班人说找一块干净的手帕，而且要最干净的，最后必然由亚历山大提供。亚历山大跪着利落地把手帕系上这条纤细、落满灰尘的腿。

“我动不了了。我很不好。我这是让你难堪。”

“你会演好的。”

“你不是真心这样想的。你从来没有。你是绝对正确的。”亚历山大痛惜地在自己干干净净的手绢上擦了擦沾满血的手指。

“我是这么想的，”他撒谎了，“我真这么想的。你不觉得如果你穿条真正的长裙，演起来会更方便吗？”他经常在学校的演出中看到那种裙子，觉得对男孩们很有帮助。

“可能吧。”

“可以缝一条，要我试试吗？”

她为他的善意，为自己的屈辱，掉了滴眼泪。亚历山大去跟洛奇讲，洛奇正跟什么人说话，这人拿出一条有点像僵硬的纸做的衬裙，经过一番争论后，用戏装保管员剪图样的大剪刀武装起约娜。亚历山大用固定尿布的细针帮着把飘动的纸片贴到弗雷德丽卡穿着的运动衬衣上。洛奇再次让他们把这场戏演完。其间，下场戏，包括那场假面舞会，需要彩排的几个演员慢慢走进来。其中有珍妮弗、马修·克罗，他要扮演弗兰西斯·培根，穿着软皮天鹅绒长袍。

这次这场戏进行得不错。愤怒，亚历山大的触摸，对珍妮光裸的褐色肩膀和新洗的头发略微瞥了一眼，就给弗雷德丽卡谜一般的欲拒还迎带来巨大的活力。衬裙让她无所事事的双手有了事情可做。约娜自行同意把一只拘谨的手放在这女孩瘦骨嶙峋的肩膀上，弗雷德丽卡庄重又自信地往后缩了下，以假装斥责的口吻对着悉尼·高尔曼和亚历山大·韦德伯恩之间空中的某个地方自言自语着。“我很不习惯被这样利用。”她说，声音终于有了干巴巴的不耐烦和无意识的放荡相结合的感觉，就是面试的时候让洛奇惹火的那种味道。高尔曼被这种毫不掩饰的挑衅激怒了。他用了个类似橄榄球运动员扭倒的动作把这女孩重重地扑倒，约娜被那把剪刀弄得很兴奋，她在头顶挥舞着，开始大笑着剪起来，带着真正的歇斯底里劲儿，在抽打的间歇，在空中挥舞着剪刀，高尔曼带点故意地撕开弗雷德丽卡大腿间的那张纸。破布和飘扬的白纸碎片，像飘落的花瓣，落在池塘和草坪上。弗雷德丽卡扭着身子挣脱开来，抓住裙子紧紧贴着裆部，放浪又紧张地、聪明地，像亚历山大期待的那样，吟唱着那个老妇人喊叫的古老歌谣。“天哪，我身上一团糟，这根本不是我。”观众开始鼓掌。威尔基对亚历山大说：“你把这个最终状态看作是身上穿的长筒袜呢还是衬裙的一层？”亚历山大说，严肃地对待这个对他来说是个严肃的问题：“我希望她的头发披下来，有几片介于妓女和神女之间、类似棉布片的东西——一点鲸骨——几朵西蒙戴的花卡在上头——”“查泰莱夫人。”威尔基说。“胡说。”亚历山大说。“不过，这些花倒是个不错的装饰。”威尔基说。

下场戏是盛大的假面舞会，没有按照时间顺序来排演，但先要彩排。这场戏出现在全戏第二幕结束的时候。放在这个时间点可能是有用的，可以迅速呈现亚历山大剧作的结构，既呈现出他最初设计的原貌，又呈现出洛奇现在改编的状态。

三幕戏中的每一幕都先导出罗利和斯宾塞之间的一段沉思性的对话，两人坐在黑暗的露台上的光圈中，看起来像在下棋，用诗句般的语调闲聊着具有永恒意义的现实中的事情，比如船只的装备、几内亚的食人者、爱尔兰农民的冷酷无情和毫无理性，或者跟月光和幻景有关的令人好奇的事物，光学望远镜，人眼看到变红或者被斜着拉长的世界时眼睛是否会变红或者被斜着拉长，以及罗利追随普利尼写的论文《怀疑论者》中探讨的一个问题。他们还闲聊了会儿那位女王，真正的女王和永恒的女皇，聊了会儿海洋的辛西娅，法罗岛上的格洛丽娅娜，德莱顿和柏拉图的理念。

第一幕中有玛丽·都铎、伊丽莎白的监禁和那场就职仪式。第二幕中囊括了各种威胁和黄金时代：无敌舰队、玛丽·斯图尔特之死和那些婚姻交易。最后是那场宫廷假面舞会，正义女神阿斯翠亚的堕落，残酷的黑铁时代开始时离开人间的不朽人物，在新的黄金时代首先回来并且担负起引领的职责。阿斯翠亚女神回来了，萨图的王朝即将复兴。像维吉尔拥有的那样。第三幕评论了女王的衰落、埃塞克斯叛乱、粗鲁的爱尔兰人的沼泽区的胜利。这幕戏在跟那个塔里的档案保管员的会面上花了很长时间，流连忘返，她对保管员说过“我是理查二世，你不知道这个吗？”《李尔王》涉及过这里，不是附和就是偷偷引用，不过常常只是以某些强势名词随意结合的方式：海蓬子、那场噩梦和她的九重、生殖腺和霉菌、那颗扣得很紧的纽扣、那个应许目标的羽毛、魔镜，或者那个可怕事件的画面。有时亚历山大想，他应该把这些抽出来。洛奇倒是经常把它们拿出来，这些修饰过和设计出来的东西，而亚历山大相信他们都是自然生长出来的，是脑子里未经邀请蹦出来的东西，是一片神圣的小树林。洛奇说，不管它们源自哪里，都会被当作粗鄙和炫耀的花饰，是粘上去的。

每一幕都有个孤零零的囚徒：伊丽莎白、玛丽·都铎、那个堕落又不自重的埃斯塞克人。尾声是罗利赴奥里诺科河（南美洲的主要河流）的那次可怕航行，以及放在他面前的那本《世界史》，他同样曾经被囚禁在那个塔里，禁闭了15年。贤明而严肃的斯宾塞当时已经死了，他的基尔科曼城堡已经被那些野蛮人焚烧，连同各种不知是什么的书卷都难以幸免，据说，很可能是漫无止境的《仙后》。他自己被埃斯塞克斯人安葬在威斯敏斯特寺中乔叟的旁边。在亚历山大剧本中那束光熄灭的时候，阴暗开始变长，而且渐渐冷起来。

那些被囚禁的说话者跟人群密集的嬉闹和庆典仪式轮流出现，那些仪式被洛奇设计得非常豪华。以这场舞会为背景，设置了各种来自外面世界的黑色信使，讲述了洛佩兹在他的绞刑架上被吊挂、拖拉、肢解的过程，讲述了戴假发的那位苏格兰女王堂皇尊贵、荒谬绝伦之死，以及埃塞克斯人可怕的孤独地穿越伦敦城的前进。在亚历山大的剧本中，他希望这些信使像希腊悲剧中具有重要作用的信使，讲出他希望特别有血有肉的韵文。洛奇却一个劲儿地删减。他说这些内容偏离了情节。亚历山大说恰恰相反，它们就是情节，它们在诗歌中的作用就是要激发观众的想象，与此同时金碧辉煌的假面舞会在编织着它们欢愉和美德的迷宫，那些诗人坐在露台的台阶上。洛奇说，冬天的晚上，观众会流动不居，焦躁不安，无论给他们提供多好的毛毯和热水瓶，事实上，各种东西肯定都不断变化。洛奇说，亚历山大想象着无数芳香四溢、清澈明朗的夜晚，月亮高悬在天空，星星浮动，但是他自己看了太多的露天剧，不迷恋这个。他私下认为亚历山大的戏剧有点像弗雷德丽卡·波特的身体——聪明又沉静。这些东西需要摆布几下，给活络活络筋骨。

《阿斯翠亚》的化装舞会，亚历山大的盒中盒，剧中剧，跟那个女王之死的报道完全一致，呈现出它的金色世界、完成的循环、永恒的收获的幻象，可谓是残忍的对比。洛奇曾想把阿斯翠亚和她的女仆放在金色的金属丝上，但是最后证明这样做不现实。他们那中规中矩的舞蹈，就像宫廷化装舞会，最终牵动了整个宫廷，包括罗利、斯宾塞、贝丝·思罗克莫顿，一场半人半兽的学生化装舞会，他们长着皮毛和头角，在一场既秩序井然又纷乱失序的神农节纵情狂欢和那个著名的瑞士拍蝇者的对话中，达到了高潮，这个对话直接取自奥布里，还保留着它原始的光环。威尔基–罗利是个优雅的酒神狄奥尼索斯。玛丽娜·叶奥戴着高高的皇冠，珠玉披身，像个不动的圆点般坐着，最终也禁不住诱惑去跳舞了，显得高傲又神气。

阿斯翠亚和她的女仆由安西娅·沃伯顿和那几个早先惹得弗雷德丽卡绝望的漂亮女孩扮演：她们几乎是不说话的幻影角色。安西娅的脸长得像波提切利笔下的某个维纳斯，身材像某个选美皇后，举止高贵优雅。她能够以各种典雅的角度拿捏玉米束，这些角度个个都可爱。她还能挥舞白皙的胳膊，或者倾斜下沉甸甸的装饰着收获色彩的头颅，引得观众和洛奇不由自主地微笑，因为做得太到位了。那群候补的美惠女神和年轻的侍从女仆洋溢着女性的健康气息，天真、和悦，对那些男演员的魅力惊奇不已，这些演员已经渐渐成为日益明显的酒神节氛围的重要组成部分。她们对着存放在头盔中的三明治咯咯地笑个不停，对那些大人物形成碾压的效果，他们有马克斯·巴荣、克里斯宾·里德、罗格·布莱斯维特、鲍勃·格兰迪，既不知道，又不是不知道她们甜美又傻里傻气的魅力正在产生什么效果。

弗雷德丽卡发觉由于自己扮演的角色——其实更多的是因为自己的脾性——她跟这群人格格不入。她不会咯咯地笑。没有人会在突如其来的眼泪的洪流中向她求助。没有人会向她倾诉自己已经对布莱斯维特某块带姓名字母缩写的手帕迷恋不已。很快大家就知道了，她对亚历山大·韦德伯恩自作多情，这让别人感觉有点像胡闹，像越轨，甚至她自己都如此阴暗地揣测，这有些凄楚。这群漂亮女孩轻柔的叽喳声在她心中诱发的那种愤怒在这个故事后来的情节中发挥了某种作用。

这群漂亮女孩对珍妮弗也产生了影响。她把自己的聪明才智都用在那个爱情问题上了，决定这个夏天不要让亚历山大听到任何洗衣机的声音，不要看到小托马斯的任何身影。这需要费心筹划，因为托马斯和洗衣机肯定还在那里。她晚上找了几个少女朋友来看管小孩。她去卡尔弗利，做了下头发，买了几件背心裙和旋转裙。今天她穿着桃红色的府绸衣，系着缎带腰束，时不时跟少女们坐一起，看上去年轻好多，既不倦怠又不过分活泼。这触动了亚历山大，他过去在她脚边坐下。威尔基老跟着他，还很肯定地向珍妮说，他非常渴望他们一起加入这场舞会。

洛奇以公正的态度在露台的一端调度着这群少女，那些待在附近树丛中的半人半兽的男孩，那个处于核心地位的宫廷从露台中心升起来，从一个台阶到一个台阶，通向王座。那些女孩向前跳着舞走过来，散着想象中的花篮。男孩们跳跃着，像做杂技动作般操纵着小小的腿。洛奇让老爷夫人们走成那种步态，刻意在场地上走来走去，他们将要在那里蹦蹦跳跳。没有音乐，伴奏还没有过来参加彩排。弗雷德丽卡跟亚历山大坐在一起；现在已经没有理由，她为什么不应该回家，除非她害怕错过什么。“哦，漂亮可爱的罗宾……”玛丽娜·叶奥对马克斯·巴荣说。“开始，威尔基。”洛奇说。威尔基推了把珍妮，顶住一根坚硬的石柱——“那应该是一棵树。”亚历山大说，往前倾着身子——然后把一只胖乎乎的膝盖扎进珍妮的裙子绽开的桃红色褶皱里。“别这样，沃尔特先生，别这样，亲爱的沃尔特先生。”珍妮坚定地喊叫道。威尔基把脸凑到珍妮的胸前，那条背心裙装饰花边的上方。她满面通红，自信地磕磕绊绊地说着她的台词。“太棒了。”洛奇说，“我们最美好的日子都是阴影。”玛丽娜·叶奥说，

“我的罗宾，我们的姿态完全一样，有点僵硬，尽管总是新的。”

“亚历山大，”弗雷德丽卡说，“为什么女演员说话时总带着颤音？为什么她们就是不能讲得清清楚楚呢？”

“嘘，小声点。”亚历山大说。

“漂亮可爱的罗宾。”弗雷德丽卡颤声模仿着说。

“嘘，小声点。”

威尔基的膝盖顶得更深了，胳膊紧紧抓着。“瑞士拍蝇者。”珍妮说。“停，”洛奇说，“不要难为情，要带点歇斯底里尖叫的味道，如果你能找到一种合适的方法的话，亲爱的。”

“有点像高潮。”威尔基说。

“如果这样的时机掌握是正确的话，那肯定会非常可笑。”弗雷德丽卡对亚历山大说，后者没有回答。威尔基抓住珍妮裸露的部分，似乎在急迫地往她耳朵里小声说什么。这次亲爱的沃尔特先生有种拉锯颤抖般的锋利。洛奇鼓了下掌，威尔基开始亲吻珍妮，亚历山大烦躁地要弗雷德丽卡别出声，整个大笑的人群解散前，女王在纯真的愤怒中站起来。

那天下午晚些时候，人们听到了瓶子合唱团的第一个乐音，乐音的协调达到了美妙和可怕的地步。埃德蒙·威尔基已经清空了一瓶啤酒，对着瓶子的颈口，吹出一种沉思的调子，一种飒飒的猫头鹰叫般的乐声，惊人地在石头和树干那边都能听到。他又试了一遍，吹起一种舞步节拍。亚历山大大声笑起来，从露台这头扔出一只还装着很多酒的瓶子。克罗威严地挥舞着自己的教鞭，那两个人傲慢地吹完某种旋律。洛奇朝他们点点头，叫了声“再来一遍”，然后又回到舞会现场。后来的几天，威尔基做了场多个瓶子的八度音阶表演，然后来了曲交响乐，混合了香槟和苹果汁，大大小小的啤酒和威士忌瓶子，还纳入了轻敲和鼓吹，切击、歌唱、咏叹都有。后来音乐的不谐一度逐渐化作狂野的、刺耳的、漫不经心的鼓点。但是这会儿亚历山大站在露台上，朝威尔基点着头，同时跺着脚。安西娅扬起马鬃和手腕；托马斯·普尔看到满满一瓶健力士啤酒，长长地一口气喝掉了大半，也开始呜呜地叫唤起来，二重奏变成了三重唱。那群少女咯咯地笑着。在这个情节的末尾，亚历山大让珍妮沿着平台边缘跳舞，然后走进大堂，少女们紧随其后。弗雷德丽卡没有了音乐，又很别扭，被留给了克罗，他把自己的教鞭威武地收在一只胳膊底下，另一只胳膊伸向弗雷德丽卡，领着她走进去。

克罗给大家饮料喝。马克斯·巴荣坐在一张桌子的旁边，对少女们大讲《哈姆雷特》的秘密，他曾在其中扮演过饱受争议的克劳迪乌斯。亚历山大和珍妮一起坐在一个窗台上。“那家伙究竟在对你说什么？”亚历山大说。威尔基用双手和夸张的戏剧动作递给玛丽娜·叶奥一大杯葡萄酒。“他只是说，等我把手放进去再说。只是开了个玩笑。”“他是个讨厌的小男孩。”“他现在不是小男孩了，也不讨厌。不过你用不着对他太当真。”她的脸红了，很高兴，又到了演出休息时间了。亚历山大捏了捏她的手。

“所以，我知道，”马克斯·巴荣对那群少女说，“我只知道在那场情节开始之前，克劳迪乌斯诱惑了奥菲莉娅。这是很有道理的。事实上他是堕落的关键，她正是对他吟唱着有关处女纯洁的内容……”

安西娅·沃伯顿令弗雷德丽卡大为吃惊，她忽然用清晰又冷静的女高音唱起来：

然后他站起来，脱掉衣服，
打开那个小房间的门
让那个放走一个女仆的女仆进来永远不再离开。

出现了片刻绝对的沉默，然后少女们都咯咯地笑起来。“太棒了，”马克斯·巴荣说，“她是唱给他的，唱给那位国王听的，在捧着花的那场戏里——那是对可怜的哈姆雷特最后的无意的背叛……”

“他并没有出现在里面。”鲁莽的弗雷德丽卡说。

“这不是关键所在。关键在于某种东西已经烂掉了。还有克劳迪乌斯……”

“我觉得那不对。”弗雷德丽卡说。

“我知道，当她捧着那些花过来时，我知道，他知道，克劳迪乌斯知道，我知道……她应该被扮演成一个年轻老成的风骚女子，此人知道那是他的过错，她是他的尤物……”

“我觉得那简直太精彩了。”安西娅·沃伯顿说。

“瞎说。”弗雷德丽卡说，本来想低声咕哝，听起来却像她父亲声若洪钟般清楚。

“这是个迷人的理论问题。”圆滑的克罗在她胳膊肘旁边说。

“不，这就是瞎说。他是个很好的剧作家，不至于这样。如果他想要那样，肯定会表达得很清楚。雷欧提斯[1]认为哈姆雷特可能偷师他的手法融进她喜欢的东西里。但是这一切绝不可能。”

“我不明白为什么不可能。我告诉你，我知道。”

“你所谓的知道，”弗雷德丽卡煞费苦心，准确又毫不客气地说，“只不过是你自己的感觉。”她无视克罗的存在，转向亚历山大，“亚历山大，亚历山大——他才是不错的剧作家……”

亚历山大的胳膊舒适地搂着珍妮，这让弗雷德丽卡大为沮丧。“这是所有文本中最难理解之谜。”他说，声音渐渐流失成自言自语。他对自己很烦恼，然后又想到，他现在不是个学校教师，胳膊紧

1 《哈姆雷特》中奥菲莉娅之兄。

紧搂住他亲爱的人。

克罗对弗雷德丽卡说："你一杯都没喝。"

"没有。"

"你来一杯吧。"

"你知道我拒绝过一杯吗？"她没好气地说。她的脸很烫很烫。克罗给了她一杯冷饮料："过来，我有东西要给你看。"

于是，她又回到克罗里面的房间，他给她看了些化装舞会上用的图画，都是些头上长角的男人和身上长叶的女人。克罗胖乎乎的小手搂住她的腰。

"脾气暴躁、干柴般的女孩。转弯，转弯。"

房间非常昏暗。玛息阿的上方有一束光，那是狭窄的台灯的光圈。

"不过，他错了，他完全错了，他在错误地解读它。"

"那当然，不过那有什么关系呢？"克罗把冷饮和杯子都带来了，"坐下，看看我的伊尼戈·琼斯[1]……"

弗雷德丽卡走开，然后坐下。克罗轻快地跟在后面，胖胖的红润的脸蛋，银光闪闪的秃顶，小小的大肚子："我可以让你成为真正的女人，弗雷德丽卡。"

"更重要的是让我成为一个真正的纯真公主。我得学好，因为聪明并不好，而且我没有唱歌、跳舞这样的技能，说真的，我的学识还不够，看不懂你那些画独特在哪里，除非很老的画，人们经常给我看些东西，我就是太无知，看不懂这些东西为什么能够激发起人们的情感。我说我明白了什么的时候，我其实不过是学着叫而已。"

"亲爱的姑娘，亲爱的姑娘。我只想让你在十年内记住你看过这

---

1 伊尼戈·琼斯（Inigo Jones，1573—1652），英国建筑师，在舞台设计方面贡献很大。

种东西——我的线描画，我的流血的玛息阿，我的成熟的海厄森斯，我要你记住，你要尊重必须记住的人。再喝点葡萄酒。你现在可能不欣赏，但你会清楚地回想起来。那时我就死了或者老态龙钟了。”

“瞎说。”

“如此频繁地说瞎说，而且用如此铿锵的声调，用如此好的理由，就别撒谎了。你认为我多大了？”

“不知道。”

“老吗？”

“相对我而言老吧。”

“好吧，是的。”他在弗雷德丽卡的椅子边上坐下，把一只手伸进她的衣服里，开始捏她的乳房，“还没有老到有必要反感的地步吧？”

“没有。”尽管，他本人或者那个特别的动作当时很令人反感。

“不过，肯定没有亚历山大·韦德伯恩那样有魅力。”

“我这辈子都爱着他，或者差不多可以说这辈子。你知道。”

“我不知道。尽管他有许多别的——迷人之处。”

“这个并不重要。”

“你说话总带着如此可怕的决然。你知道，”他拧着她的乳房，这会儿动作简直有点锋利了，“有关他，什么是重要的？”

她开始说，她想象她知道，那意思是说，当那个时间到来的时候，当她到了那个地步时，现在，说真的，时机还没到，她自己将会那样，接着意识到危险后，她闭上了嘴。她又开始说，他的戏剧是，然后又闭上嘴，好像会暴露亚历山大身上的某种弱点，这是很荒唐的，因为克罗肯定知道，他要比她清楚，亚历山大的戏剧对亚历山大意味着什么。她抬起沉默又严厉的脸，冲着克罗，他在她的嘴唇上夹了下然后又咬了下。他现在很明确地伤害着同时又抚弄着她的乳房。

弗雷德丽卡继续说着。

“那不管用，我受的文化熏陶不够。我只是比大多数同龄女孩稍微懂点文学。”

“跟我说说看。”

“哦，我知道《费德尔》《愤世者》《夜航》《哈姆雷特》《暴风雨》《失乐园》卷九和卷十以及济慈的诗，《呼啸山庄》《忽必烈汗》和歌德的抒情诗，一本选集，还有《托尼奥·克鲁格尔》《一个无用人的生涯》，我还会知道《劝导》，克莱斯特写的什么作品，因为那些是我们的高级考试指定教材。哦，我还读过奥维德、塔西佗和《埃涅阿斯纪》卷六。”她补充说，这时克罗把一只手插进她的裙子，用锋利的指甲深入地往里拧的时候，她阴郁地想起埃德和戈斯兰德高地，“我还读过《查泰莱夫人的情人》，以及爸爸坚持要让我读的其他劳伦斯的作品。可是我告诉你，”她说，目光炯炯地看着玛息阿扭拧的肌肉中的血滴，“所有这些对你的文化修养毫无帮助，对理解你老给我看的那些东西毫无帮助。”

“像对坚硬的小苹果，”克罗说，“又像柔软的小鱼卵。你可真是个漂亮的尤物，一只又硬又软的尤物，你会知道——如果你现在还不知道的话——《埃涅阿斯纪》卷六和《暴风雨》《费德尔》《托尼奥·克鲁格尔》跟我要给你看的东西有直接关系，当你在说你‘知道’这些东西时，如果用词绝对准确的话，你绝对不会有希望，除非同样吸收别的一切。要我开车送你回家，还是让亚历山大捎带上你，作为尴尬的第三者跟帕里女士一起回去？那会引诱你过来再次坐在我的膝盖上，在我给你多看些东西的时候，你再给我多看点东西？”

“烦劳亚历山大。”

“你不会受欢迎的。”

“我已经习惯了。”

“你认为你会得到你想要的东西吗？”

“我不知道。那好像不是问题的关键。”

“我真佩服你的一根筋。”

“我只有这个。”

“根本不是。你还有苹果，鱼子，最低限度的文化基础。但是我不觉得，当你得到你想要的东西的时候，你会认为那是你想要的。我的厕所里有把梳子，还有面镜子，我得赶紧过去，听从你的召唤。”

珍妮很开心。洛奇表示了祝贺，亚历山大很警惕，威尔基完全是在打情骂俏。她想到的不是有关托马斯的事，而是托马斯这个事实的象征符号，以及她的正门，一只没有洗过的彼得兔的碟子，合上的棉布窗帘上的日光。她讨厌拉上窗帘，可是为了婴儿你得拉上。克罗过来，跟亚历山大说弗雷德丽卡喝多了，他答应让亚历山大送她回家。亚历山大说他有别的安排。克罗说他们可以等。珍妮说那事并不要紧。她的口吻跟她后来的尖利非常不同，乃至亚历山大迅速拥抱了下她，沉浸在温暖和舒适中，当克罗和略微有点兴奋的弗雷德丽卡回来时，这种感觉还持续不散。亲密关系经常会因为受排斥的第三者的出现而得到加强。这个场合同样如此。珍妮坐在他旁边，大腿和肩膀以及流连忘返的手指被触摸着。弗雷德丽卡在后面颠簸着，在孤独的悲歌中。当他们翻过克罗的拦畜沟栅时，她想起自己在戈斯兰德高地所看到的这个黑色后座上隆起的身影，亚历山大同时也想起她那打扮俗丽的脸偷窥着他的玻璃车窗。他在一棵杉树下面突然危险地拐了个弯。珍妮大声笑起来。弗雷德丽卡说：“天啊，看着点你要开的方向。”亚历山大说：“看在上帝的分上，闭嘴，弗雷德丽卡。”

33

天使报喜

斯蒂芬妮站在位于阿斯卡公寓楼边泥泞的海洋上留下的环形履带轨迹中心的电话亭里，想打个电话。天不太热。电话亭里充满发馊的烟草味，散发着阵阵尿骚味，烤热的金属味。孩子们围绕他们的脚手架上的黑色轮胎蹦跳，没精打采地走过。电话本的封面已经没有了，变得鼓鼓囊囊，上面有一片灰褐色的油渍。她站在恶臭的空气柱体中，认真地读着被折叠起来的一张白纸片上的号码。丹尼尔从他们家的窗口望着。鲜红的栅条间一个红润又粉白的人影，侧着一只耳朵，转动着一根手指，按着A键。

接通的声音响了。她的膝盖开始发抖："我是奥顿太太。你说我可以现在打电话给你，你要了解些情况。"

"我让他跟你说。请稍等。"

又咔嗒响了下，线路的嗡嗡声，嗡嗡等待的心。

"哦，没错，奥顿太太。"传来低沉轰鸣、权威的声音，"我很高兴地告知你，结果是阳性的。"高兴不是个好词，由他说出更像个法官而不是带来福音的贵人，“你最好尽快过来跟我见个面。你需要做些准备工作，收拾个床铺，等等……奥顿太太，你在听吗？”

“嗯，听着。”

“你听到我说的了吗？”

“嗯，我听到了。”

这个声音在搜索着措辞，然后柔和地问道：“这个消息意外吗？”

“嗯。”

“你现在可千万不能犯傻，奥顿太太，你一定要过来，跟我见个面，做些计划。你不能光考虑你自己。”

“我知道。”

“那我跟你约个时间。你觉得哪天合适？”

电话线中传来纸张撕开的声音，见面的时间约好了，话筒被挂回去。她仍然站在电话亭里，盯着一面不透明的墙，双臂交叠放在腹部。

她试图好好想想。她完全被丹尼尔弄晕了，他的体重，他的热情，他的存在，不管他在不在现场。这还不至于让她做不了别的事情。她已经成功地教到学期末，现在在精读《序曲》，晚上的时候还很愉快，尽管楼梯上经常传来打群架的声音、尖锐刺耳的铃声、长时间的收音机的声音、玻璃破碎的声音。这一切愉快都是丹尼尔照亮的，好像朗声阅读是他的天赋，或者性爱是他的天赋，对他，或者对这件事，他从教堂或者家或者医院回来的瞬间，她就把全副的注意力都用上了。他如此健壮，如此机灵，如此用之不竭。她大概知道他会像那样，或者她永远做不出某些跟她认为自己在乎的东西相反的事情。像很多读书人那样，她会被那种在做了某种出于本能而且正确的事情后产生的奇妙的愉悦感弄得神魂颠倒。她曾想过，自己的身体，肯定经历过或者说正在经历纯粹的愉悦，那种她隐隐约约相信大多数人从来没有特权知道的愉悦。

她想，她还记得怀孕的瞬间。阳光灿烂，透明清澈，像水做的玻璃，她被迫昏沉地听由自己内脏的安排，细胞的变化，像面团中的酵母，所以她屏住呼吸。他们并不想要这样。也许，她想，仍然一动不动，捧着自己的腹部，面带隐秘的微笑，那样的微笑属于过去朴素的愉悦，只是丹尼尔太强势了，任何血肉或者任何避孕工具都难以抵挡。她想她很内疚。这也许就是那种挥霍放纵要终结了，她以前从来没有，或者从来不想挥霍放纵。成簇移植的细胞，也许像避孕套橡皮那样抵挡不了挥霍的能量。奇妙的是，人会发展出一套防护这种不想要的东西的本能，速度居然如此之快。但是，它来了。她的感官被丹尼尔磨砺得更加活跃，她已经注意到这点了。就她的情况而言，十分钟已经明显太长。

钱将是个问题。丹尼尔很清楚他想要什么，从来不说他要孩子。她知道，有些男人会隔着腹壁听心跳，有些会讨厌闯入者。她应该怎么对丹尼尔讲呢？

丹尼尔穿过泥地走来，穿戴着领圈，移动着庞大的身躯，敲了敲玻璃。她向外盯着。丹尼尔打开门。

“哎，”丹尼尔说，“是天使报喜吧。”

“你怎么知道的？”

“嗯，你在桌边，看起来像所有那些圣母的画像，而且惊讶得好像看见了天使。不不，是胳膊告诉我的。所有的女人都会那样，像那样搂着自己，你总能看得出。然后她们的头发会变得非常可怕。”他抚摸着她明亮的金发，不怀好意地咧嘴对她笑着。你可绝对不能被吓坏了，我们确实有些频繁，这儿那儿走走捷径。这事可绝不是晴天霹雳。斯蒂芬？”

“我一直担心你会怎么想。”

“我的想法很明智。大多数人都能做到，如果他们愿意尝试的话，大多数人的想法会很明智，我也会很明智。你难道不想从这里出来了吗？”

“丹尼尔，这是不明智的，这是个错误，是个可怕的麻烦——”

“我知道，但是我估计我们能对付，难道不能吗？真有意思。你看着很不一样了。”

“我感觉很不一样了。”

“嗯，你是不一样了。10分钟，我们被彻底改变了。回去吧。”

他们走进家。丹尼尔一个劲儿地看着她，好像她肯定被改变了。也许因为她感觉真的被改变了，这让她觉得非常好玩。她开始大笑。丹尼尔也连声大笑。尽管如此，她还是想，事到如今，很多东西变了，我们已经变了，我们还不理解这点。但是，他们还是忍不住大笑。

34

惠特比的龙

在奥顿–波特婚礼上做的传输实验取得的巨大成功，似乎激发了卢卡斯·西蒙兹进入一个全新的不同的活跃期。那些实验无疑是成功的：可以看到马库斯在圣·巴多罗马教堂看到的实验室用的稻科植物培植大口杯，矗立在卢卡斯的工作台上。卢卡斯画过长着唇沿和獠牙的嘴巴，周围是一片飞翔的粒子云，明显可以认出是圣·巴多罗马教堂地狱之门的大致轮廓。他甚至把一个类似红色铅笔画的参差不齐的光晕加了进去，他显然认定，这种颜色具有某种重要意义。卢卡斯满面粉红，眼睛闪着光，宣称他们取得的成绩就是无可辩驳的证据，即他们可以同时接受和输出复杂的图像和信号。现在，他们必须，他们绝对必须，跟外星的智慧生物建立起联系，外星智慧生物们正在等待着。在他自己的头脑中，这无疑是能够做成的，而且会很快做成。一次小小的沉思，一个小小的研究，就会产生一种可行的手段。他绝对有自信，绝对有自信。他大声笑着，明显是因为生理能量溢出了。

马库斯不做判断，但很好奇，注意到随后几天卢卡斯的行为。他似乎拥有了一种近乎魔鬼的健康和充沛精力，他大步来回走动而不是坐着解释一个观点，他无休止地走来走去，去抓这个，去拿那个。他几乎以接近跑的速度习惯性地穿过那些回廊。他红扑扑的脸蛋像苹果般闪闪发光，但是明显可以看得出从腰围，然后再往下到大腿，渐渐变得更加苗条，甚至更加瘦削。他的法兰绒上衣挂在身上显得更加松垂，他经常一遍又一遍地用紧握的拳头把衣服收成一撮一撮的。他在学生面前的些许犹豫已经消失——他不再用自己经常用的那种狗一般的询问表情寻求马库斯指点迷津。他好像要自己亲自获取信息，而他也在愉快地、忙碌地偷偷进行着这方面的工作。他寻找着各种迹象，包括风中的稻草，各种巧合，然后找到他们。他会因为随便在图书馆书架上抓到的什么卷册之间的内在关联而兴奋不已，似乎要吞掉大批著作：弗洛伊德、弗雷泽、荣格的作品，通灵术研究协会的文档记录，J. W. 多恩、杰拉尔德·赫尔德的作品。他毫无区别地使用所有这些作品，包括北约克郡荒野红色指南、《圣经》、他的不列颠动植物群田野指南、辛普顿修女的东西，类似某种兼容并蓄、无所不包的维吉尔卦[1]。双关语，或者词语的混用，都让他大为兴奋。他会不知所云地给马库斯宣讲很长时间有关墨丘利神秘主义的、化学的、炼金术和植物学的意义：他们在纳尔斯伯勒看到过蔓延的山靛（狗水银），这里肯定大有深意。他对那些炼金术的教条、真空瓶罐上密不透风的密封物以及炼金术的阴阳同体产物进行了一场突击，后者是那件完美作品的人的象征符号，被神化的物质，那道光、那块石头。

马库斯坐下来，聆听着这一切，任由绝大多数内容从头脑中飘然

1 维吉尔卦（Sortes Virgilianae），任意抽翻占卜法，即任意抽翻基督教圣经或经典书籍中的字句以占吉凶。

而过，他并不想掌握这些东西。这些证实了他对词语的不信任，当他想到这些的时候，是用一种相当平和的球体的精神意象来实现的，这个球体被刻过、扎过，上面像网络般布满在顶端和中心区域相交以及分叉的线条。所有这样的语言可以被创造出来，以惊心动魄的速度朝巧合与和谐奔去，如果那是你要着手拿它们去做的事情的话。马库斯想说“光对我来说太多了”，其实是在说一种不同的语言，他对这个似乎没有兴趣。他从实验室的窗户望出去，看着那枚小小的白色的太阳，在吃力地闪烁着，然后想到让他感到很不舒服的那道光和自己的感知工具之间的关系，又想到那团闪耀的气体和物质之间的关系，以及与其他任何智能生物之间的关系，恐怕完全不像这篇如此漂亮却简约的文字作品所描述的那样，它们之间有着天衣无缝的内在联系。但他并非不满足，卢卡斯至少暂时不再想利用马库斯被催眠般的对神迹的幻觉，为此他变得更加昏昏欲睡。他的朋友的这篇文字作品，甚至身体上的欢愉，既安抚又保护了他，如果他不去多想的话。

荣格的《心理学与炼金术》和那本《红色指南》上对惠特比大寺的描述是一种奇异的巧合，后一本书导致卢卡斯选择这座大寺的废墟作为他们的实验场地。他选择惠特比，部分原因在于，在这个地方，有个不识字的放牛人卡德蒙曾被一个天使拜访过，天使让他唱了首英语的《创造之歌》。更加微妙的是，这段传说被记录在《红色指南》里，让他失魂落魄，迷恋不已，而且得到了沃尔特·斯科特爵士[1]中引用的支持，这部作品讲述的是有关这座大寺的建造者，那位令人生畏的圣·希尔达的各种天赋才华。

1 沃尔特·斯科特爵士（Sir Walter Scott，1771—1832），18世纪末苏格兰著名历史小说家及诗人。他的诗充满浪漫的冒险故事，深受读者欢迎；小说的情节浪漫复杂，语言流畅生动。

他们说，
一个撒克逊的公主曾经住在
他们女修道院的小房间，
这位美丽的埃德尔德，
以及上千条蛇如何吃掉一条蛇，
变成一块磐石，
当神圣的希尔达祈祷的时候，
在神圣的边界内，
他们石头般的羊群常常看到，
他们自己；
他们还说，当海鸟飘过惠特比寺院尖塔的上空时
它们的前翼不再扇动，
然后沉落下来，微微地拍动着，
它们这是向这位圣人致敬。

他告诉马库斯，他们当然认为那些菊石就是化石蛇，以希尔达的神性造就的石头。但是真相却另有说法——在真正的创世史中石菊早就有记录，那些化石蛇的隐秘含义，它与神性的真正关系在荣格的《心理学与炼金术》中关于墨丘利是一种龙的描述中可以找到。他把这一整页读给马库斯听，变得越来越亢奋：

“那条龙象征着这位炼金术士在自己的实验室工作和‘理论化’时候的幻想和经验。那条龙本身就是一个畸胎——一种融合了毒蛇的黑暗神秘原理以及鸟的虚空飞翔原理的象征符号。那是墨丘利的一种变形。但墨丘利是神圣的长翅膀的体现在物质中的赫尔墨斯，是顿悟之神，思想的君主，通灵主脑。流体的金属，活的银子——水银，一种奇妙的物质，完美地表达了它的性质，即在内部闪光并且活跃。炼

金术士提到墨丘利时，就其表面而言，他的意思是指水银，但就其内部而言，则是指被封存或者囚禁在物质中的创造世界的神灵。这些炼金术士不时重申，这个杰作从这点开始出发，又返回到那点，有点类似循环的圆圈，如同这条龙咬掉自己的尾巴。因此，这部杰作经常被称为circulare（圆环），或者用另一个词rota（车轮）来表示。这部作品从头到尾都站着墨丘利：他是原初物质，是被斩首的乌鸦的头[1]，是黑化[2]。作为龙，他把自己吞噬掉，作为龙，他死了，作为青金石，又会兴盛起来。他是孔雀的尾巴[3]的颜色，是融解的四大元素。他是雌雄同体，那是最初状态，然后又分裂成传统的兄妹二元，然后又重新结合成一体，最后以那块石头发光的形式再次呈现出来。他既是金属的又是流体的，既是物质的又是精神的，既是冰冷的，又是火热的，既是有毒的，又是治疗剂——统一了所有对立面的象征物。”

卢卡斯赞同这个观点，他说，斯科特那段诗里包含的智慧比他知道的要多，保留了一种强大有力但又被腐蚀的原始或者神秘的象征符号的痕迹，以毒蛇和正好在惠特比大寺失灵的前翼结合的方式，因为鸟和蛇的同体创造了这个完备的循环，尾巴含在嘴中的龙，象征着大地与空气的会合，这正是他和马库斯想要的，如果不这样，大地上升到光的流体状态，会不及大地真实。他们也可以加上四个古老元素中的其他元素，火与水，如果他们非常聪明的话，没错，还有水银、蔬菜水银片以及山靛（狗水银）。实验的地方毋庸置疑，至于精确的实

1 被斩首的乌鸦的头，炼金术中黑化的象征之一。

2 黑化，在炼金术上意味着腐败作用或者分解作用。炼金术士认为炼成贤者之石的第一步是所有成分必须被清洗和加热成为一种相同的黑色物质。在分析心理学上，这个短语成为“当个体面临阴影时的灵魂的黑夜”的隐喻。

3 孔雀的尾巴，指金属在淬炼过程中产生的颜色，被认为是“炼金术的颜色”。

验或者仪式，仍然需要思考。

从前有个男孩，一个棋手，他透露说，他的部分天赋在于把每块棋子都看成带着闪光或者运动的彩光尾巴的物体，对其潜在移动具有清晰的内视能力：他可以看到栩栩如生的潜在走法，然后选出它们，人们可以据此制定最厉害的走法，制造最大的紧张。当他选择的不是最结实而是最漂亮的光线时，就会出错。类似的情况在马库斯的头脑中也出现过，那是在听着卢卡斯互相交错的参考线索的叽叽喳喳的开关板在响叫的时候。这样的蜘蛛网自有其美，但是太细弱，太细弱了。马库斯并不在意这个，肯定存在一种模式，纵然它由断断续续闪光的点状的线条构成。他的职责不是评论那些看不见的线索的单薄性。也许在这些领域，每个人内在的蛛网都自有其必要的和不同的厚度和张力。也许卢卡斯的蛛网就像编织过的钢铁。

然后，在一个炎热而又阳光灿烂的星期天，他们并排乘着那辆越野车，出发前往惠特比。篮子搁在行李厢，带了两个，一个里面放着一份丰盛的野餐，一个里面放着各种设备，是卢卡斯偷偷收拾的，用白色餐巾和手巾以及丝绸披巾裹着。他自己在白衬衣敞开的领口扎着一条红白相间、带点的丝绸手帕，显得时髦漂亮，外面穿件私立中学的海军蓝运动衫。马库斯穿着他经常穿的那件埃尔特克斯牌衬衣和校服运动衫，上面有个角楼，用镀金线编织在衣兜上，写着座右铭：从此仰望天空。拉丁文老师都不太喜欢这句话，那是克罗的祖先写的。那个角楼，据说象征着这座建筑本身就是力量之塔，在教师办公室被称为巴别塔或者那座斜塔。

他们先朝南后朝东驶去，越过沼泽地，得体地保持着安静，最终从那些高高的小山上开下来，朝悬崖旁边的滨海大道开去，沿着这条路围绕戈斯兰德高地的沼泽区，绕了个环形大弯，以便从悬崖向南，徒步接近那座寺院本身，完全避开那个镇子。就在这条路上，弗雷德丽卡的大腿和胸脯被那位壮实的埃德粗鲁地推搡过，她想到过那位亚历山大。

悬崖顶上，气候适宜，像卢卡斯向马库斯描述的那样，湛蓝，深邃，空旷，太阳高挂，一股微风从海岸吹向大海。他们穿过田野朝那座寺院走去，田野里长满了丰茂的金凤花、奶牛芹、婆婆纳，上面沾了层白色和黄色的尘土。那些光秃秃的没有支柱的拱门在这样的天色背景中显得苍白，石头的主体似乎没有重量，只有视觉图像，正如卢卡斯再次评论的那样，不过在那样的阴影中它们冷得让人不敢触摸。当发现游人沿着光秃的高坛漫步，或者从有意规划好的空荡荡的空间走到另一个空荡荡的空间时，他感到很烦躁。不知怎么，马库斯想，他满以为在一个讲坛前，或者一个曾经是讲坛的地方，只会有自己一个人，可是小女孩们唱着歌，到处奔跑，老人们背着背包，穿着靴子的摩托车手，戴着手套的手上挂着护目镜，磕磕绊绊四处游走，这一切让他感到很沮丧。他和马库斯装备齐全地站着，像客场板球队里的预备队员，抓着干净的篮子，盯着这片场地，环形的带窗户的墙有海风穿过，那条古老的石板路被悬崖的青草包围着。马库斯想起圣·巴多罗马教堂围场令人压抑的封闭几何造型，非常享受当下用心灵之眼完善和延展碎裂的缓坡和节奏。阳光在海水的浪涛上，光滑的石头上，以及青草的叶片和金凤花的表面上飞舞。小束阳光，像可以看得见的对流激流，以涡流圈的形式在天地之间的每个地方飞奔，光明在泼洒着，四射着，拖曳着。卢卡斯以军人或者职业的精确，环绕这座建筑的边界步行丈量，就像在边地标出一条粗粗的板球柱桩，或者足球场地，边走边拐弯，然后白线也会尾随其后。他提着那只神秘的篮子，马库斯，这位侍僧般的助手，跟在后面步测着，带着热水壶和瓶子、胶木大口杯、面包、肉、苹果、糖果和葡萄酒。

卢卡斯用一种急迫的呢喃声说，为什么他们就不该在这里像独自在普通田野里那样该干吗干吗，那里同样干扰不少。他朝那几个小姑娘打了个手势，她们正扮着鬼脸，吟唱汤姆·蒂德勒的《大地》，好像完全处于物化的静止状态。马库斯不恭地说，她们可能完全是无意中歪打正着光临在卡德蒙的牛棚所在地，那里就是那位天使实际光临过的地方，卢卡斯很严肃地说，那片草可能就是卡德蒙的奶牛吃草的地方，肯定是这样的。说不上绝对就是那片草地，马库斯说。没多大不同，卢卡斯说，他抬起自己那条飘动的裤腿，把篮子从那只热乎乎的手上换到另一只手上。他们又出发了，沿着悬崖的边沿，走过气象站的小屋以及它高低不平的园子。过了会儿，他们找到一块理想的地方，比较隐蔽，不仅足以支撑电线般的悬崖青草和开着花的飞蓬、海冬青，而且能够养活茂密的丛丛金凤花，上面如烟雾般布满奶牛芹的花边。在这样绚丽的高高的青草和各色花粉中，马库斯忽然联想到哮喘，然后做实验般吸了口气，嗅了嗅花粉，但是并没有感觉到压迫，或者发作的迹象在体内活动，只有一种太多植物产生的目眩感。他听到那几个小姑娘的回声："我们来到汤姆·蒂德勒的地面上，捡着金和银。"然后想起他小时候唱过的一首赞美诗。雏菊就是我们的银，金凤花就是我们的金。这是我们能拥有，或者掌握的所有财富。卢卡斯从篮子里拿出一条格子呢毛毯，铺在草地上，在那里，它悬立着，长满刺，空气在下面涌动。现在我们可以开始了，卢卡斯说，像在奥格尔家的古墓一样，两腹空空。

虽然有奥格尔家的古墓的经历，马库斯并不完全指望会发生什么。不知怎么，在他头脑中，人类的精确性以及卢卡斯规划的过度决绝令某些事情发生的可能性在减小。他有些担心，但他的害怕是由做什么荒唐或者失衡的事情造成的。卢卡斯从他的篮子里取出一些东西，在毯子上铺了一张大大的白色餐巾，然后把东西放在餐巾上：一块化石菊石、一捆装在软纸中的干草、一塑料纸盒压制的花朵、一个装着软木塞的试管，里面有一颗水银球、几圈烟色眼镜片、一个大大的圆形放大镜、一块手绢，还有个类似外科手术刀的器具。

卢卡斯做了解释。这次活动目标是跟奴斯圈取得接触，之所以以前没有取得接触，而且还像各个时代的智者大师都知道的那样受到妨碍，是因为人类作为一种物理存在，在现实中自身过于巨大。因此，好像把生命转化成精神，就意味着把物质消耗成纯粹的存在。很有可能，从象征意义和某种程度的实际意义而言，这正是那些被焚烧的古老的供品想要实现的目标。在马库斯描述光幻觉以及那些交错的圆锥体图形（如果可以这样说的话）的时候，他，卢卡斯也对马库斯反复提及一块燃烧的玻璃感到震惊，非常震惊，事后回想起来，他把这个视为某种暗示。所以，他提出，简而言之，就是要通过燃烧一块玻璃的方式制造一种焚烧的玻璃供品，通过交换太阳能把物质释放成光和能量，而太阳是我们地球上光和热的来源。当然，他已经决定供奉那些草，那已成为某种暗号，还有山靛（狗水银）、乌头、坠井附近的黄龙胆——不是制作成石头，而是变成光，一种新的光，即初始物质，那是又一个暗号。他还带了一块石菊，那是创世和这部大作中石头的象征（虽然他担心这东西来自波特兰角，不是出自惠特比，但这件东西不错，是他还是小男孩时别人送的）。正如他所说，一块石菊，作为这件完美大作的一个象征物，一些水银，代表被囚禁在物质中的精神，灌在一个带木塞的试管里，显然还应该有肉和草，来完善焚烧的供品，特别是如果你认为安贝尔以肉身奉献上帝，凯恩以地上的水果敬奉他，而上帝只尊重安贝尔和他的供品。他想，肉应该是他们自己的。他曾想过带些蚯蚓什么的，但其实肉应该是他们自己的，马库斯难道不这么想吗？马库斯，他的思绪从凯恩和安贝尔跳到到亚布拉罕和艾萨克，目光迅速越过闪亮的金凤花，想寻找生命而不是自我的迹象，可是只看到远处的蝴蝶，以及硫黄石和小块的晴空。只要他们头上的毛发和几滴血应该就足够了，卢卡斯说，他还买了把小刀。马库斯觉得还需要别的什么吗?

马库斯盯着金凤花和毛毯的格子呢绒，听着毯子底下躺倒的青草的叹息声，说了句，没有。除非有什么东西从这里，正好从这个地方出现。卡德蒙的牛棚。他苍白地微笑着。卢卡斯指出说，卡德蒙和安贝尔都是牧人，马库斯说这里没有奶牛，暖水瓶里有牛奶，卢卡斯说，他们可以从田野收集些植物，把它们放在一起，这是个非常好的计划。

他们在灌木树篱中搜罗了些适合供奉的植物。黄色有点太寻常，可以不考虑。还是马库斯发现了些非同寻常的东西，一株很高的植物，带着些微旺盛的蓝色，又有几许粉红色的喇叭形花朵。叶子是微黑色，上面有刺。卢卡斯声称，要好好看看它，说它是蝰蛇的牛舌草，效果会非常好，又一个可以互相变形的蛇或者龙的植物。他连根拔起来，放在地上，星星点点地摆在地上，放在另外那片草、黄龙胆、水银旁边。

然后，他拿起那把小小的切割刀。“把你的手伸出来，”他对马库斯说，“我要挤出三滴血，或者更多，最好三滴，挤到这块手绢上。从我们每个人身上挤出三滴，然后混合在一起。”马库斯不由自主地往后一跳。“刀是无菌的，”卢卡斯向他保证，然后伸出自己的手，“我向你保证刀是无菌的。”马库斯想象同样的小小的三角形刀刃从翻滚起伏的肉上剜出布满纹络的蠕虫。他的手有气无力地垂着。卢卡斯抓住这只手，把手掌翻转过来，对着太阳，一把抓住，在拇指肚上切了一条小口。血喷涌而出，滴了下来，大大超过了规定的三滴。卢卡斯毫无节制地大笑起来，把刀刃扎进自己的食指。他的血流进马库斯的血中，流在白色的布上，溅出一块不规则的红色圆形血迹。卢卡斯举起手，从自己的前额上割掉一绺耸立的头发卷，然后，一下子用那只沾满血迹的手扣住马库斯的脑袋，剪下一绺了无生气的干草般的头发。他把头发拧在一起，把这撮平平的小小的发丛放在血的上面。他稍微沉思了下，把石菊放在手绢底下，草的下面。这可能不够现实，他说，指望太阳的能量消耗掉一块石菊，但是，可以互相交流，毫无疑问会以某种方式改变它。此刻，马库斯不认为他们应该像在奥格尔家那样跳舞，用他们那次制作的成功的图形。他伸出自己的手，抓住马库斯的手，血与血相互污染，拽着他蹲下来。他给了马库斯一块烟色玻璃："透过玻璃看。直接看。要捕捉任何变化的暗示，或者意图，或者……"

他们开始旋转。马库斯感觉傻里傻气，感觉恶心、晕眩、不真实，脱离了自己。他们抬起脚，踩在金凤花上，然后跌倒在地，重重地摔在地上。他们停止旋转时，那些花像以奶油糖霜为同心圆旋转着，格子地毯上的绿线像大海一样蜿蜒曲折。卢卡斯拿起自己的烟色玻璃，凝视着金色花饰、金色几尼、闪耀的氦旁边的蓝色，恭恭敬敬地鞠了一躬，然后在地毯的流苏上坐下。马库斯又迅速模仿了这几个动作。卢卡斯举起放大镜。他说："你认为我们应该以不管什么方式向他们讲点什么吗？"

"不用。"

"不用，那我也不用了。不管说什么听上去都很傻气。我想我们应该举起手。"

于是，他们坐着举起手，卢卡斯举起那只玻璃圈，很快就捕捉到光的棱柱体反射到手帕上，然后稳稳地拿住玻璃。

很难看出那是一道白色火焰还是只是融化了的空气，它非常稳定，没有舌头舔舐，只见放在地上的东西被吃掉了，缩小了，变成焦黑色。要被传输的草突然变成细细的灰烬，变成一道保持着某种形状的阴影，然后颤抖着变为尘土，黄龙胆也跟它们一起化作尘土。裹着山靛的透明纸，闪耀着金黄色和银灰色，片刻后化作糖蜜般的东西，接着又变成黑色，最后化为乌有。血迹上方的头发变得松脆，蠕动着，变得紧密起来，最后黑乎乎地消失了。下面的血迹也随之消失。蓝蓟咝咝作响，像煮沸的水一样翻滚，卷曲起来。最惊人的是，装着水银的玻璃试管发出吱吱嘎嘎的尖叫声，开始粉碎，释放出大量颗颗独立的银色水滴，流过烧焦的布线头，进入被焚烧的地里。在手帕上，一个烧焦的黑圈，一个黑洞，无声地弥漫开来，吞噬掉那团火光，这团光在黑色向前扩张的地方，刹那间金光闪闪。有股挣扎着、被消耗的物质的味道，动物和蔬菜的味道。在石菊隆起的脊背上方，那片布像雪花般剥落，化作黑暗，落在地上裂成碎片，在石头盘卷上留下一片黑色的带汁的窗花格般的痕迹。马库斯盯着，他想起早先的经历。这是一片透镜能够聚焦能量的具体证据，火焰或者热空气跳着炫白的舞蹈，厚厚的透明的炫白色。你如果把手指伸进去，什么东西都没有，却会被痛苦不堪地吸住。

拿着这片玻璃，卢卡斯说，拿稳了，仔细看，我打算用牛奶和葡萄酒作为祭品，来结束这场仪式。他在马库斯的篮子里胡乱拨弄着，从一只瓶子里往一个锡盖里倒了一点点牛奶，拿一个木塞起子跟一只努依·圣·乔治斯葡萄酒的瓶子很快地搏斗了一番，把酒洒进那个烧焦的圆圈里，酒在那地方冒着蒸汽，冒着火焰，散发出某种气味，然后就消失了。锡盖里的牛奶收缩成蜡黑色，然后变成褐色的污迹和泡沫，释放出一种格外难闻和折磨人的气味，这种气味马库斯从上学时就记得。当时他五六岁，男孩们成群地围住学校的火炉，拿着他们1/3品脱份额的牛奶，通过稻草管把泡沫吐到铁皮炉子表面。卢卡斯又加了些葡萄酒的湿度，弄出一个不大不小的水坑，上面漂浮着烧焦的碎片，土壤慢慢吞咽着葡萄酒。

马库斯把烧热的玻璃片放下，那东西触摸起来真有种火辣辣的感觉。他看着周围的空气，还没有融化，又朝下望了望那片发黑的太阳形的小斑块儿，这算是他们这些活动留下的最终结果。这是对人们通常不当回事的魔力的独特揭示。卢卡斯的脸和头发被汗水浸得湿透。

“现在该怎么办？”马库斯问道。

“现在我们就坐着等待。我们已经发出呼唤了，我们已经表达了我们想要的意思，现在我们就等待好了。”

马库斯看着光在金凤花上方柔和地移动着，开始思忖：他们表达了什么？被神圣地消耗掉，然后消失吗？变成隐身人吗？黑色碎屑和硫黄石的蝴蝶旋涡般打着转，然后落下。他们等待着。安静的午后在推进着。

“喝点葡萄酒吧。”卢卡斯说。他灌了口酒。过了片刻，他又说：“再喝点酒吧。”马库斯对酒精还不适应，焦渴地喝了口。卢卡斯笔直地竖着身子，从一个酚醛塑料杯子里着急地抿酒喝着，好像在等待火焰燎吻眉毛或者等待从这片蓝色穹隆中传来一个声音。他给马库斯递了一块牛肉三明治和一只苹果，马库斯接住。他自己却什么都没吃。喝了两大烧杯酒后，马库斯的脑袋搁在毯子上，收起胳膊捂在脸上，给自己眼前制造出一片黑暗。那道在边地有目的地侵袭过他的光，由于不在身边反而被感知得更清楚。这里有个太阳，一块烧热的玻璃，太多的企图，还有头疼。过了会儿，卢卡斯在他旁边躺下。那声老套的询问又来了：“下一步该怎么办？”

“哦，等待。”他手肘的折纹变得更深了。

“等什么？”

“我怎么知道。这活动是你发起的。”

又过了些时间，他的朋友细声细气地说：“对不起。”

“你用不着向我道歉。我觉得天堂不会打开的。我们的确是烧了些东西，即便，这很不一般。”

“没什么不一般。很简单。”

马库斯意识到自己被重新赋予可疑的权威。他开始愤怒起来。

“你看见这些东西的下场了。你看见了。现在，你应该知道我害怕什么，你应该谨慎行事。我害怕我的脑髓在我的脑袋中像蓝蓟那样沸腾。你好像不明白，有那么一个简单真实的东西，人真的会很害怕。你应该感到害怕，而不是生气，你没有想过。你是想被融化成一条灼热的空气的柱体，然后被对流撞碎在大海上吗？或者你是想像这些美丽的草被制成灰烬吗？你想化作一无所有，是吗？你想离目标还有多近？我认为你不知道那可能会怎么样。我知道。你干的事情至少是我害怕的一个幻觉，但你从不让我说那很可怕，你老说那多么了不起。你这样做是想干什么？如果它注意到你，如果它是有智慧的，你怎么知道你可以承受得了它的关注？别这样了，放弃这种方法吧，保持安静，这才是我们可以做的一切。”

长时间的沉默。后来，卢卡斯只说了一句：“我太不幸福了。”

马库斯转过脸，然后，用那双黝黑的眼睛望着，向卢卡斯伸出那只割破的手，卢卡斯抓住那只手，热情地握住。他们的身体同时靠得更近些。这时传来一声奇怪的咔嗒声，马库斯意识到那是卢卡斯的牙齿在咔嗒咔嗒地响。他翻过来，用一条胳膊紧紧搂住他朋友的肩膀，紧紧抓住热乎乎的法兰绒衣服。他闻到了汗味儿和喘息声。他蹭着卢卡斯的身体，像什么人极力用自己的体温不要让某个人冻死。那个闷声闷气微弱的声音说：

“我太不幸福了。我什么都没有，没有朋友，我做的事没有一件实在的。我时不时差不多会看见某种东西，差不多——然后就会出现一场灾难。”

“你有我。”马库斯说，因为还很不习惯温柔，弄得自己都颤抖起来。

“我对你没有好处。你生活在真实的世界。我出入一个变化无常的幻景。当我变得越老越瘦的时候，我应该去弄明白，我应该持续观察，那是一种信号。我应该保护你，你在我的关照中，不是……”

“不。你已经改变了我的生活。而且，先生——我们看到的就是真实的，这青草，这画面，它们还没有消失，也许只是还需要花些时间才会有效果，还有奥格尔家的古墓——你做了很多，很多、很多都是真实的，是真实的——”

他不想让这个封闭的世界消失。卢卡斯保护他免遭那种无限性的纠缠。

“我并不纯洁。就是这样。在某种程度上是这样。至于地球，世俗人间，虽然散发着各种气味，我却讨厌这种气味，我讨厌所有乱哄哄的事务。我讨厌我的身体，我讨厌各种身体，我讨厌热的重的……你很纯洁。只要人们看见了就会分辨出这点来。你是一个干净的人，你看什么都很清澈。你是……”

马库斯不想知道自己是什么样的人。他稍微靠近些，拉了拉运动衣，以及运动衣里沉重的肉身。他像人们对孩子那样说：“小声点，保持安静。不要紧。的确发生了事情，你得保持安静。你找到我了，我在这儿。”他想，曾几何时自己的存在对不管什么人竟会是一种帮助或者安慰，这时他并没有想到自己的年少时代，或者在妇产医院跟温妮弗雷德在一起的时刻，什么话都不说，只是靠得很近。他就像母亲，一个带着始终不安分、不断挣扎的孩子的女人，会对他说：“保持安静，安静，不要紧。”突然间，卢卡斯却酣然入睡了，湿漉漉的嘴巴微微张开着，脸转向马库斯，马库斯则微微抬起头，瞥了眼鼻子下面人中两边晶亮的汗水，小小的汗珠在眉毛中闪着光泽。他握住卢卡斯的手，闭上眼睛，然后睡着了，沉沉地进入黑甜乡，好像无意识就是深深渴望的状态。

他们醒来后，都默默地抽开胳膊和腿，互相背过身去，收拾各自的东西，包括压碎青草的毯子、苹果核和刀子，装好，然后开始步行。马库斯感到很害怕。靛蓝色的圆圈，像太阳的余影，以三件一组和转圈的螺线的方式，在他面前飞舞，越过整个悬崖青草的上方，在落进那潭水的瀑布上方盘旋着，然后悬挂在天空上。卢卡斯什么话都没说，走得很快，马库斯得迈开长腿，小跑着才能跟上他。

那辆闪亮的黑色甲壳虫轿车停在一片草地边缘，里外都非常烫，像个小火炉，散发着看得见的热雾，像水母裙带在冷水中摆动的那样，呈波浪形。卢卡斯把篮子扔到差不多弃用的后座上，迅速钻进前面的驾驶室，摔上车门，慢慢摇下玻璃车窗。马库斯跟在他后面，手绕着衬衫里的脖子活动着。他们把运动衣搭在后座的那堆东西上。马库斯看着卢卡斯，他在座位上往后斜靠着，没有盯着这男孩，而是透过挡风玻璃向外望去。热浪盘踞在他们身边。

卢卡斯说："有很多事情，我应该说出来，很多事情你应该知道，有很多事情我还没提起过。"

"不用，不用，"马库斯反对道，"这都不要紧。"

"你怎么知道？有很多我的事情，你应该知道，也许——尽管我希望这并不都是个人的事，我曾希望如此。但是，在某种程度上，我骗了你，有些事——发生在我身上的事——你也许感觉你有权知道，如果它们再次发生的话。我会告诉你，我会告诉你，在恰当的时候。谁都不能因为在过去害怕被变形、被改造或者被禁闭——就像真实发生过的那样——受到责备，我得承认。事情源于那只驱逐舰。在太平洋上，当时我在那只驱逐舰上服役。发生了些麻烦事，也是跟天线和信息有关的麻烦，另外，还有一个特别法庭，我被传唤到一个这样的法庭前，然后在一间白色的小屋里待了很长时间。后来，他们告诉我，你绝对不能有孩子，你绝对不能考虑有孩子，你可以传输……我想他们用电子设备跟踪我，想看看我是否从事——活动——在那个前线，并确保我没有孩子。也许那完全是个幻觉。他们全都是白色的，房间都是白色的，可能在那艘驱逐舰上到处都是白色的，置身于时空之外，在各种不同的时候，我相信各种不同的东西，乃至那些事件发生的精确位置，而且当我在格林威治的某个地方时，那里肯定不是我开始的地方，我才真正地醒过来。也许我在飞行。也许他们带着我飞行。也许时间停止了。没有人告诉我。我以为，他们觉得我不合适，在某种合适的状态，也就是说，去获取情报，但无论如何，我始终不停地想那个原因，关于自己的下落，我形成一个假设。我想，我不敢肯定，我知道，我认为，他们在我的耳垂里装了电极，还在我的……为了确保……也许他们这样干了。他们会干出这种事情。如果我告诉你一些在……在我离开前，我看到他们干的事情，你一定会很惊讶。

“我告诉你，他们想让我在那所学校教性生活指导，作为人类生物学的一门扩展课程。但我说，不不不，你们必须去找个福利救济机构的漂亮女士，戴顶帽子去干这种事，或者找个生气勃勃、面带微笑的女孩去干。我没有去打扰那个永生蠕虫，以我的处境，那些不错的雌雄同体、没有个性特征的蚯蚓，程度跟我差不多，方便的动物，没有多少问题，至少生得像它们那样，在人眼看来很明显。我解剖了很多双栖动物和兔子，但是伙计，人类这种伟大的双栖动物我放过了，而且非常希望我们能发育得再成熟些，乃至整个问题都变得多余，我是否告诉他们，取决于我认为谁在听，自然还包括他们如何听。有不少途径可以通往永生，但是更高级的有机物不可能实现永生，你知道，连弗洛伊德都这样说。他说，死亡与让我们自我繁殖的性方法密切相关。人体的细胞一旦分裂成体细胞和微生物、血浆（等离子），他说，一个没有限制的个体生命的存续期将变成毫无意义的奢侈。一种毫无意义的奢侈。当这种多细胞有机物中的分化出现时，死亡就变得指日可待并且合宜了。体细胞死了，原生物仍然可以不朽。那是不死的种子。可是他们告诉我，你绝对不能考虑……我就说了那句话。另外，弗洛伊德说，繁殖只有当死亡来临时才会开始。哦，不是这样。那是活物的一个基本特征，就像生长一样。生命最初在地球上开始，然后不断延续。这是一个难解之谜。只有更高级的个体有机物才有性别上的分化，然后死亡。一方面生物圈不是这样，另一方面，两性的九头蛇也并非如此，它分化再分化，变成更多介于植物和动物之间的同样形式的范本。

“最近我开始读一本书，一本赫尔德写的古怪的老书，不是有关上帝存在的证据方面的书，一本叫《水仙花：对衣服的解剖》的书。我喜欢这本书，因为它把我们穿的衣服看作我们修正自己解剖结构的方式——紧身胸衣和剃刀，后来，才出现化学和药剂学，控制垂体，把不想要的毛发剃除。赫尔德把这一切视为一场革命运动，试图削减我们身体的大小。这点非常有意思，我想。他说房屋、衣橱、工具箱，都是存储皮毛、指甲、牙齿的方式。他说科学饮食必然会让我们摆脱简陋的蒸馏室。他说我们会长得像威尔斯写的火星人那样，机器里装着带触须的大脑，只要我们不觉得那种东西令人讨厌却又美丽，那么一个不带自己的机器的男人会让我们厌恶，就像一个不穿衣服的男人现在会让可敬的女士感到不舒服，或者就像看见那个可爱的大脑，上面却没有毛发和皮肤，会让我们无端地反感，他说我们会成为成群的亮晃晃的小小的带发条的有机物，就像表壳，在弹簧的心脏旁边附着小小的乳白色的躯体。在我的头脑中，这跟荣格的思想非常合拍——有关墨丘利和初始物质的说法，因为他说我们可以回到我们开始的地方：一个被囚禁在物质中的精神。

“你说过，在外面，我们要什么都不是。像这些草，你说。好吧，没错，我既可以做到又做不到。你读过不少诗吗？”

马库斯说没有，他没有读过多少。他又补充了句，他对诗歌过敏，诗歌围攻了他家一辈子，像这么多的尘土和花粉，遍地都是，现在他自己想起来都麻木了。对这个引人注目又大开眼界的坦白，卢卡斯并没有听，或者只是勉强听着，因为他想解释他最近也开始大量地阅读诗歌了，特别是安德鲁·玛尔维尔[1]的作品，他好像明白，没有性的限制和肉体烦恼的欲望是什么。他曾写过一首非常漂亮的诗，题目叫《花园》，在诗里他提到要在一片绿荫下消灭一切对绿色思想的影响。我的植物之爱，若有所思，又明显语无伦次。间隙片刻后，他说："我多希望自己能教植物学，我多希望它可以坚持一种绿色思想。"又沉默了一下，他说，"我不是同性恋，你知道，我什么都不是。"

"这不要紧。"马库斯说，开始准备发表声明，或者声称他没有把握完成。他没有紧接着卢卡斯讲述的故事说；他在跟自己的恐惧搏斗着，这些恐惧隐隐约约在卢卡斯支离破碎的对现实的记忆中予以具体化，但是，他更加强烈地被温柔感动了。卢卡斯安慰、指导过他，又欣赏他，反过来他又亏欠着什么。他想奉献安慰，但还没有智慧懂得如何奉献，或者为什么要安慰。所以，像我们很多人那样，他反倒奉献了自己。

"先生，卢卡斯，我关心。我真的很关心。有我在这里。我就不能做点什么吗？"

卢卡斯突然向他露出一张因为阳光和羞愧而变得红彤彤的脸。

"你可以摸一下我，只摸一下。接触一下。"

马库斯又慢慢伸出手。卢卡斯把这只手握在自己手里，自己的手好像肿胀了，显得很难看，过了片刻，他把两人的手都放在自己的膝

1 安德鲁·玛尔维尔（Andrew Marvell，1621—1678），英国形而上诗人、讽刺作家、政治家，曾多次入选英国下院，是约翰·弥尔顿的同事和朋友。

部。他们默默地坐着，不看对方，透过挡风玻璃向外望着。卢卡斯把他们的两只手紧紧地放进裆部。马库斯本能地抽回去。卢卡斯抓得更紧了。

“千万别说，”他恳求着，学究气十足，吃力地喘着气，“千万别说，这完全只是性。可是真希望你能……顶多就是摸一下，我向你保证。”

他不顾一切地摸索着自己紧绷的扣子，忽然阴茎热乎乎，直挺挺，如丝绸，蹦了出来，现在眼前。马库斯要往回抽手，卢卡斯抓住，紧紧抓住。

“我知道不该这样，”卢卡斯说，“可是真希望你能摸摸，如果你能鼓起勇气，就摸一下，我应该会被连接……”

马库斯侧脸看着他，那是他常用的方式，出于同情、尴尬、尊重、顺从，伸出自己细细的苍白的手，有气无力地放在那件火辣辣的东西上，既不攥紧也不抚弄。“哦，”卢卡斯说，“哦，”那个坚硬的根奇异地开了花，湿漉漉的，与此同时，又慢慢地萎缩下去，流了马库斯满满一手，“哦，”卢卡斯又说，在驾驶室座位上颤抖着，“我不是故意的，真抱歉，这是一次意志的松懈。”

他们无法相互凝视了。

“没关系，”马库斯声音低沉地说，“没关系，卢卡斯。”

然而，这有关系。顷刻间，他自己因为感应而兴奋起来，接着卢卡斯抽搐了几下，他回到了自己经常处的那种状态，孤独，脱离了接触，分开了。他在自己的手绢、裤子，随便什么东西上，擦了擦手指。

“这有关系，”卢卡斯说，“这是一场灾难。这是结束的开始。”他用一种平静又武断的口气说着这句话，一边自己扣着扣子，一边等着回答。马库斯想不到该说什么。后来，卢卡斯把钥匙插进去，陡然发动起轿车，也不看他的乘客，倒退着离开草地，然后朝公路开去。

接下来，穿越荒野的那场行驶简直如同一场噩梦。在马库斯还能思考的时候，他想一辆车不可能开这么快。空气、杜鹃花和干石墙呼啸而过，拐角在尖叫，而且他想呕吐。视差在摇晃，像茧一般缠绕着，以他的双眼之间为圆心，他闭着眼睛，试图说点儿话，嘴巴却干巴巴的。他们飞跃山岗，漂泊着或者跌入气阱。交错的道路飞越而过，带得大门或者树木发出摔打声，完全不在乎，也不尊重。过了会儿，马库斯身子俯在膝盖上，脸埋在座位里，只偷偷朝上看了一眼他朋友定若石头的身影，方向盘上方，金灿灿的卷发下面，那张红扑扑的脸呆呆地盯着某种虚空。马库斯想说，你想杀了我们吗？却说不出来，也重复不了，你想要归于虚无吗？马库斯蜷伏在那里，瞪着眼睛，已经失去意识，看见天空在旋转时才恢复意识，然后再次闭上眼睛。

35

皇后与女猎人

彩排之夜到了。这可是我们最后的机会，洛奇说，站在平台砂石地上那个皇家脚蹬上对着主要演员和临时演员发表着长篇大论。这时，树林中一只绿色瓶子在询问，用音乐的旋律，极其忧郁地询问，谁，谁？为了把这件神奇的作品弄妥，这是我们最后一次有机会把大家聚在一起，而且我们已经非常接近成功了。他挥舞着手臂，拿腔拿调，毫无个性特色，伴随着那位真实演员富有乐感的滑动和吼叫，他用魅力感染、劝诱和威胁兼施，所有人，个个戴着假发，穿着皮袍，围着裙撑，套着胀鼓鼓的宽松短罩裤，有的叹息，有的大笑，都收起裙子，鼓起勇气。

在一串挂在树上的弧光灯下，弗雷德丽卡坐在一条毛毯上，挨着威尔基。威尔基穿着黑色天鹅绒衣服，上面的小粒珍珠闪着微光，这是画像馆里身披斗篷的罗利的活化身，他用一支铅笔在图纸上做着精细的演算。他有好几张这样的纸，上面满是试管、高高宽宽的瓶子、小口大酒瓶的示意图；有的上面还有横穿天堂般的星球的巨型毒蛇、拿着一只花瓶的阿波罗以及格雷斯们奇奇怪怪的轮廓图。连续好几个星期来，他耗费了大量聪明才智，把瓶子乐队科学地打造成一门艺术行当。他测量过水柱上方空气的体积，绘出声音、空气围着多孔的玻璃球发出回声或者在细长的玻璃管中呼响的速度和频率。他曾组织过一次多少比较靠谱的来自反化装舞会群体的男孩的集会，空闲的时候，他在大堂组织这些男孩排练过。现在，这些男孩抓住贴着数字标签的瓶子，紧靠在自己的紧身衣上，这些瓶子像钻石般闪耀着，有的呈琥珀色，有的呈翠绿色：葡萄酒、啤酒，砰砰地响着。只要威尔基打个手势，它们就会发出《贾尔斯·法纳比他的托耶》《圣人们正步走来时》，道兰德、坎皮恩的《天堂》《雾水》，附带着威尔基本人设计的各种装饰音和激烈的喧嚣声。他说，那位身兼数个角色的男人正在遵照加富里厄斯的《音乐训练》中发现的一个计划，谱写真正的星球音乐，加富里厄斯曾经推断出多利斯语、利底亚语、弗里吉亚语、混合利底亚调式、天空中的行星和那些诗人之间存在的一系列对应关系。威尔基告诉玛丽娜·叶奥，他要从狄俄尼索斯式刺耳的声音中创作一个真正的阿波罗式的音乐法则，等等，这样他就可以站在平台上大声喊叫："这就是那星球音乐，听啊，我的玛丽娜！"

"那怎么可能，"弗雷德丽卡怀疑地问，"如果没人知道你一直在校准所有这些星球的八度音和超验音符的话？"

"你知道。玛丽娜知道。那些瓶子乐队的男孩知道，我跟他们讲过，他们虽然整天叽叽喳喳地说着，咯咯地笑着，但他们知道。总之，人们会凭借直觉知道一个法则的，如果有一个法则在那里的话，即便他们说不上它的名字，或者叫不出它所派生的原理。"

不知道他对待自己有多严肃。显然他很喜欢法则，众多可以感觉到的法则，他是校准师和配乐师。

"他们不会懂的，"弗雷德丽卡说，"他们的直觉感知不到任何东西，我也感知不到，无论你多么使劲地开导我，因为我是个调盲。”

这个信息好像给了威尔基巨大的快乐。“真的？太伟大了。你验证了一个我提出的有关在调盲听来说话音调是扁平化的理论。这就解释了为什么你擅长发石头般的声音。”他模仿了两句她读的亚历山大写的塔中演说的台词，他学得惟妙惟肖。“扁平单调，”他说，“发半音时扁平单调。毫不连贯地移动主音调，像温柔的铃铛跑了调叮当作响，很刺耳，像只孔雀。我们不可能全都唱星球乐。现在，你，我亲爱的玛丽娜，某种东西告诉我，你有着几近完美的音高。”

“我以前有过，”玛丽娜·叶奥说，位置比他们高，裙子大大地撑开，像个坐在两把镀金舞厅椅子上的君王，“最近不是很好。”

“能力会随着年岁渐长而退化，”威尔基饶有兴致地说，“但是，慢慢地，如果很稳定地话，你会喜欢听的。如果我将来给你写首歌，玛丽娜，合着我的星球瓶子音乐唱，你愿意跟我的那个看不见的合唱团唱吗？你可以听，弗雷德丽卡，亲爱的，但你可能听不出什么来。‘醒来后的狂喜如此之庄重确定。’正如赫胥黎曾说的那样，对好音乐的描述如此准确。如果没有它，你会怎么办？”

“我会沉思，”弗雷德丽卡尖刻地说，“而且不停地希望它停下来。”

威尔基冲她淘气地咧嘴笑了笑，因为洛奇的演讲已经快到结束的时候了，他拿起轻薄的匕首朝瓶子乐手们指去，这些乐手鼓起两腮，像波提切利的西风之神那样开始演奏《统治不列颠》。

“我们需要的是鼓，你会听到那些的，姑娘，聋子都听得到。嗞嗞声和心跳声都有。那么，什么样的鼓适合这些星球乐？亲爱的女士们，你们知道吗，抑扬格的五步音诗，在某种程度上体现了在一次吸气和同样的气息呼出之间心跳的次数？莎士比亚的诗歌就是人类的节奏，但是对星球乐，你需要一个设定在某种非人类尺度标准上的鼓点，一种非拟人的嘀答声，一个水钟，一种天体规模的脉动……”

“闭嘴，威尔基，”洛奇说，“我要开始了，清场，非生手都走开，要不就安静地坐着，闭上嘴，好好当观众。威尔基，快闭上嘴，过来，准备你的开场白，请保持安静。灯光，请。”

在每棵树里，犹如闪光的金色水果，那些灯在绿色中散发着温暖，圆圆的，亮亮的。正值傍晚时分，天色泛灰，呈深蓝色，夜色尚未降临。完全的黑暗在最后一幕如期降临，当时残阳如血，太阳又很巨大，已经下落在饰演钉在十字架上的基督和那座已经成为废墟、带着附加木质建筑的修道院后面。在这幕戏中，因为受1951年约克神秘剧的启发，洛克曾用夜幕来强调格洛丽娅娜逐渐消失的光芒。威尔基抖了抖自己的斗篷，一步跃上平台，漫步走向托马斯·普尔（饰演斯宾塞），开始念起他的开场白。

珍妮，后来由于已经安抚住躁动不安的托马斯，在如今是女更衣室的老旧厨房里跑上跑下，恳求别人系上背后的钩扣。在一个石头做的洗涤室里，她找到了亚历山大。他说他会亲自给她系上钩扣。两人都想到了他们在学校舞台下的奏乐池的第一次拥抱。亚历山大把双手挤进围住柔软乳房的灵活的鲸骨紧身衣。哦，那排排小钩扣。“克罗建议的吗……”珍妮大笑起来：“他建议的。他是个老潘达洛斯，一个暴君。我当然说可以，我说可以。”

克罗已经给那天晚上不管是谁，只要有需求的人都提供了食物、饮料和床铺，而且还特意给珍妮也准备了。杰弗里说，他完全不明白，为什么她就不能赶回里思布莱斯福德。他愿意去接珍妮。他一定要照顾好托马斯，珍妮说过。她没有跟亚历山大通报过这项变化。

“如果我住下来，如果我今晚住这里，你会，我们会……”

“当然会了。”

“可那行吗？”

“当然行。”

他的声音在自己的耳朵里听上去甜得发腻。他绝对没有自己说的那样有把握。他想起斯蒂芬妮·波特的小小金针以及云一般的面纱。他不明白为什么人人都希望用指尖在另一个人身体的凹陷中抚弄。他只想要一间干净雪白、空空荡荡的房间以及安安静静。他不想喝酒，不想跳舞。

“珍妮，我得走了。我对做这种事情很紧张，我必须闪了。我待会儿再找你。”

“当然可以，”她说，重新带上刻意而为的镇定，“待会儿。吻我一下。”

亚历山大碰了下她的红唇，整理了下她僵硬轻薄的轮形皱领。她穿着花裙子，戴着薄纱袖套，正如他所设计的，看上去小巧玲珑，像只鸟儿。他所感觉到的不会是对那块画板的怀念，同样也不是对人体服装模特的思念，那件衣服就是在它上面制作的，在夏天的午后，在里思布莱斯福德女子文法学校的缝纫室里。

现在，克罗家大草坪的脚手架上已经悬起一个半圆形的座位区，不知怎么让人想起沿着加冕礼后期排成一列的看台。亚历山大没有跟洛奇、克罗和别的人在一起。他坐在一个角落，高踞在树影中，听着斯宾塞和罗利唇枪舌剑地斗嘴，讲着他的，以及他们的话，配合着灌木丛中看不见的旋律。

他想起自己最初的一些想法。来一场语言的文艺复兴，华丽，深沉，强劲有力。鲸骨紧身褡里面那个无法触碰的完整的男女同体。一个矫揉造作的隐喻，在这次写作中很早就被抓住了——从石头中涌出鲜血。看不见颜色的纯色，红色、白色、绿色、金色。

后来这部艰难的作品走向了复杂以及实实在在的现实化，内容全都成为事实的合并。外交、斗篷、短剑、蜂蜜酒、种子、珍珠、新石器时代神话、马廊清洁工、臀托、酸果汁、甜薄荷、多福之国、仙后、荷兰的屠宰场、流动的湿漉漉的爱尔兰沼泽地。令人头晕目眩的词语和各种东西。如果他写下“杯子”——这个词包含着他知道的所有萨克葡萄酒、家常饮料、喀尔刻[1]、科马斯、皇家巡游仪式上馈赠的礼物。玫瑰和屠宰场，贴在她的脸上的红色和白色的玫瑰，像在洛佩兹医生案件中出现的可笑之极的屠宰店，他那残忍地不厌其烦地列出的死亡细节被本杰明·洛奇如此纯洁地删减和一笔带过。

早在上一部戏，亚历山大就感受到创意化形为文字固定后的局限感。这部更糟糕，他写的时候就看到它如此扎眼，就像在某个具有立体感的幻灯机或者内置暗箱中看到的那样，因为颜色和特征突出而格外明亮。人们经常从演员、导演被带到文字给他们留下的虚空地带的东西中受益，比如某种新视角，某种未经提前设计和出乎意料的东西。迄今为止，由于这个原因，这样的情况还未曾出现。他的人物已经拥有了当地的住房和名字：马克斯·巴荣、玛丽娜·叶奥、托马斯·普尔、埃蒙德·威尔基、珍妮，而且，还有最令人困惑的弗雷德丽卡·波特。作为残忍的体现，很难不怨恨那些演员视为他们的创造性阐释的东西。玛丽娜·叶奥喜欢讲她对某个角色的“创造”。也许他留给他们的创造或者表现的余地很少。他写得如此密集、厚实，像所有不错的20世纪50年代的诗剧那样，有着机智的想象，那意味着要打搅太阳、月亮、天鹅、蜘蛛丝、花朵和石头，又很厚实，因为充满

---

1 希腊神话中能将人变成牲畜的女巫。

了一个自己设计服装的剧作家的视觉想象的细节，栗子、微光闪烁的天鹅绒、挤压好的亮灿灿的皱褶、镀金的针脚，而真实的针脚可能只是一个影子般的象征符号。

洛奇在坚定不移地工作着，从肌肉丰满的复杂性到原始冲动的骨头都在改造：性，舞蹈，死亡；死亡，舞蹈，性。洛奇重写了某些台词——很多台词——应演员的请求，他们感觉自己说起这些台词来不好意思或者有辱尊严。玛丽娜·叶奥，是个固执的冒犯者。亚历山大知道这些台词是可以讲出来的，他在自己头脑中的剧院里听过这些台词，清晰又流畅。

比他想象中辉煌宫殿的毁塌感更深沉的感觉弥漫在原本他想表达的感觉中——昔日的激情，想奉献出风笛、铃鼓、狂喜、风景优美之地、世外桃源。他们创造的不是在赫斯珀里得[1]的大树枝下面昂首走过的不朽人物，而是穿着背心裙的女人们、放在镀金纸板做的头盔中的三明治，以及埃德蒙·威尔基奢侈浪费的瓶子乐队。

开场白过去了。洛奇又砍掉了一句有关那个寒冷星球如何变幻无常的台词，是罗利的话，不是亚历山大的台词。午后的太阳展示着凯瑟琳·帕尔的果园中欢腾跳跃和剪刀挥舞的景象。亚历山大看着那女孩赤裸的双腿，紧贴其上的裙子被撕裂，碎片令人满意地缓慢飘起、降落。她的身体完全因为需要愤怒、刻板的孤独、兴奋几种要素的正确组合而变得僵硬起来。他想，她知道，自己正在做什么，很好。她的红头发在雏菊和草丝上狂乱地舒展开来。亚历山大感觉到一阵明明白白又急迫的欲望扎过来。他告诉自己，那是为了自己的戏剧，为了他的人物。弗雷德丽卡站起来尖声大笑着，吼叫道：“老天保佑我，这

1 古希腊神话中为赫拉看守金苹果园的众仙女之一。

可一点都不像我。”吼了声咒骂的话后就跑了。传来一片阵雨般的掌声，她从掌声中获得了巨大的满足感。

在上个星期的排练中，直到洛奇告诉弗雷德丽卡，他相信，她的表演已经“上路了”时，她才完全明白，他当初对这样的表演是多么怀疑。尽管身体上极度慌乱，她仍然怀着那个舒适安逸的假定坚持认为：她的表现，没有费多大力气，很可能要比别的任何人都好。说到学校的作业，这倒是实话。说到在班里大声朗读，在她看来，这也没错，因为她在语法和词汇方面也比别的任何人都强。她心里对自己说，她懂这部戏。而且这种领会必须表现出来。

但是，拯救她的表演的不是领会而是不受欢迎。她在学校不讨人喜欢，但相信自己不在乎这点。她也不喜欢自己的同龄人。但是这里，在艺术家和才子中间，以及她天真地以为的波西米亚人中间，她居然指望自己会大受欢迎。也许她对“自己”的定义不恰当。真正的演员们嘲笑那群少女，又跟她们打成一片，在灌木丛里把她们弄得凌乱不堪，还给她们送些小礼物。她们对玛丽娜·叶奥说些爱慕的话，而且毕恭毕敬。弗雷德丽卡讲话时，她们往往就显得很烦躁的样子。她们咯咯地笑话弗雷德丽卡对亚历山大衷心挚爱，但是，她在的时候却不笑，也不像她们集体咯咯地笑话安西娅对托马斯·普尔，那个严肃又神神秘秘的男人的热恋那样，戴着镶满珍珠头冠的闪亮的脑袋凑在一起晃动着。她跟她们说话时不讲风度，尽管她想象中的生活充满了老练的笑声以及友善的富有暗示性的笑话，诸如她们肯定分享过的那些笑话。她从绝望中脱困而出，就像她后来经常从生活中脱困而出，靠的是纯粹的竞争性的愤怒，一股丑陋却很有效的情绪。她们可能不喜欢她，没关系，但她们肯定佩服她。

她心甘情愿去表演。她向克罗和威尔基请教过。她在镜子面前活动着胳膊和大腿，直到它们看上去不再像塑像般僵硬，不再像柴棍，或者彻头彻尾的傻瓜。她这是阴郁地为某个怪异可怕、绝不犯错、毫不留情的内心的弗雷德丽卡而表演，因为很大程度发挥作用的正是这位。

话说到这里，这可能是个值得一书的讽刺：尽管亚历山大——也许因为他对一个并不真实而且消失了的世界的想象太过专注，也更有可能是因为他已经太老，他的记忆太久远，塞得太满，他对荣耀的憧憬或者希冀早在1953年前十年或者二十年就已形成——尽管亚历山大没法在回头审视他的职业生涯中的这个高光时刻时，把它视为什么典型的黄金时代，弗雷德丽卡却能轻而易举地做到这点。这可能又纯粹是年龄在起作用。十七岁的时候，这个世界完全呈现在自己面前，没有瑕疵，无论它可能变成什么样，无论它已经注定要成为什么样。二十世纪六十年代的时候，早已对十七岁时仍然是一个处女的尴尬不觉得难为情，加上怠慢，那时她就能够用某个坚实得耀眼的场景填充自己记忆的戏剧，当这个场景逐渐褪色暗淡时，她又把这个场景擦亮，镀上金：玛丽娜·叶奥罹患喉癌经历了缓慢而痛苦的死亡后，烧掉玛丽娜·叶奥的天才形象，然后又看着那群少女，作为曾经真正的黄金女孩，当她们长大成为家庭主妇、健身房教练、社会工作者、时装店店员、嗜酒者，以及又一个死掉的女演员的时候，一朵金花仍然在她们中间盛开，看着那些草坪、林荫道、树枝中间的灯笼，以及在半明半暗唱歌的瓶子上闪烁的光，在这安静永恒的光中，通过这光，我们看到那些无穷无尽、永不改变的景致，从一岁大那么高开始，我们就用郊区的花园或者夏天都市的公园，无尽的草坪地平线，小巷，创造着这些景致，在真实生活中，我们总是希望重访，重新发现这样的景致，并且常驻在这样的景致中，无论它是什么。

第一幕在塔里的演讲处结束。威尔基对她调盲音的模仿加重了她的一个怀疑，那是他早些时候无意中透露出的一个提示，他说这部戏事实上是亚历山大在深奥的木偶剧中从真实线索开始的一个回溯，像《街头艺人》那样。她不知道自己的演讲是不是特别精彩。她不知道如何练习出自这种极端啰唆的生物学的弃绝的狂想曲般的调子。她删掉了洛奇曾经指点她进入那些旋转的台阶，麻木而沉重地站着，对那个被封住的喷泉冷嘲热讽，发出一声痉挛般咯咯的笑声，然后把它也删短了。“我不会流血。”当她走开时，洛奇烦躁地大声喊叫着“不要管”。亚历山大开始时痛恨她对他强调的部分的篡改，最后又怀疑他的演讲太容易让舌头磕磕绊绊，并且怀疑她是为了他而这样处理的。他决定下去安慰她。

洛奇滔滔不绝地痛斥着他们，就像在更衣室里面对一个足球队，说大家拖拖拉拉，太糟糕了，恐怕到天亮都还在这里，然后有针对性地问弗雷德丽卡，是否已经肌肉僵硬了。这个词总是让她有意无意地想起布莱克大理石雕像般的爱多拉，她那长长的肉体的条块、薄片和隆块，千真万确是束缚物。她说没有，那样对她来说好像挺好，有什么关系吗？我想我一直让你运动，洛奇说，你在退缩，以后不妨活蹦乱跳的。

亚历山大溜进她旁边的座位，他的好时派牌香水的气味缭绕着她的鼻孔，他用那调整得柔和的声音轻轻地说了声，不是，肯定不是肌肉僵硬，相反她的神经是用雪花膏串起来的，她就像一尊雕像，或者像达芙妮，是盆缚的，那样才躲过了阿波罗。弗雷德丽卡问道，原来自己看起来是这样的吗？然后又说，什么地方有毛病，总觉得有点不对劲。亚历山大说那恐怕是自己诗歌的问题。她点点头，继续为温柔和语法之类的问题大伤脑筋。

甚至在那场窘迫或者灾祸到来之前，第二幕中仍然有些狂乱和没有控制好的东西。大家的表演不是不够卖力就是过火，吼叫着说出圣贤般的告诫，好像这些话语是有关日益逼近的灭顶之灾，面对苏格兰玛丽女王死亡令的出台，他们的反应像是面对一杯温吞吞的茶水。参加化装舞会的人动作也不协调：威尔基摆了个姿势杀死了那群少女，就像那位仙后用阿斯翠亚的镀金剑武装起来那样，那些反化装舞会的小男孩蜂拥穿过舞台，彼此像一座遭到打搅的蚁丘上的居民。亚历山大和弗雷德丽卡坐在脚手架上，两人现在都属于后备跑龙套，看着洛奇拉扯着小恶魔或者拖拽着悠然散步的男人和女仆走进艺术家团伙中，出来后他们又自动散开走了。当神圣悦耳的旋律第三次参差不齐地响起时，有人在石头栏杆上敲碎一只啤酒瓶。珍妮的重要时刻来了，瑞士拍蝇的插曲出现了，当威尔基镇定又生气勃勃地朝她逼过来，并且开始娴熟地抚摸时，在锯断的琴弦声、咕咕嘟嘟的鲁特琴声、嘘嘘叫的瓶子声、遭到围攻的贝丝·思罗克默顿被捂住的尖叫声和咯咯声中，出现了一个新的声音。能够听到这个声音在远远的大楼拐角附近，一阵碰撞声和尖叫声，好像一个孩子毫无规则地在石子路上滚铁环发出的声音，一阵有规律、迅速的脚步声咔嚓咔嚓正步行进的声音传过来。在摆出某种姿势的阿斯翠亚和满身毛皮衣物的巴荣·维鲁特男爵之间，一辆极度需要润滑、摇摇摆摆的手推婴儿车疯狂地冲上平台，童车后面是杰弗里·帕里。他在金黄色的灯光中跌跌撞撞，径直朝排成一列的那群少女们走去，目光像猫头鹰般透过镶着角质边的眼镜寻找着站在阴影中的妻子，然后朝她走去。在他混色粗花呢和皱巴巴的法兰绒衣服上方，脸上带着一丝不自然的理智的微笑。

“我们已经做得够多了。”他愉快地说，然后抓住威尔基的手，漫不经心地从珍妮的胸脯中取出来，“我做得已经远比我应该做的还多，现在已经够了。你可以回家了，带上孩子。我还有工作要做。我是要做个学者的。我不会唱《悄声说再见宝贝》或者再来首《十只绿瓶子》。你必须回家，否则就另做打算，我讲清楚了吗？”

“你这是给自己闹笑话，”珍妮说，“我不能回去，这是彩排，明摆着你不能……”

“哦，是的，我可以……”愤怒在某种程度上总是带有喜剧色彩，弗雷德丽卡发出一声轻蔑的大笑。几个小男孩在灌木丛中咯咯地笑着。杰弗里·帕里揭掉婴儿车上的毯子，拉起儿子托马斯，孩子大声号叫着。杰弗里脸色通红。托马斯脸色通红。“他一直这样哭叫，”杰弗里说，托马斯扭动着，号叫着，“你回还是不回？”

“肯定不能。”珍妮说，从克罗看到威尔基，又盯着安西娅·沃伯顿无动于衷又美丽的凝视。她没有看亚历山大。克罗和威尔基豪爽地笑着，带着她理解为男性恶意的意味。

“行，”杰弗里愉快地说，“好吧。”他轻轻地把托马斯一推，然后，隔着舞台，既狠决又利落地把孩子扔到珍妮怀中，珍妮紧紧搂住孩子，场面一片混乱，弄得她左转右摆，踉踉跄跄。托马斯拼命要呼吸，哭喊得更加面红耳赤。杰弗里看着那辆婴儿车，他看着平台和这一投掷。他狠狠地精准地一脚把婴儿车踢向平台的台阶，婴儿车在台阶上摇摇晃晃，在车身的弹簧上摆动着，然后颠簸着跌落下去，侧面撞在草坪上。一只瓶子、几个海因茨罐头盒、几卷尿布和一只泰迪熊滚了出来。

“好了，那就这样。”杰弗里说，“我现在可以继续工作了。你跟妈妈在一起会更好，对吧，托马斯？”他用一种谁都想象不来、掌控自如的声音，温柔又邪恶地说。他走了，走进那幢楼拐角的黑暗中，过了会儿，大家听到他的轿车发动起来。

演员们的尖叫声、叽喳声、轰鸣声又开始了。随着眼泪开始往下掉，珍妮的胸口起伏着。洛奇朝管服装的几个女人点了点头，请她们试着带走孩子。弗雷德丽卡心不在焉地对亚历山大说："不结婚好像更理智些。""是吧。"亚历山大说，心里想着，这些事情让他比自己想象的离婚姻更近了。他迅速瞥了眼弗雷德丽卡，后者正带着刻意的好玩心态观察着他，后来，毕竟，因为他是个绅士，而且珍妮又在痛苦中，于是他迈开那两条长腿，走过去安慰她。珍妮激动地转向他，抽泣着大声说，现在完全好了，真的没什么可烦恼的了，大家都可以回去工作了，托马斯认得亚历山大，他跟亚历山大会相处得很好，亚历山大能拿得住这孩子。

整个第三幕，自始至终，亚历山大都在逗托马斯玩，把他交给弗雷德丽卡时，后者老说她不喜欢小孩子，可谢谢你了。他有种沮丧的感觉，自尊要求他这样，尽管有那么一两次，面对托马斯怒气冲冲的凝视他有股冲动，想把他塞进脚手架下面，独自坐上自己的轿车回卡尔弗利，向北而去。弗雷德丽卡坐在他旁边，研究着他。她很不寻常地沉默不语，这不禁让他琢磨，她在想什么，这样的琢磨在他们的关系中还是第一次。托马斯用奇怪的咯咯、呱呱的叫声和含含糊糊水淋淋的噪声破坏了玛丽娜·叶奥的无声的死亡。黑暗降临，诗人斯宾塞消失了，沉没到晦暗的死亡中，漆黑、灿烂，准备好了漫长的宣判和监禁。威尔基讲着收场白。这时珍妮抱着孩子走过来，小家伙在怀中又焕发出愤怒的尖叫声。洛奇开始发表他法官似的总结：纵饮开始了。合着瓶子乐队、留声机和都铎时代的乐器，在草坪上，在平台上，大家开始了舞蹈。数量可观的奶油鱼蛋饭上来了，灌木丛中的捉迷藏游戏开始了。珍妮说，她得跟亚历山大说说话。弗雷德丽卡意识到不会有人给珍妮或者她本人搭便车回里思布莱斯福德，就走过去问克罗，她到底能不能在这里过夜。克罗说，她不仅可以过夜，而且还可以在一间巨大的卧室里过夜，如果她愿意去的话。威尔基出现在她胳膊肘旁边说，住下来吧，住下来跳舞，好好玩一通。

那天晚上，夜已经很深，珍妮临时消失，把托马斯安顿在婴儿车里，亚历山大发现自己跟弗雷德丽卡和威尔基在那个古老的百草园沿着月光照耀的草地小径散步。威尔基挽着弗雷德丽卡。他们的脚步悄无声息，远处传来拨弦声和叮当声。他们能够闻到迷迭香、百里香和黄春菊的味道。亚历山大想，必须尽快转身回去找珍妮，在一幢高高的阁楼上给她安排一间小小的木结构的女仆房。他喝了酒后有点儿晕眩，但是似乎清清楚楚地看到，想象已久的时刻就要来临。他发现自己一直在想着弗雷德丽卡。她会做什么？他想起她坐在克罗膝盖上的火辣劲，满面粉红和激情燃烧的样子，他看了眼威尔基肥胖的身体跟她齐步并行着。也许他应该把她交给比尔·波特。她不关他的事。灰白色的毛地黄竖立在百草园的大门口。威尔基说，如果你从这里出去，向右急转弯来到那条小路上，就会闻到散发着几丝芳香的灌木丛的味道，晚上的这个时候，那里估计会很不错。他们跟着威尔基行走在高高的修剪过的篱笆迷宫中，走进黑暗和寂静的更深处。亚历山大想，在这些味道浓郁的叶子和无声无息的青草中，只要安静地在这里坐一晚上，估计都会很惬意，而且不仅是惬意。他看见一只赤裸的脚从几株月桂树后面伸出来，一时间闹不清那是肌肉还是石头。他们三个人转过那个角落，发现大家都低头盯着那两个互相缠绕在一起、衣不蔽体的肉身，还有一堆皱巴巴的衣服，一只亮闪闪的香槟瓶子。

弗雷德丽卡看清楚洁白的女人大腿和略微黝黑的男人屁股在有节奏地运动前，先看到的是女人或者女孩抬起的脸，是安西娅·沃伯顿的脸。那是一张空洞茫然的脸，满面带着激烈又无所顾忌的放纵，像在舞台上那张带着中规中矩、毫不感人的爱意的脸一样空洞茫然。由于潮湿，金发中夹杂着黑色条纹，在苍白的月光下，那双大眼睛闪亮又空洞，嘴巴发出一种黑洞洞、无声无息、极度快感或者痛苦的呻吟声。那个男人裸露着一半的身体在衬衣外，镇定地腾空悬着，绷得很紧，水渍顺着看不见的眼睛上方的金发流下来。这时亚历山大意识到，这位急切的家伙就是他那位和蔼可亲、彬彬有礼、神神秘秘的朋友托马斯·普尔，他不事张扬地大谈《曼斯菲尔德庄园》的道德世界，经常叼一根短粗的烟斗，故作深思状，完了回家来到丰满圆胖的幸福的妻子和三个活蹦乱跳的孩子身边。他感觉那很下流，并不是因为他，而是因为弗雷德丽卡看到了这一幕。他伸手把弗雷德丽卡拽回来。当他碰到那只坚硬的肩膀时，弗雷德丽卡剧烈地缩了下身子，用一种他只能理解成蔑视或者憎恶的表情盯着他看了一会儿，抽身跑回那条小路。她离开的声音打扰了普尔和安西娅，两个人防御般地靠在一起，打量着剩下的旁观者。普尔从草地上捡起眼镜，用衬衣下摆擦了擦，严厉地盯着亚历山大。安西娅漂亮的脸蛋慢慢回落成女学生式的温柔。两个人都沉默不语。亚历山大鞠了一躬，然后抽身离去。威尔基轻轻一跳，跟在他后面。普尔和安西娅还在那里待着，坐在草地上，赤裸的白腿向外伸着，肩膀靠着肩膀，沉重的脑袋互相靠着垂下来。

“我不知道，”威尔基说，“这事竟闹成这个样子，你觉得呢？我以为他们两个都是梦想家，只会那样站着，紧盯着，就很开心了。”

亚历山大压根什么都没想。他的心思被彻底搅乱了。

“有点太陶醉了。”威尔基如梦似幻地说，“如果我觉得你能从那个女孩身上得到那个，我自己也会去追。可是她好像毫无生气，不是肌肉僵硬，像我们消失的那位朋友那样。她是了无生气又昏昏欲睡。哦，好了，我们都会犯错误。你不觉得你应该去追弗雷德丽卡吗？她好像很生气。”“她早就应该回家，”亚历山大说，言辞有些激烈，“反正，我管不着她。我还有别的事要做呢。”

“我觉得老普尔有很多机会操练所有那些乏味的女生。”威尔基饶舌说。

“哦，威尔基，住嘴，赶紧。”

“也许我该去找弗雷德丽卡。”

“随你干什么都行，不关我任何事，让我消停会儿。”

“你是当真？”

“不。她还是个孩子。”安西娅·沃伯顿的脸在他想象中浮现出来，“要不然就是我老了。在我看来她还是个孩子。所以应该你去追，但你不能这样。”

“也许你最好还是回到你真正的宝贝跟前。”威尔基油腔滑调地说。亚历山大扬长而去。威尔基放声大笑，自己摘了根迷迭香的小枝，然后又回到有音乐的地方。

亚历山大爬上曾经是仆人住的楼层。那里巨大的宿舍房间像兔子窝般被分成一个个小隔间，带着木板隔断和漂白过的天花板，未来几年，新大学的那些特权学生将被塞进这里。分配给珍妮的是个小房间，在这幢大楼拐角的屋檐底下，靠近一个带环形煤气灶的小餐具室，她在那个煤气灶上热过牛奶、薄薄的肝尖炒米粉、李子干和巴婆果，为某个疯狂和脏兮兮的托马斯。托马斯的可拆卸婴儿车被卸下轮子拽了上来，搁在房间的地板上。珍妮正在婴儿车旁边，拍着儿子的后背，试图减轻他的怀疑，想令他睡着。

亚历山大敲了敲门，珍妮陡然站起，请他进来，然后又匆忙回到婴儿车跟前，车子已经开始抽搐般翻腾和颠簸了。一个女人带着个怒气冲冲又不睡觉的孩子，就像那强迫性牵线木偶，那些细微的声音就是那条线，咔嗒声，刮擦声，呼吸的节奏，代表那位看不见的不眠者专心倾听的无声的节奏声。亚历山大对这些毫无感觉。他走进小屋，像勇敢的骑士般用洪亮的声音说，“哦，我来了。”

“嘘。”珍妮说。

“花园里发生了件奇怪的事，就在刚才——”

“哦，快别说话。”珍妮尖厉地嘘了声，不顾一切，每块肌肉都是僵硬的。亚历山大体贴地不吭声了，踱步走到窗前。珍妮能够听得出托马斯在听着每一个脚步声。屋顶窗的斜面下有个木头床座，亚历山大坐上去，目光朝下穿过银光闪闪、黑乎乎的树枝偷看着花园里的动静，可以看到摆着各种姿势的人。洛奇和克罗嘴里叼着闪耀着红光的雪茄。托马斯·普尔和安西娅·沃伯顿敏捷地掠过，金发闪闪，好像什么事儿都没发生过，新鲜如初。

“亲爱的——”亚历山大说。

“嘘，如果我不能哄他睡着，现在，我就不能，我们就不能……他是不会安生的。”

“那我要不先离开，待会儿再回来？”亚历山大说，微微有些生气。他一直在防备着某种激情的迸发——神经质的泪水或者莽撞的放纵。他猜度不出是哪种，但不是这种纯粹的欲罢不能的烦躁。他的提议弄得珍妮更加烦躁。她说不用，如果他能以某种理智的方式安静一分钟，托马斯就会睡着，肯定会。可是，他如果老这样进进出出，砰砰地撞门，他们可能整个晚上都得忙着应付孩子。她说完又把注意力转向托马斯。她发现，一个很困的小孩有时会投降，如果强行禁止他活动的话。然而这是个不错的问题，正如一个不怎么困的孩子被同样的方式对待后可能会变得怒气冲冲。她压住托马斯的屁股和小小的脊梁，他的身体僵硬又放松，过了会儿，他的呼吸声开始变了。他张着嘴，热乎乎的湿润的脸蛋埋进小床的床单。珍妮僵硬地站起来，茫然地看着亚历山大。他一直借着回想自己早先思念她的那种痛苦的快感来克制着不要发脾气。他想起在戈斯兰德高地，在风中坐在车座里的那个时刻，忽然又看到弗雷德丽卡贴在玻璃上的脸。别，别这样，他有点希望她腾空而起，把尖削的鼻子贴在这扇高高的窗户上。

“好了，”他对珍妮说，“我们终于相聚了。”她想笑，却差点哭了。珍妮过来，在窗户边他的身旁坐下。他本来想出去弄瓶葡萄酒来。现在他感觉如果自己再次离开这个房间，会挨骂的。所以他开始公事公办地解珍妮的纽扣。当她开始解他的衬衣的时候，他被弄得很烦躁，极力克制住想拿掉她的手的冲动。

当珍妮脱得只剩乳罩、吊带袜和尼龙内裤的时候，亚历山大还穿着裤子，脚上还套着袜子。珍妮离开他，熄灭床头灯。亚历山大温和谦恭地说：“我想看看你。”她轻声叫起来。她说：“不行，你不能看，我现在已经全身松软，下垂了。身上长了不少皱纹。”亚历山大说：“我想看看那些皱纹。”他其实并不想看，“我想看看你。”

“真的吗？”珍妮说，然后扔掉最后几件衣服，摘掉发夹，又回头向他走来，光着脚摇曳着身体，“真的，你不介意？”“我爱你。”亚历山大固执地说。她又坐在亚历山大身旁，低着头，丰满柔软的乳房挨着身体，从不怎么紧绷也根本谈不上有弹性的皮肤上微微垂下来。以前，乳头周围有几道互相交织的小小的银白色的纹络，当他细看的时候，那样的纹络就像微微波动的鱼，淡淡的鳗鱼，腹部和大腿周围也有。“我不是很新了，我已经被用过了。”珍妮说。亚历山大低下头，带着某种克制的绝望，嘴唇沿着那些银白色的纹络亲吻。她必须得到爱，亚历山大想，她必须得到爱，他温柔地抚摸着她的脊梁，以及她那依然结实、被太阳晒黑的膝盖。

“我们到床上去吧。”珍妮说，于是亚历山大站起来，终于脱掉裤子，迈着白晃晃的长腿去锁门，而珍妮的脑袋被他这种漫不经心的美和害怕吵醒托马斯的举动弄得眩晕起来。

“在这幢房子里，这应该是多么美妙啊。”亚历山大说，用着迷的声音说，然后又走回来。珍妮也很着迷，当亚历山大溜进被单躺在她身边的时候说：

“从此以后我已经没法跟杰弗里一起住了，你知道，我不能靠谎言生活。”

亚历山大的阴茎，那尚未成熟的蜗牛让他困扰不已，听到这话，随即完全蔫成一朵枯萎的玫瑰。他躺在珍妮身旁，手指心不在焉地沿着她腹股沟黑暗区域那些长条纹络游走。过了会儿，她把一只手放在他的生殖器上，那东西退缩着，软，软，软。她很不熟练地轻轻一拉，亚历山大发出某种抗议的哼哧声。他说：“不知怎么，有他在房间，感觉挺尴尬。”

“已经过去这么长时间了，”珍妮说，“没关系。就这样安安静静地挺好。我无法相信自己能来这儿，全是因为你。”

亚历山大眼前出现了那个安静的百草园的景象，在剪过的篱笆里面，月光照耀，悄无声息。他眼前又出现了托马斯·普尔头发掉落下来的情景，以及那卖力的身体湿漉漉的闪光的样子，他满怀希望地把一只手放在珍妮的大腿中间，一股强烈的快感袭来，她抽搐了一下，这样的快感让他很害怕。

“实在对不起，珍妮。”

“别这样说。会好起来的。”

“我已经等了太长时间。”

“我还是不太明白。”她说，承认了难为情，“吻吻我，就这样抱着我，亲我。”

亚历山大亲了她一下。他又满怀希望地把身体向她靠过去。他本意很好。睡眠中的托马斯听到了这些零零碎碎的挪动和转移，使出浑身的能量扭曲着小小的身子，可以看到他睁着大大的眼睛偷偷看着他们的裸体，一颗半圆形的脑袋从婴儿车的边沿伸出来，专心致志、兴趣盎然地摇晃着。他张开嘴号啕大哭，惊声尖叫着。珍妮闪电般起来，把他搂在赤裸的怀中，孩子小小的胖手指紧紧抓住她的胸脯，焦躁地扭动着，亚历山大朝那里潦草地抱以超然的关切。他们一起坐在床上，过了会儿，大概因为极度疲惫，又一起躺下了，那个灼热、焦躁的小身子紧紧贴住珍妮的身体，两只胖胖的小手放在亚历山大锁骨附近。“我抱他一会儿，他就会睡着，他总这样。”亚历山大点了点头，总是那么礼貌，然后把脸转向墙壁。出于对无意识的某种深沉的欲望，倒是亚历山大先睡了。

弗雷德丽卡沉浸在某种激情中。情感生活中的每件事大概都有个第一次，对她来说，那年已经提供了几乎太多，而且还要提供更多那样的第一次：家庭的变化、性、艺术、文化、成功、失败、疯狂、绝望、对死的恐惧。有些是间接感受到的，同时还有很多深奥、持续很长时间的重要事情。那苍老的声音轻声诉说着开始和结局，在胡桃木收音机机壳外面，包括《日出》《特洛伊罗斯和克雷西达》《马尔菲的公爵夫人》，拉辛和里尔克。一个中年人怎么可能真的想象得来第一次遇到这样的形式？而年轻人怎么可能真的想象得来这种新的相识会把这些形式施加到思想这种长命百岁的设备上，既限制又扩张？

这种想象的无能也出现在性和身份认同上。过去几个星期沉闷、喧闹的日子已经变成弗雷德丽卡执意想孤独的最初经验。那个镜像的弗雷德丽卡曾渴望并且只欣赏弗雷德丽卡。在那之前是对丹尼尔和斯蒂芬妮心生淫秽的骚动。又在那之前，她想了解亚历山大。正如某些女人可能会首先对不认识的演员产生欲望，并且通过他们又对本涅迪克、俾隆或者哈姆雷特产生了欲望，然后又通过他们对某个死去的剧作家产生欲望。戈斯兰德高地过后，有迹象表明，那种欲望是不合适的。埃德、珍妮、克罗、威尔基，都未能让她爱上什么本涅迪克或者罗彻斯特先生。他们曾激发过亚历山大的欲望。洛奇、伊丽莎白以及对漂亮诗句的渴望又让他洗涤了欲望，完美主义和智性的势力联合起来跟他作对。此刻，托马斯·普尔和安西娅–阿斯翠亚闪烁的白色幻影把那种无可慰藉的贪婪搅扰得复活起来。如果安西娅，一个女学生，能够……那弗雷德丽卡……一个更激烈的女学生，一定……如果温文尔雅的普尔可以被诱惑……

那时她不会知道，作为一个年老色衰的女人，行走在伦敦的某条街上，她几乎可以确凿无疑地告诉自己：我已经走到欲望的尽头。我应该独自生活。或者那时也不会知道，40岁的时候，被欲望所摇荡，她可能会心怀一种非常欣慰的绝望，知道欲望总会受挫，而且依然会摇荡。17岁时，处女的身份，像蚱蜢一样是一种负担。这让弗雷德丽卡·波特喝了大量红酒和白兰地，然后去寻找能让她解脱这个身份的某个人。

当威尔基不辞辛苦地临时来开导她，带着她后来满以为是献殷勤的态度，她发现了威尔基。

“我只能给你一点儿时间，亲爱的，待会儿我还有个约会。”

“我不是来找你。”

“不是，不是，我知道，但我还是要这样做。他这会儿还有别的事要做。”

弗雷德丽卡猛喝了口葡萄酒。“为什么？”她脱口而出。

“这还不明显吗？一个漂亮的女人，意气相投，一场漫长——又无望的爱。”

“我看不出来。她并不爱他。”

“没有你那么爱吗？你现在应该关心的是他爱不爱她。如果你问我，她爱他是不是像你一样强烈，我要说，在很大程度上要更强烈。如果你问我，他爱她吗？我要说，他是被吓着了。他很享受这点。他喜欢被吓得呆若木鸡，希望你能原谅这个玩笑。如果你有这份聪明看得出这点的话，你明显具备这种优势。因为你可以做个赤裸裸的恐吓者。可怜的亲爱的珍妮吓着他，不是因为严厉，而是因为郊区的生活习性，我们这代人厌恶的东西，如茶杯、帘盒、带花的楼梯地毯、小巧的花园门的门闩。”

“我就是郊区人。”

“你来自茶垫、茶壶保暖套出没的地方，我知道，我也是这样，我跟你爸爸吃过烤面饼。但你待在那种地方的时间比我短，我们的纯贞女王应该能够明白这点，可怜的胆怯鬼，如果他能够看看的话。任何一个女人都能得到任何男人，如果她足够坚韧顽强而且不要太过爱他的话。可是，女人是傻子。她们不会动脑筋。”

“别说了，威尔基，我不想听你抖机灵。我感觉不舒服。因为喝了葡萄酒，再加上他溜出去找她去了，而我却在跟你大谈爱啊爱啊爱啊的，什么都没发生。”

威尔基开始来莎士比亚那一套了。他问什么是爱，然后又自问自答地说，没有这种东西，也没有什么面子之类。听上去他很不满足。他说，他肯定爱她，然后又离开她，像他说的那样，他的确有个约会。他告诉她，务必搭便车回里思布莱斯福德，接着迅速向她鞠了一躬，然后慢悠悠地走了。这好像是注定了的，在这种花园状态的模式下，他应该被克罗所取代，后者已经给了她第三杯白兰地，还表达了对她眼睛下面暗纹的忧虑，还问她是否想睡在太阳屋，因为玛丽娜已经在月亮屋安顿下了。

在酒精、审美和爱情的作用下，她的脑袋已经开始旋转。她说，她想上床睡觉了，然后克罗在后面跟过来，他决定给她提供一支蜡烛，插在一只杯子里，再配个锡镴制的托子，摆在黑暗的过道旁。他说，太阳屋的照明灯是用来展示的，不是用来在床上阅读的。她可能会觉得一支蜡烛是一种安慰。在太阳屋的一块雕花嵌板后面，他装了个隐蔽的减光开关，把舞台灯光射线投到天花板上白色泥土做的海厄森斯和阿波罗上，不过是一片高高的幽暗区域中模模糊糊的冷红色块。窗帘都是板条做的百叶窗，把光挡在挂饰之外。稀奇古怪的石膏把手和镀金的挂毯线索，在烛光中，映照出各种盘绕和繁复，这些只有借助那种半明半暗的光才能辨别出来。克罗把蜡烛放在一张大理石面的桌子上，用一种十分讲究的动作把床罩掀开，并且恳求她不要抽烟。他打开一个镶板门，后面是一间红木盥洗室和一只巨大的带铜龙头的洗脸盆。

“这是我祖父插嵌的。为那些巡回审判庭的法官们做的，他们在这里睡过。我马上就走，你好梳洗打扮。你需要睡衣吗？”

“不用。”克罗如此迅速离开时，她还感觉有些意外。

弗雷德丽卡穿着棉便裤和毛葛上衣钻进床，解开鲸骨制的乳罩，那是她演戏穿的，在她身上压出各种新鲜的凹痕。这是她唯一一次在一张露天篷盖下面睡觉或者试图去睡觉：装饰着金属片的号灯和刺绣的太阳悬挂在她脑袋附近，在烛光中闪闪发亮。阿波罗、风神、海厄森斯、血滩和鲜红的花朵高得看不见任何精确的细节，而且被挂饰搞得更加晦暗，她发现这个房间在自己面前不断地升降着，像海浪，像济慈笔下那个有趣的地板上长长的地毯。她的目光盯着蜡烛，它自有起伏的节奏，火焰在拉扯中张满，斜接着，变成双倍大小。床垫柔和地升起来，刚好到一个位于中心的鲸背般隆起的突出物那里，她难以在上面安睡。她可不希望在这张古老的床上生病。她叹了口气，把细瘦的胳膊抱在胸前，坐起来，开始盯着蜡烛看。

传来铁器的吱吱声，红光逐渐增强，在天花板上白色的阿波罗式的粗呢和人群熙熙攘攘的红色沙漠上摇曳。她伸出脖子掠过帷幔看着这一幕，可是，转着脑袋向上看让她感觉很不舒服，所以她又掉过头来看着垂直部分。克罗穿过一道门进来，这回裹着一条织着鲜红和金黄色凸花纹的睡袍，穿着猩红色的绣花天鹅绒拖鞋，两只手里提着一只胖乎乎的瓶子和一只水果盘。

“我想你可能饿了，来顿寝室盛宴。”

他倒了一杯香槟——她知道她绝不会喝的——然后不请自来，坐在床边。那毕竟是他的床。

“你还没睡吧？”

“没有。”

“太孤独了，吃些葡萄。你不介意我来吧？我相信你不会。”

“我醉得很厉害。”弗雷德丽卡充满期待地说。

“我想象你会是这样。这甚至可能有助于提高你对我的光影效果的欣赏。我可以做出日出和日落的效果来，正午的炽热强光以及一道不太够格的暮光，我想这些会让你感到开心。死寂的夜晚有个室内太阳。在这里照耀到我们以及尔等的艺术品上，无所不在。”

他跳起来离开床，操作着开关把手。沙漠上弥漫过金色和琥珀色的光。他又返回来。弗雷德丽卡注意到他的睡袍里面什么都没有穿。她吃了颗葡萄，然后又吃了两颗，把葡萄皮吐进烛扦里。

“我可以欣赏下你吗？”他不是真的在询问。他脱掉她的衬衣，弗雷德丽卡坐着不动，僵硬地直着身子。他折回来揭掉被子，扯掉她的裤子。“脱了。”他说，不是很客气。她扭了几下把裤子脱掉。她的脸上像石头般毫无表情。克罗盯着她，盯着脖颈、乳房以及小小的结实的腹部、那片姜黄色的毛丛、细长的腿。

“再吃颗葡萄。你是处女吗？”

“是的。”她陷入最低限度的礼貌的疯狂状态。这是他的床，他的房子，他发起的行动，他的游戏。

“这挺讨厌。”

“我不能一直都是处女。”弗雷德丽卡不耐烦地说，想起了安西娅。在抽象意义上，处女身份是一个非常天真无邪的令人讨厌的东西。

“我会教你很多东西。”

“我需要知道吗？”

“哦，我想需要吧。我想需要。”

她其实想知道。她不想再当个无知傻瓜。可是克罗的脸，如果不是金光灿灿，至少也是血色红润，周边围着几缕白发的秃顶圈，好像是刻意弄上去的，隐隐约约显得有些荒唐可笑，弗雷德丽卡感觉很难忍受这种荒唐。

“躺下。”克罗说。她照办了。克罗从头到尾温柔地抚摸着她，她闭上眼睛，这更加强化了房间的旋转感，但是却也杜绝了他愚蠢闪光的脸。他开始在她的毛发间和湿润的地方捅戳：她想起埃德。她的身体出于自己的意愿向上躬起，她想起黑暗的灌木丛下那两个白色身体和谐一致的节奏。克罗嬉戏般地拨弄着。他低下头，用嘴巴、眼睛、牙齿以及驼毛刷般的睫毛扫着她刺痛的皮肤。她的感官从无法聚焦的欲望向高度凝聚的恼怒摇曳，迅速而又频繁。克罗猛烈地在她的腿中间揪着，弄得她很痛。他亲着弄痛的地方，引起某种混合的局部的愉悦，整体上的尴尬和酒醉后的恶心相混合，乃至她像挨了一鞭子般本能地突然躲开。“别动。”克罗说，他正脱着自己的睡袍，弗雷德丽卡坐起来，看着他的下半身，粗糙带着斑点的鲜红色，还有一丝淡蓝色，像天花板上的那些肉色，看着他火车头红色的顶端。他在她身边躺下，在她的脖子上咬出青痕。他所有的动作都既利落又凶猛。克罗试图掰开她的大腿，她的大腿像根茎般自动扭在一起。

“不会疼的。不会疼，或者不会很疼，只是有一种舒服的疼痛，你其实会喜欢的那种疼，只要把一个边角放在——”

如果他能保持沉默的话，她也许可能会迷迷瞪瞪地或者礼貌地或者紧张地允许他继续进行下去，可是“一种舒服的疼痛”这种口气等于又抽了她一鞭。一只瘦瘦的膝盖撞在他的双下巴上。

“别抽搐。”克罗不耐烦地说，摩挲着这只膝盖（尽管对此有些恼怒），但她已经拒绝听命。她扭开身子，用冷冷的评判的目光盯着床单上他那白色的西勒诺斯[1]般的大肚子和玫瑰色的附属器官。

“我想去卫生间。”弗雷德丽卡说，从鲸背上翻过去，像只猫般一跃而起。

“没问题。”克罗说，口气又温和了，但是那甜蜜的声音从那张樱桃色的脸以及圆圆的疲惫的白色肉体里传来显得非常不协调。在那片杀气腾腾、阳光灿烂的沙漠兴奋的怒视下，弗雷德丽卡大步走去，用一个炫耀性的动作把自己关在那间桃木做的房间。到了里面，坐在抽水马桶上，她承认自己很受挫败。她不想再出去，但也不能待在这里。她拢起一条宽大的白色浴巾，像托加袍[2]般围绕自己的身体扎住。就在这个时候，她听到一个声音——不是克罗的——在别扭地说：“给你迷迭香留作念想。”一个低沉又悦耳的大笑声算是回答。这声音让弗雷德丽卡想到浴室里她以为是碗橱门的地方，完全可以进入相邻房间。尽管这个房间好像有人住着，它也许可以提供一条逃走的路径，要比原路返回来到那位暴烈、惬意、摊开身子躺着，准备着啃咬和弄疼人的小色情狂身边强。她试了试那扇门，居然打开了。她悄无声息光着脚迈出去。

在冉冉降临的辛西娅下面那张高高的床上，有两个人赤身裸体，极力模仿罗丹的《吻》，刻意摆出某种姿势，他们是玛丽娜·叶奥和

1 希腊神话中酒神的养父，森林神的领袖。

2 古代罗马市民穿的服装。

一个男人，等他开口讲话时，弗雷德丽卡听出此人是威尔基。

“我给你带来了黄春菊，我亲爱的，还有迷迭香、小米草、柠檬色的百里香，还有香柠檬，想撒在你的枕头上。”

“没有芸香吗？”

“没有。那会引发可怕的过敏。我不想让我们躺在一起时满身是刺痛的炎症和看不见的红斑。”

玛丽娜又大笑起来，威尔基喃喃地说着什么听不清的话。这时那个戏剧味十足的声音说：“哦，我可是个老女人了，一个疲惫的老女人，年龄会让我枯萎，而且，已经……”

“年龄会让你变得更加脆弱，更加聪明，你知道的。我喜欢上了年纪的女人。我真的很喜欢。只要她们还想爱。”

“你是个不挑食的年轻人。”

“不，不，我非常挑，只是贪得无厌，像你一样。我立刻从你身上识别出这点来。承认吧。”

这位女演员从喉咙里发出笑声：“我只是稍微有一点老，只是老那么一点点，承认这点是不安全的，哪怕只对自己承认，亲爱的。”

“不过，今天晚上，对我——”

“哦，威尔基，”她说，用一种控制得非常游刃有余的声音说，“那今天晚上就爱我吧，爱我——”

“你都哭出真正的眼泪了。”

“我可以命令它们出来。”

“你用不着对我哭泣。我会对你非常好，非常好，整个晚上，我最美丽的老女人，你会向我展示我从未想过的东西，因为你是最好的……”

“你是个腻腻歪歪，又会讨人喜欢的小……”玛丽娜说着咯咯地轻声笑起来，然后，让弗雷德丽卡在眼花缭乱中解脱的是，那雕塑般刻意摆布出来的躯体更加紧密地纠缠在一起，然后靠着枕头倒下去，话语简化成轻轻的询问般的呻吟和呢喃声。弗雷德丽卡判断，如果要过去的话，就是现在。她紧裹着浴巾，从这扇门跨到那扇门，从床脚走过去，通过没有拉窗帘的窗户上透进的灯光。当她经过那张满负荷的床时，下意识地回头好好看了眼，发现威尔基毫无表情的褐色眼睛从那位被掩藏起来并且在扭动着的女演员上方越过，直勾勾地看着她。弗雷德丽卡严肃地朝他点了点头，像在举行某种疯狂的欢迎仪式。一丝露齿微笑从威尔基脸上闪过，他慢慢地精心地煞费苦心地眨巴了下眼睛，然后又埋头忙他的活儿了，好像在用不停的亲吻让玛丽娜闭上眼睛，直到弗雷德丽卡绕过那扇门出去。

弗雷德丽卡沿着长长的画廊，时而在月光中，时而在黑暗中，快步行走着，然后在伊丽莎白戴着丰饶角的了无新意又刻板僵硬的画像下面站了片刻。她挽了下肩膀上浴巾的结，被扯得像《多福之国》上方的苏格兰，然后马马虎虎地向这位蹲坐的人像鞠了一躬。她自己没有劈刀，没有丰饶角，没有金色的水果。她也最好脱掉这件托加袍。她继续向楼下走去，走进那几间大厨房，拿自己在果园那场戏里用过的纸衬裙的外层给自己穿上衣服，又穿上一件被撕破的平纹布上衣，那是一个群众演员穿的。她又在这件衣服上裹了件绿色毛料斗篷。她考虑穿着这身装束光脚走回里思布莱斯福德，然后又决定不能这样。她走出楼来到花园。

她从平台绕过去时向上望了望仆人住的阁楼间的窗户。在上面的某个地方，亚历山大在……她应该跟克罗待在一起。如果她允许克罗继续下去，她就应该采取明确的步骤，在不管她玩的什么游戏中，本该采取一个目标明确的行动。但她害怕克罗。她开始奔跑起来。

最后她在那个有喷泉的小冬园停下来。那个美人鱼仍然诡异地微笑着，尽管没有水从她的指尖或者大腿上流下来。弗雷德丽卡盘腿坐在草地上，很像《多福之国》画像的坐姿，她同时打量着铁灰色的篱笆、月亮和水。起先她毫无目标地朝四周看了足有十分钟，然后这件事自动变成某种假惺惺的夜间值守，但就其从容刻意这一点来看却显得很真实，这样持续了好长时间。黎明来了，透过高沼地篱笆边沿的缺口，可以看得见晨曦，那里早些时候夜色还没法让人区分出周围的盆地。露台上有人打出吃早饭的锣声。高沼地上，一只羊发出一声细细的单调的咩咩声。弗雷德丽卡站起来，定定地站了会儿，然后往回走。

已经给那些有条件吃的人准备了一顿丰盛的集体早餐：奶油鱼蛋饭、香肠、烤面包、大罐咖啡和茶。克罗坐在大堂桌子的上首，主持着早餐，亲切和气，衣冠楚楚，玛丽娜·叶奥在他旁边。弗雷德丽卡没有就座，克罗对她视而不见，她看着亚历山大和珍妮朝平台走去，两个人各扶着托马斯婴儿车的一侧。她想起威尔基说过的话，然后热情地向他们扑过去，帮着推着骨骼般的轮子驶过砂石地。

“你们正好期待有人帮忙吗？你们要回里思布莱斯福德吗？我可以搭个顺风车吗？”

失眠和孤独让弗雷德丽卡显得清朗又生气勃勃。他们却因为焦虑而浑浊浮肿。亚历山大百依百顺地看着珍妮说，他完全不知道。珍妮欢快地说，当然了，这是显而易见的事，她把支杆收起的时候，他可以集中精力捉稳自己那头。弗雷德丽卡仔细打量着亚历山大，像在寻找欢喜的标志。他的嘴角向下耷拉着，有种异样的松弛，但她并不打算把这个认作欢喜。

威尔基圆滚滚、油光光，浑身还散发着新鲜的肥皂味儿，拿着几盘香肠和几碟奶油鱼蛋饭过来了。他朝弗雷德丽卡眨巴着眼睛，上上下下打量着她。

“没穿鞋子？”

“我放错地方了。”

“我也许可以替你把它们找回来。”

“不用。”她说，带着股毫无必要的暴躁劲儿，注意到他们睡眼惺忪的目光忽闪着，很好奇。

亚历山大开车走了，弗雷德丽卡定定地坐在后面。

“我要放下你了，”到里思布莱斯福德的郊外，亚历山大说，“然后再送帕里太太和托马斯。”

“从另一条道绕一下更方便，我还可以帮忙把托马斯卸下来。”

“我们不需要帮助。”

“我还落下了手提包。我的钥匙在里面。这个时间点我要不按门铃就进不了屋。我会被杀了的。如果你允许我闲荡会儿，就帮我个忙。”

“一夜之间你好像把一切都丢了。”

“是。”弗雷德丽卡干脆地说。

珍妮讥讽地说她认为如果她和托马斯能够在弗雷德丽卡之前被处理掉的话，那就最好不过了。

亚历山大被这个建议背后不断改变的动机困惑得虚弱无力。这些动机的范围很广，从蒙骗杰弗里进入圈套以为弗雷德丽卡是这个团伙必不可少的成员，到对自己好色的弱点（尽管珍妮曾经表示过对这些弱点的体贴理解）的愤怒，再到嫉妒和赌气，认为他没有强大的决心从一开始就摆脱弗雷德丽卡。他又做了个虚弱的抗议，然后被珍妮进一步滔滔不绝的大声回击压倒。她似乎处在不讲道理的女性报复式豁出去的情绪状态中。结果，倒是奇怪地全身披挂着各种装饰的弗雷德丽卡帮珍妮把托马斯弄上花园小路，开开心心地稳住车轮和多余的海因茨食品罐子。亚历山大知道，他本该设法明确表达对杰弗里可能会发脾气的持续忧虑，并且提供庇护所和意见——当他们需要的时候，而他们很可能会需要。想到这是不可能的后，他感到一阵轻松，连自己都对这样的轻松感到羞愧。

弗雷德丽卡回来时，他主动替她打开车的后门。她格外温顺地钻进去，然后说：“你介意把我送到学校再回来吗？或者什么地方都可以，等我把好多事情好好想个明白。我好像遇到了很多麻烦。”

“随你。”亚历山大说，比自己想象的更通情达理，他想，询问或者教导她将是不明智的，尽管他有种想把两者都做的冲动。另外，他不是特别想回自己房间，去好好想想自己的处境。他发动起车子，顺从地开走了。过了会儿，在纸裙子咔擦咔擦的破裂声和窸窣声中，弗雷德丽卡开始爬过来坐到前排。

“下去。”

“为什么？”

“那不安全。我也不想要你。”

“为什么不想？”

弗雷德丽卡来到他身边坐下来，胳膊和腿盘成一团，扭了扭身子，然后坐直了。亚历山大慢慢继续往前开着。又过了会儿，弗雷德丽卡把一只毫不含糊的手放在他的膝盖上。

“弗雷德丽卡，这事得终止了。你这样会让我们两个都显得很荒唐。”

“我才不在乎这个。”

“哦，我在乎。”

他停住车。由于他的习惯性意外，现在，他们来到那条通向尼森交通运输处小屋和城堡岗的旧水泥车道的路口上。高高的榆树上传来一阵鸟儿杂乱无章喧嚣般的黎明大合唱。这个可怕的姑娘疯狂地扑到他身上，细细的手指紧紧攥住他脖颈后面的头发。亚历山大徒劳地挣扎了好像很长时间，试图摆脱，但她很有劲。他终于设法挣脱了弗雷德丽卡的掌握，把她推回自己的座位，抓住她的双手按在她的膝盖上。他大口喘着气。弗雷德丽卡抓破了他的耳朵，都渗出了血。

“我没有这样的想法。我不想这样，弗雷德丽卡。”

“你确定？”

“我应该知道。”

“好吧，我原以为我比你还想这样。”她说，这好像解释了她毋庸置疑的高超的洞察力。亚历山大看着她：没有梳过的红头发垂了下来，带青影的脸像粉笔般苍白，皱着眉头，烦躁地盯着。她简直就是花园中那位处女的翻版。

“你这一整夜究竟干什么来着？”

“各种各样的事，有美好的，有恶心的，以恶心的为主，我得说。另外，我好像变成身不由己的偷窥者了。我想我也可以说学到了些东西。你干什么了？”

“我应该选择什么都不告诉你。”

“别这样，瞧，现在所有事其实都不重要了。不过，我多么希望自己别丢了衣服。我想，这些纸片可绝不像是区区小事儿，我才不会劳神去做。我的意思是，这是有代价的。我获得了一个很重要的道德教育，有关偷窃等诸如此类的事。当然还有庸俗小市民丢衣服的事。”

亚历山大很快地大笑了一声，半带着兴奋，有点身不由己，笑她漫不经心不去追究自己并不成功的激情之夜，又对她有关波特家道德教育的准确利用感到有点可乐，很可能完全没有认识到可能的损失要远比衣服大。接着他阴沉地说：“我隐隐约约感觉应该阻止你。我是说，我对你的乖张古怪是有责任的。只有上帝知道为什么。”

“不，绝对不是这样。你没有责任，在那个意义上没有责任，当然没有。总之，我不想要它了。我可是负责任的，就是这样。唯一的问题是，我真的爱你。”

"哦，上帝，"亚历山大说，出于某种礼貌的坏习惯，或者现场的必要感，或者临时的真心，或者阴柔的情意，他又补充了句，"我想我也爱你。"

他是个言必行的人。一旦这些话说出来了，言语就会控制他。他带着某种疯狂的恐怖看到，此刻，这些话是真心实意，看到他已经让这些话成真了。尽管不幸地不敢确定，但也许只有让这些说出来的话不要任其自然，才能让他如此冷静地保持安全，不受那些话的影响。

"这并不是说，"他又痛苦地补充道，加重了刚才的过错，"那会对我们两个有什么好处，或者有什么影响，你也明白。这是不可能的。"

可是她已经斜骑坐在他的膝盖上，把脸贴到他的脸上了。她又是抓，又是拧，又是扭。他朝纸裙的褶缝轻轻打了一下，刹那间看到撕裂的碎纸片飘起来，落在夏日的空气中那个叉开双腿的家伙上。他的肉体毫无疑问不是没有反应。她甚至比最初的珍妮还没有可能。

"别闹了，你这个让人受不了的小家伙，安静点。我不会引诱小孩的。"

"我不是小孩。我不需要引诱。"

"对我来说，你就是小孩，而且你还是个处女。"

亚历山大忧郁文静的长脸很近地冲她说着话，这张脸真的出现时，比她曾经想象的还要近。

"不不，我不是。我不是。"弗雷德丽卡欢叫着说，突如其来显得非常大胆。毕竟，她想，回想起埃德的手指和克罗的牙齿，那纯属意外，从技术上而言，她仍然完好如初。

亚历山大感觉世界在周围移动着。"你不是？"他问道，"哦，天哪。"他又说了句。接着，他亲了下她，带着几许愤怒，并非存心地撕开她的纸裙子。倒是弗雷德丽卡反而躲开了，用与其说盛气凌人的挑战姿态，还不如说他害怕的令人厌烦的虔诚盯着他。她在长大，已经长大了，很快。亚历山大对她什么时候、什么地方破处感到有些好奇。

“在我那个时代，”亚历山大说，“我们，特别是你这个年龄的女孩子，要纯洁得多。否则会没有多少机会。”

“那是你们那个时代，”弗雷德丽卡反驳说，然后又补充了句，像那位老头子开导亨利·詹姆斯说的那样，拐弯抹角跟规避并不完全一致，至少就温莎的那条主大街而言，“你在其中。”他们默默地一起听着鸟儿喧闹的胡言乱语。

“我没法再应对更多麻烦了。你非常聪明，肯定已经注意到，我现在好像麻烦缠身。”

“这个我都想过。我已经想好了，这跟我毫无关系。我肯定不是个麻烦。我只想要你看我，对待我，像对待某人那样。”

“我会那样做。可我认为，你想要的可不光是这个。”

“这个我勉强接受，只是暂时。”

亚历山大又向她发起了一次进攻，把她弄得凌乱不堪。他不知道他们两个想要什么。他想，他要把这个问题留给她来决定。当弗雷德丽卡突然挪开身子，酣然睡着时，亚历山大隐隐约约有些既开心又害怕，她的头发无邪地散落在他的大腿上。亚历山大抱住她，望着那些树和尼森小木屋，其间，鸟儿唱啊唱个不停。他想到之前当这片声音上上下下，操纵着简单、吵闹的音阶时他对这种不可侵犯的声音的种种沉思，想来有些后悔。

“该死，”他说，“哦，该死。”他拉住弗雷德丽卡瘦瘦的肩膀想阻止她从自己身上滑脱，“哦，该死。”

36

双塔插曲

马库斯行走在生物学走廊上，从珊瑚、骨头和化石前走过。现在学期结束了，除了一两个离群的外地人，男孩们都已经回家。这地方没有了浓厚的脏衣服的味道，却散发着霉馊、空荡和消过毒的气息。他现在经常到这里来，在卢卡斯的塔底下上上下下四处活动。自打从惠特比开车回来后，他一直不清楚那个伟大的实验是否还继续进行，或者，如果还继续进行的话，将由谁来负责。那次开车回来，马库斯以为自己会死掉。蹲在车的地板上，脸贴着皮座，骨骼震得格格响，肌肉颤个不停，他已经跌进黑暗，当发现自己还在，更不要说卢卡斯和那辆车，停着不动，在学校的停车场冒着热气，这时他都震惊了。不知怎么他已经翻滚出来，跌在砂石地上，躺在那里，身子蜷曲着，一动不动。卢卡斯已经机械地走开，朝大楼走去，留着一扇车门敞开着，也不回头看看他的乘客。马库斯过了会儿才站起来，利落地锁上门，把卢卡斯的车钥匙放进他旋转楼梯底端的信件格里。这期间，他面前，太阳黑子在旋转着。他曾以为，很可能，卢卡斯再也不会承认他的存在，因为不用想，也不用以前的经验，在见识了他朋友身上存在某种性极端倾向后，这会让那个成为唯一可能的行动方向。他没有问自己是否想接受卢卡斯，或者想继续做这个实验。他认为自己是受人之托，而且要对卢卡斯负责。他已经伸出过自己的手来表明心迹，而且，让自己的手停留在那地方更是如此。在思绪的边缘，他再次意识到，如果要问自己的性感觉，那些感觉应该介于略微不舒服和强烈的厌恶之间。不过，这或者说应该是件无关紧要的事，除了他感觉到的责任和承诺，在他微不足道的人生中，在那些事里，后者是第一次也是最罕见的经验。不过，他不自觉地接受过足够多的道德教育，至少足以识别出它们是做什么用的。

事实上，随后，卢卡斯在承认和无视惠特比的那些事之间操纵着一种左右摇摆和改变立场的路线策略，既承认又无视那次实验和关系。回来后没几天，马库斯感觉迫不得已，他习惯性地在没有任何新提议的情况下去敲卢卡斯的门。卢卡斯非常欢快地说“进来”，但看见是马库斯后又坐回自己的扶手椅，在一种固执和僵硬的沉默中盯着墙壁，直到这男孩轻轻地关上门，又偷偷地离去。他发现找不出任何话可说，而且明白了，卢卡斯无论如何从生理上杜绝自己听到任何东西。

两天后，他们在回廊碰面了，不完全是偶然。卢卡斯说：“哦，你好，是你啊，那就过来吃点烤面饼。”然后给马库斯做了一份典型的学校宿舍茶点，还配以一场面带微笑、和蔼慈祥的有关马库斯学业进步的讨论，好像获得高级考试资格是这位客人多么令人震惊，多么有意思的一项能力。从那以后有两次，他穿着自己的白衣服，从马库斯身边走过，好像马库斯这个人不存在似的。第三次这样的时候，他说：“哦，你在这儿啊。”好像这个男孩本来不在场，或者迟到了，然后就像同谋般把他拉进实验室，在那里他解释说，他们现在肯定遭到了监视，而且肯定被外星人拜访过，至于外星人的本性和确切意图，他不敢肯定，但暴露后，实验将进入新阶段，对此他几乎已经下定决心。第四次的时候，他提出开车去一次飞翔谷，那里有一千个石碓墓的田野，必然是约克郡辐射力巨大的聚集地。马库斯觉得自己非常害怕再进那辆车，即便受到邀请，他也会害怕。他开始琢磨，有没有什么他可以采取的行动应对卢卡斯，他的做法没有任何正确性的迹象，反过来他的理论也如此，比他们两个都更优秀的人——正如卢卡斯在这项艰难复杂的计划之初就指出的——在他们给自己施加的这种压力下都会崩溃。那个时候，他什么都不去想，就这样开始在那些走廊上巡游，正如自己在心里故意模模糊糊说的那样，要留心各种东西。

他向比尔吉实验室门口走去时看到在自己前方大约三英尺远的地方，与眼睛平齐的高度，在心灵深处的黑暗中，一个热烈燃烧、光芒闪耀的橘红色圆圈在往前运动，而且也朝实验室门口运动。那东西是立体的，给人一种明显不透明而且是球形的印象，没有单纯的视觉余影那种非实体的性质。马库斯眨巴了几下眼睛，目光从那东西上瞥开，转向身后花砖装饰的地板：这东西慢慢悠悠地爬下来，体积逐渐变小，但亮度没有变，沿着地面跟在他身后。他继续往前走，这东西与他的眼睛运动有关系，肯定是某种幻觉，然而，当他回头找时，它还在那里，在走廊的两边轮流沿着某种轨迹拖行，显得好像是足够独立的运动，试图暗示自己至少是有目标的。他推开活动门，门没有锁，尽管应该锁住，然后他走进去。这东西跟在他后面，在昏黄的阳光中变成一种鲜艳翠鸟的蓝色。它把光芒长时间地铺在一把条椅上，但仍然缓慢地减小着体积，然后又变成一种细窄却依旧立体的半月形。它维持了更长一段时间这种最后的优美曲线，然后，在原来那个地方，马库斯看到，它的影子，感觉又变成圆形，冒着烟，最后，终于清楚那只不过是自己的幻觉在起作用。马库斯以前看见过很多东西，除了纠缠人的光和卢卡斯的信号传输，但这件东西却有种明显的不同。它在那里完全就像放在旁边的罐子或者书本。他想，各种幻觉往往都有你可以确定的、感觉得到的不安全。这个却没有。以他的判断而言，他得承认，这东西没有任何意义。另一方面，从感官上它又非常令人舒服，几乎比他能想得到的其他任何东西都舒服，虽然橘色从来都不是他喜欢的颜色，好像过于俗艳和激烈，他相对喜欢的感觉总是在淡紫色、蓝色和绿色这些范围。这种火红色超过了橘色。

在这项实验的早期，马库斯总是迫不及待地向卢卡斯描述这东西，为了让它中立化或者具体化。现在，他明显感觉很勉强。这件东西就是那样，他只希望看到它就可以了，不想被强迫去讨论或者思考。最近与之相伴的还有另外一种现象，关于这件事，他同样决定不告诉卢卡斯。这是个反复出现的梦，从惠特比回来后才做的，在梦中，他就那么无数次地出现在那个数学形式的花园中，这些形式因为他想描述给父亲而消失了。花园里已经暗下来。天空和可以量度的植物呈现出一种涟漪般波动的壳菜的蓝色。天空中没有光，也没有地平线，但是在这里或者那里以令人满意的放射线状分布着各种形体，圆锥体、棱锥体、螺线旋形，像旋转的苍白色的网状物，那些都是一种秩序，或者秩序之源。圆锥体和棱锥体像被擦得光亮的大理石，任何对相似物感兴趣的人可能会说非常像，而马库斯却不觉得，它们有一种生命力，或者至少有一种能量包含其中，会消除任何附着在这种光泽上的寒冷。马库斯完全不在这个花园里，他更像跟花园有着共同的空间范围，它真正研究的是他的思想。也许因为这个原因，也许因为其他原因，他不想让卢卡斯或者其他任何人介入其中，或者知道它。正是这个地方的蓝色或者白色性质，让他认识到他习惯性地在头脑中称之为“那个室内太阳”的东西燃烧的密度是多么惊人。

他走进实验室后，既希望发现它是空的，又希望看到卢卡斯在那里，但他无法想象他可能在干什么。事实上，他在洗涤槽边，穿着白色外套，撸起衣袖，戴着洋葱皮般褐色的塑料手套，让他的手看上去像坏蛆的肉。马库斯大胆地走进去。卢卡斯没有转过身，说："谁来了？"

"是我。"

"我一直在等你。"卢卡斯说，声音中带着责备的味道，好像这场会见是早就安排好的，马库斯却迟到了。

"对不起。"

"我想整理下我的家，赶在出什么事之前。"

马库斯向前走了几步，有股浓烈的福尔马林的味道，散发着令人恶心的甜丝丝的气息。卢卡斯正把一把死蛙般的东西从一只盆子转移到另一个高坛里：了无生气、斑驳的肉身滑下去，拍打着。另一只盆子里漂浮着各种切断的零碎和起伏不定的淡白色的内脏。一个装着切割用具的盒子在他旁边的条椅上打开着。卢卡斯朝马库斯友好地报以屈尊俯就的咧嘴一笑，指着那只碟子，用早已想好的玩笑话说："如果你很迷信，想根据这些内脏知晓未来，我担心你会觉得它们太单薄，而且颜色太灰暗。你知道为什么在古代人们一直认为内脏是对发生在外部世界的事件的优秀指南吗？为什么他们认为鸡羊都是微观世界？你也许能根据自己的内脏判断出自己的未来，如果你能够接触到它们的话，你会明白很多东西，但是当然你不可能。或者你也可以根据你的基因和染色体判断未来，而这些细胞是无法用简陋的机械设备呈现出来供我们使用的。"

"不能。"马库斯小心地说，他嗅着这些死亡的味道。卢卡斯在自己柔韧的拇指肚上若有所思地试了试他的小小三角刀。他朝一只装着蠕虫的白乎乎的螺旋的罐子做了个示意动作。

"至于它们，内脏太简单，太相似，不适合占卜。这些低级的蠕虫。我是低级的必不可少的蠕虫。蠕虫有很多用途，被解剖不是最重要的用途。而且，地球表面上有大量蠕虫，我真想把所有的东西都弄得井井有条，赶在……之前。”

“赶在什么之前？”马库斯问道，大胆又不安。

“在即将发生的事情之前。很快就会有事情发生。已经出现了无可怀疑的征兆。我会跟你讲的。比如，我就知道你今天会来。”

这样说很有可能是真的，但那种闪光的权威性好像不复存在了，早些时候他就是用这种权威宣称，很多事情是可以提前预知的。卢卡斯看上去脸色灰暗，明亮的卷发耷拉着，眉毛和下巴油腻闪光。马库斯又想走出去，知道他不能这样。

“你想上楼去吗？我们现在必须为任何可能发生的事件做好准备，无论好的还是坏的。我掌握了很多信号征兆，表明我把好几种力量放进来了——因为这里有冲突——肯定在外空间，我的失误，我的失败，连续表面的失误，巨大的收获或者损失都可能发生。请过来。你必须掌握这些情况，以防，在那之前——”

马库斯说他会上去。卢卡斯搓着手掌，又把一把小尸体随便扔进他的坛子里。马库斯环视四周，想起那天那道光把他逼到这里，一切开始的那天。他看着堆积的骨头，以及各种瓶装的胚胎组织，然后目光从男人和女人的挂图上扫过。那东西有点古怪。马库斯意识到好几小块已经被精确地从每个身体上切下来，那里曾经绘着器官，包括，从内部观看的情况下，那些内部生殖器官、精囊、输卵管、整个带边饰并且盘绕着或者突起的器官。以他所见，这些最后留下的缝隙都是标准的正方形，像一堵空荡、没有见过太阳、不曾褪色的墙壁上的窗户。他直直地望着卢卡斯，丝毫都不怀疑这样的剪裁出自他之手。卢卡斯裹起装解剖工具的布面盒子，鼓鼓囊囊地塞进自己的白色衣兜里。他把自己的那些湿罐子放在架子上，朝马库斯点点头。

在卢卡斯的塔楼房间里，马库斯尴尬地站在门里，这时卢卡斯随意地查看着垫子和窗帘杆，阴沉地说，现在，这些卡片上总连着电线，都是之前接好了的，他以前肯定被接上过电线，保持警惕是完全明智的。在太平洋那艘驱逐舰上他曾用电线干过漂亮得不可思议的活儿。马库斯想到过吗？哪怕是这个简单的客观的短语，太平洋上的驱逐舰，其中也暗含矛盾吗？大海是太平的，这艘人造舰，即便据说它在执行维护和平的使命，仍然是一个破坏者[1]。最近，他跟一辆奇怪的货车发生了一系列遭遇，其实好几次都差点冲撞了，那辆货车贴着标语号称“太阳射线照瞎惠特比”，那肯定是一种信号。它的侧面有个奇怪的符号，一个被一条波浪线分开的球形图，是想表达一种简陋的阴阳思想，光明的海洋在黑暗的海洋上方活动着。部分光是他们在惠特比用那块燃烧的玻璃、鲜血和酒凝聚的，毫无疑问，但他倾向于认为，当时他们并没有深入到这个地步，没有提供足够多的贡品，而且后来他们因此而遭到惩罚，乃至让他自己的触觉或者味觉失灵。马库斯大概意识到触觉和味觉也是两个奇怪又模棱两可的词，他一定好奇为什么这两个感觉词往往用在跟感觉无关的判断之上。又是这个可怕的具有人格特征的宇宙。要不惜一切代价回避。也许一种办法，就是用性巫术或者仪式从中逃出，他本该提出的，但那会随之而来出现这种危险，以及欺骗和可疑的好处……他想到哪里？哦，没错，那辆货车。有时它从偏僻小路朝他冲过来或者横在他正行走的里思布莱斯福德的小道上。这辆车由一个显然不是这个世界的动物驾驶，一个样子像天使的恶魔，长着类似皮革的皮肤，头上顶着厚厚的一团显然不是真头发的金色卷毛。它不停地咧嘴笑啊笑的，但有时也会明显发出威胁的声音，还会做出各种点头或者念咒驱魔的动作，同样遗憾的是

1 原文destroyer既有破坏者又有驱逐舰的意思。

这些动作含糊不清，这些东西，连他，卢卡斯都感觉很不好理解。还有过一个奶瓶，里面装满了血，是他从实验室外面发现的，这显然有某种意味，由某个拜访者出于什么原因放在那里的。还有那几个监视者。比如，出现在窗口的几张脸，没错，几个人爬上这座高高的塔楼，朝里盯着，不慌不忙，咧嘴笑啊笑，要确保让他知道，他处于监视之下。你如果拉开窗帘，就会看到他们在楼梯脚下忙着拖地、做鬼脸。还有那呼吸。你会听到房间的呼吸声，好像这座塔楼矗立在宇宙的肺尖附近，好像具有人格，但显然不是那样。

所有这一切在马库斯看来只能是一种威胁，并且伴随着卢卡斯时不时用拳头击打他的桌面，以示严重强调。马库斯以为是自己激发了或者操纵了这些表白而备感自责。他在心里对自己说：他疯了。这是很可怕的，并非因为他担心卢卡斯式的疯子会做出危险举动，或者伤害他，而是因为它对优先处理事件的模式产生了影响。他，马库斯，曾害怕他疯了，而超级理智的卢卡斯对这种折磨他的现象给了一个合理的解释。跟卢卡斯一起做实验，比如，图像传输，这表明他们至少处于相同波段（哦，那些电线）上，并且在研究着不大可能被承认的精神现象。如果卢卡斯疯了，他，马库斯，同样染指这些事，这些最初对他来说简直太多了，排水孔中水的几何体，楼梯间的可怕，大片的光。如果卢卡斯疯得不是特别严重，这样假设至少是可靠的，即他们激起了某种难以确定性质的外在力量的恼怒。马库斯对卢卡斯将那些可以看得见或者能感觉到的事物关联到某些名字或者历史总是有种抽象的怀疑；即便，在某程度上，这掩饰了一种容易轻信的态度，因为他没有自己的名字和历史。准确地说，天使或者魔鬼，这些都不是，它们像圆锥体、风和光的螺旋线，像磁场和心跳。这并不意味着它们不存在。

而且，如果卢卡斯疯了，他是有责任的。就是说，他对卢卡斯负有责任，因为他同意做他的朋友。也许同样还要对导致那些疯狂的事情负责，那些跟他的光幻觉和睡前幻象有关的东西。

“你想干什么，先生？”马库斯态度中立又尊敬地问。卢卡斯就坐在那个炉子一侧的扶手椅里。

“我叫你过来，”他说，又用了个毫不费力的双关语，“我召你来，是因为我有个很重要的情况跟你分享。”

“谢谢你。”

卢卡斯坐在那里默默地沉思着，明显在回想这个情况是什么。他双手猛拍了下大腿，大声喊叫道：

“我们应该做得更极端才对。”

接着他换了个声音说：“你知道吗，监狱里有很多人，很多是陛下他的人，或者，现在我应该说，陛下她的人，在监狱里，在我看来，严格说来他们中有些人不能称之为罪犯，尽管更多人肯定可以被这样称呼，有些暴露狂老年人，突然从后面的草丛中闪现出来，冲向傻乎乎的小姑娘，或者在公众场合露天手淫，他们做的这些事最好被藏起来——有很多这样的人，他们恳求，哭喊着希望注射荷尔蒙甚至要求更激烈的治疗，恳求外科干预，然后遭到拒绝。他们本不该存在于任何时代和文化中。弗雷泽讲了很多古老神灵的祭司的故事，比如阿多尼斯、塔慕次、阿提丝，那些故事足以清晰地表明他们自残时是自愿的，而且很享受……如果禁食、禁欲、简朴生活能够产生新的不同的知识，为什么不产生刀子？我有时这样想，不过我叫你过来不是想说这些东西。”

在这个封闭的小房间里，马库斯能够闻到恐惧、运动衣上的恶臭以及可可的味道。他说：“也许我们应该马上放弃。对我们来说这一切可能承受不起。”

“我可不这样认为。所有的好东西都是危险的。我想我们应该继续追踪那些信号，我们掌握的神示，甚至追踪灾难，如果有必要的话。”

马库斯礼貌地等待着他告诉自己那些神示会导向何方。

“在飞翔谷沼泽区，我告诉过你，那里有一千多个小锥形石。上千个。我在书上发现，那些很早以前的神灵——包括女神，比如阿芙洛狄特——都不过是石头支柱、石锥或者圆锥。我想那是一套神力祈降系统，一个力场，一个终端系统。它们是，嗯，试金石。”他说完最后这句具有揭示意义的双关语，带着几分老套的机灵劲儿微笑着，“我应该去趟那里。我想那些黑暗力量会围裹在它周围。我们可能会被烧成一块炭渣。但是，如果不会，我们就可以去那里。”

“怎么去？”马库斯屏住呼吸问。

“我会开车带你去。一天或者一两周内。我们需要先净化自己——不吃带血的东西，太阳落山后就什么都不吃——让我们的身体变得不愿接近捕食者以及思想血腥的人。我想等我们必须去的时候身体就会变得非常清明。我想，如果我看不到的话，你会看到的。你愿意吗？”

马库斯痛苦地点点头。他望着窗外，但是那里没有脸朝里盯着，那里只有阳光。他看着卢卡斯，他的双手在他穿着法兰绒裤子的膝盖部位叠交着。他想起他那隐秘的形式花园，只觉得愤怒之极，卢卡斯应该把神灵和电流跟石头锥或者圆锥关联起来。这样的关联自然给他很深的印象，但是对他来说还没有印象深刻到足以去分享他拥有的自己的认识，肯定又确定，即他们的思想又互相重合了，在各自使用的方法或者信号系统中都可以看到彼此的影子。卢卡斯是个笨手笨脚的摸索者，这是毫无疑问的，他把这种纯洁以及他，马库斯知道的干净的东西，用这种有关古老神灵、恶魔、身体，人的或者九头蛇的这种东西弄脏。卢卡斯很危险。恶魔或者非恶魔，对马库斯来说很清楚，如果他们再次一起钻进那辆轿车，什么事都可能发生，他们很可能会一死了之。他不必具体指出什么样的“事”会“发生”——不管是性的、宗教的或者数学方面的事，最后的结局都一样，那就是化作炭渣，无论是因为恶魔干涉、汽油燃烧造成，还是来自天堂被某种形而上的燃烧的玻璃聚焦在他们身上的光所导致。他也知道，尽管他不想跟卢卡斯说那些数学形式和他们回来的情况，但是，如果卢卡斯要求或者命令的话，他还是会钻进那辆轿车，不管他感觉到了什么预兆。在这方面他亏欠卢卡斯，在这方面他有欠于自己的洞察力，不管通过汗渍渍的味道和驱逐舰上看守们嗡嗡作响的电线过滤出什么。他想，他现在必须跟别的什么人谈谈，然后再做决定。

在另一座塔楼里，亚历山大坐在他的书桌前，上面摊开《泰晤士报教育增刊》和一堆他收到的申请表格。一张申请表既不是通往另一个地方或者生活方式的护照，也不是考卷，它有种令人安慰的例行公事的空白外表，像人口统计或者民意调查表，他会给伦敦或者曼彻斯特的BBC，给某个古老的中学或者现代培训学院的表格填上自己的有关资历和目标的细节，擅长戏剧，没有超越想象或者向往任何这些地方的门槛。其实，他知道，像克罗说的那样，在这部戏开演并且闭幕之前做出任何有关自己人生的决定，都会显得很傻。这样的心知肚明特别有助于让这些表格显得很中性，不过是些纸张而已。像个有宿醉感的人那样，他想起那天晚上和凌晨发生的事，感觉有些畏缩，然后把BBC的表格拉到自己跟前。韦德伯恩，他写道。亚历山大·迈尔斯·迈克尔。对于他这样一个消极的人，这个名字的组合显得格外洪亮和威武。他经常想到它，他填写这些空白格的时候，又想起这种反常，出生日期，受教育的地方，父母，民族国籍，出版作品，用自己唯一的武器钢笔进行一场撤退，希望那是一场战略收缩，而不是溃退。也许来一次佯攻是必要的。他用不着把这些东西寄出去。也许暂时用这种可能性自我安抚下就可以了。

他又想了想自己的性欲怪癖和种种尴尬。他认为，他喜欢的跟大多数男人喜欢的相差无几，但他们却不愿意承认。他喜欢想象的滋味。他喜欢想象中跟真实的女人接触，然后又跟想象中的女人发生真实的接触。他无疑喜欢自己甘之如饴的孤独，不想让任何人侵入其中。但同时——这点显然更古怪，如果不是很古怪的话——他喜欢恐惧。不是过度的恐惧。他从不对凹凸有致的肉体、尖削的高跟鞋或者飞舞的皮鞭想入非非，而且也不会因为渴望这些事情真的做些什么，从而实现任何真实想象中的惧怕，即便通过扩张那些他已经拥有的幻想这种寻常手段。但是那种惧怕的涟漪，那种皮肤上毛发的刺痛，那种穿越哗啦啦的下层灌木丛和猛烈拍打的叶子的气喘吁吁的逃跑感，那种因为某个真正的恐惧的闪现导致的对香气和看到的东西的警觉，他反复刺激这种感觉。尴尬和屈辱不会给他带来任何欢乐，所以他的关系都如昙花一现，因为当尴尬和屈辱取代后，他就会终结那些关系，而他们经常这样做。可是他喜欢，他的欲望和快乐会被那些具有威慑性和令人生畏的女人撩拨起来，特别是当她们生气的时候。他对济慈的诗句“当你的主妇表现出某种华贵的愤怒时”从来没有觉得不安过，甚至还是个小男孩的时候，这种玄妙的快感对他来说似乎完全天经地义。

如此之深刻，如此之美好。他跟珍妮弗坠入情网是因为在音乐池上演《这位女士不是用来焚烧的》期间，她曾警告过他，其实，是把他打得趴下。他从平息珍妮弗的愤怒并且将这股能量转化成那些欲望的过程中获取自己惯常的快感。现在他仍然害怕她。这是真的，但他已经发觉，当他的肉体面对她的需要退却时，她却如此通情达理和极尽温柔，意识到那种恐惧的性质已经改变。他现在害怕她的爱，而不是她的愤怒，害怕和托马斯被关在一个屋子里，而不是害怕这个女人身上任何野蛮和难以制服的本性。然而，就弗雷德丽卡来说，她出现了某种大致上相反的情况。他觉得她对他的依恋令人觉得屈辱和难为情，害怕那种令人窒息的家常的牵连，他曾把她当作孩子气十足的讨厌鬼，后面拖着比尔那种郊区人待人接物的种种规矩。

亚历山大不是特别清楚这种变化是什么时候开始的。在某种程度上，是通过那部戏中的那位公主改变的，那位公主代表着他对厉害女人惧怕的欲望，但同时，作为一种自画像，又分享着这种惧怕，不仅分享着这种惧怕，而且还分享着他自己私下承认的怡人的孤独，那既是逃避又是能量和力量。弗雷德丽卡知道如何做那种坚硬如石的女孩，又知道如何展示惧怕、愤怒和优雅。他害怕她的学识，他害怕她。当她紧紧扭住并且抓他的时候，他有种极度幸福的惧怕感。他看着壁炉腔上《达奈德》洁白的大理石脊背柔顺漂亮的线条，然后开始飞速地填起那些表格来。他无意跟比尔·波特或者他家的人发生更深的纠缠。同时，他悲哀地意识到，他也不愿意跟杰弗里和托马斯·帕里再纠缠，不想介入他们的家庭裂痕。等他的这部戏演出结束后，他会收拾好所有这些东西，包括石头、丑角、书籍，放进自己的大旅行箱中，开车一走了之，去韦茅斯和南方。他会给珍妮弗留下一株很大的盆栽植物——他想过这事——一株栽在木盆里的月桂树，一张出自尼古拉斯·希利亚德的白玫瑰画，几本书，某种适合看的书，不是《大海涌向辛西娅》，这本书已经没有像样的版本了，而是某本他会想起的书。至于那个可怕的女孩，他只能希求自己幸运，她会搅扰他的理想，但这也有好处。她会很快忘掉，因为她的能量太充沛了，那些能量永不安宁而且永不停止，她还会去乱抓别的什么人的头发。因为她的缘故，他将不会跟比尔保持联系，经过一段适当的时间之后，他甚至会在朗·罗伊斯顿被转交给学术机构之前回去拜访此地。

他填完BBC剧本部的表格的剩余部分，准备开始填BBC教育节目的表格。他的书法令他镇定。那是多少有些像伊丽莎白本人优美而且有条不紊的斜体字。楼梯上响起奔跑的脚步声。他的门被唐突地推开了。他想象是女猎手弗雷德丽卡的鬼魂来了，而且还产生了那个荒唐的念头，一个男子被困在一座塔的顶层，好像出口更有可能在一个位于别处的房间。这让他暗自发笑，这样的笑法似乎会让拜访者恼怒，事实上，来人是珍妮弗。

“我得来见你，”珍妮弗说，“这里只有你。”

“你应该来这里吗？”亚历山大虚弱地问。他总是设法阻止女人到他的房间来拜访。这是他，以及他的声名，至少是谨慎的声名，能够长存不衰的一种方法。

“所有的人都疯了。我应该想到这点，但一切都已经人人皆知，乃至已经几乎想不起我是否应该来这里。”

“我想不会。”亚历山大说，同样很虚弱。他开始把剧本手稿拿过来压在申请表上。珍妮弗脱掉防水雨衣和头巾，然后扔在一边。

“见到你，我就感觉一切都好了。”她说，“一切又都各归其位了。真的，你无法想象在那个家是什么样子。我希望你不要暗自偷笑。没什么可乐的。杰弗里砸了很多东西，餐具，斯波德陶瓷，想想看，杰弗里，从不伤害任何东西，从不注意任何人、任何事，或许我不该……也许我不该……总之，他不想说话，除了跟托马斯，而且他跟托马斯说话时用的是一种可怕的虚假的哀悼般的声音。我都想不到他还有这能耐，真的。”

“难道出来就明智吗？”

“你这什么意思？我没法待在家里，没法跟那些东西相处了。我没法。我必须见到你。尽管你好像并不太喜欢见到我。”

“在你这样惊慌的情况下，我没法太喜欢，我自己都被吓着了。”

珍妮弗沉默了片刻，来来回回地大踏步走着，重新规整着东西，包括几只上面带着疾驰的图形以及森林树枝的韦奇伍德瓷碗，以及那块锥形石。她夸张地吸着气。

“在这里我感觉一切都好了。瞧，我现在就挺好的。你在干什么？”

她走过来，坐在椅子的扶手上。亚历山大弯起一条难受的胳膊搂住她的屁股。她仔细审视着他的那些文件，这是任何人身上他都不喜欢的习惯，然后抽出那张申请表的末端。

“亚历山大·迈尔斯·迈克尔。多漂亮，多漂亮的名字啊。你在干什么？亚历山大，你在干什么？你不能再找另一份工作的。”

“只是想想而已。”

她用那种习惯性的神速抽过那叠材料，打开剩余的表格。

“五份其他工作啊。你一定很绝望。即便只是想想。”

“嗯，”他小心地说，“确实好像出现了些危机。至少在我看来。难道没有吗？”

“你大概早在前天晚上之前就要到这些表格了吧。”

“早在前天晚上之前就出现了危机。”

“因为我吧。”

“还有托马斯。”亚历山大坦诚地说。托马斯的情况让他真正担惊受怕。

“托马斯？托马斯。你打算离开我们吗？”

“我只是想想而已。”

“你可以带上我们，我会去的。我爱你。你真的可以走，我们会过来，然后重新好好地开始。”

“不，不，我不会走。我爱你，珍妮。”

“但你可以走，带上我们，那样一切都会改变，真诚，坦率，充满希望。”

“托马斯呢？”

“他爱你，他还小，他可以一起来。”

“珍妮。如果我是托马斯，我也会那样，我的意思是，他有自己的生活。”

“我可以离开托马斯。那就是说，我不想，我不想撇下托马斯，但事情到这个地步了，留给他或者我的还能有什么呢？”

“也许还有很多东西。此时，我们怎么知道事情现在成这样了？珍妮，亲爱的，我们先弄完这部戏吧。这部戏对我太重要了。你在里面的表现这么出色，如果你以后想成为——哪怕我把事情搞砸了，至少在一定程度上……”

“别，别这样说。你没有，你我之间没问题，我们可以的，亲爱的，我过来就是想证明这个。”

“什么？”

“没有托马斯，说不定你就挺好。你刚才说的那话让我对这点确信不疑。我知道你担忧，我知道你痛苦，我过来是因为我知道，如果我们现在试试，可能会可以的，我们还欠着自己那笔账呢。”

“珍妮——这可是所男生学校，在我的房间，现在是上午九十点钟。”

“你不能事事谨小慎微。我早就不应该迁就你。那种情况好像不是经常出现在你身上。”接着，珍妮厉声问，“是吗？”

“不是。”亚历山大坦诚地说。

“哦，那好吧。”她的裙子滑落到地上。她踢着迈出一条腿，又把吊带松开。她在他的书桌边脱得赤条条的，赤条条地站在《达奈德》下面，赤条条地上了他那张窄窄的单身汉的床。亚历山大礼貌地脱了衣服，没有丝毫犹豫，然后上了床。他不行。要是他能行，他就想立刻让这事过去，他残忍地告诉自己，不想延长这种尴尬。可是他不行。他把脸转向墙。珍妮，连乳房的曲线都变成了鲜红色，她突然崩溃，大声抽泣起来。亚历山大对她的痛苦和屈辱感到很震惊。他抱起珍妮弗，用双臂搂住她，像放在摇篮里那样，轻轻说着“别在意，哦，别”。甚至在这个时候还在琢磨这个说法从哪儿来的，北方的说法，不是自己家乡的，曲折地追寻了片刻后，追寻到《查泰莱夫人的情人》。珍妮一个劲儿地哭啊哭，速度越来越快，声音越来越大。他感到珍妮发现这是她唯一可以做的事，不知道该说什么，或者如何抚摸他。

“别在意，亲爱的，也不在这一时，我们两个都怒气冲冲，也没有好好睡觉，我在这里很紧张，这个时候……其实，没有什么大不了的，会好起来，等……”

“等。等到什么时候？哦，我本来是好意，却把这事情搞得这么糟，搞得乱七八糟，光表达自己了，态度这么强硬……”

“一个很不幸的词。”

“亚历山大，别笑。”

“为什么不呢？我们还能怎么样？你最好也大笑吧。至少这会儿。我向你保证，会好起来……”

“什么时候？”

“等我们有适当的时间和空间的时候。”

“这么说你会带我们走，带我走。”

“我不知道，我没想好。”

“真够诚实。我看不出你在说别的任何事情上也这么诚实。”

“哦，如果那样的话，”亚历山大安抚说，“我只能这样说，我不能这样说吗？”

珍妮水汪汪的眼睛微笑了，又开始哭起来，但安静了好多。亚历山大搂着她。珍妮抚摸着亚历山大一直耷拉着的家伙，抚摸着他的腰，动作很紧张，好像他会爆炸或者弹起来。他非常有耐心。珍妮弗说："你这么白，这么好看，你的样子完全就像不曾被碰摸过，没有被使用过，我喜欢看你。"

"哦，你可以看啊。"亚历山大说，语气中大概带着某种让珍妮弗害怕或者尴尬的东西，因为她跳起来，又开始匆匆忙忙穿衣服。亚历山大赶在她改变主意之前，赶在她可能提出待下来的要求之前，自己也开始穿了，然后看着她走出去。他甚至故意让自己显得比自己真正感觉到的还要畏怯。这个时刻，他很高兴把一种根本感觉不到的精神痛苦强加到自己身上。这好像把珍妮弗放进一种宽容又不确定的精神框架里，这是他能够体面地希望的最好的东西。

他又继续回过头填写表格，感觉既燥热又有点黏湿，又填出一份。这件事花了十分钟左右的时间，之后他又听到楼梯上传来奔跑的脚步声，房门再次被推开。他以为是珍妮回来拿忘了的东西，或者有什么更要紧的警告。这次来的是弗雷德丽卡。

"我必须见到你，"弗雷德丽卡说，"这里只有你。"

亚历山大的血都开始奔腾了。"我不能讲同样的那句话，"他说，"很遗憾。"

"不能，我知道，"弗雷德丽卡说，"我一直埋伏着。在西红柿地里。好在我拿了本书，今天外面阳光灿烂。我都在西红柿地里打盹儿了，这本书只读了一点点。西红柿的味道太可怕了，闻起来像热热的金属粉末之类的味道，也许是硫黄的味道，没错，这种味道朝你冲来，袭击你的新陈代谢，或许那只是我自己的想法，今天早上，我一直没睡着，感觉像被什么东西刮破了，对什么都特别敏感。但是太阳好得像西红柿一样恶毒，我读得要比我出发时的效果还好，所以那还是值得。"

“你读什么读得不错了？”

“嗯，我又在重温《恋爱中的女人》。我忽然担心自己可能会成为葛珍。我的意思是，我看待自己家就像一座可怕的陷阱，就像这本书里布兰文家的那幢红色小砖房，爸爸对我实在太残忍，我想起斯蒂芬妮和我经常谈到你，想到斯蒂芬妮就像厄休拉，然后就感到实在怒不可遏，因为那样就只剩下葛珍了，我又不是非要成为她那样。”

“你完全可以读别人的东西啊。”

“没错，没错。我喜欢劳伦斯，但又恨他，我信任他，但又完全排斥他，可一直以来都这样。非常磨人。也许完全是因为这个书名的缘故。我的意思是，我想读叫这个名字的书。我还应该读别的什么呢？你送我一本，一本不同的书吧。”

“你最喜欢什么？”

“最喜欢，现在，最喜欢拉辛。”

他想了想拉辛和《恋爱中的女人》，又想了想弗雷德丽卡·波特，其间只能做出一个关联。

“正是维纳斯自己紧紧与猎物贴在一起。”

“不，不要那本，那个必然现象的可怕平衡。让我来告诉你对这位亚历山大的聪明想法，这个我不能纳入自己的高级证书考试答卷，或者说几乎不可能，因为那些问题都太局限在某个范围了。我在跟有关拉辛的知识决裂，我不会告诉任何人，过段时间我就不知道它了。这真可怕。”

“肯定会这样。”亚历山大说，“跟我说说对那位亚历山大的想法。”

他是个出色的老师，并不像比尔那样，是因为他能够充满魅力地传达激情和某种重视，而且他会倾听，会问接下来的问题，他能够听出一种思想的训练。他留出了时间空间，弗雷德丽卡可以告诉他关于那位亚历山大的想法。他坐下来，这时珍妮鲜红的肌肤的温暖已经逐渐从他的胳膊和腹部消失，他望着这个女孩，她经常冲他吼叫和吵嚷，在劳伦斯式的夸张和加斯特·威廉的矫揉造作之间摇摆着，弗雷德丽卡开始讲述，干净又利落，大段引述，越来越镇定自若和有条不紊，讲了一段《亚历山大》的结构，然后是两个，然后是一连串，从《米特里达特》到《阿塔丽》，从《布里塔尼居斯》里的沉甸甸的讽刺到《费德尔》[1]里的血焰，她信手拈来。她规规矩矩地坐着，坐在一把硬椅上，亚历山大想她长着一对好看的耳朵，非常好看的耳朵，然后想起她是个肌肉僵硬的女演员，暗自笑了，她好像听到了他的想法，说：

"我爱它是因为它在书页上显得如此冷峻、准确，又如此流畅，可是我无法想象，如果不用夸张的动作和某种完全破坏它的对称的咆哮的声音，怎么能表演得出来。我无法想象什么人能够就那么静静地站着，偶尔上下挥舞一只胳膊，或者双手捧住脑袋，就能表现出来。你认为是这样吗？"

"听着好像没错。"

"我爱你。"

这句话跟进得如此自然，整个解释成为一种爱的奉献，如此刻意而为，又是如此容易接受。他沉思着。

"我爱你。"他说，尽量说得随便些，想让她知道她谨慎的、试探性的，然后又是流利、不切实际、消极的辞藻已经打动了他，而另外那个肤若红玫瑰，赤身裸体站在他的壁炉前的女人却没有。凛然不可侵犯的声音中带着一丝复仇的恨意。不，不是那样，仅仅是因为给别人提供一种想法简直太稀罕了。他经常听到有人说她很聪明，他也

1 以上均为拉辛创作的剧作。

信任地接受。她自己就经常这样告诉他。

“我爱你，是因为你很聪明。”他又详细解释说，想向她表明，他现在知道这点了。

“我爱你，是因为你会写作。”

“这些理由都不错？”

“嗯，小说都会说不。小说里的人彼此不相爱，那是因为他们两个都看到拉辛是——就是他本来的样子。就像数学，真的，我就是不会做数学，我想说那是感官的，可它不是这样，或者，至少，那种感官的快乐是几何性的，不是性的。其实，我对性并不了解，我不该谈论，我在说什么呢？哦，是的，如果我们是在一部小说中，那将十分可疑，而且注定会坐在这里干巴巴地探讨诗律。”

“如果我们在某个小说中，他们会删掉这场对话，因为太造作。在一部小说中，你们可以发生性关系，但不能谈论拉辛的诗律，无论你对这事多么激情四射。庞德说，诗歌有点像充满灵感的数学，它不会给出抽象的三角和球体的等式，而是会给出情感的等式。华兹华斯说，诗律和性都是血液流动的作用，你知道，是‘快感的伟大的基本原理’，我们根据它来生活、运动并且保存我们的本性，在某种充满灵感的数学中，在明确又晦涩难解的咒语中。我们能听到彼此血液流动的声音，弗雷德丽卡。”

“太好了。”

“是的，我会送你一本书，但不是《恋爱中的女人》。我会送你我的肮脏的人人版《十六世纪的白金诗人》，因为里面收录了《大海涌向辛西娅》，印刷完全错误，拼写极其古怪，但你一定要读读那种抑扬顿挫。”

“我会好好收着它。”弗雷德丽卡说，既戏谑又严肃，既嘲讽又真诚。两人坐着，互相对望着。

“劳伦斯小说里的人物，”她又开始了，“彼此相爱是因为他们难以言传的自我，他们的黑暗欲望以及星辰般的隔阂，等等。他们虚张声势，废话连篇，但不交谈，不过他会说话，劳伦斯会说话。他热爱语言，他喜欢撒谎，用那种当他指出所有那些东西价值在它“之上”或者“之下”时的那种方式。我也喜欢语言，但为什么一个人就不能用语言来爱呢？拉辛的人物言说不可言说的事物。这很奇怪，我想说他有种很小的语言，但劳伦斯同样如此，有那种语言，而且两个人都呈现了那些并非话语的形式，然而，一个人清晰、准确、正式地指出非话语形式，另一人却只是大喊大叫或轻声细语……哦，我不知道。我就是喜欢带环的尖头、鹿肉馅饼以及那只兔子，我想。我如此喜欢拉辛的一个原因是爸爸不喜欢。他不懂法语。我想他认为法语令人沮丧，而且不道德。也许我会读法语和德语，他没法对那些不属于英语的东西做出很好的自己的文化价值判断。

“我很抱歉，亚历山大，我跟你喝了那么多，又没睡觉，现在看着你，这样谈话，我闭不了嘴，我一个劲儿地说。我无法想象一个人能够这样一次开心不止一天或者两天，所以，我觉得我必须好好利用它。”

“你说比尔很残忍。究竟发生了什么？”

“他说我是个肮脏的荡妇，”弗雷德丽卡带着巨大的语词上的满足感说，“他还狠狠地揍了我，把那些纸裙子撕裂，我说那不是我的财物，我还说我不喜欢他的语言，还说我的事是我自己的事，他说如果他知道了就不是我的事儿了，我就打了他，适当地打了一拳，攥紧拳头，打到他眼睛上。那只眼睛全肿了。他打发我上床，我就去了，眯了会儿，然后我听到他去卫生间时就跑出来，跑到这里来了。”

“这个解释可不真实。”

“嗯，并不真实。这是经过整理的，并且从一个讨好人和善于应变的角度呈现的我，经过大幅度删减，对此你应该感激才对。那是个很污秽的插曲。关于你只字未提，不知道打扰到你了没有。”

“有点儿。”

“别在乎。他的脑子转得慢，他还在忙着痛恨丹尼尔，我真觉得他只在乎丹尼尔，以及我干的丑事，以及我丢了他花钱买的某些东西。我告诉他我会找回来的。”

“那会让他好受些吗？”

“他不相信我。”

“我不能，我不能跟他，跟你的家人以及这个年纪的你陷进一团糟里。那像在引诱学生，弗雷德丽卡。我不能这样干。”

“不是吗？这可不像威尔基说的那样。我应该想到——我不知道，这所高中可绝不是什么典范，要死不活的，我应该想到，颠覆那种关系是一种基本的本能。那是俄狄浦斯这种事的可能变形，我的意思是，实际上，没有任何原始的方式禁止这件事，只是学校规矩，这些规矩我们都知道，有很多都被打破了。我希望我是你的学生。我们可以度过一段美好时光，就像埃勒维兹[1]和阿伯拉尔那样。”

“我不会管那叫一段美好时光。”

“哦，那是他们那个时代，像我们常说的那样，现在是我们的时代了。我们生活在这个时代，连我爸爸都不会操弄屠刀了。”

“你这真是太鼓舞人了。”

“嗯，我总得说点儿什么，再说这也是真的。”弗雷德丽卡起身走过来，坐在珍妮弗曾经坐过的他的椅子扶手的位置。她看到申请表时眼睛忽然一亮。如果这些表格对她来说有什么意味的话，她没有流

1 埃勒维兹（Héloïse，1090？—1164），法国修女、作家、女权代表。她与哲学家阿伯拉尔的恋情十分著名。

露出任何迹象。她抚摸着亚历山大的头发，针划过静脉。

“你不想跟我做爱吗？”

“我不知道能不能。这样说似乎不诚实。因人而异。包括你，还有我，我想。”

“我看得出来。我想这没关系。只有你和我，此时此刻，就够了。”

此时此刻，十七岁，这就是她，亚历山大心里对自己说。她还没有过真正的生活，还不曾前前后后地被拉扯，被老一套的理由、意义、责任和耗人的挫折拽后腿。弗雷德丽卡还新鲜如初——嗯，几乎。因为这个原因，他的理智告诉他，她还很脆弱。他对她做了什么，或者没有做什么，都可能改变她的一生。她看上去好像说的不是真心话，他的身体观察到，他的常识感能确认得出。她显得很坚韧，而且很克制，只是渴望做点什么。

“那就抱抱我。”

“不是我不想要你。”

“不是。只是有所顾忌。没关系。有的是时间。就抱我一下。不要勉强。”

他把弗雷德丽卡拉起来，放在自己隆起的膝盖上，然后抱住她。他们安静地坐着。在他思想的密林中，下层灌木丛剧烈地哗啦啦响着；他好像坐在一辆冲向一段陡峭斜坡的轿车里，失控般歪歪斜斜地横冲直撞。他在头脑中厉声尖叫着，却又听不见声音，带着眩晕的快感，像那个曾经在北斗星上的小孩，那个无情的文学的滴答声告诉他，那声音不是出自他的童年，而是出自《荒原》的德国口音的叹息声说，抱紧点，没有用纯洁或者私密的言辞，但这没关系，毫无疑问没有亲密或者星辰般遥远的女学生坐在你的膝盖上，如果想知道真相的话。而当时《洛丽塔》还没有写出来。他紧紧抱着。弗雷德丽卡发出狂放的笑声号叫着。如果她能把他刺激起来的话，他就会愿意带她走。可惜她没有。事实上，她害怕可能会流血，而且怕被发现撒谎，正迅速算计着，觉得在某个更加宽松，更加悠然，不会被打断的场合肯定会更好。而且，她想，如果她尊重他的顾虑，那些顾虑会像大多数顾虑一样，对他来说迟早会变得令人讨厌。如果你对一个顾虑尊重一两天，弗雷德丽卡聪明地开导自己，你会觉得已经对它仁至义尽，而且希望情况有所改变或者更要紧的事情出现来消除这个顾虑。同时，她自己也不情愿。拉辛是一回事，但马修·克罗的爪牙，再往后埃德那抓人的胖手指，又是另一回事。在抚摸着他衬衣底下漂亮地扬起的肩骨时，她不想公然违抗这位难以得手又成就卓著的亚历山大，她已经出乎意料地走得如此之远。

亚历山大的最后一位拜访者敲门了。同意请他进来后，他的开场白更具试探性。他说："我恐怕不得不来找你。我能想到可以请教的人只有你，你知道。"

如果不是正面碰到，亚历山大很少会想起马库斯，现在也是如此。自从有了奥菲莉娅那件事，他下结论认为，这个男孩有点"不对劲"，他轻易又高兴地把这个归结到父母出身以及社会地位方面存在的显而易见的困境上。他的这种感觉被眼下的情况搞得更加复杂了：每当他想起奥菲莉娅时，就会回忆起这个男孩的脸和声音，而且，更糟的是，每当他看见这个迷茫、稻草色般苍白、瘦骨嶙峋、脆弱的男孩时，奥菲莉娅很快就出现在头脑中。当他像现在这样迅速尝试着正经去想马库斯时，他觉得，他们不多的几次见面，全都是马库斯想告诉他什么事，或者想给他看什么东西，而且这些想法都欲言又止。出于一种英国式的感觉，即具有传染性的歇斯底里最好让它近身，出于一种个人对介入完全由比尔·波特直接控制的影响范围的不安，他不想多管闲事。比尔儿子的这种具体表现，极度彬彬有礼、战战兢兢，在某种程度上是对他的一种审判，因为做了比尔显然会视为对比尔女儿“干涉”的事情。

“坐吧。”亚历山大紧张地说。

马库斯坐在一把硬椅令人难受的边角上，然后打量着四周。他仔细研究着房间，亮白色的斑斓的墙壁，给《街头艺人》做的色彩斑斓的招贴画，毕加索画的那些杂技演员，站立在他们红灰色的荒凉之境，那个拿着玫瑰的男孩，光泽闪亮的《达奈德》，以及这件作品下面的圆锥石。他更喜欢这些东西的连缀：雪花石膏做的卵状物，不规则、暗光闪耀、粉笔般雪白的圆形物以及粉笔和燧石的平面体。这些线条他都喜欢，这些在《达奈德》白色腰腿和黑色界限构成的圆形与正方形图案衬托下的线条。这个地方保持着空间和空间中身体之间的适度平衡，这点暂时让他感觉更安全些。

他也想起了奥菲莉娅。他的目光从那个危险的男孩身上躲开，因为他戴着沉甸甸的花冠。那个《哈姆雷特》的插曲让亚历山大成为潜在的知己或者倾听者，如果他还不够理想，只因为他当时是教导主任，习惯了指导马库斯的行为和活动。其实，他可能让卢卡斯像他那样行事，因为他已经习惯了某种教导主任式的理念。除了他父亲，没有别的人不辞辛苦地告诉他如何举止得体。

马库斯默默的勘测花了些时间，其间亚历山大变得更加紧张。

“可否告诉我，你为什么来这里？”

马库斯跳了起来。

“我不知道从哪儿说起。听上去没道理。就是说，听着很疯狂。我觉得很疯狂。总之，也许吧，几乎可以肯定。”

“什么疯狂？或者谁疯了？”

“先生，事情是这样，真实情况是，我担心西蒙兹先生可能会遇到的事。我担心他可能做的事。”

亚历山大几乎从来不会想起卢卡斯·西蒙兹，他的中规中矩毫不引人注目，甚至陈腐平庸，他们的办公室谈话，是一种刻意完成的合伙闲言碎语的流水账。亚历山大想起那张笑眯眯的脸，光明磊落和健康的野外活动的模样，像一个出自某位女作家写的侦探小说的二流人物，穿着和言谈合理明智。对伍德豪斯来说还不够显眼。他不在场的时候不会被谈起。

“先生，他说他的窗边有监视者。他说，他被接上电线了。我的意思是说，他和他的房间被电子化了。我认为他开起那辆车来太快了。”

马库斯本来想讲出最低限度的真实情况就可以了，只想吸引人关注他朋友的麻烦。他满怀希望地看着亚历山大。他优美的眉毛深深地蹙起来，感到不知所云。他又添加了些事实。

“他说他的精神在某个驱逐舰上被某些破坏分子给毁了，可能还包括某些生理方面的能力，他说。他看到一瓶装满血的奶瓶。他在实验室的男女挂图上用剪刀剪了好几个洞。我觉得他还切碎了几只青蛙。”

“那是他的工作。”

“可也看如何工作。”

亚历山大试图好好想想。他的思维在或者曾经在那些女人的身体上或者肉体的隐秘之地驰骋游走，听着血液和思绪的吟唱。牛奶瓶和可疑地被切碎的青蛙超出了他的理解能力。

“那么，你从所有这些东西中推断出什么结论？”

“先生，我不知道。他认为我知道很多我不知道的东西。我没有他想象的那样知道那么多东西。”

“你何必要去理解这些东西呢？”

“先生，他是我的朋友。”

这是个真诚、急切、慷慨的回答，同时又曲里拐弯不够坦诚，因为它回避了某些马库斯自己觉得不能主动谈论的东西，他刻意不提及他自己的那些奇怪能力，而友谊的索取和给予正是跟那些奇怪的能力有关。亚历山大是在另一个意义上觉得他不够坦诚。在里思布莱斯福德学校，“朋友”不是一个绝对纯洁的词。事实上，这是个最好回避的词，提防愚蠢的友谊。亚历山大从来没有听说过人们把“朋友”这个词归到马库斯·波特或者卢卡斯·西蒙兹的名下，但他还没听说过的事情多了。亚历山大盯着这个男孩，他那张让眼镜显得很圆的苍白的脸跟他姐姐脸上粉笔般的苍白有某种相似之处，但是他的眼睛、头发以及表情有种逐渐失色的感觉。他下意识地瞥了眼墙上那位傲慢的男孩，他显得如此不同，不禁有些微微战栗。如果弗雷德丽卡不是个易碎处女，那么这位毫无疑问是，不幸的西蒙兹一直在玩火，玩某种不够结实而且易爆的东西。一股对他假设中的西蒙兹毫不相干的同情心从身上涌过。男孩子们是很可怕的。他用一种并非有意的威胁性口吻问道：“你为什么要来这儿告诉我这一切？”

“我说了，先生，因为我担心可能会发生的事情。我的意思是说，上次，我们差点被杀死了，我们两个。”

“上次？”

“上次我们出去了。在一次，嗯，在一次共同旅行中，真的，他管那叫田野行，出去过几天什么的，带着某种目的，我不想谈那个目的，我——他差点杀死了我们，在开车回来的时候。他说那速度是从自己身体里出来的。”

马库斯不擅长言辞。他闷声闷气的声音完全传达不了在荒野和山麓上那次令人晕眩的全速奔驰的恐怖。事实上，他的口气可以理解成，而且被悲惨地理解成是在抱怨。

“那么你觉得这种关系现在太危险了？”

“嗯，不，或者说，是的，是这样，但我来这里不是为了这个。我担心他可能会做的事情。”

“我还是非常不清楚他究竟做了什么？”亚历山大说，口气柔和，微微有些敌意，“告诉我。”

马库斯试了试。他发现很难。等要说的时候，他讲不出那些词语，上帝，或者宗教，或者光，尽管他设法迂回委婉地讲到了“实验”以及实验中微不足道的方面，像催眠意象，他为了保护那个不可言说的东西而删改的奇怪后果就是他提供的解释更多的是一种“个人关系”而不是他所以为的关系。亚历山大听着想找出线索。做个不错的倾听者的技巧和危险密切关联起来了。两者都包括要听到说出来的，同时要听出没有说出来的，而且要表现得理解了某种东西，具有诸多可能含义的东西，这样知心话的洪流就不会逐渐变小，倾诉者最后会提供那个明确的含义。亚历山大向来都是个不错的倾听者，部分原因在于他是个不太积极又懒惰的人，那就意味着他避免把别人的倾诉当成自己的私有财产来处理的危险。他本来也应该是个不错的倾听者，因为他对各种故事的展开有种冷静的职业性的戏剧兴趣，但他却有个弱点：他更喜欢老旧、复杂和精致的故事。这次他听得很糟糕。他没有好好睡过一觉，被性、珍妮和弗雷德丽卡弄得慌乱不堪。他听着马库斯笨里笨气的话，并且还要把它们放进配套的模子里。马库斯总是说“那件事”和“那个事件”，目的就是不想说出它们的名称，亚历山大把这些词嵌进现成的配套的场合。马库斯还谈到“干涉”的意思是几何学、无线电波，或者干扰卢卡斯的注意力，亚历山大从生物学的角度解读这些喃喃细语，推断出马库斯遭到干涉了。他开始向马库斯更直截了当地提问，比如卢卡斯对他“做了”什么。其实他宁肯不要知道，但是感觉让马库斯说出来是他别扭的责任，如果马库斯想说的话，而他是想说的，却说得非常隐晦，乃至继续说下去会惊人地沉重。马库斯现在含含糊糊地说着有关地狱之嘴之类令人费解的事。亚历山大清楚了，那个男人和这个男孩都充满了加尔文教徒般的罪过感。他试着直截了当地挑明。

“可是多大程度的身体接触呢？”

马库斯解释说没有，这是一句泛泛的实话，纵然算不上绝对准确，然后想起惠特比，开始变得燥热起来。

“你很惭愧。”亚历山大说。

“嗯，他是接触了，”马库斯说，“这不是重点。”

“人们经常觉得重点其实不是那么回事。”亚历山大和气地说。他对这个苍白的男孩生出一股无名的怒火，一种毫无道理的顽固看法，认为他把不幸的卢卡斯带上了歧途，带进挫折和良知脆弱的痛苦。

马库斯，就自己这方面而言，开始感觉这样的谈话跟那场谈话有种古怪的相似性，当时卢卡斯就他是不是在玩弄自己的问题上变得攻击性十足，流露出典型的日耳曼人气质，充满质疑。他对亚历山大很气恼，于是说：

“跟性无关。我的意思是，不是那样。没有……”他憔悴的眼睛中噙满眼泪，血红色从皮肤单薄的脸和脖颈下面一绺一绺蔓延开来。

“我知道你迫切需要说出这话来，你感觉这样的经历让你受到了伤害和亵渎，这显而易见。我看得出你隐瞒了某些东西，你不肯说出那些东西，不会主动说出来……”

“不是那种事情。”

“当然不是，如果你说不是的话，我不想打探。”

“你不理解。”

“我怎么能理解你不说的东西呢？不过，我想，关于这件事的大致轮廓，我有个很好的概念。我认为你现在发觉这件事对你来说太沉重了，因为你遭到了排斥或者厌恶，因为你的朋友行为古怪——”

“关键不是这个。我担心他可能会做什么事情。”

“他能做什么？”

马库斯想方设法搜罗着措辞。他根本没办法让亚历山大去想象卢卡斯。他慢慢地说：“他说我们得再去一趟飞翔谷沼泽区的那片千石冢。我知道，如果我们去的话会要了命的。我知道。”

从那张毫无表情的脸上慢慢流下五六滴长长的泪珠。

“我想你们不会的，”亚历山大说，对他来说这是发自内心的，“但是无论如何，只有一个简单的回答。你千万不要去。你只消告诉他这件事到此为止，就说你感觉这一切存在某种潜在的危险而且是毁灭性的。你随便吧。”他觉得不可能或者不合适，告诉马库斯·波特坐上那辆作为性能力象征的轿车，尽管他的文学思维正在建构一系列有关西蒙兹和波特对毁灭性能量恐惧的强大意象。

“他需要我。”

“他不会真正需要任何人由他去折磨，像折磨你那样。人的弹性大得惊人。认为自己不可或缺并不好——可以说我们任何人都并非不可或缺，我们很有必要这样去想。如果你不能照顾好自己，马库斯·波特，你就不可能照顾好任何人。”

最后这句箴言，听着油腔滑调，不见得全正确，却是人们需要的和想听的，难道不是吗？你不可能自己对自己讲这话吧，不过，嗯，可以对别人讲，其中有某种高尚，有几许天真。

“可是他怎么办呢？”

“必须有人跟他谈谈。我会试试的。这就是你过来的原因吗？你必须回家去，把有些事跟你爸爸说说——尽量少说——然后去度个假，跟你的某个姑妈或者姨妈一起。”

“我没有姑妈姨妈的。跟我父亲谈可不是个好主意。”

亚历山大本来可以主动去谈。可你怎么对一个男人说：“有人在跟你十六岁的儿子胡来。”而与此同时你自己的手几乎刚刚从他十七岁女儿的裙子里取出来，你自己的鼻子还能感觉到她炽热干燥的皮肤的气息？

“我只能留心注意着他。”

“我也会留意的。”

“真的？”

“真的。”

他会在大堂问问板球的事。他会在回廊跟他不经意相遇。他保证会。他又补充道：“忘了这件事吧，把这个负担从你的思想上卸掉吧。”

他想，对有些人来说这很容易。

37

首演之夜

回想起来，亚历山大无论打算对这三位来访者做些什么，在某种程度上，都被自己先开演的戏剧优先取代了——戏剧在那个8月的同天晚上开幕。当他早些时候频频地被这个时刻折磨时，他把所有的精力都集中在这部作品的成功或者失败上。他没有像斯蒂芬妮想象一场抽象的婚礼时那样，考虑肉体的欢愉、良知和简单的社交上的麻烦，这些随后都会折磨他。尽管这样说可能值得商榷，但他本应该考虑这些，因为在城堡岗那个脏兮兮的金果林里他们相会的那些日子里，他曾以可怕的精确性对珍妮预测过，类似这样一部延宕很久的作品究竟在多大程度上会变成一种纵情狂欢。在升起的半月形的钢架台上就座后，他全神贯注地在想那会有多少秘而不宣的东西即将公开啊，从他拥有的有关纯真女王的神秘晦涩的知识，到他用华丽韵文的尝试，再到他连续好几天来的疏忽和罪过。现在，当然，当观众爬上来，多少有些秩序井然地进入脚手架的时候，演员已经对他的看法不感兴趣了。这里有位五花八门而且并非个体的尤物要取悦、安抚和赢得。

昨晚所有放纵的痕迹全都被那些男人拿扫帚、篮子和尖尖的木条扫荡而光。台子上的砂地很光滑，都被耙过，没有闪闪发光的碎玻璃。草坪被割过，而且弄上了彩饰。月桂、紫杉和高高的松树被修剪过，那里，爬过树的男孩们留下摇摆的细枝和破碎的粗枝。柔软、不透明的赫斯珀里得式的圆形灯被有序地串起来挂在树木中间，打算在夜色浓重的时候发光闪耀。轿子、轮驱塔车、宝座、雉堞，都被摆在那幢楼房的后面。在那个看不见的洼地花园中，合唱队的哨子响着，发出刺耳的刮擦声。第一批观众阵容十分庞大，而且构成各异。有本地办公室金链中的代表，由乡村教长左右护拥着的打着绑腿、穿着紫红色法衣的主教，已经任命了的未来那所大学的副校长、院系主任，来自财政部和艺术委员会的有关人员，当地的子爵和他的参加越障比赛的女儿们，企业家，新闻界的人。还有些本地的妇女，她们曾缝绣并收集过手镯上的小饰物，以及演出人员的亲戚朋友，还有些人是买票来的。在演出人员的亲戚朋友中，有杰弗里·帕里，他带着儿子托马斯过来，声称在这样紧张的状态下，不可能找到一个看小孩的保姆，另外，还有波特家的人。真正的观众成员中有卢卡斯·西蒙兹，有两个人对他的出现不曾料到，而且也不喜欢，这两个人可能感觉其中会有什么有趣的东西，最后还有埃德，那个玩偶旅行推销员。

大型游览车从各个站点出发，然后在朗·罗伊斯顿汇聚。你可以买《阿斯翠亚–纯真女王》的门票，其中会包括从卡尔弗利、斯卡伯勒、达勒姆、约克来的车费。你可以买份在北方度假胜地某连锁旅馆或者乡村客栈的休假券，其中就包括观看这部戏的一张票，有从曼彻斯特、爱丁堡、伯明翰、伦敦出发的可选交通工具。克罗在很多方面都像他的曾祖父，是个出色的商人。这个项目的成功让他琢磨是否把朗·罗伊斯顿交给大学不及出于文化旅游和节庆目的举办的活动做得好。但是，只要他在干事业，他就只有断断续续的精力，而且不愿把那份精力的很大部分扩张到旅游上。四轮马车滚滚而来驶进里面的庭院，在那里放下乘客，然后乘客们可以先在饮食服务处买些茶叶、小圆饼或者杜松子酒，然后沿着人行道和长着草的小径漫步走向那个木结构的半圆形观众台。

正是在这个破败的地方，弗雷德丽卡脸色惨白，她看到了埃德，正拖着沉重的步子走下台阶，像个老板似的打量着四周。她浑身一哆嗦。她看埃德就像德弗洛雷斯或者班柯的鬼魂，一个漫步行走的不端之徒，他可能会上来羞辱她。弗雷德丽卡从厨房窗户前往后一退，正好撞到威尔基身上，他说："看见什么恶心的东西了吗？"

"一个我认识的人。嗯，是有点恶心。"

埃德慢条斯理地朝饮食服务处走去。

"来看你的表演了？"

"天哪，不是。他不知道我是我，我的意思是说，他不知道我在里面有表演。"

威尔基抚摸着她。他对谁都抚摸。想要生气并不容易。"对纯真女王的激情怎么样？"

在威尔基说这话之前，弗雷德丽卡对女王这个词的使用感觉是很纯洁的，而且对亚历山大有诸如此类的想法也感觉很天真。但是，对这威尔基弦外之音的理解，她的第一本能是不要显得天真纯朴或者迟钝不解，所以她见多识广地说，她认为这样的说法并不那么正确，还说，事实上，她明确知道不是这样。

"啊哈。"威尔基说。

"啊哈。"弗雷德丽卡说，在想保持自己与亚历山大之间的交道不受干扰的欲望与通过讨论这种交道来让她觉得这种交道非常真实的欲望之间撕裂着。像亚历山大一样，她是个语言的动物，像那群少女一样，她更喜欢讲些流言蜚语，讲些经历和得意的故事，如果人们足够喜欢她，想跟她聊天说话的话。

“你听了我的劝告。”

“不妨这么讲。”

“现在的你真是光彩夺目。”

“嗯，也许吧。”

“我会被好奇心害死的，亲爱的。”

“我不能说……”

“当然，”威尔基的注意力被引开了，“瞧，弗雷德丽卡，哈罗德·霍布森，艾佛·布朗，来的评论家简直车载斗量。如果你运气好的话，一夜之间生活就改变了。我也是。当然，他的生活也会改变。你真心觉得这是一部不错的戏吗，亲爱的？”

弗雷德丽卡注意到一种她不喜欢的语调，闪烁其词，玩拖延时间的把戏。

“你觉得呢？”

“我觉得它有绝好的机会能够大获全胜。不过，说到底，我觉得诗剧这种东西不会真正流行起来。它就像加冕礼那种华而不实的便宜货，以及宫廷侍女穿的吓人服装，有点像没有风格的回归，没有戏仿的锐度。”

“这是核心，他曾说。真正的现代诗歌，不是戏仿，不是教条的现代现实主义。”

“说得非常好。你认为他做到了吗？”

“你觉得呢？”

“你明显在躲闪，为了一个虚张声势的蓝袜子。但是，如果我说不的话，我觉得我不会破坏你的表演，我认为不会。回避戏仿意味着他留下的是很多老但又不是很老的事物的无意识的回音——稀软的泥浆，一种被束缚起来的正统观念，像艾略特，没有血气，没有骨头，没有胆魄。”

“这样说不公平。不过这还算是个尚能认可的说法。”

“好姑娘。而且，他没有解决这个后浪漫主义的老问题，如何让内心独白具有戏剧性。它安静得像地狱——像艾略特，像弗莱。什么都没有发生。你想到这点的时候，这是一个非常可怕的负面效果，因为无论怎么说，做的人太多了。因为十九世纪的种种失败，我认为韵文是一种已然失落的希望。你可以在散文中加进这些东西，像布莱希特那样，或者在某种大型恐怖戏滔滔不绝的混搭曲中加进这种东西。韵文和心理分析现实主义——最糟糕的组合——都过时了。”

“你不能像这样说什么都过时了。一个作家选择什么样的形式都可以。”

“我实在没法赞同你。你才多大？十七岁。来告诉我，什么时候你觉得哪些形式在历史上是行得通的，哪些是行不通的？当你决定要当个女作家，并且要动笔写一部长篇小说，写得像出自乔治·艾略特之手，又由普鲁斯特执笔，那肯定会立不起来，走不动的，不仅言辞陈腐，真实的人最后都成了忙忙碌碌的木偶。”

“我不会当女作家的。”

“祝贺。”

“也许你可以去写，像拉辛那样——”

威尔基没有回答。弗雷德丽卡怀疑他没有读过拉辛——他不是无所不知的人——而是像她自己一样，是个不肯承认无知的人。在某种程度上，她尊重这点。她尊重威尔基那种打破偶像崇拜的鲁莽劲，部分原因在于这反映着时代的声音，被认为是很时髦的，但是部分原因还在于他好像很在乎真正的思想的准确定义。不过她还是走开了。如果她要讲亚历山大写的那些话，思考泥浆般的回声没有什么帮助。当务之急不是评判。奇怪的是她没有感觉到——她还真没感觉到——威尔基或催促，或引诱她对亚历山大进行任何人身攻击。他说的话有种时髦的泼妇般恶声恶气的调子，但他不是泼妇。

亚历山大看到了那几个评论家。以前他们总体上还是客气地答应去看看《街头艺人》的潜力。他们更多成群结伙、高调显眼地来看《阿斯翠亚》，是因为他们以自行管理的兵团的方式把自己运送过来。后来他又看到了波特家的人。比尔出于某种原因给丹尼尔和斯蒂芬妮送去几张票，并且告知他们全家都要出席。亚历山大知道，从头到尾坐在洛奇甚至服装保管员旁边将难以忍受，所以就独自坐在一个高台的角落里。他发觉波特家的链条正在垂直地朝他那个方向爬上来。丹尼尔笨重又迅速，首先来到他跟前。踏板在他沉重的身子底下摇晃。最后压阵的是马库斯，他眼睛向上望着，又把目光向下投去，走路磕磕绊绊，比尔吼了他一声，他穿着件敞领法兰绒衬衣。亚历山大像大多数观众一样，穿着一件无尾礼服。

“你不介意我们坐这里吧？”丹尼尔问。

“不，不。”

“你可能介意，你可能想自己待着，我真没有力气移动这身皮囊了。”

“你可以坐下来，当个堡垒。”

“好嘞，不过，我会让我的妻子坐在我们之间，让他们离她远点。”

斯蒂芬妮挨着亚历山大坐下。那件玫瑰色的府绸紧紧地横过她的胸脯。她戴着条绿色丝绸围巾，带着彩饰穗边。她坚持绝对不让任何人知道婴儿的事，因为比尔会气得怒吼，温妮弗雷德会小题大做地唠叨，而且人人，特别是弗雷德丽卡，会得出结论认为，孩子是在婚外怀上的。这对丹尼尔来说会非常难受，他着魔般对身体的每点微小变化都很感兴趣，而且自然会高调地表示关心。亚历山大爱恋地看着她。

“你没事吧？”

“别眩晕就好。”

“一旦表演开始，就不会了。”

“如果你眩晕了，”丹尼尔说，“我就走。也许我们应该离开。”

“不用，小声点，我挺好。”

马库斯看上去面如草绿色，好像提到眩晕就已经让他开始眩晕了。亚历山大看到在他们底下是一小排里思布莱斯福德的老师们，全都穿着小礼服，有些带着妻子。索恩夫妇、在膝盖上颠着孩子的杰弗里·帕里、卢卡斯·西蒙兹，那张脸像被擦洗过，毛茸茸的卷发刚洗过，一副仁慈温和的凡庸表情。因为没有听过他有关这部戏或者文艺复兴时期人类中心论的观点，亚历山大无法像马库斯一样对他的光临感到惊恐。其实，看到比尔的怒目而视和丹尼尔那种尽量掩饰的骚动，他倒觉得卢卡斯那种始终都很愉快的表情令人很欣慰。

音乐响起来。像一群巨大的鸟儿在夜间落下来，观众席里哇啦哇啦、咔嗒咔嗒地响起来，有的搔首弄姿，有的故作优雅，都还定在自己形形色色的栖枝上。托马斯·普尔和埃蒙德·威尔基从平台相对的两端优哉游哉地走出来，相遇，握手，开始说话。他们温和地戏仿着富有美感的谢泼德的风格，回顾着柔美的奥维德的黄金时代。威尔基是那种只有表演开始上路后才会表现出色的演员。现在很明显他马上就要表现出色了：冷嘲、幽默、多情、伤感、机智、暴躁，转换娴熟。亚历山大向后靠过去，发出一声叹息。

斯蒂芬妮本就没有对这场活动抱多大期望。现在，她始终想呕吐——她的世界好像狭窄到仅限于自己的生物现象了。她带着一种懒散、客观的好奇心观察着自己的活动。比如，她注意到，她已经很难完成一个句子，无论写的还是说的，或者索性连想个句子都困难。一旦她迷迷糊糊地形成一个想说的，或者可能说过的想法，好像那样就足够了，然后她会让词语慢慢消失在虚无和沉默中。今天她的思想还不能达到同时理解一部实景戏剧和观看这部戏的自我的地步。她已经解决了一些实际问题，跟准时到这里有关以及提供一件得体的宽松罩衣这样的问题。她已经扫视过可能出现的情绪问题：丹尼尔的关心，比尔很可能跟丹尼尔吵架，以及对亚历山大作品的辛辣评论，需要对弗雷德丽卡给予道义上的支持。她还没有明确地想到坐在那里耐着性子看完一部实景戏剧的演出。

如果她来的时候带着各种先入之见或者迫不及待想批评的话，这部剧的密度和能量却让她感到大为吃惊，她还没有这样过。她生性不长于评判。她看《阿斯翠亚》完全是用扫视式的注意来看的，就像童年时代扫视“猜猜看”游戏盘子和诗歌那样，现在对丹尼尔也是这样看的。对某种“幸运的”艺术作品，她有种感觉，偶尔才会有的感觉：那些在她面前的东西正在离开，意识到当时根据艺术原则欣赏到的东西已经不可能再现了。亚历山大的这部戏蕴含着成为一件由碎片和拼贴构成的东西的可能性，像件语言的百衲袍，一场感情上有气无力的露天历史剧，而这方面它本该以必要的政治色彩使其显得很硬气。以后所有这些东西都会被拿出来评说。但是，斯蒂芬妮看到了亚历山大和洛奇想让人们看到的东西。

她看到那位年轻的伊丽莎白坐在那里，全身雪白，像段残余树桩，待在“叛徒门”外面，拒绝进去；她看到那位行将就木的伊丽莎白，全身雪白，像段残余树桩，穿着睡袍，坐在一块跟平台同样大小的垫子上，拒绝躺下去死。她看到了阿斯翠亚苍白的幻影交织其中，看到苍白地飘动着的格蕾丝们在永恒的黑魆魆的森林里以及光的金色果实下面编织着花环。她看到了很多模式和被打破的模式：在阳光照耀的观众中，罗利跟一个年轻的王后，娴熟地旋转着陆地和天国的圆球。尾声部分罗利被关了禁闭，在他那座黑暗的塔里转着同样的圆球。凯瑟琳·帕尔在果园给那个年轻女孩几个苹果，阿斯翠亚女神（处女座）在宫廷化装舞会上给涂抹着重彩的格洛丽娅娜几只金苹果，罗伯特·塞西尔哄骗老女王轻轻地咬了一小口。她看到那女孩呈现出的对称，在灼热的太阳下像鹰一样在草地上展开，看到宫中侍女拉开她睡袍的皱褶，在经过殊死挣扎后，那个老妇人在逐渐浓厚的黑暗中平躺下来，进入大理石般光滑的皱纹织物，在那个下陷的花园中，雷贝克琴像芦笛般忧伤地尖声响起来。她注意到，当演员们排列好等待谢幕，那个年轻的公主盯着基座上如雕塑般的老女王。阿斯翠亚用自己的剑变戏法般地让年迈的女王动起来，整个画面显露出来，原来是对《冬天的故事》中赫米奥娜的死而复生无声的模仿。她也这样说了出来，用那昏昏欲睡的声音对亚历山大说，而亚历山大很高兴，说自己一直在表达再生和复兴的主题以及最后的戏剧，而洛奇曾想用波堤切利的《春》。斯蒂芬妮说是的，她已经看出来了，效果很好，语言有分量，沉甸甸的……她的声音越来越微弱，亚历山大摸了下她的手以示感激。

“弗雷德丽卡的表现太奇妙了。”她说。

“我也这么认为。”

“嗯，每个人的表现都很棒。但我觉得她应付起来更加自如，比……”

“是的，她表现不错。她表现向来不错。”

“观众简直要疯了。”

“看上去好像是的。”亚历山大说，“你想去后台吗？看看弗雷德丽卡？我必须离开这儿下去了。”

观众正有节奏地跺脚和摇摆。瓶子乐队被安排在看不见的地方，正在不可抑制但又不十分准确地发出星球乐，部分观众和着这声音唱起来，像一群足球迷，像一个重金属乐队，在好莱坞辉煌大厅或者弥尔顿的天国里。亚历山大陪护着斯蒂芬妮绕过鞠躬和吟唱的观众走向化妆室喧嚣的地狱。他被声音的浪潮带过去，很想触摸下弗雷德丽卡。隐约闪现的大腿，纤细瘦削的手腕的幻影围攻着他。

弗雷德丽卡正朝镜子里看着，往皮肤上涂着润滑油。她的脸闪闪发亮，因为润滑油，因为眼泪，因为燥热，因为激动。亚历山大越过她的肩膀望过去，看到了她的眼睛。

“我带斯蒂芬妮过来了。我控制不住。我必须来看看玛丽娜。”

“我知道。”

她眼睛一眨不眨地看着，那只羊绒玩具娃娃在手里一动不动，黑色的眼睛闪着光。

“哦，上帝，弗雷德丽卡，我待会儿再跟你聊。我还有些事情要办。我心神不定。”

“好的，我会潜伏静候。我可是个出色的潜伏者，你知道的。”

斯蒂芬妮走过来。如果说性的激流燎焦了她的话，她却没有流露出丝毫痕迹，只是在那条绿色围巾里平静地支支吾吾地说着什么。

“你简直太棒了，弗雷德丽卡。我老是忍不住回想那竟然是你。”

“很荣幸得到这样的夸奖。”弗雷德丽卡淘气地转向亚历山大，“还有你。我经历完这场考验后，你不再认为我是我了吧？你注意我了吗？”

“在某种意义上完全没有。在另外的意义上，一直都在注意着。”他弯下身子，用明显敷衍的方式去吻弗雷德丽卡。他的膝盖碰了下她。

“去跟那位老年女王聊聊吧，去吧，你可以随时过来跟我说话。”

弗雷德丽卡学得很快。在激情迸发的早期，有种心跳的突突声，扣人心弦的收缩和狂暴的能量，这些都可以怀着最舒服的痛苦。比如，通过亲爱的人自觉离开前而放手让他走，来得到控制，得以加剧。亚历山大走开了，走过一片祝贺的人群，走向那位上了年纪的女演员。弗雷德丽卡兴奋地朝斯蒂芬妮转过来。

“他爱我。”

“是的，我看出来了。当然。他爱你。”

斯蒂芬妮收起双手，用绿色的手指围住厚实的腰，打量着。姐妹俩看到珍妮从她的梳妆台那里伸出一只手，急迫地要跟亚历山大说话，亚历山大斜过身也吻了下她，用优雅而急切的俯身动作。亚历山大从他的礼服衬衫前襟上拿开她紧握的手，轻轻地放到她的圈领和胸部饰物之间那段鲜红的皮肤上。珍妮抓着他的手放在那里，又用自己的手捂住。弗雷德丽卡观察着，判断着，然后开始从堆起的头发上梳出卷发。

“你会怎么样？”斯蒂芬妮问，站在一个带正负电荷的电磁场中间，“你不能把整个生活都毁了。”

“我能。我会的。我要随心所欲地做自己选择的事情。”

“你不能这样，你是个公职人家的孩子。”

“你知道，我不是个孩子。我想……我想，我想，我想。”

“你想要幸福快乐。”

“还有很多幸福的方式，除了住在一个市政公寓里给老家伙们端茶倒水。总之，幸福不是关键。关键是，那得是真实的，活的，它得是要被发生的。”

“弗雷德丽卡，人们会受伤的。”

“那是他们的看法。”

“你会受到伤害的。”

“如果我做了，我就能承受得起。”

亚历山大越过玛丽娜·叶奥的肩膀望过去，看着白色灯泡之间的黑色镜子。她同样很油腻，在擦拭掉覆盖在眼睛上的死白色和蓝黑色，同时擦掉部分——如果不是全部——描绘在眉毛和下巴轮廓上的皱纹。

“运气还不错吧，”叶奥问道，“从后面人们的瞭望镜中看到的效果怎么样？”

“我还没听到什么评论。我只想过来说，你是一个奇迹。”

“哦，别拍自己的眉毛，那喀索斯[1]，别挡我的光，从我的光里走开，我头上可长着眼睛，可以看到墙上的镜子，它没有告诉你我是他们中最美的，对吗？那个致命的月亮出现了持续很久的月食。让我瞧瞧这些皱纹是已经定型还是可以擦掉，看仔细了，亲爱的小伙子。所以你满意了，对吗？”

“我兴奋得战栗，完全陶醉了，太感动了。你让结尾成为奇迹。”

“你在恭维方面太不在行了。”

“哦，如果你知道这点，我表达我想要说的意思时，你心里是明白的。”

她大笑起来，这样那样地拉扯着那张柔软的孩子皮肤般的嘴巴。

“她不想要镜子是对的。你能讲出吉卜林的那首诗吗，亚历山大，亲爱的？”

---

1 希腊神话中的美少年，因为拒绝回声女神的求爱而遭到惩罚，死后化为水仙花。

“向后，向前，向侧，她走过去，决心要面对那无情的瞭望镜。是这首吗？”

“有点像。哦，在我这个年纪，一张脸，那只是一个道具，不是你自己的，你知道。我的脸是我的财富，我的生活，但不是我的。你现在可以走了，我化好新妆见记者的时候，你可以过来，挽着我的胳膊。我想我们会表现得很得体。这是一群挺不错的人，你不觉得吗？”

“他们爱你。”他吻了下叶奥的手，朝镜子中那张憔悴的脸鞠了个躬，然后转身离去。

在大礼堂的楼上，观众、演员和其他人都在四处转悠走动。亚历山大在简短、杂多的恭维声浪中，大步向克罗和洛奇走去。他看见杰弗里和托马斯，然后躲开他们，感激地发现自己撞上了托马斯·普尔，由于化妆油彩或者疲惫，或者缺氧的缘故，在从头顶投下来的光圈中，他显得非常灰暗，那道光落到狄安娜的小仙女以及她们抬的僵硬的负担物上。

“托马斯，谢谢你，简直太好了。”

“祝贺，大获成功。我一直在和本地媒体和《曼彻斯特卫报》的家伙讲话，他们充满疯狂的热情。瞧，你是我的朋友，我得跟你谈谈，有关你前天晚上看到的那件事。”

“别想它了，我什么都没看见。”

“见鬼，不，你看见了。我不在意。或者不管怎么说，我不是特别在意。我只是想不清……我不能再那样下去了。亚历山大，我必须跟什么人说说。我疯狂地爱上了这个——这个孩子，而且……”

“你想好了要告诉我吗？”

托马斯站定，方方正正，满头金发，表情很柔和，说：“如果你不介意的话？”

“难道那不过是一场仲夏夜之梦吗？”

“我不知道我甚至曾经想过会那样。不管怎么样，现在不能那样了。问题在于，她，她怀孕了。我不知道没有她我该怎么生活，可是我有种感觉，我看得出她没有我也能生活下去。我的意思是说，看着她，我想我什么都不是，只不过是个教师中的二流老师，而她……在一两年……现在，我还能让她开心或者可以……就是这样。”

“托马斯……你想让我做什么？”

“我不知道。没什么可做的。你瞧。你小心谨慎，理智聪明，我得把这话说出来，看看我能不能挺住，用一种寻常的语气说出来。我看我能。你看见她来这里了吗？我不敢接近她。”

“她在这部戏中表现得很可爱。”

“处女座的阿斯翠亚。她不是，你知道。她不是处女。我本来不想碰她，可她告诉我，把事情挑明了，说她知道自己在干什么。以前经常和她的表哥在小树林和谷仓里乱搞，别人以为他们是在打猎，她说。”

“还有埃莉诺……”埃莉诺是托马斯·普尔的妻子。

“她今天来了，不知道在什么地方。我得赶紧打住了，去找她。我想我应该去找个医生。我以前没遇到过这样的问题……最近三年来，我们经常跟一床的小崽子在一起，那种威尔牌大床，我不是抱怨这个，我喜欢那样，我爱他们。只是这样。就是这样。埃莉诺和我的小家伙们——你应该见见他们。只是这个。就是这个。这太糟糕了，亚历山大，大多数时候，我几乎意识不到他们的存在。我也足够理智，知道这不可能持久，不喜欢这样——可是已经绝对走得远到我这著名的平静的头脑会让我吃不消的地步。天哪，那女孩，她让我做了很多我觉得孩子气又丢脸的事——撒谎说要修理车，编造主考官开会，在乡下的大巴顶上摸得她来了兴致。很多事我不能大声说出口——都是些幼稚和丢脸的事，又很可爱。我知道你自己也有麻烦，你碰到事关尊严的问题了吗？我不是那种浮夸之徒，我需要尊严。在某种程度上，这点正是她喜欢我的地方。如今我成了一个无能的慌里慌张的傻瓜。

“我想我应该去找个医生，对吧？可是我受不了这种想法。我是说，那是我的孩子，那会——她自己都还只是个孩子，在那个有着干净小门廊和女门房，像个女修道院的学校。”

马库斯的到来让亚历山大没法回答这场完全是非典型的大爆发，他走过来，那种视而不见的眼神比平常还要明显。他对着亚历山大默默地张开又合上嘴巴，亚历山大感觉命运之神正在用太多荒谬的同类和类比现象打趴他。

“说吧，孩子。”他几乎厌恶地对马库斯说，同时又用一种蔑视、爱莫能助的理解的表情看着绝望地凝视他的托马斯·普尔，试图以此作为回答。

“先生，对不起。先生，请过来下。”

“又怎么了？”

“先生，我父亲跟大主教吵起来了。吵得很凶，真的，为些可怕的事情吵的。而他，西蒙兹先生，也在那里，好像认为，嗯，好像很兴奋，认为他们特别想为了他继续吵下去。我有点担心。”

“如果你觉得我愿意干涉你父亲和主教之间的争吵……”亚历山大说，又恼火地补充了一句，“偏偏就在今晚……”

豆大的眼泪噙在马库斯·波特苍白的眼睛里。托马斯·普尔，这个温文尔雅的男人说：“别担心，马库斯，在人家最辉煌的时候，我却在拿自己不怎么着急的事儿骚扰韦德伯恩先生，实在不可原谅。好了，亚历山大，你担当得起有雅量这个声名，连你都肯定看到迫切需要把比尔·波特和主教隔离开来。”

他用手肘轻轻捣了下亚历山大，后者越过马库斯的肩膀看到在父亲怀中小小的托马斯·帕里那张焦躁不安的脸。

“哦哦，”杰弗里故作意味深重地说，“亚历山大在这里。来，托马斯，你喜欢亚历山大。我听说你真的很喜欢亚历山大。向亚历山大招招手。”

亚历山大跟马库斯匆匆离去。托马斯·普尔压低声音快速地说：“不用遗憾，你瞧。并不是我对可怜的老帕里太不同情，不要犯错误。为什么我们大家就不能平安无事地生活呢？你是个幸运的人，你没有各种束缚，什么都没有。可怜的老帕里。女人们都这样无情。说来这都太老生常谈了。当然，我不是指埃莉诺。看在老天的分上，亚历山大，别让我唠叨了。”

主教、埃勒比夫妇、奥顿夫妇、波特夫妇、威尔斯小姐和几个低阶的神职人员聚在一起朝大堂的一端走去，都握着香槟瓶子，大声喊叫着。马库斯带着亚历山大过来时，他们正大声嚷嚷一系列互相略微有些关联的事，从疼痛到肢解、处决、酷刑、剖肠刮肚、重生，然后又回到痛苦什么的。卢卡斯·西蒙兹也在场，他也大声嚷嚷着，埃蒙德·威尔基没有嚷嚷，但是提供了大量身心医学方面的信息，有关疼痛阈值、身体影像和那些能看到它的人。亚历山大试探性地走近时，比尔·波特好像用一种勉强克制的尖叫声宣布，说主教是个血腥屠夫。主教面红耳赤，但是还算神志清楚，明显在对卢卡斯·西蒙宣讲受苦受难的必要性。卢卡斯一圈又一圈地搓着手，激动地说着有关清除腐败之类的话。威尔基还穿着他在塔里警戒时穿的黑色天鹅绒衣服，不过他重新戴上了玫瑰色护目镜。费利西蒂·威尔斯僵硬地待在她的草绿色裙裾、臀托、圈领和鲸骨圆环里。弗雷德丽卡不在现场，不过斯蒂芬妮在场，在丹尼尔旁边庄重优雅地垂头丧气，沉思着，像《春》里那位早年的维纳斯。

这场谈话开始不是这样的。威尔斯小姐拉上斯蒂芬妮和埃勒比夫妇去见尊敬的主教。主教高大、抑郁、清秀，长着斑白的头发，身材瘦削，表情睿智，赞扬斯蒂芬妮，他听说她在关怀年轻人、年轻妻子、居家不能外出的人以及残障人士的工作方面做得很出色。斯蒂芬妮做出一个令人尊敬的决定，她要竭尽全力帮助丹尼尔在他的工作范围内搞定很多事情，那些领域可以说不会引发学说教条之类的冲突，事实上，如果不是她父亲在她后面像个轻量级拳击手那样左右跳来跳去，准备在主教那光滑又微微有些凸起的紫色丝绸前襟的某个部位来上一拳的话，她本来想优雅地接受这个赞扬。

主教看着比尔，本想——这无异于主动把流淌的油铺洒在汹涌的水上——对他们这次共同的文化遗产的繁盛说几句话，想评论下这件旷日持久、协力完成的艺术品中体现出的因整个民间的兴起而传递出的真实的集体感，它典型地体现在教堂、学校以及比尔出色的成人教育班中。比尔说，主教只能代表自己讲话。因为就他本人而言，他没有这个信念，他认为我们的文化中很大部分，包括教会，要么能够、要么应该再次获得新生复活。就让它们倒下，体面地死去好了，他说。而且，他恐怕不得不澄清，他对这种戏剧也没有信心，接着他把这部戏划归到怀旧的范畴，怀念某种不存在的东西，不过是一个迷人的、缥缈的时代梦，而这个时代其实很肮脏，很残忍，很血腥。一个由特务、拷打者和刽子手控制的残暴的警察国家，他注意到，我们并没有表现这些。就是用这种方式，马库斯如此准确地归类为一场“可怕的辩论”的争吵开始了。

威尔斯小姐神经质地尖叫着说洛佩兹博士的挂饰、绘画和家系事实上已经被描写过了，只是很简短。威尔基主动说，原始描写非常残忍，已经被删掉了，坎皮恩的殉难触及一些；卢卡斯·西蒙兹带着几许很不相称的激动问道，在那个更为严酷的时代，对观看的男人还是正在经历的男人而言，痛苦和折磨在性质上是否不同？这些奇怪、冲动的谈话中有一个谈话涉及男人对男人能够做出什么，谈话就在这个时刻爆发了。主教要求证实福克斯的《烈士书》中以及朋霍费尔的集中营里那些被屠杀的圣徒，卢卡斯·西蒙兹则详细叙述了一些别人告诉他的当时在太平洋一艘驱逐舰上日本人对顽抗的战俘的所作所为。威尔基说，关于一个男人哪里感觉疼痛和这种刺激在哪里可以应用之间的关系的研究，他已经做了很多有用的工作，同时在这种反应的研究上也做了很多工作，当整个身体充满疼痛时，这种反应会让人脱离他的意识，站在身体之外，看着疼痛的自己活动。卢卡斯对这个非常感兴趣，催着威尔基多提供些有关使这种事情成为可能的心理机制方面的信息。这时，主教说有些事情要比疼痛以及对疼痛的害怕，比死亡以及对死亡的害怕更糟糕。那就是无知和邪恶。几年前，他本人做过边境监狱的牧师，经常拒不同意对他称之为“他的”囚犯们做的那些事：他们被吊起来，达到一定落差，用吗啡让他们的思想意识被遮蔽住或者处于昏迷状态，免得他们直面极端情况时会失去悔改或者改变的真正机会。据此，他其实是支持保留死刑的。

就在这个时候，比尔开始咆哮起来。他说主教血腥、傲慢、变态。马库斯就去找亚历山大。主教，温和乏味，酒红色的皮肤，固执，继续听着并且表达着自己的信仰，认为他的对手都很天真，很肤浅，并没有考虑到自己立场的真实性质或者真正后果。

亚历山大、托马斯·普尔和马库斯赶来时，比尔正生动地描述着在死囚牢房里屈辱可怕的经历。对此，主教平静地尽其所能真诚地做了回答，说比尔没有这方面的一手经历，还说他本人却见证过，分享过，在那些不可思议的环境下经历过壮美、辉煌的瞬间。比尔大喊说这更加可耻。斯蒂芬妮泪水盈盈。卢卡斯在大谈我们盲目的现代神经质痼疾，支持主教，而主教似乎觉得他的支持不合口味。“如果你的眼睛冒犯了你，那就抛弃它，”卢卡斯大喊道，“或者抛弃一条腿，一条胳膊，或者别的任何东西。”

威尔基对亚历山大说：“争端起于讨论你对都铎王朝的描写夸大了其魅力。”比尔转过来对亚历山大说，他们现在探讨的事情肯定要比刚才那个更重要，然后又回过来用天真的郡长们的统计数据驳斥主教，这些人由于身负重任曾有过一夜白头甚至发疯的经历。主教说伟大的信仰和力量是必须的，而卢卡斯，他的言辞如浑流般互相交织着滚滚而下，变得非常刺耳，他说第一个人来自大地，具有泥土的特质，需要——无论多么痛苦——全面地与之脱离干系，这样不朽的谷物才能迅速生长。这惹得主教的舌头咔嗒咔嗒大声作响，明显能听得见，弄得比尔开始咆哮起来，说基督教在本质上是令人厌恶、野蛮和血腥的，它崇拜的是一具被摧毁的躯体和一个被压伤的自我。接着他又开始攻击丹尼尔，说他一定疯了，指望他原谅女儿因婚姻而跟这种固执挡道、丧失自然属性的教派结缘。卢卡斯说，那是一个破碎的身体解放一个崇高的灵魂，主教坚定地说，他不敢肯定西蒙兹先生的部分——就是它——西蒙兹先生的部分反应，是非常健康的，他不主张一种带着痛苦或者放荡的迷狂。听了这个，卢卡斯垂头丧气，因为汗水的缘故脸上湿漉漉的，激动得面色变成罂粟红，这时丹尼尔发话了。他先对比尔说，他对他毫不在乎，除了碰到麻烦，然后又对主教简洁冷漠地说，他认为，主教刚才的主张都很邪恶，残酷，没有道理。

事情很快就清楚了，丹尼尔比别的任何人火气都大，他几乎愤怒得说不成话。他又补充道，迄今还没有人给过他一个不错的理由，令人可以冷静地随便杀人，更不要说在这样的谋杀中连累别人。他还说现在要带妻子回家了。比尔不知怎么被这番猛烈、意想不到、其实也许是不受待见的支持弄得沉默不语。丹尼尔搂着妻子，领她走开了，也不回头看一眼。埃勒比夫妇告诉主教，丹尼尔是一颗粗糙的宝石，主教说，真妙，丹尼尔也许是出于礼节在等待一个回答。卢卡斯突然从教堂跑出去。亚历山大看到帕里夫妇，现在全家三口，迈着不容置疑的步伐，朝他这个喧闹的角落走来。他想他必须跟马库斯或者卢卡斯说说话了——这家伙果然十分古怪，他看上去全身肿胀，又干瘪得有点像脱了形，被某种几乎可以触摸得到的焦虑或者恐惧闷声闷气地包围着。他说："我相信我说得没错。你根本承担不起继续介入任何……"

"总得有人帮帮他。"马库斯说。

亚历山大看了看主教，他现在明显看上去很愤怒，又看看比尔，他现在生着闷气不说话。亚历山大想把马库斯拽出去，去追卢卡斯，那样就会避开主教、比尔、帕里夫妇和托马斯·普尔无法解决又可怕的相似问题，却被预先制止。克罗和他的三个伊丽莎白——玛丽娜·叶奥、弗雷德丽卡和安西娅像神灵从机器里出来般，从礼堂那头飘然而出，微笑着，点着头。克罗，仍然打扮得像维鲁纶男爵，像科马斯平息他的乌合之众，或者像他的母亲喀尔刻驱赶着猪群去吃它们的汤水那样威胁性地挥舞着他那根长长的拐杖。

"亚历山大，这可是你的夜晚啊，亲爱的，新闻媒体都高兴得疯了。你可一定要过来见见，你肯定会为此开怀大笑。亲爱的伙计，他们死活要见你。晚上好，主教，这是一次巨大的胜利，我相信你也同意这样说，这是一个了不起的合作成果。过来吧，亚历山大，抱歉我必须把他拉走，帮我一下，女士们。晚上好，亲爱的珍妮，你真漂亮，《约克郡邮报》答应要做个特别报道——贝丝·思罗克默顿这个角色遭到可爱的沃尔特先生如此粗鲁的威逼，这段演得太令人信服。

你，当然了，你这个聪明的小坏蛋，你也已经声名大噪，马上过来吧，我们回头再聊。晚上好，比尔，我很高兴你能过来。亚历山大，过来，过来。”

马库斯走出去来到平台上，去寻找卢卡斯。他发现卢卡斯在离那顶皇家轿子不远的地方站着，大口喘着气，不自然地微笑着。他完全搞不清卢卡斯为什么会到这个场合来，除非是出于某种狂热的或者可悲的感情需要，想盯住马库斯本人。

“先生，你还好吗？你看上去……”

卢卡斯暴躁地回答说他非常好，非常好，好得不得了。他们已经完全卷进巨大无比的力的运动流。他们有重要作用要发挥。他们得搞清楚那是什么。星期五他们需要出发去飞翔谷。

“先生，我不能去了。我再也不能去了。我害怕。”

他当然也害怕，绯红的胖脸蛋已经扭曲，甚至更恼火，在脆薄的镀锌轿子的垫板上咔嗒地打了一拳。他无法想象要取代那些真正的魔力，做到不害怕是没可能的。他们极有可能在星期五冻僵，或者被烤炸，或者消失在纯粹的能量中，什么都不留下，除了像那次光爆后的广岛人那样只剩下影子。这样的前景似乎让他有种狂暴的快感。我们往往知道自己在冒什么样的风险，他说，温和而又通情达理，我们难道不知道？

马库斯说，不，他不知道。而且，现在……现在……他没有把握，整个事情他们都还没有筹划好。

“那些传输？奥格尔家的升空？你的光幻觉？这些我们准备过吗？”

“没有，嗯，没有。不过，也许那些，不是，你，我们想的。”

“我们不知道它们是什么。只有一个办法可以弄清楚。”

“不。我害怕。”

“可你是预言家。”

“我没有把握。我不敢。你最好还是放了我吧。”

“你不是——被我败了兴致吧？”

马库斯开始哭起来。

卢卡斯无情地怒视着他的眼泪。他又重复了一遍问题。

“不，我已经告诉你了。我害怕。我告诉你了。”

“那我只好自己一个人去了。一个人，我几乎铁定会失败，但已经别无选择。”

马库斯苍白地恳求他放弃。卢卡斯冷笑了一声。他说：“好吧，走吧。虽然现在退却已经太晚了，但是，你可以放弃自己，如果你选择好了的话。你害怕的东西无处不在，而且自会我行我素，只要它选择在什么地方施展。”

马库斯哭泣着，一点都不真诚地哭喊着说，他最害怕的是卢卡斯。“最怕你，你，你。”听了这话，卢卡斯突然重重地朝他脸上打了一巴掌，弄破了他的嘴角，告诉马库斯离他远远的，然后从平台冲下去。马库斯在轿子旁边坐下，双手捧着刺痛的脑袋抽泣着。人们从他身边走过，以为他喝醉了，都小心地绕开他，让他一个人在那里待着。

那天晚些时候，有两个人从马库斯身边跑过去，他们是亚历山大和弗雷德丽卡。两个人都在飞奔着。亚历山大从帕里夫妇那里跑开，夫妇俩把目光从他的身上移开，开始争执谁应该换托马斯臭烘烘的尿布。弗雷德丽卡从那位玩偶旅行推销员那里逃开，那人举起胳膊，拧着手指，开始推搡着穿过人群朝她走来。他没有受到邀请，但是几乎任何人都可以进来。你可以跟威尔基讨论埃德，但不能跟亚历山大讨论，对他，弗雷德丽卡只说必须摆脱这个男人。亚历山大表示同意，说这似乎是个不错的主意，于是他们就跑了，听到后面传来隐隐约约讥讽的喳喳声和公然的大笑声。在黑暗中，听着她的呼吸往前飞跃，他感觉离弗雷德丽卡很近。到了那个有喷泉的花园里，情况就不同了。他们笨拙地站在彼此手臂围成的圆圈里，都明显感觉到了对方的僵硬和刻板。两个人都想起安西娅优美结实的屁股和腿肚构成的经过润色修改的白色卷盘。他不能把弗雷德丽卡推倒在一丛灌木下面。至于弗雷德丽卡，不能由她率先发起这场推倒运动。所以他们就那么缠绕着站在那里，已经逐渐固化成熟悉的姿态，像玩雕塑游戏的小孩。弗雷德丽卡喋喋不休地对他说着话，回忆着那些粗俗的恭维话、舞台上的失误、有失检点的行为。他刻意让她进入某种更加令人渴望的沉默状态，她立即就陷入这种状态了——他把一根手指放在她冰凉的嘴唇上。

“嗯，我们接下来该做什么呢？”

没有回答。

“也许我们应该共同忘掉这一切？”

没有回答。

“这样不会有好结果。”

“我想要。”

“可能性很小。”

“我不管，我想要你。”

“可我们能做什么呢？”

她不知道。床，婚姻，灵魂的交流，这场令人愉悦的危机的长久持续。

“那就让它这样持续下去吧，我爱你。”

弗雷德丽卡说这话时带着一种简直可以融化他的威胁性的命令口吻。在意识深处的某个地方他有种清醒的认识：她会自己应对任何后果。她面带怒容，暗淡无色，有些冰凉。她是这片树林中的放荡女神，那是他自己创造或者召唤出来的，她就是那位不可触及的女孩，要了她是很安全的，因为她不可能被拥有。他抱住弗雷德丽卡，她扭动着，拉扯着，刺激着他来场夺取，可这不是他平常的保留节目。她在花园里大笑着，不停地大笑着，放荡又天真，同时又控制着，他知道，无论他如何抗议，他都会被俘虏，纯粹的好奇心将引导他继续走下去。

接连三个星期，他们都被彼此成功束缚住，乃至他对她作为一个放荡女神身份的判定，带上了新的讽刺意味。报纸，以那个时代特有的方式，充满了华而不实的狂喜，声称这个雄心勃勃的项目是一场文化的胜利。亚历山大是自萧伯纳以来戏剧王国最有希望的新星。对洛奇和玛丽娜·叶奥也多有致敬。威尔基和弗雷德丽卡吸引来不相称的关注度，那是其他演职人员的感觉。弗雷德丽卡感觉自己的脸上布满了新闻纸的斑点，在《约克郡邮报》和《曼彻斯特卫报》上一个花冠下面自豪地闪着光芒。来自妇女杂志和本地报纸的端庄女人们和焦急的年轻男子约见着要讨论一个本地女学生作为业余演员的现象级成功。她告诉他们，她要做个像玛丽娜·叶奥那样的伟大女演员。她告诉他们，她在等自己高级考试的结果，“怀着巨大的惶恐不安”。她说她的家庭充满文学气息。她发表了自己对伊丽莎白纯真性的看法。她本人的表演就是演自己。

亚历山大去了曼彻斯特，在广播上谈了诗剧复兴的问题。有人出巨资请他在期刊上写历史、诗歌、女人方面的东西，学术的、内幕的、粗俗的都可以，而且他尝试着这样去写。有人跟他接洽商量制作一部伦敦版的《阿斯翠亚》——剧情有些变化，而且全用职业演员。所有这些他们曾经期待的东西，对他们两个来说好像没有一个是真实的，因为他们的注意力和享受都被寻常的欲望深深地消磨掉了。比尔——弗雷德丽卡带着巨大的满足感说他“令人恶心地”——改变了态度。他在自己的胸兜里随身装着一叠剪报，上面有他瘦削的女儿的照片，有的坐在一块石头上，有的朝一面石墙挥击着拳头，有的像舒展的雏鹰躺在地上。

其他演员对弗雷德丽卡比平常还要充满敌意，评论她的时候用的都是“难以忍受”和“虚荣”这样的词，毫不公正。没错，她是对整个商业活动如痴如醉。她步行穿过灼热的峨参，嘲笑自己在里思布莱斯福德摄影者之窗里的肖像留念，但是这种愉悦却跟一种自我陶醉的搔首弄姿如此紧密地交织在一起，而且终于让亚历山大有了欲望，乃至一种茫然的心不在焉成为她最糟糕的社交缺点，有人选择把那种态度视为侮辱。亚历山大对媒体大力赞扬她，而且他的赞扬又被印刷出来。“一场高度聪慧的表演，”威尔基在朗·罗伊斯顿的花园里读出来给她听，“对诗歌如此敏感，他说。你也的确如此。”

“我是聪慧。”

“我们都知道这个，烦得快要吐了。你在别的战线是如何前进的？你跟人睡过吗？你的咖啡里有毒吗？”

这件事，不管它是什么，在它自己都尚未定型之前就开始可怕地变得人尽皆知。演职人员，带着亲近的团体都会做得到的那种评判和好奇兼有的纠结态度，原则上选择欣赏弗雷德丽卡在“获得”她那位勉为其难的男人方面的执着，同时又继续不喜欢她有欠考虑和一根筋的追求法，以及过度霸占公众的注意。（威尔基处理得好多了，大家已经知道他是个怪人，一个博学者，一个“天才”，自己的档案已经放在BBC的新信息库里，已经稳住几个经纪人，施展着自己娴熟的自我推销技巧，没有招来厌恶或者憎恨。）但是这些演员们却任性地决定蔑视亚历山大，因为他如此俗丽地向一场性竞选活动投降了。他们倒没有太过表现这点：他的这部戏很了不起，所以反射出来的荣誉也很伟大。但是他们对珍妮弗·帕里充满了不太唐突的小小关注，小男孩们像蠕虫般穿过灌木丛尾随着穿过任何草坪的亚历山大和弗雷德丽卡，在草坪上的时候，他们选择一起行走，伊丽莎白时代的侍臣们，从装着直棂的窗户里探出头来盯着甚至嗅着这两个打算一块儿坐在一把条椅上的人。

亚历山大感到太不解了，对这一切反而觉得无所谓。弗雷德丽卡，某种程度上已经皮实地习惯了因为在各种考试上取得高分遭人不待见，以一种足够坚强的方式设法忍受着因为上了报纸而招致的不喜欢，尽管她在性情上不能发出任何不以为然或者谋求好感的声音。性方面的关注是比较难以应付的，她忍受着苦恼，没有能力施展任何博取同情的借口，或者求助于有趣的吐露心声的私房话。随着成功的到来，她变得更加自足。她愿意展示它们的很大部分。亚历山大是个例外。他甚至经受了很多谴责说她太贪婪，而他在某种程度上还暗暗享受着这个。显然，这样的情况本质上不可能持续很长时间。肯定还会有别的事情发生，然后很多事情又变了。只是完全不清楚可能会是什么事情。

38

圣·巴多罗马

8月24日是巴多罗马日，弗雷德丽卡·波特的生日，巧合得很，这天也是她的高级考试成绩邮寄来的日子，也是那部戏上演的最后一周的星期一。那天斯蒂芬妮早早地去了教堂，即圣·巴多罗马教堂，帮忙布置花卉。作为一个助理牧师的妻子，她觉得鲜花是另一个她可以优雅地打理的东西。她曾试着探究过圣·巴多罗马的身世，最后却发现他是个圣人，人们对他所知甚少，知道的那一点点也很血腥。他是个使徒，曾穿越整个小亚细亚、印度西北部和大亚美尼亚，在那里他被活活剥了皮，随即被斩首。他身份不明，事实上他极有可能跟拿但业[1]是同一个人，加利利地区迦拿的一个土著。基督曾这样评论过他："注意了，一个以色列人，在他身上不存在狡诈。"他的活动范围也不确定："印度。"斯蒂芬妮发现，对希腊人和拉丁人来说，阿拉伯半岛、埃塞俄比亚、利比亚、帕提亚、波斯以及米提亚没有区别。漫游

1 耶稣的使徒之一，见《圣经·约翰福音书》。

期间，他很像女信徒们的狄俄尼索斯，同时，她推测，被剥皮和被切成碎片再重组的过程也很像。她曾闪念希望丹尼尔的教堂能够供奉一个更加本地化的巴多罗马，达勒姆的圣·巴多罗马，惠特比一个本地本笃会修士在法内岛的圣·库思伯特教堂的单间里度过了波澜不惊、与世隔绝的42年，在那里平静地死去，那年大约是1193年。但是，在靠近讲坛的这位圣人的神龛中，那个小小的雕像只有通过那把紧握的刀才能辨认出身份，那是他殉道的工具。在侧面的小教堂里，还有件米开朗琪罗描绘的这位烈士乘着西斯廷教堂审判的云朵雷厉风行地降落下来的拙劣的放大版复制品。他在头顶挥舞着刀子，拖着他那僵死的人皮，在这上面，画着艺术家扭曲的脸。斯蒂芬妮决定用一朵被剪下来的野花假装成云朵遮盖并且局部模糊化这两处画面。

如果一个人近距离观察，明显看得出她现在已经怀孕，而且用非常女信徒风格的衣服把自己伪装起来，有时是一件皱巴巴的绿色亚麻外套或者罩衫，让人联想到厨师、园丁，或者套件世俗的白袈裟，脚穿平底实用鞋，罩衫兜里装把修枝剪刀，一个胳膊上再挂个装着树枝和花朵的木条筐。她现在还能平衡好自行车，慢慢地骑着，竖起身子沿着乡村小路骑行，收集白色伞形植物、雏菊、绿色藜芦根、犬蔷薇的小花枝、野燕麦的垂头、大麦草以及上面布满斑点，颜色淡白的毛地黄。她本来很喜欢一片红色、猩红色和鲜红色斑斑点点泼洒的样子，以示对这位无名烈士的致敬，但是还没开始摘捡，罂粟花就开败了，花园里的牡丹——完全有可能会，几乎可以肯定会——对她想构建的绿色、白色、金黄色和淡紫色的柔和的云雾来说显得太浓重了。

不久前，她已经不再痛恨这座教堂建筑了。独自在里面摆弄线材，浇水，拧扭根茎，她感到很快乐。但是，这天早上，不像前几个早上，她不是独自一人。卢卡斯·西蒙兹也在，摆出一副令人讨厌的祈祷者的姿态，在一根柱子和地狱之嘴的绘画下面严密地等待着。斯蒂芬妮朝他那边迅速瞥了一眼，在圣水器下垫了片软山羊皮，心想他在盯着死亡之门，那些甜豌豆就是回报，而且可能是从埃勒比夫人那里讨要的，心想那么马库斯肯定或者可能也发生了什么事，而且卢卡斯需要帮助，但他已经进入沉默状态，打破沉默是不礼貌的。

于是她默默地工作着，卢卡斯默默地祈祷着或者苦苦思索着，直到廊道的大门打开，带来一股巨大的空气的骚动，弗雷德丽卡突然闯进来，沿着通道哗啦啦地猛冲过来。

“看啊，”她大喊道，“看啊，”完全顾不上看自己，斯蒂芬妮慢慢撑起膝盖站起来，接过弗雷德丽卡正在挥舞的明信片，现在已经破破烂烂，字迹模模糊糊，还能读出是份成绩单，非常优秀，恍惚间令人难以置信。

“好啊，”斯蒂芬妮说，“好啊。你很开心吧？生日快乐啊。”

弗雷德丽卡一步跨到讲经台跟前，弄破了安妮女王的花边，散发出团团花粉的云雾。

“别这样，那很娇嫩的，我在这上头可花了不少时间。”

“很漂亮。干什么用？丰收节上用吗？”

“不，真傻。还没到呢。圣·巴多罗马日用。”

“当然，我的生日。大屠杀日。我赢了他们，我做到了，我做到了，没人能打败我。”

“别在教堂里大喊大叫。大家都尽量保持安静。”

弗雷德丽卡朝四下看了看：“哦，他在呢。斯蒂芬，他在这儿做什么？他简直让我直起鸡皮疙瘩。”

“请保持风度，不要大声嚷嚷。你的声音很有感染力，会传得很远。”

“斯蒂芬，我什么都能干，我什么都能干，比谁都强，我能干……”

“你可别弄乱我的花。”斯蒂芬妮说，尽量显得温柔些。你是没法给任何一个如此疯狂地夸赞并且鼓励自己的人再奉上夸赞或者鼓励的。

“斯蒂芬，有件闻所未闻的事，爸爸要给我办个生日派对，一场庆祝会，用香槟和草莓祝贺一下，就在学校的大师园，在这部戏最后之夜那天。他其实是派我来邀请你和丹尼尔——他当然不想去你们那里，不过他派我来这里。我见过丹尼尔了，他说到这里来，你在这儿。

“哦，爸爸还打电话给亚历山大了，从某种角度讲，这简直好玩死了。不过，这仍然很难得。我真好事占尽了。”

“小心别滑倒。”斯蒂芬妮说，也许是指她自己的木条筐，也许是指生活。弗雷德丽卡正挥舞着双臂在教堂的中殿做着令人不知所措的小小的跳跃。事情已经很明显，当先是亚历山大，然后是丹尼尔出现在回廊上时，弗雷德丽卡已经把教堂变成一个约会和庆祝的地方。亚历山大看着像只雄性蛾子，被某种蜂蜜和麝香的化学反应召唤过来。丹尼尔还是显得像丹尼尔。弗雷德丽卡向两位新来者挥舞着她那值得炫耀的明信片。卢卡斯·西蒙兹仍然在柱子跟前跪着，双目紧闭。弗雷德丽卡蹦蹦跳跳，从木条筐上敏捷地跳过去，要确保亚历山大能抓住她。

斯蒂芬妮转过肥厚的脊背，在稀稀拉拉的草中间继续摆着风铃花。除了犬蔷薇，那些夏天的花，像泡沫般升起的花，像面纱般遮住这位阴郁的西斯廷教堂里的圣人，味道鲜活，却又恶臭难闻，鲜绿又污浊，还包括藜芦根、洋地黄、铁杉的表亲。甜豌豆毫无疑问是必需的。丹尼尔过来，抚摸着她的脊梁，沉甸甸的手透着灼热，那里的肌肉已经感到发疼。

波特家人，丹尼尔想，没眼色到了令人发指的程度。他们怎么可以没有注意到斯蒂芬妮病恹恹的苍白，她厚实的身躯以及她最近出现的行动迟缓？波特家的人老嚷嚷90%、95%的排名成绩，卡片纸上的成绩，答卷上的分数，在这个世界上或者世界中取得的分数。比尔·波特可以躲避他大女儿的婚礼，弄得他参与过的那部分婚礼仪式显得荒唐可笑，但他却愿意打破一个吝啬的北方人吝啬的习惯，给几个分数提供香槟酒庆祝。丹尼尔鄙视他们。说到一个女人害怕疼痛时，他的想象力足够强大，一个男人，丹尼尔自己，是见过别的男人爱他们的儿子的，无论好坏，因此能够估量出他如何知道以及不知道他会爱他自己的儿子。但是他的想象力不能把空虚的黑色的分数与对拉辛微妙激情的通晓联系起来，至少与清清楚楚地写出《哈姆雷特》和《李尔王》的种种恐怖之处联系起来。丹尼尔并不想做一个主教，因此没有把自己狂热控制的能量与野心联系在一起，就像他把波特家人的迷狂与分数联系起来那样。

马库斯走进教堂时，所有已经在场的人都在想他是来找自己的。弗雷德丽卡以为他肯定是为她的生日或者分数来的，亚历山大认为，他是为寻找迄今还没有给予的忠告和支持而来的，斯蒂芬妮则认为，马库斯像她那样，被比尔制定的某个方向的新策略折磨得痛苦不堪，还可能被那些想刺激和促进他自己被诊断出的“天才”的不幸企图的记忆折磨得痛苦不堪。丹尼尔认为他碰到了宗教上的麻烦。卢卡斯·西蒙兹认为——这个随后表明，毫无疑问——他收到了由自己发射的神圣声音的召唤，另一个自然的飞蛾信息。

马库斯站在门口犹犹豫豫，不管怎么样，看到他们全都在那里，他显然打算转身就跑。弗雷德丽卡冲他挥舞着明信片，声若鸣钟地喊出成绩，斯蒂芬妮迈步出去想抓住他，亚历山大从讲经坛侧面走出来，卢卡斯·西蒙兹睁开眼睛，利索地由跪姿改为站起，走出去，来到圣坛扶手跟前，从那里又转过身，用一种生硬无礼、不知所云的口气发表起演说来。

“你肯定是花了足够长的时间才得到这个信息。我知道我们在这里很安全。我已经告诉过你，祈祷和准备将是必需的。我已经意识到有很多干涉和静电，你可能会说我们无法命名它，甚至在这里也不能，但我并不认为它们会联合任何这里的东西，无论如何，我冒了这个风险，我冒了这个风险。我的上帝，如果我可以这样说的话，我很高兴见到你。这里有很多电池，我可以告诉你，地狱的电池，既然你来了，我们就应该坚持下去。”

他注意到还有别人在那里。

“早上好，牧师，韦德伯恩，好像不敢奢望你们都过来准备跪下与自己内心搏斗。不管怎么样，早上好，马库斯！”

马库斯在那里站着。他张开嘴，却听不到声音放出来。他试图伸出一只手，却做不到，但也没有想象是什么恶魔或者带电的淘气神灵把手压下去。他闻着长在路边寒冷的石头上的燥热的峨参味儿，站着不动。丹尼尔朝他走了几步，他有些摇摇晃晃，伸出一只手，丹尼尔紧紧握住。

“告诉我你想怎么样。”丹尼尔关切地说。

“我，不知道。”

亚历山大跨步走过来：“你想要回家吗？”

马库斯摇了摇稻草色的脑袋。

“想去丹尼尔的公寓吗？”亚历山大试着问。

马库斯点点头，穿着法兰绒裤子的膝盖碰撞着，尽量不看地狱之嘴，也不看被背叛了的卢卡斯。他的脑袋嗡嗡地响着，因为里面装着的信息像长着翅膀的毒蛇般盘踞又展开，他的脑袋里闪着光，那些光有白色、黄色、帝王般的紫色，正如卢卡斯曾经预言的那样，他的身体像件东西，可能随时会瓦解，逐渐消失，最后甚至连自己的残骸都不剩。丹尼尔的公寓里到处都是极其真实、可以安慰人的舒服的坐垫、茶壶和人的随身物品，也即，如果它们不是一个令人难以忍受的陷阱，不像辛普顿修女坠井中的石靴那样，也完全有可能是些握起来胖胖的暖暖的东西。他抓住丹尼尔干燥、结实的手。“带我去吧。”他说。

丹尼尔对卢卡斯极为恼火，他的灵魂的治愈，至少跟他的以及马库斯·波特的灵魂的治愈一样确定，从他实用的角度看，马库斯又是一个过度看重分数的牺牲品。灵魂，灵魂，至少像这样一个如此急迫的灵魂，不是他本性所关心的，尽管他在自己碰到的那些灵魂的救治上竭尽全力。但是现在，这位轻盈缥缈的马库斯却用一种快要淹死的人的握力抓住他的身体，对此他做出了反应，所以他跟着他走了。亚历山大无奈中觉得负有责任，而且对马库斯的担忧要比对卢卡斯轻些，他也跟着他们一起去了，弗雷德丽卡也跟在亚历山大后面冲过去。

斯蒂芬妮拿起她的木条筐，走到讲坛扶手旁边雪花石膏制成的花槽跟前，小心地对卢卡斯说：

“我在给教堂布置花，圣徒日用，圣·巴多罗马日。”这个男人身上有股汗臭味、甜丝丝的发油味、石碳酸味、令人作呕的呼吸味，这些气味会被孕妇敏感的鼻孔放大并捕捉到，所以，她刹那间恶心得要吐。英国人的好风度实在是件恐怖的事情，斯蒂芬妮想。我应该问问他，是什么让他如此恐惧？我应该提出跟他一起跪下来，我应该说马库斯病了。我不能够。我不能够。她尽量镇定地上上下下，走来走去，接了一罐新鲜水，扔掉一些枯死的马蹄莲和康乃馨，那是上星期埃勒比太太插的，她的风格更加保守些。

“坐下吧，你为什么不坐下？”斯蒂芬妮终于说话了，含含糊糊，像在自己教堂的女主人那样。令她吃惊的是，他就在原地坐下来，坐在高坛的台阶上，双手捧住脑袋。她嘎吱嘎吱地踩过做鸡笼的铁丝网，没有看他。卢卡斯带着几许他那种常见的欢快态度说：

“哦，小孩什么时候出生？”

“谁也不知道，”她的语速很快，然后又说，“复活节左右吧。我的意思是，谁也不知道是因为我们没有告诉过别人。”

“我看出来了。”

她不喜欢这样的说法，好像她赤身裸体。她试图不知不觉把话题转移开。

“你是个生物学家，那是你的专业。”

“别那样说。我讨厌生物学。”

“我也不喜欢。”她说，很舒适，很空洞，沿着花槽走过去，从花槽的中心开始，把雏菊摆成类似扇形的模样，“不过，这是我唯一可以学习的科学。为了被允许读英文，我得选一门理科。我弄不了抽象的东西，像数学之类，女孩子经常迫不得已去学生物。”

“植物，”卢卡斯说，“或者石头。我不在乎。可是，为了摆脱这肉身并术业有专攻，你做得比我好。我是个被雇来干些无聊工作的家伙。你为什么要结婚？”

“为了拥有一份私生活。”她坦诚地说，仿佛看到丹尼尔的脸一下子沉了下来，“不是那种过度的私生活。这里有很多来访者。”

“为了拥有一份私生活，”他想着，“我就没有私生活。我连生活都没有。我没有触碰过任何人。我请你相信这个。原因有很多。”

“马库斯呢？”她十分小心地问。

“马库斯很有天赋。马库斯能够看到别人看不见的东西。马库斯，不像别人。”

“他要那样就好了。”斯蒂芬妮说，几乎在嘲讽了。

“你想那样说也行，但那样讲不对。”

卢卡斯站起来，短暂的交流中断了，然后他又回到柱子边陷入沉思或者祈祷状态。斯蒂芬妮继续慢悠悠地干着自己的活儿，直到所有的容器、洗礼盒、讲坛、讲经台和圣坛旁边的容器都插满了花，自己已经面无血色，苍白，脸色发青。丹尼尔回来了。

“你还好吧，想去看看马库斯吗？弗雷德丽卡简直太没用了。亚历山大就那么斜靠在家具上，看上去很害怕。”

斯蒂芬妮走过去，在他耳边说了番卢卡斯刚才说过的话。

“我就待在附近，”丹尼尔说，“他也许想和人说话。”

“我把你的圣·巴多罗马全都用花覆盖了。”

“太漂亮了。”丹尼尔说，“太漂亮了。对一个复活节不戴花的女孩来说太不容易了。”

“我没有说他起死回生。我说我盖住他了，盖住了他和他的那把刀以及他的皮肤。”

丹尼尔看着米开朗琪罗版的圣·巴多罗马，被一个拙劣的二流画家弄得面目发蓝，又浑浊不清，拍着自己肚子说：“嗯，如果他没有起来，他就会在愤怒中浑身流着血降临。”他的脑子里闪过一番剥皮的景象，想了想自己的脂肪如何被一张薄薄的紧紧的皮肤收拢在一起，想了想一个男人的血如何喷洒而出，想了想这位漂亮的圣徒肌肉如何结实，然后摸了摸斯蒂芬妮紧致的皮肤说，“走吧，离开这儿，去看看马库斯。”一个身体在另一个身体中，那是他的儿子。

丹尼尔跪了会儿，等着卢卡斯站起来，心想是否应该直接过去跟他说说话。当卢卡斯站起来时，丹尼尔也赶紧站起，他们两个在教堂对面互相看了对方一眼。这时卢卡斯朝丹尼尔抬起手掌，警告他走开，朝圣坛方向抽搐般地点了下头，然后就离开了。丹尼尔跟在他后面，一直走到墓园，只听到那辆小越野车在外面安静的路上发出的呼啸声。卢卡斯消失在尘土中后，他才走出去。

39

万神殿庆祝会

比尔给弗雷德丽卡办的庆祝会匆匆酝酿，又匆匆实施，完全可以想象难免会洋相百出。庆祝会是在万神殿举办的，不是在那个圈起来的花园里，因为天空渐渐呈现出险恶之象。约克郡的封闭性本身就充分摆明了，这场庆祝会将变成茶会与酒席的古怪组合。每位来宾多多少少会喝一杯香槟，随后服务人员将奉上茶水、香肠三明治、明亮的蛋糕以及草莓，用这种方式为弗雷德丽卡干杯。客人大多是比尔的朋友、同事、校外讲师、年级主任、个人教育协会的组织者、业余戏剧女演员，以及那些学校同事中的大人物。这些人包括索恩夫妇、前高官、亚历山大和出于某种原因过来的杰弗里·帕里，比尔认为，在托马斯·曼的评价上，他毕竟显得很有胆魄，虽然是刚愎自用的胆魄。弗雷德丽卡说，这是个令人反感的矛盾复杂的隐喻，比尔愉快地承认了这点，说刚愎自用的胆魄固然令人讨厌，但是，正如他以前所说，必须受到尊重。为什么帕里夫妇热情地接受了邀请，这个问题另当别论，弗雷德丽卡想，但这个问题反复出现打扰她。最初对考试成绩的极度喜悦正逐渐消退，她开始意识到，在人类行为方面，自己是一个非常迟钝和笨拙的人。丹尼尔瞬间就看清楚的东西，她需要花很长时间，意识到自己的庆祝会不仅是自己的，更是比尔对斯蒂芬妮逼迫他花钱买香槟庆祝自己放弃一等职业以及跟一个肥胖壮实的助理牧师结婚的报复。后来，比尔把弗雷德丽卡叫来，问她想请哪些朋友参加庆祝会时，她才看到了炫耀排名90%和95%的尴尬，以及把自己在学校和家里的日常生活与《阿斯翠亚》的梦幻世界捏弄到一起的不明智。在那个梦幻世界，好像对公众冲着她与亚历山大有关的行为发出的鼓噪的甜美嗤之以鼻是件很容易的事。她希望这声音能够钻进教师路。她的确也开始自问究竟希望什么人来。她说希望威尔基受到邀请。托马斯·普尔无论如何要来，作为比尔的一个深受尊重的朋友，所以，她建议，邀请安西娅·沃伯顿，虽然她不喜欢这个女孩，但由于自身的原因，感觉要对亚历山大表现得很谨慎。她又提到了洛奇，这个人安静事儿少，还有威尔斯小姐，是个无知者，会对斯蒂芬妮好，对她，弗雷德丽卡感觉很不知所措，很内疚。她唯一剩下的亲近同盟是克罗，她拿不准太阳床插曲过后，克罗在多大程度上还是同盟，而那件事再也没有被提起过。同时，比尔也不会容忍克罗。他自己对玛丽娜·叶奥非常钦佩，因此已经向她发了邀请卡。叶奥小姐优雅地回复了，很抱歉，由于年龄、头疼、车程距离以及最后一夜演出需要恢复精力等等原因，不能来。威尔基对弗雷德丽卡说，她知道那意味着什么，不是吗？但是他承诺，他本人，决不会迟到，要参加她的茶会。从年老的女王到年轻的少女，岁月轮回了一圈，他说，我会来的。你为此已经做了什么吗？为什么？弗雷德丽卡烦躁地问。关于处女身份啊，傻姑娘，威尔基说，弗雷德丽卡说没有，还没有，而且在这方面事情正陷入糟糕透顶的状态，因为她说过的那个谎话的缘故，因为她惊讶地发现，她很恐惧，因为亚历山大不知怎么会如此冷淡，甚至当他最可爱的时候，还那么紧张，对这件美丽的事情，乃至你都没法跟他像跟威尔基这样去谈论这件事，所以她就弄得自己走得越来越远，以至于陷入一个细节详尽的谎言的泥淖中，天知道，到时会从哪儿走出来，或者如何走出来，只知道必须走出来，因为她再也无法继续忍受下去了，继续像过去一样心急若焚。其实不必，威尔基说，显得深思熟虑，其实不必。

这场庆祝聚会跟克罗的农神节不同，用不着旷课。开始，它还挺像那么回事。很多人在沉着地互相谈论着教学，教授诗歌或者人物的不同方法的成功与失败，因为需要玩一会儿某种智性的彬彬有礼，这样，通过威尔基有关赫伯特的几句幽默评论，威尔斯小姐起伏不定的激动就可以得到抚慰，化作微笑，这样，亚历山大就可以优雅地显得有个教师的样子，以面对比尔班上来自阿肯格斯谷地的喜欢文学的家庭主妇，这样，弗雷德丽卡的成功似乎可以顺利地被托马斯·普尔当作一项文雅的成就，他把她拉到旁边，跟她谈起《四个四重奏》的语言来。他说，他感兴趣的是这首诗里的思想，关于教条的成分是否弱化这首诗或者使它变得有些干枯，而弗雷德丽卡把注意的锋芒转向一个枯燥的文化中枯燥的诗歌中时间和地点的本质，忘记了在深绿色的背景上他那浑圆的裸体，就像她跟亚历山大以前谈论拉辛的诗律那样，喜欢他，而且感激他。普尔也正处于痛苦的煎熬中，后来想起这次谈话，跟弗雷德丽卡一样，将其当作某种心智格外健全的事，这在一个心智不健全的时代显得非常重要。

然而，在这样的学术和理论之光上，还是有很多黑暗又令人不安的斑点。其中之一就是马库斯，他是穿着一件干干净净的正装来的，僵硬地坐在门廊墙壁的边沿，木呆呆地看着草坪。丹尼尔和斯蒂芬妮从他那里什么都没套出来，除了保证说不管发生过什么，都过去了，还得知他不想说话。亚历山大把他有关马库斯的“问题”的版本告诉过丹尼尔，这极大地缓解了亚历山大无力负责的苍白感。丹尼尔想过这事，还想过卢卡斯对斯蒂芬妮说的那些话，然后就保持了沉默。他越来越希望自己是个他认为有“宗教情怀”的人，他的意思也许是指一个喜欢空想和神神秘秘的人。以他的远见看来，他现有的力量将只在局面完全失控的时候使用。他一边留心着这男孩，一边留心着妻子。

没人对温妮弗雷德说过什么，她站在那里，尽可能大胆地站在离马库斯最近的地方，看着他注视的那片空间。他的神魂已经到了什么地方，这次要比他经常去的地方更糟糕、更遥远。如果她想跟随在他后面，或者她想这样，他可能会彻底消失。如果他不消失，一辈子或者至少一段婚姻的经历教她明白，如果她表现出躁动不安，比尔会过来，用太多的爱或者恨的棍棒击打他们中的某一位或者两位，会使劲抽拉或者驱赶他们，在大声咆哮、恶魔般的动作中死死钳固住，为了避免这样，安静和更为安静是唯一可用的手段。

索恩太太站在那里冷冷地看着温妮弗雷德。痛苦会麻木，更大的痛苦会带来更大的麻木，无论安慰者说什么，忍受痛苦不会更加高贵，尽管它偶尔可能给痛苦的躯体赋予某种举止僵硬的尊严。对索恩太太来说，温妮弗雷德不过是个有儿子却对儿子的麻烦不能也不愿做任何事的女人。索恩太太的儿子在某个夏天的某一天死了，到冬天的时候，索恩太太对儿子还活着的母亲们的态度好多了，她们都谈不上聪明和完美。今天，她看着学校草坪上荒凉的阳光的斑块和云影，把一只手轻轻地放在帕拉斯·雅典娜无端宽大的臀部上，啜着茶，笔直地站着。

亚历山大迈着长腿飘然而至，动人地走到弗雷德丽卡和托马斯·普尔两人跟前，打算用他希望的家庭老朋友的那种口气对她取得的优异成绩表示祝贺。弗雷德丽卡可怕地咧嘴笑着，像她往常那样，刹那间他怀疑自己被什么抓住了，是不是应该明明白白地欲火中烧，让自己的手从那两条火辣的褐色大腿上溜上去，让自己的嘴按在那纤细的脖颈上？当他的想象力让欲望如此逼真的时候，他知道无论什么抓住了他，他还是被抓住了。

“我们正在悄悄谈论艾略特呢。”普尔遗憾地说。

“请继续。”亚历山大说，试图侧着身子从弗雷德丽卡身边走开，走到最近的那个石质庞然大物跟前，那是眼睛看不见却正直坦率、廉洁纯粹的至高阿瑟。安西娅·沃伯顿在玫瑰花蕾般的府绸衣服下面穿了好多层僵硬的白色网格衬裙，她走过来碰了下普尔的胳膊肘。

“麻烦你一下，”她说，用那种没有特色、修养良好、细声细气的声音说，“我感觉绿得可怕。”

“学校的茶喝多了。”弗雷德丽卡诚心实意地说，然后注意到——还是像平常一样注意得太晚了——两个男人生硬、警惕的图谋关系。绿？绿。学校的黑话。一个很老的词了。哦，上帝。我已经说错话了。她为自己有关茶的说法的幼稚感到非常恼火，接着想到亚历山大为什么就这样害怕又感到不厌其烦。恰在这时，好像纯属偶然，埃莉诺·普尔出现了，后面紧跟着珍妮弗·帕里，她靠屁股平衡着小儿子，丈夫跟在她后面。比尔已经朝桌子走去，显然准备要讲话，香槟的瓶塞开始砰砰地打开。

“喂——”珍妮大声、尖锐、凶狠地对弗雷德丽卡说，“这件幸福事儿从什么时候开始的？”弗雷德丽卡看着安西娅，安西娅把目光移开，保护性地拉平自己平平的肚子上的裙子。

“什么幸福事儿？”她反问道，把两道眉毛蹙到一起。

“那位新生婴儿，你们家的。我以为我们在庆祝这个和你的成功，不是吗？不过，我要是斯蒂芬妮——我不知道，就我们之间说说——会不会如此冒失地这么快就开始做母亲。告诉她已经太晚了，亲爱的，这事我当然会笑脸以对，但是我来告诉你吧，弗雷德丽卡，去追求值得的东西。不要这样，不要放弃，不要停止，不要变成一头奶牛，一个拿着拖把洗地扫地的人，不要以为在洗尿布和做饭两场活动的间歇来个小小的突击式阅读就可以避免心灵之死，因为那不可能。你也许可以抽时间去偷情，但不可能抽时间去生活，不可能抽时间去思想，不要让他们——”她皱了下眉头，转过来对着普尔、安西娅、埃莉诺、亚历山大和悲伤的温妮弗雷德，她刚加入这伙人中，“不要让他们告诉你任何别的东西。”她拽了下儿子的小胖腿，那两条腿紧紧圈住她的腰，“走吧，你这个海水般泛滥的小小老男人。去找你爸爸。你是个海水般泛滥的小小老男人，其实你是个可爱的小胖墩，这只会让事情变得更糟糕，不会更好。你在听我说吗，弗雷德丽卡·波特？这次谈话，或者就其交流范围来说是独白，不过我会闭嘴，你别担心。真正的亮点是你不会听我说，因为那是我在告诉你，你不会相信我的动机，而你会是对的。但我也是对的，你会明白这点的，以这样或者那样的方式。演讲结束。哦，杰弗里，快来接走这个尿湿的小家伙，我要走了，我要给奥顿太太送上我最美好的祝愿去了。我也有话想对你说，亚历山大，在这场幸福的活动结束之前，如果你觉得可以的话。”

亚历山大点点头，不说话。弗雷德丽卡看着斯蒂芬妮，纳闷为什么她没有注意到这里发生了什么情况。埃莉诺·普尔从手包里摸索出一块手绢，当托马斯的手臂搂住她的肩膀时，安西娅喉咙里发出可敬的小小的吞咽声。杰弗里·帕里接过儿子，在帕拉斯·雅典娜另一侧的廊墙上坐下。小男孩把脑袋靠在这个男人肩膀的弧弯里。索恩太太绕过来，在他们旁边坐下。

弗雷德丽卡完全不知道该去哪里，也没法待在原地跟母亲的目光相遇，于是就漫步向斯蒂芬妮走去。学校的女服务员开始收拾茶杯，换上冒着泡沫的葡萄酒杯子。亚历山大看着弗雷德丽卡无情的后背，注意到了托马斯·普尔凄凉的眼神，然后热情优雅地转向安西娅·沃伯顿，对她，他希望地面能裂开，吞下去。他问她是不是感觉还好，能不能敬她一杯水或者酒，是否愿意往前走走，到那个阴凉处。让他松口气的是，她来了，这就让托马斯·普尔有可能看到妻子找她的手绢，让亚历山大能够——他知道这是暂时的——离开珍妮。珍妮在某种居家女性的恶魔般的愤怒驱使下，又直接大步朝比尔走去。比尔正清理着嗓子打算发表他早就准备好的祝贺演讲，计划引用阿斯克姆[1]赞扬年轻公主好学的话。她向比尔表示了祝贺，像她以前祝贺他家人那样，祝贺即将来临的这桩幸福事儿，这个时候她自己才意识到，就像她以前经常做的那样，波特家的人对斯蒂芬妮的情况全然不知。比尔半听半咳嗽着，忽然注意到她正在表达的意思。温妮弗雷德徒劳地匆匆赶过来，正好看到他跟丹尼尔目光相遇，那眼神里充满了如此强烈和过分的厌恶，一时间她以为比尔真的疯掉了，马上就要扔酒瓶或者银盘，砸向他那结实黝黑的女婿。

丹尼尔告诉斯蒂芬妮出事了，他很担心。

比尔开始飞快又语无伦次地讲起来，内容跟罗杰·阿斯克姆无关，而是大谈思想或者艺术作品的永恒，以及《论出版自由》。“因为书籍不是那种会彻底灭亡的东西，而是其中蕴含着某种生命的能量，跟那个人物的灵魂一样生机勃勃，它们是那个灵魂的后裔……杀死一个人几乎跟杀死一本好书一样：他杀死一个人，等于杀死一个理

1 罗杰·阿斯克姆（Roger Ascham，1515—1568），剑桥大学学者，曾悉心指导年轻的伊丽莎白学习经典。

性动物，上帝的化身；但是在这里，谁毁了一本好书，等于杀死了理性本身，事实上在那只眼睛看来，等于杀死了上帝的那个化身。很多人活着对地球来说是一种负担，”比尔说，目光炯炯、怒气冲冲地盯着丹尼尔，“但是，一本好书就是一个精神导师珍贵的生命之血……”

“地球上的负担，他肯定认为我就是这样。”丹尼尔低声又坦然地说。

“他究竟在说什么？”斯蒂芬妮问，她迷迷瞪瞪中错过了之前发生的很多事情。

“他在告诉你，书籍比婴儿好。”丹尼尔说。比尔这时正拐弯抹角地怒吼他从来都是女子公平教育的坚定支持者，大吼大叫着亚历山大的戏剧如何好，以及戏中女主角的教育问题。

“哦，天哪，”斯蒂芬妮说，“他遭报应了。他疯了。”

“我想，他认为我可以被除掉吧。”丹尼尔高兴地说，“但那会让这一切变得有点太过分，不妨这样说。”

“你没必要对这事显得如此沉着。”

“我不明白为什么不可以这样。对我来说这无所谓。我会好好照顾自己的儿子，照顾得比他照顾自己的儿子还要好。”

“也许是个女儿。”

“那就我女儿吧。”丹尼尔说，他不是先知。

比尔还在表达着古怪得令人愤怒的希望，说弗雷德丽卡会好好利用自己的天赋，她的众多天赋，会利用得比他自己被赋予的那些才华还要好。一个人的孩子就是他的未来，除非他稀罕到或者才华大到足以成为精神导师，所以他自己的未来……

一辆轿车在后院启动了。这辆车从轮塔之间的拱门下面出来，尖叫着从草坪上切了个半月形。巴希尔·索恩跳到草坪上表示抗议。

马库斯·波特出于各种复杂的冲动跑出来，跟在车后面，疯狂地挥着手，却听不见声音。

“是西蒙兹。”亚历山大对安西娅·沃伯顿说，然后唐突地撂下她不管了。马库斯还在跑着，尽管西蒙兹和他的甲壳虫车已经撞伤了几个嘉宾，摧毁了一片漂亮的绿植边沿，现在已看不见踪影，只留下一片刺耳的尖叫和嗡嗡声，一股烧焦的味道悬浮在空气中。亚历山大开始追马库斯。丹尼尔在斯蒂芬妮肩上轻轻地拍了拍，开始笨重地跟在亚历山大后面。比尔不再讲话了。弗雷德丽卡咬着嘴唇，高高地抬起头。

亚历山大在通往沼泽地的路上抓住了马库斯。这男孩正垂着脑袋跑着，可怜地摇摇晃晃地跑着，大口大口喘着气。亚历山大自己的状态并不太好，但他换上一副冲刺的架势，想抓住男孩，让他停下来。马库斯还往前跑着，根本没在意。亚历山大滑稽地并排跟他跑了几分钟，说着什么“……这样做不好……告诉你最好别……理智些”。他听到丹尼尔如雷霆般的脚步声越来越近，最后用了个类似扭抱的动作拼命地扑向马库斯，好像自己把被追捕的人带倒而不用丹尼尔去做，便是件男子汉很自豪的事。他们在公路上扭抱在一起乱滚，马库斯像头动物般挣扎着，他好像没有身体，咬着，抓着，偶尔虚弱地打上一拳。“……只想帮帮……”亚历山大呜咽着说。

“他曾是我的朋友。”马库斯说，用的是过去时，好像卢卡斯·西蒙兹已经死了。

丹尼尔走过来，在尘土中站住脚，向下盯着他们。

“别动了，”他说，“别犯傻了。这一切毫无意义，那个男的已经离去好几英里了。回家吧，马库斯。”

“不。”

“哦，那你想要干什么呢？”

“我——”马库斯说，他击打着空气。他以为自己可能死了，这是在路上。那个想法不坏。“我——”他又说，他的肺抽搐着，眼睛向上翻了翻，昏死过去。

看来，丹尼尔在人工呼吸方面还是很有一手，十分用得上。亚历山大徒劳地跪在尘土中，看着功效，当男孩突突地开始重新呼吸后，他帮着丹尼尔慢慢地把马库斯抱回学校。比尔碰到了他们，面色煞白，怯生生的。丹尼尔已经缓过劲儿来了，命令他去看看，男孩已经被抬到医务室，并且迅速找了个医生。亚历山大还没缓过劲儿来，扶住一根柱子，空气还在撕着他的肺，双目模糊。他的脸被抓破了，衣服被弄脏了。他漂亮的头发凌乱不堪。透过热泪，他看到弗雷德丽卡从一条岔路走出去，去了远处，愤怒不已，她的庆祝会，她的尊严脸面全都被毁了。另一方面，帕里夫妇正向他走来。他寻找着普尔，却看不见人。

“如果你有点时间的话，亚历山大，”珍妮说，“我想跟你谈谈。”她召集起家里剩余的人员，“杰弗里可以听听我想说的话，我们已经认真谈过这事了。”

亚历山大开始想象一幅画面，并非完全不同于他以前经历过的，在这幅画面中，这位女士优雅地向他保证，这完全是一个错误，她其实一直爱着她的丈夫。这样的画面是他要为自己过的那种精致的爱情生活所付出的一种代价。

“我告诉杰弗里发生了什么。”

“哦？”

“发生的一切。”珍妮用一种毫无必要的威胁口吻说。

“发生了什么？”亚历山大愚蠢地问。

“我们一起上过床。两次，我告诉杰弗里了。杰弗里要因为通奸而跟我离婚。”

“可是——”

“至于托马斯，杰弗里不想跟托马斯分开，可是——”说到这里时，她开始流泪了，只是一点点，“我也不想。我真的不想，无论我说过他什么，我爱他，我爱你。我跟杰弗里也这样说。杰弗里说，我们大家必须坐下来，通情达理地好好谈一谈，托马斯该怎么办。”

亚历山大无助地看着杰弗里，希望对方为自己说点什么，或者朝自己的脸上摔一巴掌，他觉得这样做肯定才恰当，但愿最后一切顺利。令他恐惧的是，他看到杰弗里感到好玩的表情。杰弗里至少在一定程度上，被事情最后变成这样逗开心了。他猜测，杰弗里已经构思好了跟一个很有魅力的临时工女孩一起生活的前景，而且会在图书馆长时间跟托马斯·曼在一起。他想说“杰弗里，我没有碰过你妻子，我那家伙起不来”，但那种句子他说不出口。他又想到，更具马基雅维利的味道，向杰弗里保证，他自己也爱托马斯，他无法想象把托马斯与他母亲分开。他看得出，杰弗里将会为托马斯而战，无论他多么不在乎珍妮做什么。但这样的保证卡在他的喉咙里，因为无论如何他都不准备对杰弗里或珍妮保证他会带走珍妮本人。他烦躁不安地想，多么可怕，她怎么能盘算着跟一个甚至都起不来的家伙一走了之？

“我跟杰弗里说了那些申请表的事，”她继续说，毫无悔意，“当然，那会容易很多，如果你考虑走的话。”

“杰弗里——”亚历山大说。

“对珍妮说的这些，我没有任何要补充的。”杰弗里·帕里说，他脸上好玩的表情更明显了。

“还有些事她没有告诉你。”

“我相信，没有什么能够改变我现在想要做的事。”杰弗里说，他已经完全没有了发生婴儿车插曲时那股紧绷的表情，好像恢复了他原本就有的学者的本质。

“最后一夜过后，我们再谈一次，”珍妮友善地说，“就是说，你戏剧的最后一夜。”

帕里夫妇走开了，一个明摆着的和谐家庭小组，亚历山大则慢慢爬上自己住的塔楼。

40

最后一夜

也许聚会太多了，也许空中有着太多危险感和惊雷。无论如何，这出戏的最后之夜——如果不是以一声抽泣，顶多也是以一声还算悦耳的拨弦——结束了。亚历山大坐在那里，自始至终看完了，带着五味杂陈的感觉，包括诸如欲念、恐惧，更早些时候，他没想到会这样。珍妮的最后通牒，以及弗雷德丽卡的庆祝会总体上产生了一种自相矛盾的效果，就是对他想拥有、想干、想得到、想做、想操弗雷德丽卡的欲望制造出一种罕见、凶猛的紧迫感。这些词语没有一个是他常用的。他不想心里对自己说“破处”，因为那个，他认为已经被做过了。同时，他又第一次想，尽管他平常在这样的事情上懒得招惹是非，只想知道，破处是什么时候，以及跟谁完成的。在他的戏剧的鼻子底下吗？或者更早？室内还是室外？跟克罗、威尔基还是别的来自里思布莱斯福德学校、长满粉刺、自己不认识的年轻人？天知道，有这些人已经够多了。他极端嫉妒托马斯·普尔，他把自己的家伙收起来，用有些麻烦的结果表现成功，他对肉乎乎、沾沾自喜的丹尼尔·奥顿明显感到更厌恶，他的成功最后看来甚至都谈不上麻烦。看那场剪刀划伤的戏时，他都被自己的各种感情吓着了，那场戏与其说发生在阳光下，不如说发生在太平无事的最初的几个星期，甚至在不祥的几滴雨中。初夏时肌肉僵硬的弗雷德丽卡扭着，弓着她的骨腔，在空中蹬着一只肌肉发达的脚踝，以一种他认为过分得令人厌倦的方式暴露出大片瘦小的胸脯，那场戏却导致一次不便的勃起。真有意思，他想，他居然不在乎威尔基在珍妮的露肩连衣裙里掏摸。那是很令人憎恶的。他，他自己，曾经自己蒙骗他，他自己。至少，最低限度他本该，作为回报补偿，拥有那些他现在想要的东西。那个血淋淋的女孩。不，不是血淋淋的。她穿着撕破的衬裙跑了，他安坐在那里，等着她回来发表她的塔中演说，这场演说她表现得连自己都无法理解，演得歇斯底里又令人打寒战。沙伦的玫瑰。石头般的女人是不会流血的。我也不会流血。亚历山大觉得自己铁硬的意愿像石头般定了型。

在这个间歇，他想找她说话，却遭到托马斯·普尔的伏击，普尔的那些私房话他已经不想听了。普尔说，只要亚历山大作为婚礼嘉宾在这里站十分钟，他就会感激不尽，亚历山大说，极度厌恶地说，普尔找错了诗人，不该是他，他想做埃蒙德·斯宾塞，歌颂更加甜美的婚姻之爱的温柔诗人，在那个爱恋的时代，那是敏感性的巨大转变，如果C. S. 刘易斯值得信任的话，而且还说，如果，他，亚历山大，是他，普尔的话——真得感谢上帝，他不是——他应该立刻退回到婚姻之爱。普尔似乎没有注意到亚历山大的厌恶，或者笨拙的打趣，而是继续严肃地解释道，他现在找了个医生，你猜通过谁找到的？玛丽娜·叶奥本人。她说自己过去的职业生涯全有赖于认识可靠的私人产科医院里可靠的医生，还说她认为把那些名字传播出来是种公共服务。问题仍然在于劝说安西娅，在于把她安排好，所有这一切都是极其令人不愉快的，问题还在于筹到那笔钱，以他的薪水，这简直是开玩笑。玛丽娜·叶奥在那些最好的圈子里经常走动，在妇科圈子里跟别的领域一样如鱼得水。

亚历山大说钱的事请尽管跟他说，因为这部戏可能会赚不少钱。至于安西娅，如果她害怕的话，那就只能理解了。

普尔说，不，她不害怕。她抓狂的是错过了在朱安雷宾海滩[1]安排好的假期。她也不喜欢医生们用手指对她拨来拨去，她说。亚历山大说，那可能是对更加严重的恐惧的委婉说法。普尔说，他自己要能这样想就好了。他们为了这个都干了杯烈性威士忌。

第二幕开始，弗雷德丽卡在灌木丛中游走着，她不愿脱掉上场（最后那场）戏穿的那件漂亮裙装，这时碰到了安西娅，她穿着白色的透明纱罗，戴着装饰着金银丝织品的帽冠，还吊着染着银色的饰带，在月桂树间呕吐。

“你没事吧？”

“你看得出来我不好。主要是这些可怕的挥舞引起的。如果我现在能克服过去，我就可以继续坚持下去，挥舞我的宝剑、玉米束，不会感到眩晕。我弄得这些褶边都沾上油腻的脏东西了吗？”

“只有一点点。”

弗雷德丽卡把自己的手绢舔湿，擦了擦。一个褶边外层翘起来的末端还有一小块黏滑的污迹。

“我想你猜我怀孕了吧。”

“你会怎么办？”

“弄掉它。我得说服妈妈和爸爸，我得找个不错的理由去趟伦

1 位于法国东南角地中海沿岸的一个市镇，著名的海滨度假胜地。

敦，待上一两个星期。玛丽娜会帮忙。”

“为什么会是她帮忙？”

“嗯，她找的医师，还有私人产科医院，就是这样。她会关心到底的。”

“你害怕吗？”

安西娅-阿斯翠亚盯着弗雷德丽卡姜黄色的询问的脸，苍白得像朦胧的灯光中的大理石。

“我感觉恶心。我感觉恶心，在这段恐怖的时期。我什么都不能享受，享受不了性，甚至香槟、草莓、人们的掌声，以及衣服，因为它们不合身，或者可以说享受不了任何东西，如果你想知道的话。我真的感觉烦死了。我原本相信好人会采取适当的措施。我以后得好好照顾自己。如果你觉得我心硬得像指甲，弗雷德丽卡·波特，你问问自己，我还能怎么样？”

她敏捷地走了，一个光一般迷人的身影，站到化装舞会最后的那场戏中属于自己的位置。象征正义的处女座女神回来了，黄金时代回来了。于是，托马斯·普尔时代错乱地吟诵着，象征富饶的玉米束以及那把正义之剑，只在他们雕塑般岿然不动中微微挥舞了下。

弗雷德丽卡看到了威尔基。她几乎泪水涟涟。他抓住她的胳膊——他最后一次强奸了贝丝·思罗克莫顿后刚刚离场——说：“嘿，冷静点，怎么了？”

“我不知道。跟安西娅有关。她生病了。很烦人。”

“不是生病，是怀孕，很快就会修复好。玛丽娜这样说的。”

“修复这个词用错了。”

“我想是吧。我同意，预防胜似治疗。也许激情会战胜预防。嘘。我希望继续设法把自己的事处理得更好。你的事儿怎么样了？”

“我不知道。我不会。我害怕。”

“你就是个鸡巴挑逗者。”

“哦，是这样说的吗？我不熟悉这个词。不，我可不是，你知道我不是，我只是不知道该怎么做。我撒谎了，现在，最好的情况是会血流成河，我是无知，对于防护措施，而且他不知道我是——我只是不知道该做什么或者怎么做，可他认为我经常做，我很害怕。”

“我听说那血常常被当成神话。”

“是吗？好吧，大多数神话都有点现实基础的，有些人肯定在什么地方什么时候流过血，为什么就不是我？请别含糊其辞了。我不是鸡巴挑逗者，我不是那样的女孩，也不是硬得像指甲，她说的。我的意思是，我不会那样的，看看斯蒂芬妮，全身多油腻，你还想想别的可能性，威尔基，比如，婴儿多么奇妙，或者说都是人什么的。尽管我必须说我无法想象自己会要个孩子。我估计斯蒂芬的情况同样是激情战胜了预防措施，只是斯蒂芬胆量更大，如果我可以这样说的话。两者对我来说都不是好榜样。我该怎么办呢？”

“嗯——”威尔基说，“我自己的计划出现了些小小的变故，说真的。我本来计划演出结束后在海边骑摩托车美美地玩上两三天，跟我那姑娘，现在她告诉我在剑桥有事耽搁了，不能来。你想去吗？就是单纯骑行？”

“我去不了。爸爸、妈妈、马库斯还有亚历山大，亚历山大，亚历山大怎么办。你知道我去不了。”

“这会解决大堆问题的。我们会玩得很开心。”

弗雷德丽卡阴险地笑了。“你不怕你的鸡巴被挑逗吗？”

“不会的。那是不会的，我不怕，所以不会，然后，再说了，你没有理由害怕我，因为你不会用这样愚蠢的方式爱我的，你也没有对我撒过谎。所以不会——被挑逗——也是因为那个原因。所以，你干吗不去呢？我们会玩得很开心。”

“我始终搞不清楚你想要什么，威尔基。”

“很简单。我想要做最好的。别的一切——包括人——都是第二位的。”

“什么方面最好？”

“一切方面。现在这才是我真正的问题。这个问题经常闹得我半夜醒来。如果你在一切方面都是最好的，你怎么知道接下来做什么呢？不管怎么样，考虑考虑海边吧。我明天出发。我到时顺便过来，要么接你走，要么吻别。”

就这样，太阳在《阿斯翠亚》的最后一场戏开始时最后一次沉落了，大多数演员躲在灌木丛和四轮大马车后面，观看落日，如果能够看到的话。而亚历山大和洛奇高高地坐在脚手架上，因此能看见那天晚上大多数观众看不见的东西，沉落的太阳上那一线红红的银色。有那么几个晚上，太阳辉煌地滚动着，血淋淋地落在大楼、平台、盖顶石后面，又有那么几个晚上，天空好像被壮丽地洒上了孔雀身上镀过银似的猩红色。今天晚上沉重的乌云不断堆砌，越来越高，在夜晚的黑暗到来之前就已经制造出黑暗，所以玛丽娜·叶奥身上的光得需要加强，用一道从大楼打过来的弧光，带点血红色，制造出比伊丽莎白一世本人想象的恰到好处还要强的明暗效果。

无论如何，她这是最后一次坐在那里，穿着皱皱巴巴的白色睡袍，坐在她那巨大的奶油色丝绸坐垫上，戴着此刻明显显得笨重的高高的红色假发。伊丽莎白二世在加冕仪式那个单纯而神圣的时刻穿过好几码长、闪着光线的亚麻布衣裤，曾对这件睡衣最后的设计成形贡献过灵感，它的整个重量也许永远无法从玛丽娜对它的轻松驾驭中被猜出来，就是说，在她开始严肃地死去之前，玛丽娜就是用这种轻松来拖曳或者旋转它的。

她坐在那里，像历史、神话和剧本讲述的那样，手指孩子气地放在嘴里，而且，因为这是一部诗剧，她用断断续续雄辩的口才自言自语地说着万物的本质、孤独、处女的纯真、力量和那片逐渐到来的黑暗。驼背的罗伯特·塞西尔匆忙上来，又从平台的台阶上下去。女人们，令人想起查米恩和艾拉斯，在附近恭候着。坐垫上有绳子束缚的线缝，四只角上有令人眼花缭乱的绳结。女王讲着英语，嘴里喃喃说着绿色的田野，气恼地回忆道，需要锯开那只她嫁给英格兰时戴着的戒指，因为她那老化的无名指已经变形了。她管那根手指叫戒指人，回忆着，在某种意义上并不适合，另一个童年时代的同韵词。她还讲到了万物易变，用奥维德的黄金时代的说法，说牛奶成河，遍地是永恒的成熟的玉米。然后她就陷入沉默。

洛奇戳了下亚历山大的肋骨。

"这是我做过的纯粹戏剧中最出彩的地方。"

慢慢地，慢慢地，那个笔直蹲着的人影，珠光宝气地装饰成角塔的脑袋摇晃着来到坐垫上。在死去的过程中，叶奥小姐能够牢牢地抓住观众，大家意识不到时间的存在。红色假发滚掉了，令人想起那些人，他们看到早先描写的苏格兰玛丽女王被斩首后假发从头上分离后的视觉图像，这个白头女人面若死灰，沉进坐垫奶油色的褶皱中。她在这里抽搐了几下，在白色褶边的光晕中挣扎了几下，然后逐渐僵硬，那几个女人优雅地走过来，把她放进她自己的纪念塔中，拉直衣服和四肢，在那两只都铎圣像合拢、往外伸出的手掌之间换上一朵深红色的玫瑰。由于天气以及弧光的缘故，这场戏中白色的投射比之前更加轮廓分明，而且这位女演员似乎没有脸，只剩下尖尖的鼻子，而这只鼻子每天都要小心地用面团塑造，以后将不用再这样了。一旦他们让她在坐垫上展示完毕，就有可能把她抬走，他们抬的时候，她依然煞白，柔软和安静。

“稍微拧一下，”洛奇说，“她可终于上床了，这老骚货。可是戏剧效果太妙了。”

戏演完后，平台上的告别声渐渐息落，大家的戏服被拿走，收进柳条筐，运往斯特拉特福德和别的地方。不知出于什么原因，威尔基正在指挥瓶子乐队展开一场伤心的砸毁设备的行动。他在马厩院里找了块地方，所有的瓶子都被扔在那里，有些男孩非常享受这种砸碎的撞击声。有些人流着泪抗议，说他们想保存好自己的瓶子，权当一种纪念。威尔基厉声对这些怀旧者们说，没有了伙伴们，他们觉得一个音符有什么用？他们可以随便制造瓶子，随时唱出某种音乐。不，不，现在所有这些东西都要砸掉，他本人早有这个行动计划，并且承诺在未来的某一天，在未来的某个地方，星球音乐会再次响起来。在这期间，他不想让自己的想法遭到破坏，另外，碎玻璃会漂亮地闪烁发光。于是，在一片刺耳的破裂声中，他们扔啊扔，不停地扔。

弗雷德丽卡走到克罗跟前，他好像正忙着听玛丽娜给安西娅提供明智合理的忠告。弗雷德丽卡说她衷心感谢他所做的一切。她说——更多带有试探色彩——很想向他咨询下自己的未来。克罗极其温文尔雅地说，他很高兴提供这方面的忠告，如果她真需要他这样做的话，然后又给了她一杯饮料——非常甜的雪利，她害怕是纯雪利酒，尽管这不大可能。克罗问，她最需要什么样的忠告？

嗯，弗雷德丽卡说，她一直想当个演员。她不知道，因为在她背后有这么多评论——她没有说这是因为这次表演——她是否可以尝试申请戏剧学校，甚至保留剧目巡演团，试试以此为业？这是她想要的，一份在戏剧界的职业，克罗有什么特别的建议，乃至建议怎样开始着手？克罗笑了，拍了拍她的肩膀，他又笑了。

“当然，”他说，“洛奇对你的建议，恐怕要比我的更管用，甚至可能比——我有些怀疑——亲爱的亚历山大的建议要更管用。不过，你问的是我的建议。那就听我说，亲爱的姑娘，你要强化自己。想要创造自己在舞台上的职业生涯，你必须首先”，柔滑如丝，“换一张新脸，一副新的身体，然后学习扮演自己以外的什么角色。也许这些你都能做得到。但是我的建议就像你爸爸的建议，略微涉足业余戏剧就够了，最终还是要有优秀的高级考试成绩，这方面我们都听说了很多。你不能真的去演戏，你知道。你是类型演员，没有太多的类型可供类型演员演的。你说过——很公正——那位温柔的安西娅天生适合演漂亮和优雅的角色，但是，在舞台上，总体而言，弗雷德丽卡，这种品质在要求上比你的要略微高些。我同意，如果温柔的安西娅少些叽叽喳喳，会更好些，但那样的话，我们就不可能有多种多样的色彩，尽管我相信那些戏剧学校已经挤满了集美貌、优雅、甜美的嗓音于一身的少女们，而且她还有一点点特别的机智——不是你这种类型——这是女演员必须具备的。”

“我明白了。”弗雷德丽卡说。

“我相信你明白了。请允许我再次祝贺你的出色表演，完全超出了所有人的预期——甚至我的预期。我最终发现那是一种智性的直觉。我希望你在申请牛津或者剑桥，或者最终不管什么学校时都有好运。现在我得回头处理迷人的安西娅的小问题了，弗雷德丽卡。”

当弗雷德丽卡在镜子里最后一次卸掉妆容，化妆油彩还没褪掉时，她流了点儿泪——不太多，因为她非常骄傲。她贪婪地看着玛丽娜·叶奥。玛丽娜很丑，也许从来没有漂亮过。她想，有可能好像一直就是这样。克罗刚才说的那番话是因为太阳床的缘故，但同时也意味深长，她有那份机智能够意识到这点，甚至，她也有那份机智承认，那也许是真的。那就这样好了。她又观察着珍妮。她好像很兴奋，但并不沮丧，还是像往常一样。弗雷德丽卡看着自己的脸。克罗是对的，这张脸很古怪，乏善可陈，一张女教师那样古怪的脸，几粒雀斑，一副尖嘴和尖下巴。至于她的乳房——最后一次取掉鲸骨架后——几乎不是乳房，更像结块。其他地方，肘子上、膝盖上就有好多结块，那些地方会被聚光灯漂亮地挑出来。亚历山大走到她后面。

“需要带你回家吗？”

“带帕里太太回去吧。”

“我想她丈夫会来接她。”

“他一般不来。”

“这是最后之夜。别吹毛求疵了。弗雷德丽卡，弗雷德丽卡，来吧。”

弗雷德丽卡走过来。她让亚历山大迅速带她离开，甚至不往后瞥一眼珍妮弗，两人都不往后看。她上了车，坐在亚历山大旁边，然后轻声哭起来。

“怎么了，亲爱的？”

“克罗说我太丑，做不了演员。我只会演自己。要换张新脸，他告诉我。最可怕的是，他说得没错。”

“我不明白你为什么要去当演员。有你这样的头脑，没必要。老天知道你可不丑。”

“不吗？”

“不丑。干脆利落的性感，洛奇可说过这话，他第一次见到你的时候就这样说，当时我简直瞎了眼，完全是猪脑子。他没有说出另一半。你身上每一寸都是，你是……那位独一无二的女人——我发誓，绝对——我已经让自己陷入这种极端状态难以自拔。不知这样说会不会让你觉得开心。”

“这样说并没有让我开心。”她字斟句酌地说。这话让她感到害怕。以她现在的状态，这话甚至都让她感到害怕，亚历山大想过，或者希望，她有能力以性极端为乐。她是一个无知的傻瓜。她想要的是一个难以理解、难以形容、封闭保守的亚历山大。

“我爱你，弗雷德丽卡。你年轻得不可思议，我们被各种骇人的错误榜样包围着，整件事从开始到结束都是不可能的，可我爱你。”

“我一直都爱着你。”

亚历山大开车把她从朗·罗伊斯顿带出来，他们从门楼经过，穿过装饰华丽的铁大门，她忽然想到，她可能再也不会回来了，至少在新大学改变了这里的整个风貌，变得认不出来前不会回来。她无端地想象自己会成为那里一个大受欢迎又熟悉的参观者，漫步穿过草坪和厨房花园，以及马厩院子。她听到身后传来隐隐约约玻璃破碎的声音。那是逃跑的音乐，那声音其实很像天堂被关上的声音。那扇门应该砰然关上了，却没有，因为还有很多其他车辆要出去。

亚历山大载着弗雷德丽卡飞快地行驶到城堡岗，在尼森小木屋之间停下来，然后抓住她。亚历山大撕扯着她的内衣，完全不像原来的那个亚历山大，松紧带弄得生疼，指甲弄得生疼，还揪着毛发。

“我一定要，我一定要。”他不停地说着，这个时候甚至都说不出一个恰当的动词。弗雷德丽卡抗争着，就像她曾经为了得到一个回应而抗争，努力不要让人碰自己。

“这里不行，现在不行。”她一个劲儿地说。亚历山大争斗着，但不够男子汉气派。他们都被排挡和手刹弄得不舒服，有些疼痛。

“你瞧，亚历山大，我想起一件事了，我明天会回来，我答应你——如果你现在带我回家的话，就现在，这会儿经历的事太多了。我感觉很脏。求求了。”

“那好吧。”

亚历山大带她回到家。他们约好明天再见，也许就在边地旁边的铁道桥上，然后来次长长的安安静静的散步，离这些地方远远的，好好想想各种道路和手段。亚历山大一走，弗雷德丽卡就一个人躺在教师路自己家那张窄窄的床上，她被迟来的迷茫的欲望完全击溃了，想抓住他那丝一般的皮肤，想闻闻他头发的味道，放手……什么都不管了。她睡着了，在愤怒和欲望的煎熬中紧握着拳头。

亚历山大毫无睡意地望着塔楼窗户外的西红柿地上面的月亮，无意中看到曲里拐弯，偷偷摸摸回来的卢卡斯·西蒙兹，他开车回来，像他走掉时那样。只不过他现在是慢慢地咔嚓咔嚓地行驶着，越过青草和鲜花的半岛。无动于衷又安静的亚历山大观察着西蒙兹，一个蓬头垢面的身影，多少有点像滚着从车的前座出来，然后醉醺醺地朝自己的塔楼走去。他没有关车门。亚历山大考虑去帮他一下，但又没有动身这么去做——这里没有那种他可以做出的协助，以免看到恶魔们和装着血的牛奶瓶出现在门口的台阶上，而且如果西蒙兹一切都好，美美睡一个晚上对他来说将会更好，而且最好。想着西蒙兹对他来说也很不舒服。他可以扔着车门不管，到早上再说。这人没有死掉，却静悄悄地回到床上，至少否定了马库斯所焦急猜度的某些内容。

41

比尔吉池塘

第二天是星期日。马库斯在家里醒来，听到自己痛苦的呼吸发出的熟悉、吃力挤压的嗞嗞声，他就释然了，然后睁开沉重的眼皮，接着又合上，迅速跌入无梦的酣睡中。他生病了。他不用再承担责任。

亚历山大没有睡着，对自己昨晚对待卢卡斯·西蒙兹的态度深感惭愧。他又想到，杰弗里和珍妮弗几乎肯定会带着他们影响他未来的新计划找上来，然后他怀着渴望与勇敢交织的心情决定出去。他穿过长廊来到西蒙兹住的塔楼脚下，那里有一只没人动过、盖子呈金黄色的白色牛奶瓶矗立在太阳下面，他轻轻地跑上楼梯。西蒙兹的房门开着。亚历山大敲了敲，里面没有人。亚历山大走进去，注意到床应该有人睡过，睡衣横着扔在枕头上，好像也是正常脱掉走出来的。他闻到了吐司和汗水的味道。打开窗户不是他该做的事。他决定睁大眼留心注意西蒙兹，同时沿着弗雷德丽卡·波特家的方向走去。

弗雷德丽卡遇到了麻烦不能出来，因为比尔在为斯蒂芬妮怀孕的事跟温妮弗雷德遮遮掩掩地吵架。虽然很显然，温妮弗雷德不能对他们未来孙子的出现负责，但这并不能阻挡比尔为此责骂她，大声又频繁地说，现在什么都能解释了，这个家伙是未婚先孕的，牧师应该有自己的原则，他要公开嘲笑丹尼尔·奥顿。温妮弗雷德哭泣着，对她来说哭泣可并不常见。她哭泣不是因为斯蒂芬妮，对她倒是有点酸酸的嫉妒，而是因为马库斯，她爱马库斯，却没有如愿。她没有对比尔提马库斯，以免他想起跟马库斯有关的什么事来，比如质问卢卡斯·西蒙兹，如果能找到那人的话。比尔可能做的任何事都不如死气沉沉地待着好。这个想法让她哭起来，比尔吼叫着，声音更大。弗雷德丽卡说她要出去散会儿步，比尔说不行，她不能出去。温妮弗雷德说她为什么不能出去，然后弗雷德丽卡退回到厨房，穿过后门出去了。一出来到了阳光下，她的身体又属于自己了，闪耀着希望和恐惧。她开始奔跑，穿过边地，知道亚历山大会，而且肯定会等着她，坚信得就像她知道草地是硬的，咆哮着穿过地平线的铁路上的火车会来。

这列特快车上很多人好像从车窗里探出脑袋，喊叫着指点着。她感觉他们认出了她那张著名的脸，然后，觉得更合理的解释是，在那个激动的时刻，她扔掉了几件重要的服装。她犹豫着，站在那里，向四周看着。就这样，亚历山大从桥上，弗雷德丽卡从橄榄球场地边线上看到了比尔吉池塘中的那个人，男性，浑身赤裸，大声唱着歌。他们慢慢往前走去。等他们靠近些时，弗雷德丽卡面对着那个人的脊背，亚历山大面对那人的正面，认出了那人是卢卡斯·西蒙兹，弗雷德丽卡根据卷发脑袋和象牙般的屁股的某种令人讨厌的尖头，亚历山大根据那张深红色的扭曲的脸。西蒙兹用一根长长的杆子搅着黑色的柔软的转着圆圈的水，他是左手操纵的。比尔吉池塘很久没有被测量过了，一定要比任何人想象的都深好多。至少，塘水淹过了西蒙兹胖胖的膝盖，在晃荡着，哗哗地响着。那歌声有部分是在唱“哦来吧，

哦来吧，阿多尼斯”，带着无尽的拖得长长的颤抖的元音，部分是第136首赞美诗的弥尔顿版，他们经常在里思布莱斯福德星期六的礼拜活动上唱，一学期平均唱两次。歌词总是被掐头去尾，落进激荡的水中。当歌词唱出来的时候，那根棍子击打起水，水会有种燥热的愤怒感，而且，每当响起歌词时，他又会发出奇怪的大喊大叫的由衷的欢腾声。西蒙兹的毛发，无论头上还是身上，都精心地用花草装饰起来，有皱纹草、老鹳草、延龄草、鸟足三叶草以及精心放置的巨大的月亮形的雏菊，用黑麦草、大麦草的穗子，以及拖得长长的被编织成黏糊糊的一绞一束的牛筋草。

亚历山大稍微靠近些时，看到那只右手握着把非常锋利的屠宰刀，还有几处小伤口，很可能还有大伤口，沿着西蒙兹大腿内侧纵横交错，上面覆盖着光泽闪烁又暗淡的血。

亚历山大看到西蒙兹疯了，他觉得自己绝对没见过什么人疯得如此经典，如此大气，如此有原型意味。但是，他既没有去想象他的思想状态，也没有去想他要干什么。他想他也许应该大胆地走上前去。于是他走了过去。

“西蒙兹，西蒙兹，老伙计。我能帮点什么忙吗？”

西蒙兹带着狂暴的专注神情，盯着太阳，继续歌唱。亚历山大走到池塘边缘。西蒙兹蹚着水，扬起小小的水花，用刀朝他做了个威胁性的挥砍动作。亚历山大往后一退。他开始意识到弗雷德丽卡也在这里，朝她做了个狂乱的手势，示意她走开。弗雷德丽卡靠过来，西蒙兹转过来面对着她，这样她终于看到他头上戴的花冠枯萎的光环、胸甲，以及挂在他柔软的阴毛上的低垂的紫花。她也看到了血和那把刀。

“赶紧回家，”亚历山大说，“这儿有个正经女孩，赶紧回家去，寻求帮助。”

“不用帮助，”西蒙兹咏唱着说，“不用帮助。”

“赶紧跑。”亚历山大对弗雷德丽卡说。

她跑了。

亚历山大蹲在池塘边上，在一定距离之外，着迷地看着西蒙兹的私密部位，那家伙很大，但血淋淋的，直挺挺的。西蒙兹弯下腰击打着水，惬意地唱着歌，渐渐进入闷闷不乐的沉默状态。亚历山大焦躁不安地想，如果这个疯子忽然想到要朝铁道线跑去，或者执意想阉割了自己，他应该怎么办。西蒙兹做过环切术。亚历山大心想总体上他还是更喜欢后背的样子。

弗雷德丽卡突然闯进了一场家庭争吵，因为丹尼尔和斯蒂芬妮的在场，争吵变得更厉害了，不知道为什么，两人有点沮丧地决定，通过一起来为怀上孩子的事道歉，试着缓和下事态。弗雷德丽卡大声喊道：

“帮帮忙，帮帮忙，卢卡斯·西蒙兹在比尔吉池塘里，已经完全语无伦次，疯掉了，亚历山大已经在那里了，他正拿着把刀子威胁他。我说真的，这可是真的。帮帮忙。他身上裹满花之类的好多东西，像李尔王或者查泰莱夫人的情人。在干什么呢。他们常说那里面有水蛭，那个池塘里，黑得吓人。他看着很可怕，不停地唱着歌。”

“叫救护车。”丹尼尔对斯蒂芬妮说。“别吼叫了。”丹尼尔对弗雷德丽卡说，但是这个告诫太晚了。马库斯出现在楼梯平台上，脸色苍白，摇摇晃晃。斯蒂芬妮联系着救护车服务，解释着她想要一辆救护车，在橄榄球场的中间——那个边地，在里思布莱斯福德学校。不，不是体育运动意外事故，她觉得可能需要警察，一个男人拿着一把刀……管制物品。

“你不必那么开心。”丹尼尔怒气冲冲地对弗雷德丽卡说。

“我其实没有开心，只是我说话的方式就那样，我过来是求援的，这是件大事，难道不是吗？”弗雷德丽卡说，像个暴怒的女人，扬着头，带着戏剧式的夸张和自以为是，神采焕发。

“你最好把自己那可怕的声音压低些。”丹尼尔说。弗雷德丽卡不解地茫然地看了看四周。马库斯悄无声息地从楼梯上下来，拉了拉丹尼尔的衣袖。

“你要过去吗？我能——去吗？”

丹尼尔回过神来考虑了下这个问题。

“你不用去了。”

“我知道会发生可怕的事情。我要对他负责。我必须过去。”

“如果你必须去的话，那你就必须去好了。如果到时候事情变得更糟，或者如果我说这样不好的话，你就回家去，明白吗？”

“他不能去。”比尔说。

“那是他的人生，”丹尼尔说，“你已经任由他折腾了一番，完全没有干涉这事。现在，他们遇到了真正的麻烦，如果他感觉他去可以明白这事，照我说他去也无妨。”

“那人是个疯子。”

“也许我也是疯子，”马库斯说，用苍白的手指非常柔和地揪着丹尼尔的外衣袖子，“也许我能让他镇定下来。以前他总是照我说的去做。”

“你照我告诉你的去做。”比尔说。

“为什么？”丹尼尔问道，他就像心里对自己说的那样，对比尔出于自己的考虑十分恼火，也许因此没清楚地看到马库斯的反应。

“我要过去。如果出什么事，我这辈子都要负责任的。”

“那就走吧。”丹尼尔说。这时斯蒂芬妮也拉了拉丹尼尔的衣袖。“你觉得他应该去？”

“事实胜于想象，马库斯是对的，这是他的事。走吧。”

他们全都前后相拥着来到花园小路上，走进边地，这时，马库斯在丹尼尔和斯蒂芬妮之间蹒跚地往前走去，比尔和温妮弗雷德慢慢悠悠地跟在后面。弗雷德丽卡大踏步往前走着，被自己声音的恶趣味弄得放慢速度，跟在他们后面，卢卡斯·西蒙兹站在池塘里，歌声现在有点嘶哑，亚历山大还徒劳地蹲在那里守护着。丹尼尔向卢卡斯冲过去。

“我们要把你弄出来。”

卢卡斯转着圈。

“为什么这样？”丹尼尔问道，如果没有那些张着嘴看的观众，他可能已经下手了。他感觉这些人对他下手具有抑制作用。他真想知道为什么西蒙兹选择以这种鲜花围裹着的赤裸状态走进这个池塘。

西蒙兹挥舞着那把刀，马库斯向前跑去。

“先生！先生！这事完全错了。我知道我应该去，我没有想到你想的就是我想的，我相信，光幻觉，还有青草，先生，我们看见过的东西，这些是有科学记录的，但不能用这样的方法去做。”

卢卡斯转过身，像头公牛般低着脑袋，怒目而视。马库斯走上前，伸出一只手。

“请出来吧。”

卢卡斯·西蒙兹故意击打着比尔吉池塘里细细的黑色淤泥，大片大片的污泥块朝这男孩扬过来，落在干净的衬衫和灰裤子，以及洁白的布满雀斑的脸上。

“走开，你一直都对我不好，你不好。”

卢卡斯又开始击打池水。只见一辆救护车一路颠簸着冲草地上飞奔而来，停在场地边缘。

“什么人？”丹尼尔问道，这时各种救护人员和警察赶到场地，抬着一副担架，拿着一件约束衣，炎炎烈日下，抱着一件猩红色的毛毯。“什么人？”

卢卡斯·西蒙兹绝望地环视着这圈人，这么多波特家的人，还有脆弱的亚历山大，壮实的丹尼尔。他从池塘走出来，池水在脚边吞吐着，他走到斯蒂芬妮身边，把热乎乎的脑袋埋在她的胸上。他站在那里，古怪地躬着身子，因为斯蒂芬妮是个小个子女人，他古怪地光着身子，黑色的泥淖，红色的大腿，洁白的身体，深红色的脖颈，污染的花朵，斯蒂芬妮双臂搂住卢卡斯，她的腹部隆起，不知所云地说：“不要担心，没关系。”

“我告诉过你，我告诉过你，我没有私生活，我谁都没碰过。”

“没关系。”

“驱逐舰就要来了。”

“没有，没有。平静点。”

“你是不会相信的，夫人。我以前在那上面待过。在那些地方是没有平静的，只有白光和合理的时间空间的灭绝。我不想再去那里了。”

卢卡斯虚弱地站直身子，挥舞着那把刀，那一小群男人朝他跑来，从后面扭住他，然后扑倒他，夺过那把刀，把他塞进救护车。车门关上了。

“你们要把他带到哪里去？”马库斯问。

“卡尔弗利总医院，我想。”丹尼尔说，“那里有个精神病院。”

“那里好吗？”

“不坏。可能更好，可能更糟。在那里，他会安静下来。”

“他不想——”

回到教师路，温妮弗雷德坚持说，马库斯晕得很厉害，应该放到床上去。亚历山大在弗雷德丽卡旁边站着，听着比尔猛烈抨击跟学生纠缠不清是最基本的不道德。斯蒂芬妮坐下来，闭着眼睛。那个男人的皮肤曾在她的手指下燃烧，他把湿漉漉的嘴巴放在她的胸脯上，她将永远不会从这种同情中解脱出来，她想洗个澡。比尔说他想上去跟马库斯好好谈谈，弄清楚那两个人到底是怎么回事，要明确让这孩子知道整个这件肮脏的事彻底结束了。温妮弗雷德说，除非我死了——一定要让马库斯独自待会儿，绝对不能再让他受到刺激，或者被质询，他需要安安静静，不受打扰。温妮弗雷德说得对，但那是因为她出乎意料地证实了自己的观点——直到下午很晚他们才发现，马库斯从卧室窗户爬了出去，还患着哮喘，已经看不到人影了。比尔和温妮弗雷德花了两天半的时间才找到儿子，尽管事情原本很简单。比尔开始还大胆地宣称这孩子“没事”而且“只是出去散会儿步”。温妮弗雷德相信，马库斯死了，也许并不情愿这么想。当比尔迟迟才同意去报警时，时间都消耗在查看荒地和河水了。亚历山大开着车徒劳地在一些偏僻小路上驶来驶去，威尔基被弗雷德丽卡说服参加寻找行动，骑着那辆摩托上上下下吼叫，在阴沟和荆棘丛中打探。丹尼尔打电话给卡尔弗利总医院，他们说马库斯不在那里，还说卢卡斯·西蒙兹也不在，他已经接受过检查，在镇静状态下转院了，而且已经被锡达芒特接收，这是一家大型精神病医院，在卡尔弗利二十五英里外的地方，在这片农村地区的中心地带，位于自己围墙包围的地盘里。丹尼尔又给锡达芒特打电话，那里告诉他，卢卡斯·西蒙兹仍然处于镇静状态，还说既没有看到也没有听说过马库斯·波特。

弗雷德丽卡和亚历山大一起出去找。她感觉怪怪的，她的注意力朝各个方向乱窜：有时她用心眼看到那个男人红彤彤的赤裸的身体，有时看到弟弟一张虚无的脸，但是却无法把二者连起来。有时一种温暖的疲劳感滑过全身，而且与之相伴的还有欲望，她想摸摸旁边亚历山大的腿，有时她触摸的时候，亚历山大就会在欲望的左右下战栗，有时又会因为恼怒而战栗；现在，他同样无法把注意力集中在这起外部的灾难或者这个女孩身上。他的几只口袋里放着几片纸，是学校秘书给的，上面说帕里太太，或者有时说那个帕里博士来过电话，但是他设法回避去接任何这样的电话。他还收到珍妮的两封厚厚的信，他还没有打开。像弗雷德丽卡一样，已经做出必要的改变后，他心里的那只眼睛被不愉快地拉回到卢卡斯·西蒙兹那暴露在外的猩红色的私密处。

至于马库斯，他在徒步行走。丹尼尔的直觉是对的，只是他打电话的时间不恰当，医院总机接线人员不知情而且效率低。马库斯先沿着辅路朝卡尔弗利走，由于运动，越走头脑越清楚，呼吸更加通畅。他深信，在某种程度上，由于粗心大意，自己切断了让卢卡斯·西蒙兹与现实联系的某种线索，而且认为，随着那条线索的切断，他自己经由卢卡斯与日常生活联系的那点单薄的连接物已经没有了。他真应该跟卢卡斯一起去看看那些石头，然后死掉算了。他不停地想着，但是为什么那样会更好，他却没有想清楚。无论如何，他已经做错了——正确的做法是跟卢卡斯粘连在一起。他迈着沉重的脚步沿着草地边缘走着，花粉飘起来，让他的眼皮变得更厚，在喉咙里留下厚厚的黏膜。虽然没有信息传递过来，但他有种可怕的直觉，那道光在等着向他涌来，而且会很残忍，如果他放弃了他所建立起来的某些无用又寻常的奇怪防卫措施。他害怕那道光，所以他同样害怕教师路上的那幢房子，他想象那是一个由好多正方形黑盒子构成的系统，在那种无法忍受的炎热中，他永远在里面漫步，走到光秃的墙跟前结束，然后又折回来。

他到卡尔弗利的时候，还是很机智的。他通过找到那个敏斯特教堂外面的街道示意图找到了那家医院，他沿着一条环形公路绕了个很大的圈子才走到那里，那条路很容易走，但长得可怕，吵吵闹闹，尘土飞扬。他到那里的时候，感觉自己看起来很怪，这是很危险的，事实上，因为情绪、饥饿、枯草热、哮喘和疲乏的缘故，他的确很怪。他没有欲望或者力量去吃点什么，但他已经两天没吃饭了。

他坐在一把公园条椅上，任由自己无声地哭了会儿：这是机智的一部分，因为哭泣让他放松了许多，因此让他有可能去做自己必须做的事情，并且能发出正常的友好声音，用那个声音提出要求去见卢卡斯·西蒙兹。他双手轻轻拍了拍自己满是灰尘的法兰绒衣服，用手绢把鞋子擦亮，然后，他试图用这块手绢擦掉眼镜上那层尘土的薄膜，效果不理想。后来他站起来，稍微摇晃了几下，直到他觉得自己可以轻快地走进医院，然后又调整了下脏乎乎的脸上脏乎乎的眼镜，朝右侧方向倾斜了下，开始出发。

他痛恨又害怕医院。那味道，那回声，那喧闹，那沉闷。他从旋转门之间投进这样一家医院，然后向一个服务员打听情况，先是用一种短促尖锐的吱吱声，接着调子又奇迹般降下来，变成正确、礼貌、中性的声音。

他得把这种声音保持半个小时，因为他从这个玻璃笼转移到另一个玻璃笼，从这个服务员转到护士，从护士又转到男护士，那位男护士告诉他，卢卡斯·西蒙兹已经被转到乡下的某个地方。哪个地方？那位男护士人很好，在一张纸上给他写下路线，画了个小小的道路图，图的比例尺——这点也许反而很幸运——在那个时候对马库斯来说没有任何意义。马库斯心怀感激，僵硬地点点头，担心如果自己再发出任何尖锐的声音或者颤音就会暴露了自己。

接下来，他花了两天的时间，动用了更多的机智，睡在一个干草地里，保存他荒唐地认为是自己的“力量”的东西，他横穿整个乡下，来到锡达芒特精神病院。关于这次跋涉他记不得多少了，只记得尘土、汗水和眼泪在身上结成硬皮，像件死人的面具，还记得他在就快要到达一个完全可以喝的牛奶槽之前，从一个脏极了的水坑里喝了口水，弄得他感觉很恶心。他几乎肯定——没有人曾测量或者知道——在撞到那堵高墙前又毫无必要地走了好几里地，很多里地，在那地方绕了好几圈，绕圈的时候，他摇摇晃晃，小跑着，直到来到一个大门前，还有一条小路，他从门里挤进去，然后踏上小路。锡达芒特像里思布莱斯福德，只是稍大些，维多利亚时代哥特式风格，其实同样像里思布莱斯福德的是，这地方也是克罗慷慨大方的祖先赠予的，像在约克的那个收容所一样，是出于慈善而开办的。

现在，对聪明机智的马库斯来说，攀登台阶太累了，他抓住一个全身白衣的女人说，他来是想见自己的一个朋友，卢卡斯·西蒙兹先生，担心有点晚了。他使出最后一点劲，让自己粉红色气喘吁吁的外表显得更可信。他尖声说着，呻吟着，让气喘听上去像风琴，来掩饰自己对声音的失控。其实，他可能抓住了最好的一个人，一个好心、控制欲强、爱管闲事的端茶小姐，她怀疑地说，她觉得卢卡斯·西蒙兹先生没有拜访者。“胡说！”马库斯说，用令人匪夷所思的声音模仿父亲的吼叫。“好吧。”端茶小姐说，她去看看，她慢慢腾腾地走进一个大厅，马库斯紧跟在后面，沿着一个病房走过去，病房里面穿着睡袍或者明快的衬衣和法兰绒衣服的老头子们，有的坐在寄物柜旁边，有的坐在窗户旁边。到了这个病房的尽头，端茶小姐拐过去找护士小姐，马库斯看到西蒙兹躺在一张铁床上，盯着天花板，胖嘟嘟的脸茫然空洞，面色涨红。

“先生，”马库斯说，“先生，我来看你了。”

西蒙兹把头转过来盯着。

“对不起，我想我的样子很可怕。我走来的。”

“我们待的地方是不确定的。”

“不，没有不确定，这里叫锡达芒特，在一个很安静的地方。我知道这地方在哪里，我走过来的。”

西蒙兹盯着。马库斯心想，他会朝我吐唾沫的，他会索性闭上眼睛，他会恶心或者什么的。西蒙兹盯着。然后，他说，十分小心地组织着句子：

“坐吧。”

马库斯坐了下来。他从被子底下拉出西蒙兹软塌塌的手，抓住。手在颤抖。他说：

“你瞧，我来了，这都是真的。事情完全搞错了，你担心会那样。你一定要告诉我，但现在不要，先不要，等你可以的时候再说。发生了什么？”

“哦。什么都没有发生。只是——有些事情，有点难为情。”

“没关系，先生。你会好起来的。”

“他们会，取走我身上的一点东西。不是健康的东西。大脑里的某些东西。他们会……他们伤害我的记忆。然后……你——丢了工作。也许是那样。总之，不要让他们那样干。不要，走开，马库斯。谢谢你过来，非常谢谢。”

马库斯想，只有他这副满是灰尘的死人面具才能阻止他的脸上泪水纵横。他说：

“我不会走，我答应不会走。”

西蒙兹说：

“让我来——小声说。”

马库斯放低他黏土般的脸靠近那挣扎的嘴巴。

“我很害怕，但那不是，真正的，我的问题。你是，真正的好家伙。是奇迹。不要让他们给你接上电线。不要让任何人，接近你，获得你的大脑。上帝，要，你。”

“或者别的什么。”

“上帝或者别的什么。”

西蒙兹露出一丝闷闷不乐的微笑。“或者我。你不要走。”

“不，我不会走。”

他没有走，待了些时间，尽管他和卢卡斯针对最终不可超越的奇特事物进行了一场复杂的战斗。两个人都哭了，在某个时刻都尖叫起来。在被抚摸的时候，马库斯试图紧紧抓住床。西蒙兹被打了一针，这样马库斯就获得了监护的最后部分时间，在西蒙兹的身体被麻木成功击打之后，他就那么看着一个打着鼾的隆起物。人们不知道他是谁，真不可思议，他们让他坐在那里，偶尔过来询问下他的身份之类，或者他是怎么来的。他都彬彬有礼地回答，满身尘土，带着鬼魅的微笑。丹尼尔的第三次、更加绝望的电话咨询终于给了医院官方某种他们如何处理的线索，马库斯终于从一杯水中抬起疲惫的脑袋——他仍然拒绝吃任何东西——看到他父母走进病房朝他走来。温妮弗雷德的目光躲开躺在床上的那人。比尔说：

“瞧，好了，现在你可以回家了，所有这一切瞎胡闹都会结束，就像从来没发生过一样。”

马库斯开始尖叫起来。他感到很奇怪，自己居然会发出如此巨大的声音，然后又感到奇异的是，自己居然停不下来，最后又奇怪这声音围绕自己建立起硬壳。他父亲的脸在激动地说着什么，他却听不到声音。一个上了年纪的男子告诉马库斯——马库斯以为他是在跟比尔说话，而且在他的尖叫声中咯咯地笑着——住嘴不要喊了。找来一个医生，又找来一个壮实的护士。马库斯尖叫着，哭泣着，被打了一针。比尔和温妮弗雷德跟医生们说着什么，商量好决定他们和马库斯应该继续待在这里过夜，他们来守着他，这样当他再次恢复意识的时候就会感到安全。然后他们可以商量需要做什么。温妮弗雷德给弗雷德丽卡打电话，说马库斯找到了，但是生病了，在医院里，他们要陪他，晚上不回来了。弗雷德丽卡不介意一个人待着吧？她肯定不会，她会锁上门，让丹尼尔知道找到了马库斯，她自己一个人没问题。

弗雷德丽卡说，她绝对没问题。

42

花园中的处子

弗雷德丽卡取消了搜索活动。找到亚历山大很容易，这点她还有工夫为之感到奇妙，因为她爱他已经好多年了，每次看到他还会觉得心要跳出去。他们每隔两三个星期，或者甚至隔更长的时间才见到一次。现在，他像个恋人那样，只要离开她，都会告诉她在哪里可以找到他，或者会在哪里留下信息。这是种很可怕的力量，他担心她坚信他会对她施加一种可怕的力量。

找到威尔基要更难些，现在这部戏已经结束，上演期间，他在卡尔弗利有好几处住所，但是都不像在朗·罗伊斯顿那样住的时间多。他在卡尔弗利的住处，弗雷德丽卡从来没去过，大堂里只有一个电话间，电话铃声经常响起来，始终不间断，但是偶尔有绝对的陌生人去接，这些人不知道威尔基是谁，也没见过他，也许是在两三个星期前见过，从那以后就再没见过。所以，她给亚历山大留言去可能的地方打电话，然后等着威尔基出现。他果然出现了，摩托车咆哮着，睁大眼睛四处乱看，穿着皮子外衣，搜索着教师路，像科克托《奥菲斯》

里的死亡信使。弗雷德丽卡根本就没有真正指望她和亚历山大会找到马库斯。当威尔基的脑袋从它那大又深的盔壳中露出时，她意识到，她曾害怕威尔基会找到他，整个人完全没精打采，而且被毁得面目皆非。

“好了，找到他了。他去了疯人院，送那个男的进去的地方。两个疯人院。他走着去的。他们说他自己也病了，他们不知道病得怎么样，他们没说他是不是也疯了或者什么的。”

“我知道了。那好啊，我可以按计划出发了。你不去吗？”

“我怎么去啊？父母陪着他，陪着马库斯，他在观察中，我得自己看着这个家。我现在要管事了。”

“哦，其实没有什么事需要管的，撒个谎说跟一个朋友在一起就解决了。对你有好处，吸点海风。”

“别犯傻了，我不能去。进来喝杯咖啡。”

“不了，谢谢你。我还有好多事情要做呢。”他又开始重新戴上长手套和头盔，“我只是想帮帮忙，免得太压抑。我会再联系你，用不了多久，在我走之前。你自己多保重。”

他把一条腿跨上车座，大声地让发动机转了好几次，然后呼啸着蹿出去上了路，一个不可思议的黑骑士。弗雷德丽卡回到屋里，在各个房间走来走去。她从来没有一个人在这里待过，小小的沉默和空荡都会让她有点害怕，但是事情同样开始带上某种非常愉悦的虚幻和舒适混合的色彩。她把一只自己从来不喜欢的花瓶放在厨房碗柜里，在这件事的鼓舞下又漫步回到起居室，处理起放在写字桌台面上的家人的照片。她把自己以及斯蒂芬妮童年时代的照片开心地塞进一个桌子抽屉里，但是对婴儿时候的马库斯的照片却流连再三，感觉被突然的认知弄得不知所措，她不知道自己还有这样的认知：温妮弗雷德在多大程度上爱着这个婴儿，她自己就在多大程度上讨厌这个婴儿，她忽然想到，她是故意忽略他的性格和种种做法来保护自己和马库斯不要受这种厌恶的影响。她只是把他当成一种不公的社会要素，并对此感到很愤怒。她把马库斯也推进抽屉里，在这个影集上压上比尔的烟斗、烟斗清理器以及烟灰缸。她挺希望威尔基能进来喝杯咖啡。她的生活中从来不曾有过一个地方可以让她请任何人进来或者做任何事，威尔基没有注意到这个重要的机会，他只是说，不用了，就骑车离去。

她正要莽撞地漫步出去，到后花园里剪几朵玫瑰，这个温妮弗雷德是不允许的，这时亚历山大的那辆银色轿车平稳地停在大门外。他大步跃上门前小路，像头飞鹿。他的脸避开帕里家大门的那个方向，甚至都不想知道是否有窗帘的猛然一拉，或者门口某道透光的缝隙。弗雷德丽卡欢快地打开大门。

“我现在独自拥有一整幢房子了。”

“好啊，让我进去，别站在台阶上，如果你不介意的话。他怎么样了？马库斯怎么样？”

“哦，他挺好，他们找到他了。哦，不，他非常不好，但他们已经找到他了。他去了那家精神病院。丹尼尔说得对，只是没人知道他是谁。现在他自己在那里的床上躺着，病得很厉害，妈妈说的，她没说怎么个病法，或者得了什么病。总之他们已经去那里跟他在一起了，我自己住了一座房子。”

弗雷德丽卡领着亚历山大走进家里的起居室，然后说：

“喝杯咖啡吧。”

“非常感谢。”亚历山大客气地说。

弗雷德丽卡弄得四处咔嗒作响，忙忙碌碌，却又不是很能干，对付着盘子。亚历山大跟着她，然后斜靠在梳妆台上，看着她。两人都被这个房子里互相冲突的东西束缚住手脚了。这是一个封闭隐秘的地方，他们一起孤单地待在里面。这是比尔·波特的房子，在这个房子里，弗雷德丽卡是个经常挨骂的孩子，而亚历山大则是年轻同事，在这里，暴怒、家庭生活，以及清扫、吃饭、睡觉这种无聊的重复的模式，浓重地弥漫在空气中。他们端着各自的咖啡回到起居室坐在各自的椅子里，开始了彬彬有礼的有关马库斯的谈话。

“我感觉非常不好，”亚历山大说，“马库斯过来跟我说过，说那个男的快要疯了，我没把他的话当回事。”

出于某种原因——跟马库斯会有什么感觉毫无关系——这个信息弄得弗雷德丽卡很生气。

“他为什么要那样做？他为什么要打扰你？他们都是疯子。你能做什么？”

“嗯——我想，全都跟性有关。我劝这男孩不要染指。”

“嗯，这完全正确，这样才理智。”

“那样显然不理智。我也搞糊涂了。全因为你。”

“因为我？”

“我感觉我没有议论的资格。引诱未成年人，你父亲说的就是这种事。”

“跟我讲这样的话可不是太好。”

“你没有听明白。你并不是特别好。”

“不是特别好？”

“嗯，你好吗？你要好的话我们就不会坐在这里。我们会担忧马库斯。”

“我们的担忧一点用处都没有，也许永远不必担忧，显然现在不该担忧。”

“告诉我他怎么样了。”

“我告诉过你了。我不知道。”

他们喝着咖啡，默默地借机想着不适合想的马库斯，甚至更加不适合想的卢卡斯，他们曾同时见到过这个人。

电话响了。是温妮弗雷德打来的，她说马库斯情况很糟糕，不想或者不能吃东西，大多数时候昏迷不醒，动不了。她要跟马库斯在一起。

“爸爸呢？”

“他说他也必须待在这里。”

温妮弗雷德和弗雷德丽卡的关系并不融洽。谈不上有同情可给温妮弗雷德寻求。“感觉有点逗，我在这里无所事事。”

电话那头是一阵令人惶恐的沉默。

“我感觉糟糕极了，因为那部戏，现在又有马库斯的事弄得一团糟，让人扫兴，一无所获。你还听着吗？”

“听着，弗雷德丽卡。”

“我可能会出去一会儿，跟一个学校的朋友。”

“哪位？”

“哦，安西娅，安西娅·沃伯顿。你知道的，是个挺好的女孩，在那部戏的豪华场面里出现过。”

“嗯，哦。很抱歉，我想不起来，我太担忧马库斯了。那就去吧。”

“你不介意？”

“不，不，我不明白你为什么这样大惊小怪。”

“我想你可能需要我，没准以什么方式。”

“不会。”温妮弗雷德说，她感觉，如果有人索性把弗雷德丽卡带走几天的话，也许正好能令她保存足够的镇定和力量，去应付比尔和马库斯呢。

“哦，我真难过，用不着我，那我就自己走了，也可能不去。我已经告诉亚历山大和威尔基不要找他了。”

“谢谢你。”

“他说什么话了吗？”

他恳求要见卢卡斯，让父母走开，一个劲儿地尖叫，不想回家。

“真的什么都没说。”温妮弗雷德说，“他病了。”

“哦，好吧。太可怕了。那你们不回家了吗？”

“不回。”

“你的声音听上去虚弱无力。别替我担心。如果我应付不来，我就会出去调剂下。我一定会保持联系的。”

“谢谢你。”

“也许情况很快就好了。”弗雷德丽卡带着几许怀疑说。她在对着一片黑洞洞的空气说。她母亲，由于太过疲惫，早已放下电话听筒了。

“他怎么样？”亚历山大问。

“更糟了，”弗雷德丽卡说，“他们不回家了。”

“他出什么问题了？”

“她不想说。她什么都不想说。她不信任我。她只关心马库斯。”

“你不能怪她。”

“我不能吗？我就怪她，怪她，怪她。”

“我想我得走了，马上。”

“别，不要走，不要走。对不起。我总是让别人的神经受不了，因为我不知道该做什么，我在哪里都不对劲儿，我不受待见，全都是因为我喜欢这样自我炫耀。我承认，那都无关紧要，不能跟马库斯遭受的煎熬比，无论那煎熬是什么，可它就是影响到我了，我就想那样，我抑制不住自己。”

“别再绕圈子了。我马上得走了。我没法像这样坐在你妈妈的房子里，而且，依我的感觉，又有事发生了。”

“别走，不要走，不要走。陪我一会儿。我自己一个人待在这个房子里挺害怕的。”

“我在这里能干什么呢？我感觉我背叛了他们过去的信任，我现在又开始了，我感觉很可怕。”

弗雷德丽卡不想知道这些。在那个时间和那个地方，由亚历山大坦白地说出疑虑、过错或者内疚，有些事最终就会变得非常糟糕。这会强化她对某种控制着他以及很多事情的力量的危险感，令人难以忍受。为了应对这个，她开始变得精神焕发、光彩夺目，不负责任起来。

“这只是个地方。就我们的担心而言，这只是些砖头、砂浆、椅子之类的东西，不是你的也不是我的椅子，不过是些椅子摆在这里。你可以在那个大楼旁边的花园里或者在城堡岗或者在这里把我摸得兴奋起来，这没什么关系。地方不是问题，那不过是个趣味问题，美学问题。爱情不是美学问题。这只是个地方而已。”

有着深沉的审美气质的亚历山大，决定这样回应，说他很抱歉，看得出她真的很烦恼，不该再进一步惹她烦。弗雷德丽卡说，千万别走，说虽然可能显得有些奇怪，但她确实害怕一个人待在这个房子里。她有很多不好的想法。也许亚历山大可以留下来吃午饭。

亚历山大倒是留下吃饭了。他们吃了些斯帕姆午餐肉，切成薄片的胡萝卜、陈面包，以及从一个坛子里取出的酸酸的甜菜，还喝了些茶。弗雷德丽卡说，这是一顿相当难吃的饭，亚历山大表示同意。在经历了克罗的友好款待，纵酒饮乐后，两个人都感觉特别需要喝一杯，可是如果不出去，酒是没有现成的，出去又将处于珍妮弗的眼皮底下，他们不想这样。吃完饭他们又回到起居室，亚历山大在沙发上抱住弗雷德丽卡。这一次不成功。他们的四肢全都处于非常笨拙的角度，弗雷德丽卡因为害怕而变得很僵硬。这又促使她再次精神焕发、光彩夺目起来，说既然他们拥有整整一座楼，如果亚历山大到楼上去的话，情况会好些。

“不，”亚历山大说，“这里不行。”

“这不过是幢房子，这是我的家。那是我的房间。我想让你上去。”

他们上了楼。亚历山大想起婚礼那天自己上斯蒂芬妮的房间去找几枚小小金针的那段短暂历程。他又想起同样是这种样式的房子，珍妮弗·帕里家更加明亮，更加“当代”。为什么，女人们，甚至包括弗雷德丽卡，明显迫切地要表现得像个地产经纪人，自豪地展示这些拥挤的砖房有多舒适？弗雷德丽卡有个值得称道的认识，这点他没有意识到，即这幢房子在她看来似乎再也不会显得如此低矮破旧，而是坚实体面和不容置疑。她曾想象过亚历山大站在楼梯上，走进这间卧室。她把房子的隔间变成自己的想象。她打开自己那间小卧室的门说，这可是她从来没有想过的：“进来吧。”

房间的寒酸让他很感动，不多的几件东西：油地毡、褪色的画片、几堆书，这些书没有足够的书架可放。没有梳妆台，只有一面四方形的镜子挂在一个陈旧的橡木橱柜上方。镜子的一角塞了张他本人非常模糊的报纸照片，另一角别了张弗雷德丽卡穿着伊丽莎白服装的大大的光亮的媒体照片。这同样让他感动，不过有些不同。弗雷德丽卡注意到他在看照片，就说：“我看克罗说得非常对，那是一种类型表演。学校让我演男的，克罗挑中我是因为一种偶然的面部相似。这太屈辱了。”

“不光如此。你就是只在类型表演这个层次上都还不能毫不费力地处理那样的角色。”

“我不会流血的。”她若有所思地说，在这光天化日之下开始对可能发生的事紧张起来。亚历山大由于自身的某种原因，也开始紧张起来。他兴奋地在弗雷德丽卡的床头坐下，向她招手示意坐到他身边来，然后说："我老想你父亲会气势汹汹地扑进来。我感觉很不安全，而且这是种恶趣味，其实，我很在乎这个。"

"我不明白你怎么能承受得了。整件事的趣味格调就很可怕。可是事情就这样发生了。我们就上这儿来了。我们都不安全，我想。"

亚历山大搂住她，把她推倒在床上，开始吻她。他那种被审视的感觉更加强烈了，而她害怕被他发现自己无知的感觉同样更加强烈。她又坐起身，像个凯利娃娃。

"这件事彻头彻尾地错了。"她说。

"是的。我想跟你说的也是这样。"

"这简直是对私密空间的极大浪费。"

"也许今天晚上可以。"亚历山大说，把一只沉甸甸的手放在此刻再次令人快慰地变得难以进入的她的裆部衬里上。弗雷德丽卡叹了口气。

"我想晚些时候过来，带瓶葡萄酒，等你确定他们不会回来的时候再来。"

"我会给你做顿晚饭。"

"你愿意就行。"

"点上蜡烛，在黑暗中。"

"太美了。"

"你喜欢那样吗，亚历山大？"

"喜欢。"他说，"喜欢，我会走下来，在黑暗中静静地穿过运动场。我们将在后面坐下来，安静地喝上杯酒，然后一个晚上，整整一个晚上——"

"你不会介意是在这幢房子里？"

"我想要你。"他说，尽可能地说得更加激烈些。他想，在黑暗中他可能不会如此在意这幢房子。为了爱，在黑暗中任何人都可以偷偷摸摸地进入任何房子：很多东西会看上去不一样。

做出这个决定后，他们一起躺下，怀着徒劳的激情挣扎了会儿，全身穿得严严实实，后来亚历山大就起身走了。

他在沉思默想中开车回到学校。这次他看了看珍妮弗的房子，但是那里很安静，而且路边没有眼线。他事后想，那幢房子并没有俯视运动场，因为它距离教师路的尾端太近了。他的衣兜里鼓鼓囊囊地塞着那几封没有回复的信。他想，他必须记得在今晚约会前清空它们。除了珍妮厚厚的还没有打开的几封信，他收到了已经寄走的那叠乱糟糟的申请表的大部分答复。好像人人都想要他。他被召去参加在牛津、在曼彻斯特的BBC、伦敦的BBC，以及多塞特那所著名、古老的公立学校的面试。他还收到从戏剧出版商、文学代理人、伦敦一个制片人、美国一个立场可疑的制片人以及各种学校、大学、城乡文学社团主动发来的信件。他成了个人物。他一直在流动中。他在不断上升。他脑子里只有那个池塘里体格粗壮的裸体，以及一个暴烈女学生在廉价砖房里等着天黑的形象。不要出现也许更加理智，索性拿起行李走人。在产生这个想法的瞬间，他怀着一股虚弱和燥热的心潮意识到，那是不值得考虑的：在能够成为可以自作主张的男人之前，有些事情需要跟弗雷德丽卡了却，就在这里，就在现在。他想在黑暗中了却这些事情。至于杰弗里和珍妮，他只要写封信告诉他们真相就可以了，正如他所看到的全部真相，对他们两个来说的全部真相，而这个真相会让他获得解脱。但现在绝对不行。

弗雷德丽卡意识到自己得出去买些东西。她其实一次都没做过斯帕姆午餐肉，而且肯定不能再做。她发觉自己从来没有给任何人做过饭，而且其实也不知道怎么做。她意识到自己几乎没有钱。那还是在伊丽莎白·大卫时代之前，她想象中一顿两人吃的美餐应该有什么还是源于《女人自己做主》，以及母亲平日少得异乎寻常的实践示范。葡萄柚配樱桃、一只烤鸭、奶油新鲜水果沙拉？开胃小吃、牛排和带皮煮的土豆、沙拉，随后再上用朗姆酒和奶油做的焙香蕉？冰激凌？汤配热卷饼，随后再上鲑鱼，然后再上酒浸果酱布丁，里面加上大量雪利酒？她不敢肯定自己能烤熟一只鸭子，或者会挑选并且炖排骨，而不会做出像皮革般难以咀嚼的东西。家里没有雪利或者朗姆酒，她也没有一分钱去买些回来。她想不出开胃小吃里应该放什么，从来没有吃过自己喜欢的。她知道汤应该在家里自己做，不能太清淡，她也不知道怎么做或者临时拼凑一份汤。这些菜谱中她稍微会做一点点的只有葡萄柚和带皮煮的土豆，所以她决定去弄些回来，同时借着盯看里思布莱斯福德屠宰店的窗口为做主菜找些灵感。正当她提着一袋土豆、葡萄柚、丹麦蓝奶酪和奶油饼干，闷闷不乐地这样盯着看的时候，威尔基再次呼啸而过。弗雷德丽卡赶快走进屠宰店。她询问那个屠夫的时候，他建议买份不错的猪排，弗雷德丽卡不知道羊排、猪排或者牛排的区别，如果有牛排的话。不知怎么，她就心虚地买了两份，因为她隐隐约约记得在狄更斯的小说中，男性主人公经常觉得排骨非常可口，因为她吃过的一般的排骨，还都没有像做得不对劲的牛排那么难吃。

她再次出来的时候，已经几乎没有钱买还没有解决的布丁，威尔基正在人行道上等着她。

“要持家了？”他愉快地说。

弗雷德丽卡气哼哼地盯着他：“想给一个人做顿饭。可我一点钱都没有了。”

“我可以支持你一瓶葡萄酒。”

“我不需要买那个。我现在买布丁遇到麻烦了。”

威尔基摘掉头盔，对布丁问题表现出极大的兴趣。弗雷德丽卡搭配好了水果沙拉、香蕉、朗姆酒、雪利果酱布丁。威尔基说其实他觉得这些东西没有一样特别好，他建议来串差不多的葡萄，再来些真正上好的巧克力，这个他会借钱给她买，如果那样有帮助的话。他过来跟她一起非常亲热地选了串葡萄，买了些巧克力，还很内行地给她提了些选奶酪的建议，坚持要她回去买份正宗的兰开夏郡或者韦斯利谷风味的奶酪，还提出坐在摩托车后座上顺便捎她回家。买的东西被捆在行李架上，弗雷德丽卡红发飘扬，在后座上摇晃得喘不过气来，他们骑到教师路。这次威尔基没等邀请就进屋了。当弗雷德丽卡在厨房里四处乱走寻找拿得出手的盘子和蜡烛时，他饶有兴致地观察着。

“那么，谁要来？”

“亚历山大。他们都出去了，去照顾马库斯。亚历山大要来。”

“我明白。经典的晚餐、葡萄酒、蜡烛、谈话还有双人床。上帝啊，你真是个笨蛋，弗雷德丽卡·波特。”

“你这是什么意思？”

“我告诉过你，他是从郊区和茶杯的世界中飞出来的。你这里，全都是些居家生活的东西，根本就不——如果可以这样说的话——不擅长给他准备一场中产阶级式的诱惑。他会躲得远远的，不管之前还是之后。”

“我想要他。”

“你？在一个房子里？在这个房子里？”

“这是一个非常好的毁灭性行为，像亵渎神明一样。整个早上他都在这里。”

“我知道了。如果这是一场毁灭性行为，你为什么还要担心什么排骨和丹麦蓝奶酪呢？如果他一早上都在这里，你破处了吗？如果破了，为什么他还要走？为什么还要蜡烛和葡萄酒，姑娘？”

“这不关你的事。”

“没错，是没关系。我要走了，如果你愿意，随你自己准备吧。你为什么不在桌子中间放盆玫瑰？”

“哦，威尔基，不要走，我现在乱得一团糟，我很害怕，没有，早上没有那样，本来应该做的，现在我不知道这事究竟会怎么样，因为如果我不害怕的话，他就害怕，反过来也一样。”

“如果他想要跟你做爱，在这里，今天晚上，我可以告诉你，那将是你最后一次见到他。如果他不做，你将永远没那个胆量。你真是乱得一团糟，亲爱的。”

“我不明白，你怎么会这样确信无疑。”

“好了，我没有。这是一种直觉。我的直觉很好。我的直觉是你将取消整个这件事。”

“我？我爱他。我想要他。”

“你可能还会在错误的时间错误的地点得到他。总是这样。爱，以及想要爱，两个人，这样错位的年龄，或许是走在错误的方向上；瞧瞧我和玛丽娜。如果我早出生二十年，或者没在剑桥找到我的女朋友，或者能够忍受做个小白脸的话，我可能会爱她。但事实是，我只能多少动情地操操她，当然是暂时的，就是那么回事。她也知道。”

“她有什么感觉吗？”

“她只知道自己能承受得了自己的感觉。她是个聪明的女人，不是傻瓜。”

“我有种强烈的冲动想把这些可恶的排骨扔到你的脸上去，埃蒙德·威尔基。”

“最好收拾起你的睡衣骑上我的摩托车，让亚历山大以其他更好的方式解决你。”

弗雷德丽卡把那堆了无生气的排骨放在滴水板上。

“我跟我妈说了，我可以跟一个朋友出去几天。”

“哦，真的，真的吗？她说什么了？”

“她说，跟谁，我说那个好姑娘，安西娅·沃伯顿，她说好吧。”

威尔基开始大笑起来。他笑得很厉害。弗雷德丽卡也笑起来，有点歇斯底里。他们停止大笑后，威尔基说，走吧，带上你的睡衣和牙刷，再带件泳装和一条浴巾。

“你并不爱我，威尔基。”

“不爱。我爱我女友。大概吧。你也不爱我。”

“太可怕了。”

“这样挺理性。我可以给你露一两手，然后你就知道如何照顾自己了。现在，我出现的时间和地点都刚好合适。去拿你的睡衣吧。”

弗雷德丽卡去拿她的睡衣。埃蒙德·威尔基，一个很爱整洁的男人，用一种远远谈不上有何实用意义的方式，在厨房桌子中间像堆金字塔般把那些晚餐食料堆起来。弗雷德丽卡提了个帆布背包回来，威尔基微微笑着说：

“给你妈妈打个电话，还有亚历山大，这样，一旦我们出发了，你就不会焦虑不安或者胡乱忧思或者改变主意了，然后我们就出发。”

“我不能给亚历山大打电话，现在不能打。”

“给他写个字条，我们可以把字条放在学校。”

弗雷德丽卡照他说的做了。温妮弗雷德听上去对她的活动也不在意，字条由威尔基送过去，交给学校门房，那人闷闷不乐地说，这些日子，很难联系到韦德伯恩先生。好的，威尔基说，然后回去找弗雷德丽卡和摩托车。

现在已经是晌午时分。威尔基说他们需要在下一个大加油站停下来给弗雷德丽卡买个防撞头盔，还说，如果她不介意的话，他给她唠叨几句骑摩托车的注意事项，那样他们会骑得更顺畅，更安全，更快捷。比如，她要向前倾，不要摇摆，要紧紧抱住他的腰，跟他同步运动。那样做不管怎么都不会有错。他们要穿过卡尔弗利，向东穿越荒野区，向南穿过戈斯兰德高地，再到斯卡伯勒，他估计，他们会在晚饭前到那里。弗雷德丽卡说她在戈斯兰德高地遇到过很可怕的事情。威尔基说，如果那样的话，最好骑着摩托车快速穿过那里，会对她过于敏感的心理有好处，还说到了斯卡伯勒她可以给他讲讲那件事，如果她觉得对自己有好处的话。

弗雷德丽卡起先还非常享受骑摩托车。她拿到防撞头盔的时候，感觉有半个脑袋高，而且那一半是空的。威尔基替她戴上，冲着她大笑，然后又戴上自己的，把护目镜拉下来，这样只剩下他那弯曲得很厉害的嘴还留在一张人类的脸上。那张嘴龇着牙笑着。在运动中，她意识到他们制造出的强风，以及这辆摩托，在一股非人类的声音流动中，把整个寂静强加到自己身上，她喜欢这种感觉。她也喜欢这种跟一个男人特别亲密又保持距离的关系。还有威尔基宽大的屁股，她自己的屁股紧紧向前抵着，还有他强健的胳膊，抓着，拧着，她自己的胳膊紧紧扣着，但不是很爱抚地搂住他的腰。还有他那没有交流的皮革般的后背平面，那闪闪发亮、光滑、没有标记的头盔后面的圆球。他的腿蹬上蹬下，时动时停，她自己的腿不用动。过了会儿，夜色逐渐逼近，她自己的腿开始感觉很冷，因为当初她穿着紧身连衣裙出来的时候，没有穿长筒袜，还穿着凉鞋。又过了段时间，她开始冻僵了，浑身疼痛。欧石楠的颜色变得更深，开始快要消失。弗雷德丽卡只看到一点点欧石楠花，因为她的脑袋大多数时候都昏昏沉沉地埋在威尔基的肩胛骨上，看到的总是只有路沿，以及流动的沥青路面、白线和闪烁的猫眼。有一次他们在一家交通咖啡馆停下来，喝了杯热的露营牌咖啡，挨着一个如泣如诉、剧烈颤抖的自动点唱机坐下，两人都四肢僵硬，脸被风吹得凝固住，既不会说话也不会笑。在那里，威尔基对她冰凉的腿表示很忧虑，说他没有表现出应有的聪明，坚持要借给她那条亮黄色的油布裤子，她穿着太大了，在一个味道很重的卫生间里，她用僵硬的手穿上去。在那里，她又想起亚历山大，漂亮，优雅，既不受她的掌控，也没有感觉不适。她想起那个洼地花园，他们像雕塑般站在那里，目光从舞台穿过脚手架，跟他们的最初共享的激情一样高。不会有事。她写了字条，说他是对的，她错了，这个房子不合适，她行为恶劣，很惭愧，她已经外出，想把很多事情好好想想，肯定会回来。

当她挣扎着提着裤子回到威尔基后面的时候，那条难看的裤子咯吱咯吱地响着，滑动着。威尔基咕咕哝哝地笑着，说她看上去没一点曲线了，很难看，还说如果她想来个不错的匿名伪装，没有什么比机车服更合适的了。

他们终于驶进斯卡伯勒时，弗雷德丽卡的身体不用说已经僵了，而且凝固成一条紧绷的曲线，她都不敢肯定能不能摆脱它。威尔基沿着海滨大道呼啸着驶过，不断地换挡，腾跳，越过栏杆外，另一边就是黑乎乎的大海，里面白色的螺旋物时隐时现，光线从港湾的墙上射出来，更远的外面，有很多小船，再外面，是悬崖的岬角和灯塔。像以前每次看到大海时经常感觉到的那样，她的心都会提起来，无论怎样看到，或者何时看到，依然还会备受鼓舞，她想，她现在还刚刚十八岁，而且像丹尼尔那样，不是预言家。威尔基直接开到那家大酒店，把摩托车停下。

“我发现店越大，越容易隐姓埋名，盘问越少，越好玩，”他说，“你在外面待着，试着把裤子脱了，否则你别想上得了台阶，我去打听下房间，或者单间的情况。”

他回来说订了个房间。他摘掉自己那枚小小的图章戒指，建议她戴上，图章那面朝里，“以前管用。”他解释道。

她跟在威尔基后面，一瘸一跛地走了进去。他在登记簿上写了威尔基夫人和先生，剑桥。她在后面拖着帆布包，感觉自己不像任何太太，不过服务员们很有礼貌，其实是在微笑着，他们鞠躬，开电梯，开门，她和埃德蒙·威尔基走进一个天花板很高的房间，挂着深红色和金黄色的织锦窗帘，有个带花边的床罩，一个肾脏形的梳妆台，一张柔软的踩上去无声无息的地毯。还有一张巨大的床，小桌和铃扣上都有灯。

威尔基像褪椰子般哗啦啦地把防撞头盔卸掉，没有做出任何想摸她的企图。他说她应该洗个热水澡，她洗了，还说她应该涂点油，她也涂了，然后说跟他吃个晚饭，她也吃了，在一家餐厅，涂成红色、金色、奶油色，挂着枝形吊灯，摆着僵硬的白色锦缎餐巾，沉甸甸的银色刀叉和小勺。威尔基冲着她的脸大笑。“有点上流社会的味道，弗雷德丽卡，”他说，“对我们这样的人来说，并不时髦，你知道，但对约克郡工业区的男人们来说，显得很时髦，他们经常周末时跟妻子或者秘书出去休闲。在合理范围，你随便吃。我现在手头宽裕。我从广播节目挣了不少钱，那些广播节目，排着队等我去做呢。”

“广播？”

“嗯，没错。分两种。一种是基于我用有色眼镜做的实验，那种实验的效果非常有趣。后来我又在一个马洛威协会的《一切都很好》的录音节目中扮演帕尔洛斯，至于未来我还没有清晰的定位，你知道，我全方位出击。不过我可能会放弃剑桥，如果我能让我的女朋友过来的话。现在大家好像又开始觉得拿个学位其实没有多大意义了。”

他们吃了清炖肉菜汤、焗酿龙虾，还有一种用蛋白甜饼、奶油、糖、冰激凌和坚果做的布丁，看上去像一只天鹅在收起翅膀航行。他们喝了很多勃艮第白葡萄酒。威尔基讲了几个小玩笑，怂恿弗雷德丽卡跟他讲讲戈斯兰德高地的故事，但她不能说，只说了些别人讲给她的故事，一家妓院里的驴子的故事。妓院里的驴子，威尔基说，回到阿普列乌斯[1]那里，而且是主要内容。瞧这漂亮的小布丁，弗雷德丽卡说。很像伊丽莎白实际上可能会吃的，她认为，她说。这又让她想起亚历山大。她开始陷入沉默。

“不要担心，”威尔基说，“你留过字条了。他并不想去那里，真的不会去，你绝对清楚这点。我会把你送还给他。”

亚历山大没有看到那张字条。他勉强避开珍妮弗，看到珍妮弗在他的楼梯脚下，他及时溜进卢卡斯·西蒙兹的门廊，这会儿那里有几只奶瓶在闪烁，好像没有人收走。他觉得自己可没有责任去收走。看到珍妮弗离开后，他又跑回到自己的轿车，开着车上上下下，在某个地点经过开着宾利的克罗，那家伙不停地像猫头鹰般鸣叫着，不停地向前滚动。到了里思布莱斯福德，他从车里出来，买了一大束矢车菊、白紫苑、白春菊。他发觉自己的衣兜里还鼓鼓地装着几封不好处理的信件，这些信件他不想摊在自己的小卧室里，同时意识到自己很燥热，而且蓬头垢面，本应该洗个澡。不过他仍然不想回塔楼。他把那几封信放在车上储物箱，然后锁上。他在一家酒吧前停下车，喝了两品脱啤酒，在一个男卫生间洗了把脸什么的。他想起答应带瓶葡萄酒来，然后买了两瓶安茹桃红葡萄酒。天黑下来后，他把车开回学校的停车场，然后走出来，经过大师园，穿过那座桥，走过波纹不兴的

1 阿普列乌斯（Apuleius），公元2世纪的罗马作家和哲学家，著有长篇小说《金驴》。

黑色的比尔吉池塘，朝那个花园门走去。他的心开始怦怦地跳起来。他的呼吸开始加重。他要做这件事。

在大门外，那幢房子一片漆黑，这让他很吃惊。一幢房子空不空是凭感觉而不是视觉辨识的。但他心里告诉自己，他有些糊涂了，不可能这样的，而且她曾反复说过，显得很重要，“在黑暗中”。他闻到了可怕的边地那边割过草的味道，以及温妮弗雷德种的没有被摘掉的玫瑰的温暖的香气：有处女座、艾伯丁、国王的蓝塞姆、帕帕梅兰、格拉密斯的伊丽莎白等品种。他敲了几下后门和那扇法式窗户。他又叫了几声弗雷德丽卡。没有人应答。他把酒瓶放在法式窗户的槛台上，把他的那束收获之花放在酒瓶旁边。他以某种漫不经心的风度徜徉着回到大门前，靠在上面。他朝上方的卧室窗户望去，看了看，是否有什么观察者在那里，就像斯蒂芬妮看见了卢卡斯那样，像查泰莱夫人的情人那样。他坐在草地上，像男孩子一般两只胳膊搂住膝盖。“走进花园，默德”的句子以其荒唐的顽固性穿过他的记忆飘浮着。百合皇后和玫瑰皇后合而为一。白玫瑰哭泣着，她来晚了，她来晚了。我来了，我的鸽子，我亲爱的。他开始坚信，这个时刻，连同自己，简直太可笑了。

时间在流逝。他大步地四处走来走去，但是在教师路的后花园里没有多少空间可供他大步地走来走去。他生气了，踢着整个草坪上的矢车菊和雏菊。他说：“婊子，婊子，我早就知道。”声音大得能传到月亮上。他控制愤怒和欲望的能力都有限度。他想起瓶子乐队放荡的大笑声，经历了一个无法理解的冰冷时刻，像没有被帕克和奥伯龙迷惑住的德米特里厄斯[1]。他知道，很快就会出现这样一个时刻，到时他甚至将无法理解他是怎么出来在那个花园等待的。如果是这样的话，

1 上述三位人物出自莎士比亚的戏剧《仲夏夜之梦》。

现在，将没有任何东西可以阻止他走出去，从这个花园走出去，从里思布莱斯福德走出去，从北英格兰走出去。是她心意的光芒支撑着他，无论她现在在哪里，他都解脱了。他又踢掉几朵矢车菊，丝毫不野蛮——他的暴风雨是很短暂的，而且很快就减弱。他想把那几瓶葡萄酒踢碎，但没有去踢。它们可以安坐在那个窗台上，权且作为一件礼物送给任何人，不管这个人会拿它们做什么。他将从这里消失。他要走了。这场插曲整个结束了。

43
血海

当时，威尔基把弗雷德丽卡带到卧室，这会儿床罩已经被拿掉，床单的边角利落地折了进去。

“好了，”他说，“我们不妨进去。”

经过一番不动声色的清洗和宽衣解带后，他们走进卧室。威尔基赤裸着身子朝床铺走去；弗雷德丽卡看了他一眼，皮肤像月亮般发白，体态胖乎乎的，双手和脖颈以及衬领的V形部位被太阳晒得发黑，他的那家伙，如她想象的那样，红彤彤的，硬硬的，向上弯着。弗雷德丽卡转过脸去。有股牙膏的味道，一股细微的不是人类的味道，还有香皂以及温热的身体退潮的味道。威尔基弄得包装纸和避孕套发出一种沙沙的声音，他的白色后背冲着弗雷德丽卡。她能看得出，威尔基脖颈上的肌肉因为太专注显得很僵硬。

“现在，”他说，“注意啦，我可化身为科学家了。我要告诉你这一切的运作机制，是什么让女人感到快乐，又是什么给我以快乐。到时你不会被吓着，我自会痛痛快快享受，如果我们进行得温柔又小心的话，可以吗？”

弗雷德丽卡点了点头。威尔基坐直身子，他几乎把弗雷德丽卡当作人类生物课上的展示模特来使用，用干燥纤细的手指这里摸摸，那里摸摸，告诉她搓揉这里她会喜欢，挠挠那里她会开心，他自己这里敏感，会被惹恼或者有快感。他喃喃地说什么自己需要润滑，然后取出一罐凡士林，他的脊背再次适度地转过去，小心地给自己涂抹着。他很有礼貌，又很固执，而且说一不二。以后，在自己的生活中，弗雷德丽卡将发现，威尔基说的有关这些东西泛义上的知识，以及有关自己具体反应方面的知识，都没有他可能想得或者声称得那么彻底完备。那时，她很感激他显得如此客观并且确定无疑。后来，她同样开始感激威尔基给了她冷静沉着地进行更深入探索的能力。

起先，弗雷德丽卡对钻进她耳朵的某种连续不断的解说感到很吃惊（威尔基没有亲吻她，感觉那好像是一种不适当的亲密）。“哦，”威尔基说，然后来了个滑溜的动作就进去了，“这是一次艰巨的推进。上帝啊，这么紧。你没事吧？

“没事。”弗雷德丽卡说，迅速抿紧嘴唇。

威尔基发出哼哼唧唧的声音，上上下下抽送了一会儿：“这样好吗？”

“嗯，是的。”弗雷德丽卡说，她既没有感觉特别好，也没有感觉特别不舒服，更像进进出出的丹碧丝牌卫生棉条，但是很高兴这事在进行当中。

过了会儿，威尔基又弄出更多的凡士林，开始一圈又一圈地揉摸着，在她的阴蒂上涂着。弗雷德丽卡觉得这个动作很可笑，同时又觉得是种没必要的侵扰，尽管威尔基的家伙变得更长，进去得更深入。

“这样好吗？”

“嗯，是的。”弗雷德丽卡说，因为太专心而皱起了眉头。她的身体内部正涌现出这样那样模模糊糊飘忽不定、如同小波纹般的骚动，一种松弛感，一种腹部的眩晕感，好像在快速沿着某条滑道下沉，好像刚刚开始喝醉。她使劲抑制着这一切，用自己的身体感觉到，这已经不在她思维的控制范围，在这些感觉波浪的尽头，她不情愿地放弃了自主权。

“把膝盖抬起来。”

她抬起膝盖。威尔基抚摸着她的乳房，这让她想起克罗，然后又咕哝着什么“勃起组织”，一种她已经认定是被高估的生物现象。他继续娴熟地抽送着，她继续足够灵活地适应着，集中心神不要放手。人的屁股，弗雷德丽卡想，太滑稽了，就是摆动和肌肉的滑稽混合体。她笑出声来。

“开心吗？”

“嗯，是的。”

“挺好，挺好。”

弗雷德丽卡想到劳伦斯对康斯坦丝·查泰莱获得满足时的描写，说像花一般绚丽绽开的圆环，顷刻间想呕吐。她感觉到的是局部痒痒，她匆匆接到地面的被中断的电子信号的垂直摇曳的线条。威尔基不说话了，动作开始来得更快。弗雷德丽卡兴致盎然地看着他。威尔基的嘴角耷拉地张着，眼睛闭着，呼吸吃重。他小小的胖肚子贴在她的肚子上，热乎乎又汗水淋漓。过了会儿，他的动作其实更快了，忽然发出一声巨大又非常私密的呻吟声，然后垂下脑袋，在她的胸上很沉地垂了片刻，看上去悲痛万分，能量被消耗殆尽。弗雷德丽卡感觉里面像在颤动和收缩，是他的还是她的，弗雷德丽卡弄不清楚。有些疼，一种热辣的跳动。威尔基干净利落地拔出阴茎，翻过身处理了下自己，然后又落回到枕头上，接着转过脸去。

“还好吗？”威尔基用一种逐渐微弱的声音说，重重地喘着气。

“嗯，是的。”

“你没有来高潮。”

“对不起。”她不是很清楚，尽管早就对查泰莱夫人有过种种想法，不清楚威尔基指什么意思。

“不，不，可能是我的过错。我们可以再试一次。我曾经带一个女孩去宾馆，每次她都会来高潮，会像火车鸣笛般尖叫，震耳欲聋，很可怕。人们经常来敲门想看看我是不是在杀害她。我都没法让它减弱。真遗憾。”

“全湿了。”

“嗯，会的。”威尔基叹了口气，“疼吗？”

“不是很疼。”

威尔基好像就要飘然而睡。弗雷德丽卡望着他后面的头发，心想自从他们第一次谈话以来，自己对他的了解远没有现在多，或者感觉没有现在这么亲近。她已经学到了点东西。她已经懂得你能够做——那件事——以某种通情达理地带有伙伴色彩、彬彬有礼的方式，而不用侵犯你的隐私，不用改变你的孤独。你可以跟一个陌生男子睡一个晚上，只看着他的后脑勺，而且比别的任何地方都自我克制。知道这点是非常有用的。它从女人的气质中消除了那种恐惧，她以前就是这样看待这件事的。它要么是爱、激情、性和那些东西，要么是精神生活、理想、孤独，另外一些东西。还有第三种方式：你在一张床上，可以孤独也可以不孤独，如果你不吹毛求疵的话。她同样别过脸睡了。

她想睡觉，最终，在一阵慌张中却被那股血弄醒了。

她扯了把威尔基。

“威尔基，麻烦了，那里很湿。真的。”

“嗯？”

“麻烦了。我好像睡在一片潮湿的大海中。”

“这不对啊，”这位体贴入微的威尔基说，“我们来看看。”他从床上跳出来，转身回到毯子跟前，看到在杜蕾斯上显然有血迹，但并不多，觉得不值一提。

血在弗雷德丽卡周围不断地往上蹿，一摊一摊的，她的大腿变成了猩红色，血成团地蔓延着爬上了她的脊背。看到这情景，连镇定的威尔基都脸色煞白，问她晕不晕。

“我想不晕，只是湿湿的。”

“坐起来。”

弗雷德丽卡坐了起来，说感觉有点晕眩。

“我来看看流出的速度有多快。”

威尔基低下脑袋，说好像不是喷涌，甚至不是连续往外流，不是很明显。他说他会做个浴巾垫，弗雷德丽卡可以坐在上面，他来处理床上的东西。

“威尔基——太可怕了，太尴尬了。”

“废话。宾馆就是为对付这种事情开的。只要你觉得没事就好。可惜我没法在一摊血泊中安然入睡了。我的镇定是有限度的。我来把这个清理干净。现在你就坐在这条毛巾上，保持安静。”

威尔基拿掉血淋淋的床单，在脸盆里尽可能清洗得干干净净，然后搭在一个暖气片上，她着迷地看着。威尔基把床重新整理了一遍，把上面的床单放在下面，又把毯子放在上面。然后，他用一块法兰绒布吸拭掉弗雷德丽卡身上的血，又查看了下她的身子和那条浴巾。

“好像不至于来场大流血啊。”威尔基说，带着他自以为是的自信劲儿，“照我说，这完全是严重的婚内失血啊。”

“你以前碰到过这种情况吗？”

“我不能说有，没有。我也不喜欢经常碰到这种事，多少有点让人害怕，而且凌乱不堪。我想我以后得远离处女了。你可能是我转身离开处女的绝好契机，弗雷德丽卡。现在你如果重新小心地回到那张床上，我会用所有这些浴巾把你裹起来，把它们固定在你身上，然后我们可以接着再睡会儿。如果情况更糟糕的话，我们就得找个医生了，但应该不会。你不过是失血过多的那种女孩。”

“你真管用。”

“正确的时间正确的地点遇到正确的男人。我只能这样跟你说。可怜的老弗。如果血还不停，即便带上你的泳装也毫无意义。现在，就全力以赴地止血吧。精神定会战胜物质。如果害怕了，就叫醒我。”

不到十分钟，他又睡着了。

44
回 归

第二天，比尔和温妮弗雷德回到里思布莱斯福德。他们坐一辆救护车带着马库斯回家。马库斯看上去瘦了很多，总是惊恐地盯着一切。他看到教师路上的房子时，就胡蹦乱跳，大声尖叫，挥舞双臂，那股能量好像不是他能聚集起来的，后来他就晕倒在砂地上。他们把他弄进屋子，放在沙发上。他醒过来后又开始尖叫，手臂乱舞。他们给医生打了个电话，救护车又回来，马库斯又走了。医院精神科大夫只能把温妮弗雷德叫过来。

弗雷德丽卡和威尔基在海滩上玩了一天，风呼啸而至，北海附近异常寒冷。威尔基扔了几块石头，弗雷德丽卡在他身边一瘸一拐地走着，棉球都浸湿了，血还流个不停，如果量不算特别大的话，至少比平常多很多。最后，她说，很抱歉，自己成了个累赘，她必须在什么地方坐下来，她感觉有些摇摇晃晃。威尔基又把她带回大酒店，她蜷成一团躺在床上，想着女服务员和行李员们同情和好奇的表情。威尔基出去打了个电话，回来后说他的女朋友有点生气了，因为老联系不上他，还说慕尼黑学生戏剧节上推出的《仙女换孩儿》有个角色可能让他演。所以，如果弗雷德丽卡不在意的话，他们该往回赶了。

亚历山大打了很多电话。他感觉轻松愉快。现在他已经从那个花园走出，他的成功，他的前程，似乎都属于自己。他准备去曼彻斯特见见那里BBC的人，然后再旅行去伦敦，参加那里的面试，接着又为校长奖学金的事去趟牛津大学。他拒绝了多塞特那所中学的面试，他已经厌倦了教育工作，至少现在如此。他从学校地下室取出自己的行李箱，又从学校小卖铺拿了几盒茶。他想去看看索恩博士，提交自己的正式辞呈。他锁上门，玩弄着自己的那块橡木板，把它亮成“外出”，然后开始收拾行李。

丹尼尔收到一封从谢菲尔德发来的信，出自陌生人之手。他打开信后读到，母亲严重跌伤，臀部好几处断裂，需要住院几个星期，没准几个月。等出院时，她很有可能就没法继续像从前那样自己生活了。按照医院的说法，丹尼尔好像是她最亲近的人，事实上是她唯一的亲属，尽管她并没有向儿子求助。丹尼尔赶到火车站，搭上一趟去谢菲尔德的火车。

托马斯·帕里患上一种复杂棘手的中耳炎，还伴有严重高烧，连续五个晚上哭喊不停。杰弗里和珍妮用冷却的法兰绒布巾不停地贴敷，试图让他喝点什么，守在身边看护。

那个精神病医生对温妮弗雷德说，马库斯的问题，病根好像在害怕他父亲，还说，最好让他在别的地方休养恢复，跟一个善解人意又不怎么让人害怕的人住在一起，如果能安排到的话。他不希望让马库斯待在医院，因为这地方本身对他没有好处，而且不要再让他跟卢卡斯保持不适当和令人不快的联系，后者为重症病人，最好离开这里去接受专业治疗。

安西娅·沃伯顿跟几个朋友和堂兄妹出发，开始了对善良的玛丽娜·叶奥为期十四天的拜访之行，并要在朱安雷宾海滩过一个阳光灿烂的假日。

弗雷德丽卡和威尔基骑着车，尽一辆摩托车所能，威武地行驶着，回到里思布莱斯福德，沿教师路呼啸而过。在里思布莱斯福德的巴士后面，亚历山大那辆银色凯旋牌轿车在朝另外一个方向行进，车上多了个顶架，以前可从来没见过这东西，干净利落地装载着行李，用帆布盖着，拿一根绳子紧紧捆住。弗雷德丽卡清楚地看到了亚历山大，在绿色挡风玻璃后面，头发收拾得漂漂亮亮，显得矜持、冷漠。亚历山大也清楚地看见了威尔基，即便有头盔和护目镜，而紧贴着威尔基的乘客后面有姜黄色头发一闪而过，这还是让他认出那是弗雷德丽卡。他朝外望着前方的路面，继续微笑着，因此也错过了站在自己家花园门口紧张地挥手和蹦跳的珍妮。亚历山大天性不想给别人带来结局、危机或者高潮，在生活中人们可能感觉这样做是应该的，然而，他很清楚，在艺术中，这些东西却是必不可少的。他的结局和开始一样孤独。他松开离合器踏板，轿车飞驰得更快了。

威尔基放下弗雷德丽卡，收起她的头盔，绑到摩托车后座上。“这还要给我的女朋友用。”他说，然后推起自己的面罩想亲吻她。

弗雷德丽卡说：“我还会再见到你吗？”

“也许吧，这世界很小。自己多保重吧。”

他又把自己的脸封在塑料盾牌和屏幕后面，跨上摩托。弗雷德丽卡站在人行道上，看着他尾随亚历山大呼啸而去。她看到珍妮弗·帕里站在自家花园的小路上，开始明白亚历山大轿车顶上支架的含义了。她走进自己家的房子，迎头就是父亲一顿怒不可遏的咆哮，他想知道她自己知不知道这是去哪里了，为什么屋里弄成一团糟，没有做的食物在整个厨房散了一地？为什么他打开那扇法式窗户的时候，葡萄酒瓶子碎了一地？花园和厨房一样混乱，她母亲心神不安，她能想到的就是她跟几个时髦又乱来的朋友毫无目标地漫游。比尔要接的一个电话救了弗雷德丽卡，让她不用回答这些训斥，但是这些训斥透出些微模糊的亮光，让她恍然想到亚历山大可能经历过的感受和所作所为。比尔回来时驼着背，已经被制服住了，他说是她母亲打来的电话。他告诉弗雷德丽卡，温妮弗雷德说，精神病大夫说了马库斯的情况。他说，他始终觉得，大家都知道他经常口是心非——有时他说的和做的事心口不一。弗雷德丽卡的心思还在亚历山大上，她烦躁地说，马库斯显然不是很清楚地知道这点，如果他知道的话，而且如果他想知道的话。她想，斯蒂芬妮也不知道，但是她，弗雷德丽卡——如果这样说能安慰他的话——是用更结实的材料做成的，而且也知道，在这场危机中，他不会对厨房桌上没有做的排骨和花圃里的葡萄酒瓶子吹毛求疵。后来，她注意到了比尔的表情，感觉到一丝遗憾的内疚，更多的是一丝恐惧的内疚。她提出一个切实可行的解决办法。有丹尼尔在，弗雷德丽卡说。马库斯好像挺信任丹尼尔。也许丹尼尔和斯蒂芬妮可以把马库斯带过去，直到他自己能够镇定些，或者他能做到的任何地步再说。

比尔忧虑地说，那个可笑的小公寓里几乎没有多余的空间可容纳另外一个人，更不要说再添个婴儿，两个人了。他还说，丹尼尔自己的盘子已经够满的了。弗雷德丽卡说，这件事就看丹尼尔了，你永远没法很肯定地说，他的盘子就满了。比尔开始紧张起来，思前顾后，然后穿上外套，冲出去朝阿斯卡公寓楼奔去。

结果，刚巧，奥顿夫妇已经没法在阿斯卡公寓住下去了。丹尼尔从谢菲尔德回来，说他恐怕必须给母亲找房子了。埃勒比先生给他们找了个工人住的小楼，那里里思布莱斯福德年轻的中产阶级们正在把这样的住宅改造成小小的过渡居家楼，建议丹尼尔让他青年俱乐部的闲人们去搞装修。经历了比尔意外撞进家门的惊讶，领略了他自责的眼泪，以及有关马库斯的困境和自己内疚的戏剧性表演后，斯蒂芬妮对丹尼尔说，收留马库斯是他们的职责，如果他愿意来的话，就跟收留丹尼尔的母亲是一样的。那当然，丹尼尔说。当然，他们必须收留马库斯，如果马库斯想来的话。丹尼尔去医院问马库斯时，马库斯说他想来。这是他几天来唯一说过的话。

秋天来了，气候渐冷。马库斯被带到阿斯卡公寓楼。他睡在起居室的沙发上，直到小楼适合居住才搬过去。弗雷德丽卡回到里思布莱斯福德女子文法学校，开始做起大学入学的准备工作。但她很快就清楚了，亚历山大永远地走了。她感觉很受屈辱，但同时，没有了他本人在场的压力，没有了欲望，没有一场危机去应付或者避免这些压力，她倒感觉很镇定。她发现，这个夏天最有用的教训就是，那些事，那些人，她可以把这些彼此分开。她可以躺在自己的床上，为亚历山大哭泣，也可以为威尔基哭泣，甚至为《阿斯翠亚》哭泣，但她又能利索地站起来，找到巨大可用的能量储备和专注力，开开心心地用在自己要做的事情上。她很高兴有失血那个简单的里程碑事件，无论多么混乱，终于过去了。她被父母的变化弄得心烦意乱，失去平静。比尔取消了很多课程，大量的时间都用来穿着拖鞋焦躁不安地四处游走。他不跟任何人说话，甚至经常张开嘴巴又默默地合上，好像在用某种生理的力量把话噎回去。弗雷德丽卡一连好几天躺在床上不起来。为了外出寻找出路，为了那些书本身，她努力应对这一切。但是，一天晚上，感觉到情绪，渗透在自己的注意力夹层的情绪的危险性后，她决定去给丹尼尔和斯蒂芬妮打个电话，想亲自看看马库斯最近怎么样，有什么希望，或者可担心害怕的。

丹尼尔给她打开门，没有微笑，只是让她进来。她爽朗地说："我只是顺便过来，想看看你们。在家里实在受不了，太压抑。"

丹尼尔本来可以说同样的话，但不想说。他说："哦，坐吧，你在这里待着，我去弄杯茶。"

马库斯和斯蒂芬妮默不作声地并排坐在沙发上，他瘦削的身体有点奇怪地由她臃肿的身体靠着、支撑着。斯蒂芬妮朝弗雷德丽卡点点头，好像马库斯是个小孩子或者不用打扰的残疾人。马库斯没有流露出任何注意到她的迹象。

自从马库斯过来后，奥顿夫妇的整个生活都变了。最初的两天，马库斯老跟着丹尼尔，如果他走出视线，就会像个小孩般抽泣。斯蒂芬妮注意到，这让丹尼尔很恼火，自己也很不安。她试图接管过来。在无动于衷毫不活动的沉默中，她在马库斯身边坐上长达好几个小时，就像她以前坐在马尔科姆·海多克身边那样——其实那没有特别大的区别。一天，她给马库斯透露了个消息说，卢卡斯·西蒙兹又被转移了，而且据说感觉平静了不少。马库斯问卢卡斯是不是受伤或者被打了，确认没有后，又给斯蒂芬妮提供了一个他对卢卡斯和自己担心的新说法，提到卢卡斯破灭的希望、光幻觉、信号传输、那道光。她对这些不是很理解，但又想，可能她错了，他需要的不是理解，而是"全盘接受"，她在自己平常的意识中固定下来，开始接受马库斯。她首先想到动物驯服，在马尔科姆·海多克那件事上，这个想法就曾进入过她的意念。她设法让他把脑袋放在她的膝部，一放就是好几个小时，什么都不做，只是静静地待着。所以，丹尼尔工作完回家后，越来越频繁地发现他们在那里——他接受了她的康复安静，尽量不要打扰。

这时，他走进厨房，给弗雷德丽卡沏了杯茶，把茶壶和盘子弄得叮当响，从这个碗橱挪到另一个碗橱，笨拙地活动着。过了会儿，弗雷德丽卡跟着他走出去。她小声说："一直都这样吗？他会好起来吗？"

"我不知道。"

"你要怎么应付？"

"我不清楚。"丹尼尔露出一丝短暂而阴郁的微笑。他不喜欢弗雷德丽卡·波特，他不想诉说自己的真实感受，习惯性地不管怎样都不告诉任何人。但答案是他在勉力应付。作为一个道德至上者，他对自己就马库斯的存在和斯蒂芬妮本人的反应很震惊。晚上，他经常梦到杀人。苍白、天真的马库斯在屠杀他尚未出生的孩子。孩子把斯蒂芬妮撕得鲜血淋漓，四分五裂，就在他的眼皮底下。他自己，丹尼尔·奥顿，穿过边地，拿着西蒙兹的切刀追赶比尔·波特。最可怕的是被一条毯子闷死的恐怖情景：他自己的身躯无意中压在一个人或者几个孩子身上，有点像某种不知名的湿漉漉、沉甸甸的怪物，挤压着，差点窒息得要了他自己的命。他不能跟妻子说这些，或者惊吓妻子，她怀着孕，在做着她相信是正确的事情。他真正替马库斯感到难过。他开始怀念在那个小小公寓里笑声朗朗、热情温暖的日子，那样的日子永远不会再来了。即便在某种纯现实的考虑上，他什么都不能说——墙壁很薄，房间很小，那个男孩总是死气沉沉，但又很警觉，很紧张。

"你要怎么应付，丹尼尔？"弗雷德丽卡又重复了一遍。

“已经过去了。在那个小楼里会有更大的空间，他会度过这场打击。还是有希望的，而且小孩也快出生了。”

丹尼尔望着外面，站了片刻，他经常这样望，在蜜月的夜晚他也经常这样望，望着那个黑色的轮胎在自己的挂架上旋转着，又转回来，望着那棵扭曲的荆棘，望着那踪迹交错的泥浆的大海。

弗雷德丽卡跟他一起凝视着。

“在我们家，一切都变得消极和疲软起来，好像能量都是负面的，我在工作，但感觉心无所系，整个人都悬在空中，松松垮垮的。”

“明白。”

“然而你好像也有点麻烦缠身。”

“是啊。”丹尼尔说，仍然盯着前方，“我也身处生活之中。这是事物的常态。”他曾经经常、经常这样告诉自己。但是他的力量被关怀磨钝了，从谈话以来他第一次承认了自己的能量完全受阻的可能性。从站在自己身边的这个瘦瘦的傻姑娘身上，他感觉到了这种关怀的阴影。

“等你上了大学，一切就会好起来。这只是个时间问题。”

“我希望如此。你——等孩子出生了也会好起来。”

“是啊。”

“马库斯呢？”

“我不知道，弗雷德丽卡。他的问题不是我擅长的现实问题。”

丹尼尔把茶杯和一包饼干收拾好堆起来，然后回到屋子的小隔间。马库斯的头靠在斯蒂芬妮的肩膀上，像个稻草人般塌陷在那里，软塌塌的手和腿都一动不动。她安坐不动，姿势像不够自然、笨手笨脚的圣母怜子，越过马库斯暗淡的头发，带着似乎难以觉察的耐心看着丹尼尔。他曾经如解冻般释放过她的活力，相信肯定还能再度释放她。他对弗雷德丽卡说：“这是个时间问题，现在需要耐心，对我们所有的人来说。”

等待和耐心，这种被动的想法不会轻易出现在他心中。或许，他想，对弗雷德丽卡来说，这样讲并不投合她的心情。丹尼尔给她递过一杯茶，两个人在毫无交流的沉默中一起坐在那里，留心着沙发上那对安安静静又无所事事的人。这不是结局，可是，因为已经持续了好长时间，那就在这里打住好了。

马上扫二维码，关注“**熊猫君**”

和千万读者一起成长吧！

图书在版编目（CIP）数据

花园中的处子 /（英）A.S. 拜厄特著；杨向荣译
. -- 上海：上海文艺出版社，2020.7
（读客外国小说文库）
ISBN 978-7-5321-7692-2

Ⅰ. ①花… Ⅱ. ① A… ②杨… Ⅲ. ①长篇小说－英国
－现代 Ⅳ. ① I561.45

中国版本图书馆 CIP 数据核字（2020）第 080015 号

责任编辑：冯　凌
特邀编辑：张敏倩　　武姗姗
封面设计：苏　哲

花园中的处子
［英］A.S.拜厄特　著
杨向荣　译
上海文艺出版社出版、发行
地址：上海绍兴路7号
电子信箱：cslcm@publicl.sta.net.cn
网址：www.slcm.com
新華書店经销　北京中科印刷有限公司印刷
开本 880毫米×1230毫米　1/32　20.5印张　字数 502千字
2020年7月第1版　2020年7月第1次印刷
ISBN 978-7-5321-7692-2/I.6114
定价：108.00元

如有印刷、装订质量问题，
请致电010-87681002（免费更换，邮寄到付）